James Lee Burke • Straße der Gewalt

Für John und Flavia McBride

JAMES LEE BURKE

Straße
der Gewalt

Ein Dave-Robicheaux-Krimi
Band 13

Aus dem Amerikanischen von Jürgen Bürger

PENDRAGON

1

In der ersten Woche nach Labor Day, nach einem Sommer heißer Winde und Dürre, durch die die Zuckerrohrfelder staubtrocken und spinnwebartig mit Rissen überzogen waren, tanzten nun wieder Regenschauer über die Sumpfgebiete, die Temperatur fiel um zehn Grad, und der Himmel nahm das harte, makellose Blau einer umgedrehten Keramikschale an. Abends saß ich auf den Stufen hinter meinem gemieteten *Shotgun House* am Bayou Teche, eines dieser für den Süden typischen lang gestreckten Häuser, sah den Booten hinterher, die in der Dämmerung vorbeifuhren, und lauschte auf den *Sunset Limited,* der auf der Eisenbahntrasse vorbeibrauste. Gerade als das letzte Licht vom Himmel verschwand, stieg der Mond wie ein orangefarbener Planet über den Eichen auf, deren ausladende Kronen meinen Garten überspannten, und ich ging rein, machte mir mein Abendessen und aß allein am Küchentisch.

Aber in meinem Herzen waren der herbstliche Geruch von Benzin im Wind, das Gold und Dunkelgrün der Bäume und die an Flammen erinnernden Ränder des Laubs weniger ein Zeichen des Altweibersommers denn ein Vorspiel auf die Winterregengüsse und die kurzen, grauen Tage des Dezembers und Januars, wenn sich Rauch von den Stoppelfeuern auf den Zuckerrohrfeldern aufbauschte und die Sonne nur ein gelber Dunstschwaden im Westen war.

Vor etlichen Jahren, sowohl in New Orleans als auch in New Iberia, lieferten mir die tanninhaltige Andeutung auf den Winter und der bernsteinfarbene Schimmer der kürzer werdenden Tage die Rechtfertigung, die ich brauchte, um in jeder Kneipe zu trinken, die mich hineinließ. Ich war auch keiner dieser wackeren, alkoholkranken Kerle, die versuchen, mit einer selbstauferlegten Disziplin und einem Minimum an Würde zu trinken. Ich ging die Sache volle Kanne an, knallte Jim Beams oder Black Jacks ohne großes Getue in billigen Bars weg, wo ich keine Vergleiche anstellen musste, dazu eine Flasche Jax oder Regal, die den Nachgeschmack milderten und mir den Mund mit goldenen Nadeln füllten. Wann immer ich ein Schnapsglas an die Lippen führte, sah ich vor meinem geistigen Auge eine affenähnliche Gestalt in einer urzeitlichen Höhle ein Feuer schüren und ich empfand nicht das geringste Bedauern, dass ich ihr Vorhaben teilte.

Jetzt ging ich zu Treffen der Anonymen Alkoholiker und trank nicht mehr, aber irgendwie schaffte ich es immer wieder, in Bars zu landen, meistens in solchen, die mich zurück in das Louisiana brachten, in dem ich aufgewachsen war. Einer meiner Lieblinge vergangener Jahre war Goldie Bierbaums Lokal an der Magazine in New Orleans. Eine grüne Kolonnade ragte über den Bürgersteig hinaus, und auf den verrosteten Fliegengittertüren befanden sich immer noch die vergilbten Bilder und Werbetexte für Kaffee und Brot aus der Zeit der Weltwirtschaftskrise. Die Beleuchtung war schlecht, der Holzfußboden mit Bleiche blass geschrubbt, auf der Theke standen in regelmäßigen Abständen Gläser mit eingelegten Gurken und Soleiern und auf dem Boden davor Spucknäpfe. Und Goldie selbst war ein Juwel aus der Vergangenheit, ein zweiundsiebzigjähriger, flachbrüstiger

Ex-Berufsboxer, der gegen Cleveland Williams und Eddie Machen gekämpft hatte.

Es war Abend, und es regnete heftig auf die Kolonnade und das Blechdach des Gebäudes. Ich saß am hinteren Ende der Theke, weit weg von der Tür, vor mir eine Mokkatasse Kaffee samt Untertasse und einem winzigen Löffel. Durch die Scheibe zur Straße konnte ich Clete Purcel in seinem geparkten lavendelfarbenen Cadillac-Cabrio sitzen sehen, ein Fedora warf im Schein der Straßenbeleuchtung einen Schatten über sein Gesicht. Ein Mann kam herein, zog seinen Regenmantel aus und setzte sich ans andere Ende der Theke. Er war jung, gebaut wie ein Gewichtheber, dessen Statur erarbeitet war, statt das Produkt von Steroiden zu sein. Das braune Haar war an den Seiten ausrasiert, Locken hingen in seinem Nacken. Die Augenbrauen waren Halbmonde, sein Gesicht spitzbübisch, es hatte etwas von einem Comic, als wäre es mit einem Kohlestift gemalt.

Goldie schenkte ihm einen Kurzen und ein Bier zum Nachspülen ein, dann stellte er die Whiskeyflasche zurück auf das Regal an der Wand und tat, als lese er Zeitung. Der Mann trank aus und ging die Theke hinunter zur Herrentoilette nach hinten. Sein Blick war stur geradeaus gerichtet und zeigte keinerlei Interesse an mir, als er vorbeikam.

„Das ist der Typ", sagte Goldie, während er sich zu mir vorbeugte.

„Bist du sicher? Kein Irrtum?", fragte ich.

„Er kommt an drei Abenden die Woche auf einen Whiskey und ein Bier rein, manchmal bestellt er sich auch noch ein Po'boy mit Fisch. Hab gehört, wie er am Münztelefon da drüben darüber geredet hat. Vielleicht ist er ja nicht der Typ, der deinen Freund zusammengeschlagen hat, aber wie viele Typen in New Orleans reden davon, einem katholischen Priester sämtliche Rippen zu brechen?"

Ich hörte wieder die Tür der Herrentoilette, dann Schritte an mir vorbei zum anderen Ende der Theke. Goldies Augen verschleierten sich, waren unmöglich zu lesen. Sein Schädel sah aus wie eine alabasterne Bowlingkugel mit blauen Linien darauf.

„Das mit deiner Frau tut mir leid. Das war letztes Jahr?", sagte er.

Ich nickte.

„Du kommst klar?"

„Sicher", sagte ich und wich seinem Blick aus.

„Bring dich nicht in Schwierigkeiten, wie wir's früher immer gemacht haben."

„Auf keinen Fall", sagte ich.

„Hey, ist mein Po'boy fertig?", fragte der Mann am Ende der Theke.

Dann telefonierte er vom Münzfernsprecher, biss danach in sein Sandwich und ließ Billardkugeln von den Banden des Pooltischs abprallen. Der Spiegel hinter der Theke hatte sich zu einem schlierigen Grün und Gelb verfärbt, wie ein Ölfilm, der auf dem Wasser trieb, und zwischen den vor dem Spiegel aufgereihten Schnapsflaschen konnte ich sehen, dass der Mann meinen Hinterkopf anstarrte.

Ich drehte mich auf dem Barhocker um und grinste ihn breit an. Er wartete, dass ich etwas sagte, was ich aber nicht tat.

„Kenn ich dich?", fragte er.

„Vielleicht. Ich hab früher mal in New Orleans gewohnt. Jetzt nicht mehr", erwiderte ich.

Er ließ die weiße Kugel die Bande entlang in eine Tasche rollen, behielt den Blick gesenkt. „Lust auf eine Runde Neuner?", fragte er.

„Ich wäre ein schlechter Gegner."

Weder hob er den Blick noch sah er mich wieder an. Er trank sein Bier aus und aß den Rest des Sandwichs an der Theke, zog dann seine Jacke an und blieb vor der Fliegentür stehen, starrte hinaus auf den unter der Kolonnade wabernden Nebel und auf die Autos, die durch das sich auf der nassen Straße spiegelnde Neonlicht vor Goldies Bar fuhren. Clete Purcel startete seinen Cadillac, knatterte die Straße hinunter und bog am Ende der Magazine Street ab.

Der Typ mit dem lausbubenhaften Gesicht und den Locken im Nacken trat hinaus und atmete die Luft ein wie ein Mann vor einem Spaziergang, stieg aber stattdessen in einen Honda und fuhr die Magazine hinauf Richtung Garden District. Einen Moment später tauchte Clete um den Block herum auf und sammelte mich ein.

„Kannst du ihn noch einholen?", fragte ich.

„Nicht nötig. Das ist Gunner Ardoin. Er wohnt in einer Drecksbude in einer Nebenstraße der Tchoupitoulas", sagte er.

„Gunner? Ein Mafioso?"

„Nein. Er hat in zwei oder drei von Fat Sammy Figorellis Pornos mitgespielt. Er vertickt auch Crystal in den Siedlungen."

„Würde er einen Priester zusammenschlagen?", fragte ich.

Clete wirkte massig hinter dem Steuer, seine Oberarme in dem Tropenhemd erinnerten an Kochschinkenkeulen. Er hatte strohblonde Haare, kurz geschnitten wie bei einem kleinen Jungen. Eine Narbe zog sich schräg durch seine linke Augenbraue.

„Gunner?", sagte er nachdenklich. „Nee, das klingt nicht nach ihm. Aber ein Kerl, der für ein Publikum aus seiner Heimatstadt Oralsex ausübt? Wer weiß?"

Wir holten den Honda auf der Napoleon Avenue ein, folgten ihm dann durch ein runtergekommenes Viertel mit *Shotgun Houses* zur Tchoupitoulas. Der Fahrer bog in eine Seitenstraße ab und parkte unter einer Virginia-Eiche vor einem dunklen Häuschen. Er ging eine Einfahrt hinauf, schloss eine Hintertür auf und schaltete drinnen das Licht an.

Clete umrundete den Block, parkte dann die Straße hinauf vier Häuser von Gunner Ardoins Bude entfernt und machte den Motor aus. Er musterte mein Gesicht.

„Du siehst ein bisschen krank aus", stellte er fest.

„Ich doch nicht", sagte ich.

Der Regen auf der Windschutzscheibe warf kräuselnde Schatten auf Cletes Gesicht und Arme. „Ich hab meinen Frieden mit dem NOPD geschlossen", sagte er.

„Wirklich?"

„Die meisten der Kerle, die uns schaden wollten, sind inzwischen weg. Ich hab klargestellt, dass ich nicht mehr in der O. K. Corral-Branche bin. Das macht das Leben erheblich einfacher", sagte er.

Durch die überhängenden Bäume hindurch konnte ich den Mississippi-Damm am Ende der Sackgasse sehen, und den Dunst, der sich dahinter aufbauschte. Positionslichter der Boote glühten im Nebel, was ihn wie elektrisierter Dampf wirken ließ, der vom Wasser aufstieg.

„Kommst du mit?", fragte ich.

Er nahm eine nicht angezündete Zigarette aus dem Mundwinkel und warf sie aus dem Fenster. „Warum nicht?", meinte er.

Wir gingen die Einfahrt zu Gunner Ardoins Haus hoch, vorbei an einem Mülleimer, der überquoll vor Shrimps-schalen. Bananenstauden wuchsen im Vorgarten, die Blät-ter glatt und grün und eingedrückt vom Regenwasser, das vom Dach herunterkam. Ich riss die hintere Fliegentür auf und betrat Ardoins Küche. Er stand an der Spüle.

„Du schlägst doch katholische Priester zusammen, stimmt's?", sagte ich.

„Was?", erwiderte er und drehte sich dabei mit einer metallenen Kaffeekanne in der Hand um. Er trug eine blechfarbene Trainingshose mit Kordelzug und ein geripp-tes Unterhemd. Seine Haut war weiß, frei von Knastkunst, die Unterarme rasiert. Hinter ihm auf dem Boden lag eine Hantel.

„Nimm diese dämliche Unschuldsmiene aus dem Ge-sicht, Gunner. Du hast einen Priester namens Jimmie Do-lan mit einem Stahlrohr bearbeitet", sagte Clete.

Gunner stellte die Kaffeekanne auf die Arbeitsfläche. Er musterte uns beide kurz, senkte dann den Blick und verschränkte die Arme vor der Brust, lehnte sich mit dem

11

Hintern gegen die Spüle. Durch den Stoff seines Unterhemdes sahen die Brustwarzen aus wie kleine Zehncentstücke. „Macht doch, was ihr machen müsst", sagte er.

„Über den Spruch solltest du besser noch mal nachdenken", meinte Clete.

Doch Gunner starrte nur auf den Boden, die Ellbogen in den Handflächen. Clete sah mich an und hob die Augenbrauen.

„Mein Name ist Dave Robicheaux, ich bin Detective der Mordkommission beim Iberia Parish Sheriff's Department", sagte ich und klappte meine Dienstmarke auf. „Allerdings bin ich jetzt aus einem persönlichen Anlass hier."

„Ich habe keinen Priester zusammengeschlagen. Falls Sie das anders sehen, stecke ich wahrscheinlich in der Scheiße. Kann ich aber nichts dran ändern." Er begann, an den Schwielen auf seiner Handfläche zu zupfen.

„Hast du das bei einem Zwölf-Schritte-Programm oben in Angola gelernt?", fragte Clete.

Gunner Ardoin starrte ins Nichts und unterdrückte ein Gähnen.

„Bist du katholisch aufgewachsen?", fragte ich.

Er nickte, ohne den Blick zu heben.

„Es macht dir also nichts aus, wenn jemand einen Priester ins Krankenhaus schickt, ihm sämtliche Knochen bricht, einem anständigen Mann, der nie jemandem etwas zuleide getan hat?", fuhr ich fort.

„Ich kenne ihn nicht. Sie sagen, er ist ein anständiger Kerl, ja, vielleicht ist er das. Es gibt da draußen eine Menge Priester, die sind anständige Kerle, stimmt's?"

Und dann konnte er wie alle notorischen Wiederholungstäter und Vollzeitklugscheißer der Versuchung nicht widerstehen, seine Verachtung gegenüber der Welt der normalen Menschen zu zeigen. Er wendete sein Gesicht von mir ab, aber ich sah das vergnügte Funkeln in einem Auge, das Grinsen, das kaum merklich an seinem Mundwinkel zupfte. „Vielleicht hat man die Messdiener von ihm ferngehalten", sagte er.

Ich trat einen Schritt näher auf ihn zu, die rechte Hand zur Faust geballt. Doch Clete schob mich beiseite. Er schnappte sich die Metallkaffeekanne von der Arbeitsfläche und schlug sie Gunner Ardoin beinahe flach seitlich gegen den Kopf, dann warf er ihn auf einen Stuhl. Gunner verschränkte die Arme vor der Brust, ein abgerissenes Grinsen auf den Lippen, Blut tropfte von seinem Schädel.

„Legt los, Jungs. Ich hab euch beide auf der Napoleon Avenue bemerkt. Gleich als ich reingekommen bin, hab ich 911 angerufen. Mein Anwalt liebt Typen wie euch", sagte er.

Durch das Fenster nach vorne hinaus sah ich das blinkende Einsatzlicht eines NOPD-Streifenwagens, der unter einer Eiche, die in Gunner Ardoins Vorgarten wuchs, am Bordstein anhielt. Eine einzelne schwarze Beamtin schob ihren Schlagstock in die entsprechende Schlaufe an ihrem Gürtel und näherte sich unsicher der Empore, während aus ihrem Funkgerät zusammenhangloses Gekrächze kam.

* * *

13

In dieser Nacht schlief ich auf Cletes Couch in seiner kleinen Wohnung über dem Büro seiner Detektei an der St. Ann Street. Bei Sonnenaufgang war der Himmel klar und rosafarben, die Straßen des Viertels mit Pfützen überzogen, die Bougainvillea auf Cletes Balkon so leuchtend wie Blutstropfen. Ich rasierte mich und zog mich an, während Clete noch schlief, und ging an der St. Louis Cathedral über den Jackson Square zum *Café du Monde*, wo ich Father Jimmie Dolan an einem Tisch unter dem Pavillon traf.

Obwohl wir seit zwei Jahrzehnten befreundet und zusammen Barsch fischen waren, blieb er in vielerlei Hinsicht ein geheimnisvoller Mann, zumindest soweit es mich betraf. Manche sagten, er wäre ein heimlicher Alkoholiker, der eine Zeit in einer Besserungsanstalt für Jugendliche verbracht hatte; andere sagten, er sei homosexuell und gut bekannt in der Schwulenszene von New Orleans, auch wenn sich Frauen offensichtlich von ihm angezogen fühlten. Er trug einen blonden Bürstenhaarschnitt, sah gut aus und besaß die breiten Schultern und die hochgewachsene, durchtrainierte Statur eines Wide Receivers, der er auf einer Highschool in Winchester, Kentucky, auch wirklich gewesen war. Er redete nie über Politik, bekam aber regelmäßig Ärger mit der Obrigkeit auf nahezu allen Ebenen, einschließlich sechs Monaten Haft in einem Bundesgefängnis, weil er widerrechtlich das Gelände der *School of the Americas* in Fort Benning, Georgia, betreten hatte.

Es war drei Monate her, seit ihm in einer Gasse hinter dem Pfarrhaus seiner Kirche aufgelauert und er methodisch von oben bis unten von jemandem zusammengeschlagen worden war, der dazu ein Rohr mit einer aufgeschraubten Kappe geschwungen hatte.

„Clete Purcel und ich haben letzte Nacht einen Typen namens Gunner Ardoin aufgescheucht. Ich glaube, er könnte der Kerl sein, der Sie überfallen hat", sagte ich.

Father Jimmie hatte gerade in einen *beignet* gebissen, und nun war sein Mund mit Puderzucker überzogen. Ein winziger Saphir glitzerte in seinem linken Ohrläppchen. Seine Augen waren dunkelgrün und wirkten nachdenklich, seine Haut schimmerte sonnengebräunt. Er schüttelte den Kopf.

„Das ist Phil Ardoin. Der war's nicht", sagte er.

„Er hat gesagt, er würde Sie nicht kennen."

„Ich hab auf der Highschool seine Basketballmannschaft trainiert."

„Warum sollte er lügen?"

„Das gehört bei Phil einfach dazu."

Auf der Decatur Street hielt ein Streifenwagen am Bordstein. Eine schwarze Polizistin stieg aus und setzte ihre Mütze auf. Sie sah aus, als würde sie nur aus Ästen bestehen, das himmelblaue Hemd hing viel zu groß um ihre Schultern, auf den geschürzten Lippen war dick Lippenstift aufgetragen. Letzte Nacht hatte Clete gemeint, sie erinnere ihn an einen schwarzen Cocktailspieß mit einer Kirsche am Ende.

Sie schlängelte sich zwischen den Tischen durch, bis sie neben unserem stand. Auf dem Namensschildchen an ihrem Hemd stand C. ARCENEAUX.

„Hab mir gedacht, ich halt Sie mal auf dem Laufenden", sagte sie.

„Wieso?", fragte ich.

Ihr Blick wanderte zum Verkehr auf der Straße und den Künstlern, die unter den Bäumen auf dem Jackson Square gerade ihre Staffeleien aufbauten. „Gehen Sie ein paar Schritte mit mir", sagte sie.

Ich folgte ihr hinunter zu einer schattigen Stelle am Fuß des Mississippi-Deichs. „Ich habe versucht, mit dem anderen Mann zu reden, wie heißt er noch gleich, Purcel, aber er schien mehr daran interessiert, auf seinem Hometrainer zu radeln", sagte sie.

„Er hat Probleme mit dem Blutdruck", sagte ich.

„Vielleicht ist es mehr ein mentales Problem", erwiderte sie und sah beiläufig die Straße hinunter.

„Kann ich Ihnen irgendwie helfen?", fragte ich.

„Gunner Ardoin erstattet gegen Sie und Ihren Freund Anzeige wegen Körperverletzung. Ich glaube, ihm schwebt eher ein Zivilverfahren vor. Ich an Ihrer Stelle würde mich drum kümmern."

„Mich drum kümmern?", wiederholte ich.

Sie blickte in die Ferne und kniff die Augen zusammen, so als wäre das aktuelle Thema bereits nicht mehr auf ihrem Radar. Ihre Haare waren schwarz und dick, im Nacken kurz, die Augen dunkelbraun.

„Warum machen Sie das?", fragte ich.

„Ich mag keine Leute, die Crystal in den Siedlungen verticken."

„Haben Sie sowohl die Nacht- als auch die Frühschicht?"

„Ich stehe nur eine Stufe über der Politesse. Ganz unten auf der Hierarchieleiter, Sie wissen, was ich meine, aber irgendwer muss es ja tun. Sagen Sie dem Priester, er soll mehr Zeit mit seinen Gebeten verbringen", sagte sie und setzte sich zu ihrem Streifenwagen in Bewegung.

„Wie ist Ihr Vorname?", fragte ich.

„Clotile", antwortete sie.

Wieder am Tisch sah ich zu, wie sie im Verkehr verschwand, den lackierten Schirm ihrer Mütze tief in die Stirn gezogen. Politesse, meine Fresse, dachte ich.

„Schon mal von Junior Crudup gehört?", fragte Father Jimmie.

„Der Blues-Mann? Klar", antwortete ich.

„Was wissen Sie über ihn?"

„Er ist in Angola gestorben", sagte ich.

„Nein, er ist in Angola *verschwunden*. Ist eingefahren und nie wieder rausgekommen. Es gibt keinerlei Unterlagen darüber, was mit ihm passiert ist", sagte Father Jimmie. „Ich möchte, dass Sie seine Familie kennenlernen."

„Muss zurück nach New Iberia."

„Es ist Samstag", sagte er.

„Nee", sagte ich.

„Juniors Enkelin besitzt eine zwölfsaitige Gitarre, die ihrer Meinung nach Leadbelly gehört hat. Vielleicht könnten Sie mal einen Blick draufwerfen, sagte er. Es sei denn, Sie haben wirklich absolut keine Zeit?"

* * *

Ich folgte Father Jimmie mit meinem Pick-up in den St. James Parish, der in einem hundervierzig Kilometer langen Korridor zwischen Baton Rouge und New Orleans liegt und von Umweltschützern *Toxic Alley* genannt wird. Wir fuhren Kilometer um Kilometer durch Zuckerrohr- felder auf einer Staatsstraße südlich des Mississippi-Deichs hinunter und weiter durch eine Ansammlung schmaler, länglicher Hütten, die gegen Ende des 19. Jahrhunderts gebaut worden waren. An der Kreuzung, oder wie man in Louisiana sagt, an den vier Ecken, standen ein baufälliger Nachtclub, ein verlassener Supermarkt mit einer hohen, blechgedeckten Galerie, ein Daiquiri-Stand und ein frei stehender Öltank mit Rost an den Schweißnähten, direkt daneben hatte irgendwer ein Tomatenbeet angelegt.

Es waren hauptsächlich Schwarze, die an den vier Ecken lebten. Die Regengräben und das Unkraut am Straßenrand waren voller Bierflaschen, Limo-Dosen und Müll von Fast-Food-Restaurants. Die Menschen, die auf den Galerien der Hütten saßen, waren entweder alt oder gebrechlich oder Kinder. Ich sah, wie Teenager in einem Auto ein Stoppschild ignorierten und aus dem Wagen he- raus eine Bierflasche an den Straßenrand geworfen wurde, keine drei Meter von der Stelle entfernt, wo eine ältere Frau Müll von ihrem Rasen einsammelte und in eine Plastiktüte steckte.

Dann fuhren wir wieder über Land, und der Himmel war so blau wie das Ei eines Rotkehlchens, das Zuckerrohr bog sich im Wind, so weit das Auge reichte, Reiher saßen wie weiße Skulpturen auf den Rücken der Rinder auf ei- ner Weide neben der Straße. Aber neben der Schönheit des Tages war noch ein Element, disharmonisch und eindringlich; der unverwechselbare Geruch von Erdgas, vielleicht von einem Bohrturm oder einer undichten Verbindung in einem Pumpwerk. Dann drehte der Wind, und es war weg, und der Himmel war gesprenkelt mit Vögeln, die von einer Pekannussplantage aufstiegen, und aus dem Süden konnte ich den metallischen Geruch eines Sturmes wahrnehmen, der sich über dem Golf zusammenbraute.

Ich sah auf meine Armbanduhr. Nicht länger als eine Stunde mit den Freunden von Father Jimmie, sagte ich mir. Ich wollte zurück nach New Iberia und die letzte Nacht und den Ärger mit Gunner Ardoin vergessen. Vielleicht war's an der Zeit, dass Father Jimmie sich wieder selbst um seine Probleme kümmerte, dachte ich. Manche Leute liebten Ungemach, berauschten sich jeden Tag daran und verachteten insgeheim jene, die ihnen den Ärger abnahmen. Dieser Wesenszug verschwand nicht zwangsläufig mit einem Priesterkragen.

Die Bundesstraße beschrieb eine Biegung, und unvermittelt endeten die endlosen Zuckerrohrreihen. Jetzt waren die Felder nicht mehr bewirtschaftet, auch kein Vieh in Sicht, dafür aber überzogen mit etwas, das wie Absetzbecken aussah. Die Familie Crudup wohnte am Ende einer unbefestigten Straße in einem weißen Farmhaus, an dessen umlaufender Veranda Blumenampeln hingen. Dreihundert Meter hinter dem Haus befand sich ein Wald, an dessen Saum die Bäume grau waren, mit vertrockneten Blättern und Efeuranken, als wäre die Baumgrenze von einem frühzeitigen Kahlfrost heimgesucht worden.

Father Jimmie hatte mich geködert, als er Leadbellys

Namen fallen ließ, aber ich wusste, als wir die Straße zu dem gepflegten weißen Haus vor der Kulisse des vergifteten Waldes hinunterfuhren, dass es bei diesem Abstecher nicht um den rückfälligen Sträfling ging, der *Goodnight Irene* und *The Midnight Special* geschrieben hatte und heute praktisch vergessen ist.

Tatsächlich fragte ich mich, ob ich es genau wie Father Jimmie nicht erwarten konnte, meinen Tag so mit Ungemach zu füllen, wie ich ihn früher mit Jim Beam und einem Glas Jax gefüllt hatte, über dessen Seiten der Schaum nach unten glitt.

Als ich vor dem Haus den Motor abstellte, nahm ich ein Dr Pepper aus der Kühltasche auf dem Sitz, wischte Eiskristalle von der Dose und trank, bevor ich hinaus auf den Hof trat.

2

Junior Crudups Enkelin hatte ein Gesicht wie ein Goldfisch, ihre helle Haut war mit Sommersprossen übersät, und die Brille verwandelte ihre Augen in wässrig braune Kugeln. Sie saß in einem Polstersessel, wedelte sich mit einer Illustrierten frische Luft zu, ihre Fettrollen prall unter dem Kleid, darauf wartend, dass ich mit meiner Untersuchung der Stella-Gitarre, die dreißig Jahre lang in einer Ecke ihres Dachbodens gelegen hatte, zu einem Ende kam. Die Saiten waren weg, die Wirbel eingerostet, das Schallloch mit Spinnweben überzogen. Ich drehte die Gitarre auf den Bauch und betrachtete die drei Worte, die in die Rückseite des Halses gekratzt waren: *Huddie Love Sarie*.

„Leadbellys richtiger Name war Hudson Ledbetter, aber alle nannten ihn Huddie. Seine Frau hieß Sarie", sagte ich.

Junior Crudups Enkelin sah aus einem Seitenfenster zu zwei Kindern hinaus, die auf einer Schaukel spielten, die am Ast eines Pekannussbaums befestigt war. Sie hieß Doris. Sie reckte immer wieder die Schultern, als ob ein großes Gewicht auf ihre Lungen drückte. „Wassn die wee-at?", fragte sie.

„Kann ich nicht sagen", erwiderte ich.

„Vier oder fünf Songs lagen unten im Gitarrenkoffer, jeder mit Juniors Unterschrift", sagte Father Jimmie.

„Yeah, wassn die wee-at?", fragte Doris.

„Da müssen Sie schon jemand anderen fragen", sagte ich.

Sie warf Father Jimmie einen schrägen Blick zu, dann erhob sie sich von ihrem Sessel und ging mit meiner Tasse in die Küche, obwohl ich den Kaffee darin noch gar nicht ausgetrunken hatte.

„Ihr Mann ist vor drei Jahren gestorben. Letzten Monat hat der Sozialarbeiter ihr die Unterstützung gestrichen", sagte Father Jimmie.

„Warum?"

„Dem Sozialarbeiter war halt danach. So läuft das eben. Kommen Sie, gehen Sie mal kurz mit mir vor die Tür", sagte er.

„Ich muss jetzt langsam nach Hause."

„Dafür haben Sie noch Zeit", sagte er.

Wir gingen hinaus in die sonnenhelle, vom Regen gewaschene Schönheit des Herbstnachmittags. Der Pekannussbaum im Garten neben dem Haus plusterte sich im Wind auf, und ein sandfarbener Hund wälzte sich auf dem Rücken im Dreck, während die Kinder daneben auf ihrer Schaukel vor und zurück schwangen. Aber als ich Father Jimmie einen Hang hinunter Richtung Wald hinter dem Haus folgte, spürte ich deutlich, wie sich die Topografie unter meinen Füßen änderte, als ob ich auf einem Schwamm ginge.

„Was ist das für ein Geruch?", fragte ich.

„Sagen Sie's mir." Er riss eine Handvoll Gras aus dem Boden und hielt mir die Wurzeln unter die Nase. „Das wird hier aus dem ganzen Süden angekarrt. Doris' Lungen nutzen ihr so viel wie verfaulter Kork. Die Leute hier in der Gegend haben Eimer in den Autos, wegen des permanenten Durchfalls ihrer Kinder."

Ich stützte mich am Stamm eines verdorrten Kakibaums ab und sah mir die Sohlen meiner Schuhe an. Sie waren mit einer schwarzgrünen Substanz verschmiert, als wäre ich durch eine Fabrikhalle gegangen. Wir überquerten auf einem Holzsteg einen Regengraben. Auf der Wasseroberfläche trieb ein buntschillernder Film, der in langen Bläschenketten vom Grund des Grabens aufzusteigen schien. Entlang des Waldrands zogen sich etwa zwanzig Absetzbecken, bedeckt mit lockerem Schmutz, jedes mit einem eingetrockneten, zähen Material verkrustet, das wie orangefarbener Grind aussah.

„Ist das hier Doris' Grundstück?", fragte ich.

„Es gehörte ihrem Großvater. Aber vor zwanzig Jahren setzte Doris' Cousin sein ‚X' unter einen Kaufvertrag, auf dem Juniors Name geschrieben stand. Der Cousin und das Abfallentsorgungsunternehmen, welches das Land gekauft hat, behaupten beide, er sei der rechtmäßige Junior Crudup, und Doris guckt in die Röhre."

„Ich kann nicht ganz folgen."

„Niemand weiß, was aus dem richtigen Junior Crudup geworden ist. Er ist in Angola eingefahren, aber nie mehr rausgekommen. Es gibt keinerlei Unterlagen, weder über seinen Tod noch über seine Entlassung. Werd einer schlau draus."

„Will ich gar nicht."

Father Jimmie betrachtete mein Gesicht. „Die Leute hier haben nicht sonderlich viele Freunde", sagte er.

Ich schob die Hände in meine Gesäßtaschen und scharrte mit einem Schuh auf dem Boden, ungefähr so wie ein Coach am Third Base, dem die Zeichen ausgegangen sind.

„Ich denke, ich werde passen", sagte ich.

„Wie Sie wollen."

Father Jimmie hob einen kleinen Stein auf und pfefferte ihn in den Wald. Ich hörte, wie er irgendwo an den Stämmen abprallte. Vögel hätten nun aus den Baumkronen zum Himmel aufsteigen sollen, doch nichts regte sich in den Ästen.

„Wem gehört denn die Entsorgungsfirma?", fragte ich.

„Einem Kerl namens Merchie Flannigan."

„Jumpin' Merchie Flannigan? Aus New Iberia?", fragte ich.

„Genau der. Wie ist er eigentlich an diesen Namen gekommen?", fragte Father Jimmie.

„Denken Sie an Hausdächer", erwiderte ich.

* * *

Während ich nach New Iberia zurückfuhr, durch Morgan
City und die East Main Street runter zu meinem angemie-
teten Haus am Bayou Teche, versuchte ich, nicht mehr an
Father Jimmie und die Schwarzen im St. James Parish zu
denken, deren Gemeinde eine petrochemische Müllkippe
geworden war. So traurig ihre Geschichte auch sein mochte, im Staat Louisiana war sie alles andere als einzigartig.
Tatsächlich hatte der aktuelle Gouverneur im Fernsehen gedroht, den Steuerstatus einiger junger Anwälte und Absol-
venten der Tulane University zu prüfen, die Klagen gegen
mehrere Abfallentsorgungsunternehmen auf Grundlage
von Umweltrassismus eingereicht hatten. Die alte Planta-
gen-Oligarchie gab es nicht mehr, aber ihre Nachfolger arbeiteten auf die gleiche Weise – mit Baseballschlägern.

Ich machte mir ein frühes Abendessen und nahm es an
einem alten grünen Campingtisch im Garten zu mir. Auf
der anderen Seite des Bayou spielten Kids Flag Football
im City Park, Rauch von Grillfeuern hing zwischen den
Bäumen. In den dunkler werdenden Schatten meinte ich
Stimmen in meinem Kopf zu hören: meine Adoptivtochter
Alafair, jetzt auf dem Reed College in Portland, Oregon,
meine verstorbene Frau Bootsie, und ein Schwarzer namens Batist, dem ich meinen Angelladen samt Bootsver-

leih südlich der Stadt verkauft hatte. An Samstagnachmittagen kam ich nicht besonders gut klar. Genau genommen kam ich eigentlich an keinem Nachmittag gut klar.

An manchen Wochenenden fuhr ich runter zum Anleger und dem Angelladen, um Batist zu besuchen. Wir gingen dann Barsch und *Sac-a-lait* angeln, kehrten bei Sonnenuntergang zurück nach Hause, während die Zweige der Zypressen wie grüne, geklöppelte Spitze sanft im Wind wehten, das Wasser in den kleinen Buchten blutrot im Sonnenuntergang. Aber auf der anderen Straßenseite und vom Anleger aus gesehen die Steigung rauf waren die niedergebrannten Überreste des Hauses, das mein Vater in der Zeit der Weltwirtschaftskrise aus Holzstämmen gebaut hatte, das Zuhause, in dem ich mit meiner Frau und Tochter gelebt hatte, und es fiel mir verdammt schwer, es anzusehen, ohne dass mich ein unbeschreibliches Gefühl von Verlust und Zorn überkam.

Der Brandermittler der Feuerwehr nannte es „elektrischen Defekt". Ich wünschte, ich hätte den Verlust mit ähnlich distanzierten Worten akzeptieren können. Aber die Wahrheit war, ich hatte die elektrische Neuverkabelung meines Hauses einem AA-Kollegen anvertraut, der aufgehört hatte, zu den Meetings zu kommen. Er hatte billige Schalter in den Wänden verbaut, die er nicht richtig abisolierte, und obendrein die Kabel in falsch dimensionierten Steckleisten befestigt. Das Feuer fing in der Wand des Schlafzimmers an und brauchte weniger als eine Stunde, um alles in einen rauchenden Schutthaufen zu verwandeln.

Ich ging ins Haus und schlug Merchie Flannigan im Telefonbuch nach. Ich hatte seine Eltern gekannt, aber nie Grund gehabt, Merchie offiziell Beachtung zu schenken, bis ich als Streifenpolizist in der Nähe der Sozialsiedlung *Iberville Projects* unweit der Basin Street unterwegs war, damals, als Cops noch ihre Gummiknüppel auf die Bordsteine schlugen, um sich untereinander Zeichen zu geben, und weiße Kids einem aus dem fünften Stockwerk Wasser aus gefüllten Mülleimern auf den Kopf schütteten.

Lange bevor Latinos und schwarze Witzfiguren lachhafte Rollen als Gangster auf MTV auslebten, kämpften weiße Straßengangs in New Orleans bereits mit Ketten, Stahlrohren und selbst gebastelten Pistolen um städtische Reviere, in denen nicht einmal Penner würden leben wollen. In den Fünfzigerjahren des vergangenen Jahrhunderts war es der Revierkrieg zwischen den *Cats* und den *Frats* gewesen. Die *Frats* lebten uptown, im Garden District und entlang der St. Charles Avenue. Die *Cats* lebten im sogenannten Irish Channel oder downtown, wahlweise in den Sozialsiedlungen und draußen am Industrial Canal. Die *Cats* waren für gewöhnlich irischer oder italienischer Abstammung oder eine Mischung aus beidem, Abbrecher der Konfessionsschulen, die Betrunkene und Homosexuelle überfielen und, wenn zahlenmäßig überlegen, ihre Gegner mit Tritten fertigmachten, kein Pardon gaben und auch keines erwarteten.

Bei den heftigen Schlägereien mit schwingenden Ketten in dunklen Gassen war ihre Grausamkeit und rohe körperliche Traute wahrscheinlich nur noch mit der ihrer historischen Cousins in Southie, den Five Points und Hell's Kitchen vergleichbar. Entlang der Bourbon Street packten die Dixieland-Bands samstagabends nach zwölf ihre Instrumente zusammen und wurden ersetzt von den Rock 'n' Roll-Bands, die dann bis Sonnenaufgang spielten. Angesichts der Kids, die aus den Eingangstüren von Sharkey Bonnanos *Dream Room* auf die Bürgersteige strömten und auf deren Motorradmützen und Lederjacken sich das Neonlicht brach, machten sich die meisten Touristen in die Hose.

Aber Jumpin' Merchie Flannigan ließ sich nicht einfach als proletarisches Straßenkind einstufen, das es in der großen Welt zu etwas gebracht hatte. Tatsächlich hatte ich schon immer den Verdacht, dass Jumpin' Merchie sich aus völlig anderen Gründen als seine Freunde aus Iberville einer Gang angeschlossen hatte. Im Gegensatz zu den meisten von ihnen besaß er nicht nur die Gewieftheit der Straße, sondern war auch noch gut in der Schule und von Natur aus intelligent. Merchies eigentliches Problem war nicht Merchie. Es waren seine Eltern.

In New Iberia galt Merchies Vater als anständiger, aber auch schwacher und unbedeutender Mann, dessen heruntergekommener Laden für Kirchenbedarf praktisch ein Abbild der Persönlichkeit seines Inhabers war. An vielen Abenden führte ein mitfühlender Polizeibeamter Mr. Flannigan aus dem Hinterausgang der Bar des *Frederic Hotels* und fuhr ihn zu seinem Haus an den Bahngleisen. Merchies Mutter versuchte, das Versagen des Vaters auszugleichen, indem sie ihren Sohn permanent als wehrloses Kind behandelte, ihn beschützte, ihn bis zur fünften Klasse in kurzer Hose in die Schule schickte, ihm den Zugang in eine Welt verweigerte, die in ihren Augen genauso kalt und lieblos war wie ihre Ehe. Aber ich meinte schon immer, dass ihr Beschützerverhalten sehr egoistisch war, denn in Wirklichkeit war sie nicht nur eher sentimental als liebevoll, sie konnte auch noch ausgesprochen grausam sein.

Nachdem die Familie nach New Orleans umgezogen war und sich in der Iberville-Siedlung niedergelassen hatte, wurde Merchie als Muttersöhnchen bekannt, der als Prügelknabe für alle durchging. Mit fünfzehn jedoch warf er einen schwarzen Jugendlichen von den *Grid Town Deuces* eine Feuertreppe hinunter auf das Führerhaus eines vorbeifahrenden Lasters, hängte dann bei einer Verfolgungsjagd über mehrere Dächer ein halbes Dutzend Cops ab und sprang am Ende ins Nichts, wobei er zwei Stockwerke tiefer durch die Decke eines Massagesalons krachte.

Sein frisch erworbener Spitzname kostete ihn ein gebrochenes Bein und einen Kurzaufenthalt in einer Erziehungsanstalt des Staates Louisiana, aber Jumpin' Merchie Flannigan kehrte von einer magischen Aura umstrahlt zurück in die Canal Street und in das *Iberville Project*.

Als ich ihn zu Hause anrief, reagierte er freundlich und sagte, er wolle sich mit mir treffen. Tatsächlich sagte er es mit einer solchen Aufrichtigkeit, dass ich ihm glaubte.

Sein Haus, auf das er sehr stolz war und das wohl aussehen sollte wie ein mittelalterliches Schloss inmitten eines weitläufigen Geländes mit Pekannussbäumen und Eichen, war eine architektonische Monstrosität in Grau, das Ganze

in einem städtebaulichen Außenbezirk, in dem sich Schwei-
ßereien und riesige Lagerflächen mit Rohren für Pipelines
mit Pferdeställen von Vollblutgestüten sowie Tennisplätzen
abwechselten.

Er begrüßte mich im Vorgarten, sportlich, gepflegt, trug
eine braune Hose mit Bügelfalten, dazu Polohemd und
Slipper, das lange Haar so blond, dass man es fast weiß nennen konnte, ein v-förmiger, schütterer Teil am Scheitel der
einzige Hinweis auf sein Alter, den ich an ihm erkennen
konnte. Der Hof lag jetzt im Schatten, die Chrysanthemen
gebeugt im Wind, der Himmel geädert von Elektrizität.
Und mitten drin schien Merchie nicht so sehr vor Gesundheit und Wohlergehen zu leuchten, sondern vielmehr von
der festen Überzeugung, dass Gott wirklich in seinem Himmel war und es für einen Jungen aus der Iberville-Siedlung
so etwas wie Gerechtigkeit gab.

Er legte die Fingerspitzen wie zu einem Zelt zusammen
und richtete sie dann auf mich.

„Du warst heute auf der Crudup-Farm im St. James Parish", stellte er fest.

„Von wem weißt du das?", fragte ich.

„Ich bin gerade dabei, die Gegend dort wieder sauber zu
bekommen", erwiderte er.

„Glaubst du, du kriegst das ohne Wasserstoffbombe
hin?"

„Dann erzähl mal, was ich wissen muss", sagte er.

„Die Crudup-Frau behauptet, sie sei um die Besitz-
urkunde betrogen worden."

„Hör zu, Dave, ich habe das Grundstück vor drei Jahren

bei einer Zwangsversteigerung erworben. Ich werde mir die Sache noch mal ansehen. Wie wär's bis dahin mit ein wenig Vertrauen?"

Es war schwer, auf Merchie sauer zu bleiben. Ich kannte Leute aus der Ölbranche, die waren unverhohlen verzückt bei der Aussicht auf Kriege im Nahen Osten oder Winter weit unter null Grad in den nördlichen US-Bundesstaaten, aber zu denen hatte Merchie nie gehört.

„Warst du unterwegs?", fragte ich.

„Ja, Afghanistan. Unglaublich, oder?"

„Hast du auf Taliban geschossen?"

Er lächelte mit den Augen, antwortete aber nicht.

„Die Frau im St. James Parish. Ihr Großvater war Junior Crudup", sagte ich.

„Ein R&B-Typ?"

„Ja, einer der ganz frühen. Er hat zusammen mit Lead-belly gesessen. Hat mit Jackie Brenston und Ike Turner ge-spielt", sagte ich. Aber ich sah schon, dass er das Interesse an dem Thema verlor. „Ich geh jetzt besser wieder. Dein Haus hier sieht nett aus. Meld dich später mal bei mir wegen der Crudup-Geschichte, okay?", sagte ich.

„Mein Lieblingspolizist", hörte ich eine Frau sagen.

Die Stimme von Theodosha Flannigan war wie ein melancholisches Musikstück aus der Vergangenheit, eines, das liebevolle Erinnerungen enthält, aber auch manche, die man besser vergisst. Sie gehörte zur LeJeune-Familie in Franklin, unten am Bayou Teche, Leute, deren Reichtum und Gartenpartys im Südwesten von Louisiana legendär waren, und sie benutzte immer noch ihren Geburtsnamen statt den von Merchie. Sie war groß und auf eine geheimnisvolle Weise schön, hatte hohle Wangen und lange Beine wie ein Model, ihr Südstaatenakzent war extrem, ihr Styling, ihr Auftreten, das Cabriolet, mit dem sie durch die Gegend fuhr, alles nur affektierte Inszenierung, die über ihre Wurzeln in der erzkonservativen Südstaaten-Oligarchie hinwegtäuschte.

Doch trotz ihres heftigen Akzents und der Freude, die es ihr zu machen schien, sich selbst als respektlose und neurotische Südstaatenlady zu stilisieren, besaß sie eine andere Seite, über die sie sich in Gesprächen niemals ausließ. Sie hatte zwei erfolgreiche Drehbücher geschrieben sowie eine Krimi-Trilogie, die Elemente enthielt, die unbestreitbar gefühlvoll waren. Auch wenn ihre Romane nie einen Edgar gewonnen hatten, besaß sie unbestreitbar enormes Talent.

„Wie geht's dir, Theo?", fragte ich.

„Bleibst du auf einen Kaffee oder einen Drink?", fragte sie.

„Du kennst mich, immer auf Achse", antwortete ich.

Sie schlang die Finger um den Zweig eines Mimosenbaums und stützte einen Fuß gegen den Stamm. Sie trug Mokassins. Ihre Brüste hoben und senkten sich unter der Bluse.

„Wie wär's mit einem Dr Pepper Light auf Eis mit ein paar Kirschen drin?", fragte sie.

Bleib nicht hier. Geh jetzt sofort, hörte ich eine Stimme in mir sagen.

„Ich will gerade ein paar Erdbeer-Sorbets machen. Wir

würden uns wirklich freuen, wenn du uns Gesellschaft leistest, Dave", sagte Merchie.

„Klingt super", sagte ich und senkte den Blick, fragte mich, welchen Preis ich bereit war zu zahlen, nur um nicht allein zu sein.

Auf dem Weg in den Garten berührte Theodosha meinen Arm. „Dein Verlust tut mir sehr leid. Ich hoffe, du kommst zurecht", sagte sie.

Aber ich konnte mich nicht erinnern, dass sie eine Beileidskarte geschickt hatte, als Bootsie gestorben war.

* * *

Am nächsten Morgen besuchte ich eine Frühmesse, dann besorgte ich mir eine *Times-Picayune* und trank Kaffee am Campingtisch im Garten und las die Zeitung. Ich überflog drei Absätze eines Artikels über eine Bombe, die versehentlich in eine Handvoll Lehmziegelhütten in Afghanistan gefallen war, legte die Zeitung weg und sah ein paar Kindern zu, die unter den Eichen im Park eine rote Frisbee-Scheibe hin und her warfen. Ein Speedboot voller Teenager donnerte den Bayou hinunter, sie ließen in ihrem Kielwasser eine Welle zwischen den Ufern hin und her schwappen und zersplitterten die Luft mit ohrenbetäubendem Lärm. Ich spürte das Vibrieren meines Mobiltelefons an meinem Oberschenkel.

Eine Stimme fragte, ob ich ein R-Gespräch von Clete Purcel annehmen würde.

„Ja", sagte ich.

„Streak, ich bin im Zoo", brüllte Clete.

Im Hintergrund konnte ich Stimmen in einem steinernen Korridor oder in höhlenartigen Räumen hallen hören.

„Was hast du gesagt?"

„Ich bin im Central-Gefängnis. Die haben mich wegen Körperverletzung an Gunner Ardoin festgenommen. Ich komme mir vor, als wäre ich verhaftet worden, weil ich Lysol auf eine Kloschüssel gesprayt habe."

„Warum bist du nicht schon auf Kaution rausgeholt worden?", fragte ich.

„Nig und Willie reagieren nicht auf meine Anrufe."

Ich versuchte schlau aus dem zu werden, was er mir da erzählte. Seit Jahren hatte Clete für Nig Rosewater und Wee Willie Bimstine Leute aufgespürt, die auf Kaution frei gekommen und dann abgehauen waren. Er hätte mit einer einzigen Unterschrift aus dem Gefängnis sein müssen.

Ich setzte an, etwas zu sagen, aber er kam mir zuvor. „Gunner ist Arbeitsknecht für Fat Sammy, und der steckt mit so ziemlich jedem Stück Oberliga-Scheiße in ganz Louisiana unter einer Decke. Ich denke mal, Nig und Willie wollen keinen Ärger mit den falschen Leuten. Die offizielle Anklageerhebung wird nicht vor Dienstagmorgen laufen. Warst du in letzter Zeit mal hier im Central-Gefängnis?"

Ich nahm die vierspurige Autobahn über Morgan City rein nach New Orleans. Aber ich fuhr nicht direkt zum Gefängnis. Stattdessen fuhr ich die St. Charles Avenue hinauf, dann rüber Richtung Tchoupitoulas, und parkte vor Gunner Ardoins Häuschen. Sein Honda stand in der Einfahrt.

Ich ging zu einem Laden an der Ecke und kaufte einen Liter Kakao und ein abgepacktes Schinken-Sandwich, setzte mich auf Gunners Eingangsstufe und begann, das Brot zu essen, während Kinder auf Rollschuhen an mir vorbeiliefen.

Ich hörte, wie jemand hinter mir die Tür öffnete.

„Hey, was denkst du, was du hier machst?", dröhnte Gunners Stimme.

„Oh, hi. Das wollte ich dich eigentlich auch fragen", erwiderte ich.

„Was?", blaffte er. Er stand da, barfuß mit nacktem Oberkörper, trug nur eine Schlafanzughose, deren Kordel er unter seinem Bauchnabel gebunden hatte. Die Brise wehte aus dem hinteren Teil des Häuschens durch die offene Tür heraus. „*Was?*", wiederholte er.

„Ziehen wir uns heute nicht ein bisschen früh was rein?"

„Dann ruf doch die DEA an."

„Father Jimmie Dolan war dein Basketball-Coach. Warum hast du gesagt, du kennst ihn nicht?"

„Weil ich mich nicht an jeden Typen erinnern kann, der auf der Highschool mit einer Pfeife im Maul herumlief."

„Father Jimmie sagt, du hättest ihn gar nicht überfallen, Gunner. Aber ich glaube, irgendwer hat dir befohlen, ihn zusammenzuschlagen, woraufhin du den Job jemand anderem gegeben hast. Wahrscheinlich, weil du immer noch Skrupel hast."

„Machst du das jetzt, weil ich deinen Freund angezeigt hab?"

„Nein, ich mach das, weil du ein Scheißkerl bist, und du

34

wirst diese Anzeige zurückziehen, denn andernfalls bin ich heute Abend wieder hier und ramme dir eine Kettensäge in den Arsch."

„Hör zu, Mann …", setzte er an.

„Nein, *du* hörst *mir* zu", sagte ich, stand auf und stieß ihn durch die Tür zurück ins Wohnzimmer. „Steckt Fat Sammy hinter dem Job gegen Father Jimmie?"

„Nein", antwortete er.

Ich stieß ihn wieder. Er stolperte über einen Hocker und fiel rückwärts auf den Boden. Ich schlug mein Sakko auf, nahm die .45er aus ihrem Holster und ging neben ihm in die Hocke. Ich zog den Schlitten zurück, lud eine Patrone und richtete die Mündung dann auf sein Gesicht.

„Sieh mir in die Augen und sag mir, dass ich's nicht tue", sagte ich.

Ich sah, wie ihm der Atem im Hals steckenblieb und das Blut aus seinen Wangen wich. Er dehnte den Kopf nach hinten, drehte das Gesicht seitlich weg, fort von der .45er.

„Mach das nicht", keuchte er. „Bitte."

Ich wartete eine lange Zeit, dann berührte ich seine Stirn mit der Mündung der Waffe und zwinkerte ihm zu.

„Werd ich nicht. Aber an deiner Stelle würde ich über meine Bitte bezüglich dieser Anzeige nachdenken", sagte ich.

Gerade als ich die Pistole wieder sicherte, gab seine Blase nach, und er schloss vor Scham und Verlegenheit die Augen. Als ich aufblickte, sah ich ein kleines Mädchen, nicht älter als sechs oder sieben Jahre, das uns von der Küchentür aus entsetzt anstarrte.

„Das ist meine Tochter. Ich hab sie an einem Tag in der Woche. Ich hab ja schon einige grausame Typen mit einer Marke kennengelernt, aber du schießt klar den Vogel ab", sagte Gunner.

* * *

Die Anzeige gegen Clete wurde gegen 15 Uhr an diesem Nachmittag zurückgezogen. Ich fuhr ihn vom Central-Gefängnis zu seiner Wohnung an der St. Ann, wo er sofort auf der Couch vor einer Football-Übertragung im Fernsehen einschlief. Fat Sammy Figorellis Haus lag nur drei Blocks entfernt, drüben an der Ursulines Avenue. Die Versuchung war einfach zu groß.

Fat Sammy war im French Quarter aufgewachsen, und obwohl er Häuser in Florida und am Lake Pontchartrain besaß, verbrachte er den Großteil seiner Zeit in dem Häuserblock, wo die Figorellis seit den 1890ern gelebt hatten. Allem Anschein nach war Sammy sein ganzes Leben elefantös gewesen. Als Kind platzten die Reifen seines Fahrrades unter seinem Gewicht. Sein Hinterteil passte nicht auf den Stuhl in der Schule, die von Nonnen der Ursulinen geführt wurde. Auf der Highschool blieb er während eines LSU-Football-Spiels bei einem Auftritt der Blaskapelle in seiner Tuba hängen. Die Sanitäter mussten ihm vor neunzigtausend Menschen die Jacke vom Leib schneiden, ihn mit Vaseline einschmieren und dann rausziehen. Im letzten Schuljahr brachte er den Mut auf, ein Mädchen ins *Prytania Theatre* einzuladen, was damit endete, dass eine

Bande irischer Kids von der Galerie aus ein Trommelfeuer mit Wasser gefüllter Kondome auf ihren Köpfen niederregnen ließ.

Als Erwachsener stopfte er Abführmittel in sich hinein, versuchte es mit jeder nur erdenklichen Diät, trainierte in Abnehmkliniken, schwitzte zu den Oldies der Fitness-Videos von Richard Simmons, besuchte bei einem Promi-Schwindler in Kalifornien einen Kurs, über glühende Kohlen zu gehen, starb um ein Haar beim Fettabsaugen und unterzog sich schließlich einer Magenbypass-Operation. In der Folge davon nahm er innerhalb eines Jahres einhundertsiebzig Pfund ab.

Allerdings verlor er die falschen Pfunde.

Er wurde den Wabbelspeck los, aber unter diesem befanden sich Sehnen, die nun wie ein Vorhang aus halb ausgehärtetem Beton von seinem Skelett hingen. Falls das nicht schon genug Problem war, hatte Fat Sammy noch ein anderes, das genauso ungeheuerlich war und die Möglichkeiten der Medizin übertraf. Sein Kopf hatte die Form eines Footballs, die wenigen Strähnen goldblonder Haare waren wie öliger Draht an seinen Schädel geklatscht.

Ich drehte eine eiserne Glocke an der vergitterten Tür, die sich zu einer Arkade öffnete, die in Fat Sammys Hof führte.

„Wer ist da?", fragte eine Stimme aus dem Lautsprecher im Tor.

„Dave Robicheaux hier. Ich habe ein Problem", antwortete ich.

„Aber nicht mit mir, mit mir hast du keins."

„Es geht um Gunner Ardoin. Mach die Tür auf."

„Nie von ihm gehört. Komm ein anderes Mal wieder. Ich mache gerade ein Nickerchen."

„In New Iberia sind einige Leute vom Film. Sie wollen mit ein paar Einheimischen arbeiten, die sich hier auskennen", sagte ich.

Der Lautsprecher verstummte, und das Tor öffnete sich mit einem Summen.

Der Hof war gepflastert, in den Beeten blühten gelbe und violette Rosen, Iris und Hibiskus. Bananenstauden, Regenschirmbäume und chinesische Hanfpalmen standen entlang der Mauern, und die Balkone strotzten vor Bougainvilleen und Passionsblumen. Fat Sammy lag in einer Hängematte wie ein gestrandeter Wal, sein Hawaiihemd weit aufgeknöpft, die Haut fettig schimmernd vor Sonnenöl. Eine tragbare Stereoanlage stand auf einem Glastisch neben ihm, dazu ein Spiegel, eine Haarbürste und ein Glas Eistee. Aus der Anlage perlte *Clair de Lune*.

„Was sind das für Filmleute?", fragte er.

„Deutsche. Die drehen einen Dokumentarfilm. Ich glaube, du wärst genau der Richtige, um sie herumzuführen", sagte ich.

Ich zog mir einen Korbsessel heran und nahm ohne Einladung Platz. Er setzte sich in seiner Hängematte auf und drehte die Lautstärke der Anlage runter. Seine Kopfschwarte glänzte in der Sonne. Er wischte sich mit einem Handtuch über den Schädel, seine Augen blieben teilnahmslos, die Mundwinkel waren heruntergezogen. „Dokumentation über was?", fragte er.

„Lass mich vorher noch etwas klären. Jemand hat einen Priester namens Father Jimmie Dolan zusammengeschlagen. Das war eine ausgesprochen miese Nummer, Sammy, eine Sache, mit der kein seriöser Mann zu tun haben wollte. Ich dachte, das würde dich interessieren."

„Nein, tut's nicht."

„Früher wurden in New Orleans keine alten Leute überfallen, niemand schlich sich in ihre Häuser und kein Mensch ermordete ein Kind oder malträtierte katholische Geistliche. Wenn das NOPD sich nicht darum kümmern konnte, haben wir das euch Leuten überlassen."

Seine Augen waren verschleiert, wie bei einem Frosch. „Die haben dich bei den Bullen rausgeschmissen, Robicheaux. Du sprichst für niemanden, zumindest nicht hier bei uns." Er unterbrach sich, als würde er den Tenor seiner Worte noch einmal überdenken. „Weißt du, das hier war mal eine gute Stadt. Ist sie aber nicht mehr."

Als ich nichts sagte, holte er tief Luft und fing noch mal von vorne an. „So ist es eben. Ich mache Filme. Ich baue Häuser. Ich entwickle Einkaufszentren in Mississippi und Texas. Du willst wissen, wer in New Orleans das Sagen hat? Dreh einen Stein um. Die Fürsorge kotzt alte Nutten und Schwarze und südamerikanische Spacken und Rocker aus, die Heroin aus Florida herbringen. Nichts gegen Schwarze oder Latinos. Die machen's nicht anders als wir damals. Aber sofern ich nicht ein Ganzkörperkondom trage, würde ich mich nicht in einem Raum mit diesen Leuten befinden wollen."

„Wer steckt hinter der Sache mit Father Dolan?"

Seine Augen waren hellblau, hatten fast überhaupt keine Farbe, und er hatte den Gesichtsausdruck eines Mannes, der nie zu lächeln gelernt hatte. „Behauptet irgendwer, ich wär's gewesen? Dieser Ardoin, den du vorhin erwähnt hast?"

Ich sah zu einem Streifen rosafarbener Wolken über dem Hof. „Du bist der große Mann hier in New Orleans", sagte ich.

„Ja, jede Nutte in der Stadt erzählt mir dasselbe. Ich frage mich, warum. Hab ich dich schon mal irgendwann verarscht, Robicheaux?", sagte er.

„Nicht, dass ich wüsste."

„Dann fange ich jetzt auch nicht damit an. Das bedeutet, ich hatte nichts damit zu tun, einem Priester wehzutun, und was ich eventuell darüber weiß, ist allein meine Sache."

„Ich bin ein bisschen enttäuscht, Sammy. Innerhalb eines gewissen Rahmens bist du immer ein ehrlicher Kerl gewesen", sagte ich und machte Anstalten zu gehen.

Er wischte über seine Nase, seine hellblauen Augen starrten mir ins Gesicht. „Du hast dich mit einer Lüge hier reingeschlichen? Was die Typen vom Film betrifft?", fragte er.

„Nein, das stimmte." Ich reichte ihm eine Visitenkarte, die ich letzte Woche von einem Angehörigen eines deutschen Fernsehteams erhalten hatte. „Diese Typen arbeiten an einer Story über die New-Orleans-Connection des Attentats auf Präsident Kennedy. Sie glauben, die Sache wurde hier und in Miami eingefädelt."

„Du sagst, ich ..." Seine Stimme versagte. „Ich hab Kennedy gewählt."

„Ich sage nur, es ist besser, wenn Father Dolan nichts mehr zustößt."

Fat Sammy erhob sich aus seiner Hängematte, schnaufte dabei wie ein wütendes Ungeheuer, das seine Beine nicht finden konnte. Ich hatte vergessen, wie groß er war. Er nahm das Glas Eistee vom Tisch, gurgelte damit und spuckte die Flüssigkeit ins Blumenbeet.

„Gehört dir deine Seele?", fragte er.

„Was?"

„Falls ja, kannst du echt von Glück reden. Und jetzt verpiss dich von hier", sagte er.

* * *

Ich aß mit Clete in einem kleinen Restaurant die Straße vom *French Market* rauf zu Abend, dann schüttelte ich ihm die Hand und sagte, ich sollte mich jetzt besser auf den Heimweg nach New Iberia machen. Ich sah ihm nach, wie er über den Jackson Square und an der Kathedrale vorbeiging, während im Schatten um seine Füße Tauben flatterten, dann die Pirate Alley hinunter verschwand. Ich wollte schon in meinen Pick-up steigen, setzte mich dann aber aus Gründen, die ich nicht erklären konnte, auf eine der Eisenbänke vor dem Reiterstandbild von Andrew Jackson und hörte einem Schwarzen zu, der auf einer Slide-Gitarre spielte.

Es war das ausgepowerte Ende eines langen Tages und

eines noch längeren Wochenendes. Vom Fluss wehte ein frischer Wind, das Licht zwischen den Gebäuden, die den Platz einrahmten, war kalt und malvenfarben, in der Luft ein Hauch des Geruchs der Bäume und Blumenbeete. Der Schwarze ließ das Bottleneck aus Glas über die Bünde seiner Gitarre gleiten und sang *„Oh Lord, my time ain't long. Rubber-tired hack coming down the road, burial-ground bound."*

Ein Streifenwagen des NOPD hielt auf der Decatur am Bordstein. Eine uniformierte Schwarze stieg aus, setzte ihre Mütze auf, rückte den Schlagstock am Gürtel zurecht und kam auf mich zu. Sie baute sich zwischen mir und der Sonne auf, wie ein Ausrufungszeichen gegen einen feuerroten Riss am Himmel. Ich beschäftigte mich mit meinen Fingernägeln und erwiderte ihren Blick nicht.

„Können Sie nicht außerhalb der Stadt bleiben?", fragte sie.

„Ich bin ein Suchtmensch", erwiderte ich.

Sie setzte sich auf die Ecke der Bank. „Für einen Cop tragen Sie eine schlechte Jacke, Robicheaux."

„Wer zum Teufel sind Sie?", fragte ich.

„Clotile Arceneaux. Sehen Sie", sagte sie und hob mit dem Daumen ihr Messingnamensschildchen an. „Ist das Ihr Freund, Father Dolan? Er ist ein Amateur, und die werden ihm die Beine wegschießen – und Ihre auch, wenn Sie sich weiter in Dinge einmischen, die Sie nichts angehen."

„Ist nicht gerade meine Stärke, anderen Leuten zu sagen, was sie tun sollen. Ich bitte einfach darum, mir gegenüber genauso nett zu sein", sagte ich.

Der Gummiknüppel an ihrer Hüfte schlug immer wieder gegen die Bank. Sie zog ihn aus dem Halterungsring und ließ ihn zwischen ihren Beinen auf dem Boden hüpfen. Ihre geschürzten Lippen erinnerten in der Dämmerung an eine winzige rote Rose. Ich dachte, sie würde noch etwas sagen, was sie aber nicht tat. Die Sonne ging hinter den Gebäuden am Platz unter, und der Wind fegte vom Deich herunter, roch nach Regen und toten Fischen in den Sümpfen.

„Kann ich Sie auf einen Kaffee einladen, Officer?"

„Ihr Freund ist aus dem Schneider, was die Anzeige wegen Körperverletzung betrifft. Zeit, dass Sie nach Hause fahren, Robicheaux", sagte sie.

Nach Hause, dachte ich und sah sie neugierig an, als ergäben die Worte für mich keinen Sinn.

3

Am Montagmorgen verließ ich das Department und lieh in der Stadtbibliothek eine Geschichte der Blues-Musik und des Swamp Pops Louisianas aus und fing an, in meinem Büro darin zu lesen. Draußen regnete es, und durch mein Fenster konnte ich einen Güterzug sehen, die Waggons glänzten regennass, während sie auf den alten Gleisen der Southern Pacific durch den schwarzen Teil der Stadt schwankten. Der langjährige Sheriff, ein ehemaliger Marine, der die Schlacht um das Chosin Reservoir überlebt hatte, war in Rente gegangen und von meiner alten Partnerin Helen Soileau ersetzt worden.

Ich sah, wie sie auf dem Flur vor meinem Büro stehenblieb und sich auf die Unterlippe biss, die Hände in den Hüften. Sie klopfte an, öffnete dann die Tür, ohne auf mein *Herein!* zu warten.

„Hast du mal 'ne Minute?", fragte sie.

„Klar."

„Zwei Zivilbeamte des NOPD haben heute Morgen hier einen Gefangenen abgeholt. Sie haben gesagt, ihr beide, du und Clete, hättet einen Pornodarsteller verunstaltet. Die fanden das ziemlich witzig."

„Ein Pornodarsteller?", wiederholte ich unbestimmt.

„Er heißt Ardoin."

„Clete hat dem Kerl eine Kaffeekanne gegen den Kopf geschlagen, aber es war echt kein großes Ding", sagte ich.

Sie besaß die muskulöse Statur eines Mannes, und das blonde Haar trug sie kurz geschnitten, an den Seiten und im Nacken gestuft, sodass es aussah wie die frisch gestutzte Mähne eines Ponys. Sie trug eine Hose und ein weißes, kurzärmeliges Hemd, eine Halterung für die Dienstmarke am Gürtel. Sie saugte die Wangen ein und beobachtete einen Regentropfen, der die Fensterscheibe hinunterrollte.

„Kein großes Ding? Leute außerhalb deines Zuständigkeitsbereichs vernehmen, ihnen eine Kaffeekanne an den Kopf schlagen? Dave, ich hätte nie gedacht, dass ich mal in diese Situation gerate", sagte sie.

„Und die wäre?"

Sie stützte sich auf der Fensterbank ab und sah den Lichtern des Werkstattwagens am Ende eines Güterzugs nach, die jetzt in einem grünen Dschungel auf beiden Seiten der Gleise verschwanden.

„Du und Cletus klärt die Sache, aber ich will nicht, dass *irgendjemand*, und damit meine ich irgendjemand, Hundescheiße des NOPD hier in dieses Department trägt. Ich will auch nicht die Dartscheibe für diese Klugscheißer sein. Haben wir uns da verstanden?", fragte sie.

„Ich hab dich gehört."

„Gut."

„Erinnerst du dich noch an einen R&B-Gitarristen namens Junior Crudup?", fragte ich.

„Nein."

„Er ist nach Angola eingefahren und nie mehr rausgekommen. Ich glaube, seine Enkelin ist um ihr Land drüben im St. James Parish geprellt worden. Ich glaube, Merchie Flannigan hängt irgendwie mit drin."

Sie drückte ihren Rücken durch und sah mich dann einen langen Moment an. Doch was immer sie ursprünglich hatte sagen wollen, schien aus ihren Augen zu verschwinden. Sie grinste, schüttelte den Kopf und ging auf den Korridor hinaus.

Ich folgte ihr nach draußen.

„Worum ging's gerade?", fragte ich.

„Nichts. Absolut gar nichts", sagte sie. „Streak, du bist echt unglaublich. Gott bewahre mich vor meinen eigenen Sünden."

Dann lachte sie laut auf und ließ mich stehen.

* * *

Montagabend hörte ich mir zwei alte 78er-Aufnahmen an, die Junior Crudup in den 1940ern eingespielt hatte. Wie bei Leadbelly waren die gedoppelten Basssaiten eine Oktave auseinander gestimmt, aber man hörte in seinem Stil auch Blind Lemon und Robert Johnson heraus. Seine Stimme war eindringlich. Nein, das war nicht das richtige Wort. Sie schwebte über den Noten wie ein Raunen.

Es gibt Geschichten, die sind einfach viel zu schrecklich, um sie sich anzuhören, Geschichten, wie sie einem nach AA-Meetings aufgedrängt werden oder spät nachts in Bars, und später wird man sie dann nicht mehr los. Das hier ist eine davon.

Alte Wiederholungstäter behaupteten immer, die übelsten Knäste des Landes befänden sich in Arkansas. Orte wie Huntsville und Eastham im texanischen Strafvollzug kamen gleich an zweiter Stelle, hauptsächlich wegen des unbarmherzigen Tempos, mit dem die Sträflinge bei der Arbeit angetrieben wurden, und wegen der Bestrafungsfässer, auf denen sie gezwungen wurden, die ganze Nacht zu stehen, schmutzig und ohne etwas zu essen, falls ein Aufseher beschloss, dass sie auf dem Baumwollfeld zu lahm gewesen waren.

Aber Angola Pen, die berühmte Haftanstalt in Louisiana, konnte Ansprüche erheben, denen nur wenige andere Gefängnisse etwas entgegenzusetzen hatten. Während der *Reconstruction,* der Zeit unmittelbar nach dem Sezessionskrieg, wurde Angola der Prototyp für ein „Sträflingsmietsystem", das im gesamten Nachkriegssüden übernommen wurde, nicht nur als Ersatz für die Sklavenarbeit, sondern als ihr erheblich kosteneffizienterer und profitablerer Nachfolger. Buchstäblich Tausende Sträflinge in Louisiana starben an Unterkühlung, Unterernährung und Peitschenhieben. Jedes der Lager machte reichlich Gebrauch von Fußblöcken aus Holz, die geradewegs aus dem europäischen Mittelalter zu stammen schienen. Die Zustände in Angola erlangten in den 1950ern landesweite Berühmtheit, als Gefangene begannen, lieber die Sehnen ihrer Sprunggelenke zu durchtrennen als Zeit in der sogenannten *Red Hat Gang* zu verbringen.

Ich fuhr den Bayou Teche hinauf nach Loreauville, wo Batist, dem ich meine Bootsvermietung und den Angelladen verkauft hatte, jetzt mit seiner Tochter auf einer kleinen Parzelle nicht weit von der Stadt lebte. Sein Haus lag ein Stück zurück im Schatten, am Rande des Bayou, das Blechdach fast vollständig bedeckt von den überhängenden Ästen der Pekannussbäume und Eichen. Ich stellte meinen Pick-up zwischen den Bäumen ab und ging zu der Terrasse, wo er in einem Schaukelstuhl saß, ein Marmeladenglas gefüllt mit Eiskaffee in der wuchtigen Hand. Batist war sowohl älter als er zugab als auch völlig gleichgültig gegenüber dem, was die Welt von ihm dachte. Er hatte den größten Teil seines Lebens als Farmer gearbeitet, als Bisamratten-Fallensteller und gewerblicher Fischer mit meinem Vater sowie als Packer in verschiedenen Konservenfabriken. Er konnte weder lesen noch schreiben, war aber nichtsdestoweniger einer der erkenntnisreichsten Menschen, denen ich je begegnet war.

Ein fetter, dreibeiniger Waschbär namens Tripod kauerte auf den Stufen vor einem Fressnapf.

„Was geht, Pod?", sagte ich zum Waschbären und hob ihn schwungvoll auf meine Arme.

Batists Bartstoppeln standen weiß auf seinen Wangen. Er zog eine Zigarre aus der Brusttasche seines Jeanshemds und schob sie sich zwischen die Lippen, zündete sie aber nicht an.

„Du hast mich dieses Wochenende gar nicht besucht", sagte er.

„Ich musste mich in New Orleans um Verschiedenes kümmern", sagte ich. „Vor zig Jahren, da kanntest du doch Junior Crudup, oder nicht?"

Er hob die Augenbrauen. „Oh ja, gar keine Frage", erwiderte er.

„Was ist aus ihm geworden?"

„Was damals mit seinesgleichen immer passiert ist. Ärger, wohin er auch ging."

„Geht das auch noch ein bisschen konkreter?"

„Damals, da gab's noch vier Sorten schwarzer Leute. Es gab Farbige, es gab Neger, und es gab farbige Menschen. Und unter allen gab es dann noch die Nigger."

„Crudup hat zur letzten Kategorie gehört?"

„Falsch. Junior Crudup war ein Farbiger. Nannte sich selbst Kreole. Er trug einen ochsenblutfarbenen Stetson, zweifarbige Schuhe, und Hemd und Anzug waren immer gebügelt. Er hatte früher eine kirschrote E-Gitarre, die er zu allen Tanzveranstaltungen mitnahm. Wenn man einen Mann hübsch nennen konnte, dann ganz bestimmt Junior."

„Wie ist er dann in Angola gelandet?"

„Er passte nirgends rein. Nicht in die Welt der weißen

Leute, nicht in die Welt der schwarzen Leute. Junior hatte seine ganz eigene Art. Hat vor niemandem den Hut gezogen. Lieber ging er acht Kilometer zu Fuß, statt sich in einem Bus ganz nach hinten zu setzen. Damals war das für einen Schwarzen auf Dauer keine gesunde Einstellung."

Tripod strampelte in meinen Armen und trat mich mit seinen Pfoten. Ich setzte ihn ab und betrachtete die Glühwürmchen in den Bäumen. Es war kühl, kein Lüftchen rührte sich, Dunst lag auf dem Bayou. Ein elektrisch angetriebenes Boot, mit Lichterketten geschmückt, glitt lautlos durch den Korridor der auf beiden Ufern wachsenden Eichen. Batists Einstellungen zur Rassendiskussion waren eher unkonventionell. Er sah sich selbst nie als Opfer noch verteidigte er jemals die Schwarzen, die in kriminelle Karrieren hineingetrieben wurden, aber umgekehrt sagte er nie etwas anderes als die Wahrheit über die Welt, in der er aufgewachsen war. Bislang konnte ich noch nicht erkennen, wo er im Fall von Junior Crudup stand.

„Alles fing an auf einer Tanzveranstaltung zu Beginn der Depressionszeit", sagte er. „Junior war da so dreizehn, vierzehn Jahre alt, arbeitete in einer Band für einen Schwarzen mit der absolut wunderschönsten Stimme, die man sich vorstellen konnte. Sie traten in einer weißen Spelunke in der Nähe von Ville Platte auf, an einem richtig heißen Abend, der Laden stand praktisch in Flammen. Der Sänger, der Mann mit der wunderschönen Stimme, er spielte Klavier und sang gleichzeitig, Schweiß lief ihm in Strömen übers Gesicht. Eine weiße Frau ist dann von der Tanzfläche gekommen und hat ihm mit einem Taschentuch die Stirn abgetupft. Mehr hat sie nicht getan. Mehr musste sie auch nicht tun. Nachdem die Kneipe dann geschlossen hatte, passten fünf weiße Männer, betrunken von schwarzgebranntem Schnaps, den Sänger draußen auf der Straße ab und schlugen auf ihn ein, bis er nicht mehr vom Boden hochkam. Aber das reichte ihnen noch nicht, nein. Die hatten einen alten Ford, so einen mit diesen schmalen Reifen, und mit so einem Reifen sind sie ihm dann sauber über den Hals gefahren. Der Mann hat nie wieder auch nur einen Ton gesungen und ist in derselben Nacht im Krankenhaus gestorben. Junior hat das alles mitangesehen, da vom Straßenrand aus, und konnte doch nichts dagegen tun. Ich glaube nicht, dass es danach noch einen einzigen Menschen auf der ganzen weiten Welt gab, dem er traute."

„Warum ist er in den Knast eingefahren, Batist?"

„Wurde dabei erwischt, wie er mit der Frau von einem Weißen geschlafen hat. Das muss so 1934 oder '35 gewesen sein. Wenn du aber wissen willst, was da drinnen passiert ist, dann müssen wir mit Hogman reden."

„Batist, ich würde das hier wirklich gern einfach halten."

„Die haben Junior Crudup in die *Red Hat Gang* gesteckt. Jeder Nigger in ganz Louisiana hat diesen Namen gefürchtet, Dave. Diejenigen, die da wieder rauskamen, waren nie mehr dieselben wie vorher."

* * *

Hogman Patin war ein großer, kräftiger Mann, ein Ex-Knacki und Musiker, der mit Robert Pete Williams, Matthew

Maxey und Guitar Git-and-Go Welch in den alten Lagern in Angola gesessen hatte. Seine Arme waren kohlrabenschwarz und nach einem halben Dutzend Messerstechereien im Strafvollzugssystem mit rosa Narben überzogen. Heute betrieb er ein Café in St. Martinville, trat einmal im Jahr beim *International Music Festival* in Lafayette auf und verkaufte Landschaftspostkarten mit seinem Autogramm für einen Dollar das Stück. Batist und ich saßen mit ihm in seinem Garten, einen Kilometer den Bayou hinauf, während er Holzreste ins Feuer warf und uns von Junior Crudup und der *Red Hat Gang* erzählte.

„Wisst ihr, Junior hat in seinem ersten Jahr auf der Farm einen Fluchtversuch gemacht. Ein Aufseher hat ihm eine ordentliche Ladung Vogelschrot in den Hintern gejagt, aber er hat ein Maultier ins Wasser getrieben und sich an seinem Schwanz festgehalten, bis er mit ihm ganz rüber auf die andere Seite des Mississippi geschwommen war", sagte Hogman und warf ein Brett ins Feuer, woraufhin Funken über das Wasser wehten. „Ein junger weißer Arzt auf der anderen Seite hat ihm das Schrot aus dem Hintern gepult und zu Junior gesagt, er hätte jetzt die Wahl – er würde Junior zehn Dollar geben und vergessen, dass er da war, oder aber er würde ihn zurück ins Zuchthaus bringen. Junior sagte, ,Die werden mir mit der Peitsche den Arsch aufreißen, wenn ich zurückgeh'. Der Doc sagte, ,Nein, werden die nicht. Ich werde dafür sorgen, dass die das nicht tun.' Der Arzt brachte ihn also wieder zurück auf die Farm und sagte dem Gefängnisdirektor, er würde jetzt jeden Monat vorbeikommen und nach Junior sehen, und falls Junior ausgepeitscht würde, würde der Doc dafür sorgen, dass der Direktor seinen Job verliert. Als Junior dann aus der Krankenstation kam, schickten sie ihn in die *Red Hat Gang*. Zwei Leute haben damals die *Red Hat Gang* geleitet, die Latiolais-Brüder. Gleich am ersten Tag haben die zu Junior gesagt, sie wüssten Bescheid, dass sie ihn nicht auspeitschen könnten, aber bei Gott, sie würden ihn umbringen. Wisst ihr, es gab verschiedene Sachen, die waren besonders an der *Red Hat Gang*. Alle trugen schwarzweiß gestreifte Klamotten und rot angemalte Strohhüte. Und keiner ging. Von frühmorgens bis spätabends hieß es immer nur Laufschritt, hau rein, gib Gas, Nigger, gib Gas. Die Latiolais-Brüder waren Säufer. Das lief dann so ab: Einer von denen trank Whiskey unter einem Baum und machte ein Nickerchen, wachte irgendwann auf, zeigte auf irgendeinen Mann und sagte, ‚Verpiss dich, Junge.‘ Und als Nächstes hast du dann das Knallen der Schrotflinte gehört. Wenn ein Mann in der Gluthitze umfiel, wurde er auf einen Ameisenhügel gelegt. Wenn ein Mann am Schubkarren trödelte, sagte der Captain, ‚Ich brauche einen großen, feuchten Stein.‘ In den Untiefen lag ein ganzer Haufen Steine, wisst ihr. Ein Sträfling musste dann einen großen finden, vielleicht einen Fünfundzwanzigpfünder, ihn nass machen und dann damit den Abhang zum Captain rauflaufen, bevor er wieder trocken war. 'Türlich, je schneller der Sträfling lief, desto schneller trocknete der Stein. Na ja, und dann hat der Captain eines Tages zu Junior gesagt, er würde trödeln, und er sollte seinen Arsch besser runter in den Fluss schaffen und dem Captain den größten nassen Stein bringen, den er finden konnte. Nun, die Steine, die waren fast einen Kilometer weit weg, und der Captain wusste ganz genau, dass Junior am Ende des Tages ein voll ausgepowerter Nigger war. Aber Junior schleppte den Stein den Abhang rauf, und als dann der Captain mal nicht hinsah, da hat er sich kurz damit hinter einen Gummibaum verzogen und voll drübergepinkelt. Dann hielt er dem Captain den Stein hin und fragte, ,Ist das nass genug für Sie, Boss?' Der Captain berührte den Stein und sah seine Hand an und roch dran. Er konnte einfach nicht glauben, was Junior da gerade getan hatte. Alle in der *Red Hat Gang* fingen an zu lachen. Sie haben versucht, es zu verbergen, haben zu Boden geblickt oder sich an, aber sie konnten es einfach nicht unterdrücken. Es war so saukomisch, sie dachten sogar einen Moment lang, selbst der Captain müsste darüber lachen. Womit sie aber todsicher voll danebenlagen."

„Was ist dann passiert?", fragte ich.

Hogman trug ein Unterhemd mit schmalen Trägern, das ihm wie ein Lumpen um den Leib hing. Seine Augen bekamen einen melancholischen Glanz.

„Der Captain hat Junior in den Schwitzkasten in Camp A gebracht. Das war eine eiserne Kiste, kaum größer als ein Sarg, die senkrecht auf einem Betonsockel stand. Die haben den Jungen sieben Tage lang da drin gelassen, mitten im Sommer, keine Chance, mal aufs Klo zu gehen, gab nur einen Eimer zwischen den Beinen", sagte er.

„Was wurde aus Junior?", fragte ich.

„Keine Ahnung. Er ist mehrere Male in Angola eingefahren und wieder rausgekommen. Vielleicht haben sie ihn im Deich vergraben. Ich vermute, in dem Deich müssen Hunderte liegen. Ich mach mir keine Gedanken mehr darüber", sagte er.

Sein Blick schien sich auf nichts zu richten, seine Stirn glänzte im Licht des Feuers.

* * *

Am frühen nächsten Morgen holte ich meine Post aus meinem Fach im Department und ging sie am Schreibtisch durch. Darunter eine Einladung, geschrieben in einer schönen Handschrift auf silbergrauem Briefpapier.

Lieber Dave,
Kannst Du Samstagnachmittag zum Fox Run kommen? Es geht um Rasentennis und Drinks und wahrscheinlich ein paar selbstgefällige Leute, die über ihr Geld quatschen. Genau genommen wird's wahrscheinlich schrecklich öde. Aber so ist das Leben am Bayou, stimmt's? Merchie und ich möchten Dich sehen.
Ruf mich an. Bitte. Ist schon lange her.
Bis dann, Theodosha

Schon lange her seit was?, dachte ich.

Aber ich kannte die Antwort, und diese Erinnerung war eine, die ich aus meinem Kopf zu verbannen versuchte. Ich ließ die Einladung in eine Schublade fallen und sah kurz aus dem Fenster auf ein Auto mit zwei Männern darin, das am Bordstein vor dem Gerichtsgebäude anhielt. Der Fahrer trug einen schwarzen Anzug und ein Kollar. Sein Beifahrer drehte den Kopf herum, das Gesicht völlig blutleer wie bei jemandem, der auf dem Weg zum Schafott war.

Zwei Minuten später standen die zwei vor meiner Tür.

„Phil ist in die Kirche gekommen und hat seine Rekonziliation gemacht", sagte Father Jimmie, während er die Tür hinter sich schloss. „Falls es Ihnen nichts ausmacht, würde er gern mit Ihnen über einige Dinge sprechen. Vielleicht unter vier Augen."

Gunner Ardoin, den Father Jimmie als Phil bezeichnete, warf mir einen kurzen Blick zu und sah dann aus dem Fenster zu einem Gärtner hinaus, der das Gras mähte.

„Du willst mir etwas sagen, Gunner?", fragte ich.

„Ja, klar", erwiderte er.

Father Jimmie nickte und verließ den Raum. Ich sagte Gunner, er solle auf dem Stuhl vor meinem Schreibtisch Platz nehmen. Er atmete durch den Mund, als befände er sich in einem begehbaren Gefrierschrank.

„Ich mache das Father Dolan zuliebe", sagte er.

„Du machst es, um deinen Arsch zu retten", erwiderte ich.

Er sah mich nicht an, aber seine Miene erstarrte.

„Bist du zur Beichte gegangen?", fragte ich.

„Man nennt es heute Rekonziliation. Aber, ja, ich bin hin", sagte er.

„Also, wer steckt hinter dem Überfall auf Father Jimmie?"

„Ich hab einen Anruf bekommen. Von einem Typen namens Ray. Einen anderen Namen hat er nicht. Er hat nur gesagt, ich soll mich um Father Dolan kümmern. Wenn ich eine Lieferung machen muss, ist Ray der Mann, der mich anruft. Ich habe Ray gesagt, solche Sachen mache ich nicht. Er sagte, entweder mache ich das oder ich kann mir eine neue Einkommensquelle suchen. Also habe ich einen Kerl angerufen. Er zieht im Quarter und in ein paar schäbigen Läden am Airline Drive Schwule ab. Für hundert Mäuse macht er auch noch andere Sachen."

„Hast du irgendeine Vorstellung, was du einem anständigen und ehrbaren Mann angetan hast?"

„Willst du den Namen von dem Kerl?"

„Nein, ich will Rays Nachnamen, und ich will den Typen, für den Ray arbeitet."

„Mann, du verstehst das nicht. Father Dolan hat jede Menge Feinde in New Orleans. Er versucht, improvisierte Daiquiri-Buden und Müllverbrennungsanlagen zu schließen und die Typen aus dem Verkehr zu ziehen, die giftigen Klärschlamm in den Gemeinden am Fluss abgeladen haben. Er hat den Heinis von der *Picayune* erzählt, diese Recht-auf-Leben-Leute würden eine Sünde begehen, indem sie die Fotos und Namen dieser Frauen ins Internet stellen."

„Was redest du da?"

„Diese Anti-Abtreibungs-Spinner. Die fotografieren Frauen, die in Abtreibungskliniken gehen, anschließend setzen sie die Bilder und die Namen der Frauen mitsamt ihren Adressen ins Internet. Father Dolan hat sich dagegen ausgesprochen, ein katholischer Priester. Wie viele Feinde braucht ein Mann?"

„Unsere Zeit ist fast um, Gunner", sagte ich.

„Der Schwulenschreck aus dem Quarter sollte Father Dolan Angst einjagen, und nicht mit einem Stahlrohr völlig durchdrehen. Hey, hörst du mir überhaupt zu? Auf der Straße wird geredet, ich hätte Sammy Fig verpfiffen. Du musst Fat Sammy gegenüber meinen Namen erwähnt haben."

„Sammy sagt, er hätte noch nie von dir gehört. Du musst dir wirklich keine Sorgen machen."

„Weiß ich." Sein Gesicht wurde grau. Er wischte sich über den Mund und sah zu dem Gärtner hinaus, der jetzt vor dem Fenster eine Hecke stutzte. „Warum glotzt du mich so an?", fragte er.

„Ich glaube, du benutzt das Beichtgeheimnis, um Father Dolan davon abzuhalten, gegen dich auszusagen."

„Ja, vielleicht war das am Anfang ja so. Aber es tut mir immer noch leid, was ich getan habe. Er ist ein anständiger Kerl. Er hat nicht verdient, was ihm zugestoßen ist."

Ich sah kurz auf meine Uhr. „Wir wären dann fertig hier. Mach's gut, Gunner", sagte ich.

Er stand von seinem Stuhl auf und ging zur Tür, dann blieb er stehen, die Schultern leicht gebeugt, sein lausbübisches Gesicht erwartungsvoll, so als ob ihm immer noch ein Gnadenakt angeboten werden könnte.

„Was ist?", fragte ich.

„Ruf Sammy Fig an. Sag ihm, dass ich ihn nicht verpfiffen hab."

„Wie lautet Rays Nachname?"

„Keine Ahnung."

„*Adios*", sagte ich.

Ich widmete mich wieder der Lektüre meiner Morgenpost. Als ich kurz aufblickte, war er fort. Einen Augenblick später steckte Father Jimmie seinen Kopf durch die Tür, seine Enttäuschung unübersehbar.

„Sie konnten Phil nicht helfen?", fragte er.

* * *

Am nächsten Tag rief ich das Büro des Direktors des Staatsgefängnisses Louisiana an und bat einen Verwaltungsangestellten, den Namen Clarence „Junior" Crudup in seinen Akten zu suchen.

„Wann war er hier?", fragte der Mann.

„In den 1940ern oder 1950ern."

„So weit zurück reichen unsere Unterlagen nicht. Dafür müssen Sie sich schon mit Baton Rouge in Verbindung setzen."

„Dieser Ganove ist eingefahren, aber nie mehr rausgekommen."

„Wie bitte?"

„Er wurde nie entlassen. Niemand weiß, was aus ihm geworden ist."

„Versuchen Sie's mal mit dem Point LooksOut."

„Mit dem Friedhof?"

„Hier geht niemand verloren. Entweder gehen sie durchs Eingangstor wieder raus oder aber sie werden bei den Gummibäumen verscharrt."

„Und was ist mit dem Deich?"

Er legte einfach auf.

* * *

Mittags ging ich an den weiß getünchten, zerbröckelnden Backstein-Grüften auf dem St. Peter's Cemetery vorbei zur Main Street und aß in *Victor's Cafeteria* zu Mittag, dann kehrte ich ins Büro zurück, als die Sonne gerade hinter Gewitterwolken verschwand, der Wind aus Süden auffrischte und durch die Bäume entlang der Bahngleise fegte. In meiner Mailbox warteten zwei Anrufe von Theodosha Flannigan. Ich verfrachtete beide ungehört in den telefonischen Mülleimer.

Um 16 Uhr, inmitten eines Wolkenbruchs, sah ich sie in ihrem schwarzen Lexus am Bordstein vor dem Gericht halten. Sie öffnete einen Schirm und lief zum Vordereingang des Gebäudes, wobei Wasser auf ihre Waden und den Saum ihres rosa Rockes klatschte.

Ich ging auf den Korridor hinaus und ihr entgegen, täuschte ein Selbstvertrauen vor, das mein Verlangen kaschierte, ihr vorzugsweise aus dem Weg zu gehen.

„Hast du meine Einladung bekommen?", fragte sie, Gesicht und Haare regennass glänzend.

„Ja, danke, dass du sie mir geschickt hast", erwiderte ich.

„Ich hab auch angerufen. Mehrmals."

Zwei Deputies am Wasserspender sahen zu uns herüber, ihre Blicke wanderten von Kopf bis Fuß über ihren Körper.

„Komm mit ins Büro, Theo. War heute einiges los", sagte ich.

Ich schloss hinter uns die Tür.

„Falls du Samstag nicht kannst, kann ich das schon verstehen. Ich muss aber trotzdem mit dir reden, über eine andere Sache", sagte sie.

„Ach ja?"

„Ich habe ein Problem. Es kommt in Flaschen. Nicht einfach nur Alk. Vor sechs Monaten hab ich wieder damit angefangen. Mein Psychiater hat mir die Schlüssel zum Süßwarenladen gegeben", sagte sie. Sie klang aufgedreht, das Weiß ihrer Augen war von winzigen Äderchen durchzogen. Sie atmete rau aus. Ihr Atem roch nach Whiskey und Minzblättern, und das nicht von gestern Abend. „Kann ich mich setzen?", fragte sie.

„Ja, tut mir leid. Bitte", sagte ich und sah über meine Schulter zu Helen Soileau hinaus, die gerade den Flur hinunterging.

„Dave, in meinem Kopf arbeiten den ganzen Tag über kleine Männer mit Bohrern und Sägen. Manchmal auch mitten in der Nacht", sagte Theodosha.

„Heute Abend ist ein Meeting im Solomon House, direkt gegenüber von der alten New Iberia High", sagte ich.

„Ich war schon zwei Mal in Behandlung. Ich war sieben Jahre in Therapie. Ich bin ein Jahr lang nüchtern, dann geht's in meinem Kopf wieder los. Mein letzter Psychiater hat sich vergangene Woche erschossen. In Lafayette, im Girard Park, während seine Kids auf der Schaukel spielten. Ich muss immer wieder denken, dass ich irgendwas damit zu tun hatte."

„Und wo ist Merchie bei alledem?"

„Er denkt sich Entschuldigungen für mich aus. Er beklagt sich nicht. Mehr könnte ich nicht verlangen. Du weißt ja, er ist selbst nicht völlig normal." Sie nahm ein Taschentuch aus ihrer Handtasche und tupfte die Feuchtigkeit von ihren Augen. „Ich weiß nicht, was ich hier mache. Merchie macht sich Sorgen, weil du glaubst, er würde Altöl auf den Grundstücken armer Leute entsorgen. Er blickt zu dir auf. Kannst du nicht am Samstag zum Fox Run rauskommen?"

„Ich bin momentan völlig ausgebucht."

„Wie lange hast du getrunken?"

„Fünfzehn Jahre, mehr oder weniger."

„War dir nicht danach, wieder damit anzufangen, als deine Frau gestorben ist?"

„Nein", antwortete ich und wendete den Blick ab.

„Ich weiß nicht, wie irgendwer trocken bleiben kann. Ich fühle mich völlig schmutzig."

„Warum?"

„Wen interessiert's? Manche Leute kommen schon verpfuscht auf die Welt", sagte sie. „Tut mir leid, dass ich hier einfach so reingeschneit bin. Ich werde mir eine dunkle, hermetisch abgeriegelte und vollklimatisierte Lounge suchen und mich in einem Wodka Collins auflösen."

„Manche Leute stehen den Kater einfach durch. Heute könnte das erste Inning in einem völlig neuen Spiel sein."

„Guter Versuch", sagte sie und erhob sich.

Ich dachte, sie wäre drauf und dran zu gehen. Stattdessen richtete sie ihren Blick auf mich und wartete. Ihre Haare schimmerten schwarzrot wie Seide, die Spitzen an ihrem Hals geringelt.

„Ist sonst noch was?", fragte ich.

„Was ist jetzt mit Samstag?" Ihr Gesicht wurde sanft, während sie auf eine Antwort wartete.

4

An jenem Abend, in der Dämmerung, röhrte ein Buick um die Kurve der Loreauville Road, an Bord drei Teenager-Mädels. Er passierte einen Lastwagen, prallte gegen einen Briefkasten an der Straße, fing sich wieder und bremste hinter einem Schulbus ab, als jemand auf dem Rücksitz eine Schachtel Fast-Food-Müll sowie Plastikbecher und Strohhalm aus dem Fenster warf. Der Lastwagenfahrer, ein religiöser Mann, an dessen Rückspiegel eine geweihte Plakette an einer dünnen Kette baumelte, sagte später, er hatte gedacht, die Mädels hätten sich beruhigt und würden wahrscheinlich in vernünftigem Tempo bis nach Loreauville, acht Kilometer den Bayou Teche rauf, dem Schulbus folgen.

Stattdessen überquerte die Fahrerin erneut die doppelt durchgezogene gelbe Linie auf die Gegenfahrbahn und versuchte, vor dem Schulbus einzuscheren, als ihr klar wurde, dass sie nie wieder einen sicheren Hafen anlaufen würde.

Helen Soileau, vier uniformierte Beamte, zwei Krankenwagen und ein Feuerwehrauto waren bereits an der Unfallstelle, als ich eintraf. Die Mädchen waren noch immer im Buick. Der Telefonmast, gegen den sie gefahren waren, war unten abgeknickt und die herunterhängenden Leitungen hatten sich in einer Eiche verfangen. Der Buick war auf dem Dach weiter die Böschung heruntergerutscht und hatte einen weißen Zaun zersplittert, bevor er neben einem Fischteich liegen geblieben, der Benzintank explodiert war und mit einer derartigen Hitze gebrannt hatte, dass das Wasser im Teich angefangen hatte zu kochen.

„Haben Sie das Kennzeichen schon durchlaufen lassen?", fragte ich.

„Es ist auf einen Arzt in Loreauville zugelassen. Die Hausangestellte sagt, er und seine Frau seien beim Golfen. Ich habe im Country Club eine Nachricht hinterlassen", antwortete Helen.

Sie trug ihre Marke an einer schwarzen Kordel um den Hals. Der Wind drehte und blies über die Scheunen und Weiden der Pferderanch, auf der der Buick ausgebrannt war. Doch der Geruch, den der Wind mit sich trug, war nicht der von Pferdemist und Luzerne. Helen hielt sich ein zusammengeknülltes Taschentuch vor die Nase und schniefte, als hätte sie eine Erkältung.

Zwei Feuerwehrleute benutzten Rettungsspreizer, um die Türholme auf der Fahrerseite auseinanderzubiegen und fingen dann an, die Reste der Fahrerin hinaus auf das Gras zu ziehen.

„Der Busfahrer hat gesagt, der Buick wäre in Schlangenlinien über die Straße gefahren?"

„Ja, sie hatten mächtig Spaß. Das Leben in den Bayous im Jahre 2002", sagte Helen.

Die Wassereichen entlang des Teche hatten schon fast alle Blätter verloren und ihre Äste wirkten wie Skelette vor der untergehenden, rot glühenden Sonne am westlichen Horizont. Ein schmucker grüner Lincoln mit zwei Leuten auf den Vordersitzen näherte sich uns aus westlicher Richtung, wurde im Halbdunkel langsamer und parkte am

Randstreifen. Der Fahrer stieg aus, schaute über den Wagen hinweg auf das Szenario am Fischteich, sein Gesicht von einer Traurigkeit gezeichnet, mit der kein Cop, zumindest kein anständiger, je würde zu tun haben wollen.

Ich griff durch das offene Fenster in Helens Streifenwagen, zog ein Paar Gummihandschuhe und eine Vinylmülltüte heraus.

„Wohin gehst du?", fragte sie.

„Müll sammeln."

Ich ging ungefähr zweihundert Meter an der Straße entlang zurück, vorbei an einer Reihe Zedern an der Grenze zu einer weiteren Pferderanch, überquerte dann die Straße zur gegenüberliegenden Böschung, wo ein frisch hingeworfener Haufen Müll im Gras leuchtete. Ich hob Hühnerknochen auf, halb aufgegessene Brötchen, schmutzige Servietten, einen verspritzten Behälter mit Kartoffelbrei und Soße, drei blaue Plastikbecher, drei Deckel mit Strohhalmen sowie zerbrochene Plastikstücke, mit der die Deckel der Becher versiegelt gewesen waren. In den Bechern befanden sich immer noch Eisstücke, gemeinsam mit dem unverkennbaren Geruch von Zucker, Zitronensaft und Rum. Ich fand eine Papiertüte, stellte die Becher und Deckel hinein und packte sie dann zu den anderen Sachen in den Müllsack.

Als ich zum Unfallort zurückkehrte, sprach Helen gerade mit dem Vater und der Mutter des Mädchens, das den Buick gefahren hatte. Das Gesicht des Vaters war wutverzerrt, als er mit seinem Finger auf die Fahrer des Lasters und des Schulbusses zeigte, die beide ausgesagt hatten, seine Tochter wäre mit überhöhter Geschwindigkeit über die doppelt durchgezogene gelbe Linie gefahren.

„Vielleicht haben Sie sie auch abgedrängt. Warum hätte sie die Böschung hinunterfahren sollen, wenn Sie sie wieder in die Reihe gelassen hätten? Sagen Sie mir das, verdammt noch mal!", brüllte er.

Ein Krankenwagen mit den Leichen der drei Mädchen schlängelte sich langsam an den anderen Einsatzfahrzeugen vorbei, sein Blaulicht pulsierte lautlos in der Dämmerung.

Ich ließ die Tüte mit den Beweismitteln in Helens Streifenwagen fallen und fuhr nach Hause, vorbei an einem schwarzen Provinz-Slum an einer Kreuzung, an der sich einige Pkws und Pick-ups vor der Durchreiche einer Daiquiri-Bude aufgereiht hatten.

* * *

Früh am nächsten Morgen, als die Straßen noch leer waren, das graue Licht in den Gärten am Bayou von Nebelschleiern durchzogen, parkte Fat Sammy Figorelli seinen Cadillac vor meinem Haus, wo er eine Zigarette paffte, während er die Virginia-Eichen und Vorkriegshäuser betrachtete, die die East Main säumten. Dann kam er hoch auf meine Veranda und klopfte so laut, dass die Wände wackelten.

„Bist du sauer auf meine Tür?", wollte ich wissen.

„Ich muss eine Sache mit dir klarstellen", sagte er.

Ich ging hinaus, barfuß und noch unrasiert, nur in Khakihose und T-Shirt. Er trug ein rostrotes Hemd mit brauner Strickkrawatte und eine Hose mit rasiermesserscharfen Bügelfalten. Er war einen halben Kopf größer als ich und sein Schweinegesicht glänzte vor Aftershave.

„Ein bisschen früh dafür, oder?", stellte ich fest.

„Ich stehe jeden Morgen um vier Uhr auf. Schlafen nervt, finde ich", sagte er.

„Verstehe. Und dann weckst du andere Leute. Ergibt Sinn."

„Was?", fragte er.

„Warum bist du hier, Sammy?"

„Da ist dieser Punk, Gunner Ardoin, der mich dauernd anruft; erzählt mir ständig, er hätt' mich nicht verpfiffen, dass er ein kleines Mädchen hätte, und dass er es sich nicht leisten könne, seinen Job zu verlieren, weil er im Krankenhaus liegt."

„Was hab ich damit zu tun?", fragte ich.

„Dank dir und diesem Tier, Purcel, wird mein Name in diese ganze Sache mit reingezogen."

„In welche Sache?"

„Die Geschichte mit dem Priester, der Dresche gekriegt hat. Ich will nicht, dass mein Name noch mal in Verbindung mit Father Jimmie Dolan auftaucht. Dieser Typ ist eine absolute Nervensäge und ich habe nichts mit ihm zu tun. Was ist das überhaupt für ein Priester, der den Besitzer eines Wellnesscenters verdrischt?"

„Davon habe ich noch gar nichts gehört."

„Hat er wahrscheinlich bei seiner Predigt ausgelassen."

„Ich versuch's mir zu merken. Danke, dass du vorbeigekommen bist", sagte ich.

Sammy sah mich lange an, seine Nasenflügel bebten beim Atmen, der Mund ein schmaler Schlitz, als hätte er vergeblich mit einem Tauben oder einem Idioten geredet. Ein Lieferwagen, aus dem es nach frisch gebackenen Donuts oder frischem Brot duftete, fuhr auf der Straße vorbei. Fat Sammy sah dem Wagen nach, bis er an der Ecke bei *The Shadow*, einem riesigen, baumverschatteten Vorkriegshaus aus rotem Backstein, abbog und in der Seitenstraße verschwand.

„Das ist eine nette Stadt", sagte er.

Mir wurde klar, dass er nicht in der Lage war, das, was ihn tatsächlich bedrückte, zu erklären. Er beobachtete einen Blauhäher an einem Futterhäuschen, das im Garten am Ast einer Eiche hing.

„Ich habe mit diesen deutschen Filmleuten gesprochen, die mit der Dokumentation. Sie sagten, du hättest ihnen erzählt, ich würde auf Du und Du mit einem Typen in Miami stehen, der dabei geholfen hat, Präsident Kennedy umzubringen. Stimmt das, dass du den Leuten das erzählt hast?", fragte er.

„Du kennst dieselben Geschichten wie ich, Sammy. Aus deinem Mund klingen sie nur besser. Du wurdest für die Leinwand geboren, Partner", sagte ich.

Er schien über meine Erklärung nachzudenken, machte aber keine Anstalten, meine Veranda zu verlassen.

„Möchtest du auf einen Kaffee reinkommen?", fragte ich.

„Hast du Donuts?", fragte er.

Ich öffnete die Tür für ihn und sah zu, wie sich seine

enorme Körpermasse an mir vorbei in mein Haus schob. Dabei nahm ich einen Geruch wie Testosteron wahr, der in seine Klamotten eingebügelt zu sein schien.

* * *

Später an jenem Morgen fuhr ich zu der Highschool der drei toten Mädchen, die am Bayou der kleinen Stadt Loreauville lag. Der Mann im Schulsekretariat gab mir eine Kopie des Jahrbuchs und ich fand die Fotos der drei Mädchen bei den Schülern der elften Klasse. Alle drei waren entweder Klassensprecherinnen, Ballköniginnen, Mitglieder der Schauspielklasse oder des Madrigal-Chors gewesen. Sie hätten im Frühjahr ihren Abschluss machen sollen.

Doch eines der Mädchen hatte einen etwas anderen Ruf. Die Fahrerin, Lori Parks, hatte eine Bewährungsstrafe wegen des Besitzes von Ecstasy bekommen und wegen Trunkenheit am Steuer war ihr Führerschein auf Probe gesetzt worden. Am späten Nachmittag hatte der Forensiker unseres kriminaltechnischen Labors einen Fingerabdruck von einem der Plastikbecher zuordnen können, die ich zweihundert Meter von der Unfallstelle entfernt aufgesammelt hatte. Er war von Lori Parks.

Es gibt in Louisiana kein Gesetz bezüglich geöffneter Behälter. Es ist in diesem Bundesstaat zwar verboten, Alkohol zu trinken und sich dann ans Steuer eines Fahrzeugs zu setzen, aber die Abgabe von alkoholischen Mischgetränken an Personen in Kraftfahrzeugen, die an einer Verkaufsstelle vorbeifahren, sogenannten Drive-by-Buden, ist zulässig, sofern der Getränkebehälter versiegelt ist. Um dem Gesetz Genüge zu tun reicht es, Plastikfolie um den Deckel eines Bechers zu wickeln. Die Mitfahrenden in dem Auto dürfen die Becher öffnen und jede beliebige Menge Alkohol konsumieren, solange sie dem Fahrer keinen geben.

Wenn der Fahrer trinkt und sieht, wie ein State Trooper oder Hilfssheriff sein Blaulicht einschaltet, muss er seinen Becher lediglich seinem Beifahrer geben und handelt sofort wieder gesetzeskonform.

Die einzige Person, die wegen eines Verstoßes gegen die gesetzlichen Bestimmungen bezüglich des Straßenverkaufs alkoholischer Mischgetränke zur Verantwortung gezogen werden kann, ist der Angestellte einer solchen Drive-by-Bude, der den eigentlichen Verkauf vollzogen hat, nie jedoch ihr Besitzer. Manchmal wird der Angestellte, der selten mehr als den Mindestlohn bekommt, zu einer Geld- oder Haftstrafe oder beidem verurteilt, weil er Alkohol an Minderjährige verkauft hat. Doch die Daiquiri-Buden an den Einfallstraßen der Stadt bleiben rund um die Uhr an sieben Tagen der Woche geöffnet, und machen besonders an Wochenenden und allen Zahltagen das beste Geschäft.

Kurz bevor ich zu der Daiquiri-Bude an der Kreuzung Loreauville Road fahren wollte, klingelte das Telefon auf meinem Schreibtisch. Es war der Verwaltungsangestellte aus dem Büro des Gefängnisdirektors des Staatsgefängnisses Angola, derselbe Mann, der den Hörer aufgelegt hatte, als ich die Möglichkeit erwähnte, dass Junior Crudup unter dem Deich des Mississippi Rivers begraben sein könnte.

„Ich habe ein bisschen nachgegraben", sagte er.

Ich lachte in den Hörer.

„Finden Sie das komisch?", fragte er.

„Nein, Sir, tut mir leid."

„Haben Sie je von einem alten Aufseher namens Buttermilk Strunk gehört?"

„Frühmorgens-bis-spätabends-Laufschritt-Strunk?", fragte ich.

„Genau der. Er hat 1951 die Flussdeich-Gangs aus Camp A beaufsichtigt. Er sagt, Crudup war damals einer der Rädelsführer und auf der Abschussliste einer Reihe anderer Aufseher, die einen Christenmenschen aus ihm machen wollten, wenn Sie verstehen, was ich meine."

„Ich denke schon", sagte ich.

„Sie haben ihn ziemlich heftig in die Mangel genommen. Strunk sagt, das war ungefähr zu der Zeit, als ein Mann in die Strafanstalt kam und Tonaufnahmen mit einigen der Häftlinge machte. Strunk zufolge hat dieser Mann Crudup wahrscheinlich das Leben gerettet."

„Sie meinen John und Allen Lomax, die Sammler von folkloristischer Musik?"

„Nein, dieser Kerl lebt in Franklin. Sie müssen ihn kennen, ihm gehört fast der verdammte halbe Bundesstaat."

„Von wem reden wir überhaupt?" Meine Ungeduld wuchs.

„Castille LeJeune. Strunk sagt, LeJeune sei mit einem Mann von einer Plattenfirma gekommen und hat dafür gesorgt, dass Crudup aus der Deich-Gang wegversetzt wurde. Was danach mit ihm passiert ist, weiß er nicht ... Sind Sie noch dran?"

„Castille LeJeune hat das Leben eines schwarzen Sträflings gerettet? Das kann ich mir nur schwer vorstellen."

„Warum?"

„Er ist eigentlich ein echtes Arschloch."

„Erinnern Sie mich daran, dass ich meine Zeit nicht wieder mit solchem Scheiß verschwende", sagte der Verwaltungsbeamte.

* * *

An jenem Abend kehrte mein alter Feind zurück. Seinen Freunden zufolge baute der Kriegsheld und Schauspieler Audie Murphy seine Garage in den Bergen mit Blick über Los Angeles zu einem Schlafzimmer um und schlief getrennt von seiner Frau, eine geladene .45er Armeepistole unter dem Kopfkissen. Am Ende des Zweiten Weltkrieges war er davon überzeugt, dass er für jeden Tag, den er an vorderster Front verbracht hatte, fünf Tage in Friedenszeiten verbringen musste, bevor er wieder eine ganze Nacht durchschlafen konnte. In seinem Fall bedeutete das zwanzig Jahre schlafloser Nächte.

Meine vergleichsweise geringe Erfahrung in Vietnam konnte nicht als Existenzberechtigung für meine Schlaflosigkeit herhalten. Ich hatte getrunken, bevor ich dorthin ging, und nach meiner Rückkehr trank ich noch mehr. Jetzt trank ich überhaupt nicht mehr, und doch füllten dieselben Besucher und Gefühle meine nächtlichen Stunden, nur dass sie andere Gestalten und Gesichter annahmen.

Die Nacht mit ihren Geräuschen schien lebendig zu werden – das Poltern roter Eichhörnchen auf dem Dach, ein Baggerschiff draußen auf dem Bayou, ein kurzer Regenschauer, der über die Bäume im Garten rauschte. Wenn ich schließlich einschlief, träumte ich von meiner Frau Bootsie und Father Jimmie Dolan, den drei Mädchen, die in einem brennenden Wagen gestorben waren und einem Neger-Sträfling, der in den Mühlen eines Systems zermalmt wurde, das voller Hass war auf die Courage Schwarzer.

Wovon handelten diese Träume wirklich? Einer unvollkommenen Welt, vermutete ich, einer, die häufig von Tod und Ungerechtigkeit beherrscht wurde. Doch welch ein Dummkopf würde seinen Schlaf einem Zustand opfern, den er sowieso nicht ändern konnte?

Mit einer .45er unter dem Kopfkissen zu schlafen, brachte Audie Murphy keinen Frieden, genauso wenig wie das Verzocken von Millionen in Las Vegas. Ich habe auch schon mit Waffen geschlafen und wesentliche Summen in das Totalisator-Geschäft auf den Rennbahnen überall im ganzen Land gesteckt, doch mein Versuch, mit der Welt wieder ins Gleichgewicht zu kommen, war kein bisschen erfolgreicher als seiner. Vor diesem Hintergrund hatte ich eine Lösung für die Schlaflosigkeit, eine, die todsicher war und die Murphy offensichtlich nicht ausprobiert hatte. Doch nur bei dem Gedanken daran, dass es in mein Leben zurückkehren könnte, traten mir die Schweißperlen auf die Stirn.

* * *

Als ich am nächsten Morgen ins Büro kam, wartete ein Fax vom Department of Public Safety and Corrections in Baton Rouge auf mich. Da es weder ein Protokoll von Junior Crudups Entlassung aus Angola noch von seinem Tod in der Haftanstalt gab, behauptete das Department, er hätte seine volle Strafe abgesessen und sei „nach maximaler Zeit" gegangen, was bedeutete, dass er 1958 ohne Bewährungsauflagen oder Betreuung entlassen worden wäre.

Reines Geschwafel.

Ich rief Father Jimmie in seinem Pfarrhaus in New Orleans an, wo man mir sagte, er würde gerade im Garten arbeiten. Fat Sammy hatte gemeint, der Priester sei eine absolute Nervensäge. Das Erzbistum muss ähnlicher Ansicht gewesen sein. Er war in eine uralte Kirche in der Innenstadt versetzt worden, in einer dreckigen, heruntergekommenen Gegend hinter der Canal Street, wo die Messe immer noch auf Latein abgehalten wurde, Frauen mit bedeckten Haaren auf den Kirchenbänken saßen und die Besucher des Abendmahls auf der Altarbank knieten, wenn sie die Eucharistie erhielten, als hätten die Reformen des Vatikans in den 1960ern nie stattgefunden.

Letztes Jahr, als ich Father Jimmie gegenüber anmerkte, für wie überaus miserabel ich die Urteilsfähigkeit seiner Diözese hielte, und ihnen sogar strafende Absichten unterstellte, einen Priester wie ihn in eine Gemeinde mit solch anachronistischer Denkweise zu versetzen, hatte er geantwortet: „Einige Menschen können keine Veränderung akzeptieren. Also lässt die Kirche zu, dass sich ein paar von ihnen in einem Mausoleum verbarrikadieren, wo sie sich ausmalen, dass die Vergangenheit noch immer lebendig sei. Kennen Sie noch jemanden, der dieses Problem hat?"

„Wie bitte?", sagte ich.

„Es sind keine schlechten Kerle", sagte er und grinste über beide Ohren.

Meine Gedanken kehrten in die Wirklichkeit zurück und ich hörte, wie Father Jimmie den Hörer kratzend von einer harten Oberfläche aufnahm.

„Fat Sammy Figorelli hat gesagt, Sie hätten den Besitzer eines Wellnesscenters verprügelt", sagte ich.

„Nicht ganz."

„Was soll das denn heißen, ‚nicht ganz'?"

„Der Typ, über den wir reden, hat einen Massagesalon und Escortservice. Er hat eine siebzehnjährige Vietnamesin aus unserer Gemeinde gezwungen, einem seiner Kunden einen zu blasen. Rufen Sie deswegen an?"

„Das Department of Corrections behauptet, die letzte Haftstrafe von Junior Crudup endete 1958. Sie sagen, er wäre nicht auf Bewährung freigelassen worden und sei nicht im Gefängnis gestorben, also müsste er nach der vollen Haftzeit 1958 freigelassen worden sein."

„Wahrscheinlich wurde er auf dem Gelände umgebracht und verscharrt. Doch ich bezweifle, ob wir das je erfahren."

„Es gibt noch mehr. Ein alter Aufseher sagte, ein Mann namens Castille LeJeune hätte Junior 1951 aus der Deich-Gang weggeholt. Doch da endet die Spur."

„Castille LeJeune, in Franklin? Das ist Theodosha Flannigans Vater. Sie ist mit Merchie Flannigan verheiratet."

74

„Woher wissen Sie das?", fragte ich.

„Sie wohnte mal in New Orleans. Sie war ein Mitglied unserer Gemeinde. Könnten wir mal mit Mr. LeJeune reden?"

„Ich würde mich lieber von Theodosha und allen, mit denen sie zu tun hat, so weit wie möglich fernhalten."

Es gab eine kurze Pause, dann sagte er: „Oh, ich verstehe."

Weiter so, Robicheaux, dachte ich.

* * *

An jenem Nachmittag klapperte ich alle Daiquiri-Buden New Iberias ab. Jeder der Läden benutzte die gleiche Art von blauen Plastikbechern, die ich in der Nähe des Unfallortes aufgesammelt hatte, die gleichen Deckel und die gleiche Art Plastikversiegelung. Ich zeigte jedem der Typen, die an den Durchreichen arbeiteten, im Jahrbuch die Fotos der drei Mädchen, die auf der Loreauville Road gestorben waren. Alle Verkäufer schauten sie ausdruckslos an und schüttelten den Kopf. Bei den ersten drei Buden glaubte ich der Verneinung der Männer. Beim Vierten machte ich eine andere Erfahrung.

Die Bude sah aus wie eine Schachtel, war aus weiß gestrichenem Sperrholz und stand in einem Eichenhain, kurz hinter der Stadtgrenze. Ich parkte meinen Streifenwagen zwischen den Bäumen und wartete im Schatten, während der Angestellte, ein Jugendlicher, wahrscheinlich selbst gerade mal volljährig, drei Wagen bediente. Dann ging ich

75

zur Durchreiche, die eine Klappe hatte, welche von einer Stange aufgehalten wurde. Ich zeigte ihm meine Dienstmarke.

„Wie heißt du?"

„Josh Comeaux."

„Arbeitest du jeden Abend hier, Josh?"

„Ja, Sir. Außer, wenn ich ein Basketballspiel habe. Dann gibt Mr. Hebert mir frei", antwortete er.

Ich schlug das Jahrbuch bis zur markierten Seite auf und zeigte ihm Bilder von zwei der toten Mädchen.

„Kennst du eines dieser Mädchen?", fragte ich.

„Nein, Sir, das kann ich so nicht sagen", sagte er. Er trug eine Khakihose und ein gestärktes Hemd mit einem Muster, die Ärmel ordentlich hochgekrempelt. Er war gebräunt und hatte schwarzes Haar, das mit Gel zurückgekämmt war und eng am Nacken anlag.

„Kannst nicht oder willst nicht?", fragte ich und lächelte ihn an.

„Sir?", sagte er verwirrt.

Ich blätterte zu einer weiteren markierten Seite im Jahrbuch und zeigte ihm das Bild von Lori Parks.

„Was ist mit diesem Mädchen?", fragte ich.

Er schüttelte den Kopf, die Augen leer. „Nein, Sir. Ich kenne sie nicht. Ich vermute, ich bin hierbei keine große Hilfe. Haben diese Mädchen etwas falsch gemacht?"

„Du scheinst etwas außer Atem zu sein. Mit dir alles in Ordnung?", fragte ich.

„Alles okay", sagte er und versuchte zu lächeln.

„Um wie viel Uhr hast du sie bedient?", fragte ich.

„Wen bedient?"

„Lori Parks", sagte ich und tippte auf das Bild der Fahrerin.

„Ich habe nicht gesagt, dass ich das getan hätte. Ich habe nichts dergleichen gesagt. Nein, Sir."

„Die Autopsie dieses Mädchens weist darauf hin, dass sie noch am Leben war, als der Benzintank ihres Wagens explodierte. Sie war siebzehn Jahre alt. Ich denke, du steckst ziemlich tief in der Scheiße, Partner."

Er schluckte und schaute auf den Rauch, der in den Bäumen über einem Grillplatz hing. Er öffnete gerade seinen Mund, um etwas zu sagen, als ein Mann mittleren Alters mit beginnender Glatze, der eine Cowboyweste und eine Schnürsenkel-Krawatte trug und zur Abrundung des Outfits Hillbilly-Koteletten, die wie Wachsmalstifte aussahen, dem Jungen die Hand auf die Schulter legte und mich durch das Fenster anfunkelte.

„Haben Sie gerade behauptet, wir hätten Minderjährigen etwas verkauft?", fragte er.

„Ich weiß, dass Sie es getan haben", sagte ich.

„Jeder jüngere Mensch, der an dieses Fenster kommt, muss seinen Ausweis vorlegen. Das ist die Regel. Ohne Ausnahmen", sagte er.

„Sind Sie der Besitzer?"

Er ignorierte meine Frage und wandte sich an seinen Angestellten. „Hast du gestern jemanden bedient, der minderjährig aussah?"

„Nein, Sir, ich nicht. Ich habe jeden überprüft", sagte der Verkäufer.

77

„Das dachte ich mir", sagte der Mann in der Weste. „Wir haben geschlossen."

„Woher wussten Sie, dass der problematische Verkauf gestern war?", fragte ich.

Er zog die Stange unter der Klappe weg und das Fenster knallte vor meiner Nase zu.

* * *

Während ich den Nachmittag damit verbracht hatte, die Angestellten von New Iberias Daiquiri-Buden zu befragen, beendete ein ungewöhnlicher Mann seine Reise im *Sunset Limited* von Miami nach New Orleans. Er hatte kleine Ohren, die dicht an seinem Kopf anlagen, schmale Schultern, helle Haut, Lippen, die die Farbe von roher Leber hatten und smaragdgrüne Augen, die die seltene Gabe hatten, zu schauen, als seien sie ununterbrochen an dem interessiert, was andere Menschen sagten. Er saß im Speisewagen, trug einen Seersucker-Anzug und ein rosa Hemd mit einem pflaumenfarbenen Binder und einer Krawattennadel mit einem Rubin, nippte an seinem Glas Sodawasser mit Eis und Limonenscheibe, während die Landschaft vorbeizog. Eine ältere katholische Nonne in einem schwarzen Habit saß ihm gegenüber, öffnete ein Buch und begann darin zu lesen. Kurz darauf wurde ihr bewusst, dass der Mann sie beobachtete.

„Kann ich Ihnen irgendwie helfen?", fragte sie.

„Sie lesen *The Catholic Imagination* von Father Andrew Greeley. Das ist ein schönes Buch", sagte der Mann.

„Ich habe es gerade erst angefangen. Aber ja, das scheint es zu sein. Sind Sie aus Irland?"

Er dachte über seine Antwort nach. „Ähm, nicht mehr", sagte er. „Fahren Sie nach New Orleans, Schwester?"

„Ja, ich wohne dort. Aber meine Eltern kommen aus Waterford im Süden Irlands."

Doch er schien die Herkunft ihrer Eltern gar nicht zur Kenntnis zu nehmen. Seine Augen waren so grün und sein Starren so eindringlich, dass sie seinem Blick unwillkürlich auswich.

„Kennen Sie in New Orleans zufällig einen Father James Dolan?", fragte der Mann.

„Aber ja, er ist ein Freund von mir."

„Wie ich höre, ist er ein wundervoller Mann. Arbeitet in einer Gemeinde, in der immer noch die traditionelle Messe abgehalten wird, oder?"

„Ja, aber er ist …"

„Er ist was?"

„Er ist kein traditioneller Mensch. Entschuldigen Sie bitte, aber Sie starren mich so an."

„Tue ich das? Oh, entschuldigen Sie bitte, Schwester. Aber Sie erinnern mich so an die Mutter Oberin, die das Waisenhaus geleitet hat, in dem ich damals gelebt habe. Was für ein allerliebster Kartoffelsack sie doch war. Ich musste immer meine Hände falten, wie zum Gebet, und dann hat sie mir mit einem Lineal die Scheiße aus dem Leib geprügelt. Sie hat uns auch an den Haaren gezogen und unsere Arme zu ‚tausend Stecknadeln' verdreht. Haben Sie dasselbe gemacht mit anderen Lümmeln?"

Er trank von seinem Glas Sodawasser mit Eis und Limone, ein unschuldiges Leuchten in den Augen. „Sie laufen doch nicht etwa weg, oder? Sie haben Ihr Buch vergessen. Hier, ich bringe es Ihnen", sagte er.

Doch sie eilte schon durch den Verbindungsgang in den nächsten Waggon, wobei die großen Holzperlen ihres Rosenkranzes um ihre Hüften klapperten und das Rauschen der automatischen Türen sich anhörte wie Wind, der durch einen Tunnel heult.

* * *

Am Samstagnachmittag gingen Father Jimmie und ich zu Flannigans Gartenparty am Fox Run, unten am Bayou Teche im St. Mary Parish. Das Haus war in der frühviktorianischen Epoche erbaut worden und sollte einem Dampfschiff ähneln, mit Veranden, die aussahen wie das Heck oder die Kommandobrücke eines Schiffes, sowie Kuppeln und Balkonen in den oberen Stockwerken, von denen man einen atemberaubenden Blick über das Gelände, die Vorkriegshäuser auf der anderen Seite des Bayou und die Zuckerrohrfelder dahinter hatte, die sich scheinbar bis an den Rand der Erde zogen.

Von Moos überzogene Virginia-Eichen ragten über das Dach des Hauses hinaus, in ihrem Schatten wuchsen Palmen hoch bis zum ersten Stock. Die Gäste der Gartenparty konnten auf dem weiß umzäunten Paddock neben den Pferdeställen eine Runde reiten, wahlweise auf einem englischen oder einem Western-Sattel. Oder Tennis spielen, entweder auf einem roten Sandplatz oder einem Rasenplatz. Die Büfett-Tische ächzten förmlich unter der Last der Speisen, die von *Galatoire's* und *Antoine's* in New Orleans zubereitet und geliefert worden waren. Der Tisch mit den Drinks war der Traum eines jeden Alkoholikers.

Unter den Gästen war der Prokurist der Landesversicherungsanstalt, der zurzeit bei der Federal Grand Jury unter Anklage stand und höchstwahrscheinlich der dritte Prokurist der Landesversicherungsanstalt in Folge sein würde, der ins Gefängnis wanderte; Führungskräfte aus der Petrochemie von Oklahoma und Texas, deren Frauen mit ihren schrillen Stimmen alle anderen übertönten; zwei New Yorker Verleger und ein Filmregisseur von HBO; ein Ex-Spieler der National Football League, der sich selbst gewerbsmäßig als Promigast vermietete; Offiziere, die eine Militärkarriere eingeschlagen hatten und deren Frauen sich im Sun Belt zur Ruhe gesetzt hatten; die frühere Geliebte des Gouverneurs, deren Abendkleid wirkte, als wäre ihr rosa Champagner über die Haut gegossen worden; sowie Bundesabgeordnete, die einst Friseure und Installateure gewesen waren und die ernsthaft glaubten, sie würden jetzt zur selben Gesellschaftsschicht gehören wie ihr Gastgeber und seine Freunde.

Father Jimmie hatte seinen römischen Kragen angelegt, was zur Folge hatte, dass wir wie eine Insel inmitten der Gartenparty standen, während Menschen um uns herumschwirrten, ehrerbietig und höflich, uns herzlich berührten, wenn nötig, aber ansonsten jeden Blickkontakt vermieden, der sie von all den Freuden und Verführungen fernhalten könnte, die eine Zusammenkunft bei Castille LeJeune zu bieten hatte.

Eine halbe Stunde später wünschte ich, wir wären nie hingegangen. Ich ging ins Haus, um auf die Toilette zu gehen, doch sie war besetzt. Ein schwarzer Kellner, der für die Drinks zuständig war, geleitete mich zu einem anderen Badezimmer, weiter ins Haus hinein, was man nur fand, wenn man eine kleine Bibliothek durchquerte und ein Arbeitszimmer, das mit sehr schönen Waffen und Erinnerungen an den Koreakrieg gefüllt war.

An der Wand hing ein Flugzeugpropeller aus Stahl und darunter das gerahmte Farbfoto von Castille LeJeune und einem berühmten amerikanischen Baseballspieler in Tropenuniformen des Marine Corps, die beiden standen vor zwei alten Grumman Hellcat Kampfflugzeugen, die auf dem Rollfeld parkten, flankiert von Wellblechhütten und Palmen. Auf einem anderen Foto hatte LeJeune in Paradeuniform Haltung angenommen, während Präsident Harry Truman ihm eine Auszeichnung für besondere Verdienste als Flugpionier an der Jacke befestigte.

Doch die Fotos, die mir ins Auge sprangen, waren nicht die von Castille LeJeunes Karriere als Marinepilot. Ein Bild von seiner Hochzeit zeigte ihn gemeinsam mit seiner jüngeren Frau auf den Treppen der Kirche stehen. Sie war groß, dunkelhaarig und umwerfend schön in ihrem Hochzeitskleid. Und sie sah aus wie ein Zwilling ihrer Tochter Theodosha.

Als ich wieder hinaustrat, ging die Sonne gerade hinter den Bäumen am Bayou unter, die Zuckerrohrfelder verfärbten sich in der Dämmerung lila, die Luft war kühl und feucht, angefüllt von Zigarettenrauch, und duftete nach Alkohol, der in die Tischdecken eingesickert oder auf die Kleidung der Gäste gespritzt war.

In meiner Abwesenheit hatte Father Jimmie sowohl Castille LeJeune als auch Merchie Flannigan in die Enge getrieben und redete nun erregt auf sie ein, wobei sich sein Jackett vorne öffnete, wenn er die Arme hob, um einen bestimmten Punkt zu unterstreichen, einen Fuß leicht vor den anderen gestellt, in der klassischen Haltung eines Kampfsportlers.

„Lassen Sie mich ausreden, wenn ich darf", sagte er, als Merchie Flannigan versuchte, das Wort zu ergreifen. „Sie sagen, Sie würden das Grundstück der Crudups gerade *säubern*? Das ganze Gelände schwimmt geradezu in Abwasserschlamm."

„Ich bin sicher, dass Merchie sein Bestes tut. Warum nehmen Sie sich nicht etwas vom Büfett, Father?", entgegnete Castille LeJeune.

Er war ein gepflegter, gut aussehender Mann mit einem schmalen Gesicht und stahlgrauem Haar, das er glatt zurückgekämmt hatte. Er trug ein weißes Sportsakko und ein dunkelblaues Hemd und an seinem linken Ringfinger einen goldenen Freimaurerring mit einem Onyx.

„Nein, danke", sagte Father Jimmie und wedelte mit zwei Fingern, als wolle er Castille LeJeunes Worte aus der Luft bürsten. „Nur noch einmal, damit ich das richtig verstehe: Sie haben 1951 einen Freund nach Angola geschickt, ins Staatsgefängnis Louisiana, damit er dort Aufnahmen von

83

Junior Crudup macht, aber Sie haben keine Ahnung, was später aus Junior geworden ist?"

„Ich habe meiner Frau einen Gefallen getan. Sie war ein großer Fan folkloristischer Musik. Das alles ist schon lange her", antwortete LeJeune, seine Augenwinkel kräuselten sich und sein Blick schweifte über die Gäste.

„Aber ein pensionierter Aufseher namens Strunk hat gesagt, Sie hätten Junior aus der Deich-Gang geholt."

„Daran kann ich mich nicht erinnern. Einen derartigen Einfluss hätte ich damals nicht gehabt", sagte LeJeune.

„Ach ja, wirklich?", sagte Father Jimmie. „Sie würden sich nie für jemanden voll einsetzen, stimmt's?"

LeJeune verzog keine Miene angesichts dieser groben Beleidigung eines Mannes seines Alters und seiner Position. Stattdessen kräuselten sich wieder seine Augenwinkel. „Amüsieren Sie sich", sagte er. Er legte Father Jimmie herzlich die Hand auf den Arm und ging.

„Lassen Sie mich Ihnen ein Bier holen, Father", sagte Merchie Flannigan.

„Sie sollten sich dafür schämen, was Sie diesen Schwarzen im St. James Parish antun", blaffte Father Jimmie.

Father Jimmies Herz mochte zwar am rechten Fleck sein, doch es war peinlich, ihm zuzuhören, wie er Merchie Flannigan vor den anderen Gästen beschimpfte und ich wartete nicht auf Merchies Antwort. Stattdessen verließ ich den Garten und ging hinüber zu den Eichen, wo ich Zeuge einer dieser Augenblicke wurde, in denen einem klar wird, dass die Geschichte eines jeden Menschen viel komplexer ist, als man sich je hätte vorstellen können.

Zwischen den Pferdeställen und dem Bayou war eine weiß umzäunte sattgrüne Wiese mit einem Fischteich und einem kleinen Steg. Über dem Steg brannte eine Gaslaterne auf einem Messingpfeiler und ich konnte sehen, wie die Motten in die Flamme flogen und dann wie Aschestücke ins Wasser fielen. Als ich zwischen den Bäumen stand, bemerkte ich Theodosha, eine Hand auf dem Zaun, die die gleiche Szenerie betrachtete. In den Ställen waren die elektrischen Lampen angeschaltet und ich konnte ihr Gesicht in der Beleuchtung genau erkennen, ihre Stirn war gerunzelt, ihre Halsmuskeln angespannt und ihre Hand krallte sich fest um das Geländer.

Ich ging zu ihr hinüber, doch ihre Aufmerksamkeit war offensichtlich von einer seltsamen roten Spiegelung des Sonnenuntergangs auf dem Bayou abgelenkt. Ein kleiner Junge und ein Mädchen, nicht älter als vier oder fünf, kletterten durch den Zaun auf der gegenüberliegenden Seite des Teiches und rannten kichernd zum Steg. Ich hatte keine Ahnung, wie tief der Teich war, doch an dem Steg war ein Sprungbrett angebracht, was bedeutete, dass das Wasser mit Sicherheit tiefer war als die Kinder groß.

Theo schaute vom Sonnenuntergang wieder zurück auf den Teich und sah die Kinder fast im selben Moment wie ich. Sie biss sich auf die Unterlippe und hob den Arm, so als ob sie sie warnen wollte, doch sie blieb vor dem Zaun stehen, wie erstarrt, als hielte ein unsichtbarer Schild sie davon ab, die Wiese zu betreten. Die Kinder hopsten auf den Steg, liefen darauf hin und her und beugten sich dann über den Rand der Holzbohlen, um die Fische zu beobachten, die die Motten fraßen, die von der Gaslaterne ins Wasser fielen.

Theodosha hörte mich kommen. Sie drehte sich abrupt um, erschrocken, das Gesicht eine Mischung aus Furcht und Scham.

„Das Wasser ist ziemlich tief, oder?", fragte ich.

„Ja", sagte sie und wandte sich zurück zum Teich. „Ja, diese Kinder sollten nicht dort draußen sein. Wo sind ihre Eltern?"

Ich fing an, über den Zaun zu klettern.

„Nein, ich mache das. Es tut mir leid. Ich bin …" Was immer sie sagen wollte, blieb offen. Sie duckte sich unter der obersten Stange hindurch, rannte ungeschickt auf den Steg und kam dann zurück, an jeder Hand ein Kind fest im Griff.

Die Gesichter der Kinder waren rot, ihre Mienen erbost und ein bisschen ängstlich, und ihre Wangen brannten.

„Wir haben nicht gewusst, dass wir das nicht dürfen, Miss Theo", sagte der kleine Junge.

„Ihr solltet nicht ohne eure Mutter oder euren Vater in die Nähe eines Teiches, Sees oder eines Bayou gehen. Macht das nie wieder", sagte Theo und schüttelte ihn.

Beide Kinder fingen an zu weinen.

„Hey Leute, kommt, wir besorgen uns 'ne Limo", sagte ich.

Ich nahm die beiden an die Hand, ging mit ihnen hinüber zum Getränketisch und bat den Kellner, ihnen eine Cola zu geben. Durch die Bäume sah ich Theodosha, die eilig zur Rückseite ihres Hauses ging, die Arme fest um den Oberkörper geschlungen, als wäre die Temperatur um fünfzehn Grad gefallen.

Ich entschied, dass ich von der LeJeune-Familie für diesen Abend genug hatte und sagte Father Jimmie, ich würde mich in unser beider Namen von den Gastgebern verabschieden. Dann ging ich ins Haus, um nach Theodosha Ausschau zu halten. Ich brauchte nicht lange zu suchen. Sie war mit ihrem Vater im Arbeitszimmer, wo sie unter dem Propeller an der Wand auf einer gepolsterten Lederfußbank saß, das Gesicht in den Händen. Castille LeJeune stand über sie gebeugt und streichelte ihr über das Haar, die Augen voller Mitleid.

Keiner der beiden bemerkte mich. Ich ging leise rückwärts aus der Tür und gesellte mich draußen wieder zu Father Jimmie.

„Wissen Sie, wo Merchie ist?", fragte ich.

„Er und ein anderer Mann sind hinüber zu den Ställen gegangen. Der andere Typ schien ziemlich Asche zu haben", sagte er.

„Lassen Sie uns gehen, Father."

„War ich zu hart zu Flannigan?"

„Was weiß ich?", erwiderte ich.

Wir stiegen in meinen Pick-up und fuhren die lange Auffahrt Richtung Hauptstraße hinunter. Ich dachte, mein bizarrer Besuch auf der LeJeune-Plantage sei vorüber. Doch das war er nicht. Im gleißenden Schein von Flutlichtlampen, neben einem lang gestreckten weißen Stall mit Satteldach, saß Merchie Flannigan oben auf einem Zaun und trank aus einer Flasche Cold Duck. Neben ihm zündete ein großer, grauhaariger Mann mit kurz geschorenen Haaren, breiten Schultern, Cowboystiefeln und Chaps eine Reihe Knallkörper an und warf sie in die Luft, während eine Gruppe von Kindern vor Entzücken kreischte. Im Hintergrund rannte ein halbes Dutzend Vollblüter hin und her über die umzäunte Wiese. Merchie bedeutete mir winkend anzuhalten und kam leicht schwankend zu meinem Pick-up herüber.

„Ihr fahrt doch nicht schon, oder?", fragte er.

„Sieht so aus. Danke für die Einladung", sagte ich.

Merchie reckte den Kopf, um an mir vorbeizuschauen. „Ich bin ein mieser Katholik, Father. Aber ich werde versuchen, mich zu bessern", sagte er.

„Waren Sie in der Erziehungsanstalt?", fragte Father Jimmie.

Merchie wurde rot. „Jaaa, ich vermute mal, das war ich."

„Wir tauschen manchmal Geschichten aus", sagte Father Jimmie.

Der große Mann mit den kurz geschorenen Haaren entzündete eine weitere Reihe Knallkörper und warf sie in die Luft, wo sie krachend explodierten. Einer der Vollblüter schlug aus und brach dabei eine Latte aus dem Zaun, die ins Gras fiel.

„Warum lässt du zu, dass dieser Typ die Pferde so in Panik versetzt?", fragte ich.

„Das ist Will Guillot. Das dort drüben sind seine Kinder", erklärte Merchie und starrte dann ob der Leere seiner Worte in die Luft. „Will erledigt gewisse Dinge für meinen Schwiegervater. Kennst du ihn?"

„Nein."

„Das solltest du aber", sagte er.

„Warum?"

„Du bist Polizist", sagte er. Dann stützte er sich mit den Armen an der Seite meines Pick-ups ab, mit leicht verschwommenem Blick und einem Atem wie ein Weinfass.

5

Der Anruf erreichte Father Jimmie am Sonntagnachmittag, während er sich im Pfarrhaus ein Liga-Football-Spiel ansah. Es regnete, und durch das Fenster konnte er das Wasser vom Dach herabstürzen und auf den kleinen Garten klatschen sehen, den er in dem Geviert zwischen der grauen Rückwand der Kirche und der Gasse pflegte, wo die Stadtreinigung den Müll abholte.

„Ich muss die Beichte ablegen, Father", sagte die Stimme.

„Die Rekonziliation findet außer an Sonntagen jeden Nachmittag um vier Uhr statt", sagte er.

„Ich muss sie jetzt ablegen."

Father Jimmie sah über die Schulter zu einem Quarterback zurück, der auf dem Bildschirm gerade einen Pass über gut dreißig Yards warf.

„Hat das nicht bis morgen Zeit?", fragte er.

„Ich muss eine sehr ernste Sache von der Seele bekommen."

In der folgenden Stille konnte Father Jimmie den Mann in den Hörer atmen hören. „Ich werde um vier Uhr im Beichtstuhl sein", sagte er.

Er aß sein Sandwich vor dem Fernseher auf und ging eine halbe Stunde später den Mittelgang der Kirche zu den drei Beichtstühlen hinunter, die in einer Seitenwand im hinteren Teil des Gebäudes eingelassen waren. Das Innere der Kirche war prächtig. Zwei Galerien geschmückt mit brillantroten Wandteppichen erstreckten sich vom Chorraum zum Altarbereich. Die Kanzel war aus Teakholz handgeschnitzt und hoch über der Gemeinde eingebaut worden, in einer Zeit, als es noch keine Mikrophone gab, um die Stimme des Geistlichen zu verstärken. Wenn die Sonne auf die Kirchenfenster mit ihrer Buntverglasung fiel, war der Effekt im Inneren der Kirche überwältigend. Die himmlischen Szenen auf der Decke und die Malereien, welche die Leidensgeschichte Christi im Garten Gethsemane und sein Martyrium durch Geißel und Verhöhnung, Dornenkrone und schließlich Kreuzigung schilderten, ließen den Betrachter sowohl andächtig als auch beklommen schlucken.

Das vordere Portal der Kirche stand offen, und Father Jimmie konnte den grauen Nachmittag auf der Straße und die Tristesse des Viertels und das Regenwasser aus der Kanalisation rückstauen sehen. Vielleicht ein gutes Dutzend Leute saß auf den Kirchbänken, ausnahmslos alle alt, ihre Kleidung schäbig, Rosenkränze um die Hände gewickelt. Manche nickten ihm zu und lächelten, als er vorbeiging. Ihre Gläubigkeit ist echt, dachte er, das Ausmaß seit Langem bewiesen durch das Leben, das sie geführt hatten, aber er wusste, wenn sie nicht diesen Ort hier hätten aufsuchen können, an dem sie ihren Rosenkranz beteten und Sünden beichteten – die entweder eingebildet oder belanglos waren –, dann hätten sie überhaupt kein Leben mehr.

Ein Obdachloser schlief auf einer Kirchenbank weiter hinten, zusammengerollt in Embryonalstellung, und ein Gestank erhob sich von seiner Kleidung, als hätte dieser ein eigenes Leben. Eine Flasche billiger Fusel war aus seiner Jackentasche gerutscht und lag gefährlich nahe an der Kante der Bank.

Father Jimmie hob sie auf, schraubte den Verschluss richtig zu und stellte sie auf den Boden, in Reichweite des schlafenden Mannes.

Auf der anderen Seite der Kirche sah er einen Mann, den er noch nie zuvor gesehen hatte. Der Mann trug einen eng anliegenden braunen und bis zum Hals zugeknöpften Regenmantel, der seinen Körper wie ein Gefängnis umschloss. Wassertropfen standen auf seinem Gesicht, die Ohren erinnerten an kleine Blumenkohlröschen, das Haar war kurz, ordentlich gekämmt, von rötlicher Farbe. Er saß eher statt zu knien, eine Hand lag auf einer gewölbten schwarzen Brotdose. Er sah Father Jimmie nicht direkt in die Augen.

Father Jimmie trat in das Vestibül der Kirche und roch den Wind und Regen und das Laub, welches über die Straße gefegt wurde. Er wünschte, er wäre vorhin im Pfarrhaus nicht ans Telefon gegangen. Es war ein grauer, nasser Tag, mit einem Anflug von Winter in der Luft, aber er erinnerte ihn an Kentucky im Spätherbst, kurz vor Advent, wenn die große Feuchtigkeit sich über die Cumberland Mountains legte und jede Farbe aus dem Himmel und den Feldern schwand und in den Niederungen das Laub der Harthölzer in Flammen stand. An so einem Tag hätte man Football sehen sollen, Suppe essen und noch ofenwarmes Brot, vielleicht im Audubon Park joggen gehen. Aber er konnte eine Rekonziliation nicht ablehnen, wurde er darum gebeten, gleichgültig wie neurotisch, egozentrisch oder lästig der Bittsteller sein mochte.

Er öffnete die Tür zu einem seitlichen Korridor, der zum hinteren Eingang eines Beichtstuhls führte, legte die Stola um seinen Hals und nahm drinnen Platz. Er hörte, wie die Tür des angrenzenden Kämmerchens geöffnet wurde und das Gewicht der Person die Betbank niederdrückte, die mit der Trennwand verbunden war, die den Beichtenden vom Beichtvater trennte. Father Jimmie schob das Holzpaneel zurück, das das kleine, vergitterte, mit Gaze bespannte Fenster verschloss, durch das der Büßer, in diesem Fall ein Mann, der nach nasser Straße und Haarwasser roch, seine Beichte machen würde.

Doch der Mann sagte nichts.

„Sind Sie der Gentleman, der im Pfarrhaus angerufen hat?", fragte Father Jimmie.

„Der bin ich, Father."

„Was möchten Sie mir denn sagen?"

Father Jimmie konnte die Konturen des Kopfes des Mannes ausmachen. Die Ohren sahen aus, als wären sie mit einem Schälmesser an den Rändern beschnitten worden. Er hörte, wie der Mann schniefte und sein Gewicht auf der Kniebank verlagerte.

„Schon eine ganze Weile her, seit ich das letzte Mal in so einem Ding war", sagte der Mann.

„Ja?"

„Ich bin ein bisschen verwirrt. Warten Sie bitte einen Moment, Father, während ich meine Gedanken sortiere."

Father Jimmie hörte etwas, das für ihn klang, als würde die Brotdose des Mannes im Beichtstuhl geöffnet. „Was machen Sie da?", fragte er.

„Nichts." Der Mann atmete jetzt schwer. „Im Zug habe ich eine katholische Schwester kennengelernt. Ich war unhöflich ihr gegenüber. Sie ist eine Freundin von Ihnen. Also entschuldige ich mich dafür."

„Oh, Sie waren das also. Tja, sie hat mich bereits angerufen. Ich werde Ihre Entschuldigung weitergeben. Ist das alles?"

„Ich habe ihr eine Heidenangst eingejagt. Hat sie Ihnen das auch erzählt?"

„Tun Sie's einfach nicht mehr, und es wird kein Problem sein. Ist das alles, was Sie mir zu sagen haben? Denn falls das so ist ..."

„Nein, ist es gottverdammt nicht, Sir."

„*Was* haben Sie da gerade gesagt?"

Der Mann atmete inzwischen heftig durch die Nase, ein Lichtstrahl von außerhalb des Beichtstuhls flirrte auf den Konturen seines Gesichts.

„Ich sagte, geben Sie mir eine gottverdammte Minute, wenn's recht ist, ja?", fauchte er.

„Sind Sie betrunken?"

Der Mann antwortete nicht. In ihm schienen Energien zu brennen, die er nicht ausdrücken konnte. Er wippte auf der Kniebank und drehte seinen Kopf von Seite zu Seite,

93

dann stieß er einen rauen, kehligen Laut aus. Die Brotdose klapperte wieder, als hätte der Mann einen schweren Gegenstand hineinfallen lassen und den Deckel dann verschlossen.

„Sagen Sie der Nonne, sie ist eine großartige Frau, und ich hoffe, sie lebt lange genug, um einen künftigen Bischof zu gebären. Und bedanken Sie sich bei Ihrem Schutzpatron, Father. Und wo Sie schon mal dabei sind, vielleicht kaufen Sie sich ein Lotterielos", sagte der Mann.

Er stieß die Tür des Beichtstuhls auf und durchquerte das Vestibül, dann verließ er die Kirche durch das vordere Portal. Father Jimmie folgte ihm bis zu den Eingangsstufen und sah ihm nach, wie er Richtung Canal verschwand, eine Golfermütze tief in die Stirn gezogen, die schmalen Schultern gegen den Regen nach vorn gebeugt, die Brotdose feucht glitzernd. Der Mann warf über die Schulter einen Blick zurück auf Father Jimmie, das Gesicht verzerrt, als wäre er gerade aus einem brennenden Gebäude entkommen.

* * *

In New Iberia hatte es die ganze Nacht durchgeregnet, und morgens stieg die Sonne wie eine blassrosa Scheibe aus einer Nebeldecke, die über den Zuckerrohrfeldern lag. Als ich im Büro ankam, wurde ich bereits von Lori Parks' Eltern erwartet. Manchmal haben die Hinterbliebenen von Familienmitgliedern, die eines gewaltsamen Todes gestorben sind, kein anderes Ziel für ihren Zorn und ihre Verlustgefühle als den Polizeibeamten, der ihnen helfen und beistehen soll. Ihre Wut ist verständlich, besonders dann, wenn ein Cop ehrlich ist und sie davon in Kenntnis setzt, wie unwahrscheinlich es ist, dass ihnen Gerechtigkeit zuteilwird. Aber manchmal hat die Wut der Hinterbliebenen auch mehr mit Schuldgefühlen als mit Trauer zu tun.

Der Vater war groß und hatte rotblonde Haare und eine Adlernase, seine Unterarme waren mit Sommersprossen übersät, seine Hände lang und schmal. Die Frau hatte eher eine Statur wie ein Klotz, eine Fettrolle unter dem Kinn, die Haare dunkelrot gefärbt, ihr Parfum ein chemischer Nebel.

„Wie ich höre, vernehmen Sie die Mitarbeiter der Daiquiri-Buden in der ganzen Stadt", sagte der Vater.

„Jawohl, Sir, das ist richtig", antwortete ich.

Er und seine Frau hatten nicht Platz genommen, als ich es ihnen angeboten hatte. Sie blickten zu mir herab, von der anderen Seite meines Schreibtisches aus, stur, wütend, ihre Abwehr und Verleugnung der Tatsachen wie in Beton gegossen.

„Wollen Sie damit sagen, unsere Tochter wäre unter Alkoholeinfluss gefahren?", fragte er.

„Das ist das Fazit unseres Labors, ja."

Er nickte stumm, die Farbe seiner Augen wurde intensiver, die Haut um seine Nasenflügel herum weißer.

„Dann sind also die Fahrer von dem Laster und vom Bus aus dem Schneider, ja?", fragte er.

„Ich glaube nicht, dass sie aktiv an der Unfallursache beteiligt waren", antwortete ich.

„Wie bitte?", sagte die Frau.

„Ich glaube, dass Ihrer Tochter und ihren Freundinnen gesetzwidrig Alkohol verkauft wurde. Ich möchte die Leute hinter Gitter bringen, die es ihnen ermöglicht haben, Alkohol zu trinken und Auto zu fahren. Um aber ganz ehrlich zu sein, ich glaube nicht, dass es mir gelingen wird."

„Unsere Tochter hat ihren Tod selbst zu verantworten? Ist es das? Ein siebzehnjähriges Mädchen verbrennt bei lebendigem Leib, und es ist ihre eigene gottverdammte Schuld?", schnaubte der Vater.

Ich beugte mich über meinen Schreibtisch, nahm eine Büroklammer von einem Aktenordner, ließ sie dann wieder fallen. „Dr. Parks, Sie haben mein tiefstes Mitgefühl für Ihren schrecklichen Verlust. Ihre Tochter hatte eine Vorgeschichte, eine, die heutzutage viele Kids haben. Aber das ändert nichts an der Tatsache, dass ihre Fahrerlaubnis vor Kurzem wieder auf Probe gesetzt worden war und sie wegen des Besitzes von Ecstacy eine Bewährungsstrafe bekommen hatte. Hat sie jemals an irgendeiner Therapie teilgenommen?"

„Was fällt Ihnen ein?", schnappte die Frau.

„Was ist damit, Sir?", sagte ich zu ihrem Ehemann.

„Sie machen meine Tochter zum Sündenbock, Sie verfluchter Dreckskerl", sagte er.

„Wir sind hier jetzt fertig", sagte ich. Ich faltete die Hände auf meiner Schreibtischunterlage und mied den direkten Blickkontakt mit ihnen.

„Wir kommen wieder", sagte der Vater.

„Daran habe ich keinerlei Zweifel", erwiderte ich.

* * *

Am späteren Vormittag ging ich die Straße hinunter, überquerte die Eisenbahngleise und nahm einen Kaffee und ein Teilchen im *Lagniappe Too* an der Main zu mir. Bei meiner Rückkehr ins Department wartete eine Schwarze in blauer Hose, beigefarbener Bluse und glänzend polierten schwarzen Schuhen vor der Funkleitstelle. Sie hatte sich einen Ranzen mit Reißverschluss unter den Arm geklemmt.

Wie hieß sie noch gleich? Andrepont? Nein, Arceneaux. Clotile Arceneaux. Clete hatte gesagt, sie sehe aus wie ein Cocktailspieß mit Kirsche am Ende. Er hätte Schriftsteller werden sollen, statt Kautionsflüchtlingen hinterherzujagen, dachte ich.

„Haben Sie eine Minute?", fragte sie.

„Für Sie immer", antwortete ich.

Sie ging mit mir in mein Büro. Ich machte hinter ihr die Tür zu. „Das NOPD hat Sie noch nicht wieder zur Politesse degradiert, was?", meinte ich.

„Dachte mir, ich zeig Ihnen mal ein paar Fotos von einem interessanten Typen, der gerade in die Stadt gekommen ist", sagte sie.

„Wollen Sie mir sagen, wer Sie sind?"

Sie lächelte mich an und zog eine braune Mappe aus ihrem Ranzen. „Haben Sie diesen Kerl früher schon mal gesehen?", fragte sie.

In der Mappe befanden sich vier Schwarz-Weiß-Aufnahmen, drei davon mit einem Teleobjektiv geschossen, eine im grellen Licht einer Polizeiwache in Toronto. Der Mann auf den Fotos ließ mich an einen Ringbetreuer in einer

Boxhalle oder einen Reitknecht auf der Rennbahn denken. „Nee, den kenne ich nicht", sagte ich.

„Sein Name ist Max Coll. Er ist im Zusammenhang mit zweiunddreißig Morden verhört beziehungsweise als Täter verdächtigt worden. Keine einzige Verurteilung. Interpol glaubt, dass er für die IRA gearbeitet hat, aber sicher sind sie nicht. Das Miami PD sagt, er arbeite freiberuflich und verdinge sich an die Mafia. Wir haben ihn gestern beschatten lassen, aber er hat die Kollegen abgeschüttelt. Wir glauben, dass er bei Ihrem Freund Father Dolan aufgetaucht ist."

„Glauben?", wiederholte ich.

„Ein Detective hat mit Father Dolan gesprochen. Anscheinend hat uns Father Dolan die bösen Jungs in die Stadt geholt", sagte sie.

„Warum zeigen Sie mir das alles?"

„Ich würde nur höchst ungern mitansehen, wie Ihr Freund umgelegt wird, nur weil er nicht richtig zuhört. Das gilt übrigens auch für Sie, mein Hübscher."

„Arbeiten Sie für die Bundesregierung?"

„Wir glauben, dass der Priester gestern sehr viel Glück hatte. Noch nicht ganz verstanden haben wir, warum. Max Coll ist eine ganze Menge verschiedener Dinge zuzutrauen, aber Scheiße baut der Mann definitiv nicht", sagte sie.

„Sind Sie von der DEA?"

Sie sah mir ins Gesicht, den Kopf leicht geneigt, ihre Zähne weiß hinter ihrem breiten Grinsen. „Hab gehört, Sie besitzen einen Hohlblockstein als Kopf", sagte sie.

„Schon zu Mittag gegessen?"

„Manche Leute sind ganz Arbeit und überhaupt kein Spaß. Wie ich zum Beispiel, Robicheaux. Max Coll benutzt einen Schalldämpfer, manchmal auch einen Eispickel. Das haben Sie zuerst von Ihrer Freundin beim NOPD gehört, der Ex-Politesse."

„Genau", sagte ich.

Sie steckte eine Visitenkarte in meine Brusttasche und schlug mir mit ihrem Ranzen gegen die Hüfte. „Wir sehen uns, Schätzchen", sagte sie.

Ich begleitete sie zum Vordereingang des Gebäudes und sah zu, wie sie in ihr Auto stieg und wegfuhr. Helen Soileau stand hinter mir.

„Was ist mit Miss Hüftschwung?", fragte sie.

„Sie arbeitet beim NOPD", sagte ich.

„Den Teufel tut sie. Sie ist State Trooper. Früher war sie Undercoveragentin der Drogenfahndung in Shreveport. Vor etwa zehn Jahren ist sie dann in eine Schießerei mit Dealern geraten und hat alle fünf erschossen."

* * *

Später, während ich nicht im Büro war, hinterließ Clete Purcel eine Nachricht, dass er im alten Motel an der East Main eingecheckt habe, ein Motel, das ihm lange als Außenstelle im Südwesten von Louisiana und als zweites Zuhause gedient hatte. Das Motel lag eingebettet zwischen Virginia-Eichen und Elliott-Kiefern direkt am Bayou, und als ich an diesem Abend durch die Einfahrt fuhr, sah ich Clete vor dem letzten Cottage, mit nacktem Oberkörper und in Shorts mit tanzenden Elefanten darauf, dazu Flip-Flops und eine Dienstmütze des Marine Corps, eine Flasche Dixie-Bier trinkend, während er ein Steak auf einem flammenden Grill wendete.

„Bist du mal wieder hinter Kautionsflüchtlingen her?", fragte ich.

„Nö, musste nur mal eine Weile raus aus dem Big Sleazy. Gunner Ardoin treibt mich in den Wahnsinn", sagte er.

"Was ist los mit Gunner?"

„Er glaubt, jemand würde ihn schon bald umlegen. Vielleicht hat er ja recht. Also hab ich …"

„Also hast du was?"

„Ihm meine Wohnung gegeben."

„Deine Wohnung? Gunner Ardoin?"

„Seine Frau hat die Stadt verlassen und sein kleines Mädchen bei ihm gelassen. Was sollte ich denn tun? Hör auf, mich so anzusehen", sagte er. Er nahm eine Dose Dr Pepper Light aus einer Kühlbox und warf sie mir zu.

Ich setzte mich auf einen Liegestuhl außerhalb der Rauchfahne des Grills. Durch die Bäume sah der Sonnenuntergang auf dem Bayou aus wie eine Goldfolie. Ein Schlepper tuckerte vorbei, sein Kielwasser schwappte gegen das Ufer.

„Schon mal was von einem Mafia-Killer namens Max Coll gehört?", fragte ich.

„Freelancer aus Miami?"

„Genau der."

„Was ist mit ihm?"

„Diese schwarze Streifenpolizistin, die auf die Anzeige

in Ardoins Küche gekommen ist, Clotile Arceneaux … sie ist State Trooper und undercover unterwegs. Sie hat mir erzählt, dieser Coll hätte gestern versucht, Father Dolan umzulegen", sagte ich.

„Dolan denkt, er geht über Wasser. Du könntest ihm sagen, dass alle Heiligen einen frühen Tod gestorben sind."

„Er ist kein guter Zuhörer", sagte ich.

„Ja, genau wie noch jemand, den ich kenne", erwiderte Clete.

Ich schlenderte zwischen den Bäumen herum und sah zu, wie die Boote auf dem Bayou vorbeifuhren, während Clete sein Steak zu Ende grillte. Auf dem gegenüberliegenden Ufer waren zwei schwarze Arbeiter damit beschäftigt, einen Wassergraben auszuheben, während sie dabei von einem Weißen mit Strohhut beaufsichtigt wurden.

Als ich aus dem Waldstück zurückkehrte, deckte Clete gerade einen Campingtisch mit zwei Tellern, Papierservietten sowie Messern und Gabeln.

„Ich will dir dein Abendbrot nicht streitig machen", sagte ich.

„Keine Sorge. Mein Arzt sagt, wenn ich sterbe, brauche ich eine Klavierkiste, nur um mein Cholesterin unterzubringen", sagte er.

„Ich versuche herauszufinden, was damals in den Fünfzigern aus einem Sträfling oben in Angola geworden ist. Ein Kerl namens Junior Crudup. Er ist eingefahren, aber nie mehr rausgekommen."

„Ach ja?", meinte Clete, zerteilte sein Steak und sah dabei zu einer Frau in einem Badeanzug auf dem Bug eines Speedboats hinüber.

„Father Jimmie und ich waren am Samstagabend im Haus von Castille LeJeune. LeJeune hat Crudup 1951 aus der Deicharbeitergruppe herausgeholt. Aber er behauptet, sich nicht daran erinnern zu können."

„Du redest von Sachen, die ein halbes Jahrhundert zurückliegen?", fragte Clete.

„Man hat Crudups Familie das Grundstück abgeluchst."

Clete warf eine in Alufolie eingewickelte Kartoffel auf meinen Teller und setzte sich. Er sah mich sehr lange an. „Dann meinst du also, dieser LeJeune lügt?", fragte er schließlich.

„Konnte ich nicht erkennen."

„Aufwachen, mein Großer. Reiche Typen interessiert es nicht, ob wir anderen ihnen glauben oder nicht. Deshalb sind sie ja auch so großartige Lügner."

„Seine Tochter hat gesehen, wie zwei Kids fast in einen Fischteich gefallen wären. Aber sie hatte Angst, durch einen Zaun zu steigen und sie zu holen", sagte ich.

„Hat Father Dolan irgendwas damit zu tun?"

„Er hat mich zum Haus der Crudups im St. James Parish gebracht."

„Dieser Kerl spielt mit dir, Dave. Er weiß, dass du weder Autorität noch reiche Leute magst, und außerdem fällst du auf jede rührselige Geschichte rein. Wie wär's, wenn du Dolan und die Kotzbrocken oder wen auch immer ihren eigenen Scheiß hübsch selbst aufräumen ließest?"

„Man spielt mit *mir*? Du hast gerade erst einem Pornodarsteller deine Wohnung überlassen. Demselben Kerl, dem du eine Kaffeekanne an die Birne gedonnert hast. Du stolperst von einer Katastrophe in die nächste."

„Genau deshalb höre ich ja auch nie auf meinen eigenen Rat."

Er trank aus seiner Flasche Dixie, wobei sich seine grünen Augen mit einer unschuldigen Selbstzufriedenheit füllten, ein ordentliches Stück Steak zwischen den Zähnen.

* * *

Am nächsten Morgen fuhr ich zum Haus von Josh Comeaux, dem Angestellten, von dem ich glaubte, dass er Lori Parks und ihren Freundinnen an dem Nachmittag, an dem sie verbrannt sind, Daiquiris verkauft hatte. Er wohnte mit seiner Mutter in einem kleinen, wettergegerbten Fachwerkhaus nicht weit entfernt von den Gleisen der Southern Pacific. Im Vorgarten stand ein Pfosten mit Haken, an denen Plastiktüten voller Müll hingen, damit sie nicht von Hunden zerfetzt werden konnten, bevor die Müllabfuhr sie holen kam.

Josh drückte die Fliegentür auf und trat auf die Veranda heraus. Er war barfuß und trug eine verschlissene Jeans ohne Gürtel sowie ein schwarzes T-Shirt mit abgeschnittenen Ärmeln. Ein Herz umrahmt von einem dornigen Zweig war hoch oben auf seinem rechten Oberarm tätowiert. Durch die Fliegentür konnte ich eine fette Frau in einem bunt bedruckten Kleid sehen, die fernsah.

„Sind Sie hier, weil Sie mich verhaften wollen?", fragte er.

„Noch nicht. Wer hat dein Gesicht so bearbeitet?"

Er berührte die blauschwarze Verfärbung unter einem Auge.

„Dr. Parks. Gestern Abend. Nachdem ich von der Arbeit gekommen bin."

„Loris Vater?", fragte ich.

„Jawohl, Sir. Ich dachte, deshalb sind Sie jetzt hier."

„Er hat dich verprügelt?"

„Ich wollte tanken. Er ist mit mir hinter die Tanke gegangen und hat mich da geschlagen. Er war ziemlich sauer."

„Willst du mir damit sagen, du hast Dr. Parks irgendwas gestanden?"

„Ja. Ich meine, jawohl, Sir. Ich hab ihm gesagt, was ich gemacht hab."

„Bevor du jetzt fortfährst, muss ich dich auf bestimmte Rechte aufmerksam machen, die du hast, wovon das wichtigste sicher ist, dass du Anspruch auf einen Anwalt hast."

„Wer ist das?", brüllte die fette Frau von ihrem Sessel aus durch die Fliegentür.

„Nur so 'n Typ, Mom", sagte Josh und kam in den Garten hinaus, wo seine Mutter nichts mehr mitbekam. „Ich hab Dr. Parks gesagt, ich hätte Lori und ihren Freundinnen Daiquiris verkauft. Sie waren an diesem Abend drei Mal da. War auch nicht das einzige Mal, dass ich Minderjährigen was verkauft habe. Mr. Hebert sagt uns, wir sollten die Leute in der Schlange nicht unnötig aufhalten, nur weil mal einer seinen Führerschein nicht finden kann. Eigentlich meint er damit aber, lasst euch an Wochenenden kein Geschäft entgehen."

„Mr. Hebert ist dein Arbeitgeber?"

„Jawohl, Sir. Zumindest war er das bis heute Morgen. Er hat mich gefeuert, als ich ihm erzählt hab, dass ich Lori und den anderen Mädchen was verkauft habe."

„Hat Lori dir irgendeine Art Ausweis gezeigt?"

Er schüttelte den Kopf. „Wenn Lori Parks was wollte, dann hast du ihr das auch gegeben. Sie war das hübscheste Mädchen in Loreauville."

„Josh, ich werde dich jetzt verhaften. Dreh dich um, damit ich dir Handschellen anlegen kann."

„Komm ich ins Gefängnis?"

„Das entscheiden andere Leute, Partner", sagte ich, legte eine Hand oben auf seinen Kopf und verfrachtete ihn auf den Rücksitz des Streifenwagens.

Als wir losfuhren, sah ich seine Mutter auf die Veranda heraustreten, nach links und nach rechts schauen und sich wundern, wohin ihr Sohn wohl verschwunden sein mochte.

* * *

An diesem Nachmittag rief ich Lori Parks' Vater in seiner Praxis an. Die Empfangsdame sagte mir, man rechne heute nicht mehr mit ihm.

„Ist heute die Beerdigung?", fragte ich.

„Gestern", erwiderte sie.

„Könnten Sie mir bitte seine private Telefonnummer geben?"

„Das geht leider nicht."

„Wir können auch einen Streifenwagen rausschicken

und ihn abholen lassen, falls Ihnen das lieber ist", sagte ich.

Als ich bei ihm zu Hause anrief, meldete sich niemand, und der Anrufbeantworter, falls er einen besaß, war ausgeschaltet. Ich nahm mir einen Streifenwagen und fuhr nach Loreauville, vierzehn Kilometer den Teche rauf, und fand sein Haus in einer bewaldeten, hügeligen Gegend am Bayou gleich außerhalb der Stadt.

Das eingeschossige Haus war lang und flach und aus sogenannten South-Carolina-Ziegeln erbaut, alten Backsteinen von Gebäuden aus dem 19. Jahrhundert, die dann für exklusive Neubauten nach Louisiana versendet werden. Apfelgrüne Fensterläden aus Holz, die mehr dekorativ als funktional waren, befanden sich an allen Fenstern und wirkten, als wären sie auf die Ziegel aufgemalt. Die Veranda verlief über die gesamte Breite des Hauses und wurde von einer ganzen Reihe geriffelter Säulen eingefasst. Irgendwie erinnerte die ganze Architektur des Hauses an einen Mann mit Verstopfung, der zwischen den Bäumen hockte. Wahrscheinlich hatte der Bau eine halbe Million Dollar gekostet.

Dr. Parks stand auf einer schattigen Anhöhe mit Blick über den Bayou, drosch Golfbälle über das Wasser in einen Dattelpalmenhain. Als ich mich ihm von hinten näherte, raschelte das Laub unter meinen Sohlen, er warf mir einen kurzen Blick zu und pfefferte dann einen weiteren Ball in die Dattelpalmen.

„Ich habe heute Morgen Josh Comeaux verhaftet", sagte ich.

„Freut mich zu hören", sagte er. Sein Gesicht war stark gerötet und frisch rasiert, obwohl es schon recht spät am Tag war. Er nahm einen weiteren Ball aus einem Eimer und platzierte ihn auf einem Tee.

„Er sagt, sie hätten ihn verprügelt."

„Was haben Sie hier zu suchen, Detective?" Er stellte den Kopf seines Drivers neben seinen Fuß. Er trug fingerlose Handschuhe aus feinem Leder, ein langärmeliges, bordeauxrotes Polohemd und eine Freizeithose, die seinen flachen Bauch und die schmalen Hüften betonte.

„Ich würde wirklich gern sehen, wie die Besitzer dieser Drive-by-Daiquiri-Buden durch einen Gartenschredder gejagt werden. Aber Sie lassen Ihre Wut am Falschen aus, Dr. Parks", sagte ich.

„Ich bin mit meiner Familie aus Memphis hierhergezogen. Wir dachten, in einer Kleinstadt gibt es weder Drogen noch korrupte Beamte oder Drecksskerle, die Alk an Kinder verkaufen, damit die sich anschließend umbringen. Ich war ein ausgesprochen dummer Mann."

Er ging am Tee in Position, hob seinen Golfschläger schulbuchmäßig und verpasste dem Ball einen wuchtigen Schlag.

„Machen Sie Ihren Kummer nicht noch schlimmer, Sir", sagte ich.

Er drehte sich zu mir um. „Haben Sie irgendeine Vorstellung, wie es im Inneren dieses Autos gewesen sein könnte?", fragte er.

„Der Drogentest hat Spuren von Marihuana in Loris Blut nachgewiesen", sagte ich.

„Na und?"

„Vielleicht ist auch Josh Comeaux ein Opfer."

„Ich muss in einem früheren Leben irgendwas falsch gemacht haben", sagte er.

„Pardon?"

„Meine Tochter ist bei lebendigem Leib verbrannt, und der Cop, der dafür irgendjemandem schwer in den Arsch treten sollte, ist ein verweichlichter Liberaler. Sie sollten mein Grundstück jetzt besser verlassen."

Ich nahm meine Sonnenbrille aus ihrem Etui und steckte es wieder in meine Brusttasche. Der Wind wehte kalt aus den Bäumen, und ich roch den intensiven Duft des Sumpfes in den Schatten. Die Haut unter Dr. Parks' rechtem Auge zuckte unkontrollierbar.

„Sind Sie schwerhörig?", fragte er.

„Der Richter wird bei Josh wahrscheinlich nur eine bescheidene Kaution festsetzen. Was bedeutet, dass er wahrscheinlich in ein oder zwei Tagen wieder zu Hause ist. Wir beide verstehen uns, was die Konsequenzen betrifft, Sir?", sagte ich.

„Dass ich besser die Finger von ihm lassen sollte?"

Er wartete auf eine Antwort, die ich ihm allerdings nicht gab. Ich setzte die Sonnenbrille auf und ging zum Streifenwagen zurück, wobei das Laub, das irgendjemand zusammengeharkt hatte und das sodann vom Wind wieder verteilt wurde, unter meinen Schuhen knisterte. Die Frau des Arztes tauchte an der Haustür auf, trug Morgenmantel und Hausschuhe, einen Drink in der Hand, das Make-up auf ihrem Gesicht wie eine Theatermaske.

„Glauben Sie, mich interessiert der Junge? Glauben Sie, darum geht's? Wo ist Ihr Verstand, Mann?", brüllte der Arzt mir nach.

* * *

Am folgenden Abend aß ich im Garten und ging dann zu dem alten Friedhof neben der Zugbrücke in St. Martinville, auf dem Bootsie begraben lag. Die Luft war kalt, und es roch nach noch fernem Regen, der Himmel gelb vom Staub, der von den Feldern geweht wurde. Einige an den Friedhof angrenzende Häuser hatten auf ihren Veranden Schilder mit der Aufschrift: GRABSTÄTTENFARBE ZU VERKAUFEN. Im Süden von Louisiana setzen wir die Toten oberirdisch bei, und es ist Tradition, die Grüfte von Familienangehörigen an Allerheiligen zu tünchen. Aber es war noch nicht November. Oder doch? Ich musste auf die Datumsanzeige meiner Armbanduhr sehen, um mich zu vergewissern, dass es immer noch Oktober war.

Bootsies Gruft lag direkt am Bayou, und wenn ich mich danebenstellte, konnte ich flussabwärts blicken und auf dem Ufer gegenüber die alte französische Kirche und die Evangeline Oak sehen, wo sie und ich uns zum ersten Mal geküsst hatten und die Sterne über uns wie Diamanten in einem Fass mit schwarzem Wasser über den Himmel gewirbelt waren.

Ich entfernte die drei Rosen, die ich zwei Abende zuvor in eine Vase gestellt hatte, spülte das Gefäß aus und füllte es wieder mit Wasser unter dem Hahn neben dem Kiesweg, der quer über den Friedhof führte. Dann stellte ich drei frische Rosen in die Vase und platzierte sie vor der Marmorplatte, die vorne in Bootsies Grabmal einbetoniert war. Die Rosen waren gelb, die Blütenblätter hatten einen purpurnen Rand, die Stängel waren von einem jungen Verkäufer im Winn-Dixie-Store in New Iberia mit grünem Seidenpapier umwickelt worden. Als er mir die Blumen gab, war ich einen Moment sprachlos von der jugendlichen Schönheit seines Gesichts, seinen klaren, entschlossenen Augen. „Ich wette, die hier sind für eine ganz besondere Lady", hatte er gesagt.

Ich saß sehr lange auf einer Metallbank und trank eine Flasche Tafelwasser, das ich mir von zu Hause mitgebracht hatte. Dann frischte der Wind auf und verteilte die Blätter eines Rotahorns auf dem Wasserspiegel des Bayou, und im Geräusch des Windes meinte ich, jemanden *Spinner* rufen zu hören.

Ich trank das Wasser aus, schraubte den Deckel wieder auf die Flasche und warf sie in eine Mülltonne. Doch sie prallte vom Rand der Tonne ab und fiel auf den Kiesweg. Statt nun aber aufzustehen und sie aufzuheben, starrte ich sie nur stumm an, all meine Energie aus unerfindlichen Gründen verdunstet, das Licht so kalt und hart, als wäre die Sonne mit Eis überzogen.

Ich hörte Schritte hinter mir.

„Ich wollte dich nicht stören, aber ich muss zurück nach Hause", sagte Theodosha Flannigan.

„Pardon?", sagte ich.

„Dein Nachbar hat mir gesagt, dass du wahrscheinlich

hier wärest, wenn du nicht zu Hause bist", sagte sie. „Ich hab geparkt und im Wagen gesessen, darauf gewartet, dass du wieder rauskommst. Merchie weiß nicht, wo ich bin. In Afghanistan weicht er Kugeln aus, und auf der anderen Seite ist er gleich völlig fertig, wenn ein Schnürsenkel reißt. Es liegt nur an seiner Mutter. Ich glaube, sie wurde lobotomiert. Das ist übrigens kein Witz."

Ich konnte dem nicht folgen, was sie da redete. Ich wollte aufstehen, doch sie legte ihre Hand auf meine Schulter und setzte sich neben mich.

„Es geht um Samstagabend. Diese beiden Kinder schwebten in akuter Gefahr, in den Teich zu fallen, und ich habe nur dagestanden und zugesehen, was passierte. Ich fühle mich unendlich beschissen", sagte sie.

„*Tapferkeit* und *Angst* sind relative Begriffe. Alles, was zählt, ist doch, dass du sie geholt hast", sagte ich.

„Ich verbinde sehr unangenehme Erinnerungen mit diesem Teich", sagte sie. Sie biss an einem Niednagel und starrte ins Leere. „Ich gehe sonst nie hinter diesen Zaun. Du musst mich für eine fürchterliche Person halten."

Aber die Wahrheit war, ich wollte nicht über Theos persönliche Probleme reden. Ich stand auf und warf die Plastikflasche in die Mülltonne. Als ich mich wieder hinsetzte, spürte ich, wie das Blut aus meinem Kopf wich.

„Mit dir alles okay?", fragte sie.

„Ich bekomme manchmal immer noch Malariaschübe", sagte ich.

Sie hatte ein Halstuch unter ihrem Kinn verknotet, ihre Haare wurden flach an ihre Wangen gedrückt. „Es beschäftigt mich noch etwas, Dave. Ich glaube, du fühlst dich in meiner Gegenwart unwohl", sagte sie.

„Nein, das stimmt nicht. Überhaupt nicht", sagte ich und behielt meinen Blick auf den Bayou gerichtet.

„Diese Nacht, in der wir unsere kleine Affäre hatten? Wir hatten uns beide um den Verstand gesoffen. Keiner von uns war damals verheiratet. Ich gebe zu, ich dachte, du würdest vielleicht zurückkommen, aber das hast du nicht gemacht. Also hab ich dich abgeschrieben. Überhaupt kein Problem."

„Ja, du hast recht, es ist kein Problem. Ich habe nicht gesagt, es sei ein Problem", erwiderte ich.

„Und warum bist du dann so …"

„Es ist kein Problem. Es ist wirklich wichtig, das jetzt zu verstehen", sagte ich.

„Ich fürchte, ich habe mich dir aufgedrängt."

„Nein, hast du nicht. Alles ist bestens. Grüß Merchie schön von mir."

„Kommst du zum Abendessen?"

Ich kniff mir in die Schläfen und sah den Bayou hinunter zur Evangeline Oak, die über das Wasser hinausragte, und zur Spitze der alten französischen Kirche, hinter deren Turm die Mondsichel aufstieg.

„Vielleicht können wir später darüber reden", sagte ich.

„Klar. Tut mir leid, dass ich einfach so hergekommen bin. Seit mein Psychiater gestorben ist … Nein, das ist das falsche Wort. Seit er sich erschossen hat, habe ich dieses schreckliche Schuldgefühl. Ich bin jetzt seit zwei Tagen nüchtern. Ziemlich erbärmlich, nicht? Ich meine, stolz darauf zu sein, gerade mal zwei Tage keinen Fusel angefasst zu haben, als hätte ich das Rad neu erfunden?"

„Wir sehen uns, Theo."

Sie atmete tief aus, und ich spürte es auf meiner Haut. Sie hob die Augenbrauen, fixierte mich neugierig, so als müsste ich ihr die Schlussfolgerungen zu all ihren unvollendeten Gedanken liefern. Dann schien sie aufzugeben, küsste die Spitzen zweier Finger, drückte sie auf meine Wange und verließ den Friedhof.

Ein einzelnes Glühwürmchen leuchtete in einem Baum über ihrem Kopf.

* * *

Morgens rief ich einen Detective der Mordkommission beim Lafayette City Police Department an. Sein Name war Joe Dupree. Er hatte bei der 173rd Airborne Brigade in Vietnam gedient, sprach aber nie über den Krieg und schluckte ständig Aspirin gegen die Schmerzen, die er seit fünfunddreißig Jahren in den Knien hatte. Außerdem war er einer der gründlichsten Ermittlungsbeamten, die mir je begegnet waren.

„Was hast du über diesen Psychiater, der sich im Girard Park erschossen hat?", fragte ich.

„Dr. Bernstine? Haben wir als Selbstmord verbucht. Warum fragst du?"

„Eine Frau namens Theodosha Flannigan hat es einige Male erwähnt."

„Merchie Flannigans Frau?"

„Ja, woher weißt du das?"

„Ihr Name stand in Bernstines Terminkalender", erwiderte er.

„Aber du glaubst nicht an Selbstmord?"

„Er hat zwei Kugeln vom Kaliber 25 rechts in den Kopf bekommen. Die Verbrennungen durch das Mündungsfeuer waren gut zweieinhalb Zentimeter auseinander, direkt über dem Ohr. Falls der zweite Schuss bei einer spastischen Reaktion auf den ersten ausgelöst wurde, warum waren die Eintrittswunden dann praktisch identisch?"

„Irgendwelche Zeugen?", fragte ich.

„Kein Augenzeuge. Aber ein Junge sagte, er habe es zwei Mal knallen gehört. Zuerst hat er gesagt, die Schüsse wären im Abstand von einigen Sekunden erfolgt. Dann meinte er, sie wären praktisch gleichzeitig gewesen. Am Ende war er sich nicht mehr sicher, was er nun gehört hatte. Jedenfalls haben wir Schmauchspuren an Bernstines rechter Hand gefunden. Ich würde ja gern sagen, er wäre Linkshänder gewesen, damit mein Argwohn ein bisschen fundierter wäre. Aber er war Beidhänder."

„Was genau lässt dir keine Ruhe, mal abgesehen davon, dass der Junge ursprünglich von einer Zeitverzögerung zwischen den beiden Schüssen gesprochen hat?"

„Bernstine ist an einem Samstag gestorben. Die Flannigan war am folgenden Dienstag mit ihm verabredet. Aber in seinen Unterlagen haben wir keinerlei Fallakte zu ihr gefunden."

„Vielleicht war sie noch eine ganz neue Patientin?"

„Nein, ich habe Mrs. Flannigan angerufen. Sie sagte, sie

114

ginge bereits seit sechs Monaten zu Bernstine. Jedenfalls ruft Bernstines Frau mich praktisch täglich an und sagt mir, es sei völlig unmöglich, dass er sich erschossen habe. Vielleicht ist das so. Aber er hat an der Börse Haus und Hof verloren, und Gerüchten zufolge hat er seine Frau betrogen. Also wird's als Selbstmord verbucht."

„Danke für deine Zeit, Joe."

„Du hast mir noch nicht gesagt, was Mrs. Flannigan dir erzählt hat."

„Aus irgendeinem Grund fühlt sie sich schuldig wegen Bernstines Tod", sagte ich.

„Glaubst du, sie war mit ihm im Bett?"

„Falls es so war, hätte sie es dir gesagt. Sie ist ein bisschen neurotisch", sagte ich.

„Ich bin erschüttert, dass du so jemanden kennst, Dave."

* * *

Am nächsten Montag war Father Jimmie Dolan gerade nach der Frühmesse ins Pfarrhaus zurückgekehrt, als in seinem Büro das Telefon klingelte.

„Hallo?", sagte er.

Keine Antwort. Im Hintergrund hörte er das Klingeln einer Straßenbahnglocke.

„Hallo?", wiederholte er.

„Oh, hallo Father. Sorry. Ich hab die verfluchte Tür der Telefonzelle nicht zugekriegt", sagte eine Stimme.

„Sie sind das wieder, stimmt's?"

„Father, Sie haben mich echt in Schwulitäten gebracht."

„Ich denke mein Freund, Sie brauchen professionelle Hilfe."

„Sir, Sie sind ein Prälat, und von daher meiner Auffassung nach ein Ehrenmann. Können Sie mir Ihr Wort geben, dass Sie sich nicht mehr in gewisse Dinge einmischen, die vollkommen rechtmäßig sind und niemandem einen Schaden zufügen oder bestenfalls einen geringen?"

Father Jimmie schob einige Unterlagen auf seinem Schreibtisch hin und her, dann nahm er ein von einem Notizblock abgerissenes Blatt auf. „Sie heißen Max Coll?", fragte er.

„Anscheinend haben die Bullen Sie besucht."

„Sind Sie an der Canal Street oder an der St. Charles Avenue?"

Es folgte ein kurzes Schweigen, dann sagte Max Coll, „Und woher können Sie wissen, wo ich bin?"

„Heute fährt nur eine einzige Straßenbahnlinie, und nur auf einer dieser beiden Straßen. Was also bedeutet, Sie sind nicht besonders weit von mir fort."

„Sie sind ein mächtig intelligenter Mann. Aber ich muss ..."

„Sie bleiben aus meiner Kirche weg."

„Sir?"

„Sie haben mich genau verstanden. Falls Sie jemals wieder eine Waffe in meinen Beichtstuhl bringen, nehme ich Sie auseinander."

„Entschuldigen Sie bitte, Father, dass ich das jetzt sage, aber das ist eine beschissen engherzige und kleinliche Ansage für einen Diener Gottes."

„Seien Sie dankbar, dass ich Sie nicht in den Fingern habe", erwiderte Father Jimmie und legte auf.

Dann stand er bewegungslos neben seinem Schreibtisch, während das Herz in seiner Brust wie verrückt hämmerte.

6

Am gleichen Abend musste sich Leon Hebert, Betreiber der Daiquiri-Bude, der Josh Comeaux gefeuert hatte, selbst um den Verkauf kümmern, da sich Joshs Nachfolger krankgemeldet hatte. Hebert arbeitete nicht gern allein, zumindest nicht nachts. Er war ein vorsichtiger Mann, sowohl in Geldangelegenheiten als auch bei Menschen, und er hatte seinen Lebensunterhalt über die Jahre an den schmutzigen Rändern der Gesellschaft verdient, was immer er auch gemacht hatte. Falls es eine Sorte von Menschen gab, die er verstand, dann war es seine Kundschaft.

Nach seiner Entlassung aus der United States Navy hatte er ein Spirituosengeschäft an der South Central Avenue in Los Angeles besessen. Mal von den Versicherungsprämien abgesehen, waren die Gewinne bei minimalen Betriebskosten enorm gewesen. Anstelle von Geld akzeptierte er auch Lebensmittelmarken, Bezugsscheine des Sozialamts und sogar Fahrkarten für den öffentlichen Nahverkehr. Nach zwei Uhr morgens fuhren er und ein Angestellter mit einem Lieferwagen die East Fifth Street runter und verkauften billigen Neunundachtzig-Cent-Südwein, genannt *short dogs*, für zwei Dollar die Flasche an die verzweifelten

Seelen, die nicht warten konnte, bis die Kneipen um sechs Uhr morgens wieder aufmachten.

Allerdings lernte Leon Hebert auch, dass es eine Kehrseite der Medaille gibt, wenn man in einem Ghetto Geschäfte macht. In einer warmen Sommernacht versuchte ein weißer L.A. Streifenpolizist, einen angetrunkenen Autofahrer festzunehmen und ihn auf den Rücksitz eines Streifenwagens zu verfrachten. Keine fünf Minuten später flogen Ziegel, Flaschen und Pflastersteine in den Verkehr auf dem Century Boulevard. Das war in der Zeit vor den *Crips* und *Bloods* gewesen, aber ihre Vorläufer – die *Gladiators, Choppers, Eastside Purple Hearts, Clanton 14* und die *Aranas* – zeigten sich der Situation durchaus gewachsen, indem sie im gesamten Süden und Osten von Los Angeles Brände legten.

Ein Molotowcocktail flog durch das Schaufenster von Leon Heberts Geschäft. Inventar und Lagerbestand brannten wie Zunder.

Bei den Krawallen wurden lediglich zwei Arten von Geschäften im Besitz von Weißen verschont: Bestattungsunternehmen und die Büros von Kautionsstellern. Leon lernte die Lektion. Als er an seinen Geburtsort New Iberia zurückkehrte, verkaufte er Sterbeversicherungen an Farbige, kassierte ihre Prämien von einem halben Dollar bis zu fünfundsiebzig Cent wöchentlich ein, und bewegte sich ohne Angst frei in den übelsten Slums im Süden von Louisiana.

Dann entdeckte er, dass die Überholspur zum Reichtum immer noch vorhanden war. Und er musste nicht mal mehr in die Ghettos, um seine Waren zu verkaufen. Die

Ghettobewohner kamen zu ihm, in eine schattige Baumgruppe an der vierspurigen Ausfallstraße, ihre Spritfresser tuckernd vor seiner Drive-by-Bude, wo seine eisgekühlten Daiquiris, süß und erfrischend, für fünf Mäuse pro Becher zu haben waren.

Eigentlich sollte er sich doch angesichts seiner komfortablen Situation gut fühlen, sagte er sich. *Er* hatte jeden Cent gespart, den er mit dem Verticken von Sterbeversicherungen gemacht hatte, und in einen todsicheren Lizenzbetrieb gesteckt, bei dem für ihn sechzig Prozent des Profits abfielen. Er machte die Menschen glücklich, oder vielleicht nicht? Warum mussten diese verfluchten Kids aus Loreauville sich auch ausgerechnet mit seinen Bechern im Auto umbringen? Und was war mit Josh Comeaux los, der diesem Arzt, wie hieß er noch schnell, Dr. Parks, erzählt hatte, Teenager würden bei Leons Drive-by immer versorgt?

Montage waren ruhig, und Leon überlegte, frühzeitig zu schließen. Was genau beschäftigte ihn eigentlich? Der Arzt? Dieser Detective des Sheriffs, der ihm auf die Eier gegangen war? Er blickte aus dem Fensterchen, durch das er seine Ware reichte, in die Dämmerung und sah Arbeiterfamilien aus einem Barbecue-und-Po'boy-Laden an der Ecke der kurzen Asphaltstrecke kommen, welche die Highways in Ost- und Westrichtung miteinander verband, zwischen denen er seinen Laden hatte. Der Abend war warm, und Glühwürmchen funkelten in den Eichen. Er sah zu, wie die Leute aus dem Barbecue-Lokal in ihre Pkws und Pick-ups stiegen, ihre Kinder auf den Sitzen auf und ab hüpften. Einen kurzen Moment lang wollte er sich ihnen anschließen und damit von diesem seltsamen Gefühl befreien, das an seiner Haut zu kleben schien wie der Dreck auf der Straße.

Drei verwöhnte Gören aus Loreauville kommen von der Straße ab und donnern gegen einen Telefonmast, und er steckt in der Scheiße. Es gibt keine Gerechtigkeit mehr, sagte er sich.

Eine Schrottkarre voller schwarzer Männer hielt vor dem Ausgabefenster, und Leon holte sechs mit Plastikfolie versiegelte Daiquiris aus dem Eisfach seines riesigen Kühlschranks und reichte sie einen nach dem anderen durch das Fahrerfenster.

Leon wartete, dass der Wagen weiterfuhr, was er aber nicht tat. Der Fahrer starrte Leon einfach nur an, einen Zahnstocher im Mundwinkel. Einer der Typen auf dem Rücksitz rauchte eine Zigarette, die Asche glühte in der Dunkelheit. Der Beifahrer hielt einen metallischen Gegenstand auf dem Schoß, der im Widerschein des Armaturenbretts matt schimmerte.

„Ich bin nicht allein. Ich hab hier drinnen noch einen Mann", sagte Leon, dessen Puls sich beschleunigte.

„Was redstn da, Mann?", raunzte der Fahrer ihn an.

Der Beifahrer auf dem rechen Vordersitz hob ein Zippo von seinem Schoß und steckte sich eine Zigarette an.

Leon atmete aus. „Wollt ihr sonst noch was?", fragte er.

„Ja, du hast mir noch nicht mein Wechselgeld gegeben", sagte der Fahrer.

Drei Stunden später verstaute Leon Hebert seine Geldtasche im Bodensafe, schloss die Türen ab und löschte das Licht. Es war eine wunderschöne Nacht. Der Wind raschelte in den Bäumen, und die Sternbilder standen wie gemalt am Himmel. Ein Sattelschlepper donnerte auf der Autobahn vorbei, dann ein Krankenwagen mit blitzenden Rundumkennleuchten. Der Rettungswagen passierte das Krankenhaus und bog auf die Zugbrücke und die Staatsstraße ab, die auf die Loreauville Road einmündete, wo die drei Mädchen in ihrem brennenden Buick in der Falle gesessen hatten.

Warum musste er in solchen Bildern denken? Er hatte es schließlich nicht getan, sagte er sich. Dieser Junge, der für ihn gearbeitet hatte, Josh Comeaux, der hatte bei der kleinen Parks immer gleich einen Ständer bekommen und die hätte ihm sein Ding auch in der Tür einklemmen können, wenn sie gewollt hätte. Warum bringen die *das* nicht in der Zeitung?, fragte Hebert sich. Gibt keine Gerechtigkeit mehr, dachte er.

Jemand ließ vor dem Barbecue-Restaurant den Motor eines Pick-ups an und setzte auf dem Parkplatz zurück, kam dann langsam den Asphaltstreifen auf seinen Laden zugerollt. Kies knirschte unter den Reifen.

Leon fischte seine Autoschlüssel aus der Tasche, ließ sie in der Dunkelheit fallen. Als er sich vorbeugte, um sie aufzuheben, bog der Pick-up auf die mit Muschelschalen ausgestreute Kehre ein, die sich in einem weiten Bogen an Leons Drive-by-Bude vorbeizog.

„Wir haben geschlossen", sagte Leon, als die Scheinwerfer des Pick-ups rote Kreise in seine Augen brannten.

Aber aus dem Inneren des Trucks kam keine Antwort.

„Wer sind Sie?", fragte er und versuchte zu lächeln.

Eine Gestalt öffnete die Fahrertür und trat auf den Muschelkies heraus. Leon hob die Hand, um die Augen abzuschirmen und blinzelte in das grelle Licht der Scheinwerfer. „Mein Angestellter ist mit dem Geld schon zur Bank. Hier gibt's nichts mehr zu holen", sagte er.

Der erste Pistolenschuss erwischte ihn weit oben in der Brust mit einer Wucht wie von einem Vorschlaghammer, riss ihn nach hinten, die festgefahrenen Muscheln bohrten sich in seinen Hinterkopf. Der Schütze hatte das Licht des Pick-ups ausgeschaltet und kam nun auf ihn zu, bückte sich ganz kurz, um etwas vom Boden aufzuheben. Danach starrte er zu Leon hinab, erkannte vielleicht, dass er sich geirrt hatte, dass er den Falschen abgeknallt hatte, dass Leon ein solches Schicksal nicht hätte aufgezwungen werden sollen.

Die Gestalt beugte sich über ihn, verdeckte den Himmel. Leon versuchte zu sprechen, doch der einzige Laut, den sein Körper von sich gab, war das Zischen der Luft durch das Loch in seiner Lunge.

Dann wurde ihm der Mund geöffnet, und etwas, das hart war und bittersüß und mit Dreck verkrustet, wurde ihm zwischen die Zähne und bis tief in den Hals hineingeschoben. Leons rechte Hand versuchte, nach dem Schuh der Gestalt zu greifen, die sich über ihn beugte, um irgendwie seine Bitte um Gnade zu kommunizieren, die seine Zunge nicht mehr formulieren konnte. In diesem Augenblick sah er seinem Peiniger ins Gesicht und wusste, wie seine letzten Momente auf dieser Erde sein würden.

Er drehte seinen Kopf zur Seite und fragte sich, wie es sein konnte, dass die Welt der normalen Menschen und normalen Ereignisse nur einen Herzschlag entfernt sein konnte.

* * *

Niemand meldete die Schießerei bis kurz vor Sonnenaufgang, als ein Landstreicher, der im Unkraut neben der Bahntrasse geschlafen hatte, die Straße überquerte und über die Leiche stolperte. Helen Soileau holte mich zu Hause mit einem Streifenwagen ab und reichte mir eine Thermoskanne mit Milchkaffee. Sie schaltete das Warnlicht ein, und wir durchquerten die Stadt zum Tatort.

„Du bist jetzt der Käpt'n. Du musst diesen ganzen Frühmorgens-Kram nicht mehr machen", sagte ich.

„Irgendwer muss euch Jungs aber auf Trab halten", erwiderte sie.

Sie blickte stur geradeaus, das Gesicht ausdruckslos. Wir kamen an einer langen Reihe von Hütten vorbei, unser blaurotes Einsatzlicht spiegelte sich auf den Fassaden.

„Es geht hier nicht um einen Raubmord, oder?", mutmaßte ich.

Hochbeladene Lastwagen mit Zuckerrohr waren bereits auf der Straße, als wir den Tatort erreichten, dichter Verkehr an der Kreuzung vor der Zugbrücke. Die frühe Morgensonne loderte rot durch die Bäume, und hinter dem Krankenhaus hob sich Nebel vom Bayou. Leon Hebert lag auf dem Muschelkies nur wenige Meter von seiner Drive-by-Klappe entfernt, ein Einschussloch in der Brust, ein zweites mitten auf seiner Stirn, eine dritte Kugel war durchs Auge gegangen. Ein blauer, zusammengedrückter Daiquiri-Becher steckte in seinem Mund.

Ein Krankenwagen und drei Fahrzeuge des Sheriff's Department parkten außerhalb des gelben Absperrbands, das zwischen den Eichen gespannt worden war. Der Gerichtsmediziner war noch nicht da, aber Mack Bertrand, unser forensischer Chemiker, kniete neben der Leiche und stülpte Plastikbeutel über die Hände des Toten. Ebenfalls außerhalb des abgesperrten Bereichs saß ein kleiner Mann in zerlumpter Kleidung und mit Tennisschuhen ohne Socken mit dem Rücken an einen Baum gelehnt, die Knie vor sich bis zum Kinn hochgezogen.

„Was kannst du schon sagen, Mack?", fragte ich.

„Der Täter hat einen Revolver benutzt oder er hat die leeren Hülsen eingesammelt. Ich würde sagen, die Wunden stammen entweder von einer .38er oder einer Neun-Millimeter", erwiderte er. Er wirkte asketisch, trug ein zerknittertes weißes Hemd mit einer Ansteckfliege, dazu Hosenträger und an seinem Gürtel ein kleines Lederholster, in dem er seine Bruyère-Pfeife aufbewahrte.

Er hob das rechte Handgelenk des Toten hoch. „Sieht aus wie Schuhwichse unter seinen Fingernägeln", sagte er. „Ich schätze, die erste Ladung hat ihn aus einiger Entfernung in die Brust erwischt. Dann ist der Täter näher gekommen und hat die beiden anderen Schüsse aus kürzester Entfernung abgefeuert. Das Opfer hat dem Täter wahrscheinlich ins Gesicht gesehen und nach seinem Schuh gegriffen, bevor es gestorben ist."

„Warum sollte er das getan haben?", fragte Helen.

Mack schüttelte den Kopf. Er öffnete einen weiteren Plastikbeutel, zog mit einer Pinzette den zapfenförmigen Becher aus dem Mund des Toten und ließ ihn in den Beutel fallen. Seht euch das hier an", sagte er und stand auf. „Auf der Unterseite des Bechers ist Blut. Das bedeutet, das Herz des Opfers hat wahrscheinlich noch geschlagen, als ihm der Becher in den Mund gestopft wurde."

„Das bedeutet was?", fragte Helen.

„Wer weiß", antwortete er.

„Kein gewaltsames Eindringen in das Gebäude?", fragte ich.

„Soweit ich sehen konnte, nicht, nein", sagte er.

„Was ist mit Reifenspuren?", fragte Helen.

„Wahrscheinlich so ziemlich jede Sorte Reifen, die in der westlichen Welt hergestellt wird, ist hier schon mal vorbeigerollt. Kanntet ihr den Kerl?", fragt Mack.

„Er ist aus L.A. hierher zurückgekommen. Früher hat er Sterbeversicherungen verkauft", sagte Helen.

Ich sah zu dem kleinen Mann in den zerlumpten Klamotten hinüber, der immer noch an den Baum gelehnt dasaß. „Ist das der Typ, der das Opfer gefunden hat?"

„Ja, viel Glück mit ihm. Ich habe den Eindruck, er ist ein reisender Wein-Connaisseur", meinte Mack.

Ich verließ den abgesperrten Bereich und hockte mich auf Augenhöhe zu dem Mann in Lumpen. Seine Haut starrte vor Dreck, auf dem Kopf trug er eine schmierige Mütze. Wie bei allen Menschen seines Schlages hatte seine Herkunft, die Leute, die ihn zur Welt gebracht hatten, das Zuhause, in dem er aufgewachsen war, wahrscheinlich schon vor langer Zeit für ihn jede Bedeutung verloren.

„Hast du neben den Gleisen geschlafen?", fragte ich.

„Bin vom Zug gefallen. War ziemlich weggetreten", sagte er.

„Hast du irgendwas gesehen oder gehört, das uns weiterhelfen könnte?", fragte ich.

„Hab ich schon dem anderen da drüben gesagt." Er deutete mit dem Kopf auf Bertrand.

„Dir wird nichts passieren, Partner. Du musst nicht ins Gefängnis. Wir halten dich nicht als wichtigen Zeugen fest. Das ist alles kein Thema. Erzähl mir einfach, was du gesehen hast."

Er wischte sich die Nase mit dem Handgelenk ab. „Letzte Nacht ziemlich spät hab ich so 'n Poppen gehört. Dann gleich noch mal. Vielleicht auch zwei Mal. Und dann ist ein Pick-up weggefahren."

„Hast du den Fahrer gesehen?"

„Nein."

„Wie hat der Pick-up ausgesehen?"

„Wie so 'n Pick-up eben. Ist dann da runter zur Brücke gefahren."

„Warum bist du heute über die Straße gekommen?"

„Im Krankenhaus gibt's Gratis-Kaffee", erwiderte er.

Die Knie taten mir weh, als ich aufstand. Ich nahm zwei Dollar aus der Brieftasche und gab sie ihm. „Da hinten Richtung Stadt gibt's einen Donut-Laden. Warum besorgst du dir nicht einfach was zu essen?", sagte ich. Ich setzte mich in Bewegung.

126

„Hab noch gesehen, wie was aus dem Fenster von dem Pick-up geflogen ist. Unter der Straßenlaterne da. So Richtung Zugbrücke. Keine Ahnung, ob euch das was hilft oder nicht", rief er mir nach.

Wenige Minuten später tauchte der Gerichtsmediziner auf. Später zogen die Sanitäter den Reißverschluss eines schwarzen Leichensacks auf, legten die sterblichen Überreste von Leon Hebert hinein und hoben ihn danach auf eine Bahre. Mack fummelte an seiner Pfeife herum und steckte sie sich zwischen die Zähne, verkehrt herum. Er war Familienvater, Trainer in der Little League und regelmäßiger Kirchgänger, und neigte normalerweise nicht zu öffentlichen Meinungsäußerungen.

„Sie haben gefragt, warum das Opfer nach dem Schuh des Täters gegriffen hat", sagte er. „Es hat um Gnade gefleht."

Ich wartete, dass er fortfuhr. Aber da kam nichts mehr.

„Ja, und weiter, Mack ...?", sagte Helen.

„Das ist alles. Er hatte eine saugende Brustwunde und konnte nicht sprechen. Wahrscheinlich war es wie ertrinken, während jemand zusieht. Also hat er versucht, mit seiner Hand zu flehen. Muss wohl ein recht schlechter Menschenkenner gewesen sein."

„Wieso?", hakte ich nach.

„Wer immer das arme Schwein umgelegt hat, er wollte, dass der Tod für ihn so schwer war wie nur möglich", sagte Mack.

* * *

127

Helen, ein uniformierter Deputy und ich suchten die Straßenränder an der Zugbrücke nach dem Gegenstand ab, den der Landstreicher aus dem fahrenden Pick-up hatte fliegen sehen. Aber wir fanden nichts von Bedeutung. Helen setzte mich bei mir zu Hause ab, ich rasierte mich, duschte und fuhr dann ins Büro. Kurz nach neun Uhr rief ich die Praxis von Dr. Parks an. Das Mädchen am Empfang sagte, er werde heute nicht reinkommen. Ich rief bei ihm zu Hause an.

„Was wollen Sie, Mr. Robicheaux?"

„Woher wussten Sie, dass …"

„Anruferkennung. Was wollen Sie jetzt wieder?"

„Ich würde gern auf ein paar Minuten zu Ihnen rauskommen."

„Sie sind in meinem Haus nicht willkommen."

„Schade, dass Sie das sagen", erwiderte ich.

Ich fuhr die Loreauville Road hinauf, durch Pferdezuchtland und Felder mit erntereifem Zuckerrohr, unter einem knallharten blauen Himmel, den man mit einem Nagel hätte zerkratzen können. Die Luft war kühl und duftete süßlich, erinnerte an Zimt, der auf einem Holzofen verbrennt, und durch die Zypressen und Eichen am Teche glitzerte das Sonnenlicht wie Blattgold auf der Wasseroberfläche.

Als ich dann jedoch auf Dr. Parks' Einfahrt abbog, schien ich eine andere Realitätsebene zu betreten. Sein Haus lag im Schatten, die Luft war kalt, die mit Platten ausgelegten Gehwege rochen nach nächtlicher Feuchtigkeit. Das Heck eines verbeulten beigefarbenen Pick-ups ragte aus einem Schuppen auf der Rückseite des Hauses.

Daneben lag ein Stapel Heuballen, an die eine Plastikzielscheibe geklemmt war. Ein gutes Dutzend Pfeile ragte aus dem Stroh. Ich musste zwei Mal klingeln, bevor er an die Tür kam.

Er war unrasiert und sah übernächtigt aus, das Weiß seiner Augen hatte einen gelblichen Schimmer, ein säuerlicher Geruch stieg von seiner Kleidung auf.

„Sagen Sie's", sagte er.

„Darf ich reinkommen?", bat ich.

„Können Sie halten wie 'n Dachdecker", knurrte er und verschwand im Haus.

Wir betraten einen großen, trostlosen Raum mit einem nicht brennenden Gas-Kamin, dunkler Wandvertäfelung und Fenstern, vor denen dicke Samtvorhänge hingen. Spots unter der Decke waren auf eine riesige Waffenvitrine gerichtet, in der sich sowohl moderne wie auch antike Schusswaffen befanden.

„Ziemliche Sammlung", sagte ich.

„Kommen Sie zur Sache, Detective", sagte er.

„Letzte Nacht hat jemand Leon Hebert ausgeschaltet. Jemand, der ihn so richtig auf dem Kieker hatte."

„Oh, wie schrecklich."

„Haben Sie eine .38er oder eine 9-Mike?"

„Eine was?!"

„Eine Neun-Millimeter."

„Ja, ein halbes Dutzend."

„Sind Sie gestern Nacht mit Ihrem Pick-up gefahren?"

„Nein."

„Wo waren Sie gestern Abend und letzte Nacht?"

„Zu Hause, bei Mrs. Parks. Und das war dann auch schon die letzte Frage, die ich in Abwesenheit meines Anwalts beantwortet habe."

Wir standen kaum mehr als dreißig Zentimeter voneinander entfernt. Ich sah die Erschöpfung in seinem Gesicht, die Tränensäcke unter seinen Augen, das irre Leuchten von Trauer und Wut in seinem Blick.

„Meine zweite Frau ist durch die Hand gewalttätiger Männer gestorben, Dr. Parks. Die Dreckskerle, die das getan haben, sind heute alle tot, und ich bin froh darüber. Aber ihr Tod hat mir nie Frieden gebracht", sagte ich.

„Ist das unser religiöser Moment des Tages?"

„Ich rate Ihnen, die Stadt nicht zu verlassen."

„Eine Frage?", sagte er.

„Nur zu."

„Hat Hebert es kommen sehen? Denn ich hoffe bei Gott, dass dieses Arschloch genauso gelitten hat wie meine Tochter, bevor er den Löffel abgegeben hat."

Ich verließ sein Haus, ohne diese Frage zu beantworten. Es gibt Momente als Polizeibeamter, da wünscht man sich, man müsste nicht in die Seele eines anderen Menschen blicken, selbst wenn es ein trauerndes Opfer ist.

* * *

An diesem Nachmittag kam ein siebzehnjähriger schwarzer Jugendlicher namens Pete Delahoussaye in mein Büro. Pete war über eins achtzig und ging, als wäre er aus Kleiderbügeldraht, aber er warf einen Fastball schnell wie eine Kugel, und sowohl die LSU als auch die University of Texas hatten ihm Sportstipendien angeboten. An sieben Tagen die Woche um fünf Uhr morgens stellten Pete und seine verwitwete Mutter den *Baton Rouge Morning Advocate* von einem Ende der Stadt bis zum anderen zu.

Er stand vor meinem Schreibtisch, eine Papiertüte in der linken Hand.

„Was ist los, Pete?", fragte ich.

„Hab heute ganz in der Frühe was gefunden. Dachte mir, ich bring's besser mal vorbei."

„Ach?"

„Ja", sagte er, steckte eine Hand in die Tüte. „Ich bin am Iberia General vorbeigekommen, unterwegs Richtung Jeanerette, als was aus einem Pick-up geflogen kam."

„Moment", sagte ich, und erhob mich gerade von meinem Stuhl, als er einen blauschwarzen Revolver mit Perlmuttgriff aus der Papiertüte zog. Ich konnte die Bleispitzen der Kugeln in der Trommel sehen. Ich trat zur Seite und nahm ihm die Waffe ab.

„Wie sehr hast du das Ding in der Hand gehabt, Partner?", fragte ich.

„Ein bisschen", erwiderte er, wobei er seinen Blick abwandte.

„Hat sie sonst noch wer angefasst?"

„Nein, Sir."

„Hast du jemanden in dem Pick-up gesehen?"

„Nein, Sir, hab ich nicht."

„Was für ein Pick-up war es?"

„Einfach nur so ein alter, verbeulter Truck. Braun, glaub

ich. Ich hätte die Kanone ja schon heute Morgen vorbeigebracht, aber ich musste in die Schule."

„Alles bestens."

„Mr. Dave?"

„Ja?"

„Ich hab erst heute Nachmittag von dem Mann erfahren, der bei dem Daiquiri-Drive-by ermordet wurde. Meine Mutter meint, ich hätte jetzt echten Ärger."

„Nein, hast du nicht. Du bist ein anständiger Kerl, Pete. Was dagegen, wenn wir deine Fingerabdrücke nehmen?"

„Damit meine Abdrücke nicht mit denen von wem anders durcheinanderkommen?"

„Genau."

„Das ist alles?"

„Das ist alles."

Ich sah ihm nach, als der den Korridor hinunterging, lächelnd, alles wieder in Ordnung. Spiel du mal schön weiter Baseball, Junge, dachte ich, und werde nie erwachsen.

Mack Bertrand, unser forensischer Chemiker, rief mich am nächsten Nachmittag aus dem Labor an. „Wir haben eine ballistische Übereinstimmung zu der .38er", sagte er.

„Wie steht's mit Abdrücken?", fragte ich.

„Die sind ausnahmslos von Pete Delahoussaye", sagte er.

„Keine auf den Patronen in der Trommel?", fragte ich.

„Absolut sauber. Ich glaube, diese Waffe wurde geölt und gründlich abgewischt, bevor sie abgefeuert worden ist."

„Was hast du von dem Plastikbecher?"

„Schmierflecken mit getrocknetem Dreck drauf. Ich bin

sicher, die waren schon lange da, bevor unser Täter angekommen ist."

„Sonst noch was?"

„Das Opfer hatte Schuhwichse und Lederfasern unter den Nägeln der rechten Hand. Aber das wussten wir ja bereits am Tatort. Von der weggeworfenen Waffe mal abgesehen würde ich sagen, dass unser Täter ein Profi war."

„Danke, Mack. Übrigens, was ist deiner Meinung nach so eine Kanone wert?"

„Das ist ein Single-Action Colt, relativ selten. Vor allem Sammler haben so eine. Vielleicht fünfzehnhundert Dollar."

Ich ging zu Helens Büro und öffnete die Tür. Sie beendete gerade ein Telefongespräch.

„Ich hätte gern einen Durchsuchungsbeschluss für Dr. Parks' Haus", sagte ich.

„Um wonach zu suchen?", fragte sie.

„Mack Bertrand sagt, unter den Fingernägeln des Opfers hätten sich Lederreste befunden."

„Glaubst du, Parks ist unser Mann?"

„Er hatte sowohl das Motiv als auch die Gelegenheit."

Helen sah mich forschend an. „Das hab ich nicht gefragt", sagte sie.

„Ich war gestern bei ihm zu Hause. Er hat nicht versucht, seinen Hass auf das Opfer zu verbergen. Er wollte sogar wissen, ob Hebert gelitten hat. Später hab ich mich gefragt, ob er mir das nur vorgespielt hat."

„So als würde er versuchen, sich mit Chuzpe aus der Affäre zu ziehen?"

„Vielleicht. Aber woraus ich noch nicht schlau werde ist,

133

warum der Täter die Waffe direkt bei der Zugbrücke aus dem Wagen geworfen hat. Es sei denn, er wollte, dass wir sie finden."

„Warum machen Verbrecher überhaupt irgendwas?" Sie blickte auf den Notizblock neben ihrem Telefon. „Wir haben die Seriennummer der Waffe abgefragt. Sie ist auf einen William Raymond Guillot registriert. Er wohnt in Franklin."

„Guillot?" Vor meinem geistigen Auge sah ich einen großen, grauhaarigen Mann mit kurz geschorenen Haaren vor einem Lattenzaun, der eine Kette Knallkörper anzündete und sie in die Luft warf, während hinter ihm ein halbes Dutzend Vollblüter wie verrückt über eine Weide stürmte.

„Du kennst ihn?", fragte Helen.

„Falls es derselbe Kerl ist, dann hab ich ihn zusammen mit Merchie Flannigan auf Castille LeJeunes Grundstück gesehen."

Sie biss auf ihre Unterlippe. „Ich glaube, der Einsatz ist gerade erhöht worden", sagte sie.

„Bitte?"

„Ich habe Heberts Ausschanklizenz überprüft. Ihm hat der Daiquiri-Laden gar nicht gehört. Vielmehr ist er das Eigentum einer Firma namens *Sunbelt Construction*. Und jetzt rate mal, wer da der Chef ist?"

Bevor ich antworten konnte, sagte sie: „Genau, Bwana. Castille LeJeune. Ich hoffe, es macht dir Spaß, mit einer Erbsenpistole gegen Haubitzen vorzugehen."

7

Max Coll konnte sein Pech gar nicht fassen. Nicht nur, dass er es nicht fertiggebracht hatte, den Priester im Beichtstuhl zu erledigen, seine Versuche, für einen zweiten Anlauf etwas über den Terminplan von Father Dolan herauszubekommen, waren von einem sagenhaften Gewitter begleitet worden. Am späten Mittwochnachmittag standen die Straßen von New Orleans unter Wasser, und an der St. Charles war ein Blitz in eine Eiche eingeschlagen, wodurch der größte Teil der Baumkrone mitten auf der Avenue gelandet war. Die Folge davon war ein unglaublicher Verkehrsstau von der Canal bis ganz rauf zur Carrollton Avenue. Max konnte nicht mal ein Taxi aus dem Quarter zu Father Dolans Kirche bekommen und hatte bei strömendem Regen zehn Blocks zu Fuß gehen müssen, wobei ihm der .223er Karabiner mit Zielfernrohr und Schalldämpfer ständig gegen die Rippen donnerte.

Er sah aus wie ein begossener Pudel, als er schließlich die Kirche betrat. Wasser schwappte in seinen Schuhen, und wann immer er hustete, hatte er das Gefühl, als würde ihm das Brustbein von einer Kreissäge gespalten. Er begann zu niesen und konnte gar nicht mehr aufhören. Er schnäuzte sich die Nase in ein zusammengeknülltes Papiertuch, bis ihm schwindelig war, wurde dann um Haaresbreite von einer Bettlerin über den Haufen gefahren, die mit einem Einkaufswagen aus dem Vorraum angerauscht kam.

Warum hatte er diesen Auftrag angenommen? Er war von Anfang an verhext. New Orleans war keine Stadt. Es war eine Open-Air-Irrenanstalt auf einem gigantischen Schwamm.

Beruhige dich wieder, sagte er sich. Kümmere dich ums Geschäftliche, mach deinen Job anständig und anschließend komm nie wieder hierher zurück. Es war fast 18 Uhr, und der Himmel draußen war vollkommen schwarz. Der Priester hat sein Nachmittagspensum im Beichtstuhl erledigt und isst jetzt zweifellos zu Abend, sagte sich Max. Falls der Pfaffe sich an seinen Terminplan hielt, würde er schon bald in einer der vorderen Bänke seine Abendgebete sprechen und seinen breiten Rücken geradezu allerliebst präsentieren im Fadenkreuz von Max oben im Chor. Alles würde sauber und gepflegt über die Bühne gehen, völlig nüchtern und unpersönlich, kein unnötiger Schmerz. Wir müssen alle unseren Lebensunterhalt verdienen, Father, sagte er sich.

Max wartete, bis die Vorhalle leer war, dann flitzte er die seitliche Treppe in den Chorbereich hinauf. Ah, das war ja jetzt echt mal easy, dachte er, und sah auf die paar alten Leutchen hinunter, die betend in den Kirchenbänken saßen. Durch ein seitliches Fenster sah er einen Blitz über die angrenzenden Dächer zucken, die Feuerleiter und die Gasse darunter in gleißendes Licht tauchen. Max mochte keine Blitze. Sie brachten Erinnerungen an Katechismusstunden zurück, in deren Wiederbelebung er keinerlei Sinn sah. Er putzte sich leise die Nase, knöpfte seinen Regenmantel auf und löste den Karabiner von der Schlaufe unter seiner Achsel. Als er sich zwischen einem Stapel von Gesangbüchern auf einem Stuhl in der Ecke niederließ, blickte er unwillkürlich zu einem Fresko des Jüngsten Gerichts auf und richtete seine Aufmerksamkeit schleunigst wieder aufs Mittelschiff, bevor er sich noch in beunruhigenden Gedanken verlor, die nicht hilfreich sein würden bei der Erledigung der anstehenden Arbeit.

Er begutachtete die Marmorsäulen, die mit Gobelins behängten Geländer der Balkone, die Apsis über dem Altar, die handgeschnitzte Kanzel. Das Ding sieht aus, dachte er, als wär's schnurstracks aus dem Mittelalter herausgeholt und dann aus dreißigtausend Metern Höhe mitten in einen Slum fallen gelassen worden. Selbst die Gemeindemitglieder hätten Straßenbettler aus dem 15. Jahrhundert sein können. Was hier jetzt noch fehlte, war Quasimodo, der an den Glockenseilen turnte. Was war nur mit diesen Leuten los? Hatten sie denn noch nichts von der Neuzeit gehört? Und was war mit Father Dolan, der ihm doch tatsächlich am Telefon mit körperlicher Gewalt gedroht hatte? Tja, das waren mal echt traurige Zustände hier, ein irisch-amerikanischer Priester beschimpfte einen Mann, der in den Diensten der IRA gestanden hatte. Erbärmlich, dachte Max.

„Was machst du da, Mister?", fragte die Stimme eines Kindes.

Oh Scheißdreck, dachte er

„Bist du zur Chorprobe hier?", fragte der kleine Junge. Er war nicht älter als neun oder zehn, trug eine lange Hose und ein weißes Hemd samt Krawatte. Seine Haare waren noch feucht und frisch gekämmt, seine Nägel rosa und gepflegt.

Max schloss seinen Regenmantel, bedeckte den Karabiner. „Chorprobe? Nicht direkt", sagte er.

„Was machst du dann hier?"

„Das Dach nach undichten Stellen absuchen. Ich arbeite für den Bischof."

„Wieso bist du ganz nass?"

„Hab's dir doch eben gesagt. Und jetzt zisch ab!"

„Ich bin mit meiner Mama zur Chorprobe bei Father Jimmie hier. Du hast mir gar nichts zu sagen."

„Jetzt hör mir mal zu, du bösartiger kleiner Zwerg ...", begann Max.

„Leck mich", sagte der kleine Junge.

Max hustete heftig in seine Handfläche. Der Schädel schien ihm zu platzen, seine Nase lief. „Hier hast du fünf Dollar. Geh und kauf dir einen heißen Kakao", sagte er.

„Leck mich zwei Mal", sagte der kleine Junge.

„Wie wär's, soll ich dir deinen Schwanz in eine Lampenfassung stopfen?", fragte Max.

„Sagen wir zehn Mäuse", entgegnete das Kind ungerührt.

„Was?"

Der Junge linste über das Geländer. „Da kommt jetzt Father Dolan. Zehn Mäuse oder ich fange an zu schreien", flüsterte er.

Max drückte dem Jungen die Scheine in die Hände und sah ihm nach, als er die Treppe hinunterstürmte. Dieser kleine Scheißkerl, dachte er. Ich hoffe, der Automat kippt ihm eine ordentliche Ladung Entkalker in den Kakao.

Dann hörte Max Schritte, viele Schritte, die die Holztreppe raufgeklappert kamen. Entweder passiert das hier jetzt gar nicht oder ich bin echt voll am Arsch, dachte er.

Er riss das Fenster zur Feuerleiter auf und kletterte in den Regen hinaus, der inzwischen mit Hagel vermischt war, zog das Fenster auf halbem Weg hinter sich zu. Die Eiskügelchen trommelten auf seinen Kopf, peitschten in sein Gesicht und rutschten über seinen Kragen in die Kleidung. Und als wäre das noch nicht genug, krachte ein Blitz in die Gasse, erfüllte die Luft mit dem Gestank von Schwefel und angeschmorten Elektrokabeln. Herr im Himmel, wieso wurde er damit gestraft? Dann warf er einen Blick nach unten und erkannte, dass von der Feuerleiter keine Stufen ganz nach unten führten, lediglich verrostete Halterungen in der Steinwand, wo sich früher einmal eine Verlängerung auf die Straße befunden hatte. Er saß in der Falle wie ein völlig durchnässter Papagei auf der Stange, während in der Kirche Father Dolans Schäfchen mollig warm im Trocknen saßen und Gesangbücher unter sich verteilten.

Tja, vielleicht war's ja an der Zeit, die Unannehmlichkeiten etwas demokratischer zu verteilen, Schluss mit sauber und ordentlich und einfach die Grütze des wackeren Pfaffen durch den Saal spritzen lassen, überlegte Max, und dann zügig das Weite suchen. Warum auch nicht? Entsichern, bei Bedarf das ganze Magazin verballern und dann ab durch den Chor die Hufe geschwungen, die Treppe runter und raus auf die Straße. Father Dolans trällernde Schäfchen wären doch viel zu sehr damit beschäftigt, unter dem Mobiliar rauszukriechen oder ihre Herzen wieder aus den Hosen zu holen, statt sich groß den Kopf zu zerbrechen, den Behörden nur ja eine anständige Personenbeschreibung von Max Coll zu liefern.

Er kniete sich hin, nahm auf der Feuerleiter Schussposition ein, blinzelte ins Zielfernrohr des Karabiners und sah, wie das vergrößerte Gesicht des Priesters ins Zentrum des Fadenkreuzes wanderte. Tatsächlich wurde der Kopf des Priesters so stark vergrößert, dass Max ihn gar nicht mehr als Ganzes erkennen konnte, sondern lediglich Haare und Haut und vielleicht auch noch einen Hauch Bartstoppeln. Der Hagel prasselte und tanzte auf dem Stahlgeflecht der Feuertreppe wie verschüttete Murmeln, die Eiskügelchen stachen Max in den Handrücken, trommelten leise auf seinen Skalp ein.

Der Karabiner war mit Bleispitzgeschossen geladen, und zwei davon sauber ins Gesicht des Priesters platziert, würden seinen Hinterkopf zweifellos gegen die Mauer klatschen lassen wie eine zerplatzte Wassermelone. Max mahlte mit seinen Backenzähnen, atmete schwer durch die Nase und spürte, wie sich sein Finger im Abzugsbügel anspannte. Drück ab, sagte er zu sich. Tu's, tu's, tu's …

Doch er erstarrte wieder, seine Hände bebten, genau wie sie in dem Beichtstuhl gezittert hatten.

Er war von sich selbst angewidert. Als er langsam aufstand, schrammte der Schalldämpfer auf der Mündung des Karabiners gegen die Fensterscheibe. Plötzlich sah er dem Priester nicht nur direkt ins Gesicht, Father Dolan stürmte auch noch genau auf ihn zu.

Keine Chance abzuhauen. Der Priester riss das Fenster auf, krallte Max den Karabiner aus der Hand, umklammerte mit beiden Händen den Schaft und rammte Max den stahlüberzogenen Kolben in den Mund. Max spürte seine Lippe beim Aufprall gegen die Zähne aufplatzen wie eine Weintraube, dann löste sich das Schutzgeländer hinter ihm aus seiner Befestigung. Er stürzte mit dem Rücken voran nach unten, die Arme ausgebreitet, machte sich auf den Aufprall auf der mit Backsteinen gepflasterten Gasse gefasst.

Stattdessen jedoch krachte er mitten in einen offenen Müllcontainer, der gerammelt voll war mit verfaultem Obst, Gemüse und Shrimpsschalen. Er starrte wie ein Gekreuzigter aus dem Müll nach oben, direkt in das zornige Gesicht von Father Dolan, der vom Rand der kaputten Feuerleiter zu ihm hinuntersah. Max befreite sich aus dem matschigen Abfall, der ihn in seinen Schlund einzusaugen schien, und begann, sich über den Rand des Containers zu ziehen.

„Vergiss das hier nicht!", hörte er Father Dolan brüllen.

Max blickte gerade noch rechtzeitig auf, um zu sehen, wie sein Karabiner durch Regen und Hagel auf ihn zugeschossen kam, bevor er von seinem nach oben gerichteten Gesicht abprallte.

* * *

Donnerstagmorgen nahm ich die vierspurige Straße nach Franklin, meldete mich dann beim St. Mary Parish Sheriff's Department und erhielt die Wegbeschreibung zum Haus von William Guillot. Es war ein nettes altes Haus aus viktorianischer Zeit in einem baumbestandenen Wohngebiet mit dunkelgrünen Rasenflächen, Hortensien und im Schatten blühendem Springkraut sowie breiten Veranden mit Hollywoodschaukeln. Der Gärtner sagte mir, Guillot sei nicht da und ich könne ihn wahrscheinlich in der Trabantenstadt finden, die er gerade nahe der Schnellstraße baute.

Es war nicht schwer zu finden. Fünfhundert Meter von der Straße entfernt, wo früher zwischen Zedern und Pappeln zwei mit Blech gedeckte Farmhäuser standen, hatten Bulldozer eine zwölf Hektar große Wunde in die Erde gerissen, um dort Häuser zu errichten, die allem Anschein nach von einem Mann mit schwerem Delirium tremens entworfen worden waren. An der Einfahrt der künftigen Trabantensiedlung verteilte ein Arbeiter Kerosin über einem riesigen Haufen Eichen und Elliott-Kiefern, die erst kürzlich mit Kettensägen in handliche Teile zerlegt worden waren.

Ich parkte meinen Streifenwagen in einer Sackgasse, die von drei Rohbauten flankiert wurde, in denen gerade mehrere Handwerker elektrische Leitungen legten. Der Mann, den ich vor Castille LeJeunes Pferdeställen hatte Knallkörper in die Luft werfen sehen, sprach mit einem gedrungenen, mondgesichtigen Arbeiter mit einem gelben Helm auf dem Kopf.

Als der Arbeiter mich sah, wendete er sein Gesicht ab, ging die Stufen eines der Häuser hinauf und machte sich an einem Kabelbündel zu schaffen, das hinten aus einem Sicherungskasten heraushing.

William Guillot trug polierte Cowboystiefel und dunkelblaue Jeans mit hohen Taschen sowie ein graues Hemd mit Druckknöpfen. Er schien einer der Männer zu sein, für die Alter ein Aktivposten und Reife eine Quelle von Kraft und Selbstvertrauen war. Seine Haut war grobporig, sein Profil kernig; im Grunde besaß er sämtliche attraktive Merkmale des archetypischen Cowboys, bis auf ein blaurotes Muttermal, das wie Tinte aussah, die aus seinem Haaransatz zum linken Augenwinkel hinunter ausgelaufen war.

„Kann ich Ihnen helfen?", fragte er.

„Mein Name ist Dave Robicheaux. Ich bin Detective beim Iberia Sheriff's Department. Sind Sie William Raymond Guillot?", fragte ich, wobei mein Blick von ihm zu dem Elektriker mit dem gelben Schutzhelm wanderte.

„Nennen Sie mich Will. Was kann ich für Sie tun?", antwortete er.

„Wo waren Sie Montagabend, Mr. Guillot?"

„In meinem Angelcamp. Unten auf Pecan Island."

„War jemand bei Ihnen?"

„Kann schon sein. Um was geht's denn?"

„Wir haben einen Revolver, der auf Ihren Namen registriert ist. Es ist ein Single-Action .38er Colt. Besitzen Sie eine solche Waffe, Sir?"

Seine haselnussbraunen Augen fixierten mich, ohne auch nur einmal zu blinzeln. „Sagen Sie das noch mal."

Ich wiederholte meine Ansage.

„Ja, so eine besitze ich. Aber die ist bei mir zu Hause", sagte er.

„Nicht mehr."

„Quatsch", sagte er mit einem angedeuteten Lächeln.

„Ich denke, dann sollten wir wohl besser zu Ihnen nach Hause fahren und nachsehen."

„Falls Sie es noch nicht bemerkt haben sollten, ich baue hier gerade eine Siedlung."

„Sind Sie Architekt?"

„Nein."

„Der auf Ihren Namen registrierte Revolver ist Teil einer Ermittlung in einem Tötungsdelikt, Mr. Guillot. Ich an Ihrer Stelle würde meine Prioritäten klären."

„Ein Mord, sagen Sie?", erwiderte er aufrichtig überrascht.

„Besitzen Sie einen braunen Pick-up?"

„Nein. Aber die Firma. Was ist damit?"

Ich sah wie gebannt dem Elektriker nach, der inzwischen gegangen war, und hörte William Guillot schon gar nicht mehr zu.

„Haben Sie mich verstanden? Was zum Teufel ist hier los? Warum glotzen Sie meinen Elektriker so an?"

„Ist er Ihr Subunternehmer?"

„Was ist damit?"

„Er hat eine mangelhafte elektrische Verkabelung in den Wänden meines Hauses eingebaut. Es ist bis auf die Grundmauern abgebrannt", sagte ich.

Guillot kniff die Augen zusammen und sah mich kurz an, fast als würde er mich in einem ganz eigenen Fach seines Gehirns ablegen. „Kommen Sie mit zu mir nach Hause", sagte er.

* * *

Zwanzig Minuten später stand ich in seinem Arbeitszimmer, die Sonne fiel durch die Äste eines Pekannussbaums vor dem seitlichen Fenster, während er in seinem Schreibtisch, einem Mauersafe und den Schubladen eines Waffenschranks suchte. „Er ist weg", sagte er.

„Ist in jüngster Zeit bei Ihnen eingebrochen worden?"

„Vor sechs oder sieben Monaten."

„Haben Sie das gemeldet?"

„Ja, aber ich hab den .38er nicht vermisst. Warum sollte jemand nur den .38er und keine meiner anderen Waffen stehlen?"

„Schreiben Sie bitte die Namen der Person oder der Personen auf, mit denen Sie Montagabend zusammen waren."

„Vielleicht möchte ich das nicht."

„Ich verstehe. Vielleicht können Sie dieses Problem besser in einer Gefängniszelle abarbeiten."

Er schrieb Namen, Adresse und Telefonnummer einer Frau auf das oberste Blatt einer Kladde und gab es mir. „Meine Frau und ich leben getrennt. Ihr Anwalt versucht, mich fertigzumachen. Das ist keine Information, die mir diesbezüglich helfen wird", sagte er.

„Es ist nicht unsere Absicht, Sie zu kompromittieren", sagte ich.

Doch seine Augen funkelten streitlustig, fast als ob er sich an einen unerledigten, wütenden Gedanken erinnerte. „Vorhin auf der Baustelle, da haben Sie eine ernste Beschuldigung gegen meinen Elektriker vorgebracht. Haben Sie ihn deswegen angezeigt?", fragte er.

„In New Iberia haben wir außerhalb der Ortsgrenzen

keine Bauaufsicht. Außerdem endet in Louisiana die Haftung eines Elektroinstallateurs ein Jahr nach Abschluss der Arbeiten. Bauen Sie gern Häuser in Louisiana, Mr. Guillot?"

„Ich denke, Sie kochen hier ein ganz eigenes Süppchen, Mr. Robicheaux. Ich sag Ihnen das jetzt offen und ehrlich. Wenn man mich bedrängt, wehre ich mich."

„Wirklich?"

„Ja, wirklich", sagte er.

Ich warf meine Visitenkarte auf seinen Schreibtisch. „Rufen Sie mich an, wenn ich was für Sie tun kann."

* * *

Am gleichen Nachmittag klingelte das Telefon auf dem Schreibtisch in Father Dolans Büro. Er starrte es an, während es vier Mal klingelte, dann lauschte er der Stimme, die aus dem Lautsprecher des Anrufbeantworters kam.

„Sind Sie da, Father? Entschuldigen Sie, wenn ich mich komisch anhöre, aber meine Nase ist gebrochen, mein Mund sieht aus wie eine zermanschte Pflaume und ein Zahn ist ausgeschlagen. Für das alles ist ein katholischer Priester verantwortlich", sagte die Stimme.

Father Jimmie hörte leise Klaviermusik im Hintergrund, auch Straßenlärm.

„Ich weiß, dass Sie zuhören, Father. Würden Sie bitte die Freundlichkeit besitzen und den Scheißhörer abnehmen", sagte die Stimme.

„Was ist es diesmal?", fragte Father Jimmie.

„Wegen Ihnen stecke ich bis Oberkante Unterlippe in der Scheiße, und jeden Augenblick schwappt's über."

„Könnten Sie sich vielleicht bitte ein wenig gewählter ausdrücken?"

„Ich soll mich gewählter ausdrücken?", wiederholte Coll, wobei seine Stimme klang wie ein Nagel, der aus trockenem Holz gezogen wird. „Ich hab zehntausend Dollar Anzahlung dafür eingesteckt, dass ich Sie umlege. Jetzt muss ich die Kohle zurückzahlen oder kann mich schon mal darauf einstellen, in Zukunft ohne Daumen rumzurennen."

„Dann geben Sie's zurück."

„Hab's auf der Hunderennbahn verzockt."

„Ändern Sie Ihr Leben, Coll."

„Sir, reden Sie bitte nicht so mit mir, ja? Mir geht's auch so schon beschissen genug."

„Ich habe gestern wegen Ihnen die Polizei angerufen. Wenn Ihnen Ihre Seele schon gleichgültig ist, möchten Sie vielleicht ein wenig darüber nachdenken, was New Orleans' Hüter von Recht und Ordnung Ihnen antun könnten."

„Falls der Anruf zurückverfolgt wird, das bringt nichts. Ich bin in einer Zelle."

„Sie sind im *French Market*. Ich kenne die Pianistin, die dort auftritt. Sie spielt genau jetzt ihre Erkennungsmelodie, *Down Yonder*."

„Sie lassen einem Mann aber wirklich gar keine Würde. Können Sie mir bei den Zehntausend aushelfen? Vielleicht könnte ich mir die Kohle bei einer Ihrer Wohltätigkeitsorganisationen ausleihen?"

147

„Ich lege jetzt auf. Ich möchte, dass Sie mich in Zukunft nicht mehr kontaktieren."

„Oh, Sir, tun Sie mir das nicht an. Tun Sie das jetzt bitte nicht einem Mann an, der ..."

„Der was?"

„Sich vielleicht daran erinnern möchte, wer er früher mal gewesen ist."

Father Jimmie legte den Hörer auf die Gabel des Telefons zurück, die Plastikoberfläche so warm wie die Haut unter seiner Handfläche, seine Hand zitternd aus Gründen, die er nicht so recht erklären konnte.

* * *

Am frühen nächsten Morgen fuhr ich nach Abbeville und sprach mit Gretchen Peltier, der Frau, deren Namen ich von Will Guillot als sein Alibi erhalten hatte. Sie war mittleren Alters, leicht übergewichtig, das Haar tiefschwarz gefärbt. Sie arbeitete als Sekretärin bei einer Versicherungsagentur, und ihre Hände zitterten auf dem Schreibtisch, als ich sie fragte, wo sie Montagabend, Montagnacht gewesen sei. Ihr Arbeitgeber saß in einem durch Glasscheiben abgetrennten Büro, seine Tür war geschlossen.

„Könnten wir das nicht woanders machen?", fragte sie.

„Sorry", erwiderte ich.

„Ich war bei Mr. Will. In seinem Lager. Wir sind befreundet."

„Von wann bis wann waren Sie bei ihm?"

„Ich habe sein Lager bei Tagesanbruch verlassen. Am

nächsten Tag. Sind Sie jetzt zufrieden?" Die Verlegenheit war ihr deutlich anzumerken.

Später an diesem Morgen stellten Helen Soileau, ich und weitere Zivilbeamte den Durchsuchungsbeschluss für Dr. Parks' Haus zu. Er sah aus, als hätte er nicht geschlafen; er hatte sich gerade erst rasiert, und auf einem Schnitt an seinem Kinn klebte noch ein Stück blutiges Zeitungspapier. Ungläubig starrte er auf die richterliche Anordnung. „Suchen wonach?", fragte er.

„Fangen wir mit Ihren Schuhen an. Ziehen Sie sie bitte aus", sagte ich.

Er starrte mich lange an, dann schien die trotzige Entschlossenheit aus seinen Augen zu weichen. Er setzte sich auf einen Hocker im Wohnzimmer, schnürte seine Schuhe auf und gab sie mir. Die Schuhe waren neu, das schwarze Leder war glatt und glänzend wie ein Spiegel.

„Lassen Sie uns einen Blick in Ihren Kleiderschrank werfen, Doktor", sagte ich.

Wir gingen in das Schlafzimmer. Die Vorhänge waren zugezogen, die Luft abgestanden und stickig. Ich bekam in diesem Raum beinahe Klaustrophobie. „Könnten Sie bitte die Vorhänge aufziehen?", sagte ich.

Er drehte sich um, wollte die Deckenbeleuchtung einschalten.

„Nein, Sir. Öffnen Sie die Vorhänge", sagte ich.

„Warum?", fragte er.

„Weil ich bei Tageslicht besser sehen kann", sagte ich.

Als er die Vorhänge zurückzog, wurde der Raum unmittel-

149

bar von Sonnenschein überflutet. Das Fenster bot Sicht auf eine Terrasse und man hatte einen wundervollen Ausblick auf den Bayou und die Lebenseichen im Garten neben dem Haus. Doch die Topfpflanzen auf der Terrasse waren abgestorben, der Glastisch mit Schmutz und den Flecken getrockneten Regenwassers überzogen. Helen und ich nahmen sämtliche Schuhe aus dem Kleiderschrank und packten zwei Paar schwarze Schuhe ein.

Dr. Parks saß mit hängenden Schultern auf der Bettkante. Seine Frau öffnete die Badezimmertür, sah uns kurz an, schloss sie dann wieder.

„Sehen Sie, Sie müssen Ihre Arbeit tun. Das akzeptiere ich. Aber ich habe gehört …", sagte er.

„Was haben Sie gehört?", fragte ich.

„Ihre Leute haben die Kanone gefunden, mit der der Besitzer der Daiquiri-Bude erschossen wurde", sagte er.

„Der Mann, dem die Waffe gehört, hat plausibel dargelegt, dass sie ihm gestohlen wurde", sagte ich.

„Denken Sie, ich habe nichts Besseres zu tun, als irgendwelchen Leuten ihre Waffen zu stehlen?"

„Gehen Sie zu Waffenmessen, Dr. Parks?", fragte Helen.

„Klar. Immer."

„Schon mal eine Waffe auf einem Flohmarkt gekauft?", fragte sie.

Er rieb sich über die Stirn. „Es ist hoffnungslos, was?", sagte er.

„Was meinen Sie damit?", fragte ich.

„Ich hab schon von solchen Dingen gehört. Sie kommen bei den Ermittlungen nicht wirklich weiter, also

schießen Sie sich auf die Angehörigen des Opfers ein",
sagte er.

Darauf gab es eine Menge, was sowohl Helen als auch
ich hätten erwidern können. Aber man bricht nicht den
Widerhaken einer Harpune ab, die in einem Mann steckt,
der ohnehin schon fix und fertig ist.

Wir stiegen in unseren Streifenwagen und fuhren über
die Zugbrücke in Loreauville, dann weiter auf die Schnellstraße Richtung New Iberia. Wir überholten Lastwagen
mit Zuckerrohr und kamen an den alten Quartieren der
Schwarzen vorbei, Relikte aus der Zeit der großen Plan-
tagen, an einer smaragdgrün leuchtenden Pferdefarm mit
großen roten Scheunen und an Pekannussbäumen neben
einem weißen Haus.

„Warum wolltest du, dass er die Vorhänge aufzieht?",
fragte Helen, ohne den Blick von der Straße zu nehmen.

„Ihr Schlafzimmer war wie ein Grab. Ich konnte nicht
atmen."

Sie warf mir einen kurzen Blick zu.

„Hast du's nicht gespürt?", fragte ich.

„Du beunruhigst mich, Bwana", sagte sie.

8

Am Samstagmorgen fuhr ich mit Clete nach New Orleans, um einen Blick auf seine Wohnung zu werfen, die
er Gunner Ardoin und seiner kleinen Tochter zur Verfügung gestellt hatte. Wir überquerten den Atchafalaya auf

der geschwungenen Stahlbrücke bei Morgan City. Die vor Anker liegenden Shrimps-Boote, alte Backsteingebäude, mit Dachpfannen gedeckte Häuser und von Palmen gesäumte Straßen breiteten sich unter uns im Sonnenschein aus. Dann fuhren wir in einen Regenschauer hinein, der wie violetter Rauch aus den Zuckerrohrfeldern herüberzuziehen schien, und als wir uns schließlich der riesigen Brücke über den Mississippi näherten, wurde Cletes Cadillac kräftig vom Wind durchgeschüttelt und dicke Hagelkörner dellten das Stoffverdeck ein.

Wir fuhren ins French Quarter und parkten direkt vor seiner Wohnung an der St. Ann. Er lief durch den Regen und weiter die Treppe hinauf zu seiner Wohnung. Wenige Minuten später saß er wieder im Wagen, die Stirn in tiefe Falten gelegt.

„Kümmert Gunner sich ordentlich um die Wohnung?", fragte ich.

„Ja, sieht alles bestens aus", sagte er.

„Was ist los?", fragte ich.

„Er hat eine Nachricht auf dem AB hinterlassen. Er sagte, vor ein paar Tagen hätte so ein Ire hier im Viertel Fragen gestellt. Ein schräg aussehender Typ mit winzigen Blumenkohlohren. Gunner meinte, vielleicht hätte dieser Kerl was mit mir zu tun."

„Max Coll?", fragte ich.

„Ja. Ich glaube allerdings, Gunner hat das falsch verstanden. Es gibt überhaupt keinen Grund, warum Coll an mir interessiert sein könnte. Gut möglich, dass Gunner auf der Abschussliste steht."

„Wo ist Gunner jetzt?"

„Hat er nicht gesagt. Wie bin ich nur in so eine Scheiße geraten?"

„Lass uns mit Fat Sammy plaudern."

„Ich kann den Typen nicht ausstehen. Der sieht aus wie ein Luftschiff, nachdem das Gas abgelassen worden ist."

„Es gibt im Milieu Schlimmere als ihn."

„Oh, hab ich glatt vergessen, er räumt ja den Crystal-Meth-Nutten Sonderpreise ein, die in seinen Pornos mitspielen", sagte er.

Er ließ den Caddy an, der angerostete Auspufftopf veranstaltete einen Höllenlärm und wir machten uns durch den Regen auf den Weg zu Fat Sammys Haus an der Ursulines Avenue.

Ich betätigte die eiserne Glocke am Eingang.

„Wer ist da?", fragte Sammys Stimme aus dem Lautsprecher im Torbogen.

„Dave Robicheaux", erwiderte ich.

Er drückte den elektrischen Türöffner, und wir überquerten den unter Wasser stehenden Hof zur Haustür, die er bereits geöffnet und angelehnt hatte. Ich hatte Sammy nicht gesagt, dass Clete bei mir war.

Als wir das Wohnzimmer betraten, lag er auf dem Boden, trug eine dunkelrote Sporthose sowie Unterhemd und verfolgte eine Oper im Kabelfernsehen, während er Hanteln stemmte. Seine massigen Beine waren so weiß und unbehaart wie die eines Babys, seine hellblauen Augen sahen zu uns auf.

„Was geht, Sammy?", sagte Clete.

153

„Wer hat gesagt, dass du hier reinkommen kannst, Purcel?", fragte Fat Sammy.

Clete sah mich an. „Ich warte im Wagen", sagte er.

„Clete ist mein Freund, Sammy."

Sammy legte die Hanteln fort und stand schnaufend auf. Das Wohnzimmer war dunkel, vor den Fenstern hingen dicke Samtvorhänge. Durch eine seitliche Tür sah ich zwei Männer, die ich beide nicht kannte, Poolbillard spielen. Sammy sah aus seiner großen Höhe auf mich und Clete herab.

„Dann wollt ihr Jungs also Oper sehen?", fragte er. Er spreizte die Beine und begann mit Dehnübungen.

„Kennst du einen Kerl namens Max Coll?", fragte ich.

„Ob ich den kenne? Nein. Ob ich weiß, wer er ist? Ja, er arbeitet von Miami aus, denn das soll ja so was wie 'ne offene Stadt sein. Es folgt die Kurzfassung: Du willst jemanden ausknipsen lassen, in Little Havanna findest du Typen, die arbeiten für so 'n Service. Wenn du's richtig erledigt haben willst, verlangst du diesen irischen Knaben. Allerdings behaupten manche, der wäre echt durchgeknallt."

Aus dem Augenwinkel sah ich, dass Clete konzentriert durch die Tür die beiden Billardspieler anstarrte.

„Was heißt durchgeknallt?", fragte ich.

„Keine Ahnung, weil ich nämlich nicht mit solchen Leuten verkehre", sagte Sammy. „Weißt du, ich habe nur gehört, dass der Spinner hier in New Orleans einen Job vergeigt und die falschen Leute umgelegt hat. Was bedeutet, wenn er nach Miami zurückkehrt, könnte er in einem Fass herumtreibend enden. So, haben wir das jetzt geklärt?"

„Der Typ mit der Lackleder-Frisur ... Ist das Frank Dellacroce?", fragte Clete.

„Warum fragst du?", erwiderte Sammy.

„Ach, nichts. Hab nur gedacht, der würde wegen Mord unten in Texas sitzen. Anscheinend hat George W. während seiner Zeit als oberster Henker vergessen, sich angemessen um ihn zu kümmern", antwortete Clete.

Sammy starrte ins Nichts, während er mit drei Fingern an seiner Wange kratzte. „Komm ein anderes Mal wieder, Robicheaux", sagte er.

Draußen floss der Regen in Strömen von den Dächern, während Clete und ich zu seinem Cadillac hinüberliefen. Wir sprangen hinein und schlugen die Türen zu. „Warum musst du immer das größte Fass aufmachen, das rumsteht?", fragte ich.

„Der Schmalzkopf am Pooltisch hat seine kleine Tochter in den Kühlschrank gesteckt und dabei seiner Frau eine Kanone an den Kopf gehalten. Glaubst du, Sammy wäre ehrlich? Meiner Meinung nach ist er ein fettes Arschloch, das man am besten schon vor vielen Jahren aus den Schuhen geblasen hätte."

„Du hörst mir nicht zu, Clete. Es ist hoffnungslos. Du wirst dich nie ändern."

„Du auch nicht, Dave. Du würdest doch gern jedem einzelnen dieser Scheißkerle eine Kugel in die Birne jagen, aber das wirst du nie zugeben. Bootsies Tod macht dich fertig. Du hältst Vorträge darüber, ehrlich zu werden. Warum hörst du nicht endlich auf, deine persönliche Hölle anzuschüren?"

Schweigend fuhren wir rüber zur Decatur, versunken in Zorn, ohne ein konkretes Ziel, der Himmel so grau wie schmutziges Abwasser. Regenwasser sprudelte aus den Gullygittern, das kehlige Dröhnen des gerissenen Auspuffs ließ die ganze Karosse des Cadillacs vibrieren.

„Wenn du mich angreifen willst, Clete, dann mach das. Aber zieh Bootsie da nicht mit rein", sagte ich.

„Ich hab nichts weiter dazu zu sagen. Lebe du dein eigenes Leben", erwiderte er.

An der Ampel vor dem *Café du Monde* stieg ich aus dem Wagen, knallte hinter mir die Tür zu und rannte durch den Regen zum Pavillon hinüber. Als ich über die Schulter zurücksah, war Clete fort und der Jackson Square sah so kalt und kahl aus wie ein Schwarz-Weiß-Foto aus dem tiefsten Winter.

Ich bestellte Kaffee, heiße Milch und einen Teller *beignets*, brachte aber nichts herunter. Ich wanderte im Regen durch die Straßen, hielt mich unter den Balkonen, schlängelte mich an Touristen vorbei mit ihren für zehn Dollar bei Straßenhändlern erstandenen Schirmen. Ich sah durch die beschlagenen Scheiben von Cafés und Bars, in denen Menschen die samstagnachmittäglichen Übertragungen von Football-Spielen im Fernsehen verfolgten. An der Dauphine Street ging ich in eine total überfüllte Bar voller schwuler Männer, die alle im Gleichklang zu den Drehungen eines berühmten Transvestiten, der auf der Bühne tanzte, brüllten. Der Barkeeper hatte einen Bleistift-Schnäuzer und trug Ohrringe, dazu eine schwarze Lederkappe und eine Lederweste auf nacktem

Oberkörper. Er starrte mich vom anderen Ende der Theke an.

„Habt ihr auch Kaffee?", fragte ich.

„Sieht das hier aus wie 'n Starbucks?", erwiderte er mit Ostküstenakzent.

„Gib mir ein Wasser mit Zitronenschnitz", sagte ich.

Er machte mir meinen Drink und stellte ihn auf die Theke, dabei lächelte er leise vor sich hin, allerdings nicht beleidigend.

„Bei der Arbeit?", fragte er.

„Nein, nicht bei der Arbeit", antwortete ich.

„Kein Problem, Sir", sagte er.

Ich schloss die Augen, während ich mein Glas Mineralwasser leerte. Ich hätte schwören können, Spuren von Bourbon im Eis herauszuschmecken. Ich ging auf die Toilette und dann wieder raus auf die Straße, Haut und Kleidung stanken nach Zigarettenqualm, und mein Kopf schwirrte wie ein Stromkabel, das in einer Regenpfütze tanzt.

Ich verlor jedes Zeitgefühl. Gegen Abend hörte es auf zu regnen, feuchter Nebel legte sich über das French Quarter und trieb wie bunter Rauch vor den Neonreklameschildern über den Clubs. Die Bourbon Street, abends für Autos gesperrt, füllte sich mit College-Jungs, die Bier aus Plastikbechern tranken, mit Kongressbesuchern und Touristen, Kameras um den Hals, die in Striplokale glotzten, in denen Oben- und Unten-ohne-Shows geboten wurden, sowie schwarze Kids, die wie Minstrel-Karikaturen steppten oder Taschenspielertricks abzogen, die mit „Ich wette

157

fünf Dollar, dass ich sagen kann, woher du deine Schuhe hast" begannen.

Ich ging am Fluss entlang, wo Penner auf Steinbänken saßen, mit in Papiertüten verpacktem Fusel zwischen den Beinen. Ich bog auf die Esplanade Avenue ab und ging bis zum etwas verwahrlosten Rand des Quarters an der Rampart Street, vorbei an einer Halleluja-Missionsstation mit einem Neon-Kruzifix über der Tür, weiter vorbei am Louis-Armstrong-Park, ein Ort, den kein Weißer, der bei Verstand ist, betritt – weder tagsüber noch nachts –, rüber zur Basin Street und der langen, weißen Mauer des St. Louis Cemetery. Durch das Tor sah ich Reihe um Reihe getünchter Grüfte und Steinkreuze, dahinter am Horizont den Schein der Natriumdampflampen der Iberville Sozialbausiedlung, die mit dem Glühen von Leuchtpistolen im Nebel brannten.

Ich setzte mich neben einen großen Mann mit wildem Bart und schwarzem Haarschopf auf die Bank einer Bushaltestelle. Sein Anzug sah aus, als wäre er aus einer Mülltonne gezogen worden, die Krawatte unter dem Kragen seines Flanellhemdes war wie eine Garrotte gebunden. Seine Haut war dermaßen dreckig, dass man seine Rasse kaum erkennen konnte. Der Ausdruck seiner Augen ließ mich an den fanatischen russischen Prediger Rasputin denken.

„Hast du Geld?", fragte er mich.

„Was willst du damit?", antwortete ich.

„Was zu essen kaufen. Vielleicht auch ein Gläschen oder zwei."

Ich fand vier Dollar und dreiundsiebzig Cent in meiner

Tasche und gab sie ihm. Er hielt sie in seiner Hand umklammert, blieb aber auf der Bank sitzen. „Ich hab ein schönes trockenes Plätzchen in einer von den Grabstätten. Die Mission ist samstagabends immer voll", sagte er.

Ich nickte. Eine Touristengruppe ging vorbei, unterhielt sich entweder über *Endstation Sehnsucht,* das Stück von Tennessee Williams, oder über die Ende der 1940er aufgegebene Straßenbahnlinie mit der gleichnamigen Endstation. Heute steht sie wie ein unbeweglicher und zusammenhangloser Anachronismus auf einem Betonsockel unten am Fluss.

Der Rasputin-Mann stand auf und gestikulierte wild mit den Armen. „Diese Straßenbahn ist nicht raus zur Desire gefahren", brüllte er. „Sie ist raus zur Elysian Fields. Es war die letzte Bahn, die noch raus zur Elysian Fields ist. Die ganzen Straßen hier, das war Storyville. Die Gegend war voller bunter Bordelle und Frauen, die sich mit Morphium umbrachten. Hey, geht nicht in die Grüfte da! Die Kids aus der Iberville Siedlung klettern über die Mauer und ziehen Leuten wie euch eins über die Rübe. Hört ihr mir zu? Das hier ist nicht New Orleans. Ihr steht in der Stadt der Toten. Ihr wisst es nur noch nicht."

Die Touristen wurden ganz blass und gingen schnell weiter die Straße hinauf Richtung Canal.

Eine Minute später kam Clete Purcels Cadillac um die Ecke, Rauch von verbrennendem Öl quoll unter dem Fahrgestell hervor, eine Radkappe rollte über den Asphalt, es war wie ein Lobgesang auf das Durcheinander in seinem Leben. Er stieß die Beifahrertür auf.

„Willst du zurück nach New Iberia?", fragte er.

„Warum nicht?", sagte ich und stieg ein. Durch die Heckscheibe sah ich die Silhouette des Penners, die hinter uns immer kleiner wurde.

„Tut mir leid, dass ich dir Stress gemacht habe. Aber ich denke, Fat Sammy hat dir einen vom Pferd erzählt", sagte Clete.

„Ja, vielleicht hat er das."

„Da gibt's keine Vielleichts, Streak. Auf jedem einzelnen Gramm Crystal, das in den Sozialsiedlungen landet, findest du Sammys schmierige Fingerabdrücke. Ich muss bei ihm immer an eine riesige Schnecke denken, die ihre Schleimspur durch die ganze Stadt hinter sich herzieht."

„Du bist unglaublich, Cletus."

Er sah mich mit einem unbestimmten Blick an, eine Wange mit Luft aufgeblasen, dann donnerte er die Auffahrt zur I-10 hoch. Wir bretterten die ganze Strecke hindurch bis nach New Iberia, wie zwei abgehalfterte Typen in einem tiefergelegten Wagen, die keinen Blick mehr auf Kalender werfen oder auf die Uhr.

* * *

Montagmorgen rief mich Mack Bertrand aus dem Labor an und teilte mir mit, dass die Schuhe, die wir aus Dr. Parks' Haus mitgenommen hatten, nicht zu den Lederspuren unter den Fingernägeln des toten Daiquiri-Verkäufers Leon Hebert passten. Ein paar Minuten später kam Helen in mein Büro, und ich erzählte ihr von dem Befund des Labors.

„Wo stehen wir also jetzt?", fragte sie.

„Wir haben so was wie einen Mord aus Rache. Der Daiquiri-Becher, der dem Opfer in den Hals gestopft wurde, deutet auf ein hohes Maß an Wut hin. Dr. Parks hatte ein starkes Motiv."

„Besonders überzeugt hörst du dich nicht an", meinte sie.

„In Parks tobt so viel Wut, da bezweifle ich, dass er leugnen würde, den Mann umgebracht zu haben, wenn er es getan hätte."

„Was ist mit diesem Guillot?"

„Er ist ein Paradebeispiel für Widerwärtigkeit. Aber warum sollte er jemanden erschießen und anschließend die Waffe, die auf seinen Namen registriert ist, einfach an den Straßenrand schmeißen?"

„Wir reden hier von Mittelschichtsmenschen, Streak. Berufsverbrecher sind berechenbar. Die Normalos sind es nicht."

Na, toll.

Aber ich war überzeugt, dass bei diesem Fall noch andere Dinge eine Rolle spielten, die erheblich komplexer waren als ein einfacher Racheakt. Es war ein zu großer Zufall, dass Castille LeJeunes Unternehmen der eigentliche Besitzer des Daiquiri-Ladens war, wo Leon Hebert ermordet worden war, und dass die Tatwaffe Will Guillot gehörte, einem seiner Angestellten.

Aber Helen hatte schon recht. Wir hatten es hier mit Leuten aus der Mittelschicht zu tun, die weder über die Neigungen noch das spezielle Netzwerk von Berufskriminellen verfügten, die zum überwiegenden Teil hoffnungslose Fälle darstellten und von der Geburt bis ins Grab immer wieder mit den Behörden zu tun hatten.

Warum hatte Theodosha Flannigan eine solche Angst gehabt, durch den Zaun auf dem Grundstück ihres Vaters zu steigen? Warum hatte Castille LeJeune gesagt, er könne sich nicht erinnern, seinen Einfluss geltend gemacht zu haben, um Junior Crudup aus der Deich-Gang in Angola zu holen? Menschen leugneten böse Taten, nicht die guten.

Und was war mit dem Selbstmord von Theodoshas Psychiater? Wenn sie seine Patientin war, warum befand sich dann ihre Patientenakte nicht in seinen Unterlagen?

Ich war schon vor langer Zeit zu der Überzeugung gelangt, dass die zuverlässigste Quelle für verborgene, undurchsichtige und scheinbar unerreichbare Informationen nicht bei Behörden oder Organen der Exekutive sprudelt. Offensichtlich hatten weder die CIA noch der militärische Geheimdienstapparat des Pentagons auch nur die geringste Ahnung von dem bevorstehenden Zusammenbruch der Sowjetunion, und zwar bis zu dem Moment, an dem die Führungspersonen des Kremls mit New Yorker Verlegern gute Verträge für ihre Memoiren herauszuschlagen versuchten. Wenn man eine Lektion über den subjektiven Charakter offizieller Informationen haben möchte, sollte man das Finanzamt anrufen und um Hilfe beim Ausfüllen der Steuerformulare bitten, anschließend ruft man eine halbe Stunde später wieder an und stellt einem anderen Mitarbeiter genau dieselben Fragen noch einmal.

Also, wohin geht man, um einen Rechercheur zu finden, der intelligent, einfallsreich, geschickt im Umgang mit Computern, der Aufdeckung der Wahrheit ergeben und bewandert in Wissenschaft, Technik, Geschichte und Literatur ist, obendrein normalerweise für lau arbeitet und nicht mal die Lorbeeren dafür ernten will?

Nach dem Mittagessen fuhr ich zur Stadtbibliothek an der Main und bat die Bibliothekarin an der Informationstheke, mir alles herauszusuchen, was sie zu Junior Crudup finden konnte.

Sie blickte nachdenklich ins Leere. Sie hatte ein rundliches Gesicht, trug Mittelscheitel und eine Brille mit rosa Gestell. „Ich habe hier eine Geschichte des Blues und Swamp Pop. Das könnte uns schon mal weiterbringen", sagte sie.

„Hab ich schon reingeschaut. Dieser Typ ist etwa 1951 aus Angola verschwunden. Es gibt keinerlei Unterlagen darüber, was ihm zugestoßen oder aus ihm geworden ist."

„Warten Sie bitte mal einen Moment hier", sagte sie.

Ich sah zu, wie sie sich zwischen den Bibliotheksregalen bewegte, hier und da ein Buch aus einem Fach zog, dann emsig auf einer Computertastatur tippte. Ein paar Minuten später winkte sie mich zu sich an einen Tisch im hinteren Teil des Raums, wo sie mehrere Bücher aufgeschlagen und verteilt hatte, die Erwähnungen von Junior Crudup enthielten.

„Ich fürchte, die habe ich mir ebenfalls schon alle angesehen", sagte ich.

„Tja, dann gibt es noch eine Fotosammlung in Washington, D. C., die anzusehen sich lohnen könnte", sagte sie.

„Pardon?"

„In den Vierziger- und Fünfzigerjahren hat ein Fotograf und früherer Mitarbeiter von Walker Evans im ganzen Süden Strafgefangene fotografiert. Er hatte eine Schwäche für schwarze Musiker. Er hat die Karrieren von einigen über Jahrzehnte verfolgt. Seine Sammlung umfasst Hunderte von Fotos."

„Lebt er noch?"

„Nein, er ist vor ungefähr zwanzig Jahren gestorben."

„Wie kommen wir an die Sammlung?"

„Alle Fotos, die er von Crudup oder von Gefängnissen hier in Louisiana gemacht hat, werden gerade heruntergeladen und ausgedruckt. Brauchen Sie sonst noch was?"

Die Fotos waren fantastisch, geschossen mit grobkörnigem Schwarz-Weiß-Film in Jim-Crow-Gefängnissen und Arbeitslagern in einer Zeit, als die Häftlinge noch gestreifte Uniformen und die Aufseher mit Blei beschwerte Gehstöcke trugen und keinerlei Versuch machten, den seelischen Aussatz zu verbergen, der aus ihren Gesichtern sprang. Auch gab es keinerlei Versuch, die Härte und Entbehrung zu verbergen, durch die das Leben der Sträflinge auf diesen Fotos gekennzeichnet war. Auf jedem einzelnen Foto fing die Kamera ein Bild oder ein Detail ein, das bei dem Betrachter nicht den geringsten Zweifel an dem hinterließ, was er da sah: Ein Käfig auf Rädern mit Pritschen unterteilt in einem Sumpf stehend; ein Sträfling auf dem Boden eines sogenannten Schwitzkastens kauernd, einer Holzkiste, in die Häftlinge zur Bestrafung gesteckt wurden, ein gezwungenes Lächeln auf dem Gesicht, ein Eimer für die Notdurft neben seinem Fuß; ein Trupp beim morgendlichen Zählappell, während im Hintergrund zwei Männer versuchten, barfuß auf einer Kiste mit leeren Limonadenflaschen zu balancieren; ein bewaffneter Aufseher mit Cowboyhut zu Pferd als Silhouette vor einer sengenden Sonne, einen Arm ausgestreckt, einem Sträfling einen Befehl zubrüllend, der einen Baumwollsack mit einem Durchmesser von gut vier Metern hinter sich herschleppte.

Stapeln auf der Ochsentour hieß die Aufnahme.

Aber auf jedem Foto, das die Bibliothekarin heruntergeladen hatte, war Junior Crudup ganz offensichtlich das nicht wirklich ins Gesamtbild passende Puzzleteilchen, unabhängig von der jeweiligen Umgebung. In einem Graben zusammen mit einem Dutzend anderer Sträflinge war er der einzige hellhäutige Mann, der einzige mit einem sauber gestutzten Oberlippenbart und der einzige, der direkt in die Kamera sah. Seine Augen waren klar, sein Gesicht weder von Verbitterung noch von Größenwahn gezeichnet. Ich vermutete, er war wohl einer derjenigen, für die die Aufseher keine Schublade hatten, was für Junior Crudup wohl eher Ärger bedeutete.

Manche der Fotos jedoch waren außerhalb des Gefängnisses aufgenommen. Auf einem war er zusammen mit Leadbelly zu sehen, beide lachten anscheinend über einen Witz, während im Hintergrund offenbar eine Probe des Orchesters von Cab Calloway stattfand. Auf einem anderen saß er an einem überfüllten Tisch in einem Nachtclub, neben ihm eine schöne Schwarze mit Pillbox-Hut und getupftem Batistkleid, eine Orchidee an der Schulter. Alle auf dem Bild lächelten in die Kamera, mit Ausnahme von Junior Crudup. Er trug einen Smoking, die Krawatte gelöst, von einer Zigarette zwischen seinen Fingern kräuselte sich Rauch. Um seine Lippen spielte ein angedeutetes Lächeln, seine Augen waren auf einen neutralen Punkt gerichtet, fast, als hätte er nicht wirklich etwas mit seiner Umgebung zu tun.

Ich erhielt einen großen Umschlag von der Bibliothekarin und begann, die Ausdrucke der Fotos hineinzuschieben. Dann fiel mir ein Detail auf dem letzten Foto auf, und ich zog es noch einmal heraus. Diese Aufnahme war erheblich weniger dramatisch als die anderen und zeigte acht oder neun Gefangene in Arbeitskleidung, nicht in den gestreiften Sträflingsuniformen, wie sie auf einem Zuckerrohrfeld, das sanft zu einem Bayou hinunter abfiel, mit Maultieren Zuckerrohrstoppeln unterpflügten.

Ein fettleibiger Weißer mit Strohhut, teigigem Gesicht und einer auf dem Oberschenkel abgestützten Schrotflinte beobachtete sie vom Rücken seines Pferdes aus. Junior starrte zu dem bewaffneten Aufseher hinauf, eine Hacke in einem merkwürdigen Winkel über der Schulter, auf dem Gesicht ein verblüffter Ausdruck, als ob ihm gerade etwas gesagt worden wäre, das überhaupt keinen Sinn ergab. Es war Winter, und der Wasserstand des Bayou niedrig, die Wurzeln der Zypressen entlang der Ufer lagen frei. Ein Baumstumpf brannte am Rande des Feldes, der Rauch stand wie ein schmutziger Fleck über der Sonne. Auf der anderen Seite des Bayou, ganz am Rand des Bildes, war die Rückseite eines viktorianischen Hauses zu sehen, das offensichtlich einem Dampfschiff ähneln sollte.

Das Haus von Castille LeJeune.

* * *

Eine halbe Stunde später betätigte ich die Klingel auf der Veranda vor seinem Haus, ohne zuvor angerufen oder mich über das Büro seiner Firma in Lafayette angekündigt zu haben. „Ich dachte, dieses Foto könnte Sie vielleicht interessieren. Laut Bildunterschrift wurde es 1953 aufgenommen", sagte ich, als er die Tür aufmachte.

Sein Blick fiel kurz auf das Foto, aber er nahm es mir nicht aus der Hand. „Mr. Robicheaux, wie nett, dass Sie vorbeikommen", sagte er.

„Das da auf dem Foto ist Junior Crudup, Mr. LeJeune. Das da im Hintergrund ist Ihr Haus."

Er trug Hose, Krawatte und einen blauen Pullover mit Knöpfen darauf. Er sah mich mit blitzenden Augen direkt an. „Ich bin sicher, Sie haben mit allem recht, was Sie da sagen. Wo allerdings hier das drängende Problem sein soll, kann ich nicht so recht erkennen."

„Sie haben gesagt, Sie könnten sich nicht erinnern, Crudup aus der Deich-Gang geholt zu haben. Aber hier ist er, ackert auf Ihrem Zuckerrohrfeld direkt gegenüber Ihres Hauses auf der anderen Seite des Bayou."

Er versuchte, ein Lachen zu unterdrücken. „Lassen Sie mich mal sehen, ob ich das jetzt richtig verstehe. Sie sind hier herausgekommen, um mit mir über ein Foto von

167

Sträflingen zu reden, das vor fast fünfzig Jahren geschossen wurde?"

„Haben Sie damals Sträflinge für sich arbeiten lassen, Mr. LeJeune?"

„Möglicherweise die Leute, die sich um die landwirtschaftlichen Interessen meiner Familie gekümmert haben. Ich erinnere mich nicht mehr." Er sah auf seine Armbanduhr und hob die Augenbrauen. „Du lieber Himmel, ich muss leider gleich nach New Orleans aufbrechen."

Seine selbstgefällige Unbekümmertheit, seine Unaufrichtigkeit und Verachtung für die Wahrheit waren Teile einer lebensbegleitenden Einstellung, an der einfach alles abglitt. Ich spürte, wie sich Worte in meinem Hals lösten, die ich nicht sagen wollte. „Sie haben das *Distinguished Flying Cross* von Harry Truman verliehen bekommen, richtig?"

„Möchten Sie, dass ich Ihnen bestätige, was Sie ohnehin bereits wissen, oder möchten Sie mir lieber eine sinnvolle Frage stellen?", erwiderte er, wobei sein Blick wohlwollend hinaus über die Blumen und Palmen und Eichen in seinem Garten schweifte.

Ich spürte, wie sich meine linke Hand an meinem Oberschenkel öffnete und schloss, wie sich die Venen an meinen Schläfen füllten. Lass dich nicht provozieren, hörte ich eine Stimme in meinem Hinterkopf flüstern. „Ich bin Audie Murphy einmal begegnet. Es war eine große Ehre", sagte ich.

„Freut mich zu hören", sagte er.

„Vielen Dank für Ihre Zeit, Mr. LeJeune", sagte ich.

Er antwortete nichts. Obwohl es mir gelungen war, meine Wut im Zaum zu halten, fühlte ich mich wie ein Volltrottel, einer aus dieser großen Armee besoldeter Staatsdiener, die von den Superreichen wie Türsteher und Wachmänner behandelt werden. Ich stieg in meinen Streifenwagen und setzte die lange, beschattete Zufahrt zur Staatsstraße zurück, während die Sonne durch das Blätterdach blitzte wie die Reflexionen von einem Spiegeltelegraphen. Als ich die Einmündung auf die Staatsstraße erreichte, musste ich warten, bis eine lange Reihe von Zuckerrohr-Lastwagen vorbeigefahren war, deren Auflieger deutlich schwankten unter den gewaltigen Ladungen, die sie transportierten. In der Zwischenzeit war Castille LeJeune in seinen Oldsmobile gestiegen und hielt hinter mir an.

Ich stieg aus dem Streifenwagen und ging zu seinem Auto zurück, wartete darauf, dass er seine Seitenscheibe runterkurbelte. „Tut mir leid, hab völlig vergessen, Ihnen eine Visitenkarte dazulassen", sagte ich und legte eine auf sein Armaturenbrett. „Ich glaube, Junior Crudup ist was wirklich Übles zugestoßen. Ich muss Ihnen mitteilen, dass es in Louisiana für Mord keine Verjährung gibt, Mr. LeJeune. Übrigens, es war eine Ehre, Audie Murphy kennenzulernen, weil er offenbar sowohl ein Patriot als auch ein verlässlicher, loyaler Kerl gewesen war, der nicht versucht hat, sich mit gequirlter Scheiße durchzumogeln."

* * *

Am Dienstagmorgen rief Helen mich in ihr Büro.

„Ich habe bis gerade eben mit dem Anwalt von Castille

LeJeune telefoniert. Er sagt, du hättest gestern in LeJeunes Haus eine hässliche Beschuldigung vorgebracht", sagte sie.

„Ist mir neu."

„Glaubst du, du könntest einen Mann wie Castille Le-Jeune unter Druck setzen?"

„Er lügt, soweit es Junior Crudup betrifft."

„Schon wieder dieser R&B-Sträfling?"

„Genau der."

„Wie wär's, wenn wir uns auf Verbrechen in diesem Jahr-hundert konzentrieren? Angefangen mit dem Mord bei dem Daiquiri-Laden."

„Welchen Weg wir auch einschlagen, ich denke, am Ende wird es uns doch immer wieder zu LeJeune führen."

„Vielleicht, weil du das so willst?"

„Wie bitte?"

„Du hasst die Reichen, Dave. Du kannst es gar nicht erwarten, dich mit ihnen anzulegen."

„Nein, ich mag nur einfach keine Lügner."

„Tust du mir einen Gefallen?"

„Was?"

„Geh irgendwo hin. Jetzt."

* * *

An diesem Nachmittag war Father Jimmie Dolan bei ei-nem Basketball-Training in der Turnhalle einer katho-lischen Highschool nicht weit von seiner Kirche, als das Mobiltelefon in seiner Sporttasche klingelte. „Father Do-lan hier", meldete er sich.

„Ich muss nur ganz kurz mit Ihnen reden. Legen Sie jetzt nicht wieder auf", sagte der Anrufer.

„Woher haben Sie diese Nummer?"

„Hab der Sekretärin im Pfarrhaus gesagt, ich wäre Ihr Großvater. Ich brauche etwas von Ihnen."

„Was könnte ich denn wohl besitzen, das Sie haben wollen?"

„Ich bin bezahlt worden, um diesen Typen, diesen Ardoin, umzulegen. Aber das werde ich nicht tun."

„Sie haben meine Frage nicht beantwortet. Was wollen Sie?"

„Ich stehe auf einer schwarzen Liste, Father. Das bedeutet, mich kann jeder umlegen. Aber die haben sich mit dem Falschen angelegt, wenn Sie verstehen, was ich meine?"

„Nein, und ich will es auch nicht verstehen."

„Ich werde einige Leute von ihren irdischen Fesseln befreien."

Father Jimmie starrte teilnahmslos durch die Halle zu den Jungs, die sich bei der Vorbereitung guter Würfe unter dem Korb abwechselten. Er hatte Halsschmerzen und Fieber und wollte in diesem Augenblick nichts anderes als ein Glas Whiskey und ein warmes Bett, um sich hineinzulegen.

„Sie wissen, worum ich Sie bitte, stimmt's?", fragte Max Coll.

„Ich glaube, Sie wollen Absolution für Ihre Sünden, Max, aber die kann ich Ihnen nicht geben. Ganz sicher nicht am Telefon. Und vielleicht auch sonst nie, solange Sie nicht Ihren gewalttätigen Lebenswandel aufgeben."

Schweigen am anderen Ende der Leitung.

„Haben Sie mich verstanden?", fragte Father Jimmie.

„Ich glaube, ich habe Sie falsch eingeschätzt. Unter Ihrer Fassade sind Sie ein abgebrühter Dreckskerl von einer Sorte, an die ich mich nur zu gut erinnere, einer, dessen Soutane und Kollar Vorrang haben vor seiner Menschlichkeit. Scheiße, Mann, Sie sind eine echte Enttäuschung für mich."

Die Verbindung wurde beendet. Father Jimmies Wange brannte, als wäre sie geschlagen worden.

9

An jenem Abend gab ich einem streunenden Kater ein paar Fleischreste und sah zu, wie er sie aus einer Schüssel auf der Veranda fraß. Es war ein kurzhaariger, drahtiger, unkastrierter Kerl mit ausgefransten Ohren und roten Kratzspuren im Fell. Sein Schwanz war so dick wie ein Besenstiel. Als ich ihn tätschelte, blickte er mich ausdruckslos an und wandte sich wieder seinem Futter zu.

Theodosha Flannigan bog mit ihrem Lexus in die Einfahrt ein und parkte neben dem Haus unter einem Pekannussbaum. Auf dem Rücksitz lehnte eine Gitarre in einem teuren Kasten. Sie trug Slipper und eine blaue Frotteebluse sowie tief auf den Hüften sitzende Jeans, die ihren Bauch zeigten. Ein Windstoß wirbelte Blätter um sie herum auf und ein einzelner Sonnenstrahl fiel ihr ins Gesicht.

„Wie heißt dein kleiner Freund?", fragte sie und setzte sich auf eine Stufe neben die Katze.

„Das hat er mir nicht gesagt", antwortete ich.

Sie nahm den Kater auf den Arm und küsste ihn auf den Kopf. Dann drehte sie ihn auf den Rücken und legte ihn in die Spalte zwischen ihren Oberschenkeln, rückte ihn gerade, indem sie an seinem Schwanz zog, als wäre er ein Gurt an einem Gepäckstück. Sie kraulte ihn hinter den Ohren und unter dem Kinn. „Wir nennen ihn Mr. Adorable. Nein, wir nennen ihn Snuggs", sagte sie.

„Was gibt's, Theo?", fragte ich.

„Ich habe von deinem Besuch bei meinem Vater gehört."

„Dein Vater hat ein Problem mit der Wahrheit. Er meint, er muss sie nicht erzählen."

„Er hat gesagt, du hättest mit ihm geredet wie mit einem Verbrecher."

„Ich habe mit ihm geredet wie mit einem ganz normalen Bürger. Das hat ihm nicht gefallen. Und anstatt mich damit zu konfrontieren, hat er seinen Anwalt eingeschaltet und mich beim Sheriff gemeldet."

„Er kommt aus einer anderen Generation, Dave. Warum hast du nicht ein wenig Mitgefühl?"

Zeit, sich zu lösen, sagte ich mir. Unter den Eichen schalteten sich die Straßenlaternen an, die Luft war kühl und feucht und ich konnte einen Duft wie verbrannter brauner Zucker riechen, der von den Mühlen kam. Theo setzte die Katze ab, streichelte ihr den Rücken und stand auf. „Willst du meine neue Gitarre sehen?"

„Klar. Ich wusste gar nicht, dass du spielst", sagte ich.

Sie kam mit der Gitarre von ihrem Auto zurück und ließ die Verschlüsse des Kastens aufschnappen. „Ich bin nicht besonders gut. Aber meine Mutter war es. Ich habe ein paar alte Tonbänder von ihr, auf denen sie einige von Bessie Smiths Songs singt. Sie hätte Sängerin werden können. Die einzige Frau, die ich kenne, die sich so ähnlich anhörte wie sie, ist Joan Baez", sagte sie.

Sie nahm die Gitarre aus dem Kasten und setzte sich wieder auf die Stufen. Sie griff einen Akkord, fuhr mit dem Daumen über die Saiten und begann, auf Cajun *Corina, Corina* zu singen. Sie war viel zu bescheiden gewesen, was ihr Können anging. Ihre Stimme war wundervoll und sie begleitete sich hervorragend, während sie von einem Akkord in den nächsten glitt. Sie schien, wie alle richtigen Künstler, völlig in dem aufzugehen, was sie erschuf, als hätte die Identität, unter der andere sie kannten, nichts mit der Wirklichkeit ihres Lebens zu tun.

Als sie fertig war, lächelte sie mich an, fast wie eine Frau, die einen Mann küsst, mit dem sie gerade geschlafen hat.

„Meine Güte, Theo, du bist großartig", hörte ich mich selbst sagen.

„Meine Mutter hat das immer gesungen. Ich erinnere mich nicht mehr gut an sie, doch ich weiß noch, wie sie dieses Lied gesungen hat, bevor sie mich zu Bett brachte", sagte sie. Dann begann sie, ihre Gitarre wieder einzupacken.

Der Kater, den sie Snuggs getauft hatte, rieb seinen Kopf an ihrem Knie. Der Wind raschelte durch die Kronen der überhängenden Eichen und Pekannussbäume, ein paar Kinder auf dem Weg in die Bibliothek fuhren lachend auf ihren Fahrrädern vorbei und die Straßenlaternen leuchteten in der feuchten Luft wie die Öllampen in einem Gemälde von van Gogh. Auf der Straße war kein einziges mechanisches Geräusch zu hören, nur der leichte Hauch des Windes und das Knistern von Blättern auf dem Bürgersteig. Ich wollte nicht, dass dieser Augenblick je zu Ende ging.

Doch wie der Mehltau auf einer Rose oder die Schlange, die sich aus dem Apfelbaum windet, hatte Theos Song ein Element, das mich auf eine Weise beunruhigte, die ich nicht durchgehen lassen konnte.

„Die Melodie von *Corina, Corina* ist dieselbe wie die von *The Midnight Special*", sagte ich.

„Mhm-mhm", sagte sie vage.

„Das war Leadbellys Song. Der Midnight Special war ein Zug, mit dem er in das Bundesgefängnis von Texas in Huntsville eingefahren ist. Der Legende zufolge wurde der Häftling, auf den im Schlaf das Scheinwerferlicht der Lokomotive fiel, im nächsten Jahr entlassen."

Doch ich erkannte, dass sie immer noch keine Verbindung hergestellt hatte.

„Dein Vater wollte die Fragen bezüglich Junior Crudup nicht beantworten, Theo", sagte ich. „Crudup war in Angola Leadbellys Freund. Sie haben wahrscheinlich zusammen Songs komponiert. Ich glaube, Crudup war ein Strafarbeiter auf der Plantage deines Vaters."

Sie ließ weiter die Schließen ihres Gitarrenkastens zuschnappen und sah mich kein einziges Mal an, während ich sprach. Doch in ihren Augen sah ich etwas, das ich für eine große Traurigkeit hielt. Sie streckte ihre Hand nach dem Kater aus, streichelte ihn zum Abschied und wandte sich dann an mich. „Du hast eine riesige Menge Wut in dir aufgestaut, Dave. Ich schätze, ich habe Mitleid mit dir", sagte sie.

* * *

Am nächsten Morgen überschlugen sich die Ereignisse. Es begann mit einem Anruf von Clotile Arceneaux, der schwarzen Streifenpolizistin, von der Helen behauptete, sie sei ein undercover arbeitender State Trooper.

„Wir haben Father Jimmie Dolan in Gewahrsam genommen", sagte sie.

„Ist das Ihr Ernst?", fragte ich.

„Als wichtigen Zeugen. Er rückt nicht damit heraus, wo sich Max Coll aufhält."

„Welcher Verwaltungsvollpfosten steckt denn hinter dieser Idee?", fragte ich.

Sie machte eine Pause, bevor sie antwortete. „Coll hat versucht, den Priester umzubringen, doch der will keine Anzeige erstatten. Also haben ein paar Detectives gefolgert, Father Jimmie sei kein Freund des NOPD, und daher beschlossen, ihn ein bisschen in die Mangel zu nehmen. Wir haben außerdem läuten hören, dass auf Max Coll ein Kopfgeld ausgesetzt ist. Wir wollen diesen Typen aus der Stadt haben – oder hinter Gittern. Außerdem können wir gut auf einen katholischen Priester verzichten, der nur Ärger macht."

„Da kann ich Ihnen nicht helfen", sagte ich und legte auf.

Drei Stunden später rief sie wieder an. „Raten Sie mal, wer hier ist", sagte sie.

„Die gleiche Antwort wie vorhin", sagte ich.

„Wie wär's damit: Wir haben gerade vom Miami-Dade Police Department gehört, dass Max Coll in Fort Lauderdale eingeflogen ist, zwei Schmalzlocken beim Vögeln auf einer Jacht umgenietet hat, und dann die letzte Maschine zurück nach New Orleans genommen hat. Zumindest glauben sie das. Holen Sie Dolan aus dem Central Lockup. Oder noch besser, bringen Sie ihn direkt aus dem Bundesstaat", sagte sie.

Doch ich hatte gar keine Zeit, Father Jimmie rauszuholen. Der Bischof und seine konservativen Kirchen-Kollegen setzten sich für ihn ein und machten offensichtlich Stunk, vom Büro des Bürgermeisters an die ganze Befehlskette des NOPD runter.

Am Abend rief Father Jimmie mich an. „Kennen Sie die Geschichte von Typhus-Mary?", fragte er.

„Eine Köchin oder Küchenhilfe aus dem 19. Jahrhundert, die überall Probleme bereitete, wohin sie auch ging?", erwiderte ich.

„Der Bischof empfiehlt, dass ich irgendwo aufs Land reise, wo es ruhig ist. Vielleicht ein paar Barsche angeln. Ich denke, alles wäre für ihn in Ordnung, solange es nur außerhalb von New Orleans ist", sagte er.

Ich schloss die Augen und versuchte, mir nicht vorzustellen, worauf er ganz offensichtlich hinauswollte. „Kopf hoch, Jimmie. Wissen Sie, wo sich Max Coll versteckt?"

„Absolut nicht", sagte er.

„Warum haben Sie gegen ihn nicht Anzeige erstattet?"

„Brauchen die Cops etwa einen katholischen Priester, der ihnen sagt, dass Coll ein Killer ist?"

Ich rieb mir den Nacken. „Wie wäre es mit einer Runde Barsche angeln?", fragte ich.

* * *

Father Jimmie zog bei mir ein, in eines der hinteren Zimmer des Hauses, und das Wochenende verlief ereignislos. Am Montag rief Clete im Department an und bat mich, ihn in *Victor's Cafeteria* zum Mittagessen zu treffen.

Das Lokal war proppenvoll mit Mittagsgästen, die hölzernen Flügel der Ventilatoren drehten sich hoch über uns unter der Decke aus geprägtem Zinn und auf den Warmhalteplatten standen Reihen von Lunch-Specials mit Shrimps, Catfish oder Étouffée. Auf Cletes Teller türmten sich Schmutziger Reis und braune Bratensoße, Kidney-bohnen und zwei frittierte Schweinekoteletts. Er trug ein stahlblaues Hemd und weißes Sportsakko, im Gesicht einen Sonnenbrand vom Tarpun-Angeln draußen auf dem Meer. „Dolan ist bei dir, hm?", fragte er.

Ich nickte und wartete darauf, dass er eine seiner Standpauken vom Stapel ließ. Doch er überraschte mich.

„Es gibt einen NOPD-Spitzel, dem ich ab und an etwas Kleingeld zustecke. Er hat mich heute Morgen wegen eines abgetauchten Kerls angerufen, der sich draußen in Morgan City versteckt hat. Dann erwähnte er diesen Max Coll. Er sagte, Coll hätte zwei hochrangige Miami-Schmalzlocken ausgeknipst, und jetzt sind fünfzig Riesen auf seinen Kopf ausgesetzt. Was bedeutet, momentan kommt jede kleine Straßenratte von New Orleans aus der Kanalisation gekrochen."

„Jepp, habe ich von gehört."

„Genau", sagte Clete und stopfte sich ein großes Stück Brot in den Mund. „Also, dann sag mir, ob du auch davon gehört hast: Um sieben Uhr heute früh waren entweder Frank Dellacroce oder aber sein Klon in dem Donut-Laden an der Bahntrasse."

„Hier, in New Iberia? Der Typ, den du in Fat Sammys Haus beim Billardspielen gesehen hast?"

„Er kam aus dem Donut-Laden, als ich gerade rein wollte. Zuerst konnte er sein Pech kaum glauben. Dann hat er ein schlaues Grinsen aufgesetzt und gemeint: ‚Angelst du hier Forellen, Purcel?' Und ich so: ‚Nee, ich suche nach einem Arschgesicht, das sein eigenes Kind in eine Kühltruhe steckt. Kennst du zufällig so einen, Frank?'. Darauf er: ‚Die Geschichte ist eine Lüge, die der Anwalt meiner Frau während unserer Scheidung in die Welt gesetzt hat. Warum kapierst du das nicht und kümmerst dich um deinen eigenen Scheiß?'"

Die Leute um uns herum schnappten sich ihre Teller und Tabletts und setzten sich weiter von uns weg.

Clete fuhr fort: „Genau in dem Moment kommen zwei Schmalzlocken aus dem Donut-Laden. Der eine hat mal als Killer für die Giacanos gearbeitet. Den anderen kenne ich nicht."

„Wie interpretierst du die Sache?", fragte ich.

„Die glauben, Dolan weiß, wo sich Coll versteckt. Egal, wie man's dreht und wendet, mein Großer, du hast zugelassen, dass Dolan dich mit in die Kacke zieht."

„Können wir im Park weiteressen?"

„Wo liegt'n das Problem?"

„Ich glaube, wir sind kurz davor, hier rausgeworfen zu werden."

„Wieso denn?", fragte er mit verdutztem Gesicht und immer noch kauend.

* * *

Nach dem Mittagessen ging ich in Helens Büro, die gerade im Stehen telefonierte. Hinten durch ihren Gürtel war ein Paar Handschellen gezogen. Bevor sie auflegte, sagte sie: „Das müssen Sie mir nicht sagen." Dann sah sie mich ausdruckslos an. „Was gibt's?", fragte sie.

„Clete sagt, drei Mafiosi sind in der Stadt. Die haben's auf einen Profikiller namens Max Coll abgesehen", antwortete ich.

„Sie sind im *Holiday* abgestiegen", sagte sie.

„Woher weißt du das?"

„Der Manager hat vorhin angerufen. Die Schmalzlocken haben Nutten auf ihren Zimmern und jagen dem Personal eine Scheißangst ein. Ich wollte dir gerade davon erzählen, aber dann hat mich so ein Typ von der Handelskammer angerufen. Er meinte, du hättest in *Victor's Cafeteria* mit Clete Purcel eine Unterhaltung geführt, die ungefähr ein Drittel aller Gäste veranlasst hat, den Tisch zu wechseln."

„Tut mir leid.“

„Dave, ich habe dir schon mehrmals gesagt, wir haben unsere eigenen Probleme. Was muss passieren, damit du das endlich kapierst?“

Im Raum war es still. Von draußen hörte ich gedämpft die Warnglocke am Bahnübergang und einen Güterzug, der über die Gleise ratterte.

„Willst du die Mafiosi aus der Stadt haben?“, fragte ich.

„Ich kann es nicht ausstehen, wenn du mir sagst, was ich will“, meinte sie, an ihrem Zeigefinger knabbernd.

„Sag's einfach, Helen.“

Sie spuckte einen Niednagel von der Zunge. „Ich sehe dich draußen“, sagte sie.

* * *

Mit vier Streifenwagen kamen wir am *Holiday Inn* an, das draußen an der Schnellstraße lag. Meine Erfahrungen mit der Mafia oder ihren Mitgliedern waren noch nie von Romantik geprägt gewesen. Genau genommen hatte ich mich bei Zusammentreffen mit ihnen immer so gefühlt, als wäre ich in die Eintönigkeit und urbane Verzweiflung eines Gemäldes von Edward Hopper getreten. Obwohl Montag war und das Motel somit fast leer, hatten Frank Dellacroce und seine beiden Freunde eine Reihe von Zimmern im hinteren Teil genommen, die zum Highway hin lagen, wo der Verkehrslärm in ihren Zimmern widerhallte. Ihre Wagen waren nagelneu, gewachst und glänzend, parkten jedoch neben einem überfüllten Müllcontainer, in dem der Abfall im Wind flatterte und über den Asphalt gefegt wurde. Die Sonne war am bewölkten Himmel kaum auszumachen, und in der Luft lag der schwere Geruch von am Strand getrocknetem Fischrogen. Das einzige Anzeichen von Leben an diesem Ort war eine Palme, deren gelbe Wedel trocken im Wind raschelten.

Helen stieg aus dem Streifenwagen, die Oberarme angespannt, ihre Marke an einer schwarzen Kordel um den Hals. Auf dem Gang kam eine Putzfrau vorbei, am Arm einen mit Reinigungsmitteln gefüllten Plastikeimer.

„Riechen Sie das Marihuana, das aus dem Zimmer kommt?", fragte Helen.

„Ma'am?", sagte die Putzfrau.

„Genau das dachte ich mir", sagte Helen. Sie hieb mit der linken Faust gegen die Tür des Zimmers, das auf Frank Dellacroce registriert war, die rechte Hand am Griff ihrer Neun-Millimeter im Holster. „Iberia Parish Sheriff's Department! Öffnen Sie die Tür!", brüllte sie.

Abgesehen von ein paar Ausnahmen, wird die Mafia oder das organisierte Verbrechen von Film und Fernsehen immer als adrett gekleidet dargestellt, wie vollkommene Manifestationen eines alten, ethnischen Mythos. Mafiosi sind nicht nur charismatisch – sie wirken wie Protagonisten einer Shakespeare'schen Tragödie, mit Anklängen von Hell's Kitchen.

Die Wahrheit jedoch ist, dass die meisten von ihnen strohdumm sind und höchstens in der Lage, untergeordnete Tätigkeiten auszuüben. Sie treten bevorzugt im Rudel auf, um einzuschüchtern und zu kriegen, was sie wollen, ob es nun um bevorzugte Plätze im Restaurant geht oder darum, eine Gewerkschaft zu übernehmen. Im zwischenmenschlichen Bereich sind ihre Sexualgewohnheiten frauenverachtend und auf Pubertätsniveau, ihre Sozialkompetenz unbeholfen bis lächerlich. Und was ihre Gesundheit angeht, sind sie wandelnde Albträume. Egal, welches Überwachungstape man anhört: Ab fünfzig jammern sie permanent über ihre Zipperlein, als da wären Tripper, AIDS, Fettsucht, Impotenz, Lungenemphyseme, verstopfte Arterien, vergrößerte Vorsteherdrüsen, Inkontinenz und nicht zuletzt das große „K".

Die Tür zum Hotelzimmer öffnete sich, und ein Mann mit frisch geschnittenen Haaren, klaren Gesichtszügen und dunklen Augen trat heraus. Er war barfuß und trug nur eine lange Hose, kein Hemd. Er hatte breite Schultern, durchtrainierte Oberarme und sein Oberkörper war von einem feinen Pelz bedeckt. Er setzte an, die Tür hinter sich zuzuziehen.

Helen drückte dagegen.

„Sind Sie Dellacroce?", fragte sie.

„Frank Dellacroce, jepp. Was soll der Aufstand?", erwiderte er.

„Bei uns ist eine Beschwerde wegen Prostitution und Drogenkonsum in diesem Motel eingegangen. Legen Sie bitte beide Hände an die Wand und spreizen Sie die Beine", sagte sie. Dann winkte sie mit dem Zeigefinger Richtung einer Gestalt hinten im Zimmer. „Sie müssen zu uns rauskommen, Miss. Bringen Sie Ihre Handtasche mit."

Das Mädchen, das vor die Tür kam, war wahrscheinlich

183

noch keine neunzehn, gekleidet in hautenge, abgeschnittene Jeans, Sandalen und einem Donald-Duck-Top, das ihre Brustwarzen kaum verdeckte. Sie trug kein Make-up und ihr Haar wurde im Nacken mit einem Gummiband zusammengehalten. „Ich hab nichts gemacht", sagte sie.

„Holen Sie Ihren Ausweis raus", sagte Helen.

Die Hände des Mädchens zitterten, als sie ihren Führerschein aus der Brieftasche nahm und ihn Helen überreichte.

Helen schaute sich das Foto und das Geburtsdatum an, dann gab sie ihn ihr zurück. „Mach dich vom Acker."

„Ma'am?"

„Dein Freier ist ein Kerl, der sein kleines Kind in eine Kühltruhe gesteckt hat. Willst du so ein Arschgesicht in deinem Leben?", sagte Helen.

Eilig entfernte sich das Mädchen über den Parkplatz Richtung Straße. Die uniformierten Polizeibeamten hatten inzwischen die beiden Freunde Dellacroces aus den anliegenden Zimmern gezerrt und nahmen sie an den Streifenwagen auseinander. Doch sie fanden weder Drogen noch Waffen bei ihnen oder in den Zimmern.

Dellacroce lehnte immer noch mit gespreizten Beinen an der Wand. „Sind wir jetzt hier fertig?", fragte er.

Helen antwortete nicht. An ihrem Gesichtsausdruck sah ich, wie der Frust wuchs.

„Hey, wir sind wegen des Tarpun-Rodeos hier. Wir haben gegen kein Gesetz verstoßen. Wenn Ihnen einer dabei abgeht, mir am Sack rumzufummeln, hey, meinetwegen. Aber ich will einen Anwalt", sagte Dellacroce.

„Halt besser das Maul", sagte ich.

„Ich würde Ihnen ja zeigen, wo ich's am liebsten hätte, aber ich muss hier ja gerade das Haus festhalten."

„Helen, könnte ich kurz allein ein paar Worte mit Mr. Dellacroce wechseln?", fragte ich.

„Nur zu", antwortete sie.

Dellacroce nahm die Hände von der Wand und beobachtete, wie sie und die Deputies zurück zu den Streifenwagen gingen. Dellacroces beiden Freunden sagte ich, sie sollten in ihre Zimmer verschwinden und die Türen geschlossen halten. Dellacroce starrte mich an. Misstrauen schimmerte in seinen Augen.

„Mein Haus ist für dich tabu, Frank. Das Gleiche gilt für Father Jimmie Dolan", sagte ich.

Seine Hose hing eine Handbreit unter dem Nabel. Er fuhr sich mehrfach mit den Fingerspitzen über die weiche Wölbung seines Bauches, beinahe als streichle er die Haut einer Frau. „Du warst Purcels Partner im First District, stimmt's?", sagte er.

„Früher mal, ja."

„Was dagegen, wenn ich mein Hemd hole?", fragte er.

„Nein, hab ich nicht", antwortete ich.

Er griff hinter die Tür an die Garderobenstange, zog ein langärmliges, rosafarbenes Hemd hervor und begann, es anzuziehen. „Purcel stand übrigens mal auf unserer Gehaltsliste", sagte er beiläufig.

„Ach ja?", sagte ich.

„Das ist auch schon alles. Hat sich ein bisschen was dazuverdient."

„Was meinst du damit, Frank?"

„Nichts. Hab nur so über die Vergangenheit deines Freundes gesprochen."

„Sag mal, stimmt eigentlich diese Geschichte mit deiner kleinen Tochter?"

„Nein", sagte er. Er wich meinem Blick nicht aus, sah mich an mit Augen, die keinerlei Empfindungen oder moralische Erwägungen erkennen ließen, denen es gleichgültig war, ob sie logen oder nicht. Sein Mund war leicht geöffnet, und seine Zähne glänzten feucht. Ich spürte seinen Atem gegen meine Haut wehen wie die Ausdünstung einer giftigen Pflanze. Unwillkürlich trat ich einen Schritt zurück.

„Noch eine Warnung, Frank. Max Coll hat als Killer für die IRA gearbeitet", sagte ich.

„Die was?"

„Ich hoffe, du findest Coll. Das tue ich wirklich. Einen schönen Tag noch", sagte ich und grinste ihn breit an.

* * *

Die Sonne kam erst spät am Nachmittag heraus, der Wind legte sich und der Himmel war marmoriert von purpurfarbenen Wolken. Als ich von der Arbeit nach Hause kam, harkte Father Jimmie im Garten Laub zusammen.

„Clete und ich wollen ein paar Haken ins Wasser werfen. Lust, mitzukommen?", fragte ich.

„Heute nicht", sagte er. Er nahm einen großen Haufen dunkler Pekannuss- und Eichenblätter auf und ließ sie auf ein Feuer fallen, das in einem verrosteten Ölfass brannte.

Der Rauch quoll in dicken Wolken hervor und wand sich durch die Baumkronen wie ein schmutziges Taschentuch.

„Hätte nicht gedacht, dass Sie je eine Gelegenheit zum Angeln auslassen würden", sagte ich.

„Ich habe Max Coll gesehen", entgegnete er.

„Das ist nicht Ihr Ernst."

„Ich kam aus dem Winn-Dixie. Er stand gegenüber auf der anderen Straßenseite."

„Vielleicht haben Sie sich das nur eingebildet."

„Nein, ich habe ihn gesehen, Dave."

„Dann sollte er besser nicht hierherkommen."

„Er ist ein kranker Mann. Er braucht Hilfe."

„Auf diese Diskussion lasse ich mich nicht ein", sagte ich und ging davon.

Als ich wenig später aus dem Küchenfenster in den Garten blickte, warf Father Jimmie gerade weitere Blätterhaufen auf das Feuer, seine ganze Gestalt war umgeben von einer Aura aus Rauch, Staub und Sonnenstrahlen, die durch das Geäst der Bäume brachen.

Gott schütze mich vor Märtyrern und Heiligen, dachte ich.

* * *

Clete und ich koppelten meinen Bootstrailer an den Pickup und ließen das Boot eine halbe Stunde später am Bayou Benoit im St. Martin Parish ins Wasser gleiten. Das Gewässer um uns herum wirkte riesig und auf eine seltsame, herbstliche Art einsam. Nicht ein einziges Geräusch kam aus den Buchten und Meeresarmen, noch nicht einmal das Platschen eines Barsches oder eines Alligators hinten in der Bucht. Ein Maler hätte es einen wunderschönen Abend genannt. Der Himmel im Westen war immer noch blassblau, die Wolken wie brennende Fahnen, die Zypressen und Weiden bewegungslos in der windstillen Luft. Doch angesichts der geschlossenen Jalousien der Hausboote und den Formationen von Enten und Gänsen, die den Himmel durchschnitten, wurde mir schwer ums Herz, als wäre ich der letzte Mensch auf Erden.

Als wir eine lang gestreckte Bucht durchquerten und in einen überfluteten Wald hineinglitten, saß Clete vornübergebeugt am Bug, mit dem Rücken zu mir, den Kragen seiner Jeansjacke hochgeschlagen und die Kappe des Marine Corps tief ins Gesicht gezogen. Er öffnete den Verschluss einer Bierdose, trank einen Schluck und machte sich über ein Pastrami-Sandwich her. Ich schaltete den Motor ab und ließ das Boot mit dem restlichen Schub zwischen die Bäume treiben. Clete griff in die Kühlbox und bot mir ein Dr Pepper light an.

„Nein danke", sagte ich.

Er knüpfte einen Mepps-Spinner an seine Angelschnur und warf sie weit in die Bucht. „War heute irgendwas los?", fragte er.

Ich erzählte ihm von meinem Zusammentreffen im Motel mit Frank Dellacroce, über seinen Versuch, mich anzuwerben und über seine Behauptung, Clete hätte mal Gelder von der Mafia bezogen. Clete holte seinen Haken ein, seine Mimik hatte sich nicht verändert.

„Worauf willst du hinaus?", fragte er.

„Ich mag es nicht, wenn ein degenerierter Idiot über meine Freunde herzieht. Und ich mag keine Bestechungsversuche", antwortete ich.

Er wartete eine ganze Zeit, bis er wieder sprach. „Ich denke nicht, dass das das Problem ist, nobler Herr", sagte er.

„Oh?"

„Du glaubst, all das hier gehört in eine Zeitkapsel", sagte er und beschrieb mit den Händen einen Kreis. „Außenstehende dürfen nicht herkommen, besonders keine Schmalzlocken, oder die Heinis von Wal-Mart und diese Schwanzlutscher, die die Bäume mit ihren Bulldozern zermalmen. Es soll immer 1950 bleiben."

„Ich verstehe."

„Die Wahrheit ist, du wünschst dir, du hättest all diese Bastarde im Visier, eingesperrt in einem Areal, in dem Schießen erlaubt ist."

„Bin froh, dass du das alles entschlüsselt hast."

„Zumindest schlafe ich nicht mehr mit einer Neun-Millimeter unterm Kopfkissen."

„Nimm mir das jetzt nicht krumm, Clete, aber manchmal gehst du mir tierisch auf die Eier."

„Mach dir um mich keine Sorgen, Mann. Ich denke, du ziehst dich an einen Ort in deinem Inneren zurück, aus dem die Leute normalerweise nicht mehr herauskommen."

Ich sah, wie ein Barsch an den überfluteten Bäumen entlang rollte, wie ein grün-goldenes Luftkissen, das die Makellosigkeit der Oberfläche zerstörte. Ich warf meinen Rapala-Köder an die Stelle, an der er aus dem Wasser getaucht war, in der Hoffnung, ihn an seinem Futterplatz zu erwischen. Stattdessen klackerte der Balsal-Köder gegen den Stamm einer Weide und der Dreifachhaken verfing sich in der Borke.

„Ich rudere uns rüber", sagte Clete.

„Nicht meinetwegen", sagte ich. Ich ruckte an der Angelschnur und riss ihn ab. Die Sonne verschwand am Horizont wie eine Flamme, die an einem feuchten Streichholz verlischt.

* * *

Eines führt zum anderen.

Ich versuchte an diesem Abend früh ins Bett zu gehen, konnte aber nicht schlafen. Regen begann auf die Bäume zu plätschern, dann auf das Blechdach meines Hauses, und ich zog mich wieder an und fuhr im Regen die Straße am Bayou hoch nach St. Martinsville. Am Rande des Schwarzenviertels ging ich in ein grell erleuchtetes Café und bestellte an der Theke eine Tasse Kaffee und eine kleine Schüssel Gumbo. In eine Wand war ein Durchgang mit einem Perlenvorhang eingelassen, in dem angrenzenden Raum spielte ein Mann Akkordeon, während ein anderer, mit Fingerhüten an den Händen, ihn auf einem Waschbrett aus Aluminium begleitete, das so geformt war, dass es an seiner Brust anlag.

Die Leute in dem anderen Raum waren alles hellhäutige Farbige, die man oft Kreolen nennt, obwohl der Ausdruck *Kreole* ursprünglich eine Person spanischer oder französischer Herkunft beschrieb, die in der Neuen Welt geboren worden war. Die Leute im Nebenzimmer waren Arbeiter, Mulatten, deren Rasse schwer auszumachen war. Sie waren mehrfach über Farbgrenzen gedriftet, hatten in schwarze und weiße Familien eingeheiratet, sprachen untereinander immer noch Französisch und neigten dazu, sehr auf Manieren und Familientraditionen zu achten.

In einer Ecke, ganz für sich, saß Frank Dellacroce, einen Kurzen und ein Glas Bier in der Hand, die Beine übereinandergeschlagen, das Seidenhemd aufgeknöpft, damit man seine Brusthaare sehen konnte und die Goldkette mit dem Medaillon daran. Er schüttete den Whiskey hinunter und verzog den Mund, als hätte er gerade etwas sehr Männliches getan. Dann legte er den Kopf zurück, den Rücken an der Stuhllehne, und schien sich wieder ganz auf die Musik zu konzentrieren. Der Mann am Akkordeon spielte *Jolie Blonde*, das eindringlichste und unvergesslichste Klagelied, das ich je gehört habe. Dann wurde mir klar, dass Frank Dellacroces Aufmerksamkeit nicht dem Song galt, der von unerwiderter Liebe und dem Verlust der Lebensweise der Cajun erzählte: Vielmehr fixierte er die wohlproportionierte Figur einer jungen Kreolin, die allein für sich tanzte.

Sie hieß Sugar Bee Quibodeaux. Ihre Augen waren türkis, ihr Haar hatte die Farbe von Mahagoni und wurde von einem silbernen Kamm zurückgehalten, die goldene Haut war von Sommersprossen übersät. Außerdem hatte sie den Verstand einer Siebenjährigen. Mit zwölf Jahren war sie das erste Mal schwanger gewesen, mit fünfzehn brachten ihre Großeltern sie ins Krankenhaus und ließen sie sterilisieren.

Manchmal versuchte ein ortsansässiger Cop, ein freundlicher Nachbar oder einer der Kneipenwirte, sie vor sich selbst zu beschützen, doch letzten Endes konnte niemand Sugar Bees Liebe zu Jungs und Männern und ihre aufgeregte Freude über den eigenen Körper bändigen.

Ich beendete mein Essen und bezahlte es an der Kasse. Durch den Perlenvorhang konnte ich Sugar Bee an Frank Dellacroces Tisch sitzen sehen, vor sich eine Flasche Bier und ein Glas. Sie lehnte sich vor und lauschte seinen Worten. Er lehnte sich ebenfalls vor, seine Hand tief unter dem Tisch. Dann standen die beiden auf und sie nahm ihre Tasche, eine mit weißen, aufgenähten Pailletten und Troddeln daran, die an einem dünnen Band über ihrer Schulter hing. Sie gingen durch den Perlenvorhang Richtung Ausgang.

„Das reicht jetzt, Frank", sagte ich.

Er drehte sich mit einem halben Lächeln um. „Verfolgst du mich?"

„Nee."

„Dann haben wir hier ja kein Problem. Oder?"

„Nun, ich denke doch", sagte ich.

„Nein, nein, Mann", sagte er und wedelte mit dem Finger. „Ich habe nichts falsch gemacht."

„Das ist eine Frage der Definition, Frank", sagte ich.

„Reden wir hier gerade über ein Rassenproblem?"

„Du gehst jetzt zurück in dein Motel, Frank. Und zwar allein. Verstanden?"

„Ich habe mich über dich schlaugemacht, Robicheaux. Du bist einer der AA-Säufer, mit denen die Leute hier

Mitleid haben. Aber das heißt noch lange nicht, dass du Leute wie mich verprügeln kannst, nur weil ich Italiener bin, oder aus New Orleans oder welcher Scheiß dich auch immer an mir nervt."

Ich sah auf die Uhr. „Deine Kutsche verwandelt sich gleich wieder in einen Kürbis, Cinderella", sagte ich.

Er trat auf mich zu. „Das hier ist ein freies Land. Wenn dir nicht gefällt, was die Lady und ich hier machen, dann kann ich nur sagen, du kannst mir mal den Schwanz lutschen. Jetzt geh mir aus dem Weg und aus den Augen, verdammt noch mal, weil ich dich einfach nicht leiden kann, Mann."

„Hiermit verhafte ich dich. Hände auf den Rücken und umdrehen, bitte", sagte ich.

„Verhaften? Weswegen?", fragte er ungläubig.

„Ruhestörung, Störung der öffentlichen Ordnung, Gebrauch von Obszönitäten in der Öffentlichkeit, solche Sachen. Auf dem Weg ins Gefängnis werde ich mir noch ein paar weitere Anklagepunkte ausdenken", sagte ich.

„Das hier ist doch nicht mal dein Zuständigkeitsbereich", sagte er.

Doch ich hörte nicht mehr zu. Ich drehte ihn zur Wand, legte ihm Handschellen an und schubste ihn dann aus der Tür Richtung Parkplatz. Es hatte aufgehört zu regnen, die Luft war kühl und feucht und Nebel sank aus den Bäumen herab über die Straße. Sugar Bee und einige andere Gäste aus dem Café und der Bar nebenan waren herausgekommen und beobachteten uns.

„Bist du bewaffnet, Frank?", fragte ich.

„Willst du meine Eier abtasten? Bitte sehr", sagte er.

Ich packte ihn in der Armbeuge und führte ihn zur Haube meines Pick-ups. Plötzlich machte er ein kehliges Geräusch und spuckte mir seinen Rotz ins Gesicht.

Ich spürte ihn auf meinen Wimpern, auf dem Mund und in den Haaren, wie eine obszöne Demütigung, die an mir klebte. Ich schnappte ihn am Gürtel, rammte ihn gegen den Kotflügel des Pick-ups und stieß seinen Kopf auf die Motorhaube. Doch so einfach gab Frank Dellacroce nicht auf; trotz der Handschellen hob er eine Hand und krampfte sie um meinen Hodensack.

Ich knallte seinen Kopf wieder auf die Haube, holte dann den Schlüssel für die Handschellen aus der Tasche und schloss sie auf. Dann riss ich ihn herum und rammte ihm meine Faust ins Gesicht, legte meine ganze Kraft in den Schlag, bei dem sein Kopf zurückwippte, als hinge er an einer Feder. Ich sah, wie seine Lippen an den Zähnen aufplatzten und verpasste ihm einen linken Haken aufs Auge, und erwischte ihn noch an Kinn, Hals und Nase, bevor er zu Boden ging.

Ich hatte ihn niedergeschlagen, aber konnte nicht aufhören, packte ihn am Kragen und schlug ihn erneut, rollte ihn vom Kotflügel und fuhr ihm mit der Faust wiederholt in die Nieren. Er brach in einer Schlammpfütze zusammen und versuchte, von mir fortzukriechen. Doch ich kniete mich neben ihn, drehte sein Hemd in meiner linken Faust zusammen und hob die Rechte, um erneut zuzuschlagen. Er versuchte zu sprechen, sein zerschlagenes Gesicht flehte mich förmlich an. Ich hörte Leute schreien und spürte, wie

Sugar Bee mir mit einem Schuh auf den Kopf eindrosch, ihr Kreischen überschlug sich in der feuchten Luft.

Über mir brannte das Licht einer Straßenlaterne. Die Menschen standen im Kreis um mich herum, ich starrte in ihre Gesichter wie ein Betrunkener, der aus einem Blackout aufwacht. Ihre Augen waren voller Mitleid und diffuser Angst, als würden sie zusehen, wie ein wildes Tier seine Beute in einem Käfig zerreißt. Aber ein Mann war unter den Schaulustigen, der dort nicht hingehörte. Er war weiß, hatte schmale Schultern und trug einen Seersucker-Anzug mit einer pinkfarbenen Krawatte. Seine Ohren waren klein, irgendwie verwachsen, kaum mehr als Stummel an den Seiten seines Kopfes. Sein Gesicht und der Ausdruck darauf ließen mich an das ausgebleichte, schrumpelige Leder eines Baseballs denken.

Als ich ihm in die Augen sah, hatte ich nicht den geringsten Zweifel, wer er war, genauso wenig wie man die Anwesenheit des Todes anzweifeln kann, wenn er sich einem plötzlich in den Weg stellt. Ich rappelte mich auf, half Frank Dellacroce hoch und lehnte ihn gegen den Kühlergrill eines alten Spritfressers, keine anderthalb Meter von dem Mann im Seersucker-Anzug entfernt.

„Frank, ich möchte dir jemanden vorstellen, den du wahrscheinlich schon dein Leben lang suchst", sagte ich.

Dann ging ich schwankend zu meinem Pick-up und fuhr davon.

10

Früh am nächsten Morgen kühlte ich meine Hände in Eiswasser, bis die Schwellungen in meinen Fingern zurückgingen, rieb dann Mercuchrom auf die Abschürfungen auf meinen Knöcheln und versuchte danach, sie unauffällig mit fleischfarbenem Pflaster zu bedecken. Ich holte mir die Zeitung von der Veranda und ging sie Seite für Seite durch, genau wie ich es all die Jahre getan hatte, wenn ich aus einem Alkohol-Exzess wieder zu mir gekommen war, und fragte mich, was für ein Blutbad ich in einer Gasse oder auf einem regnerischen Highway hinterlassen haben könnte.

Doch an diesem Morgen schien die Zeitung nur mit Cartoons, Sport, Politik und Lokalgeschichten gefüllt zu sein, die nichts mit einem Ereignis vor einem Café im St. Martin Parish zu tun hatten. Snuggs, mein frisch adoptierter Kater, folgte mir ins Haus, wo ich eine Dose Futter für ihn öffnete, es in eine Schüssel füllte und nach hinten auf die Terrasse trug, wo ich mich hinsetzte und ihm beim Fressen zusah. Der Wind war kühl, feucht und duftete würzig nach Baumharz, doch jedes Mal, wenn ich meine Augen schloss, sah ich das entsetzte, blutverschmierte Gesicht von Frank Dellacroce vor mir und fragte mich, wer ich eigentlich wirklich war.

Father Jimmie schlief noch, also fuhr ich zu Cletes Hütte im Motor-Court und lud ihn zum Frühstück bei McDonalds an der Main Street ein. Dann räusperte ich mich und erzählte ihm von der vergangenen Nacht – zumindest das meiste davon.

„Moment mal", sagte er und hob eine Hand. „Du hattest deine Waffe und Handschellen dabei?"

„Richtig", sagte ich.

„Warum?", fragte er.

Ich zuckte mit den Achseln.

„Vielleicht, weil du auf Ärger aus warst, als du von zu Hause losgegangen bist?", hakte er nach.

Ich blickte hinaus auf eine Eiche draußen an der Straße, deren Stamm mit Moos überzogen war und vom rosafarbenen Licht der morgendlichen Sonne angestrahlt wurde. „Ich habe Max Coll dort gesehen", sagte ich.

„Du hast *was*?"

„In der Menge. Ich habe Fotos von ihm gesehen. Es muss Coll gewesen sein. Sein Kopf sieht aus wie ein gebrauchter Q-tip", sagte ich.

Clete musterte mein Gesicht. Seine Augen strahlten einen Grad an Kummer aus, den ich gar nicht mit dem Mann in Verbindung bringen konnte, den ich kannte.

„Was tust du dir da an, Streak?", sagte er.

* * *

Um 11:30 Uhr schob Helen ihren Kopf durch meine Tür. „Nimm Leitung zwei an. Finde heraus, wie viel das mit uns zu tun hat. Falls nichts, sieh zu, dass es nicht auf unserem Tisch landet."

Der Mann am anderen Ende der Leitung war ein Zivilfahnder namens Dominic Romaine aus dem St. Martin Parish. Er war ein großer, fetter, schwitzender Mann, der für seine zerknitterten Anzüge, Rennbahn-Krawatten und eine allgemeine Respektlosigkeit gegenüber allem und jedem bekannt war. Er hatte ein Lungenemphysem, seine Stimme keuchte durch den Hörer, wenn er sprach.

„Der Typ, dem du letzte Nacht die Scheiße aus dem Leib geprügelt hast, Frank Dellacroce ...", fing er an.

„Ähm, die Verbindung ist sehr schlecht, Romie. Sag das noch mal", antwortete ich.

„Komm mir nicht mit dem Scheiß, Robicheaux. Ich weiß nicht, wieso du den Kerl vermöbelt hast, aber das spielt auch keine Rolle. Mit anderen Worten, du kriegst keinen Ärger mit der Dienstaufsicht."

„Sorry, aber ich verstehe dich nicht ganz, Partner."

Ich hörte, wie er tief Luft holte, die in seinen Lungen pfiff wie der Wind in einem Kamin. „Nachdem du mit Dellacroce fertig warst, ist er zu einer Hütte in der Nähe der Whiskey Bay gefahren. Genau genommen ist es eine Fickbude, die ein paar Schmalzlocken aus Houston nutzen. Hör dir das an", er unterbrach sich und fing an zu lachen, anschließend hatte er Mühe, Atem zu holen, „also, er saß hinterm Steuer seiner Karre und nuckelte an einer Flasche Tequila, während diese kleine Mulattin ihm einen geblasen hat. Und dann taucht ein Kerl aus der Dunkelheit auf und versenkt eine dicke Ladung hinten in seinem Kopf. Hey, und ich meine eine echt dicke Ladung, so was wie eine .44er Magnum. Die Hirnsuppe lief ihm immer noch aus der Nase, als wir eintrafen."

Dominic Romaine fing wieder an zu lachen. Ich merkte, wie mein Blick ständig den Fokus verlor. Draußen fuhr ein

Rettungswagen am Gerichtsgebäude vorbei, seine Sirene heulte. „Bist du noch da?", fragte er.

„Wer war der Schütze?"

„Keine Ahnung. Gibt auch keine Beschreibung. Die Mulattin, die ihm einen geblasen hat, ist irgendwie zurückgeblieben oder so. Dave, es gibt eine Frage, deren Beantwortung in meinen Bericht muss."

„Ich habe Dellacroce nach meinem Zusammentreffen nicht mehr gesehen", sagte ich.

„Irgendwelche Spekulationen, was den Killer angeht?"

In meinem Kopf pochte es und mein Magen krampfte sich zusammen. „Check das mit dem NOPD ab. Dellacroce war ein Auftragskiller und Vollzeit-Klugscheißer. Ich glaube, er gehörte zum Fußvolk von Fat Sammy Figorelli."

„Das hört sich an, als würde sein Ableben als große Tragödie in die Geschichte eingehen. Hey, Dave, kennst du diesen Song von Louie Prima? *I'll be standing on the corner plastered when they bring your coffin by ...* Ich liebe diesen Song. Hey, Dave?"

„Was?"

„Wenn du das nächste Mal einen Prügelknaben suchst, dann achte drauf, dass du's nicht im St. Martin Parish machst", sagte er.

* * *

Ich schaffte es nur mit Mühe und Not durch den Tag. Ich versuchte, mich davon zu überzeugen, dass der Mann, den ich in der vergangenen Nacht gesehen hatte, nicht

Max Coll war. Ich hatte nur Fotos von ihm gesehen, gemacht mit einem Teleobjektiv oder aufgenommen von der Überwachungskamera eines Hotels bei einer abendlichen Zimmerreservierung. Der Mann in der Menge könnte ein Tourist gewesen sein, oder jemand, der vom Mini-Markt nebenan herübergekommen war, sagte ich mir. Und selbst, wenn es Max Coll gewesen war, sollte ich meines Bruders Hüter sein, speziell, wenn mein „Bruder" ein Arschloch wie Frank Dellacroce war?

Doch tief im Herzen wusste ich, dass mein Gedankenspiel eigennützig und sinnlos war, und dass ich zum Tod eines Mannes beigetragen hatte. Ich arbeitete noch bis spät abends im Büro, schaltete dann meine Schreibtischlampe aus und fuhr nach Hause, gerade als es anfing zu regnen.

Als ich in meine Einfahrt abbog, erwartete ich, dort Father Jimmies Wagen in der Auffahrt zu sehen. Doch stattdessen parkte Theodosha Flannigans Lexus unter den Bäumen und in der Küche brannte Licht. Die Bäume im Garten und der Bambus, der entlang der Einfahrt wuchs, waren in Nebel gehüllt und auf den Pfützen trieben gelbe Blätter. Die Haustür und die Fenster des Hauses standen offen und ich hatte den Eindruck, als wehte mir der Duft von frisch gebackenem Brot in die Nase. Genau genommen erinnerte mich die ganze Szene, die dunklen Hauswände aus Zypressenholz, das rostige Blechdach, die bemoosten Eichen und Pekannussbäume und der warme Schein, der aus den Küchenfenstern kam, an das Haus, in dem ich vor vielen Jahren mit meinem Vater und meiner Mutter gelebt hatte.

Kaum dass ich das Haus betrat, sah ich Snuggs, der mit geschlossenen Augen auf der Sofalehne lag, eine rote Schleife um seinen Hals. Ich ging in die hell erleuchtete Küche und starrte Theodosha an, die gerade ein gebuttertes Baguette aus dem Ofen holte. Hinter ihr dampfte ein Topf Gumbo. Ihre Lippen öffneten sich leicht, als sie mich sah, als hätte ich sie aus einem beunruhigenden Gedanken geholt.

„Ich habe dir Abendessen gekocht. Hoffe, das macht dir nichts aus", sagte sie.

„Wo ist Father Jimmie?", fragte ich.

„Er ist nach Lafayette gefahren. Er meinte, er würde eventuell über Nacht dort bleiben."

„Ist Merchie hier?", fragte ich.

„Ich weiß nicht genau, wo er ist. Er ist einfach unterwegs und ist Merchie. Möchtest du, dass ich gehe?"

„Nein, das meinte ich nicht. Ich stehe heute nur ein wenig neben mir."

Sie begann den Tisch zu decken, als wäre ich nicht da. Ihr Haar sah aus, als wäre es gerade frisch geschnitten und gewaschen. Sie trug mexikanische Sandalen und eine Khakihose mit großen Taschen, dazu ein Jeanshemd mit aufgestickten Rosen und Kakteen. Als ich sie ansah, wie sie so durch den Raum ging, wurde mir klar, warum Männer sich zu ihr hingezogen fühlten. Sie war eine der Frauen, deren Intelligenz, Elan und Gleichgültigkeit gegenüber der öffentlichen Meinung ihr erlaubten, eine ganz eigene Symmetrie und Ordnung in ihr Leben zu bringen, was bei einem unbedeutenderen Menschen als Chaos angesehen würde.

„Theo, ich würde mich deutlich besser fühlen, wenn wir Merchie herbitten würden", sagte ich.

„Ich wusste, dass du so etwas in der Art sagen würdest."

Sie stellte eine Schale Gumbo auf den Tisch und schaute sie ausdruckslos an. Dann strich sie sich eine Haarsträhne aus dem Mundwinkel und kam zu mir herüber, bis sie eine Fußlänge vor mir stand. Sie fing an, mich zu berühren, verschränkte ihre Arme dann jedoch vor der Brust, als wüsste sie nicht, wohin mit ihren Händen. Ihr Atem war kühl und duftete nach Bourbon und Orangenscheiben.

„Ich wollte heute eigentlich zu einem Treffen. Ich hatte nicht die Absicht, etwas zu trinken. Ich schwöre. Ich bin zwei Mal um den Block gefahren und bin dann in eine Bar und habe zwei Stunden getrunken." Sie schaute mich verzweifelt an. „Dave, ich bin total am Arsch. Nichts, was ich unternehme, funktioniert."

Sie senkte den Kopf und packte meine Handgelenke. Sie stand mit ihren Sandalen auf meinen Schuhen und ihr Bauch berührte meine Lenden. Ich konnte das Shampoo in ihren Haaren und das Parfum hinter ihren Ohren riechen. Dann zog sie meine Hände an ihre Seiten und hielt sie dort. Ich spürte, wie sich mir der Hals zuschnürte, eine Trockenheit, als hätte ich Konfetti im Mund. Sie legte mir die Arme um die Taille und drückte ihre Wange an meine Brust.

„Dave, warum hast du nicht gefragt, ob ich dich heiraten will?", flüsterte sie.

„Das hier ist nicht richtig, Theo."

„Wir hatten Spaß zusammen. Warum bist du fortgegangen?"

„Ich war ein Säufer. Ich hätte jede Frau unglücklich gemacht."

Ich spürte ihre Tränen auf meinem Hemd. Ich tätschelte ihren Rücken und versuchte, mich von ihr zu lösen. Dann hob sie den Kopf, um geküsst zu werden.

„Wir sehen uns", sagte ich.

„Was?"

„Ich muss wieder zurück ins Büro", log ich. „Ich bin nur nach Hause gekommen, um etwas zu holen. Ich erinnere mich nicht einmal mehr, was es war."

Dann verließ ich mein eigenes Haus, kam mir dabei dumm und unzulänglich vor, was wahrscheinlich eine objektive Einschätzung war.

* * *

Als ich zwei Stunden später wieder nach Hause kam, war sie fort. Die Küche war makellos sauber, das Essen, das sie zubereitet hatte, war fort. Erst nach Mitternacht schlief ich ein. Dann erwachte ich um drei Uhr morgens und saß auf dem Rand meiner Matratze, auf meiner Haut ein Schweißfilm, meine Lenden wie Beton, die Dunkelheit erfüllt von knarrenden Geräuschen. Ich legte meine geladene .45er unters Kopfkissen und als die Sonne aufging, hielt ich den kalten Stahl umklammert.

Später aß ich am Küchentisch eine Schale Grape-Nuts mit Milch und Bananenstücken, als ich Snuggs hinten auf der Veranda hörte. Ich öffnete ihm die Fliegengittertür und er ging hinüber zu seinem Napf unter der Spüle und wartete darauf, dass ich ihn mit Trockenfutter füllte, das ich in einer Schachtel auf dem Kühlschrank aufbewahrte. Die rote Seidenschleife, die Theodosha ihm um den Hals gebunden hatte, war voller Matsch. Ich nahm eine Schere aus der Schublade im Flur und befreite ihn davon. „Es sieht so aus, als hätte Theos Sorge um dich ihre Grenzen gehabt, Snuggs", sagte ich.

Irgendwie fühlte es sich dadurch nicht mehr ganz so schlimm an, dass ich sie und ihr Essen am vorherigen Abend einfach so stehen lassen hatte. Ich legte die Schere zurück in die Schublade.

Doch bevor ich sie schloss, warf ich einen Blick auf die Kiste, in der ich all die Beileidsschreiben aufbewahrte, die ich nach Bootsies Tod bekommen hatte. Die Ecke einer Beileidskarte schaute aus dem Stapel hervor und der Absender ließ mich innerlich zusammenzucken. Bei meinem Besuch in Theos Haus vor einigen Wochen hatte sie ihr Mitgefühl wegen Bootsies Tod ausgedrückt, doch ich konnte mich nicht daran erinnern, dass sie eine Karte geschickt hatte und hatte daraus geschlossen, dass ihre Gefühle vorgetäuscht waren.

Doch ihre Karte lag in dem Stapel und die Worte kamen offensichtlich von Herzen. Ich nahm Snuggs, setzte ihn auf den Küchentresen und streichelte seinen Kopf. „Wie können die Gedanken eines einzelnen Mannes nur derart durcheinandergeraten?", fragte ich.

Snuggs rieb sich an mir, fuhr mir mit aufgestelltem Schwanz an der Nase vorbei und ließ die Frage unkommentiert.

Das Telefon auf dem Tresen klingelte. Ich wollte gerade abnehmen, als ich zögerte und es anstarrte. Mein Herz begann zu rasen, denn ich wusste, wer es war, wer es sein *musste*, wenn er der besessene und zielstrebige Mann war, für den ich ihn hielt.

„Hallo?", sagte ich.

„Ist der gute Father da?", fragte die Stimme.

„Nein, ist er nicht."

„Wissen Sie vielleicht, wo er sich aufhält?"

„Nein, tue ich nicht. Aber ich empfehle Ihnen, nicht wieder hier anzurufen."

„Oh, tun Sie das?"

„Mr. Coll, ich bin Ihnen gegenüber weitaus weniger tolerant als Father Dolan. Sie schleppen Ihre krankhafte Abartigkeit in mein Leben und ich werde Ihnen eine Dose Kakerlaken-Spray zu fressen geben."

„*Ich* bin der Kranke? Vor zwei Tagen haben Sie diesem armen Idioten vor der Bar die Seele aus dem Leib getreten. Ich finde, Sie sind echt 'ne Marke, Mr. Robicheaux."

Nimm das Handy, ruf im Büro an und halte ihn an der Strippe, sagte ich zu mir selbst. Doch Mr. Coll kam mir zuvor. „Ich rufe von keiner Festnetzleitung an, Sir. Sie brauchen nicht mit irgendeiner nutzlosen Technologie herumzufummeln. Sagen Sie Father Dolan, dass er und ich ein gemeinsames Schicksal teilen."

„Sind Sie verrückt? Sie reden über einen katholischen Priester."

„Genau das ist der Punkt. Es sind Leute wie ich, die ihn im Geschäft halten. Danke für Ihre Zeit, Mr. Robicheaux.

Ich hoffe, dass wir uns mal in aller Form kennenlernen. Ich denke, Sie sind einer von meinem Schlag."

Dann legte er auf.

* * *

„Also hat der Typ nicht mehr alle Tassen im Schrank", meinte Clete beim Mittagessen.

Ich schob meinen Teller fort. Wir saßen in einem Lokal namens *Bon Creole*, ein kleines, familiengeführtes Café, das auf Po'boy-Sandwiches spezialisiert war. Es war 14 Uhr und die anderen Tische waren schon leer.

„Ich habe noch ein anderes Problem, Clete", sagte ich.

„Kein Scheiß?"

„Das ist nicht lustig."

„Schau mal, mein Großer, Frank Dellacroces Mutter wurde wahrscheinlich schwanger, weil ein Kolostomiebeutel undicht war. Er hat bekommen, was er verdient hat. Hör auf, noch groß darüber nachzudenken."

„Ich rede nicht über Dellacroce."

„Dann solltest du das, was immer es ist, mit Father Dolan besprechen. Ich weiß nicht, was ich noch sagen soll."

Er wartete darauf, dass ich etwas erwiderte. Als ich es nicht tat, weiteten sich seine Augen und die Hände öffneten sich, als wolle er sagen *Was?*

„Ich will einen Drink. Mehr als ich's je zuvor in meinem Leben gewollt habe", hörte ich mich sagen.

Cletes nächste Bemerkung half da auch nicht. „Ich bin nicht der Richtige, was gute Ratschläge betrifft. Ich hab meine Probleme immer mit einem halben Liter Beam und einem Sixpack Dixie angepackt, dann wache ich am nächsten Morgen mit einer Stripperin aus der Bourbon Street auf, deren Vorstellung von Weltnachrichten der Wetterkanal ist." Er verstand den Ausdruck auf meinem Gesicht und verzog das Gesicht. „Tut mir leid, Streak. Manchmal weiß ich einfach nicht, wann ich besser den Mund halten sollte", sagte er.

* * *

Als ich ins Büro zurückkam, winkte mich Wally, unser hundertfünfzig Kilo schwerer Hypertoniker in der Telefon- und Einsatzzentrale, zu sich herein. Schon vor langer Zeit hatte sich jeder Zivilbeamte unserer Einheiten an Wallys sarkastischen Humor sowie an seine ewigen Kommentare bezüglich unserer absolut stümperhaften Methoden und unseres kollektiven Mangels an Intelligenz gewöhnt. An diesem Nachmittag jedoch war er anders drauf. Sein Blick wich mir aus, sein Lächeln wirkte gepresst. „Warst Mittagessen, stimmt's?", meinte er.

„Jepp. Was ist los?"

„Dieser Typ, dieser Flannigan war hier."

„Merchie Flannigan?"

„Er ist ungefähr eine Stunde lang im Flur auf und ab gegangen, als würde er sich jeden Moment in die Hose pissen. Als es aussah, als wollte er wieder gehen, hab ich ihn gefragt, ob er vielleicht 'ne Nachricht hinterlassen will." Wally rutschte auf seinem Stuhl herum, zog die Augenbrauen hoch.

207

„Könntest du's jetzt bitte einfach ausspucken?", sagte ich.

„Er hat gesagt, sag Dave, er soll seine Pipeline nicht unterm Grundstück des falschen Mannes verlegen. Der Bezirksstaatsanwalt und auch ein paar Leute von der Handelskammer saßen im Wartezimmer. Helen auch."

Eine Frau ging an uns vorbei und sah mich kurz an. „Okay, Wally, sehr nett von dir, danke", sagte ich und wollte gehen.

„Hey, Dave?", sagte er.

„Ja?"

„Hab den Kerl noch nie gemocht. Er ist ein Arsch. Stopf ihm das Maul."

Ich ging zurück zum Tresen. „Was willst du damit sagen?", fragte ich.

Wally nahm einen Stift in die Hand und widmete sich wieder seinem Papierkram. „Nix. Ich wollt mich nich in andere Leute ihre Geschäfte einmischen", entgegnete er.

Ich ging in mein Büro, stellte mich vor das Fenster und trommelte mit den Fingern auf der Fensterbank. Merchie suchte zweifellos Ärger. Ansonsten hätte er seine Beschwerde nicht an meinem Arbeitsplatz vorgetragen. Nun, manchmal ist die beste Art, mit einem Löwen umzugehen, ihm einfach ins Maul zu spucken, sagte ich mir. Um 17 Uhr fuhr ich raus zu Merchies und Theos Haus am Rande der Stadt.

Obwohl ich schon tausendmal an dem Haus vorbeigekommen war, kam ich immer noch nicht über das Nebeneinander der Burgimitation aus dem 13. Jahrhundert und der Boilerfabrik auf der anderen Seite des Highways hinweg. Doch vielleicht war das Zusammenspiel von neureicher Vulgarität, Pekannussplantage, Pferdeställen und der sanft beleuchteten Umgebung des Bayou Teche die perfekte Bühne für einen Mann wie Merchie Flannigan. Entferne die Maske des geläuterten Straßenganoven und die selbst gemachte Erfolgsgeschichte, und schon bestand kaum noch ein Unterschied zwischen Merchie und seinem Schwiegervater, Castille LeJeune. Sie gingen nicht direkt und offen auf ihre Feinde los, vielmehr vergifteten sie die Umgebung, in der sie arbeiteten.

Ich sah Theo aus dem Fenster im Wohnzimmer schauen, als ich meinen Pick-up parkte.

„Irgendwas nicht in Ordnung, Dave?", fragte sie, nachdem sie die Haustür geöffnet hatte.

„Merchie wollte mich im Büro besuchen. Er scheint zu denken, dass ich ein Problem für seine Ehe darstelle", sagte ich.

„Komm rein."

„Wo ist er?"

„Bei meinem Vater. Warte, geh nicht einfach so."

„Bring das mit ihm in Ordnung, Theo", sagte ich.

Ihr Gesicht glitt am Fenster der Fahrerseite vorbei, als ich wendete und die Einfahrt wieder hinunterfuhr.

Eine halbe Stunde später fuhr ich am Eingang von Fox Run vor, Castille LeJeunes Haus etwas außerhalb von Franklin. Ich klingelte an der Tür, doch niemand öffnete. Der Wind wehte weich aus Richtung Süden und duftete nach

Salzwasser und Bachsaiblingen, die sich an einigen Stellen in der Cote Blanche Bay gesammelt hatten. Eine Szenerie, so ruhig und friedlich, dass ich mich mit meiner Wut auf Merchie, die die ganze Zeit auf dem Weg hierher in mir gebrodelt hatte, fühlte wie ein spirituell unreiner Kirchenbesucher. Das Haus selbst lag tief in den Schatten der Eichen, die über ihm knarrten, doch die umliegenden Felder und Weiden wurden immer noch von den letzten Sonnenstrahlen angeleuchtet, und in der Ferne sah ich Merchie hinter einer Reihe verlassener Hütten zu einer Landspitze gehen, von der aus man über den Bayou blickte.

Ich umrundete den eingezäunten Teich, den Theo aus Gründen fürchtete, über die sie schwieg, vorbei an einer Reihe lang gestreckter Hütten, die wahrscheinlich in den 1890ern für die Schwarzen errichtet worden waren, die für die Familie LeJeune Zuckerrohr anbauten, ernteten und in Ochsenkarren zur Mühle fuhren, ohne dass je ein Mitglied der Familie LeJeune selbst mitgearbeitet hatte. Die Türen der Hütten waren fort, die Blechdächer lagen halb lose auf den Balken, die Bodendielen waren voll Dreck und von den Hufen des Nutzviehs zerschrammt. Die Plumpsklos standen noch, unter den Dachvorsprüngen hatten Wespen und andere Insekten ihre Nester; die Holzsitze, einst urinverschmiert, waren nun trocken und glatt wie alte Knochen; das Gras um die Verschläge herum hellgrün.

Ich fragte mich, ob Junior Crudup einst in diesen Hütten geschlafen oder diese Plumpsklos benutzt hatte, wenn er durchgeschwitzt und dreckig von den Feldern kam, vielleicht in Fußketten, sein Abendessen bestehend aus einem

Glas Kool-Aid und einem Zinnteller voll mit Gemüse, gebratenem Speck, Maisbrot und Rübensirup. Ich fragte mich, wie viele seiner Liedtexte hier entstanden waren, in diesen heruntergekommenen Baracken, die möglicherweise mehr über die Geschichte der Menschen erzählte, als irgendjemand heute wissen wollte.

Ich hatte meinen Arbeitsplatz mit der Bereitschaft verlassen, Merchie den Tag zu versauen und nun hatte ich es geschafft, ihn in meinem Kopf mit seinem Schwiegervater in Verbindung zu bringen und den Grausamkeiten der Rassendiskriminierung von Louisianas Vergangenheit. Wo lag meine Motivation? Einfache Antwort: Ich musste nicht darüber nachdenken, dass ich Frank Dellacroce absichtlich in Max Colls Visier bugsiert hatte.

Merchie stand auf einem grasbedeckten Hügel mit dem Rücken zu mir und hörte mich nicht kommen. Eine einzelne, weiße Gruft, vorne durch eine schwarze Marmortafel verschlossen, die an den Rändern mit eingemeißelten Blumen und Gruppen von Engeln umkränzt war, stand leicht schief auf dem weichen Boden. Merchie kniete sich mit einer Orchidee hin, die er in eine grüne Vase stellte. Der Name auf der Tafel lautete Viola Hortense Flannigan, Merchies Mutter, die sonderbare, neurotische, besitzergreifende Frau, die seinen Mund immer mit Seife ausgewaschen hatte und seine nackten Beine mit einer Rute geschlagen hatte, bis er tanzte.

Eine Weile zuvor war ich bereit gewesen, ihn auseinanderzunehmen. Nun spürte ich meine Wut verfliegen, wie die Asche eines erloschenen Feuers.

„Tut mir leid, dass ich dich hier störe", sagte ich.

„Tust du nicht", erwiderte er und erhob sich aus seiner kauernden Haltung, ein wenig wie ein Mann, der aus einem Schlaf erwacht.

„Du hast im Büro nach mir gesucht?"

Er kratzte sich träge am Oberarm und beobachtete, wie der Wind durch das Gras fuhr. „Manchmal krieg ich einfach die Wut. Zwischen Theo und mir läuft's nicht immer gut. Dann lasse ich's an den falschen Leuten aus", sagte er.

„Ist ja nichts passiert", erwiderte ich.

Er kämmte sich die Haare, steckte den Kamm wieder weg und beobachtete dann einen Schwarm schwarzer Gänse, die vor der Sonne vorbeizogen. „Meine Mutter wollte immer eine Südstaaten-Lady sein. Sie hat den Leuten erzählt, sie sei im Garden District in New Orleans aufgewachsen. Die Wahrheit war, dass ihr alter Herr einen Gemüsestand im Irish Channel hatte. Also hab ich meinem Schwiegervater dieses Stückchen Land abgekauft und sie hier begraben."

Ich nickte mit abgewandtem Blick. In einiger Entfernung konnte ich den umzäunten Fischteich sehen, der Theo so viel Angst einjagte, dass sie beinahe eher zwei Kinder hätte ertrinken lassen, als durch den Zaun zu klettern und sich dem Wasser zu nähern.

„Was ist an dem Teich da passiert, Merchie?", fragte ich.

Er öffnete und schloss die Hände, die Venen seiner Unterarme traten deutlich hervor. „Dieser Ort ist verflucht. Am liebsten würde ich ihn niederbrennen und die Erde dort mit Salz umpflügen. Davon abgesehen kann ich nicht viel dazu sagen", erwiderte er. Dann ging er fort und stieß dabei versehentlich die Vase um, in die er die Orchidee für seine Mutter gestellt hatte.

11

Manche Leute scheinen unter einem schlechten Stern geboren zu sein.

Um halb neun am folgenden Morgen rief mich ein Brandermittler im Büro an. In den frühen Morgenstunden war in Dr. Parks' Billardzimmer ein Feuer ausgebrochen, hatte sich schnell über das Dach ausgebreitet und das hintere Drittel des Hauses vernichtet. „Ich weiß, dass der Typ eben erst seine Tochter verloren hat, aber es ist echt nicht leicht mit ihm. Wie wär's, wenn Sie zu uns rauskämen, Dave?", sagte der Ermittler.

„Um was geht's denn?", fragte ich.

„Parks ist überzeugt, dass jemand versucht hat, ihn fertigzumachen."

„Ich habe keine sonderlich gute Beziehung zu Dr. Parks."

„Ja, mir können Sie das ja erzählen. Aber er scheint sie für den einzigen Kerl weit und breit zu halten, der so was wie Verstand besitzt."

Ich fuhr rauf nach Loreauville und überquerte die Zugbrücke dort, dann folgte ich der Staatsstraße bis zu der schattigen Anhöhe, wo Dr. Parks' Haus zwischen den Bäumen stand wie ein Mann mit wütend gerunzelter Stirn. Ein einzelner Feuerwehrwagen war noch da, und zwei Feuerwehrmänner rissen mit Äxten das geschwärzte Holz

213

aus einer rückwärtigen Wand. Dr. Parks näherte sich mir, als wäre ich irgendwie die Ursache sämtlicher Probleme und nicht vorhandener Lösungen seines Lebens. „Ich will, dass sofort eine offizielle Untersuchung der Brandursache eingeleitet wird", sagte er.

„Das ist durchaus eine Möglichkeit, aber bislang scheinen noch nicht genügend Anhaltspunkte vorzuliegen, die das rechtfertigen würden." Ich hob die Hand, als er ansetzte, mich zu unterbrechen. „Niemand behauptet, an Ihrem Verdacht wäre nichts dran. Die Jungs hier haben nur bislang nichts gefunden, weder einen Brandbeschleuniger noch ei…"

„Es hängt mit dem Tod meiner Tochter zusammen."

„Nein, das tut es nicht, Sir." Ich richtete den Blick auf die verkohlte Rückseite des Hauses und das Dach, das über Küche und Schlafzimmer eingebrochen war. Es war so still, dass ich meinte, das Ticken meiner Armbanduhr hören zu können.

„Hören Sie, Mr. Robicheaux, ich habe darum gebeten, dass Sie herkommen, weil ich weiß, dass Sie ebenfalls Menschen in Ihrem Leben verloren haben. Ich dachte, Sie würden verstehen, was hier los ist", sagte er.

Ich versuchte, diese sehr persönliche Aussage zu ignorieren. „Die Feuerwehrmänner sind gute Jungs. Sie können dem vertrauen, was sie Ihnen sagen. Ich denke, Sie hatten verdammt viel Pech", sagte ich.

„So was wie Glück oder Unglück gibt es nicht", erwiderte er.

Genau in diesem Augenblick kam ein unrasierter,

schnauzbärtiger Feuerwehrmann in Gummihose mit Hosenträgern und einem großen Helm hinter dem Haus hervor, in der Hand ein Bündel verschmorter elektrischer Leitungen. „Wir haben die Stelle, wo's angefangen hat", sagte er.

„Was?", schnappte Dr. Parks.

Der Feuerwehrmann breitete die Kabel auf seiner Handfläche aus und entfernte die Isolierung. „Die hier waren in der Wand Ihres Billardzimmers. Sehen Sie, die sind von innen nach außen gebrannt", sagte er.

„Das ist unmöglich. Ich habe das Billardzimmer erst vor zwei Jahren anbauen lassen", sagte Dr. Parks.

„Es ist nicht unmöglich, wenn jemand die falschen Sicherungen in Ihrem Sicherungskasten installiert hat", sagte der Feuerwehrmann.

„Wer hat die Arbeiten an Ihrem Haus durchgeführt, Doktor?", fragte ich.

„*Sunbelt Construction*", sagte er.

Ich versuchte, mich von ihm zu entfernen, als würde ich über die Zerstörungen auf der Rückseite seines Hauses nachdenken. Doch er packte mich grob an meinem Arm.

„Was wissen Sie über *Sunbelt Construction?*", fragte er.

„Die Firma gehört Castille LeJeune", antwortete ich.

„Wer zum Teufel ist Castille LeJeune?"

„Seiner Firma gehört der Daiquiri-Laden, wo Ihre Tochter und ihre Freundinnen an dem Tag die Drinks gekauft haben, an dem sie starben", sagte ich.

* * *

215

Hatte ich gerade einem anderen Mann was in die Schuhe geschoben, in diesem Fall Castille LeJeune?, fragte ich mich auf dem Rückweg ins Department.

Nein, ich hatte lediglich die Wahrheit gesagt.

Was aber nichts an der Tatsache änderte, dass ich zugelassen hatte, dass Frank Dellacroce durch Max Colls Hand den großen Abgang machte.

Später fuhr ich zum Mittagessen nach Hause und traf Father Jimmie auf einer Leiter an, damit beschäftigt, einen Basketballkorb hinten an der Toreinfahrt anzuschrauben.

„Machen Sie Rekonziliationen auch im Freien?", sprach ich ihn an.

„Ja, halten Sie die Leiter für mich. Wo liegt das Problem?", erwiderte er, immer noch ganz auf seine Arbeit konzentriert.

„Es geht nicht um lange überfällige Bibliotheksausleihen", sagte ich.

Er blickte zu mir herunter.

„Ich glaube, Max Coll hat einen Mafioso draußen an der Whiskey Bay umgelegt. Wahrscheinlich hätte ich es verhindern können", sagte ich.

Er stieg von der Leiter, verstaute seine Werkzeuge in einer Metallkiste und schloss diese mit einem leisen Klicken.

„Sagen Sie das jetzt noch mal", sagte er.

Wir gingen den Abhang hinunter Richtung Bayou, während ich ihm erzählte, was passiert war – die ständige Wut, die mich veranlasst hatte, auf eine gewalttätige Situation zuzusteuern, die heftige Abreibung, die ich Frank Dellacroce verpasst hatte, wie ich Coll in der Menge vor dem Café erkannte, und ich schließlich, das Schlimmste überhaupt, darauf verzichtet hatte, Dellacroce in Haft zu nehmen, wo ich doch genau wusste, mit ziemlich hoher Wahrscheinlichkeit, dass ich ihn damit seinem Henker übergab.

Father Jimmie hob einen Kiefernzapfen auf und warf ihn mitten in den Bayou. „Dave, wenn Sie einen Anteil am Tode dieses Mannes haben, dann ich ebenfalls", sagte er.

„Hä?"

„Ich war unkooperativ gegenüber dem NOPD. Ich hätte mit ihnen zusammenarbeiten und helfen können, Coll hopszunehmen. Dann wäre er jetzt längst Geschichte."

Ich setzte mich auf eine steinerne Bank am Rande des Bayou. Ihre Oberfläche fühlte sich durch meine Hose hindurch kalt und hart an. Der Wind frischte auf, rote und gelbe Blätter purzelten aus den Bäumen aufs Wasser. „Werden Sie mir Absolution erteilen?", fragte ich.

„Ihnen wurde in dem Moment vergeben, als Sie bereuten, was Sie getan haben. Aber Sie werden es noch jemand anderem erzählen müssen, denn andernfalls werden Sie keinen Seelenfrieden finden."

„Sir?"

„Wie heißt der neue Sheriff? Die Frau, die früher mal Ihr Partner war? Und lassen Sie mich wissen, wie es ausgeht, ja?", sagte er.

Er ging den Hügel wieder hinauf, nahm einen Basketball aus einem Pappkarton und pfefferte ihn durch den Korb. Bei Father Jimmie Dolan gab's nichts umsonst.

* * *

Helen hörte mir ruhig zu, während ich ihr von den Ereignissen der Nacht berichtete, in der ich Frank Dellacroce fast totgeschlagen hatte. Ihre Ellbogen lagen auf der Schreibunterlage, das Kinn ruhte auf ihren Daumen, ihre Finger ineinander verschränkt.

„Dieser Coll-Typ wird in Florida wegen zweifachen Mordes gesucht?", fragte sie.

„Zumindest steht er unter dringendem Tatverdacht."

„Was macht er deiner Meinung nach hier bei uns?"

„Das steht wohl zur Debatte", antwortete ich.

„Soll heißen?"

„Er ist geradezu besessen von dem Priester, der in meinem Haus wohnt. Offensichtlich bringt er die Leute zur Strecke, die versuchen, ihn auszuschalten. Wahrscheinlich ist ihm das Hirn irgendwann mal durchpüriert worden. Such dir was aus."

Sie stand auf und starrte aus dem Fenster. Unentwegt öffnete und schloss sie ihre Hände. „Und bislang haben wir noch keine Anhaltspunkte dafür, dass Coll Dellacroce erschossen hat?", fragte sie.

„Nein."

„Und du bist Coll nie persönlich begegnet?"

„Nur auf Fotos."

„Ich glaube, du stehst momentan ziemlich unter Stress. Deshalb lassen wir's fürs Erste dabei bewenden."

Sie hatte mir eine befristete Carte blanche erteilt, quasi ein verschwörerisches Augenzwinkern. Ich musste das Angebot lediglich annehmen.

„Es geht hier nicht um meine Wahrnehmungen. Coll hat

mich zu Hause angerufen. Er hat mir zu verstehen gegeben, dass er an dem Abend unter den Schaulustigen gewesen ist, als ich Dellacroce zusammengeschlagen habe."

„Coll hat dich angerufen?"

„Genau."

„Das hier ist keine Polizeiarbeit, das ist eine Seifenoper. Trinkst du wieder?"

„Nein."

„Dave, entweder reißt du dich endlich am Riemen, oder wir suchen andere Alternativen. Und keine davon ist gut."

„Willst du meine Dienstmarke?"

„Mit dem, was du da machst, will ich nichts zu tun haben", sagte sie.

„Mit *was*?"

„Dich selbst zu zerreißen, damit du zur Flasche zurückkehren kannst. Meinst du, andere Menschen könnten dich nicht durchschauen? Hey, wach auf!" Sie knüllte ein Blatt Papier zusammen und schmiss es wütend in den Papierkorb.

* * *

An diesem Abend ging ich zu einem AA-Meeting in einer Methodistenkirche unweit der Eisenbahntrasse. Aus dem Fenster im ersten Stock konnte ich die Palmen auf dem Friedhof sehen, das alte Kopfsteinpflaster auf der Straße, den grünen Säulengang eines Feuerwehrhauses aus dem vorletzten Jahrhundert, die Eichen, deren Wurzeln die Bürgersteige angehoben hatten, und das eigentümliche lila Licht des Sonnenuntergangs.

Auf der anderen Seite der Bahngleise befand sich eine andere Welt, eine, die früher einmal New Iberias Rotlichtviertel gewesen war, dessen Geschichte zurückreicht bis in die Zeit des Sezessionskriegs.

Heute sind die schwarzen Drei-Dollar-Prostituierten genauso verschwunden wie die weißen, die es für fünf Dollar gemacht haben, die Bordelle an der Railroad und der Hopkins sind geschlossen. Stattdessen arbeiteten weiße Crack-Huren, auch *Rock Queens* genannt, und ihre schwarzen Zuhälter an den Straßenecken. Die Dealer mit ihren verkehrt herum getragenen Baseballkappen oder schwarzen Bandanas auf dem Kopf tauchten in den Gärten ausgebrannter Häuser oder auf den Parkplätzen kleiner Lebensmittelläden auf, sobald die Schule aus war. Nach Sonnenuntergang, sofern es nicht regnete, vervielfachte sich ihre Anzahl.

Sie hatten das gleiche Straßenmenü im Angebot wie ihre Kollegen in New Orleans und Houston: Gras, Smack, Rock, Crystal, Acid, Seggies, Speed, Ecstasy und, für die Puristen, vielleicht ein bisschen China White, hochreines Heroin, das der Kunde aufkochen und mit einer sauberen Nadel in einer Fixerstube nur vier Blocks von der Innenstadt entfernt in seine Venen schießen konnte.

Den Gang hinunter, ebenfalls im ersten Stock der Methodistenkirche, lief ein Meeting der *Narcotics Anonymous*. Die meisten, die dort saßen, waren von einem Gericht zur Teilnahme daran verurteilt worden. Nur einige wenige waren Leute, die man normalerweise mit Kriminalität in Verbindung bringen würde. Nahezu alle von ihnen hätte man in einer anderen Zeit für ganz gewöhnliche Leute aus der Arbeiterschicht gehalten, deren Leben überhaupt nichts zu tun hatte mit dem Gewerbe auf der Hopkins und der Railroad Avenue.

An diesem speziellen Abend jedoch dachte ich nicht über die verheerenden Auswirkungen des Drogenhandels nach. Vielmehr fragte ich mich, wie lange es wohl noch dauern mochte, bis ich in einen Saloon ging und mir einen vierfachen Black Jack oder Beam's Choice und eine Flasche Dixie zum Nachspülen bestellte.

Dann blickte ich zur anderen Seite des Raums und sah einen Mann, der hier geographisch und psychologisch völlig fehl am Platz war. Er bemerkte, dass ich ihn anstarrte und hob bestätigend eine fleischige Pranke. Seine Augen waren wie fröhliche Schlitze, seine Backen leuchteten nach einer offensichtlich frischen Rasur, sein schütteres strohfarbenes Haar war geölt und auf die Glatze geklatscht. Ich durchquerte den Kreis zwischen uns und setzte mich auf den Stuhl neben ihm.

„Das hier ist ein geschlossenes Meeting der AA. Was hast du hier zu suchen?", fragte ich.

„Ich hab nachgesehen. Es ist ein offenes Treffen. Abgesehen davon bin ich Mitglied der *Overeaters Anonymous,* was bedeutet, ich hab wahrscheinlich suchtformübergreifende Probleme. Was wiederum bedeutet, ich kann zu jedem gottverdammten Meeting gehen, zu dem ich gehen will", erwiderte Fat Sammy Figorelli.

„Das ist die größte Scheiße, die ich je gehört habe. Verschwinde von hier", sagte ich.

„Leck mich", sagte er.

„Gibt's da drüben ein Problem?", fragte der Gruppenleiter.

Sammy sagte nichts während des Meetings. Aber anschließend half er, Stühle zu stapeln, Kaffeetassen zu spülen und die AA-Literatur in einen Schrank zu räumen. „Mir gefällt's hier", stellte er fest.

„Du stehst kurz davor, ganz gewaltigen Ärger zu bekommen", sagte ich.

„*Ich* soll Ärger bekommen? Du bist echt großartig, Robicheaux. Komm, wir gehen ein bisschen spazieren", sagte er.

Ich folgte ihm die Treppe hinunter und hinaus in die Dunkelheit und den Gestank von Kanalisation und verbranntem Laub.

„Falls du die AA benutzt, um …", setzte ich an.

„Ihr Säufer meint, ihr wärt die Einzigen mit einem Problem. Möchtest du vielleicht Essen als Feind haben? Was würdest du sagen? Jeder kann tutto completto die Finger vom Alk lassen. Versuch doch mal, dich nur teilweise von was fernzuhalten, mal sehen, wie du dich dann fühlst, hm?", sagte er.

„Was soll das?"

„Mein Pate sagt, ich muss ein paar Sachen eingestehen, andernfalls werde ich mich in eine weitere Schoko-Orgie stürzen, was nicht wirklich gut wäre für meinen Diabetes. Max Coll hat nicht nur hohen Tieren in Miami ordentlich auf die Füße getreten, er hat sie auch noch bei einer Sportwette um hundert Riesen beschissen. Es heißt, er soll an seinem Dickdarm an einen Fleischerhaken gehängt werden. Um es kurz zu machen, es gibt hier einen Kerl, mit dem willst du dich nicht anlegen."

Er blieb stehen und zündete sich eine Zigarette an. Sie sah winzig und harmlos aus in seiner riesigen Hand. Er sah einem Auto voller schwarzer Teenager nach, aus dem Rap donnerte. Seine Miene verfinsterte sich missbilligend.

„Welchen Kerl meinst du?", fragte ich.

„Ein Kerl, der Leuten wehtut, auch wenn's nicht sein muss. Wenn du ihn finden willst, folge der Möse. Bis dahin, sag nicht, ich hätte dich nicht gewarnt."

Dann quälte er sich den Bürgersteig zu seinem Cadillac hinunter, hielt seinen footballförmigen Kopf dem Sonnenuntergang zugewandt.

„Komm hierher zurück", rief ich.

Er zeigte mir über die Schulter den Finger.

Ich dachte, ich wäre für eine Weile fertig mit Sammy Fig. Irrtum. Das Telefon klingelte um 2:14 Uhr. „Da ist noch was, das hab ich dir nicht erzählt", sagte er.

Ich saß auf der Bettkante, der Hörer an meinem Ohr fühlte sich kühl an. Draußen hinter den Ästen eines Pekannussbaums leuchtete der Mond hell mit einem dunstigen Hof. „Zeit aufzuhören, Sammy. Das heißt, geh zu den *Weight Watchers* oder mach 'ne Abmagerungskur in der Klinik, aber halt dich aus meinem Leben fern", sagte ich.

„Frankie Dellacroces Familie lebt in Fort Lauderdale. Zwei von denen sind jetzt hierher unterwegs."

„Bis dann", sagte ich und wollte den Hörer vom Ohr nehmen.

„Die machen dich für den Mord an Frankie verantwortlich."

„Mich?"

„Du hast ihm am frühen Abend vor den Augen von einem Haufen Farbiger die Knochen gebrochen. Und einige Zeit später am selben Abend kriegt er dann eine .44er in den Schädel. Du bist ein Cop. Wen würdest du verdächtigen?", sagte er.

Ich hörte meinen eigenen Atem. „Das ist doch verrückt", sagte ich.

„Ich muss jetzt endlich pennen. Du kannst froh sein, dass du keine Schlafstörungen hast", sagte er und legte auf.

* * *

Am folgenden Morgen sprach ich Father Jimmie am Frühstückstisch deswegen an. „Sammy Figorelli sagt, zwei Verwandte von Frank Dellacroce könnten hier vorbeikommen", sagte ich.

„Wozu?", fragte er.

„Sie glauben, ich hätte ihn umgebracht."

„Nicht wirklich gut, oder?"

„Wo finde ich Max Coll, Jimmie?"

„Wenn ich's wüsste, würde ich es Ihnen sagen", erwiderte er.

„Das würde ich gern glauben. Aber so langsam bekomme ich meine Zweifel."

„Möchten Sie das vielleicht noch einmal wiederholen?", fragte er und kaute dabei langsam an seinem Brötchen.

„Er wird wieder anrufen. Wenn er das tut, möchte ich, dass Sie ein Treffen mit ihm vereinbaren."

Ich sah, wie seine Stirn sich in Falten legte. „Kann ich nicht machen", sagte er.

„Sind Sie womöglich ein bisschen gefühlsduselig, was diesen Kerl betrifft?"

„Er ist ein gequälter Mann", sagte er.

„Sagen Sie das auch, wenn er das nächste Mal jemandem die Gehirnschale auslöffelt?"

Ich schnappte mir meinen Kaffeebecher und nahm ihn mit zur Arbeit.

* * *

Nur, dass ich nicht zur Arbeit ging. Ich wendete auf dem Parkplatz und fuhr nach St. Martinville an der Evangeline Oak vorbei zum Friedhof, wo Bootsie in einer Gruft direkt am Bayou lag. Ich saß auf der Metallbank vor dem Grabmal und betete die ersten beiden Zehnergruppen meines Rosenkranzes, verlor dann die Konzentration und starrte wie versteinert hinaus auf den Bayou, die in der Strömung wirbelnden Blätter und die Enten, die das Wasser um Seerosen herum kräuseln ließen, die der frühe Frost bereits hatte braun werden lassen. Meine Haut fühlte sich wund an, trocken wie Papier, meine Hände steif und schwer zu schließen. Ich verstaute den Rosenkranz wieder in der Jackentasche und vergrub das Gesicht in meinen Händen. Die Sonne verschwand hinter einer Wolke, und der Wind fühlte sich auf meiner Kopfhaut an wie Eiswasser.

Warum bist du gegangen, Boots? Warum hast du mich einfach alleingelassen?, hörte ich mich sagen, schämte mich aber sofort wegen dieser egoistischen Gedanken.

* * *

Eine Stunde später betrat ich das Präsidium, wusch mir das Gesicht auf der Herrentoilette und erledigte danach alle Aufgaben des Arbeitstages, welche die Illusion sowohl von Normalität als auch Produktivität vorgaukeln. Clete Purcel kam vorbei, respektlos wie immer, erzählte haarsträubende Witze, versuchte, mit Papierflugzeugen meinen Papierkorb zu treffen. Er benutzte sogar mein Telefon, um eine Pferdewette zu platzieren. Gegen Mittag schien es heller zu werden, die Bäume draußen hatten ein dunkleres Grün vor dem blauen Himmel.

Aber ich konnte mich nicht konzentrieren, weder auf den zunehmend schöner werdenden Tag noch auf den schier endlos erscheinenden Papierkram, von dem ich sicher war, dass niemand mehr auch nur einen Blick darauf warf, wenn er erst mal erledigt war.

Wir hatten noch niemanden verhaften können wegen des Mordes an Leon Hebert, dem Pächter des Daiquiri-Ladens von Castille LeJeune, auch wenn wir in Dr. Parks einen Tatverdächtigen hatten, soweit es ein Motiv betraf. Über die Tatwaffe gab es ebenfalls eine Verbindung zu LeJeune, zumindest zu einem seiner Angestellten. In der Zwischenzeit lief eine keltische Killermaschine namens Mike Coll in unserer Gegend frei herum. Die Familie von

Frank Dellacroce hatte mich als Verantwortlichen für den Mord an ihm ausgeguckt. Theo und Merchie Flannigan schwebten auch weiterhin schemenhaft am Rande meines Blickfeldes herum, wie die Erinnerung an einen Collegeball, der zusammen mit der Jugend in die Vergangenheit gehört.

Es war eine dieser strafrechtlichen Ermittlungen, bei denen das Denken zu nichts führt. Die Motive für die meisten Verbrechen sind nicht komplex. Meistens stehlen oder betrügen Menschen, weil sie entweder habgierig oder faul oder beides zugleich sind. Menschen töten wegen Geld, Sex und Macht. Selbst Morde aus Rache weisen auf eine gewisse Machtlosigkeit des Täters hin.

Zumindest war das die gängige Meinung vertrottelter Cops, die glaubten, dass psychologische Profile am besten in Filmen oder im Fernsehen funktionierten, die nichts oder kaum etwas mit der Wirklichkeit zu tun hatten.

Aber wie passte Junior Crudup in dieses Gesamtbild? Oder passte er gar nicht da rein? Vielleicht hatte Helen ja recht, ich wollte einfach nur Castille LeJeune an einen Baum nageln, den Daddy Warbucks aus dem St. Mary Parish.

Ich breitete auf meiner Schreibtischunterlage die Fotos von Junior Crudup aus, die ich von der Bibliothekarin erhalten hatte. Hast du nachts manchmal von der Peitsche geträumt, die deinen Rücken zerfetzte?, hätte ich ihn gern gefragt. Hast du nicht gelernt, dass du den Boss nicht auf seinem eigenen Gebiet schlagen kannst? Was ist dir widerfahren, Partner?

Ich nahm das letzte Foto der Serie und betrachtete erneut das Bild von Junior, wie er zu einem berittenen Aufseher hochschaut, auf der anderen Seite des Bayou, direkt gegenüber von Castille LeJeunes Haus, die Hacke in einem merkwürdigen Winkel auf der Schulter, das Gesicht verblüfft angesichts einer Welt, deren Regeln sicherstellten, dass er niemals einen Platz in ihr haben würde. Aber meine Aufmerksamkeit galt nicht primär Junior. Im Hintergrund führte ein muskulöser, rabenschwarzer Sträfling einen einschaligen Pflug durch die winterlichen Zuckerrohrstoppeln, deutlich erkennbar die derben Narben auf seinen Unterarmen, wie ein Zuchthäusler sie sich bei einem halben Dutzend Messerstechereien zugezogen haben könnte.

Ich hielt eine Lupe vor das körnige Schwarz-Weiß-Foto. Ich war fast ganz sicher, dass es das Gesicht des damals noch jungen Hogman Patin war, des langjährigen Wiederholungstäters, der mit Junior in der *Red Hat Gang* gewesen war, aber gesagt hatte, er wisse nicht, was aus Junior geworden sei.

Ich schnappte mir das Telefon und rief bei mir zu Hause an.

„Hallo?", meldete sich Father Jimmie.

„Lust auf ein bisschen Geschichte Louisianas, die man nicht in Schulbüchern findet?"

„Warum nicht?", antwortete er.

12

Wo auch immer Hogman lebte, legte er aus Gründen, die er nie erklärte, einen Flaschenbaum an. Den Winter über, wenn die Äste nackt waren, führte er die Spitzen der Zweige in die Öffnungen bunter Glasflaschen ein, bis der ganze Baum vor Licht schillerte und leise klingelte.

Father Jimmie und ich parkten im Vorgarten seines Hauses am Bayou und gingen nach hinten in den Garten, wo Hogman direkt neben seinem Flaschenbaum Unkraut hackte. Er hörte mit seiner Arbeit auf und lächelte, dann sah er meinen Ausdruck …

„Warum hast du mir Scheiß erzählt?", fragte ich.

„Du meinst, wegen Junior?", entgegnete er.

„Genau", sagte ich.

„Junior hat sich sein eigenes Grab geschaufelt. Du denkst vielleicht, er war 'n Held, aber damals, wenn sich da ein Nigger mit 'ner weißen Frau eingelassen hat, dann mussten wir alle dafür büßen."

„Wie wär's, wenn du mir das mal haarklein verklickerst?", sagte ich.

* * *

Es war das Jahr 1951. Hank Williams und Lefty Frizzell liefen in jeder Jukebox des Südens, während auf der anderen Seite des Ozeans GIs Schnee auf die Läufe ihrer Maschinengewehre packten, damit sie nicht schmolzen, wenn sie Welle um Welle chinesischer Truppen niedermähten, die in Nordkorea eingedrungen waren. Und in der Mitte von Louisiana wurde eine Gruppe schwarzer Sträflinge, die nur wenig bis gar nichts von der Welt draußen wusste, vom Staatsgefängnis Angola in ein Arbeitslager für nicht gewalttätige Straftäter tief im Bayou-Land verlegt. Das Lager war aus den Überresten dessen errichtet worden, was früher auf der Fox Run Plantation als Unterkünfte gedient hatte. Keiner der Sträflinge wusste, was sie erwartete. Am ersten Morgen fanden sie es heraus.

Man gab ihnen frische Baumwollkleidung, Seife, Zahnpasta, gute Arbeitsschuhe und sagte, sie sollten ihre gestreiften Hosen und Pullover in einer Mülltonne hinter dem Lager verbrennen. Die Auspeitschungen, die Schwitzkästen und die Ameisenhügel-Behandlung, die nach Fäkalien stinkenden Zellentrakte, die Tötungen in der Deich-Gang durch Aufseher, das alles verblasste in Fox Run schnell zu einer Erinnerung. Manchmal wurde ein widerspenstiger Häftling gezwungen, Fußeisen zu tragen oder die ganze Nacht auf einem umgedrehten Eimer zu stehen, und das Essen, das sie bekamen – Gemüse, Speck, Bohnen, Maisbrot und Sirup –, war das gleiche Einerlei wie in Angola, aber die Aufseher durften sie nicht misshandeln, nachts schliefen die Häftlinge in Hütten mit Fliegenschutzgittern vor den Fenstern, kochten Kaffee auf dem Herd, spielten Karten und hörten Radio, und an Feiertagen hatten sie sogar Eingemachtes und Kekse zu essen.

Die menschenwürdige Behandlung, die sie erfuhren, hatten sie allein einer Person zu verdanken: *Miss Andrea*, wie sie sie nannten, die Ehefrau von Castille LeJeune.

Die anderen Häftlinge waren bereits sechs Monate in dem Lager, als Junior von der Deich-Gang herverlegt wurde. Als er sie das erste Mal sah, befand er sich mit Hogman Patin auf dem Grund eines Bewässerungskanals, harkte Berge verwelkten Unkrauts aus dem Wasser und warf es hoch auf die Böschung. Sie ritt mit einem englischen Sattel auf einem schwarzen Wallach, ihr langes Haar zu einem Zopf geflochten, ihre weiße Reithose hauteng über Hinterteil und Oberschenkel. Ihre kleine Hand war um eine geflochtene Peitsche gelegt.

„Das ist sie, hä?", fragte Junior.

„Wer?", erwiderte Hogman.

„Miz LeJeune", sagte Junior.

„Was interessiert's dich, wer sie ist?"

„Sie hat mir einen Brief geschrieben."

„Scheiße."

„Ist wahr. Oben im Knast. Hat gesagt, wie toll sie meine Musik findet. Eine verdammt gut aussehende Frau."

„Schlag dir diese Gedanken besser sofort aus dem Kopf, Nigger", sagte Hogman.

„Was glotzt ihr Jungs da unten?", fragte der berittene Aufseher.

Unter Juniors wenigen Habseligkeiten befand sich eine Gitarre, eine zwölfsaitige Stella, die er in einer Pfandleihe in New Orleans erstanden hatte. Er stimmte die doppelten E-, A- und D-Saiten mit einer Oktave Unterschied, sodass die Akkorde, die aus dem Schallloch zurückgeworfen wurden, den Eindruck erweckten, als würden zwei Gitarren gleichzeitig gespielt. Jeden Abend direkt nach dem Essen spielte er auf den Eingangsstufen seiner Hütte, wobei seine stählernen Fingerpicks in der untergehenden Sonne glitzerten, während sich seine Stimme in einen Himmel voller Wolken erhob, die aussahen wie eingefärbter Rauch.

Dann, an einem Abend im Frühling, als er auf den Stufen spielte, sah er ihren Wagen auf der Straße anhalten. Es war ein violettes 1948er Ford Cabriolet mit einem makellos weißen, geöffneten Verdeck. Sie rauchte hinter dem Steuer eine Zigarette, ein sanfter Schein von der grünen Armaturenbeleuchtung fiel auf ihre Haut. Sie hörte ihm beim Spielen zu, bis sie die Zigarette aufgeraucht hatte, dann warf sie sie aus dem Fenster, ließ den Motor an und fuhr fort.

Im Juli, an einem trägen Samstagmorgen, sagte ein Aufseher namens Jackson Posey zu Junior, er solle sich frische Kleider anziehen, seine Schuhe putzen, die Haare kämmen, seine Gitarre holen und dann in den Pick-up des Wärters einsteigen. Während die beiden auf das Herrenhaus zufuhren, war die Verärgerung des Aufsehers über Junior im Führerhaus nahezu greifbar.

„Was ist los, Boss?", fragte Junior.

Jackson Posey antwortete nicht. Obwohl er häufig Boss genannt wurde, hatte er den Dienstgrad eines Captains, den er sich verdient hatte, indem er zwei Jahrzehnte lang mit der Waffe in der Hand Sträflinge beaufsichtigt hatte, womit er fast genauso lange in der Anstalt war wie seine Schützlinge. Aber die Tatsache, dass er Captain war, erfüllte ihn mit großem Stolz, bedeutete es doch, dass er des Lesens und Schreibens kundig war und Verwaltungsaufgaben innerhalb des Strafvollzugs wahrnahm. Seine Unterarme trugen die frühen Zeichen von Hautkrebs, oben auf seiner Stirn, wo er normalerweise einen Hut trug, hatte er eine halbmond-förmige Narbe wie ein Stück von einer Melone. Er steckte drei Finger in einen Beutel mit Red Man und schob sich ein Stück Kautabak in den Mund, dann fuhr er hinter das große Haus und parkte unter einem Maulbeerbaum.

Junior sah Andrea LeJeune auf der Veranda sitzen, ein Krug mit Limonade auf einem Glastisch neben ihr. Ein Aufzeichnungsgerät, eines, bei dem auf Stahldraht aufge-zeichnet wurde, stand auf dem Mauerwerk neben ihren Füßen, ein Verlängerungskabel führte durch die Veranda-tür ins Haus. Im Wohnzimmer spielte ein kleines Mäd-chen, eine Miniaturausgabe ihrer Mutter, mit Bauklötzen auf dem Teppich.

„Ich habe dich doch immer fair behandelt, oder?", fragte der Aufseher.

„Ja, Sir", antwortete Junior.

„Dann kann's nicht schaden, wenn du das Miss Andrea sagst, oder?"

„Nein, Sir."

„Bleib, wo ich dich sehen kann", sagte er.

„Würd's nie anders tun, Boss."

Jackson Posey kniff eines seiner wässrig blauen Augen zusammen, als würde er durch ein Visier zielen. „Verarschst du mich?", fragte er.

Junior schloss die Tür des Pick-ups hinter sich und nä-herte sich Andrea LeJeune mit seiner Gitarre unter dem rechten Arm. Sie trug ein leichtes rosa Sommerkleid, Sonnenbrille und an einem Kettchen um den Hals ein goldenes Kreuz. „Kannst du *Goodnight Irene* spielen?", fragte sie.

„Ja, Ma'am, hab's bei dem Mann gelernt, der's geschrieben hat", erwiderte er.

„Und während du spielst, würde ich es gern aufnehmen. Das heißt, falls du nichts dagegen hast."

„Nein, Ma'am, freut mich."

„Möchtest du dich setzen?"

„Stehen ist schon in Ordnung, Ma'am."

Er legte sich den Stoffriemen der Gitarre um den Hals und sang für sie, kam sich angesichts der gekünstelten Situation ein bisschen albern vor und fragte sich, ob sich die Augen des Aufsehers wohl in seinen Rücken bohrten oder ob Andrea LeJeunes Mann sie von einem Fenster im oberen Stockwerk beobachtete.

„Du hast eine wundervolle Stimme", sagte sie. „Setz dich. Bitte, es ist in Ordnung."

„Ma'am, ich bin ein Sträfling." Unwillkürlich glitt sein Blick über die Fenster des Hauses.

Sie schien angesichts seiner Widerspenstigkeit zu kapitulieren. „Würdest du noch ein Lied singen?", fragte sie.

Er sang eine seiner eigenen Kompositionen. Die Brise hatte nachgelassen, und sein Hemd klebte feucht auf seiner Haut. Wegen der dunklen Sonnenbrille konnte er ihre Augen nicht sehen, aber er glaubte, sie drangen in ihn ein. Seine Finger waren feucht und unbeholfen auf den Bünden, seine Stimme unsicher. Ein Muskelkrampf, ausgelöst durch den ungewöhnlichen Winkel, in dem er die Stella hielt, zuckte durch seinen Rücken.

Er hörte auf und wischte sich mit dem Ärmel über die Stirn. Sein Herz klopfte. Warum benahm er sich so komisch? Doch er kannte die Antwort bereits. Er wollte ihren Beifall – genau wie das Äffchen eines Leierkastenmannes.

„Ich hab mir gestern auf dem Feld den Rücken verletzt. Bin einfach nicht ich selbst", sagte er.

„Vielleicht kannst du ein anderes Mal wiederkommen, wenn du dich besser fühlst", entgegnete sie.

Er schüttelte den Kopf, behielt den Blick gesenkt, während Frustration und Wut auf sich selbst in ihm anschwollen. Aber sie ließ ihm keine Zeit zu sprechen.

„Ich habe etwas für dich. Ich bin sofort zurück", sagte sie.

Er wartete geduldig im gesprenkelten Sonnenlicht, während die Ziegel des Hauses ihre Hitze abstrahlten. Was hatte sie vor? Er hatte weiße Frauen im Norden gekannt, die wie sie waren. Sie steckten gern ihre Hand in den Tigerkäfig. Manchmal holten sie den Tiger sogar in ihr Bett. Tja, falls es das war, was sie wollte, vielleicht würde sie dann ja herausfinden, wer was in wen steckt, sagte er sich.

Mit einem schmalen, mit blauem Filz bespannten Kästchen in einer Hand tauchte sie wieder auf der Veranda auf. Sie setzte die Sonnenbrille ab und reichte es ihm. Zum ersten Mal sah er nun ihre Augen. Sie hatten die Farbe von Veilchen, wie er es noch nie zuvor gesehen hatte, und in ihnen lag eine Güte und Aufrichtigkeit, die ihm einen Kloß im Hals machten.

„Ich habe gehört, ihr spielt die hier auf euren Platten. Ich wusste nicht, ob du schon eine hast oder nicht", sagte sie.

Mit steifen Fingern öffnete er den Deckel und blickte auf eine verchromte Mundharmonika in der mit weißem Satin ausgeschlagenen Schatulle.

„Es ist eine E-Dur *Marine Band*", sagte sie.

„Ja, Ma'am. Ich weiß. Das ist ein gutes Instrument, Miss Andrea."

„Also, vielen Dank, dass du in mein Haus gekommen bist", sagte sie. Dann schüttelte sie ihm die Hand, etwas, das er bei einer weißen Frau aus den Südstaaten noch nie zuvor erlebt hatte.

Auf der Rückfahrt ins Lager drehte sich der Aufseher, Jackson Posey, immer wieder zu Junior um und starrte in sein Gesicht. Junior sah stur geradeaus, die Schachtel mit der Mundharmonika fest mit einer Hand umklammert. Kurz bevor sie am Zaun vorbei zu der Reihe von Hütten fuhren, aus denen das behelfsmäßige Arbeitslager bestand, trat Posey auf die Bremse und schob den Schaltknüppel in die Leerlaufstellung. Eine Staubwolke stieg vor seinem geöffneten Fenster auf.

„Du hast keinen Einfluss darauf, was diese Frau macht, deshalb kann ich dir das nicht vorhalten", sagte er.

„Sir?", erwiderte Junior.

„Du weißt genau, wovon ich rede. Ihr Ehemann kommt nächste Woche vom Militär nach Hause", sagte der Aufseher.

„Ja, Sir", sagte Junior, der sich immer noch im Unklaren darüber war, in welche Richtung die Unterhaltung gehen sollte.

„Ich werde meinen Job nicht verlieren, weil ich zulasse,

dass seine Frau einem Nigger-Sträfling die Hand schüttelt. Hast du mich verstanden, Junior?"

Junior spürte den weichen, glatten Filz der Schachtel in seiner Hand.

„Wenn Ihnen nicht gefällt, was sie gemacht hat, sperren Sie mich doch ein, Bossmann", erwiderte Junior.

„Du hast dir gerade eine Nacht auf dem Eimer verdient. Verarsch mich noch einmal, und – Miss Andrea hin oder her – ich schwöre dir, dann gibt's keinen wunderen Nigger in ganz Lou'sana als dich."

Zwei Wochen später, als Junior und Hogman auf der anderen Seite des Bayou Baumstümpfe ausrissen, sah er Andrea LeJeune und ihren Ehemann über ein Feld mit Butterblumen reiten. Sie klapperten über eine Holzbrücke, die eine tiefe Rinne überspannte, und verschwanden dann in einem Eichenwäldchen. Wenige Minuten später tauchte sie allein wieder auf, das Gesicht verkniffen vor Zorn, und schlug mit ihrer Peitsche auf die Flanke des Pferdes ein. Sie galoppierte an Junior vorbei Richtung Zugbrücke, die Schenkel fest in die Seiten des Pferdes gepresst, Dreckklumpen flogen von den Hufen des Tiers. Sie war so nah, Junior hätte die Hand ausstrecken und ihr Bein berühren können.

Doch falls sie ihn bemerkt hatte, war ihrer Miene zumindest nichts anzumerken.

An diesem Abend starrte ein anderer Sträfling in Juniors Hütte auf die Seiten einer Tageszeitung, die von der Straße aus in den Stacheldrahtzaun des Lagers geweht war. Ein

Foto auf der Titelseite zeigte Castille LeJeune in der Paradeuniform des Marine Corps mit einem Orden an einem
Band um seinen Hals. „Das ist der Mann, dem Fox Run
gehört, oder?", meinte der Sträfling. Er hieß Woodrow
Reed. Er trug einen Spitzbart, der wie ein Bündel schwarzer
Draht auf seinem Kinn aussah, und die anderen Häftlinge
glaubten, er könne mithilfe eines fettigen Kartenspiels, das
er immer in der Brusttasche seines Hemds hatte, wahrsagen.

„Das ist der Mann", erwiderte Junior.

„Was steht da über ihn?", fragte Woodrow.

„Er hat einen Haufen Leben gerettet, dann hat er einen
Nordkoreaner mit Namen Bed Check Charley abgeknallt."

„Bed Check wer?"

„Der Kerl ist immer in einer Piper Club über die Ameri-
kaner weggeflogen und hat Handgranaten auf sie geworfen. Die F-80er konnten ihn nicht ausschalten, weil sie zu
schnell waren. Aber Mr. LeJeune hat in einem viel lang-
sameren Flieger aus dem Zweiten Weltkrieg Jagd auf ihn
gemacht und seinen Arsch vom Himmel geputzt."

„Woher weißt du das alles?", fragte Woodrow.

„Hab's in einer Illustrierten gelesen."

„Du bist mir schon einer, Junior", sagte Woodrow.

Aber insgeheim fand Junior überhaupt nicht, dass er was
Besonderes war. Fast ein Drittel seines Erwachsenenlebens
hatte er im Gefängnis verbracht. Er hatte Musik für ein
afroamerikanisches Publikum, sogenannte *Race Records*,
in Memphis aufgenommen, war im *Downbeat Magazine*
interviewt worden und trat mit dem Orchester von Cab
Calloway in New York City auf, alles bevor er dreißig

wurde. Aber was hatte er aus seinem Erfolg gemacht? Statt darauf aufzubauen, war er, wohin auch immer er ging, in Schwierigkeiten geraten. Jetzt war er der Einäugige unter Blinden, riskierte eine dicke Lippe gegenüber hinterwäldlerischen Gefängnisaufsehern, war der große Held für glücklose, ungebildete und abergläubische Männer, nur weil er eine Illustrierte lesen konnte.

Einen Monat später, an einem Samstagnachmittag, ließ Andrea LeJeune ihn wieder ins Herrenhaus bringen. Diesmal war ihr Ehemann bei ihr auf der Veranda, saß unter einem Sonnenschirm, einen Longdrink in der Hand. Ihre Tochter, die ungefähr drei oder vier Jahre alt war, spielte mit einem schwarzen Dienstmädchen auf der Wiese Ball.

„Das ist mein Mann, Junior. Er würde dich sehr gern *Goodnight Irene* singen hören", sagte sie.

LeJeune hatte die Beine übereinandergeschlagen. Er trug Socken zu seinen Sandalen und schien intensiv seine Zehenspitzen zu betrachten.

„Huddie Ledbetter hat das viel besser gebracht als ich", erwiderte Junior. Er verlagerte sein Gewicht und spürte, wie der Korpus der Gitarre hohl über seine Gürtelschnalle schrammte.

„Dann spiel einfach was nach deiner Wahl", sagte Castille LeJeune, den Blick immer noch auf seine Füße gerichtet.

„Sir, so gut bin ich gar nicht", sagte Junior. Seine und LeJeunes Blicke begegneten sich kurz.

„Fühlst du dich aus irgendeinem Grund nicht wohl?", fragte LeJeune.

„Nein, Sir."

„Dann spiel. Bitte", sagte LeJeune.

Er sang *Dig My Grave With A Silver Spade,* hetzte schnell durch die Strophen, ließ die Improvisationen in den hohen Tönen weit oben auf dem Hals der Gitarre aus. Als er fertig war, starrte er ins Leere, während der Gitarrengurt ihm in den Nacken schnitt. Er konnte den ausgeatmeten Rauch von LeJeunes Zigarette riechen, der ihm ins Gesicht wehte.

„Du scheinst ein erhebliches Talent zu besitzen. Wie kommt es, dass du so viele Jahre im Gefängnis verbracht hast?", fragte LeJeune.

„Ich weiß es nicht, Sir. Schätze mal, manche Nigger sind einfach nicht besonders klug", erwiderte Junior.

Er hörte den Kies unter den Sohlen des Aufsehers in der Einfahrt knirschen, fast als müsste der Wärter seine Anspannung über die Füße in den Boden ableiten. Doch LeJeune schien keinen sarkastischen Unterton in Juniors Bemerkung zu registrieren.

„Vielleicht hättest du zum Militär gehen und einen Beruf wählen sollen, der dich nicht in Schwierigkeiten bringt", sagte LeJeune.

„Ich habe in der United States Navy gedient, Sir. Unter anderem Namen, ich war aber bei der Marine."

„Warst du Steward?"

„Nein, Sir, ich war Ladeschütze. Ich habe direkt neben Harry Belafonte Munition geladen."

„Wer?"

„Er ist ein Sänger, Sir."

„Ganz offensichtlich habe ich keine sonderlich umfangreichen Kenntnisse der populären Musik", sagte LeJeune und lächelte seine Frau gönnerhaft an.

Warum hatte Junior LeJeune von seiner Dienstzeit beim Militär oder der Tatsache erzählt, dass er Harry Belafonte gekannt hatte? Das war, wie ein Goldstück durch einen Gullyrost zu schnipsen. In diesem Augenblick hasste er Le-Jeune mehr, als er je zuvor einen Menschen gehasst hatte.

„Möchtest du etwas essen, bevor du wieder gehst?", fragte LeJeune. Er hielt eine Kristallplatte hoch, auf der in einem dicken Ring aus zerstoßenem Eis geschälte Shrimps lagen.

„Nein, vielen Dank, Sir."

„Ich bestehe darauf", sagte LeJeune. Mit einer Gabel schob er einen kleinen Berg Shrimps und Eis auf einen Pappteller, dann steckte er einen Zahnstocher in einen Shrimp und reichte Junior den Teller. „Geh da drüben hin, setz dich in den Schatten und iss das hier."

Junior blickte in den Garten, bemerkte das Fehlen von Stühlen oder Bänken auf dem Gras oder auch nur einer an einem Ast befestigten Schaukel. „Wohin, Sir?", fragte er.

„Hinter die Remise. Da gibt's eine Kiste, auf die du dich setzen kannst. Genieße deinen Snack, und anschließend wird dich Mr. Posey zurück ins Lager fahren", sagte Le-Jeune.

„Du setzt dich hier an den Tisch. Ich werde dir aus dem Haus noch eine Schale Gumbo und eine Coca-Cola holen", sagte Miss Andrea. „Hast du gehört? Leg deine Gitarre auf den Stuhl da und setz dich."

„Ich denke, Mr. Crudup weiß, wo er essen sollte", sagte ihr Ehemann.

„Castille, wenn du nicht so elendig blöd und gefühllos wärst, ich glaube, ich würde dich erschießen", erwiderte sie. Dann fügte sie noch „Mein Gott!" hinzu und verschwand im Haus.

LeJeune stand von seinem Stuhl auf und ging zur Einfahrt, wo er leise mit dem Wärter redete. Junior Crudup hatte das Gefühl, als würde er auf den Grund eines dunklen Schachtes rutschen, aus dem er nie wieder herauskäme.

Jackson Posey fuhr mit dem Pick-up nicht direkt zurück ins Arbeitslager. Stattdessen überquerte er den Bayou auf der Zugbrücke und parkte zwischen einem Zuckerrohrfeld und einem Persimonen-Hain, außer Sichtweite sowohl von LeJeunes Haus als auch vom Lager. Er atmete schwer durch die Nase, seine Mund war eine fest zusammengepresste Linie.

„Steig aus dem Wagen", sagte er.

„Ich hab doch nichts getan, Boss."

„Wegen dir hab ich den Dreckskerl an den Hacken. Das nennst du nichts?"

„Ist nicht meine Schuld, Boss."

Sie standen jetzt beide vor dem Pick-up. Es war heiß, das Sonnenlicht schien grell und der Wind wehte Staub aus dem Zuckerrohrfeld, in den Persimonenbäumen schwatzten Vögel.

Jackson Posey griff hinter den Fahrersitz. Junior hörte, wie etwas Hartes gegen Metall schepperte.

„Trink das", befahl Posey.

Aber Junior schüttelte den Kopf.

„Gut, denn jetzt kann ich deinen mageren schwarzen Arsch schnurstracks nach 'Gola zurückschicken."

„Keiner im Lager soll die Mussolini-Behandlung bekommen. Miss Andrea erlaubt das nicht."

„Miz LeJeune stellt im Moment nicht die Regeln auf. Was darf's denn sein? Mir isses egal, was." Posey schüttelte eine Zigarette aus einem Päckchen Camel und steckte sie sich in den Mund.

Junior nahm dem Wärter die Flasche Rizinusöl aus der Hand und schraubte den Verschluss ab. Die Flasche war braun und schwer, das Öl so dickflüssig wie Sirup. Er begann zu trinken, würgte dann und setzte erneut an. Der Wärter sah auf seine Uhr.

„Alles", sagte Posey.

„Ist nicht richtig, Boss."

„Du hast die Muschi von diesem Mann versaut. Was erwartest du denn, was er tun sollte? Wie mein Daddy immer so schön gesagt hat, das Leben ist ein ganz schönes Drecksstück, und dann stirbst du. Sauf jetzt das Zeug, Junge!"

Posey schaute zu, wie Junior die Flasche leerte, dann kratzte er an einem rötlich-violetten Schorf auf seinem Arm, der vor zwei Tagen noch nicht dagewesen war. Er nahm einen tiefen Zug von seiner Zigarette, und seine Augen nässten. Es war fast, als reinigte er sich von allen Andeutungen seiner eigenen Sterblichkeit.

„Es ist nichts Persönliches, Junior", sagte er.

„Es ist sehr persönlich, Boss."

Der Wärter starrte ausdruckslos auf die wabernde Hitze, die vom Bayou zurückgeworfen wurde, und schnipste seine Zigarette in den Wind.

Als Junior wieder im Lager eintraf, kollabierten seine Gedärme.

* * *

Hogman unterbrach seinen Bericht und hob eine Flasche auf, die aus seinem Flaschenbaum gefallen war. Er klemmte sie in die Astgabel des Baums und schien das Interesse sowohl an Father Jimmie und mir als auch an der Geschichte verloren zu haben, die er uns erzählt hatte.

„Fahren Sie fort, Hogman", sagte ich.

„Junior fing an zu glauben, auf ihn warte noch ein Leben jenseits von Eingesperrtsein und Schufterei im Straßenbau. Würde vom Gouverneur begnadigt und dann ein großer Star werden, oben im Norden. Genau wie Leadbelly."

„Andrea LeJeune arbeitete daran, für ihn eine Begnadigung zu erwirken?"

„Das hat er sich zumindest so gedacht. Wann immer Mr. LeJeune nicht zu Hause war, hat sie Jackson Posey befohlen, Junior rauf zum Haus zu bringen. Junior redete nur noch von ihr, wie hübsch sie war, wonach sie roch, dass sie so gute Manieren hätte, dass sie alles von seiner Musik wusste. Eine ganze Menge Leute kamen von New Orleans hoch, um ihn im Garten hinter dem Haus singen und auf seiner zwölfsaitigen Gitarre spielen zu hören."

„Was ist aus ihm geworden, Hogman?"

„Keine Ahnung. Ich bin auf Bewährung entlassen worden. Als ich Junior das letzte Mal gesehen hab, da hat er auf den Stufen seiner Hütte *Goodnight Irene* gespielt, wartete, ob vielleicht Miss Andrea in ihrem kleinen Cabriolet vorbeigefahren kam."

„Ich glaube, Sie erzählen mir nicht alles, Partner."

„Miss Andrea ist dann zwei oder drei Jahre, nachdem ich das Lager verlassen hab, bei einem Verkehrsunfall gestorben. Mr. LeJeune hat dann ganz allein mit seinem kleinen Mädchen da oben in dem großen Haus gelebt. Junior ist verschwunden. Ist nichts übrig von ihm außer einer Stimme auf verkratzten alten Schallplatten. Hat keinen Menschen interessiert, was damals aus ihm wurde. Heute interessiert's auch keinen. Sie haben die Wahrheit hören wollen. Die hab ich Ihnen gerade erzählt."

Hogman verschwand im hinteren Teil seines Hauses und ließ die Fliegentür geräuschvoll hinter sich zuschlagen.

13

Ganz normale Leute tun manchmal böse Sachen. Eine starrköpfige geschäftliche Entscheidung, eine romantische Begegnung spätabends in einer Bar, eine Streiterei mit einem Nachbarn über die Platzierung eines Zaunes, jeder dieser scheinbar bedeutungslosen Momente kann eine Abfolge von Ereignissen auslösen, die, wie ein rostiger Nagel in einer Fußsohle, systematisch das Leben eines anständigen, gesetzestreuen Menschen vergiften und ihn in eine

Welt treiben, von der er meinte, sie existiere nur in den perversen Fantasien eines Autors von Schundromanen.

An diesem Samstagmorgen war der Himmel bei Sonnenaufgang rosa und blau, die Bäume in meinem Garten tropften noch nach einem nächtlichen Gewitterschauer, und ich ging mit einer Tasse Kaffee, heißer Milch und einer Schale Grape-Nuts raus auf die Veranda und las beim Essen die Morgenzeitung. Als ich gerade mitten auf der Leitartikelseite war, hielt Dr. Parks mit seinem ramponierten, beigefarbenen Pick-up am Bordstein und stieg aus. Bartstoppeln standen deutlich auf seinem Gesicht, ein Auge war blutunterlaufen. Er trug keine Socken, und seine Jeans hatten Grasflecken an den Knien.

„Ich brauche Hilfe", sagte er.

„Inwiefern?"

Er setzte sich auf eine der Verandastufen, nur wenige Zentimeter neben mir. Seine schmalen Hände ruhten zwischen seinen Beinen, und sein Körper sonderte einen Geruch wie saure Milch ab. Seine Lippen begannen Worte zu formen, aber nichts kam heraus.

„Immer locker bleiben, Doctor. Das geht vorbei, früher oder später. Man muss einfach eine Zeit lang immer einen Fuß vor den anderen setzen", sagte ich.

„Es gibt keine Gerechtigkeit. Um nichts in der Welt", sagte er.

„Pardon?"

„Der Tod meiner Tochter. Der Kabelbrand in meinem Haus. Ich habe bei *Sunbelt Construction* eine Garantie- und Gewährleistungsversicherung abgeschlossen. Der Versiche-

246

rungsschein ist von einer Bande Krimineller in Aurora, Colorado, unterschrieben. Ich habe versucht, darüber mit dem Leiter der Versicherungsaufsicht hier in Louisiana zu sprechen, aber man hat mir gesagt, er sei auf dem Weg ins Bundesgefängnis."

Wie die meisten Menschen, deren Leben völlig auf den Kopf gestellt worden ist durch Ereignisse von so unerträglich großem Ausmaß, dass er es sich nicht einmal selbst hätte beschreiben können, hatte sich seine Wut auf Gott und die Welt nun reduziert auf das überschaubare Niveau eines Rechtsstreits um Geld mit einer betrügerischen Firma, die Gewährleistungen für Arbeiten am Haus verkaufte.

„Am Montag können wir vielleicht den einen oder anderen Senator unseres Bundesstaates anrufen. Wie wär's mit einer Tasse Kaffee?", sagte ich. Ich legte ihm eine Hand auf die Schulter und versuchte zu lächeln, dann sah ich die grünlichen Schatten unter seinen Augen und den starren, ausdruckslosen Blick, der mich an Soldaten denken ließ, die ich vor vielen Jahren gekannt hatte.

„Ich war in einem Rettungshubschrauber bei Khe Sanh. Zwei Abstürze und einen Abschuss habe ich miterlebt. Ich habe meine besten Freunde in Leichensäcke gesteckt. Alles umsonst. Dieses gottverdammte Land geht den Bach runter", sagte er.

„Ich war auch drüben, Doc. Wir können immer noch stolz sein auf das, was wir getan haben, den ganzen Rest soll der Teufel holen. Manchmal muss man die schlechten Zeiten einfach über Bord schmeißen und sich an die

Kurzfassung des Gelassenheitsgebets halten. Manchmal muss man sich einfach sagen: Vollgas und scheiß der Hund drauf!"

Doch meine Worte waren wertlos. Er stand auf wie ein Schlafwandler, dann drehte er sich um und streckte die Hand aus. „Ich habe Sie bei mir zu Hause und in Ihrem Büro beleidigt. Ich habe nicht gemeint, was ich gesagt habe. Meine Frau und ich sind bessere Menschen, als es den Anschein hat", sagte er.

Er drückte seine Finger gegen die Schläfen, als habe er große Schmerzen, die einfach nicht nachließen. Er zog die Fahrertür seines Pick-ups auf und stieg ein, hielt sich dabei am Lenkrad fest. Ich ging auf die Beifahrerseite.

„Wo wollen Sie hin?", fragte ich.

„Ich werde die Leute zur Rede stellen, die mich betrogen haben, die, die mein Haus mit diesem Dreck verkabelt haben, die, die nicht auf diesem verfluchten Planeten sein dürften."

„Das halte ich für keine besonders gute Idee, Doc."

„Gehen Sie weg von dem Pick-up", erwiderte er. Er legte einen Gang ein und fädelte sich in den Verkehr ein, wobei er um ein Haar ein Auto voller katholischer Nonnen erwischte.

Ich kehrte ins Haus zurück und rief die Zentrale an. Zufällig hatte Wally Dienst. „Willst du, dass wir diesen Kerl aus dem Verkehr ziehen, Dave?", fragte er.

Ich dachte darüber nach. Wenn wir uns Dr. Parks jetzt holten, in seiner aktuellen Verfassung, würden wir seinen Kummer und Zorn wahrscheinlich nur vergrößern. Mit ein bisschen Glück würde er schließlich nach Hause fahren, um sich zu betrinken oder sich schlimmstenfalls woanders vollaufen lassen, sagte ich mir. „Lass es dabei bewenden", antwortete ich.

* * *

Helen Soileau rief mich kurz nach dem Mittagessen an. „Wie beschäftigt bist du?", fragte sie.

„Was gibt's?"

„Es geht um Dr. Parks. Wally sagte, du hättest vorhin wegen ihm angerufen."

„Was ist mit ihm?"

„Augenscheinlich hat er Castille LeJeune gesucht. Er hat ihn nicht gefunden, also hat er sich diesen anderen Typen vorgenommen, diesen Will Guillot."

„Was meinst du mit ,*er hat sich diesen anderen Typen vorgenommen*'?"

„Mit einer abgesägten Zwillingsschrotflinte."

„Hat er Guillot erschossen?", fragte ich.

„Umgekehrt. Parks ist tot. Sag Lebewohl zu unserem Haupttatverdächtigen für den Mord an der Daiquiri-Bude."

„Moment mal. Ich krieg das noch nicht ganz auf die Reihe. Parks ist *tot*?"

„Zumindest war er das vor fünf Minuten noch. Mach Bilder, wenn du kannst", sagte sie.

* * *

Als ich am Haus von Will Guillot eintraf, parkten immer noch Einsatzfahrzeuge in der Straße und Absperrungen verhinderten, dass Neugierige und Schaulustige am Haus vorbeifuhren. Der Kontrast der Bilder dort hätte nicht größer sein können. In einer baumbestandenen Wohngegend mit Häusern aus dem 19. Jahrhundert und Grundstücken mit dichtem englischen Rasen, wo die Hortensien, Springkräuter und Mandeleibische sanft von der Brise gestreichelt wurden sowie Blauhäher und Rotkehlchen in den Eichenkronen aus- und einflogen, lag Dr. Parks in der Einfahrt, eine Wange flach auf den Beton gepresst, um ihn herum eine Lache getrockneten Bluts, das aus einem schartigen Loch in seinem Hals ausgetreten war. Gut fünfzehn Zentimeter von seiner ausgestreckten Hand entfernt lag eine abgesägte Schrotflinte, deren Schaft zu einem Pistolengriff gestutzt und geschliffen worden war.

Der Tatortermittler war ein nervöser, sehr verschlossener und intensiv nach Zigaretten riechender Mann namens Dale Louviere. Als ich mich unter dem Absperrband hindurch bückte, sah er mich mit funkelnden Augen an, als hätte ich ihn provoziert, und grünlich schimmernde Adern pulsierten an seinen Schläfen. Bevor er in den Polizeidienst eingetreten war, hatte er als Laufbursche und Türsteher eines berühmt-berüchtigten Casino-Besitzers in Lake Charles gearbeitet.

„Was willst du hier, Robicheaux?", raunzte er mich an.

„Dr. Parks stand im Zentrum der Ermittlungen in einem Mordfall bei uns im Iberia Parish", sagte ich. Wo ist der Gerichtsmediziner?"

„Er und der Sheriff gehen samstags immer zusammen angeln. Wir warten noch auf sie", erwiderte Louviere.

„Gibt es Zeugen?"

„Ja, den Täter, Will Guillot. Er ist in der Küche."

„Wonach sieht's für Sie aus?", fragte ich.

„Klarer Fall. Das Opfer ist wegen eines Hausbrandes oder einer Garantieversicherung oder so durchgedreht. Er ist hergekommen, um Guillot fertigzumachen und hat stattdessen eine .45-Kugel in den Hals bekommen. Das Geschoss hat anschließend noch die Eiche vor dem Haus getroffen."

Ich beugte mich vor, um mir die abgesägte Schrotflinte genauer anzusehen. Einen Markennamen konnte ich nicht erkennen, aber die Stahlflächen um das Magazin trugen kunstvolle Gravuren von Enten und Gänsen im Flug. „Zu schöne Waffe, um sie mit einer Säge zu stutzen", sagte ich.

„Da muss nur mal Matsch in den Lauf kommen, und schon machen Leute so was, Robicheaux", entgegnete Louviere.

„Nur, der Typ hier war ein Sammler. Wie viele Sammler verwenden Zeit darauf, ihre Schmuckstücke zu illegalen Schusswaffen umzubauen?"

„Wenn ich das nächste Mal zu einem Mord gerufen werde, lasse ich den Tatort ins Iberia Parish verschiffen, damit du alles beaufsichtigen kannst", sagte er.

Ich ging durch die Toreinfahrt zu einer hinten hinaus gelegenen Tür und betrat ohne anzuklopfen die Küche. Will Guillot stand an der Arbeitsfläche und blickte aus dem Fenster in den Garten, während er ein Sandwich mit

Schinken und Salat verspeiste. Ein großes, halb geleertes Glas Milch stand neben dem Teller. Er drehte sich um und sah mich fragend an, das Muttermal, das wie violette Tinte von seinem Haaransatz zum Augenwinkel auslief, war fast völlig im Schatten verschwunden, sodass eine Hälfte seines Gesichts aussah wie die beschädigte Hälfte einer großen Münze.

„Sie hatten Angst um Ihr Leben, Mr. Guillot, stimmt's?", fragte ich.

„Ja, ich denke, das beschreibt es ganz gut", antwortete er, eine Wange ausgebeult von einem Stück Brot. „Sind Sie hier zuständig?"

„Sie müssen nicht mit mir reden, wenn Sie nicht wollen."

„Ich will nicht."

„In Ordnung. Anderes Thema: Sind Sie Jäger oder Waffensammler?"

„Ich jage. Warum?"

„Nur so. Waren Sie in Vietnam?"

„Nein. Was hat das mit dem hier zu tun?"

„Dr. Parks ist in einem Rettungshubschrauber geflogen. Er hatte seine Probleme, aber ich glaube nicht, dass er ein gewalttätiger Mann war. Ich glaube auch nicht, dass die abgesägte Schrotflinte draußen in der Einfahrt seine war."

„Diese Unterhaltung ist vorbei, Mr. Robicheaux, und Sie dürfen jetzt mein Haus verlassen."

„Plagt es Sie?", fragte ich.

„Mich *plagen*? Dass ich mich gegen einen Verrückten verteidigt habe?"

„Seine Tochter ist bei lebendigem Leib verbrannt, nachdem sie illegal Alkohol an einem von Castille LeJeunes Daiquiri-Buden gekauft hat. Sein Haus ist abgebrannt, nachdem Sie eine miese Verkabelung durchgeführt haben, und Sie haben ihn erschossen, nachdem er herkam, um sich wegen einer betrügerischen Gewährleistungsgarantie-Police zu beschweren, die Sie ihm verkauft haben. Schwer zu glauben, dass ein einzelner Mann so viel Pech haben kann, was? Lassen Sie sich Ihr Sandwich schmecken, Mr. Guillot. Ich melde mich", sagte ich.

„Leck mich am Arsch", sagte er.

* * *

Am Sonntag war Father Jimmie nach Lafayette gefahren, um Unterschriften für eine Petition zur Schließung von Drive-by Daiquiri-Buden zu sammeln, und übernachtete in einem Exerzitienhaus in Grand Coteau. Ich aß eine Portion Spaghetti mit Muscheln in einem Café in Jeanerette, dann ging ich ins Bett und las noch in T.E. Lawrences *Die sieben Säulen der Weisheit,* während Snuggs sich am Fußende des Bettes niederließ. Meine Fenster standen offen, und im Halbschlaf hörte ich den Wind in den Bäumen, eine einzelne Pekannussschale auf dem Blechdach klappern, ein Boot auf dem Bayou tuckern.

Durch den Bodennebel war die Luft abgekühlt und roch sauber, Regentropfen machten leise Geräusche in den Bäumen, und ich spürte, wie Snuggs mir über den Rücken lief, damit er die Brise schnuppern konnte, die durchs Fenster hereinwehte. Kurz nach Mitternacht verkrampften sich meine Eingeweide, als hätte ich eine Glasscherbe geschluckt. Ich ging ins Bad und setzte mich auf die Toilette. Meine Oberschenkel zitterten unter der Übelkeit.

Dann hörte ich, wie jemand hinten ein Werkzeug zwischen Tür und Rahmen schob, den Riegel aufbrach und das Haus betrat. Wer immer es war, er bewegte sich schnell auf den Lichtstreifen am unteren Rand der Badezimmertür zu, öffnete sie ein Stück und sah zu mir herein.

„Ich wollte Sie eigentlich nicht in so einer Situation kennenlernen, aber ich konnte der Gelegenheit einfach nicht widerstehen. Kann ich Ihnen irgendwas bringen? Sie sehen nicht besonders gut aus", sagte die Gestalt.

„Coll?"

„Treffer. Nein, nicht aufstehen. Kümmern Sie sich mal um Ihren Kram, während ich hier meinen Spruch ablasse, und dann bin ich auch schon wieder weg." Seine Hand schob sich durch den Spalt und zog den Schlüssel ab. Er schloss die Tür und sperrte von außen ab.

„He, was soll das?", protestierte ich.

Ich hörte, wie er ins Schlafzimmer ging, dann einen Stuhl heranzog. „Schöne Katze haben Sie da. Hat schon so manchen Kampf hinter sich, was?"

„Hören Sie, Coll…"

„Er hat ganz schön große Eier."

Kalter Schweiß stand auf meinem Gesicht, eine gallige Flüssigkeit stieg aus meinem Magen auf. Graue Punkte tanzten vor meinen Augen.

„Father Dolan und ich haben nichts mit Ihrem Leben zu tun", sagte ich.

„Oh, doch, doch, das habt ihr. Zwei ziemlich unangenehme Schwachköpfe sind gerade in der Stadt eingetroffen, Mr. Robicheaux, die Cousins von Frank Dellacroce. Eiskalte Killer sind das, Sir, ohne Sinn für Verhältnismäßigkeiten oder freundliche Anwandlungen. Sieht ganz so aus, als würden ein paar von den Schmalzlocken glauben, Sie hätten Frank den Kopf weggeblasen. Möchten Sie wissen, was die mit einem Freund von mir gemacht haben?"

„Nein."

„Die haben ihn mit dem Lötkolben bearbeitet. Wie heißt Ihre Katze?"

„Snuggs."

„Was für ein netter kleiner Kerl. Statur wie ein gottverdammter Preisboxer. Eine Schande, dass immer die Unschuldigen leiden müssen. Aber vielleicht ist das das Einzige, was uns in Aktion treten lässt."

Ich spürte, wie sich mein Puls beschleunigte. „Was reden Sie da?"

„Ich habe die Welt nicht gemacht. Ich lebe nur in ihr, so gut es eben geht. Ich werde jetzt gehen."

„Sie lassen die Katze hier."

Aber er antwortete nicht. Ich hörte das Schrammen des Stuhls, aber nicht, dass er Snuggs absetzte. „Coll? Hören Sie mich?", brüllte ich.

Ich hörte ihn in der Küche herumpoltern, dann ein lautes, knackendes Geräusch und wie er mit schweren Schritten durchs Haus ging und hinaus durch die hintere Tür.

Als ich endlich aus dem Badezimmerfenster geklettert war, waren der Vorgarten und die Straße leer, auf dem Boden dichter Nebel, der Mond so hell wie ein Scheinwerfer hinter dem skelettartigen Umriss einer Wasser-Eiche.

Ich ging nach hinten und betrat das Haus durch die Küchentür. Ein Krug mit Milch stand auf dem Abtropfbrett, und Snuggs schleckte aus einer Schale daneben, eine, die Max Coll mit Milch und Trockenfutter gefüllt hatte.

Ich begann, die 911 zu wählen, ließ es dann aber sein, verkeilte einen Stuhl unter der Klinke der Küchentür und ging wieder ins Bett, meine .45er unter dem Kopfkissen.

* * *

Um 8:05 Uhr am Montagmorgen marschierte Clotile Arceneaux in mein Büro. Sie trug eine dunkelblaue Hose, eine Bluse mit aufgedruckten tropischen Blumen und ein gewienertes schwarzes Pistolenholster, an dem vorne ihre Dienstmarke hing und die Handschellen hinten durchgezogen waren. Sie hatte die schwärzesten Haare und den grellsten roten Lippenstift, den ich je gesehen hatte.

„Wie ist das Leben im Big Sleazy?", fragte ich.

Sie grinste breit und setzte sich, ohne darum gebeten worden zu sein.

„Sie sind ein Magnet, Robicheaux", sagte sie.

„Wofür?"

„Ärger. Wir haben ein paar Leute in New Orleans am Flughafen, um im Auge zu behalten, wer so kommt und geht, Sie wissen, was ich meine, ja? Vor drei Tagen sind

zwei Schmalzköpfe aus Fort Lauderdale in die Stadt gekommen, haben die Nacht mit ein paar Nutten verbracht
und sind dann mit dem Flieger nach Lafayette. Jetzt raten
Sie mal, welchen Nachnamen die Jungs hatten?"

„Dellacroce?"

„Woher wissen Sie das?"

„Max Coll war letzte Nacht in meinem Haus."

„Wie bitte?"

„Er ist in meinem Haus rumgelaufen. Er hat durch die
verschlossene Badezimmertür mit mir geredet."

Sie sah zu einer Ecke der Decke auf, ihre Lider flatterten. Dann kratzte sie sich am Hals und sah mich an. „Ich
habe Fotos von den Dellacroces mitgebracht. Es sind Brü-
der, Tito und Caesar. Titos Freunde nennen ihn *The Heap*,
weil er aussieht wie ein Heuhaufen mit Augen. Aber der
Gefährlichere ist Caesar. Er ist klein und nicht sonderlich
intelligent."

„Er bearbeitet Leute gern mit einem Lötkolben?"

„Sie wissen über diese Jungs also Bescheid."

„Max Coll ist einsame Spitze, wenn es um solche Er-
kenntnisse geht."

„Ich muss mir hier einen Job besorgen. New Orleans
bringt's einfach nicht."

„Lust, nachher Mittagessen zu gehen?"

„Würd ich ja gern, Schätzchen, aber Big Sleazy ruft. Ich
hab hier noch ein paar Dinge zu Ihrem Coll."

„Er ist nicht *mein* Coll. Er ist ein Super-GAU, den ihr
Leute nach New Iberia geschickt habt."

Sie hob die Augenbrauen und setzte eine Unschuldsmiene

auf, während sie auf ihrem Schoß einen Ordner öffnete. „Die Colls arbeiten schon seit Generationen für die IRA“, sagte sie. „Manche von ihnen stecken möglicherweise hinter einem Bombenattentat auf einen Pub in Belfast. Einige protestantische Kämpfer beschlossen, sich zu revanchieren und töteten Max' komplette Familie, einschließlich eines älteren Bruders, der katholischer Priester war.“

„So ist er also im Waisenhaus gelandet“, sagte ich mehr zu mir selbst als zu ihr.

Sie sah wieder auf den offenen Ordner auf ihrem Schoß. „Ja, richtig. Dort blieb er bis zum Alter von fünfzehn Jahren“, sagte sie.

„Gehen Sie mit mir essen“, sagte ich.

Sie dachte darüber nach. „Sagen wir, ein *beignet* und eine Tasse Kaffee“, sagte sie. Sie musterte mich, ein Auge halb geschlossen.

* * *

An diesem Nachmittag betrachtete ich die Polizeifotos von Tito und Caesar Dellacroce, die sie auf meinem Schreibtisch zurückgelassen hatte. Tito sah wirklich aus wie ein Mensch gewordener Heuhaufen, mit Augen, die an Tümpel voll von schwarzem Schmierfett erinnerten. Sein Bruder erinnerte mich an ein Frettchen, das dringend einen Haarschnitt benötigte. Sowohl Max Coll als auch Fat Sammy Figorelli hatten mir berichtet, dass Frank Dellacroces Verwandte mich für seinen Tod verantwortlich machten. Vielleicht. Aber ich glaubte, dass ihr eigentliches Ziel immer noch Max Coll war, und Max war in New Iberia aus anderen Gründen als einer religiösen Besessenheit von Father Jimmie. Ich war überzeugt, dass Max eine Ahnung hatte, woher der Mordauftrag für Father Jimmie gekommen war, und Max machte genau dieselbe Person dafür verantwortlich, dass auch auf ihn ein Kopfgeld ausgesetzt worden war. Und nun war er in unserer Gegend, um reinen Tisch zu machen.

Oder vielleicht war er auch einfach nur verrückt.

Wie auch immer, es war Zeit, sich mit Max in Verbindung zu setzen und zu hören, wie ihm die aktuellen Entwicklungen gefielen. Ich rief den *Daily Iberian* an und gab für den kommenden Tag eine Kleinanzeige in der Rubrik *Persönliches* auf.

„Wenn ich Ihnen das noch mal vorlesen darf …", sagte der Anzeigenverkäufer: „Max, für den Schaden, den du an meiner Hintertür verursacht hast, schuldest du mir noch 57,48 Dollar. Warum bezahlst du nicht einfach deine Schulden, statt dich wie ein Spasti-Voyeur aufzuführen, der bei Leuten einbricht und ihre Haustiere belästigt? Tito und Caesar sind frisch hier aufgekreuzt und scheinen ziemlich angepisst zu sein, weil du ihren Cousin ausgeknipst hast. Schönen Tag noch – Dave.'"

„Perfekt", sagte ich.

„Mr. Robicheaux, diese Anzeige ergibt aber nicht viel Sinn."

„Doch, tut's, wenn man moralisch durchgeknallt ist."

* * *

Schon mal einen Song im Kopf gehabt, der sich einfach nicht abschütteln ließ? Bei mir war's so, zumindest an diesem Montag, mit *Goodnight Irene*. Ich musste immer wieder daran denken, wie Junior Crudup auf den Stufen vor seiner Hütte im Arbeitslager saß, auf seiner zwölfsaitigen Gitarre spielte und zu Leadbellys berühmtester Komposition sang, während er darauf wartete, einen Blick von Andrea LeJeunes Ford Cabrio zu erhaschen, das auf der unbefestigten Straße vorbeifuhr. Hatte sie dafür gesorgt, dass er nochmals zum Haus kam? Hatte der Aufseher Jackson Posey ihn weiter gequält wegen des Hasses, den Posey auf sich selbst und das Schicksal, das die Welt ihm zugewiesen hatte, verspürte?

Ich fragte mich, ob Gott, falls er in diesem Augenblick auf seine Schöpfung hinabgeschaut hatte, nicht schrecklich traurig gewesen war angesichts des Ausmaßes an Irrsinn, der in der Welt seiner Kinder zum Alltag geworden war.

Ich hatte das Lied immer noch im Kopf, als ich an diesem Tag zum *Baron's* fuhr, dem Fitnessstudio, in dem ich trainierte, und dort Castille LeJeune nach einem Racquetballspiel mit schweißgebadetem Gesicht und einem Handtuch um den Hals auf einer Bank in der Umkleide sitzen sah. Er war aufgeräumt und redselig, trank immer wieder aus einem Glas Eiswasser, während er mit einer Gruppe von Geschäftsleuten redete, obwohl auf einem Schild an der Wand deutlich darauf hingewiesen wurde, dass Glasbehälter in diesem Raum verboten waren. Es war 17 Uhr, und sowohl schwarze als auch weiße Arbeiter aus den Salzbergwerken draußen im Sumpf und den

Zuckerfabriken, die in einem Ring um die Stadt lagen, platzten lärmend in die Umkleidekabine. Statt von Le-Jeunes Anwesenheit eingeschüchtert zu sein, behandelten sie ihn, als wäre er ein Promi, begrüßten ihn als „Mr. Castille". Irgendwie war er einer von ihnen, zumindest für den Augenblick, zwar ein nobler Herr, aber einer, der sie beim Vornamen kannte und sowohl volkstümliches Französisch als auch Englisch sprach, ohne dabei herablassend zu wirken.

Es herrschten große Unterschiede im Raum, allerdings nicht zwischen den Rassen. Die schwarzen und weißen Arbeiter sprachen die gleiche regionale Mundart und hatten die gleichen politischen Einstellungen, die ihnen von anderen beigebracht worden waren. Sie verunglimpften Liberale, Gewerkschaften und die Medien, hielten den lokalen Wal-Mart für einen Segen und gaben regelmäßig Geld für die Powerball-Lotterie und in Casinos aus, die den architektonischen Charme einer Kläranlage besaßen. Die große weite Welt machte ihnen Angst, und sie fanden Trost in der Phrasendrescherei von Politikern, die ihnen versicherten, dass die Welt ein Problem hatte und nicht sie. Und am ermutigendsten von allem war die Bestätigung, die sie von so einem vornehmen Menschen wie Castille LeJeune erhielten, einem Mann, der immerhin mit einem *Distinguished Flying Cross* ausgezeichnet worden war und der – im Gegensatz zu vielen Mitgliedern seine Klasse – in ihrer Mitte weder Angst noch mangelndes Selbstvertrauen zeigte, was für sie ein Zeichen seines Respekts vor ihrem Menschsein darstellte.

Ich zog mich in einer Ecke des Raumes um, kehrte LeJeune und der Gruppe Männer in seiner Nähe den Rücken. Vielleicht irre ich mich ja in ihm, dachte ich. Vielleicht hatten Helen und Theodosha recht mit ihrer Kritik an meinen Einstellungen. Ich war gegen Ende der Weltwirtschaftskrise geboren worden und empfand eine tiefsitzende Abneigung gegen die Reichen und Mächtigen. Alle Säufer fürchten und begehren sowohl Macht als auch Kontrolle, und manchmal befreit selbst jahrelange Nüchternheit Alkoholiker nicht von diesem grundlegenden Widerspruch in ihrer Persönlichkeit. Warum sollte es bei mir anders sein?

Als ich mich beinahe in eine nachsichtige Haltung gegenüber Castille LeJeune gedacht hatte, spürte ich eine Hand auf meiner Schulter.

„Lust auf eine Runde Racquetball, Mr. Robicheaux?", fragte er.

„Hab's nie gelernt", antwortete ich.

„Haben Sie eine Idee, warum dieser geistesgestörte Arzt, wie heißt er noch schnell, dieser Parks, warum er erst zu mir nach Hause gekommen ist und anschließend zu meinem Vorarbeiter?"

Dann bist du also nicht nur ein Angeber, sondern auch noch scheinheilig, dachte ich. „Seine Tochter wurde verbotenerweise in einem Ihrer Daiquiri-Läden bedient, bevor sie bei einem Verkehrsunfall starb. Ihre Firma hat ihn im Rahmen der von ihr durchgeführten Modernisierung seines Hauses betrogen. Außerdem sagte er, Sie hätten ihm eine betrügerische Gewährleistungsgarantie für sein Haus verkauft. Vielleicht hat das alles etwas damit zu tun", erwiderte ich.

„Ich würde gern sagen, dass Ihr Ruf Ihnen vorauseilt, Mr. Robicheaux. Aber Ihr Potenzial erscheint mir doch sehr begrenzt", meinte er.

„Ihre verstorbene Frau hat aus Respekt vor seinem musikalischen Talent einen schwarzen Sträfling in Ihr Haus geholt, etwas, das Sie offenbar nicht ertragen konnten. Derselbe Sträfling, Junior Crudup, ist wenig später spurlos vom Erdboden verschwunden. Ich vermute, an Ihrem Todestag wird sein Geist neben Ihrem Bett stehen."

Das einzige Geräusch im Raum war das Summen der Deckenventilatoren.

„Was unterstehen Sie sich!", rief er aufgebracht.

Ich werde dich kriegen, du jämmerliches Stück Scheiße, sagte ich mir, meine Augen eine Handbreit von seinen entfernt.

* * *

Die Tage wurden kürzer, und um 18 Uhr war die Sonne untergegangen, der Himmel schwarz und von gezackten Blitzen durchzogen. Der Bayou Teche hatte Hochwasser, war schmutzig gelb und im Schein der Laternen entlang des Ufers am City Park malte der Regen Ringe aufs Wasser. Father Jimmie lief im Garten hinter dem Haus herum, die Hände in den Taschen vergraben, musterte den Himmel, während der Wind Laub um seine Knöchel wirbeln ließ. Als er ins Haus zurückkehrte, roch er nach Bäumen und Humus, ein entschlossener Ausdruck lag in seinen Augen.

„Ich muss die Angelegenheit mit Max Coll klären", sagte er.

„Sie müssen *was*?", fragte ich.

„Er ist in New Iberia, weil ich hier bin. Und diese anderen Kriminellen sind jetzt hier, weil *er* hier ist. Wo soll das enden? Ein Mann ist bereits tot."

„Frank Dellacroce hat ein geistig zurückgebliebenes Mädchen sexuell ausgenutzt. Ich finde, er ist leicht davongekommen."

„Ich musste bei meinen Exerzitien einige Dinge bekennen, vor allem Hochmut."

„Was genau meinen Sie damit?"

„Mein Gefühl der rechtschaffenen Überlegenheit anderen gegenüber", sagte er.

„Sie nennen aber doch wohl Selbstgeißelung nicht auch eine Form des Hochmuts?"

„Sie sind eine harte Nuss, Dave."

Das Klingeln des Telefons war wie eine schicksalhafte Verschnaufpause. Oder zumindest dachte ich das, bis mir klar wurde, wer am anderen Ende der Leitung war.

„Wie konntest du nur meinen Vater in aller Öffentlichkeit so bloßstellen?", fragte eine Frauenstimme.

„Dein Vater ist weder ein Opfer noch ein Märtyrer. Hör mit dem Scheiß auf, Theo", sagte ich.

„Dein Zorn vergiftet alles in deinem Leben. Du enttäuschst mich mehr, als ich es ausdrücken kann."

Ich hörte das Prasseln des Regens auf dem Blechdach.

Ich wollte so tun, als wäre ich immun gegen ihre Worte, aber das Körnchen Wahrheit in ihnen war wie ein Dorn, der mir ins Gehirn gedrückt wurde.

„Wo bist du jetzt?", fragte ich.

„In einer Bar." Sie nannte mir den Namen, eine Schuh-schachtel, eingekeilt zwischen Hütten in einem der übels-ten Viertel von New Iberia.

„Wie viel hattest du schon?", fragte ich.

„Ich trinke Mineralwasser mit Zitrone, ob du's glaubst oder nicht. Aber das werde ich gleich ändern. Warum, willst du dich volllaufen lassen?"

„Warte da auf mich", sagte ich.

Als ich aus meiner Einfahrt zurücksetzte, erschien mir das Blätterdach der Eichen im Licht der über den Himmel zuckenden Blitze wie ein filigranes, schwarzgrünes Relief. Ich achtete nicht weiter auf das Auto, das um die Ecke bog und mir vorbei am *The Shadows* folgte.

* * *

Im Haus riss unterdessen Father Jimmie die Schutzfolie von seiner auf Bügeln hängenden, chemisch gereinigten Kleidung und entdeckte, dass sein schwarzer Anzug fehl-te. Er hätte schwören können, dass er bei seinen anderen Sachen gewesen war, als er sie vor drei Tagen aus der Wä-scherei abgeholt hatte. Er suchte im Kleiderschrank, dann sah er in die oberste Schublade, wo er seinen römischen Kragen und die von Priestern getragene rückenfreie Weste aufbewahrte. Sowohl Kollar als auch Weste waren fort.

14

Ich fuhr zu der Bar, aus der Theodosha angerufen hatte, und parkte auf der Straße. Es war ein graues, trostloses Lokal, versteckt wie eine kaputte Streichholzschachtel unter einer absterbenden Eiche, und als einziger Hinweis auf Vergnügungen diente eine Neon-Bierreklame, die in einem Fenster flackerte. Sie saß an einem Tisch im hinteren Teil der Kneipe, von der Jukebox fiel Licht auf ihr Gesicht und ihr tiefschwarzes Haar. Sie neigte ein Collins-Glas an ihren Mund, sah mich dabei fest an.

„Lass dich von mir nach Hause fahren", sagte ich.

„Nein, danke", erwiderte sie.

„Betrinkst du dich?"

„Merchie und ich hatten wieder Streit. Er sagt, er kann meine Capricen nicht länger ertragen. Ich liebe das Wort *Capricen*."

„Was aber nicht heißt, dass du dich betrinken musst", sagte ich.

„Da hast du sicher recht. Ich kann mich aus jedem Grund betrinken, nach dem mir ist", erwiderte sie und trank einen weiteren Schluck. Dann fügte sie völlig unpassend hinzu: „Du hast Merchie mal gefragt, was er in Afghanistan gemacht hat. Die Antwort lautet, er war gar nicht in Afghanistan. Er war in einem dieser anderen gottverlassenen Steinzeit-Länder oben im Norden und hat geholfen, Luftwaffenstützpunkte zu errichten, um amerikanische Ölinteressen zu schützen. Merchie sagt, die werden ein Vermögen machen. Alles für rot, weiß und blau."

„Wer ist *die*?"

Doch ihre Augen waren jetzt leer, ihre Konzentration und Wut vorübergehend erschöpft.

Ich warf einen Blick in die Runde, die mürrischen Männer an der Theke, eine Schwarze, die mit dem Kopf auf dem Tisch eingeschlafen war, ein auf Bewährung Entlassener machte sich an eine zwanzigjährige Rauschgiftsüchtige und Mutter zweier Kinder ran, die auf ihren Dealer wartete. Das waren die Menschen, die wir seit Jahrzehnten durch die Drehtüren des Systems schickten, rein und wieder raus, ohne einen erkennbaren positiven Einfluss oder mit einem wie auch immer gearteten Ziel.

„Lass uns eine Sache klären: Dein alter Herr ist heute in den Club gekommen und hat Ärger gesucht. Ich habe nicht angefangen", sagte ich.

„Geh zu einem Meeting, Dave. Du bist ein Spielverderber", sagte sie.

„Erzähl diesen Stuss Merchie", sagte ich und stand auf, um zu gehen.

„Würde ich ja. Nur dass er jetzt wahrscheinlich gerade seinen neuesten Flop im Heu nagelt. Und das Traurigste daran ist, ich kann's ihm nicht mal verübeln."

„Ich denke, ich halt mich mal hübsch da raus. Pass gut auf dich auf, Kleine", sagte ich.

„Das ‚Kleine' kannst du dir sonst wo hinstecken. Ich hab dich geliebt, und du warst zu blöd, das mitzukriegen."

Ich ging hinaus in einen diesigen Regen und den sauberen Geruch von Nacht. Ich kam an einem Haus vorbei, in dem Leute hinter geschlossenen Jalousien stritten. Ich hörte, wie Türen zugeschlagen wurden, aus einer anderen Straße die Fehlzündung eines Autos oder Schüsse, eine in der Ferne heulende Sirene. An der Kreuzung sah ich eine teure Limousine am Bordstein halten, und aus der Dunkelheit tauchte ein schwarzer Jugendlicher auf, ein Bandana um den Kopf gebunden. Der Fahrer des Wagens, ein Weißer, tauschte Geld gegen irgendwas in der Hand des schwarzen Jugendlichen.

Herzlich willkommen im 21. Jahrhundert, dachte ich.

Ich öffnete die Fahrertür meines Pick-ups, da fiel mir auf, dass das Fahrgestell irgendwie durchhing, und ich warf einen kurzen Blick auf das rechte Hinterrad. Total platt, die Stahlfelge tief vergraben in den Falten des kollabierten Gummis. Ich ließ die Ladeklappe runter, zog Wagenheber und Radkreuz aus dem Werkzeugkasten, der auf die Ladefläche geschweißt war, und schob dann den Wagenheber unter das Fahrgestell. Gerade als ich den platten Reifen aus der Pfütze gehoben hatte, in der er stand, hörte ich hinter mir das Knirschen von Schritten auf dem Kies.

Aus dem Augenwinkel sah ich, wie ein kurzer, dicker Schlagstock durch die Luft peitschte. Unmittelbar bevor er seitlich auf meinem Kopf explodierte, schienen meine Augen wie ein Kameraobjektiv auf einen Heuhaufen zu zoomen, der nach Fäulnis, ungewaschenen Haaren und alten Schuhen roch. Als ich in die Bewusstlosigkeit abdriftete, war ich sicher, dass ich mich in einem kurzlebigen Traum befand, aus dem ich schon bald wieder aufwachen sollte.

* * *

Ich wusste, dass die Sonne schien, als ich aufwachte. Ich spürte ihre Wärme auf meiner Haut, sah ihren goldenen Schimmer an den Ecken des Klebebandes über meinen Augen. Neben dem chemischen Geruch, vielleicht Äther oder Chloroform, der immer noch an meinem Gesicht haftete, konnte ich toten Fisch und brackiges Teichwasser riechen. Ich saß auf einem Stuhl, die Hände mit Kabelbinder hinter mir gefesselt. Ich drehte das Gesicht in die leichte Brise, die durch ein Fenster oder eine Tür blies, wie ein Blinder am Anfang seines ersten Tages ohne Sehvermögen und vergebens hoffend, die Welt um ihn herum wäre nicht voller Gegner.

Nicht weit entfernt fuhr ein Motorboot vorbei. Als das Geräusch erstarb, das die Wellen im Kielwasser des Bootes machten, hörte ich zwei Männer in einem anderen Raum über ein Football-Spiel reden. Ich versuchte, mich von dem Stuhl zu erheben, musste aber erkennen, dass meine Knöchel an die Stuhlbeine gebunden waren. „Das Arschloch ist wach", hörte ich einen der Männer sagen.

Eine Tür wurde geöffnet, und ich spürte, wie die Bretter unter meinen Füßen von dem Gewicht der Männer leicht durchgebogen wurden, die nun den Raum betraten.

„Wie geht's dir?", fragte einer von ihnen.

„Ihr entführt einen Polizeibeamten", sagte ich.

„Ich hab dich gefragt, wie's dir geht."

„Okay. Es geht mir gut", erwiderte ich.

„Hast du das gehört? Ihm geht's gut", sagte der zweite Mann. „Frank Dellacroce geht's nicht gut. Irgendwer hat ihm den Kopf weggeblasen."

269

„Ich war's nicht", sagte ich.

„Er war's nicht", sagte der zweite Mann. „Gut zu hören, denn die Leute sagen, du hättest ihm die Scheiße aus dem Leib geprügelt an dem Abend, an dem er umgelegt worden ist. Obwohl er Handschellen getragen hat."

„Da habt ihr was falsch verstanden", entgegnete ich.

„Er sagt, da haben wir was falsch verstanden. Das ist gut, denn was wir so über dich hören, das ist nicht so gut. Wir hören, dass du einen ziemlichen Hass hast, weil du nicht trinken kannst, dass du gern Leute zusammenschlägst, dass du ganz allgemein ein Problem mit Italienern hast", sagte dieselbe Stimme.

„Ich hab euch nicht gesehen. Ich weiß nicht, wer ihr seid. Ich glaube, vor allem liegt hier ein Missverständnis vor. Ich bin bereit, es dabei bewenden zu lassen", sagte ich.

„Er ist bereit, es dabei bewenden zu lassen. Das gefällt mir. Wir sprechen hier mit einem großzügigen Mann", sagte dieselbe Stimme. „Willst 'n Bier?"

„Nein."

„Doch, du willst."

Ich drehte mein Gesicht zu der Stimme. „Wollt ihr euch wirklich ernsthaft mit dem Gesetz anlegen? Benutzt doch mal euren Kopf", sagte ich.

„Oh, wir werden allerdings unseren Kopf benutzen. Darauf kannst du einen lassen", sagte derselbe Mann.

Ich hörte, wie der Verschluss einer unter Druck stehenden Dose aufgezogen wurde, dann roch ich Bier und hörte Schaum auf den Boden klatschen. Jemand trank aus der Dose, schluckte durstig. Er drückte mir die Dose an den

Mund, stieß sie gegen meine Zähne, dann schob er den Aluminiumrand zwischen meine Lippen.

„Mach das nicht", sagte die erste Stimme.

„Er will's doch. Er weiß es nur noch nicht", sagte der zweite Mann.

Jemand, ich glaube, es war der zweite Mann, zog meinen Gürtel aus den Schlaufen, dann schob er seine Finger zwischen meinen Hosenbund und den Bauch und kippte den Rest der Dose auf meine Unterwäsche. „Du hast dir sowieso schon in die Hose gepisst, als du geschlafen hast, also mach ich dich hier jetzt quasi nur sauber", sagte er.

Ich spürte das Bier über meine Oberschenkel und die Waden hinunterlaufen. Der Wind blies durch die Fenster und drückte Luft in den Raum und unters Blechdach, die nach Salzwasser, Ozon und Gewitterwolken draußen auf dem Golf roch. Versuch, einen klaren Kopf zu behalten, ermahnte ich mich. Wenn sie dich einfach umlegen wollten, wärst du schon längst tot. Sie sprechen sich nicht mit Vornamen an, und deine Augen sind zugeklebt, weil sie dich am Ende laufen lassen werden. Pfusch nicht an ihren Plänen rum, dachte ich.

„Wo ist der Typ, dieser Max Coll?", fragte der erste Mann.

„Wenn ihr das herausfindet, würde ich's auch gern wissen. Er hat sich in mein Haus geschlichen", entgegnete ich.

„Er hat sich ins Haus von einem Bullen geschlichen?", fragte derselbe Mann.

„Er ist kein gewöhnlicher Killer", sagte ich.

„Wie sieht er aus?"

„Hab ihn nie gesehen", log ich.

„Aber er ist ein Ire, stimmt's?", sagte dieselbe Stimme.

„Wir wissen, dass er in der Gegend ist. Wir glauben, er hat Frank Dellacroce umgelegt. Aber wir wissen nicht wirklich viel über ihn."

Plötzlich vergrub sich irgendein stählernes Gerät in meinen linken Daumen und manschte Gewebe und Adern in das Gelenk. Ich versuchte, die Zähne fest zusammenzubeißen, um den Schrei zu unterdrücken, der sich aus meiner Kehle löste.

„So was passiert, wenn du uns verarschen willst", sagte der zweite Mann. Er stand jetzt hinter mir, sein Atem wehte mir ans Ohr. „Und jetzt rate doch mal, was diese Zange als Nächstes anpacken könnte?"

„Schluss damit", sagte der erste Mann.

„Er hat Frank umgelegt", sagte der zweite Mann.

„Vielleicht. Aber wir warten jetzt erst mal auf den Mann und sehen, was er will. Geh aus dem Weg", sagte die erste Stimme.

Ich roch seine Gegenwart vor mir, wie Haare, in denen Schweiß getrocknet war, und wie Kleidung, das Waschmittel noch im Stoff. Dann legte mir seine riesige Pranke ein mit einer Chemikalie getunktes Handtuch übers Gesicht, und ich spürte, wie ich auf den Grund eines tiefen Brunnens trieb, wo lachende Gesichter aus einem blauen Kreis weit über mir auf mich herabsahen.

* * *

Ich lag den größten Teil des Nachmittags seitlich auf dem Boden, die Augen immer noch zugeklebt, Knie und Knöchel jetzt ebenfalls fest umwickelt mit Klebeband. Vor meinem geistigen Auge versuchte ich die Gesichter all der Menschen zu sehen, die in meinem Leben wichtig gewesen waren. Ich dachte an meine Mutter und meinen Vater, ungebildete Cajuns, die mit dem Wenigen, das sie besaßen, das Bestmögliche getan hatten, und die sich abgerackert hatten, während der Weltwirtschaftskrise und den Kriegsjahren, für sich und ihren einzigen Sohn ein anständiges Zuhause zu erschaffen. Ich dachte an die beiden katholischen Nonnen, die mich im ersten und zweiten Schuljahr unterrichtet hatten, und wie ich einmal unbeabsichtigt in ein Zimmer gegangen war, in dem sie zur Musik aus einem Plattenspieler Jitterbug getanzt hatten, wobei ihre Rosenkränze und Habite nur so geflogen waren. Die übrigen Geistlichen, die ich in meinen frühen Jahren gekannt hatte, waren aus meiner Erinnerung verschwunden, aber diese zwei blieben bei mir, wie gerahmt in einem weltlichen Heiligenbild.

Ich dachte an die anderen in meinem Platoon, tief im Feindesland, trostlose Gesichter, nach Angst und verfaulten Socken und Mückenschutzmittel stinkend, die Haut juckend, während sie sich in der stockdunklen Nacht auf einem Pfad vorarbeiten, der gespickt ist mit Landminen und als Sprengfallen versteckten Splitterbomben. Ich dachte an meine toten Frauen, Annie und Bootsie, die nicht nur Ehepartnerinnen und Geliebte gewesen waren, sondern immer auch treueste Freunde, und ich dachte an Alafair, meine adoptierte Tochter, die jetzt auf dem Reed College in Portland studierte, und ich fragte mich, ob ich sie wohl jemals wiedersehen würde.

Ich dachte an das Land, in dem ich aufgewachsen war und dem ich als Soldat und Polizeibeamter gedient hatte. Es war das beste Land der Welt, das nobelste, auf Gleichheit beruhende demokratische Experiment der menschlichen Geschichte. Es war ein großartiger und wunderbarer Ort, für den zu kämpfen sich lohnte, wie Hemingway sagen würde. Thomas Jefferson wusste es, und Woody Guthrie, Dorothy Day, Joe Hill, Molly Brown und die Industrial Workers of the World wussten es ebenfalls.

Zur Hölle mit Leuten wie meinen Wärtern, die, da war ich sicher, Tito und Caesar Dellacroce hießen. Sollen sie doch ihren Scheiß abziehen, dachte ich. Und zur Hölle auch mit allen korrupten Politikern und Industriekapitänen, die Despoten der Dritten Welt umgarnten, um ihren Plan durchzuziehen, der Wählerschaft zu Hause Angst einzuimpfen. Amerika war immer noch Amerika, das Land, dem jeder auf der Welt nacheifern wollte, das Land, in dem Rock 'n' Roll und die Literatur eines Jack Kerouac alle kommerziellen Interessen überleben würden, die das Land bedrohten.

Sterben war gar nicht so schlimm, nicht, wenn man dem Tod tapfer entgegensah, mit reinem Gewissen und noch funktionierenden Prinzipien. Aber vielleicht würde es ja gar nicht dazu kommen, sagte ich mir. Das Klebeband war immer noch über meinen Augen, meine Peiniger vorgeblich immer noch unidentifizierbar.

Zumindest war es das, was ich mir sagte.

Dann hörte ich Schritte in einem Zimmer hinter der Tür des Raums, in dem ich mich gerade befand, und die gedämpften Stimmen von wenigstens drei verschiedenen, sich unterhaltenden Männern, und ich spürte, wie meine Entschlossenheit versickerte wie Wasser aus einem Jutesack.

Die Tür öffnete sich, und zwei Händepaare hoben mich auf einen Stuhl. Es war still in dem Raum, das Blechdach knackte im sich abkühlenden Tag. Jemand zog Klebeband um meine Taille und die Rückenlehne des Stuhls.

„Ich weiß nicht, wo Max Coll ist. Was hätte ich davon, wenn ich seinen Aufenthaltsort verschweige?", sagte ich, obwohl mich niemand angesprochen hatte.

„Seht ihr, er weiß, was wir wollen. Wartet nicht mal, bis man ihn fragt. Was uns zeigt, dass er ein kluger Mann ist, der anderen Leuten in den Kopf sehen kann. Das beweist, er ist klug und wir sind dumm", sagte die Stimme des Mannes, der sich mit einer Zange meinen Daumen vorgenommen hatte.

„Wie soll das jetzt hier laufen? Wir müssen den Flieger kriegen ...", sagte die Stimme des anderen Mannes, von dem ich glaubte, dass es Tito Dellacroce war. Er sprach jemanden an, und das war nicht sein Bruder.

Wem immer er die Frage gestellt hatte, dieser Jemand antwortete nicht. Stattdessen hörte ich das leise Geräusch eines Reißverschlusses, der aufgezogen wurde, gefolgt von einer Pause, unmittelbar bevor mir warmer Urin ins Gesicht spritzte und über das Klebeband lief, mit dem meine

Augen verschlossen waren. Ich warf den Kopf herum, um dem Strahl auszuweichen, doch die Person, die auf mich urinierte, strich noch über meinen Mund, die Haare und den Hals und tränkte auch noch mein Hemd, bevor er seinen Hosenstall wieder schloss.

„Wir taufen diesen Ort hier Yellow Springs, Louisiana, allein dir zu Ehren, Robicheaux", sagte die Stimme des Mannes mit der Kneifzange.

Sie verließen den Raum und schlossen die Tür hinter sich. Ich beugte mich vor und spuckte aus, dann sammelte ich Speichel in meiner Mundhöhle und spuckte wieder aus. Ich hörte, wie eine Autotür zugeschlagen wurde und der Wagen wegfuhr. Zwei Männer kamen wieder in den Raum, und einer von ihnen packte eine Ecke des Klebebandes und riss es mir von den Augen und vom Hinterkopf.

„Du bist am Ende, Alter", sagte der Mann, von dessen Fingern jetzt das Klebeband hing. Er war drahtig, hatte ein spitzes Gesicht und kleine, fiebrige, tief liegende Augen, die Haare über den Ohren ausrasiert, wodurch er an ein Pelztier mit Topffrisur erinnerte.

Neben ihm stand sein Bruder Tito. Er hatte verfilzte Rastalocken, die bis zu seinen Schultern reichten und wie die Seiten eines Zeltes von seinem Hals abstanden. Ein Muskel an seiner Kinnlade bewegte sich ständig, es sah aus, als hätte er eine Münzrolle unter der Haut.

Bis auf einen Tisch mit einem Werkzeugkasten und einem Camcorder war der Raum kahl. Wände und Boden bestanden aus rohen Brettern, und durch den Fliegenschutz vor dem Fenster sah ich einen Wald, durchzogen mit Kletterpflanzen und Palmen, und hinter den Baumstämmen eine Bucht mit einer tief über dem Horizont stehenden roten Sonne. Irgendwo in der Ferne schoss jemand mit einer Schrotflinte, machte vielleicht Tontaubenschießen über dem Wasser.

„Hörst du zu, Arschloch? Der Mann sagt, wir machen dich zentimeterweise fertig. Du wirst Hauptdarsteller in deinem eigenen Horrorfilm", sagte der drahtige Mann, den ich von seinem Polizeifoto als Caesar Dellacroce identifizierte.

„Bringt's hinter euch", sagte ich.

„Ich glaube, wenn du wüsstest, was dich erwartet, würdest du das nicht sagen", meinte Caesar.

Ich starrte in den Raum, Erschöpfung und Hoffnungslosigkeit trübten meinen Blick.

„Ich rede mit dir", sagte Caesar. Er schlug mit der Hand auf meine Wange.

„Ich schätze, ich bin erledigt ... was ich euch also gleich sagen werde, das ist die reine Wahrheit. Ich habe Frank Dellacroce nicht umgelegt, aber ich wünschte, ich hätte. Er war ein Wichser und brutaler Arsch und jemand hätte ihm schon vor langer Zeit Elektroden anlegen und die Grütze in seinem Schädel grillen sollen. Wenn ihr mit mir fertig seid, wird Clete Purcel jeden Stein in New Orleans und Fort Lauderdale umdrehen, bis er euch findet, und dann werdet ihr euch wünschen, eure Mutter hätte euch mitsamt der Nachgeburt in der Toilette runtergespült."

Caesar starrte mich an, sein Mund öffnete sich einen Spalt, die Kinnlade sackte herunter. „Sag das noch mal?!"

„Fick dich", sagte ich.

„Glaubst du, was der Kerl sagt?", wandte sich Caesar an seinen Bruder. Er war jetzt eindeutig verunsichert, hatte die Sache nicht mehr ganz im Griff.

„Wir haben schon viel zu viel Zeit damit verplempert", antwortete Tito nachdenklich. Wie bei seinem Bruder lagen auch seine Augen tief im Schädel eingebettet, seine Nasenflügel blähten sich beim Atmen, als würden die Muskelpakete auf Brust und Schultern die Luft aus seinen Lungen pressen. „Ich sag dir, wie's ist, du Ass. Du hast dich mit den Falschen angelegt und verloren. Wir sind nicht dafür verantwortlich. Also, nimm's wie ein Mann. Ich mach's so kurz und angenehm wie möglich. Willst du noch was sagen?"

„Nein", erwiderte ich und richtete den Blick aus dem Fenster auf den roten Sonnenuntergang, der hinter den schmalen Baumstämmen, die in der Abenddämmerung bereits dunkel geworden waren, kaum noch zu erkennen war. Tito Dellacroce schob mir mit dem Handballen einen Schwamm in den Mund, dann begann er, meinen Kopf mit Klebeband zu umwickeln.

„Warte mal", sagte Caesar, der aus dem gleichen Fenster starrte wie ich, allerdings aus einem anderen Winkel.

„Was?", erwiderte Tito.

„Da draußen ist ein Priester", sagte Caesar.

„Wo?"

„Kommt den Deich runtergelatscht. Er hat eine Akten-tasche dabei. Sieh doch selbst. Er hat einen Verband um den Hals", sagte Caesar.

Tito trat ans Fenster, zog dann einen Vorhang davor. „Hast du hier in der Gegend schon mal einen Priester gesehen?", fragte er.

„Ja, in Franks alter Fickbude sind immer jede Menge Pfaffen rumgehangen."

„Seine Fickbude war ein Stück die Straße rauf. Unser Vater hat uns immer zum Angeln mit hergebracht. Das hier ist keine Fickbude", sagte Tito.

„Es reicht. Er ist ein Priester, der Unterschriften gegen Abtreibungen sammelt oder so was. Überhaupt kein Problem", sagte Caesar.

„Geh raus."

„Mach's doch selbst. Die Mücken da draußen fressen Kühe zum Mittagessen." Caesar warf durch einen Spalt des Vorhangs einen Blick hinaus. „Siehst du, er ist weg."

Gerade als er den Vorhang losließ, betrat jemand mit derbem Schuhwerk die Veranda und klopfte fest gegen die Tür. Tito und Caesar sahen sich an. Dann hämmerte der Besucher auf der Veranda noch fester gegen das Holz, erschütterte damit die ganze Hütte.

„Ich schick ihn weg. Bleib du bei dem Arschloch hier", sagte Caesar.

Er zog eine .25er Automatik aus seiner Tasche, lud durch, legte den Sicherungsbügel vor und steckte die Kanone wieder in die Tasche. Er öffnete die Tür und ging in den vorderen Raum hinaus. Tito Dellacroce stand hinter mir, eine riesige Pranke auf meiner Schulter, den unteren Teil seines Bauchs gegen die Rückenlehne des Stuhls gedrückt. Ich konnte ihn atmen hören und roch den Gumbo auf seiner Haut, den er zu Abend gegessen hatte. Caesar hatte die Verbindungstür nur angelehnt, sodass Tito zuhören konnte.

„Was kann ich für Sie tun, Pater?", hörte ich Caesar sagen.

Die Antwort kam wie ein gedämpftes Keuchen, als würde ein Mann durch einen mehligen Kloß im Hals sprechen.

„Hä? Was?", sagte Caesar.

Der Priester versuchte es wieder, seine Stimme kaum mehr als ein Flüstern.

„Sie sammeln Anmeldungen für Exerzitien?", fragte Caesar. „Nein, wir gehören zu einer Gemeinde in Florida. Wir sind nur zum Angeln hier. Hier haben Sie fünf Mäuse für Ihre Mission oder was weiß ich. Nein, ich brauche kein Heiligenbildchen."

Der Priester sagte wieder etwas.

„Nein, wir haben keine Toilette. Nur ein Plumpsklo hinter dem Haus, auf das kein Weißer seinen Hintern pflanzen möchte. Versuchen Sie's mal bei der Tankstelle oben an der Staatsstraße. Okay, *vaya con dios*. Das ist Latein und bedeutet *bis demnächst*, richtig?"

Einen Augenblick später kam Caesar zurück.

„Und?", fragte Tito.

„Nichts *und*. Der Typ hatte einen Luftröhrenschnitt oder so. Hat sich angehört, als kämen seine Blähungen aus dem falschen Ende", sagte Caesar.

„Sieh nach."

„Wie? Wo?"

„Wo er ist. Muss ich dir ein Bild auf die Stirn malen?"

„Du machst dir zu viele Gedanken", erwiderte Caesar gereizt und riss den Vorhang auf. Dann erstarrte er. „Ich hab ihm doch gesagt, er soll nicht da hinten hin."

„Wohin soll er nicht?"

„Zu unserem Plumpsklo. Ich hab ihm gesagt, das soll er nicht."

„Gib mir deine Kanone. Geh vom Fenster weg", sagte Tito.

Der Wind vom Wasser her frischte auf, drückte das Blechdach gegen die Balken. Dann trat jemand auf die Veranda hinter der Hütte. Tito riss seinem Bruder die .25er aus der Hand und entsicherte sie mit einer schnellen Bewegung des Daumens. „Sind Sie das, Pater? Denn falls das so ist, machen Sie uns Kopfschmerzen, die wir alle nicht brauchen …"

Die Tür flog auf, wie ein Schattenriss vor dem hellen Hintergrund stand dort ein kompakter, gepflegter Mann in einem schwarzen Anzug samt römischem Kragen und schwarzer Weste, mit einer 1911 US Army .45er Automatik in jeder Hand.

„Oh, da haben wir aber zwei Schätzchen. Fresst das", sagte er. Er begann mit beiden Kanonen gleichzeitig zu schießen, zuerst Tito in den Mund und durch den Hals, dann erwischte er seinen Bruder Caesar Dellacroce in der Brust und am Oberschenkel.

Tito flog rückwärts gegen die Wand und brach auf dem Rücken zusammen, die Beine gespreizt, der Unterkiefer weggeschossen. Caesar versuchte, vor den Schüssen wegzukriechen, die ihm die Sohle von seinem Schuh rissen, in seinen Hintern krachten und schließlich seine Schulter trafen, aus der das Blut in hohem Bogen auf den Boden spritzte.

Der Raum war mit leeren Patronenhülsen übersät, als Max Coll schließlich zu feuern aufhörte. Er trat Tito mit seinem polierten Schuh gegen die Brust, überzeugte sich davon, dass er tot war, dann beugte er sich vor und betrachtete Caesars Gesicht. „Hoppla, sieht ganz so aus, als wärst du noch an Deck, mein kleiner Freund", sagte er und jagte Caesar eine Kugel in den Kopf, wobei er einen Schritt zurücktrat, um keine Spritzer abzubekommen.

Er richtete sich auf und musterte mich von Kopf bis Fuß, seine Wangen rosig, Schweiß in seinem Kinngrübchen. Er zog mir den Schwamm aus dem Mund. „Mit Ihnen alles in Ordnung, Mr. Robicheaux?", fragte er.

Mein Herz hämmerte wie verrückt, meine Ohren waren nahezu taub. „Machen Sie mich los", sagte ich.

„Geht leider nicht, Sir. Sie sind Bulle durch und durch. Ihnen würde sicher was einfallen, wie Sie mir Handschellen anlegen können. Grüßen Sie Father Dolan von mir. Er ist ein bisschen dickköpfig, aber unter seiner rauen Schale ist er, glaube ich, ein guter und anständiger Priester. Leute wie er machen mich stolz darauf, dass ich ein Katholik bin", sagte er.

Und damit war er weg.

Fünfzehn Minuten später trafen drei Streifenwagen des St. Martin Parish Sheriff's Department an der Angelhütte ein, nachdem Max Coll sie von einem Münzfernsprecher aus über meine Lage unterrichtet hatte.

15

Am Mittwochnachmittag, nachdem ich fast fünfzehn Stunden geschlafen hatte, fuhr ich mit Clete in seinem Caddy nach City Park, wo wir uns am Ufer des Bayou Teche im Regen unter das Dach eines Grill-Pavillons setzten.

„Ein Typ hat dir ins Gesicht gepisst?", fragte er.

„Nein, zuerst hat er mir ins Gesicht gepisst. Dann hat er mich komplett angepisst", erwiderte ich.

Er zündete sich eine Lucky Strike an und spuckte einen Tabakkrümel aus. Kurz darauf schnippte er die Zigarette in den Bayou und sah hinterher, wie sie wegtrieb. „Lass mich nie wieder eine von diesen Dingern anzünden", sagte er.

„Werde ich nicht."

„Die Flannigan-Braut hat dir eine Falle gestellt", sagte er.

„Das glaube ich nicht."

„Sie hat dich aus deinem Haus in eine Bar gelotst. Was sollte das sein, die zwölf Schritte abarbeiten, immer einen Drink nach dem anderen?"

„Es war meine Idee, da hinzugehen."

„Wieso? Hast du irgendeine Verpflichtung, andere Leute vom Saufen abzuhalten, wenn sie's unbedingt wollen?"

Ich antwortete nichts. Ich versuchte, seinem Blick auszuweichen. „Reden wir hier über Ficki-Ficki der guten alten Zeiten wegen?", fragte er.

„Warum überlegst du dir nicht mal, *wie* du mit anderen Menschen redest, Clete?"

„Hast du's mal mit ihr getrieben oder nicht?", fragte er.

„Möglicherweise."

„Möglicherweise?" Er nickte mehrmals. „Nachdem du also den Daddy deiner Ex-Matratze vor seinen Freunden hast aussehen lassen wie ein rachsüchtiges Arschloch, meinst du nicht, dass sie dich da in die Spelunke gelockt hat in der Hoffnung, dass du entweder umgelegt wirst oder aber dich wieder volllaufen lässt? Gott bewahre, nein, nur ja nicht!"

Ich starrte auf den Regen, der die Oberfläche des Bayou Teche mit Grübchen sprenkelte. „Theo hat keine Verbindung zu Leuten wie Tito und Caesar Dellacroce", sagte ich.

„Merchie hat für die Teamsters in Baton Rouge gearbeitet. Die Transportarbeiter-Gewerkschaft. Sie haben Leute gezwungen Mitglied in der Gewerkschaft zu werden und dann dafür gesorgt, dass sie nach einem Monat gefeuert wurden, damit sie mit der Mitgliedsnummer Geld aus der Gewerkschaftskasse abzweigen konnten. So ist er ins Pipeline-Geschäft gekommen."

„Das bedeutet nicht, dass er heute noch zur Mafia gehört."

„Ein Kerl, der Altöl in die Schwarzenviertel karrt? Aber logo. Als ich ein Kind war, hatten wir mal eine Prügelei mit denen aus Iberville. Es war abgesprochen, nur Fäuste, Füße und Ellenbogen einzusetzen, keine Messer, keine Ketten. Merchie öffnete ein Klappmesser und stach es meinem Cousin in den Arm. Meiner Ansicht nach ist er immer noch eine Straßenratte aus der Sozialbausiedlung, ein Vollzeit-Arsch und Fickbruder. Hör auf, diese Arschgesichter zu verteidigen."

„Fickbruder?", fragte ich.

„Vergiss es, mein Großer. Ich will nicht mehr weiter drüber reden. Du bist ein Betonkopf."

Ich hatte schon vor langer Zeit gelernt, dass es sinnlos war, mit Clete zu streiten oder von ihm die Einsicht zu erwarten, dass die Menschen, die er am wenigsten leiden konnte, diejenigen waren, die denselben Background hatten wie er. Er zog seinen Hut tief in die Stirn und starrte angewidert in den Regen. „Ich werde die Scheißkerle aus dem Verkehr ziehen, die hinter dieser Sache stecken, Dave. Und das meine ich wortwörtlich", sagte er.

Er marschierte unter einer tropfenden Eiche hinüber zu seinem Caddy, wobei sich sein Sakko über den breiten Schultern fast bis zum Platzen spannte.

* * *

Er setzte mich zu Hause ab, ich ging hinein und legte mich im hinteren Zimmer ins Bett. Etwas zuvor hatte ich gesagt, ich hätte fünfzehn Stunden geschlafen. Die Wahrheit sah ein wenig anders aus. Ich wurde das Gefühl der Vergewaltigung nicht los, die ich unter den Händen von Tito und Cesar Dellacroce erlitten hatte, und dem Mann, der auf mich uriniert hatte. Ich hatte das Gefühl, Seife reiche nicht, um meine Haut und mein Haar zu reinigen. Wenn ich die Augen schloss und in den Schlaf hinüberdriftete, träumte ich nicht von den Dellacroces, sondern stattdessen von einem Krieg, an dem nur noch wenige Menschen heutzutage interessiert sind. Ich hörte Automatikgewehre schießen, das Pochen der Rotorblätter von Hubschraubern und ich sah weiße Lichterketten wie Fontänen im Dschungel aufsteigen – Explosionen von Phosphorbomben. Ich spürte, wie ein Sanitäter aus Staten Island meine Handgelenke festband, damit ich nicht an der Kompresse an meiner Seite herumzerrte. Ich roch den Gestank von Blut und Fäkalien der uniformierten Jungs, der toten und der lebendigen, die neben mir auf dem Boden eines überladenen Bell UH-1 lagen, der von einem neunzehnjährigen Warrant Officer geflogen wurde, dem ein Stahlsplitter ins Auge geflogen war.

Der Schlaf kam in Intervallen von zehn Minuten, und jedes Mal, wenn ich aufwachte, hätte ich am liebsten ein Wasserglas Black Jack runtergekippt, Wodka, der mindestens zwölf Stunden im Eisfach gelegen hatte und Bier, das auf den Rachen traf wie goldene Nadeln, gelben Mezcal mit einem dicken, grünen Wurm am Flaschenboden.

Eine Stunde nachdem Clete mich abgesetzt hatte, saß ich auf dem Bettrand, mit dickem Kopf, trockenem Mund und einem bitteren Geschmack auf der Zunge. Helen hatte mir befohlen, nicht vor Montag wieder ins Büro zu kommen. Doch die Erinnerung war mein Feind, und Einsamkeit und Inaktivität verschafften mir keine Ruhe vor ihr. Ich rief beim NOPD an und hinterließ eine Nachricht für Clotile Arceneaux. Eine halbe Stunde später rief sie zurück.

„Was ist los, Schätzchen?", fragte sie.

„Schätzchen?"

Ich hörte ihr Lachen. „Womit kann ich Ihnen helfen?", fragte sie.

„Was haben Sie über Merchie Flannigan?"

„Ein Kerl aus dem Pipeline- oder Ölgeschäft, ist in den Sozialbauten aufgewachsen, hat als Jugendlicher eine Weile gesessen?"

„Genau den meine ich."

„Ich schaue nach, aber ich glaube, um den ist es ziemlich still geworden."

„Clete glaubt, dass möglicherweise Merchie und seine Frau irgendetwas mit den Dellacroce-Brüdern zu tun hatten."

„Was ist mit den Dellacroces?"

„Die sind tot. Max Coll hat beide kaltgemacht."

„So viel zu innerbehördlicher Kommunikation. Coll hat sie umgebracht?"

„Er hat sich als Priester ausgegeben und zwei .45er Automatik dabeigehabt. Tito und Cesar Dellacroce hatten mich entführt. Sie haben mich zu einer Angelhütte gebracht, nicht weit von dem Ort, wo Coll ihren Cousin ermordet hat." Es hörte sich blöd an, als ich es aussprach.

Sie schwieg einen Augenblick. „Was haben die mit Ihnen in dieser Hütte gemacht?", fragte sie.

„Nichts. Coll hat sie umgelegt."

Sie schwieg wieder, und ich wusste, dass sie mir nicht glaubte. Dann sagte sie: „Ich geb Ihnen einen Tipp. Zum Teufel mit Max Coll und zum Teufel mit den Dellacroces. Hier geht's um Pornos und Crystal Meth. Alles andere ist zweitrangig. New Orleans ist wie geschaffen dafür. Sind wir da einer Meinung?"

„Nein."

„Dachte ich mir schon."

„Tut mir leid, Sie zu nerven", sagte ich.

„Hören Sie auf mit diesem Quatsch, Robicheaux. Kommen Sie da drüben klar?"

„Warum?"

„Weil Sie sich nicht so anhören", sagte sie.

* * *

Deswegen war sie also verdeckte Ermittlerin beim NOPD, dachte ich, nachdem ich aufgelegt hatte. Einige Cops waren wahrscheinlich auf Meth angesetzt und vielleicht hatten die Pornodealer auch ein paar abgekriegt. Pornografie hatte es in der einen oder anderen Form immer gegeben, und Sex und die Tourismusbranche von New Orleans waren schon lange Geschäftspartner. Die Mafia-Oberen behaupteten immer noch steif und fest, sie würden nicht mit Pornos handeln, genauso wie sie behaupteten, dass sie nicht mit Drogen dealen würden. Doch sie logen. Sie waren in jedes miese Geschäft in den Vereinigten Staaten verwickelt und hatten schon vor Jahrzehnten auch in der Schiff-, Fleisch- und Kohlenindustrie Fuß gefasst. Der Schwindel mit den Gewerkschaftsnummern war der Treibstoff gewesen, der ihre anderen Aktivitäten angetrieben und geölt hatte, doch seit staatliche Lotterien und legale Wetten den Gewerkschaftsbetrug als Haupteinnahmequelle abgelöst hatten, legten die Nachfahren von Lucky Luciano und Benny Siegel einen Gang zu, um mit den Zeiten mithalten zu können.

Das Internet hatte nicht nur riesige neue Märkte für Pornoproduzenten erschlossen, ihre Geschäfte besaßen noch dazu einen quasi eingebauten Vorteil gegenüber dem Drogenhandel. Sie konnten sich stets hinter dem ersten Zusatzartikel zur Verfassung verstecken, der Meinungs- und Pressefreiheit garantierte, und die meisten Baubehörden sahen auch überhaupt kein Problem darin, ihnen zu erlauben, ihre Firmen in Gegenden zu gründen, wo die Anwohner, meist ältere und arme Leute, keinerlei Einfluss besaßen.

Die Fixkosten waren gering. Junkies, demente Flittchen und Perverse jeglicher Hautfarbe konnten es gar nicht abwarten, sich vor der Kamera auszuziehen, fest in dem Glauben, am Anfang einer Schauspielkarriere zu stehen.

Während ich über Pornografie nachdachte, kam mir Fat Sammy Figorelli wieder in den Sinn. Er hatte mich vor einem Mann gewarnt, von dem er sagte, er würde Menschen grundlos verletzen, obwohl Sammy, in seiner eigennützigen Art, es vermied, den Namen des Mannes zu erwähnen. Clete hatte recht. Ich hatte Sammy zu lange einen Freifahrtschein gegeben. Ich rief wieder bei Clotile Arceneaux an.

„Sie müssen mir einen Gefallen tun", sagte ich.

„Welchen?"

„Während meine Augen zugeklebt waren, hat mir ein Kerl ins Gesicht uriniert. Ich glaube, Fat Sammy Figorelli weiß, wer er ist."

„Sagen Sie das noch einmal."

Was ich tat, dieses Mal ausführlicher. Sie schwieg eine ganze Weile.

„Was wollen Sie von mir?", fragte sie.

„Helfen Sie mir, Sammy Fig in die Mangel zu nehmen."

„Geht nicht."

„Warum nicht?"

„Wir glauben, dass Sammy Fig bald mit uns redet."

„Als Informant?"

„Ich sag mal nur: FBI und Zeugenschutzprogramm"

„Diese Typen waren drauf und dran, mich umzulegen, vor laufender Kamera, schön eine Einstellung nach der anderen. Was die Feds brauchen, interessiert mich gerade herzlich wenig."

„Wie schade. Bleiben Sie in New Iberia, Robicheaux. Und das ist übrigens nicht nur als Vorsichtsmaßnahme gemeint", sagte sie.

* * *

An diesem Abend lud ich Clete zum Essen ins *Patio* in Loreauville ein. Danach gingen wir zu der eisernen Brücke über den Bayou Teche und starrten aufs Wasser hinunter. Der Himmel war blutrot und voller Vögel, die Luft schwer vom Duft der Zuckerfabriken, die Zuckerrohr mahlten. Auf dem Wasser hörte ich aus der Ferne ein Schiffshorn.

„Ich mache mir Sorgen um dich, mein Freund", sagte Clete.

„Solltest du nicht."

„Du kannst viele Leute zum Narren halten. Aber deinen alten *podjo* nicht. Sag mir, dass ich falschliege."

Das konnte ich nicht, also wechselte ich das Thema. „Fat Sammy weiß, wer den Killer auf mich angesetzt hat", sagte ich.

„Ich hab dir doch gesagt, dass er zu den Schmalzlocken gehört."

„Ich muss ihn unter Druck setzen. Das NOPD war da keine Hilfe."

„Du meinst die schwarze Tussi, wie war noch ihr Name, Clotile Sowieso?"

„Sie hat ihre eigenen Probleme."

„Spar dir deine Franz-von-Assisi-Nummer für ein anderes Mal. Welcher Tag ist heute?"

„Mittwoch", sagte ich.

Clete steckte sich einen Streifen Kaugummi in den Mund und betrachtete die Schatten der Bäume auf dem Bayou. „Willst du Sammy mal *so richtig* unter Druck setzen?"

„Ich hätte es nicht besser ausdrücken können."

„Erinnerst du dich an Janet Gish? War mal Tänzerin, draußen in Airline", sagte er.

„Was ist mit ihr?"

„Sie war Gunner Ardoins Filmpartnerin in einem von Fat Sammys Machwerken. Magst du italienische Opern?"

* * *

Während der nächsten zwei Tage erledigte Clete diverse Anrufe nach New Orleans und machte ein großes Geheimnis darum. Doch Cletes Verschlossenheit mir gegenüber bedeutete immer, dass er an einem Plan arbeitete, der so haarsträubend war, dass niemand, der einigermaßen bei Sinnen war, dabei mitmachen würde. Niemand, der Cletes Akte kannte, hatte Zweifel an seiner Kreativität, wenn es darum ging, Chaos zu verbreiten, wohin er auch ging. Er hatte nicht nur einen Zeugen in einem Jacuzzi erschossen, er hatte auch das Oldtimer-Cabrio eines Gangsters aus New Orleans mit Zement gefüllt und dessen Neureichen-Villa am Lake Pontchartrain mit einer Planierraupe dem Erdboden gleichgemacht, einem Kopfgeldjäger auf dem Boden der Herrentoilette eines Greyhound-Bahnhofs Flüssigseife eingeflößt, einen Funktionär der Teamster-Gewerkschaft vom Balkon im fünften Stock eines Hotels in einen leeren Swimmingpool fallen lassen, einen US-Kongressabgeordneten auf der St. Charles Avenue mit Handschellen an einen Feuerhydranten gekettet sowie einen korrupten Cop in einer Autowaschanlage an die Transportkette der Wasch- und Heißwachs-Maschine gehängt. Und ihm wurde nachgesagt, dass er Sand in den Tank eines Flugzeugs gefüllt hätte, das in den Bergen von West Montana abgestürzt und explodiert war, wobei die Fichten mit den Überresten mehrerer Mafiosi aus Galveston und Las Vegas gedüngt wurden.

Er hielt sein Verhalten für absolut angemessen, und führte diese Taten – und noch weitaus schlimmere – mit einem schiefen Grinsen auf dem Gesicht durch und hielt sie für kaum der Rede wert.

Seine besten Freunde waren Säufer, Trickbetrüger und durchgeknallte Leute von der Straße, seine Freundinnen Stripperinnen und Junkies. Gangmitglieder, Schieber, be-

292

waffnete Räuber und korrupte Bullen wechselten die Straßenseite, wenn sie ihn kommen sahen. Wenn es zum Kampf kam, schluckte er sein Blut, fraß seinen Schmerz in sich hinein und zuckte mit keiner Wimper, egal, was seine Gegner ihm antaten. Er war der tapferste und loyalste Mann, den ich je kennengelernt hatte, aber gleichzeitig auch der respektloseste, unverantwortlichste, leichtsinnigste und selbstzerstörerischste.

Ich versuchte mir nicht vorzustellen, welche Rolle Janet Gish in Cletes Plan spielen sollte, Fat Sammy Figorelli aufzumischen. Freitagabend fand ich es heraus.

Er sagte mir, ich solle ihn in Metairie treffen, vor einem Saal, den man mieten konnte, am Rande einer Mittelschichtsgegend. Metairie war zu einem Rückzugsort von Weißen geworden während der massiven Abwanderung aus New Orleans in den 1970ern, bekannt für die strenge Einhaltung von Recht und Ordnung, außerdem hatte es den Ruf, David Duke den Einzug in das Repräsentantenhaus ermöglicht zu haben.

Ich wartete auf dem Parkplatz auf Clete, der Himmel war voll von rosa Wolkenfetzen, der Wind fuhr durch die Bäume in den Gärten der bescheidenen Häuser hinter einem Einkaufzentrum, und der Saal füllte sich mit Menschen, die gekleidet waren, als würden sie in die Kirche gehen. Die Szene ließ mich an Levittown denken, aber nicht im schlechten Sinne. Der Saal, mit seinem Kiesdach und der Fassadenverkleidung aus Klinkerplatten, schien sich selbst darin überbieten zu wollen, billig auszusehen, wie ein Ausflug in eine frühere Ära, als amerikanische

Wohnviertel noch Bürgersteige hatten und sich über ihr Gemeinschaftsgefühl und den Fortbestand der Generationen definierten.

Ich sah auf meine Uhr. Wo blieb Clete? Es wurde langsam dunkel und die Luft kühlte ab. Aus dem Saal hörte ich jemanden die Lautstärke des Mikros einstellen. Dann sah ich, wie Cletes lavendelfarbener Cadillac die Straße hinuntergedonnert kam, der Beifahrer- und die Rücksitze vollgepackt mit Leuten, kurz an einem Stoppschild langsamer wurde und dann auf den Parkplatz geschaukelt kam, Staub und Abgase waberten wie ein dreckiger Heiligenschein um das Chassis des Autos. Als er den Motor abstellte, schien der gesamte Wagen zu keuchen und in sich zusammenzusinken, wie ein tödlich verwundetes Tier. Die Fenster waren geöffnet und ich nahm einen süßlichen, schweren Geruch wahr, wie brennende Blätter, der mit dem Wind zu mir trieb, dann schnipste jemand eine Marihuana-Kippe auf den Bürgersteig.

Clete stieg aus dem Wagen und schloss die Tür hinter sich, dann beugte er sich zum Fenster hinunter. „Macht euch noch ein Sixpack auf, und übertreibt's nicht mit dem Gras. Bin sofort zurück", sagte er.

„Wo ist denn die Scheißoper? Du hast gesagt, wir gehen uns eine Oper ansehen", nörgelte eine Frau auf dem Rücksitz.

„Wir haben reservierte Plätze. Vertrau mir. Einfach locker bleiben. Alles ist bestens", erwiderte er.

Er ging an mir vorbei, damit ich ihm folgte, außer Hörweite der Leute im Auto. Er zog sein Hemd ein Stück von

der Brust und schnüffelte daran. „Riech ich wie ein Puff?",
fragte er mich.

„Was soll das alles?", wollte ich wissen.

„Fat Sammy macht bei diesen Amateur-Opernsängern
mit. Die treten einmal im Monat auf. Ist so was wie *Das
Leben der Familie Saubermann* auf Palermo-Art. Der Erzbischof ist ein ganz großer Fan und sitzt immer in der ersten Reihe. Kapierst du, worauf ich hinauswill?"

„Nein."

„Wenn du Fat Sammy in die Mangel nehmen willst,
dann vergiss die konventionellen Methoden. Sammy ist
ein Waschlappen und verkappter Perverser, der schon immer von allen gemocht werden wollte. Also kommt er hierher und tut so, als wäre er ein ganz normaler Angehöriger
der menschlichen Rasse. Damit ist allerdings schon sehr
bald Schluss."

„Wer ist da in deinem Wagen?"

„Janet Gish, Big Tit Judy Lavelle und noch vier andere,
die Willie Bimstine und Nig Rosewater noch was schulden. Entweder nennt Sammy uns den Namen desjenigen,
der ein Kopfgeld auf dich ausgesetzt hat, oder ich mar-
schiere mit den Damen in die erste Reihe und lass sie von
der Leine."

„Klingt nicht besonders gut, Clete."

„Oh, Sammy Fig, das arme Opfer, hab ich ganz vergessen. Jede dieser Bräute hat entweder in einem seiner Pornos
mitgespielt oder in seinem Massagesalon gearbeitet. Frag
sie mal, wie's ihnen gefällt, für zwanzig Mäuse Kongressbesuchern aus Birmingham einen zu blasen."

Ich ging zum Cadillac zurück und sah hinein.

„Wie geht's, Leute?", fragte ich.

„Hey, Robicheaux, Clete sagt, du lädst uns zum Essen ins *Galatoire's* ein", sagte eine Schwarze mit Sonnenbrille. Sie nannte sich Cody Wyoming, obwohl sie in der Prytania Street in New Orleans aufgewachsen war, nicht weit von Lillian Hellmans Geburtsort entfernt.

„Davon weiß ich noch gar nichts", erwiderte ich.

„Du wirst vielleicht auch älter, Streak, aber ich wette, du hast immer noch mächtig Dampf unter der Haube", sagte sie. Im Wagen brüllten alle vor Lachen.

Ich kehrte zu Clete zurück.

„Das *Galatoire's*, so, so", sagte ich.

„Nig und Willie schulden mir noch einen Tausender, weil ich für sie in Mobile einen Kautionsflüchtling geschnappt habe. Allerdings behaupten die beiden, sie würden mir gar nichts schulden, weil ich Willie überredet hätte, für diesen Typen die Kaution zu stellen, obwohl ich genau wusste, dass er sechs Ballons H pro Tag fixt. Also habe ich ihnen gesagt, dass sie das Essen im *Galatoire's* zahlen sollen, dafür sag ich den Mädels, alles geht auf Willie und Nig, was wiederum zur Folge hat, dass sie allen anderen Nutten in New Orleans erzählen, was für tolle Hechte die beiden sind, und damit sind wir quitt."

„Ich glaub nicht, dass es so funktioniert."

„Doch, das wird es. Kennst du eigentlich die Geschichte, wie Sammy mal ein Mädchen ins *Prytania Theatre* ausgeführt hat und eine Horde Jungs hat die zwei von einem Balkon aus mit Wasserbomben beworfen, die sie sich aus

Kondomen gebastelt haben? Ich war einer der Typen auf dem Balkon. Irgendwie tut's mir ja leid, was wir gemacht haben, aber so war's damals eben. Komm, Streak, das hier ist das Leben, das wir uns ausgesucht haben."

Auf dieses Stichwort hin betrat ich durch die Flügeltüren des Saals das Herz von Mittelschicht-Amerika, weltabgeschieden, fern der Innenstadt, Passagiermaschinen im Landeanflug rauschten über die Halle, ein geschäftiges Einkaufszentrum ganz in der Nähe, auf der nahen Autobahn zig Scheinwerfer, um jedem das beruhigende Gefühl zu vermitteln, dass der Herr in seinem Himmel weilte und alles gut war auf der Welt. Clete hatte Janet Gish und ihre Freundinnen nicht belogen, als er von reservierten Plätzen sprach. Acht Klappstühle aus Metall in der ersten Reihe blieben leer, auf jeder Sitzfläche lag ein Programm. Ansonsten war das Haus voll. Sammy Figorelli stand, in einen Smoking gezwängt, mit den anderen Sängern auf der Bühne und strahlte. Die Scheinwerfer zu seinen Füßen waren mit Plastikblumen geschmückt. Clete zog sein Handy aus der Tasche und drückte eine Kurzwahltaste.

„Ich bin ganz vorne, Janet. Ich winke, wenn ich sicher bin, dass wir die richtigen Plätze haben. Jepp, warte auf mein Zeichen. Ziemliches Durcheinander hier drinnen", sagte er und legte auf.

Inzwischen hatte Sammy uns bemerkt und beobachtete uns aus dem Augenwinkel, während er versuchte, sich weiter mit den anderen Sängern zu unterhalten. Clete ging die hölzernen Stufen zur Bühne hoch, als gehöre er dazu, und stieg vorsichtig über die Plastikblumen.

„Haben Sie einen Moment, Mr. Figorelli?", fragte er.

Fat Sammy ging auf ihn zu, die hellblauen Augen glühten wie Neonröhren.

„Was glaubst du, soll das hier werden, Purcel?", zischte er.

„Guck mal da hinten, die Ladies am Eingang. Sie haben ein bisschen Gras geraucht, und ich hoffe, dass sie nachher nicht zu viel kichern", erwiderte Clete.

Sammy starrte zum Eingang wie ein Mann, der zusieht, wie sein eigener Galgen errichtet wird. Rote Flecken breiteten sich auf seinen Wangen aus, und Schweißperlen traten ihm auf die Stirn. Mit schweren Schritten stieg er die Stufen hinunter und zwang Clete, ihm zu folgen.

„Du schaffst jetzt sofort diese Leute hier raus", sagte er mit belegter Stimme.

„Und hinterher den Empfang verpassen? Machst du Witze? Kannst du uns vielleicht dem Erzbischof vorstellen?", fragte Clete.

„Was willst du?!", fragte Sammy mit erstickter Stimme.

„Gib uns den Namen von dem Kerl, der Dave die Dellacroces auf den Hals gehetzt hat."

Sammys Gesicht glänzte inzwischen fettig, und die Ansteckblume auf seinem Jackett sah aus wie eine blutrote Wunde.

„Du hast kein Recht, mir das anzutun, Purcel", sagte er.

„Ich zähle jetzt bis drei, dann geb ich Janet Gish ein Zeichen, und sie legt los."

„Der Kerl ist jetzt da draußen, du Blödmann."

„Wo?", fragte Clete und drehte den Kopf, um die Menge zu mustern.

„Lass das, sonst machen die mich auch noch kalt ", sagte Sammy.

„Ich sehe da draußen keinen, den ich kenne. Du, Dave?"

„Wir sind jetzt hier fertig", sagte ich.

„Nein, nein. Sammy wird uns einen Namen verraten", entgegnete Clete und wackelte mit einem Finger.

„Sammy geht lieber mit dem Schiff unter. Stimmt's nicht, Sammy?", sagte ich.

Doch Sammy war so am Boden zerstört, dass er keine Silbe mehr herausbekam. Einen Moment glaubte ich sogar, dass er kurz vor einem Herzinfarkt stand. Die Fettrollen unter seinem Kinn wabbelten, seine Brust hob und senkte sich hektisch, und Schweiß rann ihm wie Öl in den Kragen. Ich war fest davon überzeugt, dass in jedem Erwachsenen immer noch das Kind von damals lebte, und in diesem Fall ein fettleibiger, kleiner Junge, der damit kämpfte, sich aus den Metallfängen einer Tuba zu befreien, während ein brechend volles Football-Stadion ihn auslachte.

„Wir hauen jetzt ab. Sag dem Kerl, der mich angepisst hat, dass ich ihn finden werde", sagte ich.

„Ihr habt mich schon verbrannt. Ihr habt gar keine Ahnung, was ihr angerichtet habt", sagte Sammy.

„Das genügt. Wenn Dave noch irgendetwas zustößt, komme ich zuerst zu dir. Das bedeutet, du wirst der toteste Waschlappen in New Orleans sein", sagte Clete und stach Sammy mit dem Finger gegen die Brust.

Wir ließen Sammy stehen, betäubt und zitternd, vor seinem Publikum, sammelten Janet Gish und ihre Freundinnen ein und fuhren ins *Galatoire's* in die Bourbon Street.

Auf dem Weg aus dem Saal suchte ich die Menge nach einem bekannten Gesicht ab, eines, das zu dem Mann gehörte, der mich von Kopf bis Fuß angepinkelt hatte. Doch wenn er da war, dann sah ich ihn nicht.

„Du hast es vermasselt, Dave. Fat Sammy wäre eingebrochen", sagte Clete später.

„Was hat Sammy gemacht, als du und deine Freunde ihn und das Mädchen mit den Wasserbomben beworfen habt?", fragte ich.

Wir kamen gerade aus dem *Galatoire's* in die vorweihnachtliche Stimmung der nächtlichen Bourbon Street. Auf der Straße ertönte laute Musik, die Neonreklamen wirkten im Nebel, der vom Fluss hochstieg, wie rotes und pinkfarbenes Engelshaar.

„Er hat geheult und ist mit beiden Fäusten auf uns losgegangen", sagte Clete.

„Er ist immer noch derselbe Junge."

„Das sind wir alle. Abgesehen davon, dass Sammy ein Zuhälter und Drogendealer wurde. Es ist nur Rock 'n' Roll, Dave. Jeder muss sterben. Schwimm mit dem Strom und hab ein bisschen Spaß", sagte Clete. Er stellte seinen Fuß auf einen Feuerhydranten und wienerte die Schuhspitze mit einer Stoffserviette blank, die er aus dem Restaurant hatte mitgehen lassen.

16

Montagmorgen ging ich wieder zur Arbeit. Ich nahm einen Notizblock aus meiner Schreibtischschublade, schrieb Junior Crudups Namen oben drüber und malte einen Kreis darum. Hier hatte alles angefangen, dachte ich, für uns beide, für mich und die Familie LeJeune. Unter Juniors Namen schrieb ich einige andere, darunter die Namen von Castille LeJeune, Theodosha, Merchie und Dr. Bernstine, Theodoshas Psychiater in Lafayette, der Mann, der angeblich Selbstmord begangen hatte.

Dann zog ich eine Linie von Castille LeJeune zu den Namen von Will Guillot und dem toten Daiquiri-Buden-Besitzer sowie zu Dr. Parks, der in Will Guillots Einfahrt gestorben war.

Auf eine andere Seite schrieb ich die Akteure aus New Orleans – Father Jimmie Dolan, Max Coll, die Familie Dellacroce und Gunner Ardoin, den Teilzeit-Pornostar.

Die Verbindungen zwischen den Namen und die Geschehnisse, die mit ihnen in Zusammenhang standen, wirkten oberflächlich betrachtet sehr kompliziert, doch für mich lagen die Antworten auf alle Fragen in der Vergangenheit und der Schlüssel dazu war immer noch der Name auf der ersten Seite ganz oben, Junior Crudup.

Helen öffnete die Tür zu meinem Büro. „Das Büro des Sheriffs von Lafayette hat gerade angerufen. Hör zu", sagte sie: „Der Erzbischof hält gerade irgendeine kirchliche Konferenz ab. Einer der Geistlichen von außerhalb war ein irischer Priester. Seine Witze waren der Brüller. Dann fiel in der Lobby des *Holiday Inn* eine Pistole aus seinem Schultergurt."

„Unser Mann, Max?"

„Was ist mit dem Typen?"

„Er ist durchgeknallt."

„Das ist alles?"

„Hast du eine bessere Erklärung? Wo ist er hin?"

„Das wissen sie nicht. Sie glauben, er hat einen Mietwagen gefahren."

„Er wird wiederkommen."

„Du scheinst dich darüber ja fast zu freuen."

„Er hat mir das Leben gerettet. Vielleicht bringt er ja die Erlösung", sagte ich und grinste sie an.

„Ein Typ, der sagt ‚fresst das' und dann zwei Leute wegpustet?"

„Es ist nur Rock 'n' Roll", sagte ich.

„Feuere deinen Psychologen", sagte sie und schloss die Tür.

Ich betrachtete die Namen auf meinem Notizblock. Vor Jahren, nach dem Mord an meiner ersten Frau Annie, bin ich zwei Mal pro Woche zu einer Sitzung mit einem analytisch orientierten Therapeuten in Lafayette gegangen. Er war einer von denen, die glaubten, die meisten Abweichungen im Sozialverhalten und der Persönlichkeitsentwicklung würden durch ziemlich offensichtliche Fehlfunktionen im Umfeld des Patienten ausgelöst. Das Problem, sie zu behandeln, sagte er immer wieder, war, dass sie so offensichtlich waren, dass der Patient ihm die Verbindung zwischen der Ursache und dem Problem nicht abkaufte.

302

Theodosha hatte mir erzählt, ihr Mann Merchie hätte eine Affäre, was sie nur sein neuester Flop im Heu nannte, und sie könnte es ihm nicht mal verübeln. Ich nahm an, das sollte heißen, sie hatte ihr eigenes sexuelles Problem, wegen dem ihr Ehemann nun anderweitig unterwegs war. Doch ich erinnerte mich auch an eine Bemerkung, die Wally, unser Mann in der Notrufzentrale, über Merchie Flannigan gemacht hatte, und ebenso an eine von Clete Purcel.

Ich ging nach vorne an den Empfang und lehnte mich an die Tür, die Wally in seiner Zentrale einschloss. Er schrieb etwas auf ein Klemmbrett, sein Kopf mit dem ordentlich gescheitelten Haarschnitt eines kleinen Jungen war vornübergebeugt. Seine Hemdtasche steckte voller in Zellophan eingewickelter Zigarren.

„Was willste, Dave?", fragte er ohne aufzusehen.

„Du hast mir gesagt, Merchie Flannigan sei ein Arsch, ein Kerl, den du noch nie leiden konntest. Lass uns das mal klären", sagte ich.

„Ich hab mal wieder zu viel gequatscht", entgegnete er.

„Das hier ist Teil einer Mordermittlung, Wally. Ich frage dich noch mal."

„Er hat eine Frau, aber er macht immer mit anderen rum."

„Das tun eine Menge Männer."

„Er hat die Nichte meiner Frau nach Hause gefahren. Sie hat in seinem Büro in Lafayette gearbeitet. Sie war damals siebzehn. Er hat sie gefragt, ob sie in seinem Club schwimmen gehen wolle. Es war spät und der Club hatte schon zu, aber er sagte, das sei egal, weil er einen Schlüssel hätte und der Eigentümer und er seien Golfkumpels. Sie sagte, sie hätte keinen Badeanzug, aber er meinte, das sei kein Problem, weil er einen aus der Rezeption holen könne und ihn bei sich auf die Rechnung setzen würde.

Als sie aus der Umkleidekabine kam, brannte im Pool kein Licht. Sie hatte gerade angefangen, auf der seichten Seite hin und her zu schwimmen, als er zu ihr gekommen ist und sie gefragt hat, ob sie auch auf dem Rücken schwimmen könne. Sie sagte, sie bekäme dann immer Wasser in die Nase, und er sagte, dreh dich einfach um und leg dich auf meine Hände und ich zeige dir, wie's geht.“

Ich wartete, dass er fortfuhr, aber da kam nichts.

„Was ist dann passiert?“, fragte ich.

„Er hat ihr gesagt, wie hübsch sie sei, und dass sie aufpassen müsste, weil junge Männer immer nur das Eine im Kopf hätten. Sie hat ihm gesagt, ihr sei kalt und dass sie besser rausgeht und sich anzieht. Er sagte, das sei okay, dass sie ein anderes Mal wiederkommen könnten und dass sie das schönste Mädchen sei, das er je gesehen hätte.“

Dann schwieg er wieder, tippte mit seinem Stift auf das Klemmbrett und starrte in die Luft.

„Das war's?“, fragte ich.

„Ihrem Daddy hat es gereicht. Er wollte rüber zu Flannigans Haus gehen und ihm den Kiefer brechen, doch seine Frau versteckte die Autoschlüssel. Also ist er am nächsten Morgen in Flannigans Büro und stellte sicher, dass die Tür offen stand, damit jeder es hören konnte, und sagte, seine Tochter würde nicht mehr zur Arbeit kommen.“

„Danke, Wally."

„Was weiß ich schon?", sagte er.

Eine Menge, dachte ich.

Ich ging zurück in mein Büro und begann, den Papierkram abzuarbeiten, der sich in den Tagen, in denen ich nicht dagewesen war, aufgestaut hatte. Das Telefon auf meinem Schreibtisch klingelte.

„Sagen Sie mir, dass das, was mir zu Ohren gekommen ist, nicht wahr ist", sagte die Stimme von Clotile Arceneaux.

„Ich bin nicht scharf auf Gerüchte."

„Haben Sie und Ihr Kumpel Purcel Sammy Fig am Freitagabend draußen in Metairie zur Rede gestellt?"

„Möglich."

„Einige Feds sind darüber ziemlich stinkig, und dann kenne ich noch jemanden, nämlich mich. Was gibt Ihnen das Recht, in einen anderen Zuständigkeitsbereich zu gehen und die Zeugen anderer Leute einzuschüchtern?"

„Das habe ich so nicht gesehen."

„Dann tun Sie das. Sammy Fig denkt, dass entweder ich oder die Feds Ihnen Informationen gegeben haben, aufgrund derer Sie rüber nach Metairie gekommen sind. Er sagt, er kooperiert nicht länger mit uns und wir könnten uns unser Zeugenschutzprogramm in den Arsch schieben."

„So läuft das manchmal."

„Ich liebe Ihre Metaphern. Ich mag sogar Sie. Aber gerade in diesem Moment würde ich Sie am liebsten von einem hohen Gebäude schubsen."

„Wo ist Sammy jetzt?"

„Den Teil hatte ich ausgelassen, nicht wahr? Wir haben keine Ahnung. Verschwunden. Ich vermute, er versucht es ihnen mitzuteilen, bevor sie ihn sich schnappen."

„Wem mitzuteilen?"

„Wem? Ich liebe es, mit Cops zu sprechen, die mir beweisen wollen, wie gut sie erzogen sind. Wie sollen wir das wissen, nachdem achtzehn Monate Arbeit gerade den Bach runtergegangen sind? Sie sind schon so eine Marke, Robicheaux. Ich hoffe, dass Sie aus dieser Sache mit heiler Haut herauskommen, aber erinnern Sie mich daran, dass ich mir Urlaub nehme, wenn ich das nächste Mal einen Fall übertragen bekomme, in den Sie verwickelt sind. Haben Sie und Purcel tatsächlich eine Horde Nutten mit ins *Galatoire's* genommen?"

„Ähm, die Verbindung ist gerade schlecht, ich rufe Sie später zurück."

„Nicht nötig. Ich habe schon die ganze Scheiße abbekommen, die ich an einem Tag ertragen kann", sagte sie.

Das muss man erst einmal toppen.

* * *

Gegen Mittag meldete ich mich im Büro ab und fuhr den Bayou hoch zu Hogman Patins Haus. Er baute in seinem Garten gerade einen Hühnerstall unter einem Pekannussbaum und tat, als würde er mich nicht sehen, als ich in die Zufahrt einbog. Er steckte seinen Hammer in eine Lederschlaufe an seinem Gürtel, schaute angelegentlich auf seine Konstruktion und verschwand dann hinter dem Haus aus meinem Blickfeld. Ich ließ meinen Pick-up, dessen Motor vor Hitze knisterte, auf der Einfahrt aus Muschelkies stehen und folgte ihm. Er saß auf den Stufen, seine großen Hände lagen auf den Knien, die Narben der Messerwunden auf den Armen sahen aus wie Würmer, die sich unter seine Haut gegraben hatten. Die Oberfläche des Bayou reflektierte die grellen Sonnenstrahlen, doch er starrte sie an, ohne zu blinzeln.

„Sie lassen die Vergangenheit auch nicht ruhen, oder?", sagte er.

„Man muss ihr gegenübertreten, um sie loszuwerden, Hogman", entgegnete ich.

„Ich hab Ihnen fast alles gesagt, was ich weiß. Warum lassen Sie es nicht gut sein?"

„Was ist mit Jackson Posey passiert, dem Wächter, der Junior immer zu Miss Andreas Haus bringen musste?"

„Der Krebs hat ihn aufgefressen. Hab gehört, dass er im Charity Hospital in Lafayette gestorben ist. Hat sich lange hingezogen."

Ich nahm eine Handvoll schimmeliger Pekannüsse aus dem schattigen, feuchten Erdreich und begann, sie in den Bayou zu werfen.

„Sie haben nie jemandem erzählt, warum Sie im Garten einen Flaschenbaum züchten, oder?", fragte ich.

„Geht niemanden was an."

„Sie sind ein religiöser Mann, Hogman. Jede dieser Flaschen steht für ein anderes Gebet. Jedes Mal, wenn der Wind das Glas zum Singen bringt, steigt ein Gebet von diesen Flaschen in den Himmel auf, nicht wahr?"

Er senkte den Blick und fummelte mit einem Zahnstocher an seinen Fingernägeln herum.

„Was ein Mann zu Hause tut, ist seine eigene Angelegenheit", sagte er.

„Sie helfen, einen Mord zu vertuschen, Hogman."

„Ist nicht richtig, dass Sie so mit mir reden, Dave. Nein, Sir."

„Vielleicht nicht. Aber warum wollen Sie die Familie Le-Jeune schützen?"

„Ich hab nicht gesehen, was im Camp passiert ist, nachdem ich weg war. Kann Ihnen nix sagen über das, was ich nicht gesehen hab. Will Ihnen auch nicht erzählen, was ich gesehen hab."

„Jemand hat es gesehen. Jemand weiß es."

Er atmete schwer durch die Nase, die Nasenflügel bebten vor Frustration meinetwegen und wegen seines Gewissens. Der Wind war kühl und raute die Oberfläche des Bayou auf, Hogmans Baum klang wie Teelöffel, die gegen Gläser klopfen. „Unten auf der Pecan Island gibt es einen Mann, der zur selben Zeit gesessen hat wie Junior und ich. Er hat immer die Wasserkanne getragen, wenn wir mit der Gang an einer Straße gebaut haben. Er und seine Tochter verkaufen Krebse und Gemüse von einem Truck herunter, draußen auf der Bundesstraße. Er heißt Woodrow Reed."

„Wie steht er dazu, sich mit einem weißen Mann zu unterhalten?"

„Es ist ihm egal, welche Hautfarbe Sie haben. Er ist auf einen Strommast geklettert, um eine Katze herunterzuholen und hat einen Stromschlag abbekommen. Seine Augen sind in seinem Kopf verbrutzelt. Die Augen machen den Leuten Angst. Vielleicht ist deshalb niemand dort und fragt Woodrow, was er damals gesehen hat."

* * *

Ich fuhr zurück nach New Iberia und dann in den Süden von Abbeville, wo die Zuckerrohrfelder allmählich von Sauergrasgewächsen, Gummibaum-Gruppen und kilometerweiten Sumpfgebieten abgelöst wurden, die in den Golf von Mexico übergingen und die wasserreiche, undefinierte Küste von Südwest-Louisiana bildeten. Ich überquerte eine Brücke zu einer der wenigen Barriereinseln, die in Louisiana noch übrig waren, ein Riff, das sich aus einem festgebackenen Muscheluntergrund zusammensetzte, der von der Tide zermahlen worden war, auf dessen Kuppe sich Erde abgelagert hatte, die zu den fruchtbarsten in der westlichen Hemisphäre gehörte. Die benachbarten Inseln waren für den Bau von Highways schon vor Jahrzehnten ab- und ausgebaggert worden, doch auf Teilen der Pecan Island, die größtenteils von einer Ölfirma als Erholungsort für ihre Vorstände erhalten worden war, lagen große Waldflächen, wo das Dach aus Baumkronen von Virginia-Eichen fast hundert Meter in den Himmel ragte, und das Sonnenlicht, das durch das Moos, die Äste und Ranken brach, dieselbe Farbe hatte wie das gefilterte Licht der grünen Gewässer der Florida Keys.

Mitten zwischen Camps zur Entenjagd, mit ihren breiten Veranden, die von Insektennetzen eingehüllt waren, und ihren angrenzenden Bootshäusern, lag die winzige Gemüsefarm und das Krabbengeschäft von Woodrow Reed. Neben dem kleinen, farblosen Haus standen stapelweise faltbare Krabbenfallen aus Draht, verkrustet mit getrocknetem Abfall aus dem Fluss. Eine Schwarze mittleren Alters schnitt in unmittelbarer Nähe gerade Teile von Biberratten auf einem Schlachtklotz klein. An ihren Gummihandschuhen klebten Sprenkel einer braunen Masse.

Woodrow Reed hatte große, runde und seltsam flache Augen, die aussahen wie auf Papier gemalt, ausgeschnitten und dann ins Gesicht einer Schaufensterpuppe geklebt. Diese Augen starrten mich – ohne Blinzeln, die Pupillen geweitet – durchdringend an, obwohl Woodrow ganz offensichtlich blind war.

„Ich bin Dave Robicheaux vom Iberia Parish Sheriff's Department", sagte ich. Ich holte meine Dienstmarke hervor und hielt sie hoch, sodass die Frau, die im Garten stand, sie sehen konnte.

„Ich wusste, dass Sie kommen würden", sagte er und erhob sich von der Verandastufe, auf der er gesessen hatte.

„Hat Hogman Sie angerufen?", fragte ich.

„Ja, aber das musste er gar nicht. Ich wusste, dass eines Tages jemand kommen würde. Wollen Sie reinkommen, Sir?" Er öffnete die verrostete Fliegengittertür zu seiner Veranda und wartete darauf, dass ich eintrat.

Er konnte nicht größer als eins fünfzig sein. Seine Haut hatte die Farbe eines Abziehleders, das vom Gebrauch gelb geworden war, sein Körper wirkte gedrungen, aber zugleich sehnig, Wangen und Kinn zierte ein grauer Bart. Doch ich kam nicht über seine Augen hinweg. Ich hatte Augen wie diese erst einmal im Leben gesehen, an der Leiche eines Mannes, der aus einem Grab in Nord-Montana exhumiert worden war, nachdem er dort Jahrzehnte in gefrorener Erde gelegen hatte.

„Wie sind Sie zu Ihrer Farm gekommen, Mr. Reed?", fragte ich.

„Sie kennen die Antwort darauf doch schon."

„Können Sie mir sagen, wie Junior Crudup gestorben ist?", wollte ich wissen.

Woodrow Reed saß auf etwas, das wie ein Kinositz aussah, der auf einen Holzblock montiert war, die Hände auf den Oberschenkeln abgestützt. Seine Jeans waren sorgsam gebügelt, die Knöpfe der Aufschläge und Taschen des langärmeligen Arbeitshemdes geschlossen.

„Der Doktor hat mir noch ein Jahr gegeben. Ich habe die Farm bereits meiner Tochter übereignet. Gibt nicht mehr viel, was mir noch was ausmacht. Ich hab Krebs, wie Jackson Posey, obwohl ich nie geraucht hab, so wie er, und nie Probleme mit meiner Haut hatte", sagte er.

„Erzählen Sie mir von Junior, Sir."

„Junior war immer nur Junior. Der hat sich nie wegen anderen verbogen. So war Junior", sagte er und lächelte zum ersten Mal.

* * *

An einem der schwindenden Tage des Sommers, wenn das bernsteinfarbene Licht der Abenddämmerung die Landschaft in eine vergilbte alte Fotografie verwandelte, setzte sich Junior Crudup im Arbeitslager mit seiner zwölfsaitigen Stella-Gitarre auf die Stufen der Hütte und begann, einen Song zu komponieren, dessen Text er mit Bleistift auf eine Papiertüte schrieb, die er neben sich auf den Holzdielen glattgestrichen hatte.

„Wie nennste deinen Song?", fragte Woodrow und setzte sich neben ihn.

„Der Engel vom Arbeitslager Nummer neun", erwiderte Junior.

Woodrow rieb sich den Bart, der wie schwarzer Draht auf seinem Kinn wuchs.

„Findste das 'ne gute Idee, Junior?", fragte er.

„Werd das irgendwann in Memphis auf Platte aufnehm. Wirst schon sehen", sagte Junior.

„Ich hab ihren Wagen gestern Abend hier draußen gesehn. Hat direkt dort auffe Straße geparkt. Sie saß am Lenkrad, hat eine Zigarette geraucht und im Dunkeln Radio gehört."

„Du verarscht mich besser nich, Woodrow."

„Sie war es. Cap'n Posey is zu dem Fenster hin und hat sie gefragt, ob irgendwas nich in Ordnung is. Sie hat gesagt, sie macht nur 'ne Spazierfahrt. Dann is sie weitergefahn, die Straße runter, zum kleinen Ladn, anne Brücke. Und 'n bisschen später hab ich sie wieder zurück zum großen Haus fahn sehn. Sie hat 'ne Flasche Bier getrunkn und ihr Kinn mit jedem Schluck hochgekippt."

„Warum hast du mich nicht geholt?"

„Du hast zu viel Zeit oben im Nordn verbracht. Du hast Gedankn, die kein Nigger in Lou'sana haben sollte."

„Vielleicht war das am Anfang so. Aber jetzt nicht mehr. Weißt du, was sie so besonders macht?"

„Ihre Tittn sind nicht übel."

„Red nicht so, Woodrow. Sie ist was Besonderes, weil sie andere Menschen respektiert."

Junior rückte die Gitarre auf seinem Oberschenkel zurecht, steckte sich drei Fingerpicks aus Stahl auf die rechte Hand, griff einen Akkord und begann zu spielen.

At Camp Number Nine it's „Roll, nigger, roll,
No heaven for you, boy, the state own your soul."
They took my home and family,
Give me chains, fatside and beans,
Bossman making me a Christian,
God Almighty, hear that Betty scream.

„Du riskierst deinen Arsch für jemand, der nich mal weiß, dass du noch lebst", sagte Woodrow.

„Reiche Ladies wie sie haben alles Mögliche zu tun, und Orte, wo sie hinreisen müssen, Woodrow. Sie kann nicht ständig hier runterkommen."

„Lass bloß Boss Posey den Song nich hören."

„Wenn sie mich wieder ins Haus einlädt ...", sagte Junior.

„Ja?"

„Dann ist das der erste Song, den ich spielen werde."

Im Herbst gab es eine Dürre, die Felder trockneten aus und brachen unter der erbarmungslosen Sonne und dem wolkenlosen Himmel, der um die Mittagszeit aussah wie weißes Glas. Die Blätter des Zuckerrohrs verdorrten im Wind, fransten an den Enden aus und raschelten trocken auf den Stängeln, und gegen Abend war der Himmel zimtfarben vor Staub. Die Häftlinge banden sich Taschentücher vor Mund und Nase und füllten mit Eimern, die sie an Seilen in den Bayou warfen, die von Maultieren gezogenen Tanks. Um Wasser zu sparen, badeten die Männer im Bayou, danach saßen sie bis zum Einschließen lustlos auf den Treppenstufen der Hütten. Jeden dritten oder vierten Abend, wenn die Zikaden in einem Zedernhain in der Nähe des Camps sangen, arbeitete Junior an dem Song, den er zu Ehren von Andrea LeJeune komponierte und wartete auf eine Einladung, wieder in ihrem Garten zu spielen. Er redete sich ein, sie wäre dabei, den Gouverneur wegen ihm zu kontaktieren, und dass jeden Tag die Verfügung am Tor des Camps eintreffen würde, ihn auf Bewährung zu entlassen.

Eines Septembermorgens beim Durchzählen sah Jackson Posey eine gefaltete, braune Papiertüte mit Bleistiftgekritzel, die aus Juniors Gesäßtasche lugte.

„Was hast du da, Junior?", fragte er.

Die Sonne war bereits ein mattes Rot, umhüllt von Staub, der von den Feldern wehte. Am Ende der Böschung, die hinunter zum Bayou führte, war das Wasser flach und wimmelte vor Mücken, algenüberzogene Baumstümpfe ragten aus dem Wasser und es roch nach toten Fischen, die aufgebläht und von Fliegen übersät am Ufer lagen.

„Bloß ein paar kleine Notizen, die ich nur für mich mache, Boss", erwiderte Junior.

„Lass mal sehen", forderte Jackson Posey und setzte seine Brille auf. Er nahm Junior die Tüte aus der Hand und las die Worte darauf, wobei seine Lippen sich lautlos bewegten. Die Wunden auf seinen Armen schienen tiefer zu sein, und inzwischen eher schwarz als lila. Seine Augen fixierten Junior. „Du hast hier was über Camp Number Nine drin?", fragte er.

„Ja, Sir."

„Camp Number Nine, das sind wir."

„Ja und nein, Boss."

Der Wächter las beide Seiten der Papiertüte, dann schüttelte er eine Camel aus der Zigarettenpackung und steckte sie sich zwischen die Lippen. Er lachte in sich hinein und gab Junior den Liedtext zurück. „Ich habe keine große Ahnung von Dichtkunst, aber ich würd' sagen, bewahr das auf."

„Danke, Sir."

„Um dir damit den Arsch abzuwischen. Du schaffst es immer wieder, mich zu amüsieren, Junior", fügte Posey hinzu.

* * *

Zwei Tage später beim Morgenappell stieg Andrea Le-Jeune am Tor zum Camp aus ihrem Ford Cabriolet. Sie trug eine dunkle Sonnenbrille, ein blaues Haarband und ein gepunktetes Sommerkleid, das der Wind ihr um die Beine wehte.

„Wir nehmen Junior mit zu einem Aufnahmestudio

in Crowley, Mr. Posey. Sorgen Sie dafür, dass er Gitarre, Mundharmonika und etwas zu essen mitnimmt. Sie beide fahren mir in Ihrem Truck hinterher", befahl sie.

Jackson Posey schaute unwillkürlich zu dem großen Haus. „Ist Mr. LeJeune zu Hause, Ma'am?", fragte er.

„Nein, ist er nicht, und mir gefällt Ihre Fragerei nicht", entgegnete sie.

Junior wickelte seine Stella in eine Decke, band sie mit einer Schnur um den Gitarrenhals und -bauch fest, und steckte seine E-Dur Marine Band Mundharmonika in seine Hemdtasche. Bevor sie das Camp verließen, legte Posey Junior Handschellen und Fußfesseln an und legte die Gitarre hinten in den Truck. Als sie wegfuhren, schaute Junior zurück aus dem Fenster auf seinen Freund Woodrow, der unter den Blicken eines Wächters zu Pferde einen Eimer an einem Seil in den Bayou warf.

Dann waren Junior und Jackson Posey auf dem Highway und fuhren durch einen langen Tunnel aus Eichen hinter Andrea LeJeunes violettem Cabriolet hinterher. Über ihnen flackerte das Sonnenlicht durch die Bäume und der Wind kühlte ihre Gesichter.

„Jetzt kommst du ganz groß raus, hä?", sagte Posey.

„Davon verstehe ich nichts, Sir."

„Glaubst du, es ist Zufall, dass sie dich nach Crowley bringt?"

„Ich kann Ihnen nicht folgen, Boss."

„Da trifft sie einen Mann, auf den ich noch nicht einmal spucken würde. Castille LeJeune hätte etwas von seinem Geld in einen Keuschheitsgürtel investieren sollen. Kennst

du den Unterschied zwischen reichen Leuten und uns?",
fragte Posey.

„Nein, Sir."

„Die kommen immer davon."

Als sie auf den Marktplatz von Crowley abbogen, parkte
Andrea LeJeune an einem der alten, hohen Bürgersteige
und ging in einen 99-Cent-Laden, vor dem eine Popcornmaschine stand, um den Münzfernsprecher zu benutzen.
Dann fuhren sie wieder hinaus aufs Land, durch die Reis-
felder, die von Hecken durchschnitten wurden, zu einem
weiß gestrichenen Haus mit Flachdach, das komplett
aus Betonsteinen gebaut war und in einem Zedern- und
Pinienwäldchen stand wie ein Bunker.

Dies war dasselbe einfache Studio, in dem einige Jahre
später Warren Storm und Lazy Lester Aufnahmen machen
würden und Phil Phillips das Master von *Sea of Love* schneiden würde, von dem sich über eine Million Platten verkauften. Die Ausstattung bestand größtenteils aus Krempel
aus der Vorkriegszeit, den Resonator für Juniors akustische
Stella gab ein Stück Regenrohr mit einem Mikrofon am
anderen Ende. Doch jeder im Studio wusste, wer Junior
Crudup war, das Bewusstsein, dass er ein Schwarzer und
verurteilter Häftling war, schmolz mit jeder Minute der
Session in sich zusammen.

Er nahm acht Stücke auf, von denen das letzte *The Angel
of Camp Number Nine* war. Als er den Text sang, schaute er
durch ein verdrecktes Seitenfenster und sah sie am vorderen
Kotflügel ihres Cabriolets stehen und mit einem großen,
weißen Mann sprechen, der gerade aus einem Oldsmobi-

le ausgestiegen war, dessen verchromter Kühlergrill Haifischzähnen ähnelte. Der Weiße war dünn, hatte dunkle Haare und sein frisch gestärktes Hemd war ordentlich in seine Seersucker-Hose gesteckt. Er hatte einen Fuß auf die Stoßstange seines Wagens gestellt und entfernte Gras von der Spitze seines zweifarbigen Schuhs, nahm dann seine Autoschlüssel aus der Tasche und ließ den Schlüsselring an seinem Finger durch die Luft kreisen.

Kurz darauf fuhr er in seinem Oldsmobile Richtung Stadt und Andrea LeJeune folgte ihm mit ihrem Cabrio. Juniors Stimme versagte mitten im Song und er musste noch einmal von vorne anfangen.

Später fuhren Junior und Jackson Posey über den Marktplatz von Crowley heimwärts, vorbei an den Ladenfronten mit den Kolonnaden und den baumbeschatteten, hohen Bürgersteigen mit den eingelassenen Metallringen, und vorbei am 99-Cent-Laden mit der Popcornmaschine, von dem aus Andrea LeJeune ihren Anruf getätigt hatte.

Junior saß zusammengesunken auf dem Beifahrersitz, die Hände waren in Handschellen und die Kette zwischen seinen Knöcheln vibrierte mit den Bewegungen des Trucks. Seinen Gesichtsausdruck verbarg er vor Jackson Posey.

„Ich werde dir was zeigen", sagte Posey plötzlich und fuhr in eine Seitenstraße und hinaus auf die Bundesstraße, vorbei an einem schattigen Motel mit einem Swimmingpool im Garten und einem Restaurant zur Straße hin. Posey verlangsamte die Fahrt, sodass er und Junior einen guten Blick auf die Gebäude hinter dem vergitterten Eingang hatten.

„Ich muss das alles hier nicht sehen, Boss", sagte Junior.

„Da ist sein Oldsmobile. Da ist ihr kleiner Ford. Was glaubst du, macht er gerade mit ihr?"

Junior starrte auf seine gefesselten Hände und sagte kein Wort mehr, bis sie zurück im Camp waren.

Doch der Tag war für ihn noch nicht vorbei. Kurz nach dem Abendessen kam Posey wieder, um ihn zu holen. „Sie will dich sehen", sagte er.

„Bin müde, Boss."

Junior war allein, saß auf einer umgestülpten Coca-Cola-Kiste in der Ecke des kahlen Hofes, neben dem Zaun, auf dem fünf Reihen nach innen gerichteter Stacheldraht befestigt waren, seine Gitarre lag immer noch in die Decke verpackt und zugeschnürt drinnen auf seinem Bett. Die Sonne war nur noch ein Streifen am westlichen Horizont und der purpurne Himmel pulsierte mit dem Dröhnen der Zikaden.

„Heb deinen mageren Arsch hoch, bevor ich ihn dir zwischen deine Schulterblätter trete", sagte Posey. „Und noch was …"

„Was denn, Boss?"

„Wenn du ihr steckst, dass ich mit dir heute am Motel vorbeigefahren bin, nehme ich dich mit raus zu einem Baumstumpf, nagle deine Eier daran fest und lasse dich dann mit einem Messer zurück. Und ich erzähl keine Geschichten, Junior. Ich hab gesehen, wie mein Daddy das gemacht hat, als ich noch ein kleiner Junge war."

Aber Junior stand nicht von der Cola-Kiste auf.

„Ich spiele heute nicht mehr", sagte er.

Posey hob die Faust und schlug ihn zu Boden.

„Schlag mich oder setz mich auf die Latrine. Ich werde heute nicht mehr spielen", sagte Junior.

„Ich brauche dich nicht zu schlagen. Ich verprügele einfach Woodrow Reed stattdessen", sagte Posey.

Auf dem Weg zum Haus von Castille und Andrea LeJeune fragte Junior sich, was er dieser Welt angetan hatte, dass ihm täglich solches Leid zugefügt wurde.

Er wartete auf der Terrasse mit seiner Gitarre und Mundharmonika darauf, dass Andrea LeJeune nach unten und durch die Verandatür hinauskam. Als sie erschien, trug sie immer noch das gepunktete Kleid, das sie tagsüber getragen hatte. Ihr Gesicht wirkte im Abendlicht abgespannt und irgendwie schmaler.

„Ich wollte Sie wissen lassen, dass der Produzent im Studio angerufen hat und gesagt hat, wie begeistert er war. Es tut mir leid, dass ich es nicht geschafft habe, Sie spielen zu hören", sagte sie.

„Ich verstehe, Ma'am", erwiderte er.

„Ich muss fortgehen, Junior. Aber ich werde alles dafür tun, dass Sie aus dem Gefängnis entlassen werden. Was ist mit Ihrem Kopf passiert?"

„Ich bin die Treppe heruntergefallen", entgegnete er mit leerem Blick.

Sie schaute Jackson Posey, der am Pick-up in der Einfahrt stand, lange und hart an.

„Kommen Sie ins Haus", sagte sie.

„Das ist keine gute Idee, Miss Andrea", sagte Junior.

Sie ging zum Rand der Einfahrt.

„Mr. Posey, Junior kommt kurz mit ins Wohnzimmer. Wir möchten nicht gestört werden", sagte sie.

„Das kann ich nich erlauben, Ma'am."

„Sie können *was* nicht?", sagte sie.

Sie starrte ihn an, bis er den Blick senkte, drehte sich dann auf dem Absatz um, marschierte ins Haus und bedeutete Junior dabei mit einem Wink, ihr zu folgen.

„Setzen Sie sich."

„Miss Andrea, Boss Posey ist kein gewöhnlicher Mann", sagte Junior.

„Ich werde jede Woche anrufen und dafür sorgen, dass jemand nach Ihnen sieht. Sie brauchen vor nichts Angst zu haben."

„So funktioniert das nicht."

Sie setzte sich auf einen antiken Stuhl mit einem ovalen, roten Polster an der Rückenlehne und faltete die Hände im Schoß. „Der Produzent sagte, Sie hätten einen Song namens *The Angel of Camp Number Nine* geschrieben. Ist der über mich?"

Er zögerte, dann sagte er: „Ja, Ma'am, ich denke mal, das ist er wohl."

„Das ist eines der rührendsten Komplimente, die ich je erhalten habe. Ich würde mich sehr freuen, wenn Sie ihn mir vorspielen."

Er hängte sich die Gitarre um und begann zu singen:

White coke and a red moon sent me down,
Judge say ninety-nine years, son, you Angola bound,

It's the Red Hat Gang from cain't-see to cain't see,
The gunbulls say there the graveyard, boy,
If you want to be free.
Lady with roses in her hair come to Camp Number Nine,
Say you ain't got to stack no mo' Lou'sana time,
Gonna carry you up to Memphis in a rubber-tired hack,
Buy you whiskey, cigars, and an oxblood Stetson hat.
Miss Andrea is an angel drive a li'l purple car,
Live on cigarettes, radio, and a blues man's guitar ...

Noch bevor er aus dem Fenster nach vorn auf die Einfahrt schauen konnte und Castille LeJeunes Auto sah, das sich dem Haus näherte, wusste er, dass gerade etwas ganz schrecklich falsch lief. Andrea LeJeunes Gesichtsausdruck wirkte angewidert, als hätte jemand sie mit einer schmutzigen Hand berührt.

„Sie brauchen nicht mehr weitersingen", sagte sie.

„Ma'am?"

„Was Sie getan haben, ist sehr nett, aber ich denke nicht, dass dieser Song Teil der Aufnahme sein muss."

„Ich verstehe nicht richtig", sagte er.

„Diese spezielle Komposition sollte besser gelöscht werden. Ich denke, das ist deutlich genug, oder?"

Er spürte, wie sich sein Mund kräuselte, als wäre ein Nervenstrang in seinem Gesicht durchtrennt worden. Er hörte, wie draußen eine Autotür zugeschlagen wurde, dann Schritte im Flur.

„Warum sollte er nicht Teil der Aufnahme sein?", fragte er.

„Ich denke nicht, dass ich Ihnen das erklären muss", erwiderte sie.

Seine Kehle fühlte sich an, als hätte er eine Handvoll Nadeln geschluckt. „Ich bin jetzt so weit, dass Posey mich zurückbringen kann", sagte er. Er zog die Marine Band Mundharmonika aus seiner Hemdtasche und legte sie auf eine geblümte Couch bei der Verandatür.

„Ich bin es nicht gewohnt, dass mir Leute Geschenke, die ich ihnen gemacht habe, zurückgeben", sagte sie.

„Das weiß ich sehr zu schätzen, Ma'am, ich meine, ich wüsste es mehr zu schätzen als alles andere auf der Welt, wenn Sie für mich Boss Posey zurufen könnten, ich sei auf dem Weg", sagte Junior.

Genau in diesem Moment öffnete Castille LeJeune die Tür und kam ins Wohnzimmer, an einem Finger hing ein Panamahut und auf dem Gesicht ein ungläubiges Lächeln.

„Bitte erkläre mir das, oder ich muss davon ausgehen, dass ich entweder den Verstand verloren habe oder ins falsche Haus gegangen bin."

* * *

Ich hörte das Handy auf dem Beifahrersitz meines Pickups klingeln. Ich ging hinaus und nahm ab.

„Wo bist du?", hörte ich Helen Soileaus Stimme sagen.

„Pecan Island."

„Was machst du auf Pecan Island?"

„Ich vernehme einen Mann, der zusammen mit Junior Crudup gesessen hat."

Sie atmete schwer aus. „Wir haben einen Wagen auf dem Grund der West Cote Blanche Bay. Der Fahrer ist immer noch drinnen. Ein Zeuge sagt, er hätte gehört, wie Feuerwerkskörper losgegangen sind, bevor der Wagen ins Wasser gefahren ist. Dann ist das Auto von einem Pier gefahren."

„Wie wär's, wenn du jemand anderen hinschickst?"

„Dave, dein Alleingang endet genau hier und jetzt. Schieb deinen Arsch hier rüber."

„So schnell ich kann", antwortete ich.

„Das reicht nicht."

Ich schaltete den Klingelton meines Handys auf stumm und ging hinein, um das Gespräch mit Woodrow Reed zu beenden.

17

„Mr. LeJeune und Miss Andrea hattn in dieser Nacht 'nen großen Streit", sagte Woodrow.

„Woher wissen Sie das?"

„Meine Cousine war Dienstmädchen dort. Sie hat mir später erzählt, also, nachdem ich aus'm Knast raus war, da hat sie mir erzählt, dass Mr. LeJeune an diesem Abend durchgedreht ist. Er hat an Miss Andreas Kleidern gerochen."

„Er hat *was*?"

„Er hat an ihren Kleidern gerochen und gewusst, dass sie ihn betrügt. Er hat das ganze Haus zusammengebrüllt, hat geschrien, dass seine Frau mit 'nem Nigger ins Bett geht.

Meine Cousine hatte solche Angst, dass sie aus'm Haus gerannt is und sich unten am Bayou zwischen den Bäumen versteckt hat. Sie hat gesagt, Mr. Castille is dann aus'm Haus gestürmt und is mit seinem Auto runter ins Arbeitslager gefahren."

„Auf der Suche nach Junior?"

„Nee, Sir. Er hatt's auf Boss Posey abgesehen gehabt. Ein Mann wie Castille LeJeune fasst einen Nigger-Sträfling nich an. Boss Posey war's, an dem er's ausgelassen hat."

„Ich verstehe nicht. Jackson Posey wusste, dass Junior unschuldig war, dass Andrea LeJeune eine Affäre mit einem Mann in Crowley hatte."

„Was sollte Boss Posey denn sagen? *Ihre Frau schläft mit 'nem anderen Weißen, und ich hab's gewusst und nix davon gesagt?* Boss Posey saß in der Klemme, genau wie Junior. Also hat Boss Posey seinen Job und seinen Arsch auf die einzige Art gerettet, die er kannte."

Woodrow Reed unterbrach seinen Bericht, die Hände bewegungslos auf seinen Oberschenkeln, starrte mich mit leeren, blinden Augen an. Die Pupillen waren übermäßig groß, wie schwarze Vierteldollarmünzen, als enthielten sie Gedanken und Erinnerungsbilder, die gerade in seinem Kopf platzten.

„Seinen Arsch retten auf welche Weise, Woodrow?", fragte ich.

„Ich schäm mich sehr deswegen, Mr. Robicheaux. Die Geschichte von Judas gibt's nich nur in der Bibel. Dreißig Silberlinge können auf vielfältige Weise zu einem kommen."

Er sah mich lange Zeit blicklos an, während Glühwürmchen draußen in der Dunkelheit aufleuchteten und Motten schnarrend an den Fliegengittern abprallten. Dann erzählte er mir den Rest der Geschichte.

* * *

Zwei Wochen vergingen im Lager, und immer noch war kein Regen in Sicht, nur Hitze und Staub, der von den Feldern hereinwehte, und nachts Trockengewitter und weit entferntes Donnern über dem Golf. Achtlos aus den Fenstern von Autos geworfene Zigaretten führten zu Bränden an den Straßenrändern, die sich auf die Zuckerrohrfelder ausdehnten, und nach Sonnenuntergang saßen Woodrow und Junior auf den Treppenstufen vor ihrer Hütte und sahen zu dem matten roten Schein in den braunen Rauchwolken am Horizont hinüber.

Junior spielte nicht mehr Gitarre, beteiligte sich nicht mehr an Bourré-Spielen, riskierte keine große Lippe mehr gegenüber den Aufsehern. Bis zum Einschluss lungerte er in den Ecken des Hofs herum oder saß auf seiner umgedrehten Coca-Cola-Kiste, die inzwischen jeder nur noch *Juniors Kiste* nannte, oder er saß mit Woodrow auf den Stufen, starrte hinaus auf die leere, unbefestigte Straße, die zu einem kleinen Gemischtwarenladen an der Zugbrücke führte.

„Du machst dich wegen was fertig, das es eigentlich nie wirklich gab", sagte Woodrow. „Miss Andrea is 'ne nette Weiße. Aber das is auch schon alles. Sie is nich vom lieben

Gott geschickt worden, damit'se sich um Junior Crudup kümmert."

„Halt's Maul, Woodrow", erwiderte Junior.

„Klar, kann ich machen. Dann kannst du Selbstgespräche führen, weil hier denkt ja sowieso jeder, du hättest den Verstand verloren."

Woodrow zog ein zerfleddertes Kartenspiel aus seiner Hemdtasche, mischte den Stapel, hielt ihn Junior hin. „Hier, ich les dir aus den Karten. Kostet dich auch nix", sagte er.

„Lass mich doch mit deinem Scheiß in Ruhe", knurrte Junior.

Aber Woodrow machte weiter und drehte die Karten eine nach der anderen um, legte sie kreisförmig ab auf der Fläche zwischen sich und Junior. „Siehst du, das hier bist du, der einäugige Bube. Clever, mit 'nem feinen dünnen Schnurrbart, die ganze Welt in der Tasche. Da oben is die Herzkönigin. Jetzt rat mal, wer das is. Hier haben wir Karokönig. Rate mal, wer das is. Achte drauf, dass König und Königin sich überhaupt nicht die Bohne dafür interessieren, ob der einäugige Bube mit sich am Taschenbillard-Spielen is oder nich. Und das bedeutet, Junior, reichen weißen Leuten ist es scheißegal, was hier unten im Lager passiert."

„Hab keine Zeit für so was, Woodrow."

Woodrow nahm drei weitere Karten vom Stapel und legte sie zackig in einer Linie untereinander, die den Kreis senkrecht zerschnitt. „Siehst du, und hier haben wir den Joker, direkt über dem Kopf vom einäugigen Buben. Das bedeutet, unser Mann, der einäugige Bube, is 'n kompletter Idiot. Du willst deinen Song doch bestimmt nich umbenennen in *The Dumbest Nigger in Camp Number Nine,* oder?"

Doch Junior starrte nur auf die Brände und die braunen Rauchwolken am Horizont und die Bussarde, die langsam in einer spiralförmigen Bewegung zu einem Wald auf der anderen Seite des Bayou segelten.

Woodrow legte drei weitere Karten in einer waagerechten Linie auf die Stufe, vervollständigte damit ein Kreuz innerhalb des Kreises. Junior rechnete schon mit einer weiteren verhöhnenden Bemerkung, doch stattdessen war da nur Schweigen.

„Warum hast du diesen Ausdruck im Gesicht?", fragte er.

Woodrow begann, die Karten wieder einzusammeln. Aber Junior hielt sein Handgelenk fest.

„Antworte mir, Woodrow", sagte er.

„Ist nur 'n Kartentrick. Lege damit die Leute schon seit Jahren rein. Hat alles nix zu bedeuten", erwiderte er.

Junior zog Woodrow eine Karte aus der Handfläche, die er dort verborgen hatte. „Wieso versuchst du denn, den Pikbuben zu verstecken?", fragte er.

Woodrow rieb sich ein Auge mit dem Handballen und starrte traurig aufs Bayou hinaus. „Das ist Boss Posey, Junior. Bei Gott, das ist Boss Posey. Warum hast du dir das nur angetan?", sagte er.

Dann stürzte er fort, um allein zu sein, ließ sein Kartenspiel über die Stufen verteilt zurück.

* * *

Am nächsten Tag erhielt Junior mit der Post einen Vertrag von dem Aufnahmestudio. Er saß auf der Kante seiner Koje und las den Begleitbrief, dann ging er zur Feuerstelle und hielt ein Streichholz an den Brief, den Vertrag und den Umschlag, in dem sie gekommen waren, und sah zu, wie das brennende Papier sich auf der gusseisernen Herdplatte kräuselte und zu Asche verkohlte. Am Morgen darauf stand Junior beim Zählappell unrasiert und schmutzig in der ersten Reihe der Männer, die auf die Felder hinausgehen und Feuerschneisen um das unversehrte Zuckerrohr herum ausheben und Erde über noch schwelende Stoppeln schaufeln sollten. Jackson Posey sah seine verquollenen Augen und schnüffelte an seinem Atem. „Wo hast du den Julep her?", fragte er.

„Kann mich nicht erinnern, Boss", erwiderte er.

„Woodrow, lauf zurück zum Schuppen und hol mir eine Kiste von den leeren Limoflaschen", befahl Posey.

Woodrow setzte sich zum hinteren Teil des Lagers in Bewegung.

„Ich hab gesagt, lauf, Junge."

„Yo, Boss", sagte Woodrow.

Er lief zum Schuppen und schnappte sich eine Holzkiste mit Royal-Crown-Cola-Flaschen und drückte die Tür mit dem Fuß zu, wobei die Flaschen in der Kiste klirrten. Dann zögerte er, als hätte er eine Entscheidung vor sich, die für immer definieren würde, wer er war und welchen Platz er auf dieser Welt einnahm. Am Rande seines Blickfelds konnte er das LeJeune-Haus hoch oben am Hang sehen, das einem Dampfschiff ähnelte, umgeben von Virginia-Eichen und Palmen, daneben einen Bulldozer, der bei einem ausgebaggerten Loch zwischen Lager und Haus stand, wo gerade ein beschädigter Benzintank entfernt worden war. Er nahm den Ruß und den braunen Rauch von den Feldern wahr, die am Himmel kreisenden Bussarde, den Stacheldraht, der das Lager einfasste, die Blechdächer der Hütten, die unter der Hitze des Tages gleißten, den glatten, festgetretenen Lehm des Hofs, die Aufseher und zuverlässigen Wärter, die bereits auf dem Rücken ihrer Pferde saßen, die meisten bewaffnet mit abgesägten Zwillingsschrotflinten, deren Stahl die Farbe von benutzten Fünfcentmünzen hatte, und mitten drin Woodrows bester Freund Junior Crudup, betrunken von Julep, einem Gebräu aus Hefe, Rosinen und gemahlenem Mais, aufgekocht in einer Sirupdose. Junior, der kurz davor stand, von seinem eigenen Stolz vernichtet zu werden.

Lass die Flaschenkiste fallen, sagte er sich. Sollen die dich doch zurück nach 'Gola schicken. Mach deine Knochenarbeit in der Deich-Gang, lass dich in Camp A in den Schwitzkasten stecken, aber hilf ihnen nicht noch, Junior zu zerstören. Bitte, Gott, lass mich stark sein, wenn ich schwach bin, betete er.

„Gottverdammt, Junge, beweg deinen Arsch!", brüllte Jackson Posey.

„Ich komme, Boss!", rief Woodrow im Laufen, während die leeren Limonadenflaschen in ihren hölzernen Fächern klirrten.

Junior setzte sich auf den Boden, zog Schuhe und Socken aus und stieg auf die Flaschenhälse, streckte die Arme seitlich aus, um das Gleichgewicht zu halten. Die anderen Männer marschierten durch das Eingangstor hinaus, die Augen stur geradeaus, und stiegen in die wartenden Lastwagen. Als sie in die staubige Landstraße einbogen, sah Woodrow durch die Latten der Heckklappe zurück und sah seinen Freund zitternd wie ein Wackelpudding auf den Reihen der Flaschen stehen, der Schmerz verborgen hinter seinen geschlossenen Lidern.

Junior stand immer noch da, als die Lastwagen abends zurückkehrten. Nur, dass er nicht mehr aussah wie Junior. Seine Gesichtshaut schälte sich an mehreren Stellen, wässrige Blasen bedeckten seinen Kopf; ein Auge war zugeschwollen, seine Jeans dunkel von seinem eigenen Urin.

Bei Sonnenuntergang durfte Junior von der Kiste steigen und sich in eine Ecke des Hofs setzen. Als die anderen Männer auf dem Weg zur Kantinenbaracke vorbeikamen, sahen sie die Sohlen von Juniors Füßen und mussten die Augen abwenden. Doch Juniors Martyrium war noch nicht vorbei. Jackson Posey ragte über ihm auf, in sich gekehrt, berührte mit dem Zeigefinger nachdenklich seinen Mundwinkel. Der Aufseher blickt den Hang hinauf zu dem ausgehobenen Loch in der Landschaft, wo zuvor der Benzintank aus der Erde geholt worden war.

„Zieh deine Schuhe an, Junior. Woodrow, hol eine Schaufel aus dem Schuppen, außerdem meinen Lunch-Tornister und einen Stuhl aus meinem Büro", befahl Posey.

Zu dritt gingen sie in der Abenddämmerung den Hang hinauf, Junior humpelnd, als hätte er Glas in den Schuhen, während Purpurschwalben durch die feinen Rauchschleier in der Luft schossen. Ein fetter .45er Revolver knarrte in einem Holster an Jackson Poseys Hüfte. Woodrow stellte den Stuhl ab, damit der Boss sich setzen konnte, und rammte die Schaufel in einen großen Erdhaufen neben dem Loch, dann stellte er Poseys Lunch-Tornister neben den Stuhl. Einen Moment lang meinte er, Regen im Wind riechen zu können.

„Sie brauchen mich nicht mehr, Boss, oder?", fragte er.

„Hock dich da auf den Haufen und leiste mir Gesellschaft", erwiderte Posey, öffnete seinen Tornister und nahm eine Halbliterflasche Whiskey heraus.

Er will, dass du ihn angreifst, Junior. Dann wird er dich töten. Und mich hat er als Zeugen mitgenommen, damit ich ihn decke, das verdammte Arschloch, dachte Woodrow. Sieh mich an, Junior. Hörst du die Worte, die ich denke?

„Dem Bulldozer-Mann ist heute der Sprit ausgegangen, Junior. Also musst du jetzt für mich das Loch zuschaufeln. Du hältst dich besser ran", sagte Posey.

„Hab den ganzen Tag auf den Flaschen gestanden, Boss. Ich hab keine Kraft mehr", sagte Junior.

„Das hast du dir selbst zuzuschreiben, Junge." Posey schraubte den Verschluss der Whiskeyflasche ab und trank einen Schluck, ließ ihn im Mund kreisen, bevor er schließlich schluckte. Dann schien er lange nachzudenken, bevor er wieder etwas sagte. „Du hältst dich für was Besseres als ich es bin, stimmt's?"

„Nein, Sir", erwiderte Junior.

„Klüger, bist weiter rumgekommen, hast mit hübscheren weißen Frauen geschlafen als ich. Im Norden ist in Magazinen über dich geschrieben worden. Ein Mann wie ich, der sieht seinen Namen nicht in der Zeitung, es sei denn in der Todesanzeige."

Junior zog die Schaufel aus dem Haufen und begann, die Erde in das Loch zu schaufeln, wobei er seine wunden Füße nicht von der Stelle bewegte, lediglich den Rücken drehte, um die Ladungen Erde zu werfen. Boss Posey trank wieder aus seiner Flasche, dann nahm er ein Stück in Wachspapier eingepackten Schokoladenkuchen und einen Totschläger aus seinem Tornister. Der Totschläger war vielleicht zwanzig Zentimeter lang, dünn, besaß eine Stahlfeder und die Spitze war mit Blei beschwert und dick wie der Kopf einer Schlange. Er legte ihn auf seinen Oberschenkel und biss in den Kuchen, dann legte er Totschläger und restlichen Kuchen zurück in das Behältnis.

Die Sonne versank hinter dem Rand der Erde, die Felder wurden dunkel und die Nachtvögel riefen sich im Wald auf der anderen Seite des Bayou etwas zu. Zuerst versuchte Woodrow, seine Augen zu schließen und im Stehen zu schlafen. Dann setzte er sich ohne vorher zu fragen auf die Rückseite des Haufens, den Junior in das Loch schaufelte. Aber Boss Posey schien das gleichgültig zu sein. Er trank jetzt ständig aus seiner Flasche, saß leicht vornübergebeugt auf seinem Stuhl, und der Krebs auf seinen Armen erinnerte an kleine vergiftete Rosen, die in seiner Haut vergraben waren.

In der Ferne hörte Woodrow das trockene Grollen eines Gewitters, und er sah einen Blitz über den Himmel zucken. Juniors Bewegungen mit der Schaufel wurden langsamer und langsamer, schließlich rutschte sie ihm aus der Hand und fiel scheppernd hinunter in die Dunkelheit.

„Ich kann nicht mehr, Boss. Wenn Sie mich erschießen wollen, dann los, tun Sie's jetzt", keuchte er. Er stand aufrecht da, das Gesicht schweißgebadet, sein feucht schimmernder Körper stinkend, ein Auge zugeschwollen, kaum mehr als ein schmaler Schlitz.

„Wegen dir verliere ich meinen Job. Und meine Rente gleich mit. Alles nur wegen dir, du verfluchter schwarzer Dreckskerl. Schaufle jetzt das verfluchte Loch zu."

„Weißt du, was das Problem ist, Boss?", sagte Junior. „Ist nicht Miss Andrea. Ist auch nicht Mr. LeJeune. Ist ganz einfach, dass du nicht besser bist als wir. Du isst das gleiche Essen, reißt die gleiche Zeit ab, kriechst in die gleichen weißen Ärsche wie die Nigger. Vielleicht solltest du dir das langsam mal klarmachen."

Der erste Schlag mit dem Totschläger erwischte Junior an der Schläfe, ließ seine Haut bis auf den Knochen aufplatzen. Dann schlug Jackson Posey ihn zu Boden, genau wie er ein Stück Holz hacken würde.

Aber Woodrow glaubte, dass es dieser erste Schlag gewesen war, der Junior tötete, und dass alle anderen auf den Körper eines toten Mannes niederprasselten, denn Junior gab keinen Laut von sich, während die Schläge auf seinen Kopf und Hals und Rücken niedergingen, er ging auf Knien zu Boden, hatte da die Augen bereits nach oben verdreht.

Und während sein Freund starb, stand Woodrow machtlos daneben, die Fäuste vor sich geballt, und ein Schrei löste sich aus seiner Kehle, der wie der Schrei eines Kindes klang, nicht wie sein eigener.

Jackson Poseys Brust hob und senkte sich, als er auf sein Werk hinabblickte. Er warf den Totschläger fort. „Verflucht!", presste er hervor. Er ging nervös auf und ab, starrte zum Lager zurück, dann hinauf zu den erleuchteten Fenstern in LeJeunes Haus. Woodrow hatte eine solche Angst, dass ihm die Zähne klapperten.

Posey schob einen Fuß unter Juniors Schulter und versuchte, ihn über den Rand des Lochs zu schieben. Doch Juniors Körper fiel auf die Seite, und Boss Posey konnte ihn nicht mit dem Fuß bewegen. Tatsächlich konnte Woodrow gar nicht glauben, wie schwach Posey war.

„Nimm seine Füße", befahl Posey.

„Sir?"

„Nimm seine Füße oder leiste ihm Gesellschaft. Was ist dir lieber?"

Woodrow packte Juniors Knöchel, während Boss Posey seine Arme hob, und zusammen warfen sie Woodrows Freund in das Loch. Den dumpfen Aufprall, als Junior unten auf dem Boden aufschlug, würde Woodrow für den Rest seines Lebens im Schlaf hören.

„Geh da drüben hin und setz dich auf den Boden", sagte Posey.

Der Aufseher stieg in den Bulldozer und ließ den Motor an. Bei ausgeschaltetem Licht senkte er die Schaufel und schob den riesigen Erdhaufen in das Loch, setzte zurück, komprimierte die Erde, flachte sie ab, bis das Loch schließlich nur noch eine Senke in der Landschaft war. Als er den Motor wieder abstellte, konnte Woodrow die ersten Regentropfen hören, die auf das Stahldach des Bulldozers niedergingen.

„Junior ist heute Nacht von hier verlegt worden. Nichts von alledem ist passiert. Stimmt doch, Woodrow, oder?"

„Wenn Sie das sagen, Boss."

„In der Flasche da ist noch gut ein Fingerbreit Whiskey. Willst du's haben?"

„Nein, Sir."

„Nimm eine Camel", sagte Posey und schüttelte zwei Zigaretten aus seiner Packung. „Na los, nimm sie. Morgen ist ein neuer Tag. Vergiss das niemals. Die Sonne geht auf, das Leben fängt neu an – das hat mein Daddy immer gesagt."

* * *

„Wie sind Sie an diese Farm hier gekommen?", fragte ich Woodrow.

„Mr. LeJeune hat sie mir verkauft. Hat mir 'nen guten Preis gemacht, ohne Zinsen", erwiderte er.

„Um Ihnen den Mund zu stopfen?"

„Er hat einen Schwarzen mit dem Angebot zu mir geschickt. Mr. LeJeune selbst hab ich nie gesehen." Woodrow starrte mich mit seinen ausdruckslosen, blinden Augen an, die wie große aufgemalte Knöpfe in seinem Gesicht wirkten. Blitze zuckten durch die Wolken über dem Golf.

Ich schob ihm meine Visitenkarte zwischen die Finger. „Geben Sie mir Bescheid, wenn ich was für Sie tun kann", sagte ich.

Seine Hand schloss sich um die Karte. „Was ist aus Mr. LeJeunes kleinem Mädchen geworden, aus Theo?", fragte er.

„Theodosha? Der geht's gut."

„Meine Cousine, das Dienstmädchen von Mr. und Miz LeJeune ... Sie hat sich immer Sorgen gemacht um das kleine Mädchen. Sie hat gesagt, in dem Haus war vieles nich in Ordnung."

Ich fragte ihn, was er damit meinte, aber er lehnte es ab, sich darüber auszulassen.

„Wie lange haben Sie gesessen?", fragte ich im Gehen.

„Fünf Jahre."

„Und weswegen?"

„'N fauler Scheck über dreiundfünfzig Dollar", erwiderte er.

18

Als ich Richtung New Iberia zurückfuhr, kam vom Golf ein Sturm herein und zog über die Südspitze vom Vermilion Parish, vernichtete das Zuckerrohr auf den Feldern. Der Regen wirbelte in meinem Scheinwerferlicht. Ich bekam weder die Geschichte aus dem Kopf, die Woodrow Reed mir erzählt hatte, noch das Gefühl von sinnlosem Tod und Grausamkeit und Verlust, die sie im Zuhörer weckte. Ich schaltete mein Radio ein und versuchte, einen Sender zu finden, der Musik brachte, aber mein Radio gab plötzlich den Geist auf, obwohl es zuvor einwandfrei funktioniert hatte.

Ich versuchte wieder, mit meinem Mobiltelefon Helen zu erreichen, aber ich bekam kein Netz, gab schließlich auf und warf das Telefon auf den Sitz. Ich kam an überfluteten Reisfeldern vorbei, die sich im Wind kräuselten, und an beleuchteten Farmhäusern, die wie behagliche Inseln im Sturm erschienen. Dann passierte ich in einer Kurve eine Reklametafel, und meine Scheinwerfer strichen über eine Frau, die am Straßenrand stand.

Sie trug Jeans und einen offenen braunen Regenmantel, der im Wind flatterte. Ihr Haar war honigfarben, verjüngte sich im Nacken, ihre Haut fast phosphoreszierend im grellen Scheinwerferlicht. *Hey, GI, nimmst du ein Mädel mit?*, meinte ich eine Stimme sagen zu hören.

Ich hielt den Pick-up am Straßenrand an, mein Herz klopfte, und ich sah durch die Heckscheibe zurück. Die Frau stand am Randstreifen, eine Silhouette vor dem Hintergrund eines Lichts, das auf die Reklametafel fiel. Bild dir nichts ein, sagte ich mir. Sie ist es nicht. Deine Frau ist tot, und noch so viele Illusionen und Gejammer, mit denen du dein Leben füllst, werden nichts an dieser bitteren Tatsache ändern.

Dann legte ich den Rückwärtsgang ein und setzte zu der Gestalt am Straßenrand zurück.

Sie warf einen einzigen Blick zurück über ihre Schulter und begann zu laufen. Ich beschleunigte, schlingerte über den Asphalt, bis ich schließlich auf einer Höhe mit ihr war. Durch die regenüberströmte Scheibe starrte sie mich an, Tropfen auf dem Gesicht, der Lidschatten über ihre Wangen verlaufen, der Mund glänzend von Lippenstift. Ich schloss und öffnete die Augen, wie ein Mann, der aus der Dunkelheit ans Licht kommt, wobei sich ihr Gesicht im Regen neu zusammensetzte.

Ich stieß die Beifahrertür auf und hob meine Dienstmarke. „Steigen Sie ein", sagte ich.

Sie zögerte kurz, setzte sich dann auf den Beifahrersitz und schlug die Tür hinter sich zu. Sie fixierte mich scharf im Schein des Armaturenbretts. Ihre Wangen waren aknevernarbt und stark geschminkt, ihre Kleidung roch nach Zigarettenrauch und Alkohol. „Danke fürs Mitnehmen. Mein Alter hat mich vor die Tür gesetzt", sagte sie.

„Wo wollen Sie hin?"

„Zur ersten Kneipe, an der wir vorbeikommen", sagte sie. „Einen Augenblick haben Sie mir vorhin echt Angst gemacht. Ich hatte letzte Nacht Ärger mit ein paar schwarzen Typen. Sie haben angehalten, weil Sie mich im Regen gesehen haben?"

„Ich hab Sie für jemand anderen gehalten", sagte ich.

Sie sah mich schief an. „Hinter der nächsten Kurve gibt's eine Kneipe. Direkt neben dem Motel", sagte sie.

Ich setzte den Blinker und bremste ab. Ich kannte die Kneipe. Es war eine Bruchbude, ein düsterer Laden, der einem Mann gehörte, der Hundekämpfe veranstaltete.

„Ich hab mein Geld zu Hause gelassen. Der Dreckskerl, mit dem ich zusammenlebe, hat wahrscheinlich inzwischen alles versoffen", sagte sie.

Ich hielt auf dem Parkplatz und wartete. Sie nahm eine Zigarette aus ihrer Hemdtasche und zündete sie mit einem Wegwerffeuerzeug an, hörte aber nicht auf, mit dem Dau-

men am Zündrad zu drehen. „Hör mal, ich krieg da drinnen nichts umsonst. Willst du jetzt einen losmachen oder
nicht?", fragte sie.

„Raus", sagte ich.

„Ich erwische immer die Falschen", maulte sie. Sie trat
hinaus in den Sturm und knallte die Beifahrertür so fest sie
nur konnte zu.

Lektion? Auf einer verregneten Landstraße einer nächtlichen Schimäre hinterherzujagen, führt weder für die Lebenden noch für die Toten zu einem Happy End.

* * *

Für den tödlichen Unfall an der West Cote Blanche Bay, in
den nur ein Auto verwickelt gewesen war, schien es keine
plausible Erklärung zu geben. Der Zeuge, ein älterer Cajun,
der den Job hatte, Abfälle aus den Straßengräben zu holen,
hatte in einer Gruppe Kiefern eine teure Limousine neben einem Kleinwagen parken gesehen. Kinder hatten den
ganzen Abend über Feuerwerkskörper abgefeuert, hatten
Römische Lichter und Raketen über die Bucht geschossen.
Dann hatte er Knallkörper in den Bäumen gehört, kurz
bevor der Kleinwagen gefahren war. Als er wieder zu der
Kieferngruppe hinübergeschaut hatte, war auch der große
Wagen angelassen worden und fuhr hinaus auf ein Pier,
wobei er die Streben des Geländers zerbrach, und schließlich am Ende des Piers ins Wasser stürzte.

Helen Soileau war erst wenige Minuten vor mir an der
Bucht eingetroffen. Sie ging mit mir eine Rampe hoch und

stellte mich dem Zeugen vor. Wie bei den meisten älteren Cajuns war sein Händedruck kaum mehr als ein Hauch. „Wie viele Knallkörper haben Sie denn gehört?", fragte ich ihn.

„Zwei, vielleicht auch drei", erwiderte er.

Er war ein winziger Mann, trug eine ordentliche Arbeitshose, litt unter grauem Star und hatte ein weiches Gesicht, das an braunen Teig erinnerte. Er wirkte nervös und sah immer wieder über die Schulter zur Bucht und auf das zersplitterte Geländer des Piers und zu dem Abschleppwagen, dem es bislang noch nicht gelungen war, das untergegangene Auto von einer Unterwasserpipeline zu holen, die ganze Szene war in das grelle Licht der Scheinwerfer getaucht, die auf ein Feuerwehrfahrzeug montiert waren.

„Ist irgendwas nicht in Ordnung?", fragte ich.

„Ich habe einen kräftigen Mann hinter dem Steuer gesehen. Hab gesehen, wie er da hinten über das Pier hinausgeschossen ist. Ich kann ja nicht schwimmen, nicht wahr. Ich hab immer gedacht, vielleicht ist da ja genug Luft in dem Auto. Vielleicht, wenn ich schneller Hilfe geholt hätte ..."

„Es gibt überhaupt keinen Grund, wegen irgendwas ein schlechtes Gewissen zu haben, Sir. Wer war in dem Kleinwagen?"

„Eben einer, der einen Kleinwagen fährt. Es war ein alter. Bin nicht sicher, was für einer."

„Saß ein Mann oder eine Frau am Steuer?"

Der alte Mann schüttelte den Kopf, das Gesicht ausdruckslos.

„Welche Farbe hatte der Wagen?", fragte ich.

„Ich hab einfach nicht so genau hingesehen, keine Ahnung."

„Haben Sie ein Nummernschild gesehen?", fragte ich.

„Nein, Sir."

„Die Knallkörper, die Sie gehört haben, die kamen aus der Kieferngruppe? Sind Sie sicher?", fragte ich.

„Nein, Sir, ich bin bei so gar nichts mehr sicher."

Ich klopfte ihm auf die Schulter und ging zum Wasser. Die Bucht war schwarz, gesprenkelt mit Regentropfen, und die Flut schob kleine, vor Benzin schillernde Wellen auf den Sand. Zwei Taucher, beides Hilfssheriffs, waren bereits unten bei dem verunfallten Auto gewesen. Jetzt saßen sie in ihren Neoprenanzügen auf dem Trittbrett des Feuerwehrwagens, teilten sich eine Thermosflasche Kaffee.

„Wie sieht's da unten aus?", fragte ich.

„Das Fahrzeug liegt auf der Seite. Der Fahrer liegt mit dem Gesicht nach unten im Schlick. Die Zündung ist auf ‚An' gedreht, der Schalthebel steht auf ‚Drive'", sagte einer von ihnen. Er hieß Darbonne. Er war unrasiert und hatte lockiges, schwarzes Haar, seinem Hals sah man die Kälte an.

„Ist es möglich, dass es da drin eine Luftblase gibt?", fragte ich.

„Die vorderen Seitenscheiben waren offen. Der Arm des Fahrers hat sich im Sicherheitsgurt verheddert, fast als hätte er den Entriegelungsknopf nicht gefunden. Das ganze Wasser hat ihn wahrscheinlich wie ein Hammer erwischt", sagte Darbonne.

„Unser Zeuge macht sich Vorwürfe, nicht schnell genug

Hilfe geholt zu haben. Erzählen Sie ihm, wie's aussieht, okay?", sagte ich.

Darbonne nickte und gähnte. „Wenn sie von Brücken oder Piers fahren, dann handelt es sich entweder um Betrunkene, Bekloppte oder Selbstmörder", sagte er. „Wenn ein Typ in einem Caddy sich schon umbringen muss, dann könnte er wenigstens so viel Anstand besitzen, das zu tun, ohne Leute in Verlegenheit zu bringen, die gerade mal fünfundzwanzig Riesen pro Jahr machen."

„Wie bitte?"

„Der Fettsack, der sich allegemacht hat. Ich wünschte, er wäre dazu in ein beheiztes Innenbecken gesprungen", sagte der Fahrer, dann sah er meinen Gesichtsausdruck. „*Was?* Hab ich gerade in einer Kirche auf den Boden gespuckt?"

Wenige Minuten später gingen die Taucher wieder runter, um den Haken am Fahrgestell des Cadillacs neu anzubringen, damit das Auto umgedreht und von der Pipeline geholt werden konnte, auf der es teilweise lag. Der Mond zeigte sich inzwischen durch eine Lücke in den Wolken, und weit draußen am Horizont waren schaumgekrönte Wellen, die wie die Flügel winziger Vögel aussahen.

„Castille LeJeunes Anwalt hat wieder angerufen. Er droht mit einer Anzeige gegen das Department wegen Belästigung", sagte Helen.

„Wieso, hätte er gern meinen Job?"

„Was hast du unten auf Pecan Island herausgefunden?", überhörte sie meine Frage.

„Castille LeJeune hat Junior Crudup töten lassen. Er

wurde von einem Gefängniswärter totgeschlagen, von einem Kerl namens Jackson Posey", erwiderte ich.

Sie sah auf den schwarzen Wasserspiegel der Bucht hinaus und beobachtete den Abschleppwagen, der gerade das untergetauchte Auto aus dem Wasser holte. Sie verzog keine Miene. Sie wischte einen Regentropfen weg, der in ihren Wimpern hängengeblieben war. „Wo ist Crudups Leiche?", fragte sie.

„Wahrscheinlich immer noch auf LeJeunes Grundstück vergraben", sagte ich.

„Besorg dir einen Durchsuchungsbeschluss", sagte sie.

Der Mann am Abschleppwagen winschte den auf dem Dach liegenden Cadillac aus dem Wasser und zog ihn ans Ufer, während aus der Frontscheibe Wasser und von Öl geschwärzter Schlick strömte. Der massige Körper eines großen Mannes hing im Sicherheitsgurt, Schultern und Kopf wurden gegen das Dach gedrückt, sein Gesicht war zum offenen Fenster gedreht, was so wirkte, als ob er ein bizarres Ereignis verfolgte, das sich unmittelbar vor seinem Wagen abspielte.

Ich ging in die Hocke, auf Augenhöhe zu ihm, und richtete eine Taschenlampe erst auf sein Gesicht und danach in den Wagen. Auf seinem Hals, seiner Wange und seitlich am Kopf befanden sich kleine Eintrittswunden, offensichtlich von Projektilen. Die Wunden waren ausgeblutet, im Wasser gründlich ausgespült worden und hatten bereits begonnen, an den Rändern Falten zu werfen.

„Hättest du gedacht, dass mal jemand Fat Sammy Figorelli kaltmachen könnte?", fragte Helen hinter mir.

„Nein", antwortete ich. Ich langte in den Wagen und drückte Sammy die Augen zu. Durch das Gewicht des enormen Hinterns und der fetten Oberschenkel war seine Wirbelsäule derart verbogen worden, dass Rücken und Hals gestaucht waren wie bei einem gotischen Wasserspeier.

„Kein falsches Mitleid, Streak. Er war ein Zuhälter und Dealer, und der Welt geht's gleich ein bisschen besser, wenn einer dieser Scheißkerle in ein Loch gestopft wird", sagte Helen.

„Wahrscheinlich hast du recht", sagte ich. Aber ich musste einfach an die Geschichten über einen fetten Jungen aus dem French Quarter denken, der jahrelang Zielscheibe des Spotts gewesen war.

Helen erhob sich von der Stelle, wo sie hinter mir gehockt hatte. „Mach hier Schluss. Um Punkt acht Uhr morgen früh machst du dich mit dem Durchsuchungsbeschluss an die Arbeit. Wird höchste Zeit, dass auch Castille LeJeune lernt, dass dies die Vereinigten Staaten sind", sagte sie.

„Alles klar, Top", sagte ich in Anspielung auf ihren alten Dienstgrad in der US-Army.

„Nenn mich noch einmal so, und ich reiße dir den Kopf ab und spucke rein", erwiderte sie.

Ich glaube, die Antwort hätte Fat Sammy gefallen.

* * *

Am späten Dienstagnachmittag hatten wir den Durchsuchungsbeschluss. Ohne Vorankündigung, mit einer milden Brise im Rücken und einem Himmel von der Farbe eines reifen Pfirsichs, kamen zwei Streifenwagen des Iberia Sheriff's Department, drei vom St. Mary Parish, ein Schaufellader und ein Bulldozer auf einem Flachbettaufleger Castille LeJeunes vordere Einfahrt herunter, fuhren durch den Tunnel der Eichen und platzten mitten in eine Freiluft-Dinnerparty, die LeJeune auf seiner Terrasse gab.

Helen, ich und ein Zivilbeamter des St. Mary Sheriffs Department stellten ihm den Beschluss vor all seinen Gästen zu, unter denen sich neben mindestens einem Dutzend anderer auch Theo und Merchie Flannigan befanden. LeJeune versuchte, belustigte Bestürzung und die Gelassenheit des erfahrenen Bonvivants vorzutäuschen, aber Theo legte sich solche Zurückhaltung nicht auf.

Sie trug ein tief dekolletiertes weißes Abendkleid und um den Hals eine Kette mit roten Steinen. Ihre Haut war gerötet, entweder durch die Herausforderungen des Augenblicks oder das Glas mit Bourbon, zerstoßenem Eis und einem Zweig Minze, das sie gerade ausgetrunken hatte. Sie stemmte ihre kleinen Fäuste in die Hüften, wie es ein Ausbilder tun würde, und sah mich herausfordernd an. „Du bist ein Idiot", sagte sie.

„Entschuldigen Sie bitte, Madam, aber Sie müssen Platz nehmen und sich heraushalten", sagte Helen.

„Und Sie sollten mal an Ihren sexuellen Problemen arbeiten, bevor Sie anderen Leuten in ihrem eigenen Haus Vorschriften machen", sagte Theo.

Helen blickte durch die Bäume auf den Bayou und die verlassenen Hütten, in denen früher einmal die Sträflinge untergebracht worden waren. Sie las sich den Durchsuchungsbeschluss noch einmal durch, scheinbar unbeeindruckt gegenüber Theos Beleidigung. Dann hob sie den Blick und sah Theo direkt in die Augen. „Wiederholen Sie das bitte noch einmal", sagte sie, wobei ihre Brüste unter der Bluse so hart aussahen wie Softbälle.

„Sie haben hier nichts zu suchen", sagte Theo.

„Was glaubst du, wo sich das Grab befindet?", fragte Helen mich und ignorierte Theo.

„Auf einer Linie zwischen hier und dem früheren Haupttor des Gefangenenlagers. Ich würde die Stelle ziemlich nahe an diesem Teich innerhalb des eingezäunten Bereichs vermuten", sagte ich.

LeJeune hob die Hände. „Hören Sie", sagte er. „Ich weiß nichts von diesem Junior Crudup oder wie auch immer der heißt. Meine Frau hat Umgang mit diesen Häftlingen gepflegt, die ihre Strafen auf unserer Farm abgeleistet haben. Sie war eine liebenswürdige, einfühlsame und anständige Person. Wie in Gottes Namen kommen Sie dazu, uns zu beschuldigen, die sterblichen Überreste eines ermordeten Mannes auf unserem Grundstück zu verstecken?"

Helen ging in den Garten hinaus. „Nehmt den Zaun da weg und fangt kreisförmig an. Legt den Teich trocken, wenn's sein muss", sagte sie zu den beiden Baggerfahrern.

Helen ging zu ihrem Streifenwagen zurück, und ich machte mich auf den Weg den Hang hinunter zum alten Arbeitslager. Im abendlichen Schatten der Bäume konnte ich hören, wie die Unterhaltungen und das Klingeln der Gläser unter LeJeunes Gästen auf der Terrasse wieder aufgenommen wurden.

„Dave, bleib stehen", sagte Theo und packte meinen Arm. Ihr dunkles Haar lag dick und glänzend auf ihren weißen Schultern. Der Duft von Bourbon und Minze in ihrem Atem berührte mein Gesicht wie ein gehauchter Kuss.

„Dein Vater hat einen Mord in Auftrag gegeben", sagte ich.

„Du siehst das völlig verkehrt", sagte sie.

„Und warum hast du dann solche Angst, runter zum Teich zu gehen?"

„Aus Gründen, die du nicht verstehst."

„Das kannst du den Geschworenen beim Prozess gegen deinen Vater erzählen."

„Warum hasst du ihn so?"

„Weil er ein Scheißkerl ist."

„Solange ich lebe, werde ich nicht vergessen, dass du das gesagt hast."

„Geh nach Hause, Theo. Deine Gäste warten."

„Ich glaube einfach nicht, dass ich mit dir geschlafen habe. Ich möchte mir am liebsten die Haut abziehen."

Vielleicht war ihre Reaktion gerechtfertigt, aber in diesem Augenblick interessierte es mich nicht im Geringsten. Weiter unten nahmen der Bulldozer und der Schaufelbagger einen weißen Lattenzaun und eine abschüssige Wiese auseinander, suchten nach den Knochen eines Mannes, der erschlagen worden war, damit ein krebskranker Gefängniswärter seine Pension und ein gehörnter Ehemann seinen Stolz behalten konnte.

Die Baggerfahrer arbeiteten beim Licht von Dieselgeneratoren bis Mitternacht, schälten die Bodenschichten ab und türmten sie zu feuchten schwarzgrünen Hügeln auf. Bei Sonnenaufgang machten sie weiter, baggerten große Mengen nassen Lehm und Eichenwurzeln auf LeJeunes Rasen, zogen einen Ablauf in seinen Fischteich, machten Kleinholz aus dem Bootsanleger. Gegen Mittag war die gesamte Landschaft zwischen den Bäumen in seinem Garten und der Gruppe Hütten am Bayou ein einziges Desaster, Wasser sickerte aus dem Untergrund, Barsche und Welse kämpften in kleinen Pfützen um ihr Überleben, die Rippen einer vor geraumer Zeit verendeten Kuh krümmten sich aus dem Lehm wie der Kamm einer Frau.

Ein halbes Dutzend uniformierter Beamter harkte und untersuchte stundenlang den Boden, ohne eine Spur von Junior Crudup zu finden. Mittwochnachmittag war aus der Ausgrabungsstätte eine riesige, wassergefüllte Grube geworden. Seit dem vorangegangenen Tag hatte ich drei Stunden geschlafen. Meine Augen brannten, meine Zunge fühlte sich an wie Sandpapier in meinem Mund, und meine Kleidung sonderte einen schalen, feuchten Geruch ab.

Die Baggerführer stellten ihr schweres Gerät ab und warteten schweigend. Helen schüttelte den Kopf, und die Baggerfahrer stiegen ab und begannen zusammenzupacken.

„Wir haben in die Scheiße gegriffen, Bwana“, meinte Helen.

„Die Leiche war hier. Er hat sie weggeschafft“, sagte ich.

„Fahr mit mir zurück. Du siehst fürchterlich aus“, sagte sie.

„Er wird nicht damit durchkommen. Ich werde den Bastard grillen.“

„Ja, das wirst du wahrscheinlich. Selbst wenn du dabei alle anderen mit fertigmachen musst. Vielleicht denkst du mal darüber nach", sagte sie.

Ich machte den Mund auf und zu und spürte ein Ploppen in den Ohren, der Horizont kippte leicht weg, ein Summen in meinem Kopf, als ob mein alter Begleiter, der Malaria-Moskito, mal wieder sein Unwesen mit mir trieb.

Helen legte eine Hand um meinen Oberarm und knetete die Muskeln darin. „Komm schon, Kumpel, nimm ein Mädchen mit", sagte sie.

„Was? Was hast du gesagt?", fragte ich.

Sie sah mich auf eine seltsame Weise an, in ihren Augen eine Mischung aus Mitleid und Traurigkeit.

* * *

Nicht weit entfernt, kurz hinter der Kleinstadt Jeanerette, fuhr Clete Purcel eine Nebenstraße an drei Vorkriegsvillen entlang, die so atemberaubend waren, ihre von Bäumen beschatteten Grundstücke so perfekt in landschaftsgärtnerischer Hinsicht, dass sie aussahen wie extra für einen Hollywood-Film gemacht und nicht wie Häuser, in denen enorm reiche Menschen tatsächlich lebten. An der grünen, leicht erhöht liegenden Grundstücksecke des letzten Hauses der Reihe bog er ab, überquerte auf einer stählernen Brücke den Teche und kam dann, keine hundert Meter von der letzten Vorkriegsvilla entfernt, an einem Slum vorbei, der aus verrosteten Wohnwagen, baufälligen Schuppen und Schrottautos bestand, die allesamt aussahen, als wären sie nach der Vorlage eines in Bangladesch geschossenen Fotos zusammengeschustert worden.

Er nahm ein Fernglas aus dem Handschuhfach und ging in ein Café, aus dem er den Trailerpark im Auge behalten konnte, der sich bis an den Rand des Bayou erstreckte. Es war kein guter Tag gewesen für Clete. Am frühen Morgen hatte er für Wee Willie Bimstine in Opelousas einen Kautionsflüchtling geschnappt und wollte ihn gerade zurück nach New Orleans bringen, als der Typ anfing, an dem mit dem Bodenblech des Caddy verschweißten Befestigungsring herumzureißen, das Gesicht schmerzverzerrt vor Bauchschmerzen, drohte er damit, sich und das Cabrio einzuscheißen, falls er nicht auf eine Toilette gehen durfte. Clete fesselte ihn an ein Rohr direkt neben dem Klosett einer Tankstelle und wartete draußen. In weniger als zwei Minuten schaffte es der Kerl, fünfundsiebzig Cent in einen Spender für ein Mittel zur Steigerung der sexuellen Leistungsfähigkeit zu stecken, sich die Handgelenke mit einem örtlich betäubenden Gleitmittel einzuschmieren, die Handschelle abzustreifen und durch ein Fenster zu verschwinden.

Punkt für die Durchgeknallten, dachte Clete.

Eine halbe Stunde später beging eine Frau Fahrerflucht, nachdem sie sein Cabrio auf dem Parkplatz einer Kirche geküsst hatte; der die Ermittlung durchführende Verkehrspolizist verpasste ihm ein Bußgeld wegen einer abgelaufenen Prüfplakette, und während Clete noch über die Geschichte diskutierte, ließ sich ein Schwarm Rotkehlchen in einem Baum direkt über seinem Auto nieder, dessen Verdeck geöffnet war, und kackte auf die Sitze und Lehnen.

Er trank Kaffee und richtete das Fernglas auf einen Trailer, der in der Mitte kaputt war und dessen Fenster mit Mülltüten zugeklebt waren. Es war das Zuhause des früheren Partners seines Kautionsflüchtlings, eines auf Bewährung aus Angola entlassenen Sträflings, der zwei Mal wegen Kindesmissbrauchs gesessen hatte. Nichts rührte sich in dem Trailer, aber nebenan ging eine Frau in verwaschenen Jeans, Tennisschuhen ohne Söckchen und blondierten Haaren, die nur auf einer Seite gewellt waren, zur Haltestelle des Schulbusses und wartete auf ihr Kind. Dann begleitete sie ihren Sohn, einen etwa achtjährigen Jungen, zurück nach Hause und schloss hinter sich die Tür.

Einen Moment später tauchte sie mit einem großen, wie ein Cowboy aussehenden Mann wieder auf, der einen straffen, flachen Bauch und ein dunkelrotes Muttermal hatte, das aus seinem Haaransatz zum Augenwinkel auszulaufen schien. Sie küssten sich auf den Mund, der Mann setzte einen gelben Schutzhelm auf und stieg in einen wartenden Wagen, der von einem anderen Mann mit einem identischen Schutzhelm gefahren wurde. Die beiden parkten vor dem Café, kamen herein und setzten sich in die Nische neben Cletes.

„Ist der Junge ein bisschen zu früh nach Hause gekommen?", fragte der Fahrer des Wagens, ein gedrungener, mondgesichtiger Kerl.

Der Mann mit dem Muttermal antwortete nicht, schnippte stattdessen mehrmals mit den Fingern, um die Kellnerin auf sich aufmerksam zu machen. Nachdem sie die Bestellung aufgenommen hatte und wieder gegangen war, sagte er: „Dieser Robicheaux ist eine wandelnde Hämorrhoide. Du müsstest dir das Grundstück von dem Alten ansehen. Sieht aus wie nach einer Bombardierung."

„Erzähl mir davon", erwiderte der andere Mann. Sein blondes Haar war von der Stirnglatze aus streng nach hinten gekämmt, er beugte sich immer wieder ehrerbietig vor, wenn der Mann mit dem Muttermal etwas sagte. Doch der schwieg jetzt, war offensichtlich nicht interessiert daran, etwas zu berichten. Der Blonde, der in einem Lederfutteral an seinem Gürtel eine Elektriker-Kabelschere trug, versuchte es wieder. „Sein Haus war so trocken, dass es schon bei einem Popcornfurz in Brand geraten wäre, aber mir gibt er daran die Schuld. Er hat versucht, mich beim Verbraucherschutz anzuscheißen, damit ich meine Lizenz verliere."

Aber der Mann mit dem Muttermal, den Clete inzwischen mit dem Namen Will Guillot verbunden hatte, nippte nur an seinem Kaffee und sah aus dem Fenster auf den Bayou und die Vorkriegsvillen auf der anderen Seite der Stahlbrücke.

„Du glaubst, er hat diesen Arzt zu dir nach Hause geschickt?", fragte der mondgesichtige Mann.

„Wahrscheinlich."

„Du bist ein ausgekochter Hund, Will."

„Nee."

„Der Typ ist mit einer abgesägten Schrotflinte auf dich los?"

„Er hat sich eingebildet, er könnte einfach so in das Haus eines Mannes kommen und die Sau rauslassen. Er hat verloren. Ende der Geschichte", sagte Will Guillot.

„*Peng!*", machte sein Freund.

Beide Männer verstummten, aßen Apfelkuchen, tranken Kaffee, stocherten in ihren Zähnen herum. Clete ging auf die Toilette, wartete dann auf seine Rechnung. Die Männer in der anderen Sitznische redeten jetzt über Football. Geh nach Hause, dachte er. Für heute hattest du Pech genug.

Er blickte aus dem Fenster und sah das Kind von Will Guillots Freundin auf einer Schaukel sitzen, einer billigen Schaukel, die wahrscheinlich aus einem Wal-Mart stammte. Der Knastkollege des Kautionsflüchtlings, der Triebtäter, tauchte vor der Nachbartür auf, redete kurz mit dem Jungen, zerzauste sein Haar und verschwand dann in seinem Trailer.

Clete bezahlte seine Rechnung und ging Richtung Tür. Er verharrte, dachte kurz nach, setzte dann seinen Porkpie auf und ging zu Will Guillots Tisch. Er grinste, ohne etwas zu sagen, das Hawaiihemd auf der Brust weit aufgeknöpft, die Augen zur Seite zuckend, so als wisse er nicht, wie er sich vorstellen sollte.

„Kann ich helfen?", fragte Guillot.

„Ihr Jungs wart bei den Hunden?", entgegnete Clete.

„Wo sollen wir gewesen sein?", fragte der Blonde.

„Ich hab zufällig gehört, wie ihr irgendwas von einem *ausgekochten Hund* erzählt habt, daher dachte ich, ihr sprecht von den Teufelshunden. Versteht ihr, diese Marineinfanteristen, die sich *jarheads* nennen …"

„Ja, ja, ich weiß Bescheid. Was kann ich für dich tun?", sagte Guillot.

Clete pulte mit dem kleinen Finger in seinem Ohr herum, sah dabei wieder zur Seite, wirkte nachdenklich. „Ich glaube, ich weiß, wer du bist", sagte er.

„Ach ja?", sagte Guillot.

„Du hast einen Arzt aus Loreauville in deiner Einfahrt abgeknallt. Der Typ war so was wie ein weggetretener Vietnam-Veteran, stimmt's? Ist schon 'ne Ironie, was? Wahrscheinlich sind Tausende Patronen auf den Typ abgefeuert worden, und dann verliert er die Nerven und wird in der Vorstadt abgeknallt."

Guillot sah über den Tisch hinweg seinen Freund an und tippte mit einem Finger auf seine Armbanduhr. Die beiden Männer standen auf.

„Langsam", sagte Clete.

„Langsam, *was?*", erwiderte Guillot.

„Die Lady da in dem Trailer, die, die du vögelst, sie hat einen kleinen Jungen. Der Typ direkt neben ihr ist rein zufällig ein Triebtäter. Während du dir also deinen Lolli lutschen lässt, überlegt sich der Freak, der gerade eben ihrem Kind den Kopf getätschelt hat, wie er den Kleinen am besten missbrauchen kann. Ich würde vorschlagen, du denkst mal so lange nicht an deinen Schwanz, bis du die Lady und ihren Sohn aus diesem Drecksloch rausgeholt hast und bevor das Leben des Kindes verpfuscht ist. Kannst du mir folgen?"

„Meine Fresse, du hast vielleicht Nerven", schnaubte Guillot.

Der Besitzer des Cafés war hinter der Theke hervorgekommen und stand jetzt hinter Clete, entschlossen, die Füße fest auf dem Boden, einen Daumen gereckt.

„Raus", sagte er.

„Kein Problem", sagte Clete. Er zog zwei Scheine von einem Geldclip ab und ließ sie auf seinen Tisch fallen.

Aber draußen ließ Clete nicht locker, blieb neben der Tür seines Wagens stehen, ließ seinen Schlüssel hin und her schwingen, während seine Miene sich verfinsterte. Er sah zu, wie Will Guillot und der Elektro-Subunternehmer in ihren Wagen stiegen.

„Wartet mal eine Sekunde", rief er.

„Hast du nichts Besseres zu tun, du Schwuchtel?", brüllte Will Guillot aus dem Beifahrerfenster, als sein Wagen an Clete vorbeirollte.

Clete sah zu, wie die beiden Männer die Stahlbrücke über den Teche überquerten und in die baumbestandene Nebenstraße einbogen, die an den Vorkriegsvillen vorbeiführte. Im Geiste sah er sich die beiden von der Straße drängen, zu ihrem Wagen zurückschlendern, seinen Totschläger in der Seitentasche, die Situation einfach voll auf die Spitze treiben. Warum eigentlich nicht?, dachte er. Viel beschissener konnte der Tag ohnehin nicht mehr werden.

Er stieg in seinen Caddy, knallte die Tür zu und drehte den Zündschlüssel. Er hörte ein trockenes, klickendes Geräusch, dann nichts mehr. Die Batterie war so tot wie ein Holzklotz.

Es dauerte eine Stunde, bis eine Tankstelle gerade mal einen halben Block entfernt einen Pick-up vorbeischickte, der ihm Starthilfe gab. Er saß hinter dem Steuer, brachte den Motor auf Touren, um die Batterie aufzuladen, Ölrauch stieg unter dem Fahrgestell auf, Vogelscheiße klebte an seinen Klamotten, jede Hoffnung auf ein Begleichen der Rechnung mit Will Guillot war erst mal Geschichte.

Er sah durch die Windschutzscheibe zu dem Trailerslum am Bayou hinüber, wo der auf Bewährung entlassene Kerl jetzt auf seiner Eingangsstufe eine Dose Bier trank und mit dem kleinen Jungen von nebenan redete.

Clete zog ein Paar lederne Arbeitshandschuhe unter dem Sitz hervor und steckte sie in seine Tasche, dann legte er den ersten Gang ein und rollte zu dem Gelände hinüber. Kies und Muschelschalen machten leise knirschende Geräusche unter seinen Reifen.

„Bist du Bobby Joe Fontenot?", fragte er.

Der Mann auf der Stufe war entspannt, rauchte eine Zigarette zu seinem Bier, barfuß in der Sonne, auf den Armen blaue Tattoos, gestochen mit einer improvisierten Nadel aus der Mine eines Kugelschreibers. Er trug eine Kunstlederhose und ein gebatiktes Unterhemd, das schwarze Haar an beiden Seiten ausrasiert und hinten zu einem Stierkämpfer-Zopf gebunden.

„Ich rat jetzt mal: Besetzungschef von, na, wie heißt diese Fernsehsendung noch schnell, äh, *Survivor*?", sagte er und blinzelte in die Sonne.

Clete grinste und stieg aus dem Caddy, klappte kurz seine Ausweismappe auf. „Suche deinen Freund, der Wee Willie Bimstine und Nig Rosewater auf der von ihnen gestellten Kaution sitzen lassen möchte", sagte er. „Hat heute Morgen die Handschellen abgestreift und mich als Gelackmeierten zurückgelassen."

„Hab ihn nicht gesehen."

„Was dagegen, wenn ich mal einen Blick hinein werfe?"

„Passt schon, hol dir ein Bier. Ist im Kühlschrank."

„Danke", sagte Clete und zeigte ihm den erhobenen Daumen.

Clete trat in den Wohnwagen. Der Mülleimer in der winzigen Küche quoll über, die Arbeitsflächen waren bedeckt mit Pizza- und Brathühnchenschachteln. Ein Fernseher lief ohne Ton, der Videorekorder darunter war an, eine Kassette halb reingeschoben. Clete drückte die Kassette mit dem Daumen ganz hinein und wartete, dass das Bild auf dem Monitor auftauchte. Dann schaltete er die Kiste aus, und die Gestalten auf dem Bildschirm schnurrten auf einen kleinen Punkt zusammen. Er streifte seine Arbeitshandschuhe über und rief durch die Fliegentür: „Wusstest du, dass dein Gasherd undicht ist?"

Bobby Joe kam in den Trailer, schnupperte in der Luft. Clete rammte seine Faust in Fontenots Bauch, vergrub sie bis zum Handgelenk, so tief, dass er tatsächlich meinte, Knochen zu spüren. Dann trat er die Holztür zu, schleuderte ihn mit dem Kopf voran gegen die Wand und zog ein Regal voll billigem Jahrmarktnippes auf ihn herunter. Er riss die Videokassette aus dem Rekorder und schlug sie Bobby Joe ins Gesicht, dann wühlte er im Eisfach des Kühlschranks, zog eine Packung mit Wassereis heraus und knallte ihm auch die mitten ins Gesicht.

„Lockst du die Kids mit Eiscreme und Zeichentrickfilmen hier rein?", brüllte er.

Bobby Joe stützte sich an der Wand ab und versuchte,

sich aufzurichten. Speichel tropfte langsam aus seinem Mundwinkel.

„Ich bin in Behandlung. Frag doch meinen Bewährungs-helfer", keuchte er heiser.

Clete öffnete und schloss seine riesigen Hände, atme-te schwer, die Wangen stark gerötet. Er zog Bobby Joe an Hemd und Gürtel hoch und warf ihn in das schmale Bad im hinteren Teil des Trailers. Bobby Joe umklammerte die Toilettenschüssel und versuchte wieder, sich aufzurappeln. Er wirkte fassungslos.

„Ach ja? Hat dir dein Bewährungshelfer gesagt, dass du deine dreckigen Pfoten an kleinen Kindern abwischen sollst, du Arschloch?", sagte Clete.

„Ich hab nicht …"

Clete legte eine Hand in Bobby Joes Nacken und drück-te seinen Kopf dann in die Klosettschüssel, knallte seinen Mund auf den Keramikrand, tauchte seinen Kopf ins Was-ser, schrubbte den Boden der Schüssel mit seinem Gesicht. Das hätte genug sein sollen, aber er hatte die Sache nicht mehr unter Kontrolle und versuchte es nicht einmal, sie wieder zu bekommen. Er schlug die Klosettbrille auf Bobby Joes Hals und Kopf, dann packte er den oberen Rand der Duschzelle und kletterte auf das Klosett, knallte die Brille wieder auf Bobby Joes Kopf, veranstaltete einen Stepptanz darauf wie ein Elefant auf Drogen, während Bobbys Beine auf dem Linoleum strampelten.

Draußen hörte er Kinder spielen, und durch den oberen Teil des Fensters sah er ein kleines Mädchen hinter einem Frisbee herlaufen, der über ihren Kopf segelte, und wie ein

Mann, der nach einem Gewittersturm hoch oben auf einem Berg wieder herabsteigt, stieg er zurück auf den Boden und zog Bobby Joe aus der Klosettschüssel. Blut und Wasser tropften von ihm.

Er schleuderte Bobby Joe ein Handtuch ins Gesicht und lehnte sich gegen die Wand, außer Atem, die Fäuste immer noch verkrampft. „Ich werde von jetzt an regelmäßig nach dem Jungen nebenan sehen", sagte er. „Wenn ich herausfinde, dass du in seiner Nähe warst, wirst du dir wünschen, du wärst ein Stück Seife in 'Gola. Das Gleiche gilt, wenn du mich verpfeifst. Vielleicht meinst du, das wär ein schlechtes Geschäft für dich, aber es gibt keine Schonzeit für Perversos. Haben wir uns da klar verstanden?"

„Du fettes Arschgesicht", stieß Bobby Joe mühsam hervor, drückte das Handtuch auf das Blut, das ihm vom Kinn tropfte, starrte es fassungslos an, seine Worte gedämpft, seine Lippen zitterten. „Du hast es mit Familienwerten? Die Mutter von dem Jungen war früher Army-Nutte in Folk Polk. Ich werde deinen Namen rauskriegen. Falls ich jemals wieder mit einem Kind rummache, werde ich ihn jedes Mal sagen, wenn ich es ficke. Wie findst'n das, *Arschloch*?"

* * *

Als Clete zurück ins Motel kam, blieb er unter der Dusche, bis der Warmwasserspeicher leer war, verbrannte dann seine Kleidung in einer Barbecue-Grube, trank einen Liter mit Whiskey gespritzten Eierlikör und fühlte sich immer noch nicht sauber.

19

Father Jimmie Dolan hatte sechs Monate in einem Bundesgefängnis gesessen, weil er vor der *School of the Americas* demonstriert hatte, und meinte vermutlich deshalb, er kenne sich mit dem Knast und den Knackis aus. Aber in Wahrheit war er wie alle Menschen, die an sich anständig sind, gar nicht zu dem Zynismus in der Lage, der gemeinhin als im Gefängnis erworbene Lebenserfahrung gilt.

Am Donnerstagmorgen war er in Franklin, in schwarzem Anzug und Kollar, sammelte Unterschriften für ein Verkaufsverbot von alkoholischen Mischgetränken in Drive-by-Läden. Nachdem er drei Stunden Leute vor Einkaufszentren und Lebensmittelgeschäften angesprochen hatte, standen auf seiner Liste gerade mal sechs Unterschriften, darunter eine von einem geistig zurückgebliebenen Mann und zwei von Leuten, die statt ihrer Namen nur ein X geschrieben hatten.

Bei einem McDonald's holte er sich ein Mittagessen, das er in seinem Wagen unter den Bäumen in einem kleinen Park verspeiste, dann schlief er ein. Der Tag war für die Jahreszeit ungewöhnlich warm, Wind raschelte in den Zweigen, und er träumte von der Schneeschmelze in den Cumberland Mountains, der klaren Luft des beginnenden Frühlings, teefarbenen Bächen, die sich ihr Bett durch den Kalkstein gruben, und von purpurrot und weiß blühenden Hartriegeln. Als er aufwachte, rannten Kinder vor seinem Auto herum, traten einen Fußball ins Gebüsch, während fleckiges Sonnenlicht über ihre Körper tanzte, und es kam ihm vor, als bestünde ein direkter Zusammenhang zwischen der Schönheit des Frühlings in den Appalachen aus Jimmies Traum und der Freude der spielenden Kinder.

Er stieg aus seinem Wagen und machte sich auf den Weg Richtung öffentliche Toilette. Er hatte keine Veranlassung, einen nervösen Zivilfahnder namens Dale Louviere zu beachten, der in einem Ford in der Nähe der Schaukel parkte, derselbe Detective, der auch im Mord an Dr. Parks durch Will Guillot ermittelt und es einen klaren Fall von Notwehr genannt hatte.

Auch schenkte Father Jimmie einem weiteren Mann keine Beachtung, der als Cash Money Mouton bekannt war und in der Toilette vor dem Waschbecken stand.

Cash Money hieß mit Nachnamen French, war aber eigentlich ein lupenreiner weißer Südstaatler aus dem Norden von Louisiana. Früher war er als Klinkenputzer unterwegs gewesen, hatte Feuer-, Unfall- und Lebensversicherungen in schwarzen und armen weißen Wohngegenden verkauft und war berüchtigt sowohl für seinen schwitzigen Überschwang als auch seine marktschreierische Phrasendrescherei. Er zog stapelweise Papiere und Broschüren aus seiner Plastikaktentasche, seine Miene die Aufrichtigkeit in Person, klopfte seinem sitzenden Zuhörer, für gewöhnlich der Hausherr, aufs Knie und sagte: „Sie fahren mit dem Rasenmäher über Ihren Fuß, hacken sich die Zehen ab, und Sie kriegen von mir zwölfhunnert Dollars cash, Junge. Sie schieben die Hand vor die Kreissäge, und ich zahl Ihnen fünfhunnert Dollars, und zwar bar auf die Kralle, für jeden

Finger, den Sie absemmeln. Spritzen Sie sich Salzsäure in die Augen und werden blind, dann reden wir von fünftausend Bananen, mein Freund, in cash."

Dann wurde Cash Money Moutons Onkel Polizeichef, und Cash Money begann eine neue Karriere.

Father Jimmie stand vor dem Urinal und erleichterte sich. Er spürte, dass der Mann am Waschbecken ihn von der Seite anstarrte. Er wollte ihn schon ebenfalls ansehen, überlegte es sich dann anders und behielt den Blick stur geradeaus gerichtet. Als er dann jedoch ans Waschbecken treten wollte, verstellte der Mann, bekannt als Cash Money, ihm den Weg.

„Verzeihen Sie", sagte Father Jimmie.

Doch Cash Money rührte sich nicht vom Fleck. Er hatte Koteletten, trug eine knallig bunte Krawatte und am Jackenaufschlag steckte eine amerikanische Flagge. Er roch nach Deo, Haarwasser und Angst. Der Glanz auf seiner Haut schien beinahe zu schillern.

„Gibt's hier irgendein Problem, das ich noch nicht ganz verstehe?", fragte Father Jimmie.

„Noch mal, wie bitte?", erwiderte Cash Money.

„Kann ich Ihnen irgendwie helfen?"

„Jetzt reicht's", sagte Cash Money.

Er trat in den Türrahmen des Ausgangs und winkte dem Mann im Ford zu. Father Jimmie wusch sich die Hände, schüttelte das Wasser ab und versuchte, sich an ihm vorbeizuschieben.

„Du gehst nirgendwo hin, Kollege" sagte Cash Money.

„Schubsen Sie mich noch ein einziges Mal, und wir

werden beide die nächsten paar Minuten bedauern", sagte Father Jimmie.

Doch Cash Money sah jetzt Father Jimmie über die Schulter und ihn nicht direkt an.

„Er hat mir gerade gedroht", sagte er zu dem Mann, der sich der Toilette näherte.

„Was hat er noch gemacht?", fragte der Zivilpolizist namens Dale Louviere. Selbst im Freien schien sein Körper umhüllt von einem grauen Nebel aus Nikotin und Zigarettenasche. Mehrere Adern pulsierten wie winzige grüne Würmer auf seinen Schläfen.

„Er hat gesagt, er will mir helfen. Und als er das sagte, hat er an seinem Hosenstall rumgefummelt", sagte Cash Money.

„Du bist ein Lügner", sagte Father Jimmie.

„Wir haben gesehen, wie Sie diese Kids beobachtet haben, Father", sagte Louviere.

„Wie würde es dir gefallen, wenn ich dir deine Zähne in den Hals ramme?", sagte Father Jimmie.

„Leg ihm Handschellen an", sagte Louviere.

„Ich fass den Kerl nicht an", sagte Cash Money. Sein Blick schoss zur Seite, als Father Jimmie ihm direkt ins Gesicht sah.

* * *

Auf dem Polizeirevier wurde gegen Father Jimmie Anzeige erstattet wegen Aufforderung zu sexuellen Handlungen und Androhung von Gewalt gegenüber einem Polizeibeamten, dann steckte man ihn in eine leere Arrestzelle, die von jedem im Revier eingesehen werden konnte. Er rollte seine Jacke zu einem Kopfkissen zusammen, zog sein Kollar ab und legte sich auf die Holzpritsche. Er starrte zu den Graffiti und eingeritzten Skizzen von Genitalien auf, die praktisch jede freie Fläche der Zelle bedeckten, und musste an die Mahnung des Blues-Sängers Lazy Lester denken: *„Don't ever write yo' name on the jailhouse wall."*

Er sah, wie Louviere Nummern in ein Telefon tippte, zuerst rief er die Lokalzeitung an, dann einen Fernsehsender in Lafayette und einen anderen in Baton Rouge, die Associated Press in New Orleans und schließlich die Diözese.

Louviere kam an die Zellentür. „Wollen Sie jetzt Ihren Telefonanruf machen?", fragte er.

„Vorher würde ich Ihnen gern eine Frage stellen", erwiderte Father Jimmie.

Louviere entriegelte die Tür und zog sie auf. „Falls Sie sich fragen, ob ich katholisch bin, ja, bin ich. Und es sind genau solche Perversen wie Sie, die unsere Kirche in Verruf bringen", sagte er.

„Sie können sich nennen, wie Sie wollen, aber ein Katholik sind Sie bestimmt nicht. Die eigentliche Frage hier lautet doch: Von wem werden Sie geschmiert? Wer bezahlt Sie dafür, anderen Menschen so etwas anzutun, Sir? Welchen Preis haben Sie für Ihre Seele erhalten?", sagte Father Jimmie.

Ich war im Büro, als Father Jimmie anrief.

„Wie hoch ist die Kaution?", fragte ich.

„Die offizielle Anklageerhebung war noch nicht", erwiderte er.

„Warum mussten Sie mit Ihrer Unterschriftensammlung unbedingt ins St. Mary Parish?"

„Was ist nicht in Ordnung mit dem St. Mary Parish?"

„Das ist ein Lehensgut. Die glauben da unten immer noch, wir würden das Jahr 1300 schreiben."

Ich hörte ihn lachen. „Ein Lehensgut? Mit Leibeigenen in eisernen Halsbändern und so? Sehr interessant. Ich verstehe", sagte er.

Nein, tust du nicht, Jimmie, dachte ich. Aber Märtyrer und Heilige fliegen niedrig mit den Engeln, kollidieren dabei mit Telefonmasten und Häusern und halten Gefahr für ihren natürlichen Lebensraum. Wer war ich denn, mich mit ihnen zu streiten?

* * *

Max Coll mochte das Glücksspiel nicht, nein, er liebte es und den damit einhergehenden Adrenalinrausch und die glitzernde Atmosphäre so leidenschaftlich, wie ein Mann eine Frau oder eine Religion lieben konnte. Alle Menschen haben ein Laster, sagte sein Vater immer. Es sei das Erkennen unserer moralischen Schwäche, das uns erlaubte, unser Menschsein zu bewahren, sagte er. Der Mann, der von Alkohol oder Frauen oder Pferdewetten nicht in Versuchung geführt wurde, könnte sich leicht auf eine Stufe mit Christus stellen und sich damit der verderblichsten der sieben Todsünden schuldig machen, nämlich des Hochmuts.

Max hatte diese Worte seines Vaters nie vergessen. Alkohol beraubte einen Mann seiner Intelligenz und seiner Gesundheit, Frauen schenkten nur eine kurz andauernde Befriedigung, und die Erinnerung daran entfachte nur sofort wieder die Lust auf und die Abhängigkeit von mehr des Gleichen.

Glücksspiel jedoch verlieh einem Mann Kontrolle, erlaubte ihm die freie Wahl des Schlachtfeldes und nutzte seine Kenntnisse von Menschen und der Mathematik. Verluste waren nur finanzieller Art, und da es bei Glücksspiel nie primär um Geld ging, was für einen Unterschied machte da schon der Verlust, besonders für einen alleinstehenden Kerl, dessen Beruf eine blutige Angelegenheit war, die doch wohl hin und wieder einen vergnügungssüchtigen Abstecher erlaubte?

Er war anspruchsvoll bei den Spielen, die er spielte. Automaten, Video-Poker und elektronisches Keno waren nur für geborene Verlierer. Jai Alai machte Spaß und war schnell, aber welch halbwegs vernünftiger Mensch würde auf Spieler setzen, die alle aus ein und derselben Gegend Spaniens kamen und untereinander verwandt waren? Bei Pferdewetten konnte man die Startlisten und Wettchancen ausklamüsern, die Platzverhältnisse der jeweiligen Bahnen studieren und die Schnelligkeit und Verfassung der Pferde, kurz, man hatte eine reelle Chance beim Wetten. Würfeln war für Vergnügungsdampfer, Roulette für Côte-d'Azur-Schwuchteln und Hunderennen ausschließlich was für Hunde.

Was nicht heißen sollte, dass er nicht auf Ballsportarten, Boxkämpfe oder landesweite Wahlen wettete. Tatsächlich hatte Max schon mal mit einem Fensterputzer auf dem einunddreißigsten Stock eines Chicagoer Hotels gewettet, dass er raus auf den Sims klettern und das Fenster schneller putzen könnte als der Profi-Glasreiniger. Er hatte nicht nur die Wette gewonnen, sondern auch noch so viel Spaß dabei gehabt, dass er aus reinem Vergnügen noch vier weitere Fenster geputzt hatte.

Das Spiel jedoch, das Max in Schwierigkeiten brachte, war Blackjack, das klassische Siebzehnundvier, das einzige Spiel, das dem Casino-Zocker eine faire Chance gab, gegen das Haus zu gewinnen. Max' Gedächtnisarchiv war fast so gut wie das eines Computers, und selbst, wenn er es mit einem Croupier zu tun hatte, der aus einem mit fünf Sätzen geladenen Kartenschlitten gab, war Max' Fähigkeit geradezu verblüffend, die Karten mitzuzählen und sich mit Erfolg zurückzuhalten oder wahlweise eine weitere Karte zu riskieren.

Max' große Schwäche am Blackjack-Tisch war sein Unvermögen, stets emotionslos und gelassen zu bleiben. Es machte ihm nichts aus, gegen eine Maschine zu verlieren oder gegen korrupte Jai Alai-Spieler, die ihren Angehörigen die Arbeit auf dem Tomatenfeld ersparen wollten. Max verlor nicht gern gegen Einzelpersonen, ganz besonders nicht gegen stumpfsinnige und leidenschaftslose Menschen, die stundenweise bezahlt wurden und es gar nicht erwarten konnten, endlich Feierabend zu machen. Da konnte ihm schon mal vor Wut die Schädeldecke wegfliegen: die Karten zu zählen, bis ihm schon das Hirn blutete, und dann landete so ein unerfreulicher Blödmann aus purem Glück einen Blackjack gegen ihn. Er konterte dann, indem er gleich mehrere Hände spielte, schrittweise seine Einsätze erhöhte, bei Splits den Einsatz verdoppelte, bis er pleite war, erschöpft und niedergeschlagen, aus dem Fenster auf die struppigen Ränder der Morgendämmerung in Vegas oder Reno oder Atlantic City starrte und sich fragte, ob er den Casino-Manager überreden könnte, ihm einen Kreditrahmen einzuräumen.

Ein niedergeschlagener Max war ein außer Kontrolle geratener Max. Er rief dann Buchmacher im ganzen Land an und platzierte Sportwetten in Höhe von fünfzigtausend Dollar, ohne auch nur mit der Wimper zu zucken. Danach zog er sich einen gebügelten rosa Schlafanzug an und legte sich mit gespreizten Armen und Beinen auf sein Hotelbett, während sich die Welt um ihn herum drehte, sein Herzschlag sich verlangsamte und eine eigenartige Gelassenheit ihn durchflutete, als wäre er bis auf den Grund eines Strudels hinabgesunken, ihm nun nicht mehr länger ausgeliefert und musste deshalb auch nicht gegen ihn ankämpfen.

Normalerweise waren seine Sportwetten-Exzesse relativ harmlos, und seine Gewinne glichen seine Verluste aus. Aber all seiner Erfahrung zum Trotz stieg er im Jai Alai Frontón in Dania richtig groß auf einen Insidertipp ein und ging mit hundert Riesen baden, die er nicht bezahlen konnte. Nicht nur war der Buchmacher in Miami wenig verständnisvoll, was Max' finanzielle Lage betraf, er verkaufte seine Schulden zu allem Übel auch noch an Kredithaie, die ihn davon in Kenntnis setzten, dass der Zinssatz bei lässigen viertausend Mücken die Woche lag, die allerdings nicht auf die Kreditsumme angerechnet wurden. Alternativ könnte er aber auch einen katholischen Priester umlegen.

So war er also an einem grauen, verregneten Tag nach Louisiana gekommen, stapfte durch überflutete Straßen, auf denen der Müll trieb, er selbst vom Aussehen her nicht anders als eine arme Sau auf dem Weg zur Arbeit im Torfmoor. Aber das alles hatte auch gute Seiten gehabt. Er fand heraus, dass er nicht das Zeug dazu hatte, einen Priester zu erschießen, was wiederum bedeutete, dass vielleicht zumindest noch ein Teil seiner Seele heil war. Zweitens, er hatte eine neue Identität und eine neue Umgebung fürs Zocken gefunden.

In Father Dolans schwarzem Anzug, dessen Priesterweste und dem römischen Kragen hatte Max einen Bingo-Salon in einem Indianerreservat im mittleren Süden von Louisiana betreten und war mit einem Schlag so was wie ein Promi. Die Leute lächelten ihn an, schüttelten ihm die Hand, boten ihm ihre Plätze an den Tischen an, berührten ihn fast liebevoll am Arm oder an der Schulter, kauften ihm Bier und Sandwiches aus dem Café. Er begann sich wie ein Maskottchen zu fühlen, das von fünfhundert Leuten von einem zum anderen weitergereicht wurde. Tatsächlich wurde er so oft getätschelt, dass er sich nicht mehr auf seine Bingo-Karte konzentrieren konnte und schließlich aufgab.

Dann wurde er auf die Bühne gebeten, um die Bingo-Zahlen auszurufen. Warum nicht?, dachte er. Es war ein wundervoller Abend. Das Wetter war auch wieder mild geworden, die sanfte Brise draußen vor den Fenstern raschelte in den Palmen, in die bunte Lichterketten gehängt worden waren, die Gesichter der Menschen um ihn herum waren herzlich und wohlwollend. Vielleicht war seine Rolle als Geistlicher ja nur kosmetischer Natur, aber es war dennoch durchaus angenehm.

Gegen 22 Uhr ging er in die Bar, bestellte eine Tasse Kaffee und setzte sich, um die Abendnachrichten anzuschauen.

Der große Aufmacher war die Festnahme eines gewissen Father James Dolan, dem Aufforderung zur Unzucht in einer öffentlichen Toilette unmittelbar neben einem Kinderspielplatz zur Last gelegt wurde.

Der die Festnahme durchführende Beamte, Dale Louviere, wurde vor der Kamera interviewt. „Wir hatten die Gegend aufgrund vorangegangener Beschwerden unter Beobachtung", sagte er.

„Im Zusammenhang mit den Kindern?" fragte der Reporter.

„Ja, das ist völlig richtig", bestätigte Louviere.

„Wegen dieses konkreten Verdächtigen?", hakte der Reporter nach.

„Es ist mir nicht gestattet, mich dazu zu äußern. Wir sind derzeit noch mit einer umfassenden Untersuchung der Hintergründe beschäftigt", antwortete Louviere.

Wenn ich je einen Elefanten gesehen habe, der seinen eigenen Porzellanladen mit sich herumschleppt, dann ist das Father Jimmie, dachte Max. Na ja, dieses Kreuz musste der wackere Pater allein tragen, nicht Max. Vielleicht würde Dolan ja etwas mehr Verständnis für Berufsverbrecher entwickeln, nachdem er nun selbst von korrupten Bullen eingelocht worden war, sagte Max sich.

Er trank den Kaffee aus und kehrte zurück zum Bingo. Aber der Spaß war weg, und die Kleidung auf seinem Körper fühlte sich plötzlich fremd an auf seiner Haut, überhitzt, klebrig, nach dem Priester riechend.

Er registrierte, dass er sich auf die Knöchel biss, bemerkte aber nicht die irritierten Blicke um sich herum. Was machte ihm denn plötzlich so zu schaffen? Der Pater war ein Holzkopf, wild entschlossen, sich von einem Lochspaten in den Arsch ficken zu lassen. Max hatte nichts damit zu tun, hatte ihm gegenüber keinerlei Verpflichtungen.

Falsch, dachte er, senkte die Augen und starrte auf seinen Schoß.

Er hatte sich darangemacht, einen unschuldigen, anständigen Mann zu ermorden, etwas, worauf er stolz war, es noch nie getan zu haben. Außerdem hatte der Priester ihn durch die Bank geschlagen; noch etwas, womit er nicht gut klarkam. Tatsächlich wirkten Max' Gedanken wie die Lederschnüre einer Geißel, die auf seinem Kopf niederprasselten.

Es war deprimierend.

Er ging hinaus in den Wind, unter die dahinsausenden Sterne über ihm und in den Schein der um die Palmen geschlungenen Weihnachtsbeleuchtung, und ließ den Motor seines gemieteten Hondas an. Er zog eine .45er Automatik, eingewickelt in ein öliges Tuch, unter dem Sitz heraus und legte sie neben sich. Während er die zweispurige Straße zur Interstate hinunterfuhr, legte er die rechte Hand auf die .45er und spürte, wie sein Pulsschlag sich verlangsamte und sein Atem ruhiger wurde. Dann sah er durch die Windschutzscheibe zu den Sternen auf, und sprach zum ersten Mal seit vielen Jahren eine uralte Gottheit an, zu der er früher einmal eine Beziehung gehabt hatte.

Sir, wenn Du einen Mann wie mich an diesem Punkt seiner beruflichen Laufbahn mit Gewissensbissen plagst, betete er, *würde es Dir dann etwas ausmachen, dies etwas schonender zu tun, damit ich mich nicht fühle, als würde ich in der Eisernen Jungfrau zerquetscht? Das wäre mir wirklich sehr, sehr lieb. Vielen Dank. Amen.*

* * *

Es regnete am folgenden Morgen, und Jimmie Dolan war immer noch im Gefängnis, wartete auf die offizielle Anklageerhebung um elf Uhr. Ich hatte mich gerade an meinen Schreibtisch gesetzt, als ich ein unauffälliges Fahrzeug von der Art, wie es vom NOPD benutzt wird, draußen am Bordstein halten und Clotile Arceneaux in Levis, Strickpullover und Jeansjacke aussteigen und durch den Regen zum Eingang des Gerichtsgebäudes laufen sah, wobei sie eine Hand vor ihre Stirn hielt.

Außer Atem betrat sie mein Büro, ihre Jacke nass vom Regen. Ohne eingeladen worden zu sein, setzte sie sich und sagte: „Wow! Verdammt schwer, Sie zu erwischen!"

„Ich verstehe nicht", sagte ich.

„Ich hab gestern Nachmittag drei Nachrichten hinterlassen", sagte sie.

„Ich war in Franklin. Father Dolan sitzt im Gefängnis",
antwortete ich.

„Ja, ich weiß Bescheid. Der Typ hat echt ein Händchen
dafür, sich in die Scheiße zu reiten, was? Hören Sie, was
haben Sie über den Tod von Sammy Figorelli?"

„Nichts."

„Wie, nichts?"

„Er wurde mit einer .22er erschossen. Wahrscheinlich
kannte er den Täter. Das war's dann auch schon", sagte ich.

Ich sah es ihr an, wie die Wut darüber, dass die Arbeit
von Monaten den Bach hinunterging, erneut anschwoll.
Sie biss sich auf einen Daumennagel und starrte auf den
Regen, der gegen die Scheibe prasselte. Dann sah sie mich
wieder an. „Ich bin noch aus einem anderen Grund hier.
Eigentlich habe ich heute ja frei", sagte sie.

„Worum geht's?"

„Haben Sie schon gefrühstückt?", fragte sie.

„Nein", log ich.

„Ich lad ein", sagte sie.

„Sie scheinen Ihren Akzent nach Lust und Laune ein-
und ausschalten zu können."

„Sehen Sie, wusste ich's doch, dass Sie ein kluger Mann
sind." Sie lächelte und formte dabei ihren Mund zu einer
kleinen Blume.

Wir bestellten uns in *Victor's Cafeteria* an der Main etwas zum Mitnehmen und fuhren dann über den Bayou zu
einem riesigen Zelt, in dem gekochte Krabben angeboten
wurden, direkt neben einer Ausstellungshalle, wo sage und
schreibe Harry James, Buddy Rich, Willie Smith und Duke

374

Ellingtons Arrangeur Juan Tizol in den 1950er Jahren aufgetreten waren. Die Kamelien entlang des Bayou blühten und wirkten an diesem grauen Tag wie rote Papierblumen, ein Schlepper zog einen riesigen eisernen Lastkahn mit ausgebaggertem Schlamm durch die Zugbrücke oben an der Burke Street.

„Also, was steht an?", erkundigte ich mich.

„Ich hab Sie ziemlich angepisst, als Sie und Purcel Fat Sammy aus der Stadt verscheucht haben", antwortete sie.

„Ich konnte's nachvollziehen."

In ihrem Styroporbehälter lag ein Baguette-Sandwich mit Spiegelei und Schinken, das sie bislang nicht angerührt hatte. „Ich habe mit Purcel geredet. Er hat mir vom Tod Ihrer Frau erzählt", sagte sie.

Ich reckte das Kinn, um an meinem Kragen zu zupfen, und sah zu dem Schlepper hinüber, der den Prahm den Bayou hinunterzog.

„Was ich also sagen will …"

„Verstanden. Sie müssen nichts erklären."

„Wie wär's, wenn Sie mal eine Minute die Klappe halten? Mein Mann ist '91 im Irak gefallen. Er war in einem Panzer. Die Army sagt, er wäre auf der Stelle tot gewesen, aber ich glaube ihnen nicht", sagte sie.

„Tut mir leid."

„Eine ganze Zeit lang hab ich gedacht, ich hätte ihn bei einem Football-Spiel gesehen oder in einer Bar oder unter den Leuten in einem Kaufhaus. Ist Ihnen das auch schon mal passiert?"

„Nein."

„Sie Glücklicher. Was ich damit sagen will, Robicheaux, ich glaube, Sie sind ein guter Cop, und Sie müssen sich von keinem anderen Cop anbrüllen lassen." Sie nahm ihr Sandwich und biss hinein. Ich hörte das Warnsignal des Schleppers vor der nächsten Zugbrücke.

„Es ist Freitag. Lust, noch ein bisschen in der Stadt zu bleiben, vielleicht irgendwo was zu Abend essen und danach ins Kino zu gehen?", fragte ich.

„Was läuft'n?", erwiderte sie.

„Ich hab echt keine Ahnung."

„Father Dolan wird um elf förmlich unter Anklage gestellt", sagte sie.

„Ich dachte, Sie wollten mit Father Jimmies Problemen nichts zu tun haben."

„Irgendwas muss ein Mädchen ja machen, um Spaß zu haben", sagte sie und beobachtete mich über den Rand ihres Bechers, während sie den Kaffee trank.

* * *

Dale Louviere war gern städtischer Polizeibeamter, besonders seit er zur Kriminalpolizei befördert worden war und ein eigenes Büro, ein Spesenkonto für Reisen und die Mitgliedschaft in zwei Vereinen erhalten hatte. Die Bezahlung war nichts, womit sich prahlen ließ, aber gute Dinge ergaben sich von selbst, wenn man seine Arbeit machte, Leuten den ihnen gebührenden Respekt erwies und stets darauf achtete, zu Diensten zu sein, wie es die Situation gerade verlangte.

Ist damit vielleicht irgendwas nicht in Ordnung?, fragte er sich.

Er führte ein Junggesellenleben in einem frisch renovierten Bungalow draußen auf dem Land, umgeben von Zuckerrohrfeldern, Zedern, Blumenbeeten und Gemüsegärten, um die sich ein Mitarbeiter des Parish-Gefängnisses kümmerte. Der drastische Vorwurf des Priesters, dass er korrupt sei, machte ihm immer noch zu schaffen. Dale Louviere ließ sich von niemandem bestechen, hatte es gar nicht nötig. Er kümmerte sich um seine eigenen Sachen, alles andere erledigte sich von selbst. Eine Hypothek oder ein Darlehen für ein Auto wurden auf Antrag bewilligt, seine Drinks konnte er in den hiesigen Bars anschreiben lassen, aber niemand erwartete, dass er die Deckel jemals beglich, ein Bauunternehmer gab ihm Tickets für Plätze an der 40-Yard-Linie bei Heimspielen der LSU, wann immer er Lust hatte, und in der Weihnachtszeit wurden ihm in Zellophan verpackte Fresskörbe mit Delikatessen an die Tür gebracht.

Die Leute, denen die Zuckerfabriken gehörten, die nach Erdöl bohrten und die Angelegenheiten der Gemeinde bestimmten, bezahlten doch auch den Löwenanteil der Steuern, oder vielleicht nicht? Sie gaben anderen Menschen Arbeit. Das Parish wäre nichts als ein riesiger ländlicher Slum ohne sie. Also musste ein öffentlicher Angestellter auf die Bedürfnisse reicher Leute achten, die wann immer sie wollten auch an einen anderen Standort ziehen konnten.

Irgendwas damit nicht in Ordnung?

An diesem Morgen sollte um elf Uhr die offizielle Anklageerhebung gegen Father Dolan stattfinden, daher stand Dale Louviere mit dem ersten Tageslicht auf, zog seinen Trainingsanzug an, trank einen Kaffee und rauchte eine Zigarette am Küchentisch und wartete, dass die Kühle der Nacht aus dem Raum verschwand. Durch das Fenster nach vorn hinaus sah er einen Honda auf der Landstraße vorbeifahren, dann wenden und in die entgegengesetzte Richtung fahren.

Er spülte Tasse und Untertasse im Abwaschbecken, hängte sich seinen Reservesatz Schlüssel für Haus und Auto an einer geflochtenen Schnur um den Hals und begann sein tägliches Lauftraining die Landstraße hinunter. Zweihundert Meter von seinem Bungalow entfernt überquerte er eine Holzbrücke, die einen Wasserlauf überspannte und auf einen langen, freigeräumten Streifen zwischen zwei noch nicht abgeernteten Zuckerrohrfeldern führte. Der Regen hatte zwischenzeitlich aufgehört, aber Nebel hing wie Rauch im Zuckerrohr, und das Stroh unter seinen Füßen war matschig, quatschte bei jedem seiner Schritte und durchtränkte den Saum seiner Trainingshose.

Einer seiner Schuhe versank bis zu den Knöcheln im Wasser. Ein schlechter Tag zum Joggen, dachte er.

Er hörte ein Auto auf der Straße. Als er sich umdrehte, sah er wieder den Honda, und ein Priester mit einer über dem Lenkrad ausgebreiteten Landkarte ließ jetzt die Seitenscheibe herunter, seinem Gesichtsausdruck nach benötigte er dringend eine Wegbeschreibung. Aber insgeheim mochte Dale Louviere keine Geistlichen und vertraute ihnen auch nicht, und außerhalb der regulären Arbeitszeit opferte er ihnen keine Minute. Er tat, als würde er sich den

Schuh binden, bis er das Motorengeräusch des Hondas in der Ferne schwinden hörte.

Es begann wieder zu nieseln, und Dale machte sich auf den Heimweg, marschierte zügig am Straßenrand entlang, durch Bodennebel, der aus den Gräben aufstieg, die Arme in einer pumpenden Bewegung, wie er es in einem Aerobic-Kurs gelernt hatte. Er fragte sich, ob er wohl je endgültig mit dem Rauchen aufhören könnte. Er hatte es schon viele Male versucht, aber es dauerte keine drei Tage und er war so gereizt und genervt, dass seine Kollegen ihm vorschlagsweise Zigarettenschachteln auf die Schreibtischunterlage warfen. Das Beste, wozu er momentan in der Lage war, bestand darin, mit einem strammen Powerwalk am frühen Morgen den Rauch aus den Lungen und das Nikotin aus dem Blut zu treiben, in dessen Anschluss ihm der Kopf schwirrte und sein Nervensystem nach einer weiteren Zigarette schrie.

Zum Glück hatte er ein Päckchen eingesteckt. Gerade als er eine Zigarette zu Ende geraucht hatte, sah er den Honda wieder in seine Richtung kommen. Der Fahrer fuhr längsseits zu Louviere und ließ die elektrische Seitenscheibe runter. Er trug eine schräg in die Stirn gezogene Golfer-Mütze zu seinem Priesteranzug, hatte extrem kleine Ohren und erinnerte an einen Boxer, der zu viele Jahre im Ring gestanden hatte. Eine zerknitterte Straßenkarte lag auf dem Armaturenbrett, seine Hände ruhten entspannt auf dem Lenkrad.

„Könnten Sie mir wohl sagen, wie ich wieder auf die Highway 90 komme, Sir?", fragte der Priester.

„Fahren Sie bis zur Kreuzung und dann links", sagte Louviere.

Der Priester drehte langsam den Kopf, die Augenbrauen fragend zu Halbmonden gehoben. „So einfach? Ich muss einmal im Kreis gefahren sein. Ich glaube fast, gestern Abend beim Bischof gab's etwas zu viel Grog."

Doch statt nun weiterzufahren, begann er an der Straßenkarte herumzufummeln, ließ einen Finger eine Linie entlanggleiten, die den Highway 90 kennzeichnete, blickte nach vorn die Straße hinunter, dann durch die Heckscheibe in die entgegengesetzte Richtung. Dale Louviere meinte, ein Klopfen aus dem Kofferraum zu hören.

„Was ist das?", fragte er.

Der Geistliche schnalzte mit der Zunge. „Ich fürchte, ich habe einen Hund überfahren. Ich bringe ihn jetzt zum Tierarzt, falls ich einen finde", sagte er. „An der Kreuzung soll ich abbiegen, sagen Sie?"

„Genau. Sie können sich gar nicht verfahren. Alles klar jetzt?", entgegnete Louviere ungeduldig. Er steckte sich eine neue Zigarette an und inhalierte den Rauch.

„Auf meiner Karte hier seh ich das aber nicht", sagte der Priester.

„Hören Sie, es ist total einfach. Sie sehen doch die Landstraße hier ..." Er hielt die Zigarette zur Seite und beugte sich durch die Seitenscheibe in den Wagen.

Weiter kam er nicht. Der Priester packte die Schlüsselkordel um Louvieres Hals und ließ die Seitenscheibe wieder hochfahren, bis dessen Kopf am oberen Ende der Scheibe eingeklemmt war.

Dann gab er Gas, fuhr die Straße hinunter und bog in Louvieres Einfahrt, während dieser sich am Türgriff festhielt und zu verhindern versuchte, enthauptet zu werden.

„Sei ein braver Junge und halt durch. Dann haben wir dich im Nu sicher und wohlbehalten in deiner Bude", sagte der Priester. „Hoppla, eine kleine Bodenwelle. Du schaffst das."

Dale Louviere hatte das Gefühl, ihm würde der Kopf vom Rumpf getrennt, als er stolpernd darum kämpfte, wieder Halt zu finden. Der Honda rollte an der Längsseite seines Hauses vorbei, durch den Garten und die Blumenbeete und über die schmale Rasenfläche hinter seinem Haus, weiter in eine schmucklose Scheune, die noch aus einer früheren Zeit stammte.

Der Priester ließ die Seitenscheibe herunter, und Dale Louviere fiel rückwärts in etwas Undefinierbares, das faulig nach vermodertem Stroh, festgestampfter Erde und Pferdemist stank und sofort zu Staub zerfiel. Der Priester schaltete den Motor ab und stieg aus, eine .45er Automatik lässig in der rechten Hand. „Ich habe nichts gegen Bullen. Bis auf diejenigen, die nicht besser sind als ich, aber so tun als ob. Auf welcher Seite der Linie steht wohl ein Kerl wie Sie, Sir?", sagte er.

Wieder hörte Dale Louviere so etwas wie ein Poltern aus dem Kofferraum des Hondas, konnte aber an nichts anderes denken als das mächtige Hämmern in seiner eigenen Brust.

* * *

Um 10:55 Uhr, als Father Jimmie Dolan an den Handgelenken zusammengekettet mit einer bunten Mischung aus Säufern, Crackrauchern, Prostituierten und prügelnden Ehemännern in einem Gerichtssaal des St. Mary Parish saß, erhielt das Büro der Staatsanwaltschaft einen Anruf von Dale Louviere. Dieser gab an, dass er seinen Job fristlos kündigte und aus persönlichen Gründen an einen nicht näher bezeichneten Ort außerhalb des Bundesstaats umziehen werde. Weiterhin sagte er, dass die Anschuldigungen gegen Father James Dolan nicht haltbar seien und dass sein Kollege, Cash Money Mouton, der die Festnahme in der öffentlichen Toilette durchgeführt hatte, dies ebenfalls bestätigen würde, sofern er denn gefunden werden konnte.

Clotile Arceneaux, Father Jimmie und ich verließen das Gerichtsgebäude gemeinsam durch den Vordereingang. Der Regen hatte aufgehört, und die Stadt wirkte durchgespült und sauber, die Bäume leuchteten herrlich grün, und das Wogen des Verkehrs auf den nassen Straßen war wie ein Indikator für die Normalität der Welt.

„Was ist da gerade gelaufen?", fragte Father Jimmie.

„Würde ich mir nicht den Kopf drüber zerbrechen", antwortete ich.

„Da steckt doch Max Coll dahinter, stimmt's?", hakte er nach.

„Wen interessiert's? Diese Typen verdienen alles, was ihnen zustößt", sagte ich.

„Und ich hab New Orleans schon für hart gehalten. Habt ihr Todesschwadrone hier draußen?", meinte Clotile.

Ich wollte ihr schon eine flapsige Antwort geben, sah dann aber den beunruhigten Ausdruck auf Father Jimmies Gesicht. „Ich muss noch meinen Wagen von der Verwahrstelle abholen", sagte er.

„Wir sehen uns dann nachher bei mir. Lassen Sie den Herrgott einen guten Mann sein, Jimmie", sagte ich.

„Einer dieser Polizisten könnte tot sein", erwiderte er.

Er ging die Straße hinunter, sein schwarzer Anzug zerknittert und fleckig nach einer Nacht auf dem Betonboden einer Arrestzelle.

„Ihr Freund ist aber wirklich nicht leicht zu trösten, was?", meinte Clotile.

„Schon mal von der jüdischen Legende der *dreizehn Gerechten* gehört, die für uns andere leiden?"

„Nein. Und was soll das?"

„Manche Menschen müssen für immer im Garten Gethsemane leben", sagte ich.

Sie nahm meine linke Hand und betrachtete sie. Ihre Finger fühlten sich kühl an. „Haben diese Schmalzköpfe hier die Zange angesetzt?", fragte sie.

„Ja."

Sie tätschelte meinen Handrücken und ließ die Hand los. „Passen Sie zur Abwechslung mal auf Ihren eigenen Arsch auf", sagte sie.

20

Father Jimmie war noch keine zehn Minuten wieder in meinem Haus, als das Telefon in der Küche klingelte. Er nahm den Hörer ab, sagte jedoch nichts. Sein Atmen war in der Stille deutlich zu hören.

„Ah, Sie sind nicht nur Geistlicher, sondern auch noch Hellseher", sagte die Stimme am anderen Ende der Leitung.

„Lassen Sie mich in Ruhe. Bitte", sagte Father Jimmie.

„Hab Sie rausgeholt, stimmt's?"

„Was meinen Sie damit?"

„Oh, Sie *wissen genau*, was ich meine, Sir. Ist schon ein Bastard wie ich nötig, mit Blut an den Händen, um Sie aus dem Knast zu holen. Jetzt schulden Sie mir was."

„Was haben Sie mit diesen Männern gemacht?"

„Die leben beide noch, und wahrscheinlich genießen sie gerade einen schönen Drink in warmer Umgebung. Ich meine, einer von denen hätte was von Ecuador gesagt. Ich muss allerdings sagen, dass es mich schwer gejuckt hat, sie von ihren irdischen Fesseln zu befreien."

Father Jimmy setzte sich auf einen Stuhl und versuchte nachzudenken. „Vielleicht meinen Sie es ja wirklich gut, aber mit Gewalt lösen Sie weder Ihre eigenen noch meine Probleme", sagte er.

„Was verstehen Sie schon von Gewalt, Sir? Was verstehen Sie gottverdammt noch mal davon?"

„Sie sind so voller Hass, Max. Vertreiben Sie den aus Ihrem Leben. Sie schaden sich damit selbst noch mehr als anderen."

„Wenn ich in Ihren Beichtstuhl käme, würden Sie mir dann die Absolution erteilen?"

„Ja."

„Da sind noch ein paar weitere Hausbesuche, die ich vorher gern machen würde."

„Die Bedingungen, Vergebung zu erlangen, sind nicht verhandelbar ... Max? Hören Sie mich?"

Aber Max Coll hatte längst aufgelegt. Father Jimmie stützte den Kopf auf seiner Hand ab, hatte den Gefängnisgestank immer noch in der Kleidung. Snuggs marschierte auf dem Tisch auf und ab, strich ihm mit seinem Schwanz übers Gesicht. Der Priester hatte sich in seinem ganzen Leben noch nie so müde gefühlt wie jetzt, nutzlos und verbraucht, jetzt obendrein noch beschmutzt durch den Vorwurf, ein Sittenstrolch zu sein, auch wenn das eine Lüge war.

Er wusste, dass dieses Gerücht ihn verfolgen würde, wohin auch immer er ging oder was auch immer er tat. Ekel und Zorn überkamen ihn wie eine Welle und ließen ihn die Fäuste ballen. Hatte er dafür all die Jahre im Priesterseminar, die Kämpfe mit Zölibat und Frömmlern, mit herrischen und begriffsstutzigen Vorgesetzten durchgehalten? Um an einem Punkt zu enden, an dem sein Name und Lebenswerk durch eine Beschuldigung besudelt wurden, bei der er eine Gänsehaut bekam?

Warum hörte er nicht auf, sich etwas vorzumachen? Er gab sich immer als der große Altruist, aber ständig mussten andere Menschen ihn aus Schwierigkeiten holen. Wenn er ein richtiger Missionar hätte sein und echte Risiken auf sich nehmen wollen, warum hatte er sich dann nicht dem Maryknoll-Missionsorden angeschlossen? Er verachtete die Rolle des traditionellen Priesters, aber in seiner selbstauferlegten Frömmigkeit war er zu kaum mehr als einer lärmenden Nervensäge geworden, die sich Anliegen verschrieb, die von der berühmten Kämpferin der Abstinenzbewegung Carrie Nation sicher auch gutgeheißen worden wären.

Er hatte gerade erst wieder einem gequälten Mann einen Vortrag über seine Gewalttätigkeit gehalten, obwohl er, Jimmie Dolan, genau eben davon profitiert hatte, und um die Wahrheit zu sagen, er war froh, dass er wieder in Freiheit war, und insgeheim vielleicht auch froh, dass diejenigen, die falsches Zeugnis gegen ihn abgelegt hatten, ihre gerechte Strafe erfahren hatten.

Es ist besser zu heiraten als zu brennen, das hatte doch schon der heilige Paulus gesagt. Besser ein Bourbon-Priester oder ein diözesaner Schleimer als ein Narr, der sich selbst heiligspricht, dachte Father Jimmie.

„Was meinst du, Snuggs?", fragte er.

Snuggs antwortete, indem er seinen Kopf an Father Jimmies Kinn drückte.

Father Jimmie ging ins Schlafzimmer, warf seine Kleidung in die Ecke und stellte sich unter die Dusche. Das Wasser keuchte in den Rohren, schien ihm das Wort *Scheinheiliger* ins Ohr zu flüstern.

* * *

Seit der veränderten Rechtsprechung in der Folge der Bürgerrechtsbewegung der 1960er Jahre hatte sich der Süden dramatisch verändert. Jeder, der etwas anderes behauptet, war entweder nicht dort gewesen oder will, ganz persönlichen Plänen folgend, alte Wunden frisch und empfindlich halten. Und nirgends ist die Veränderung deutlicher gewesen als in den einst aufsässigen Staaten des tiefen Südens.

Doch an diesem Abend, an dem ich mit Clotile Arceneaux an der East Main essen ging, versuchte ich, mir das Gegenteil einzureden. Ich sagte mir, die verstohlenen Blicke zu unserem Tisch, die Unbeholfenheit von Freunden, die meinten, sie müssten kurz vorbeikommen und Hallo sagen, seien Ausdruck der Beschränktheit und des latenten Rassismus, die in unserer Kultur zu erwarten waren.

Die schlichte Wahrheit war: Niemand nahm Anstoß an Clotiles Rasse. Allerdings stießen sie sich daran, dass ich weniger als ein Jahr nach Bootsies Tod mit einer anderen Frau ausging.

Es war wieder kalt geworden, als wir das Restaurant verließen. Sterne waren über den Himmel verteilt, am Horizont flackerten Stoppelfeuer, Rauchwolken erhoben sich im elektrischen Licht der Zuckerfabriken.

„Haben Sie sich da drinnen wegen irgendwas unwohl gefühlt?", fragte Clotile.

„Nein, ich doch nicht", antwortete ich.

Sie öffnete selbst die Tür meines Pick-ups, stieg ein und zog sie hinter sich zu, obwohl ich Anstalten gemacht hatte, ihr dabei zu helfen.

„Sie sind wirklich noch von gestern, was?", sagte sie.

„Wahrscheinlich", sagte ich.

Sie lächelte und sagte nichts mehr. Wir fuhren Richtung Zugbrücke und des Kinokomplexes auf der anderen Seite des Bayou Teche. Sie hatte sich nachmittags schon ein Zimmer in einem Motel an der Schnellstraße genommen.

Wir überquerten den Bayou und bogen auf den Parkplatz des Kinos ein. Überall Teenager, die in langen Schlangen vor den Kartenschaltern anstanden.

„Freitagabend ist hier bei uns wohl eher ein schlechter Abend fürs Kino", sagte ich.

„Wir müssen ja nicht", sagte sie und blickte unverwandt geradeaus.

Ich wendete auf dem Parkplatz, überquerte wieder den Bayou und fuhr ohne spezielles Ziel die East Main hinauf. Die Straße schien merkwürdig leer, die Sterne wurden vom Blätterdach der Eichen verdeckt, mein gemietetes Häuschen wirkte dunkel und nicht zusammengeharktes Laub wirbelte herum. Ich zögerte, dann fuhr ich meine Einfahrt hoch und machte den Motor aus. Der Bodennebel in den Bäumen und im Bambus schimmerte im Licht des City Parks auf der anderen Seite des Bayou.

„Wo ist Father Dolan?", fragte sie.

„Bei Freunden in Lafayette."

„Sie haben eine Menge zu bereuen in Ihrem Leben, Robicheaux, stimmt's?", sagte sie.

„Das tun alle Alkoholiker", erwiderte ich.

„Wie kommen Sie damit klar?"

„Ich quäle mich nicht mehr damit."

Sie sah immer noch stur geradeaus.

„Ich will nichts sein, das jemand bereut", sagte sie.

„Möchten Sie meine Katze kennenlernen?"

Und das machten wir dann. Ich stellte ihr Snuggs vor, wir aßen Eiscreme in der Küche und ich fuhr sie zu ihrem Motel.

Danach ging ich auf den Friedhof in St. Martinville und setzte mich auf die stählerne Bank neben Bootsies Grabmal und schaute zu, wie der Mond über der alten französischen Kirche am Bayou aufging.

In dieser Nacht träumte ich, ich wäre in einer früheren Zeit in New Orleans, säße in einer Straßenbahn hinaus nach Elysian Fields. Die Straßen waren dunkel, die Palmwedel auf dem Mittelstreifen hatten ein krankes Gelb. Bis auf den Wagenführer befand sich niemand sonst in der Bahn. Als er sich umdrehte und mich ansah, waren seine Augen nur leere Höhlen, die Haut auf seinem Gesicht vertrocknet und geschrumpft zu kaum mehr als Gaze auf seinem Schädel.

* * *

Oftmals werden Fälle der Polizei nicht aufgelöst. Vielmehr entwirren sie sich einfach, rein zufällig oder aus Versehen. Mit ein wenig Glück kommt noch ein nennenswertes Maß an Gerechtigkeit dazu, auch wenn es häufig auf eine wenig überraschende Quelle zurückzuführen ist.

Am frühen nächsten Morgen, einem Samstag, schimmerte mein Rasen weiß vor Raureif, und der Bambus neben dem Haus war steif und hart und klapperte wie Besenstiele im Wind. Ich zog meinen Trainingsanzug an, lief fünf Kilometer durch den City Park, duschte anschließend und fuhr dann zu Cletes Motel-Cottage.

Er saß in dem kalten Zimmer auf der Kante seines Bettes, verschlafen, leicht zitternd, bekleidet lediglich mit Unterhemd und Schlafanzughose. Der Abfalleimer in der Küche war vollgestopft mit Fastfood-Kartons und Bierdosen.

„Was willst du machen?", fragte er.

„Frühstücken bei McDonald's, danach vielleicht auf Pecan Island ein paar Enten umlegen", sagte ich.

„Hab heute viel zu tun", erwiderte er.

„Ich seh's."

Es war still im Zimmer. Er sah mir in die Augen. „Was beschäftigt dich, mein Großer?", fragte er schließlich.

Ich erzählte ihm von dem Traum, dem Wagenführer mit dem totenkopfartigen Gesicht, der Dunkelheit außerhalb der Straßenbahn, den vergilbten Palmwedeln, die wie Knochen klapperten. „Schon mal so einen Traum gehabt?", fragte ich.

„Ich hab früher öfters geträumt, ich wäre in einem *Jolly Green*, der gerade abstürzt. Aber das war in einem Krankenhaus in Saigon. Es hatte nichts weiter zu bedeuten. Es war nur ein Traum."

„Ich werd ihn einfach nicht los", sagte ich.

Er stand vom Bett auf und begann, sich anzuziehen. „Mach die Heizung, an, ja? Fühlt sich an wie dreißig Grad minus hier drinnen", sagte er.

Wir frühstückten im McDonald's an der East Main. Draußen war der Himmel blau, die Blätter der Virginia-Eiche auf dem angrenzenden Grundstück flimmerten im Sonnenschein. „Kann ich dich gar nicht in Versuchung führen mit ein bisschen Entenjagd?", fragte ich.

Mit einer zerkrumpelten Papierserviette wischte er sich den Mund ab und ließ sie dann auf sein Tablett fallen. „Dieser Perverso, von dem ich dir erzählt hab, Bobby Joe Fontenot, der aus dem Trailerpark … ich konnte einfach nicht vergessen, was er zu mir gesagt hat."

„Was hat er gesagt?"

„Dass wenn er rückfällig würde, dass er dann jedes Mal, wenn er einen kleinen Jungen vögelte, meinen Namen benutzen würde. Also hab ich den Bewährungshelfer von diesem Perverso angerufen. Und stell dir vor, der Bewährungshelfer ist im Urlaub. Also hab ich dem Kerl, der sich zurzeit um Fontenots Akte kümmert, von dem kleinen Jungen in dem Trailer nebenan erzählt. Dass er mir nicht ins Ohr gegähnt hat, war alles."

„Ruf das Sozialamt an", sagte ich.

„Hab ich schon. Ich glaube, der Junge ist Fischfutter."

Er sammelte den Abfall unserer beiden Mahlzeiten ein und stopfte alles zusammen wütend in einen Abfalleimer.

„Immer locker bleiben, Cletus", sagte ich.

„Scheiß auf die Enten. Wird höchste Zeit, ihm in die Bowle zu pissen", sagte er.

* * *

Die Mutter des kleinen Jungen in dem Trailerpark hieß Katie Goltz. Sie saß mit uns in ihrem winzigen Wohnzimmer und kriegte immer noch nicht die Gründe auf die Reihe, warum wir hier waren, obwohl Clete erwähnte, dass er hinter einem Kautionsflüchtling her gewesen war, mit dem Bobby Joe Fontenot eingefahren war, ein überführter Sexualstraftäter, der jetzt direkt nebenan wohnte.

Sie trug keinen Lippenstift, alte Jeans, Mokassins und einen ausgebleichten Pullover. Ihre Haare waren kurz geschnitten und vor der Blondierung vermutlich mal braun gewesen, außerdem auf einer Seite gewellt, um einer Schauspielerin aus den 1940ern zu ähneln.

„Wo ist Ihr Sohn?", fragte Clete.

„Im Einkaufszentrum", antwortete sie.

Clete nickte. „Ist er mit Freunden hin?", fragte er.

„Bobby Joe hat ihn mitgenommen. Um ihm einen Comic zu kaufen, weil er ihm geholfen hat, seinen Trailer sauber zu machen."

Clete beugte sich auf seinem Platz vor. „Ma'am, hier in Louisiana haben wir ein Gesetz, das vorschreibt, die Daten von verurteilten Sexualstraftätern zu veröffentlichen. Sie müssen doch über Bobby Joe Fontenots Vorstrafen unterrichtet worden sein", sagte er.

„Menschen können sich ändern", sagte sie.

„Sie hören mir jetzt zu. Dieser Kerl ist ein verkommener Mensch. Halten Sie Ihren Sohn von ihm fern", sagte Clete.

Sie richtete ihren Blick auf einen Punkt im Raum, hielt die Hände auf dem Schoß gefaltet. Sie hatte muskulöse Arme, als wäre sie mit körperlicher Arbeit aufgewachsen, ihre Haut war rein und feinporig. Hinter ihr an der Wand hing ein gerahmtes Schwarz-Weiß-Foto von ihr und einem Mann, der wie ein Gewichtheber aussah. Sein Haar war an den Seiten ausrasiert, lockig im Nacken, das Gesicht irgendwie verschmitzt, wie die Comiczeichnung eines Affen.

Ich stand auf und betrachtete das Bild genauer. Es trug die Aufschrift „Für Katie Gee, das Mädchen, das meine Filmrolle zum reinsten Vergnügen gemacht hat. Dein Freund Phil."

„Das ist Gunner Ardoin", sagte ich.

„*Gunner* ist sein Spitzname. Phil ist sein richtiger Name. Kennen Sie ihn?", sagte sie.

„Er war beteiligt, als in New Orleans ein Priester zusammengeschlagen wurde. Sie haben mit ihm einen Film gemacht?", sagte ich.

Sie runzelte die Stirn, konnte das alles nicht so recht verarbeiten, was sie da gerade gehört hatte. „Ich hab nur einen einzigen Film gemacht. Mein Künstlername war Katie Gee. Der Producer hat gesagt, *Gee* sieht in den Credits besser aus als *Goltz*. Phil war mein Filmpartner. Was war das da gerade mit dem Priester?", sagte sie.

„Sie sind in einem von Fat Sammy Figorellis Pornos aufgetreten?", fragte Clete.

„Das sind künstlerische Sachen. Sie werden in Filmkunst-Kinos gezeigt. Hören Sie, niemand hat meinem kleinen Jungen was getan. Das würde ich niemals zulassen. Ich muss jetzt in die *Washateria*", sagte sie. „Sie wissen schon, den Waschsalon."

Es schien nichts mehr zu sagen zu geben. Ihre Denkweise und Einstellung, entstanden entweder aus Hoffnungslosigkeit, Unwissenheit oder schlicht und einfach aus Dummheit und Egoismus, war wie ein Panzer, und aller Wahrscheinlichkeit nach konnte noch so viel in ihrem Leben oder dem ihres Sohnes geschehen, ohne dass sich daran etwas ändern würde.

Bobby Joe Fontenot fuhr gerade draußen vor, trug einen Schaumstoffkragen um den Hals und sein Gesicht war mit Blutergüssen übersät. Als der kleine Junge aus seinem Wagen stieg, zeigte Bobby Joe mit dem Zeigefinger auf ihn, als würde er mit einer Waffe zielen, und sagte: „Komm heute Abend rüber und sieh was fern. Ich hab Eis am Stiel da.“

Clete und ich standen auf, um zu gehen, nachdem sich unsere Mission im Großen und Ganzen als Fehlschlag herausgestellt hatte. Ihr Sohn stürmte an uns vorbei ins Schlafzimmer, sein neues Comicheft zusammengerollt in einer Hand. Clete drückte die Klinke der Tür, hielt dann inne und drehte sich um.

„Es ist kein Zufall, dass Sie den Freak mit Ihrem Jungen allein lassen. Da steckt doch ein finanzielles Motiv dahinter, stimmt's?“, sagte er.

„Zufall?“, wiederholte sie.

„Sie haben mehr als nur eine gutnachbarliche Beziehung zu diesem Arschloch von nebenan. Er weiß, dass Sie im Umfeld von *Folk Polk* gearbeitet haben“, sagte Clete und tippte mit einem Finger in der Luft. „Fontenot macht auch in Porno, stimmt's?“

„Ich sag gar nichts mehr. Ich muss jetzt in die *Washateria* und danach Mittagessen kochen und noch alle möglichen anderen Sachen machen, bei denen mir keiner hilft. Warum geht ihr Leute jetzt nicht einfach? Ich hab nichts getan, womit ich das verursacht hab, und ihr könnt nicht das Gegenteil behaupten", sagte sie.

Sie fixierte uns ungehalten, die Arme über den Brüsten verschränkt, als müsste die Unwiderlegbarkeit ihrer Logik doch wohl für jeden offensichtlich sein.

Clete und ich überquerten den Teche auf der Zugbrücke hinter dem Trailerpark und fuhren auf der Nebenstraße Richtung New Iberia, vorbei an den von Eichen beschatteten Villen aus der Vorkriegszeit, die eigentlich in eine Filmkulisse gehörten. Dann trat er das Gaspedal durch, eine Hand oben auf dem Lenkrad, die Zuckerrohrfelder rasten an uns vorbei, und in seinen Augen schimmerte ein irres Licht.

„Woran denkst du gerade, Clete?"

„An nichts. Ich setz dich ab", sagte er.

„Clete?"

„Alles im grünen Bereich. Immer locker bleiben. Ich melde mich später bei dir", sagte er. Er pfiff leise und unmelodisch vor sich hin.

21

Um 10:15 Uhr am Montagmorgen erhielt ich einen Anruf von Clotile Arceneaux.

„Haben Sie schon vom FBI gehört?", fragte sie.

„Nein", sagte ich.

„Werden Sie noch. Die sind gerade hier weg. Die sind sehr scharf darauf, ein Netz über Max Coll auszuwerfen", sagte sie.

„Bei einem Kerl, der Bundesstaaten wechselt, um Morde zu begehen? Da hätte ich nichts anderes erwartet."

„Nein, das haben Sie falsch verstanden. Hier geht's darum, das Gesicht nicht zu verlieren. Weil er zur IRA gehört, steht er auf einer Beobachtungsliste von Terroristen. Genau genommen steht er da schon seit drei Jahren drauf. Nur dass er dauernd über die Grenze nach Kanada wechselt wie ein Jo-Jo, und dadurch sieht ein Haufen Leute ziemlich blöd aus."

„Das ist deren Problem", sagte ich.

„Sie hören mir nicht zu. Die Feds glauben ..." Sie unterbrach sich, und ich hörte, wie sie irgendwelche Papiere herumschob. „Sie sagen, er sei ein nicht-pathologischer Zwangsneurotiker mit paranoiden und antisozialen Tendenzen."

„Antisoziale Tendenzen? Das ist der typische Scheiß aus Quantico. Glauben Sie nichts davon."

„Können Sie mal endlich den Mund halten? Sie sagen, Coll bringt Menschen um, weil er glaubt, ein Recht dazu zu haben. Er ist kein Psychopath oder ein Schizophrener oder so etwas. Er ist einfach nur ein sehr wütender Mann. Hören Sie mir jetzt zu?"

„Ja", sagte ich.

„Er hatte in Belfast eine Frau und einen Sohn, von denen niemand im Polizeidienst wusste. Sie haben einen anderen Namen benutzt, damit Colls Feinde sie nicht finden

konnten. Aber vor ungefähr fünf Jahren hat so eine protestantische Todesschwadron eine Bombe unter ihr Auto
gelegt und beide umgebracht. Sie waren gerade auf dem
Weg zur Messe."

Das Thema war überhaupt nicht mehr witzig.

„Wird mein Telefon zu Hause abgehört?", fragte ich.

„Wir befinden uns in der Ära George W. Bush. Das würde ich einfach mal im Hinterkopf behalten", sagte sie.

Fünfzehn Minuten später betrat Helen mein Büro, eine
ganze Reihe Faxe in der Hand. „Hast du irgendwas von
einer Explosion auf der Zugbrücke in Jeanerette gehört?",
fragte sie.

„Nein", sagte ich.

Sie setzte sich auf die Ecke meines Schreibtisches und
studierte die Faxe in ihrer Hand. „Das hier kommt vom
St. Mary's Sheriff's Office. Sieh mal, was dir dazu einfällt",
sagte sie. Ihre Kiefermuskeln mahlten.

Ich nahm ihr die Blätter aus der Hand, las und versuchte, mir dabei nichts anmerken zu lassen. Die Einzelheiten des Ermittlungsberichts waren unglaublich. In den
frühen Morgenstunden hatte jemand offensichtlich einen
Abschleppwagen aufgebrochen, der an einer Tankstelle
parkte, einen halben Block entfernt von dem Trailerpark
an der Zugbrücke in Jeanerette. Nachdem er die Zündung kurzgeschlossen hatte, fuhr der Täter mit dem Abschleppwagen hinunter zum Trailerpark, befestigte die
Winde an einem Trailer, der einem gewissen Bobby Joe
Fontenot gehörte, und riss diesen dann von den Schal-
steinen, auf denen er aufgebockt war, wobei sämtliche

Rohrleitungen, Elektro-, Telefon- und Kabelanschlüsse losgerissen wurden.

Laut Zeugen versuchte der Besitzer noch, den Trailer zu verlassen, musste aber feststellen, dass die Tür offenbar mit einem Kleber verschlossen worden war, der bei der Reparatur von Karosserieschäden benutzt wurde. Der Täter zog den Trailer vom Gelände der Anlage auf die befestigte Straße, wobei er ihn über einen Entwässerungsgraben zerrte und dabei Briefkästen und zahlreiche parkende Autos teils erheblich beschädigte. Als der Trailer schließlich seitlich umstürzte, meinten Zeugen gesehen zu haben, wie der Besitzer aus einem offenen Fenster zu klettern versuchte. Doch der Fahrer des Abschleppwagens beschleunigte, wodurch Fontenot, der Besitzer, wieder zurück ins Innere geschleudert wurde. Daraufhin schleppte der Fahrer den Trailer über den stählernen Rost der Zugbrücke, wodurch Funkenschauer durch die Nacht sprühten.

Eine blaue Flamme züngelte aus einem der Butantanks auf der Rückseite des Trailers. Die nachfolgende Explosion schleuderte brennendes Papier, Stoff und Spanplatten über den Bayou. Der Besitzer, dem es kurz vor diesem Zeitpunkt gelungen war, mit einem Hammer ein Fenster einzuschlagen, kam nur knapp mit dem Leben davon.

Der Täter ließ den Abschleppwagen samt brennendem Trailer stehen, der sich zwischen den stählernen Streben der Brücke verkeilt hatte, und verschwand auf der anderen Seite des Bayou in der Dunkelheit. Kurze Zeit später wurde ein altes Cadillac Cabriolet gesehen, das mit hoher Geschwindigkeit die Straße Richtung New Iberia hinunterraste, wobei der Motor immer wieder Fehlzündungen hatte und Rauch von verbrennendem Öl aufstieg. Der Fahrer soll einen kleinen Hut mit schmaler Krempe getragen haben, den er sich tief in die Stirn gezogen hatte.

„Wow, das ist ja ein Ding", sagte ich und gab Helen den Bericht zurück.

„Irgendeine Idee, wer so ein Ding durchziehen könnte?", fragte sie.

„Es gibt eine ganze Menge dieser alten Spritfresser hier in der Gegend", antwortete ich, wobei mein Blick durch den Raum wanderte.

„Genau", sagte sie.

„Nichts über die Farbe dieses Cadillac?"

„Nichts", sagte sie.

„Wir sind ja sowieso nicht zuständig. Sollen die im St. Mary Parish zur Abwechslung auch mal was arbeiten."

„Du holst mir umgehend Clete Purcel aufs Revier", sagte sie.

* * *

Doch Clete ging nicht ans Telefon, und als ich zum Motel fuhr, sagte der Manager, er habe Cletes Wagen die letzten paar Tage nicht mehr gesehen. Ich rief Cletes Büro in New Orleans an. Die Sekretärin, die er zeitweise beschäftigte, war eine ehemalige Nonne namens Alice Werenhaus, die manche von Cletes Klienten in Angst und Schrecken versetzte.

„*Sie* sind Mr. Robicheaux?", fragte sie.

„War ich zumindest noch, als ich heute Morgen aufgestanden bin", antwortete ich und bedauerte sofort meinen Fehler, Alice Werenhaus mit einer Portion Humor zu kommen.

„Oh, Sie *sind* es, nicht wahr? Ich hätte diese gewitzte Schlagfertigkeit in Ihren Worten natürlich sofort erkennen müssen", sagte sie. „Mr. Purcel hat eine Nachricht für Sie hinterlassen. Möchten Sie, dass ich sie Ihnen vorlese?"

„Ja, das wäre wirklich sehr nett von Ihnen, Ms. Werenhaus", antwortete ich.

„Sie lautet: ‚Gib Alice die Telefonnummer eines öffentlichen Münzfernsprechers und eine Uhrzeit. Fart, Barf und Itch haben wahrscheinlich deinen Anschluss angezapft.'"

„Was ist los?", fragte ich.

„Ich nehme an, darüber möchte er wohl gern persönlich mit Ihnen sprechen, Mr. Robicheaux. Um Ihnen alles zu erklären. Ich bin überzeugt, das dürften Sie doch wohl inzwischen gewohnt sein", sagte sie.

Ich ging in die Innenstadt, merkte mir die Nummer einer öffentlichen Telefonzelle, rief Alice Werenhaus an und gab sie durch. „Ich werde um 13 Uhr unter dieser Nummer zu erreichen sein", sagte ich.

Ich rechnete mit einer weiteren kessen Erwiderung auf meine Kosten. Aber sie überraschte mich. „Mr. Robicheaux, seien Sie vorsichtig. Passen Sie bitte auch auf Mr. Purcel auf, hören Sie? Hinter all seinem Gepolter ist er ein sehr verletzlicher Mann", sagte sie.

Um 13:04 Uhr klingelte das Telefon gegenüber von

Victor's Cafeteria an der Main Street. Ich ging ran und wartete nicht, bis Clete etwas sagte.

„Hast du den Verstand verloren?", sagte ich.

„Wieso?"

„Du hast einen Pick-up von einer Tankstelle gestohlen. Du hast um ein Haar Bobby Joe Fontenot in seinem eigenen Trailer gegrillt. Die Zugbrücke in Jeanerette ist immer noch gesperrt wegen der geschmolzenen Wrackteile, die du dort hinterlassen hast. Der Schiffsverkehr staut sich inzwischen sechzehn Kilometer weit den Fluss rauf."

„Oh, ja, *das*", erwiderte er. „Die Dinge sind ein bisschen aus dem Ruder gelaufen. Hör zu, mein Großer ..."

„Nein, *du* hörst jetzt mal zu, Clete. Helen möchte dich am liebsten in einen laufenden Flugzeugpropeller stopfen."

„Sie reagiert gelegentlich sehr emotional. Ich habe mit Clotile Arceneaux gesprochen. Sie sagt, dein Telefon wird angezapft."

„Das hab ich schon verstanden. Hör mir jetzt zu ..."

„Du denkst, die Feds zapfen das Telefon eines Cops an, weil ihnen ein irischer Killer zu schaffen macht, der ein paar Schmalzköpfe umlegt? Diese Typen haben Jimmy Hoffa immer noch nicht gefunden. Hier geht's um Merchie Flannigan und seine Frau, um die sie sich Sorgen machen."

„Ich verstehe nicht, wovon du redest."

„Diese Braut hat dir einen runtergeholt. Ich habe mal Merchies Firma ein wenig unter die Lupe genommen. Er hat sich für Bohrrechte im Irak beworben, nachdem George W. das Land in eine amerikanische Kolonie verwandelt hat. Das bedeutet, sein Schwiegervater, wie heißt er noch schnell, Castille LeJeune, steckt da wahrscheinlich auch mit drin. Die Feds sind hinter Coll her, weil er drauf und dran ist, jemanden mit ziemlich guten Beziehungen auszuknipsen, und nicht, weil sie befürchten, Coll könnte versuchen, einen katholischen Priester umzubringen oder weil er die Dellacroce-Brüder umgelegt hat."

Es war sinnlos, mit Clete zu diskutieren. Er war der beste Polizeiermittler, den ich je kennengelernt hatte, und mit seiner Straßenköter-Spürnase für Betrug, Scheinheiligkeit und Bockmist traf er stets voll ins Schwarze. Aber seine Abneigung gegenüber Bundespolizeibehörden, ganz besonders das FBI, war unerbittlich, im besten Fall hielt er sie für unfähig und stümperhaft und im schlechtesten Fall für faul und arrogant.

„Warum hast du gesagt, Theodosha Flannigan hätte mir einen runtergeholt?", fragte ich.

„Sie und ihr Mann sind Geschäftspartner. Sie hatte es in der Spelunke darauf abgesehen, dass du entweder blau wirst oder ausgeschaltet, was davon war ihr egal. Reiche Bräute interessieren sich zuallererst für ihr Geld und erst danach denken sie über die Größe deines Willis nach. Glaubst du, sie wird zulassen, dass ein Typ wie du die Finanzen ihrer Familie vergurkt?"

„Du kannst dich wirklich gut ausdrücken, Cletus."

„Wenn du für diese Braut den Dildo machen willst, ist das deine Entscheidung. Sie ist schmutzig, Streak, genau wie ihr Mann und ihr alter Herr."

„Worauf willst du hinaus?"

„Ich hab's dir schon mal gesagt, ich werde die Mistkerle

zu Krüppeln machen, die dir was tun. Halt dich fest: Ich hab in Franklin einen Kerl gesehen, der exakt auf deine Beschreibung von Max Coll passt."

„Halt dich von ihm fern, Clete."

„Eine Ressource wie den verlieren? Ach, übrigens, wie heißt noch gleich dieser Elektriker, der dein Haus abgefackelt hat?"

Ich setzte an, ihm den Namen zu sagen, machte dann aber einen Rückzieher.

„Das ist geregelt. Wir hatten schon eine Unterhaltung. Gut möglich, dass er deswegen zu euch ins Department kommen wird, aber glaub nichts von dem, was er erzählt", sagte Clete.

* * *

Später ging ich in Helens Büro. Sie telefonierte gerade, nickte, während jemand am anderen Ende redete, sah mich dabei die ganze Zeit fest an. „In Ordnung, wir werden uns darum kümmern … Sie haben völlig recht, ja. Absolut … Wir sind hier nicht im Wilden Westen. Alles klar", sagte sie und legte auf.

Sie sah ziemlich angepisst aus.

„Wer war das?", fragte ich.

„Der Lafayette Sheriff. Ein Elektriker namens Herbert Vidrine wurde gegen halb sieben heute Morgen aus seinem Haus gezogen und in seinem eigenen Garten zusammengeschlagen", sagte sie.

Sie sah auf den gelben Block auf ihrem Schreibtisch hi-

403

nab, bekam dabei große Augen, als könnte sie nicht wirklich fassen, was sie gerade gehört und aufgeschrieben hatte. „Mit *aus dem Haus gezogen* meine ich genau das. Der Angreifer trug so was wie Arbeitshandschuhe und packte Vidrine am Mund, als würde er eine Bowlingkugel aufheben", sagte sie. „Er hat ihn im Kreis herumgewirbelt und seitlich gegen einen Mülllaster geworfen. Vidrine liegt jetzt im *Our Lady of Lourdes*. Ein Nachbar hat das Nummernschild des Autos dieses Angreifers notiert. Ein lavendelfarbenes Cadillac Cabrio. Und jetzt rat mal, wem das gehört?"

„Ich habe gerade mit Clete telefoniert. Er kommt nicht", sagte ich.

„Dieser Elektriker ist viel zu verängstigt, um Anzeige zu erstatten. Aber Clete wird den Iberia Parish nicht als sicheren Unterschlupf nutzen, während er herumzieht und Leuten in den Arsch tritt."

Ich nickte.

Ihre gerötete Gesichtsfarbe normalisierte sich langsam wieder.

„Worum geht's bei diesem Elektriker?", fragte sie.

„Das ist der Kerl, der die stümperhafte Elektroinstallation in meinem Haus durchgeführt hat. Er arbeitet für Will Guillot."

„Ich hab die Nase voll davon, Dave. Bring das in Ordnung, andernfalls könnt ihr, du und Clete, schon mal anfangen, euch beruflich neu zu orientieren", sagte sie.

* * *

Ich nahm die alte Schnellstraße durch Broussard nach Lafayette und kam kurz hinter der Stadt in einen schweren Regenschauer. Als ich das *Our Lady of Lourdes*-Hospital erreichte, standen die Straßen unter Wasser. Ich fuhr an einer Reihe blühender Kamelien vorbei zum Seiteneingang des Krankenhauses und fragte im Schwesternzimmer auf der ersten Etage, wie ich zu Herbert Vidrines Zimmer kam.

„Drei Zimmer hinter dem Fahrstuhl, zu Ihrer Linken", sagte die Schwester.

Ich bedankte mich bei ihr und setzte mich den Gang hinunter in Bewegung. Dann blieb ich stehen und kehrte zum Schwesternzimmer zurück. Ich klappte meinen Dienstausweis auf. „Wie geht's Mr. Vidrine?", fragte ich.

„Schädel-Hirn-Trauma und ein gebrochener Arm. Aber es geht ihm den Umständen entsprechend gut", antwortete die Schwester. Sie war jung, hatte ein hübsches Gesicht und braune, im Nacken kurz geschnittene Haare.

„Hatte er sonst noch Besuch?"

„Nicht, seit ich hier bin. Und ich bin heute Morgen um acht gekommen", sagte sie.

„Könnte ich vielleicht Ihre Schreibmaschine benutzen?", fragte ich.

Während meines Englisch-Studiums am Southwestern Louisiana Institute hatte ich einen Kurs in kreativem Schreiben belegt. Ich hoffte, mein alter Prof, Lyle Williams, wäre stolz auf den Brief, den ich nun aufsetzte. Statt zu unterschreiben, tippte ich unten noch einen Namen hin, faltete das Blatt und steckte es in einen Umschlag, den die

Krankenschwester mir gab, dann schrieb ich in Druckschrift Herbert Vidrines Namen vorne drauf.

„Könnten Sie bitte zehn Minuten warten und dann dies hier in Mr. Vidrines Zimmer bringen?", fragte ich sie.

„Ich weiß nicht, ob ich damit etwas zu tun haben möchte", erwiderte sie.

Ich legte den Umschlag auf ihren Schreibtisch. „Sie würden den Guten helfen", sagte ich.

Vidrine saß im Bett, als ich sein Zimmer betrat, ein Arm in Gips, und schob behutsam einen Teelöffel mit Wackelpudding über seine heftig angeschwollene Unterlippe.

„Wie geht's denn so, Herbert?", fragte ich.

„Sie gehören zum Iberia Parish. Was haben Sie hier zu suchen?", raunzte er mich an.

„Wir suchen den Kerl, der Sie verletzt hat, allerdings wegen anderer Straftaten", sagte ich, legte Regenmantel und Hut auf einen Stuhl.

„Vielleicht sind Sie aber auch hier, um Salz in eine Wunde zu reiben", sagte er.

„Sie haben mein Haus abgefackelt, Partner! Aber ich bin wie Sie, ich bin auch ein Alkoholiker. Ich kann gar nicht nachtragend sein. Sind Sie je wieder zu Meetings gegangen?"

Sein Blick wanderte ab. Obwohl ein durchtrainierter Mann, sah er im Bett sehr klein aus, wie er den Löffel wie ein kleines Kind umklammert hielt.

„Ich hatte nie so ein großes Problem mit der Trinkerei. Erst nachdem ich geheiratet hatte", sagte er.

„Der Mann, der Sie angegriffen hat, hatte nicht das Recht zu tun, was er getan hat", sagte ich.

Er runzelte die Stirn und fuhr sich mit der Zunge über die angeschwollene Unterlippe. „Lassen Sie mich einfach in Ruhe", sagte er.

„Eines Tages werden Sie wegen dem, was Sie mir und meiner Familie angetan haben, auch den *Fünften Schritt* gehen müssen. Mein Vater hat dieses Haus während der Weltwirtschaftskrise mit seinen eigenen Händen gebaut. Meine zweite Frau wurde darin ermordet. Ihr Blut war im Holz", sagte ich.

„Tut mir leid", sagte er.

„Ja, vielleicht tut es das", antwortete ich. Ich legte meine Visitenkarte auf seinen Nachttisch. „Ich glaube, Sie besitzen eine Menge Informationen über die Geschäfte einiger schlechter Menschen, Herbert. Warum für die den Kopf hinhalten?"

„Ich habe nichts Unrechtes getan", entgegnete er.

Ich trommelte mit den Fingern auf die Rückenlehne des Stuhls, auf dem mein Regenmantel und der Hut lagen, und blickte aus dem Fenster auf eine Eiche, deren Laub durch den heftigen Wind zerfetzt wurde.

Anschließend nahm ich meinen Mantel und ging, genau in dem Augenblick, als die Krankenschwester mit dem Brief hereinkam, den ich im Schwesternzimmer getippt hatte.

„Das hier ist für Sie abgegeben worden, Mr. Vidrine", hörte ich sie hinter mir sagen.

Ich wartete fünf Minuten, betrat dann wieder Vidrines

Zimmer. „Hab meinen Hut vergessen", sagte ich und nahm ihn vom Stuhl.

Der Brief, den ich geschrieben hatte, lag auseinandergefaltet auf dem ans Bett montierten Tablett. Er starrte ins Nichts, sein Gesichtsausdruck irgendwie fassungslos, wie das Gesicht eines Mannes, der gerade eben erlebt hatte, wie sich vor seiner Nase die Türen des letzten Nachtbusses geschlossen hatten und der Bus ohne ihn abgefahren war.

Der Brief, den ich im Schwesternzimmer getippt hatte, enthielt folgendes:

Herbert,
tut mir leid, dass diese Schwuchtel, mit der wir schon Ärger in dem Café in Jeanerette hatten, dir den Arsch aufgerissen hat. Aber wenn du mit so einem fetten Arschgesicht nicht fertig wirst, kann ich dich in deinem Job nicht gebrauchen. Sieh dieses Schreiben hier als offizielle Kündigung. Außerdem möchte ich dich darauf hinweisen, dass du wegen einer nur unvollständig erledigten Arbeit sämtliche Honoraransprüche verlierst.
Will Guillot

„Alles in Ordnung?", fragte ich.

„Nein. Wollen Sie was über *Sunbelt Construction* wissen?"

„Ja, was ist mit diesen Leuten los?"

„Die haben gute Beziehungen zu Gangstern in New Orleans."

„Das ist jetzt aber noch nicht wirklich konkret."

„Vielleicht verkaufen sie Drogen. Ich bin nicht sicher.

Aber Will Guillot wird die Firma übernehmen. Er hat was gegen den alten Mann in der Hand."

„Castille LeJeune?"

„Ja, der. Der Kriegsheld."

„Was hat Guillot gegen ihn in der Hand?"

„Keine Ahnung. Ich hab ihn mal gefragt, und er hat mir nur geantwortet: ‚Endlich hab ich sowohl ihn als auch diese Fotze am Wickel.' Ich hab ihn dann gefragt, welche Fotze er meinte. Er hat zu mir gesagt, das ginge mich nichts an."

„Schon mal den Namen Junior Crudup gehört?"

„Nein", sagte er.

Draußen hatte es aufgehört zu regnen. Der Himmel war grau, die Sonne lag in einer Wolke vergraben wie eine verlöschende Flamme, abgerissene Kamelienblätter lagen über den Krankenhausrasen verstreut.

„Mehr haben Sie nicht für mich, Herbert? Nicht gerade besonders viel", sagte ich.

„Ich bin Elektriker. Zu mir kommen die Leute nicht, um ihre Sünden zu beichten."

„Wir sehen uns", sagte ich.

„Einmal hab ich zu Will gesagt, Fox Run wäre ein wunderschönes Anwesen. Darauf hat er gesagt, ‚Lass dich nicht täuschen. Auf all diesen Grundstücken liegt irgendwo ein Nigger begraben.' Ich war nicht sicher, was er damit meinte."

Er neigte fragend den Kopf, wartete darauf, dass ich etwas sagte, fast als wären wir irgendwie alte Freunde.

* * *

409

Ich konnte Helen nicht vorwerfen, was sie empfand. Die eigentlichen Fälle waren die Morde am Betreiber der Daiquiri-Läden, Leon Hebert, und an Fat Sammy Figorelli, und in beiden Fällen hatten wir keine brauchbaren Tatverdächtigen. In der Zwischenzeit hatte ich es geschafft, entführt zu werden, war tief in einen Mordfall eingestiegen, der sich vor einem halben Jahrhundert ereignet hatte, und hatte dazu beigetragen, dass Max Coll in unsere Gemeinde gekommen war.

Als Mitglied der Anonymen Alkoholiker sollte der Grundsatz „Warum kompliziert, wenn's auch einfach geht" mein Alltagsleben bestimmen.

Was für ein Witz.

Aber Helen selbst hatte gesagt, das eigentliche Problem läge in der Tatsache, dass wir es hier mit ganz gewöhnlichen Leuten wie du und ich zu tun hatten. Amateure verstecken sich so, dass jeder sie sehen kann. Außerdem fühlen sie sich nicht schuldig wegen der Verbrechen, die sie begehen. Sie gehen in die Kirche, besuchen Treffen der *Lions*, *Rotarier* oder *Kiwanis*, organisieren sich im Verbraucherschutz, unterstützen jedes nur denkbare ethische Anliegen und schweben wie mit Helium gefüllte Ballons über Heerscharen von Cops hinweg, die in illegalen Wettbüros, zwielichtigen Motels und Crack-Häusern nach Bösewichten suchen.

Das Wort *Krimineller* ist eher ein emotionaler denn ein Rechtsbegriff. Man kann in jede x-beliebige US-Post gehen und sich die Gesichter auf den Fahndungsplakaten ansehen. Wie Dick-Tracey-Karikaturen starren sie aus den

Schwarz-Weiß-Fotos, die häufig nachts auf Polizeirevieren gemacht worden waren – unrasiert, mit Schweinerüsseln, Nageraugen oder Hasenscharten versichern sie uns, dass das Böse immer erkennbar ist und dass wir folglich niemals seine Opfer sein werden.

Aber jeder langjährige Cop wird einem sagen, dass die Kriminellen, die ihm am meisten Angst gemacht haben, jene waren, die aussahen und die redeten wie wir anderen auch, und die Taten begingen, von denen niemand, absolut niemand, je etwas wissen wollte.

Vor fünf oder sechs Jahren hatten Helen und ich nach Deer Lodge, Montana, fliegen müssen, um einen Jungen zu vernehmen, der drei Tage später hingerichtet werden sollte. Wir waren nicht auf das vorbereitet, was wir sahen, als er in einem kurzärmeligen, orangefarbenen Overall mit Ketten an Taille und Beinen in das Vernehmungszimmer geführt wurde. Sein Vorname war Kerry, und die Sanftheit seines Namens entsprach seinem Gesicht genauso wie seinem North-Carolina-Akzent. Weder stank er nach Zigaretten noch hatte er Tattoos oder Narben von Injektionsnadeln. Seine goldbraunen Haare waren frisch gewaschen und fielen ihm immer wieder über seine Brille, sodass er permanent mit dem Kopf zuckte, um eine Strähne aus dem Blickfeld zu bekommen. Während wir ihn zu einem Mord im Iberia Parish befragten, schien seine große Brille im reflektierenden Licht zu wippen, und die ganze Zeit über hatte er ein seltsames, fast zurückhaltendes Lächeln auf den Lippen. Falls er Wut oder Feindseligkeit gegenüber irgendwem empfinden sollte, konnte ich davon zumindest nichts feststellen.

Er war zum Tode verurteilt worden, weil er einen Rancher und seine Frau in ihrer eigenen Küche an Stühle gefesselt und sie dann bestialisch abgeschlachtet hatte. Während seiner Zeit im Todestrakt half er bei der Organisation eines Aufstandes, der zur Übernahme des gesamten Hochsicherheitstraktes durch die Häftlinge führte. Weiterhin war Kerry maßgeblich beteiligt am Schicksal von fünf Informanten, die aus ihren Schutzzellen geholt, sodann gefoltert und mit Drahtschlingen gelyncht worden waren.

Er sagte, er wisse nichts von dem Mord im Iberia Parish.

„Deine Fingerabdrücke am Tatort scheinen dem aber zu widersprechen. Vielleicht hatte es das Opfer verdient. Warum fügst du nicht deine Sichtweise der Dinge hinzu?", fragte ich.

Er zuckte mit dem Kopf, um eine Haarsträhne von der Brille zu bekommen und lächelte, als hätte er gerade einen Witz gehört, den allein er zu verstehen schien.

Wir gaben auf. Doch bevor wir den Vernehmungsraum verließen, musste ich ihm eine weitere Frage stellen.

„Was erwartet dich deiner Meinung nach auf der anderen Seite, Kerry?", fragte ich.

Er hatte eine leichte Erkältung und konnte sich nicht die Nase putzen, da ihm die Hände an die Taille gefesselt waren, also stieß er den Rotz durch die Nase aus, bevor er antwortete. „Man betritt einfach eine andere Daseinsebene", sagte er.

Am Nachmittag seiner Injektion musste er aus einem tiefen Schlaf geweckt werden. Minuten später wurde die richterliche Anordnung der Vollstreckung des Todesurteils verlesen, und ein Mitarbeiter der rechtsmedizinischen Abteilung filmte ihn auf dem Weg zum Hinrichtungsraum. Er grinste in die Kamera, sagte „Hi, Mom" und schüttelte sich vor Lachen.

22

An diesem Abend ging ich frühzeitig zu Bett und lauschte auf den Regen, der auf das Blechdach meines Hauses prasselte. Der Nebel hing weiß in den Bäumen, das Licht eines Schleppers schimmerte draußen auf dem Teche, die Gummiautoreifen an seinen Seiten glänzten im Regen. Ich schlief wie ein Toter.

Mein Wecker zeigte 4:16 Uhr, als ich das unverwechselbare Geräusch von Cletes Auto in meiner Einfahrt hörte. Einen Augenblick später klopfte er leise an meine Haustür. Er trug Handschuhe und eine ausgeleierte lederne Fliegerjacke. Der Reißverschluss der Jacke war offen, und ich sah sein Nylon-Schulterholster und darin seinen blauschwarzen .38er Revolver mit Perlmuttgriff.

„Wo bist du gewesen?", fragte ich.

„In einem Angler-Camp am Lake Fausse Pointe. Zieh dich an. Ich weiß, wo Max Coll ist", sagte er.

„Keine Cowboy-Nummern mehr, Clete."

„Wer? Ich?", erwiderte er.

„Wo ist er?", sagte ich.

Clete kam ins Wohnzimmer und begann zu erklären,

413

sah dabei über die Schulter zurück auf die Straße, regte sich dann darüber auf, dass er so versöhnlich war.

„Willst du nun dabei sein oder nicht?", fragte er schließlich.

Ich ließ auf der Arbeitsfläche in der Küche eine Nachricht für Father Jimmie zurück, dann machten Clete und ich uns in der feuchten Luft vor Tagesanbruch auf den Weg nach New Orleans, eine Thermoskanne mit Kaffee und eine Schachtel *beignets* auf dem Sitz zwischen uns. Die alten Häuser entlang der East Main waren noch dunkel, aus den Eichen tropfte es auf die Bürgersteige. Ich war immer noch nicht richtig wach.

„Erzähl's mir noch mal", sagte ich.

„Janet Gish versucht, in Eigenregie vom Koks runterzukommen, also verbringt sie den größten Teil der Nacht im *Harrah's*. Sie sagt, ein Typ mit irischem Akzent wäre bis zum frühen Samstagmorgen im Casino gewesen, dann sei er kurz vor sieben gegangen. Zurückgekommen ist er um halb neun, hat ein Steak mit Eiern gegessen, noch ein bisschen Blackjack gezockt und ist dann in einem Honda weggefahren."

„Warum hat sie einem Kerl mit einem Akzent so viel Aufmerksamkeit geschenkt?", fragte ich.

„Erstens, ich hatte ihr Coll bereits beschrieben, und zweitens, sie schafft nebenbei immer noch ein bisschen an, und sie hat ihn für leichte Beute gehalten. Und jetzt kommt das Beste: Er hatte einen schwarzen Anzug an, wie ihn auch ein Priester tragen könnte."

Es regnete und war immer noch dunkel, als wir die hohe

Brücke über den Atchafalaya bei Morgan City überqueren. Unten konnte ich Shrimps-Boote an ihren Liegeplätzen sehen, die rot gedeckten Dächer der Stadt und nach Süden das weitläufige Sumpfgebiet übersät mit Zypressen, das von eindringendem Salzwasser mit einer Geschwindigkeit von Hunderten Quadratkilometern pro Jahr weggefressen wurde.

„Ist deine Heizung kaputt?", fragte ich.

„Läuft volle Kanne, Mann."

Cletes Mobiltelefon klingelte. Er ging ran, hörte zu, bedankte sich dann bei irgendwem und klappte es wieder zu. „Das war Janet. Der Typ, der aussieht wie Coll, ist immer noch da. Übrigens, sie hat auch noch eine Porno-Spur für uns", sagte er.

Wir überquerten den geschwungenen Bogen des Mississippi, als das erste kalte Lichtband wie die stumpfe Kante eines Schwertes am östlichen Horizont auftauchte. Dann rollten wir die I-10 am Nordufer des Lake Pontchartrain entlang ins Herz der Stadt, die Sozialsiedlungen, die Friedhöfe, auf denen die Toten in weißen Backsteingrüften bestattet waren, die Obdachlosen und die hoffnungslos Süchtigen um Feuer direkt neben den Betonstützpfeilern gedrängt, welche die Hochautobahn trugen. Am Kopfende der Canal Street stand das Casino, die Königspalmen am Eingang im Morgengrauen mit Regenwasserperlen überzogen. Die Zocker im Casino registrierten weder das Wetter noch die Tageszeit. Der Regen mochte gegen die Fenster schlagen und Blitze auf den Straßen zucken, aber die Schwarzen und Latinos und weißen Arbeiter, die sich um die Tische oder vor den endlosen Reihen von Spielautomaten drängten, waren in einer eigenen Form der Selbstgenügsamkeit versunken, in der die Beträge, die verloren oder gewonnen wurden, erheblich weniger wichtig waren als das Verlangen der Spieler, im Spiel zu bleiben, Teil der Action zu sein, am Tisch oder vor dem Automaten, bis sie körperlich und psychisch auf eine Art gesättigt waren, der keine sexuelle oder narkotische Erfahrung je gleichkommen konnte.

Janet Gish war an der Bar, vor sich einen Scotch und ein Glas Milch. Ihre Haarfarbe war derzeit orange, steif vor Spray, auf ihrem Dekolleté waren zwei blutrote Sterne tätowiert, ihre Haut grobporig, sommersprossig, stark geschminkt. Aber trotz all der Kosmetik und Chemikalien, die sie für ihre Schönheitspflege verwendete, besaß sie ein natürliches Talent, das unbeeinträchtigt war von dem Leben, das sie führte. Ihre Augen waren wie die einer Puppe, mit schweren Lidern, die sich unerwartet öffneten, sodass sie immer etwas überrascht wirkte und irgendwie immer noch verletzlich.

Sie drehte sich auf dem Barhocker, zog an ihrer Zigarette und sah uns ausdruckslos an.

„Borgst du mir zwanzig Mäuse, Streak?", fragte sie.

Ich nahm meine Brieftasche heraus und fand fünfzehn. Sie nahm das Geld und schob es unter ihr Glas.

„Ich muss raus aus dieser Scheiße. Ich habe dreihundert Bucks in einer halben Stunde ausgegeben. Wie wär's mit einem Frühstück im *Galatoire's*? Mein Gott, wie sehr ich diesen Laden hasse", sagte sie, obwohl ich keinen Schimmer hatte, welchen Laden sie meinte.

„Heute im Dienst. Du weißt, wie's ist", sagte ich.

Sie war offensichtlich entweder stoned oder betrunken oder beides, hielt sich vom Koks fern mit Alk und Baccarat, bezahlte die Miete mit Fünfzig-Dollar-Ficks, begann ihr Tagewerk um 16 Uhr mit einem Augenbad, dreißig Minuten unter der heißen Dusche und Speed auf nüchternen Magen. Jeder, der meint, Prostitution sei ein Verbrechen ohne Opfer, sollte sich mal die Schrauben im Hirn nachziehen lassen.

„Wo steckt denn unser irischer Freund?", fragte ich.

„Gerade durch die Tür. So voll *woooaaammmm*", erwiderte sie.

Cletes Gesicht verfärbte sich dunkelrot vor Zorn. „Warum hast du nicht angerufen?", fauchte er.

„War 'ne verdammt lange Nacht. Auf Kritik kann ich grad gut verzichten. Diese Art negative Einstellung brauche ich nicht an meinem Morgen", sagte sie mit einem leichten Beben in der Stimme.

„Okay", sagte er und blickte die Theke hinauf und hinunter.

„Denn wenn ihr zwei Jungs deswegen hier seid, gehe ich gleich wieder zu den Tischen zurück", sagte sie. Sie gestikulierte zum Barkeeper. „Diese Milch ist geronnen. Mach mir einen Tequila Sunrise."

„Wir sind dir für alles sehr dankbar, Janet, was du für uns getan hast. Seit wann ist unser Mann denn weg?", fragte ich.

„Zehn Minuten", antwortete sie.

„Hast du ihn wegfahren sehen?", fragte ich.

417

„Nein, er war zu Fuß. Ist die Canal rauf. Als hätte er's auf einmal tierisch eilig", sagte sie.

„Als er Samstagmorgen zwischendrin mal weg war, ist er da zu Fuß unterwegs gewesen oder mit dem Auto?"

Sie überlegte. „Er ist die Canal hinuntergegangen. Genau wie heute Morgen."

„Bleib hier, Cletus."

„Oh, kapiert. Ich kutschiere die Leute einfach rum, und dann verwandle ich mich in einen Aschenbecher. Freut mich, dass ich dein Freund bin, Dave, denn ich glaube, andernfalls hättest du gar keinen", sagte er und schraubte sich eine unangezündete Lucky Strike in seinen Mund.

Ich versuchte nicht, irgendwas zu erklären.

* * *

Ich eilte die Canal hinunter, vorbei an dampfenden Gullygittern und Rinnsteinen, in denen das Regenwasser stand, bis zu der Seitenstraße, die in das heruntergekommene Viertel führte, in dem Father Dolans Kirche lag wie eine Burg aus dem 15. Jahrhundert, deren Bewohner sich weigerten, eine Flutwelle kirchlicher Veränderungen zu akzeptieren.

Die lateinische Frühmesse hatte bereits begonnen, als ich den Vorraum betrat und die Fingerspitzen ins Weihwasserbecken tauchte. In einer hinteren Bank, dicht neben einer Marmorsäule, sah ich Max Coll direkt neben mehreren älteren Frauen mit bedeckten Köpfen und Rosenkränzen in den Händen. Er trug eine schwarze Hose und eine bauschige braune Daunenjacke, deren Reißverschluss halb hochgezogen war.

Mein Mobiltelefon steckte in meiner Tasche, die .45er Automatik in einem Ansteckholster an meinem Gürtel. Ich wollte schon die 911 wählen, überlegte es mir dann anders und kniete stattdessen am Ende der Bank neben Max Coll nieder.

„Gehen Sie mit mir hier raus", raunte ich ihm zu.

Er sah mich kurz an und zeigte keinerlei Anzeichen von Wiedererkennen oder Besorgnis. „Verpiss dich", sagte er.

„Niemandem muss hier irgendwas passieren", sagte ich.

Er ignorierte mich und konzentrierte sich auf das Messbuch in seiner Hand.

„Ich weiß, dass nicht nur Ihre leiblichen Eltern von Kriminellen ermordet wurden, sondern auch Ihre Frau und Ihr Sohn", sagte ich. „Auch in meiner Familie sind einige Menschen gewaltsam ums Leben gekommen, meine Mutter, meine Frau. Ich kann deshalb sehr gut nachvollziehen, womit Sie über die Jahre klarkommen mussten. Ich glaube, viele der Menschen, die Sie getötet haben, waren Dreckskerle und haben verdient, was sie bekamen. Aber nun ist es an der Zeit, aufzuhören. Kommen Sie mit mir raus, Max. Sie wissen, dass es das Richtige ist."

Einige der Umsitzenden schielten bereits verstohlen zu uns herüber.

„Sie stören die Messe, Mr. Robicheaux. Zeigen Sie ein bisschen Respekt und halten Sie jetzt einfach mal die Klappe", erwiderte er.

Gemeindemitglieder, die erst spät reingekommen waren,

einer von ihnen mindestens dreihundert Pfund schwer, begannen, das offene Ende der Bank zu versperren. Ich steckte mit Max fest. Ich dachte, vielleicht hätte ich während der Kommunion eine Chance, ihn unauffällig aus der Kirche zu lotsen, aber sobald die Gläubigen sich im Gänsemarsch in Richtung Altar bewegten, um am Abendmahl teilzunehmen, half Max einer älteren Dame in einen Rollstuhl und schob sie nach vorn zum Altar. Ich blieb direkt hinter ihnen, empfing im Gegensatz zu ihm die Hostie und folgte ihnen zurück in die Kirchenbank. Während der abschließenden Gebete behielt er die Augen stur geradeaus, einen Daumen in seiner halb geöffneten Jacke. Als der Priester am Ende des Gottesdienstes die Gemeinde segnete, drehte Max sich mir zu und raunte: „Hab eine Neun-Millimeter-Beretta mit vierzehn Schuss im Magazin sauber unter meiner Achsel. Versuchen Sie, mich festzunehmen, und es wird verdammt blutig, Haus des Herrn oder nicht."

Dann schob er die ältere Frau im Rollstuhl den Mittelgang hinunter und an einer kleinen Gruppe im Vestibül vorbei. Sie sah aus wie eine in schwarzes Tuch gewickelte Mumie. Mithilfe zweier anderer Männer hob er sie die Eingangsstufen hinunter und verstaute den Rollstuhl in einem wartenden Transporter. Dann sprang Max Coll unvermittelt in den Verkehr.

Ich folgte ihm, meine Dienstmarke hoch über den Kopf gehalten. Eine von einem vorbeifahrenden Laster aufgespritzte Wasserfontäne erwischte mich voll im Gesicht, Autos hupten, ein Taxi verfehlte mich nur um wenige Zentimeter. Am Rande meines Blickfeldes krachten zwei Fahrzeuge ineinander. Max war irgendwo auf der anderen Seite des Verkehrs, verborgen hinter einem Stadtbus oder einem Umzugs-Lkw oder einem Kühllaster, die sich alle gleichzeitig über die Kreuzung schoben. Ich erreichte den Bürgersteig auf der anderen Straßenseite und sah in beide Richtungen.

Kein Max Coll.

Ich beobachtete, wie der Bus kurz am nächsten Block anhielt, dann bog er ab und fuhr Richtung Lee Circle weiter. Ich begann zu laufen, schlängelte mich vorbei an Passanten, Lastwagenfahrern, die Lebensmittel für Restaurants abluden, und in Hauseingängen sitzenden Saufbrüdern, die ihre Beine bis auf den Bürgersteig ausgestreckt hatten. Ich umrundete die Ecke und sah den Bus am Bordstein etwa in der Mitte des Blocks. Die Tür öffnete sich, um einen Fahrgast aussteigen zu lassen.

Ich rannte außer Atem weiter und versuchte mit rudernden Armen, dem Fahrer ein Zeichen zu geben. Als der Bus wieder anfuhr, schlug ich mit den Fäusten gegen seine Seite. Durch die Scheiben der hinteren Tür sah ich Max Coll im Mittelgang stehen, eine Hand in einem Haltegriff. Er grinste, zog den Reißverschluss der Jacke ganz auf und öffnete sie, um mir zu zeigen, dass er keine Waffe am Körper trug.

Der Bus beschleunigte über die nächste Kreuzung und verschwand die Straße hinunter. Ich griff nach meinem Mobiltelefon, um 911 einzutippen, dann erinnerte ich mich, zwei Blocks hinter mir gehört zu haben, wie es auf den Bürgersteig gescheppert hat.

* * *

Ich ging kurz auf die Herrentoilette des Casinos und trocknete mich mit Papiertüchern ab, bevor ich mich auf die Suche nach Janet Gish und Clete Purcel machte. Wenige Minuten später, meine Kleidung klebte immer noch nass an meiner Haut, fand ich die zwei im Restaurant beim Frühstück, wobei Janet dank Essen und Kaffee halbwegs wiederbelebt wirkte. Clete kaute nachdenklich, sein Blick wanderte von meinem Scheitel bis zur Sohle und wieder zurück.

„Ich werde nicht mal fragen", sagte er.

„Er war in der Messe. Er ist mir entkommen", sagte ich.

„In der Messe? Ein eiskalter Killer?"

„Hab's gerade gesagt."

„Statt also die hiesigen Bullen anzurufen, hast du beschlossen, ihn zu bequatschen, sich zu stellen?", fragte er ungläubig.

„So was in der Richtung", erwiderte ich.

„Und Unterstützung meinerseits war natürlich auch nicht nötig?"

„Lass es, Clete", knurrte ich.

Er nahm eine Kaffeetasse samt Untertasse, die auf einem anderen Tisch eingedeckt war, füllte die Tasse und schob sie mir zu. „Setz dich, mein Großer, und lass dir von Janet erzählen, wie Fat Sammy auf die Idee kam, Pornos zu ex- und Crystal zu importierten", sagte er.

„Das hing alles mit diesen degenerierten Nahostlern zusammen", sagte sie.

„Mit wem?", erwiderte ich.

„Mit diesen Moslem-Dumpfbacken oder wie die heißen, die die Flieger in die Türme gecrasht haben. Sammy Fig sagte, er würde sie fürs FBI zusammentreiben", sagte Janet.

Ich warf Clete einen Blick zu.

„Du wirst begeistert sein, Streak. Sammy macht Fart, Barf und Itch klar", sagte er feixend.

Es schien eine bombastische und skurrile Geschichte zu sein, aber in Wahrheit auch nicht seltsamer als viele andere in der langen Geschichte politischer Intrigen hier in New Orleans, angefangen bei William Walkers militärischem Abenteurertum in Nicaragua während der 1850er Jahre bis zu Lee Harvey Oswalds Aktivitäten in der Stadt im Zusammenhang mit der Organisation *Fair Play for Cuba Committee.*

Laut Janet Gish fühlte sich Fat Sammy kompromittiert wegen einer früheren Beziehung zu einem Mafioso, der zunächst als Vollstrecker in Brooklyn tätig und später Mitglied der im Zusammenhang mit dem Watergate-Skandal bekannt gewordenen „Klempner"-Einheit des Weißen Hauses gewesen war. Der Mafioso war Teil einer Erpressungsaktion, in die mehrere kubanische Prostituierte in Miami verwickelt waren, und kurz vor Kennedys Ermordung in Dallas am 22. November 1963 tauchte der Mafioso mit einer Nutte in New Orleans auf und wohnte dort in einem Motel, das Sammys Onkel gehörte. Sobald Sammy erfuhr, dass Kennedy erschossen worden war, war er überzeugt, dass die Vorbereitungen für das Attentat in New Orleans gelaufen waren.

Seit dieser Zeit tat Fat Sammy alles in seiner Macht Stehende, um seinen Patriotismus zu beweisen und sich von den Leuten zu distanzieren, die seiner Überzeugung nach den Präsidenten ermordet hatten.

„Am Abend, bevor die Flugzeuge in die Türme stürzten, waren diese Nahost-Typen in Sammys Club am Flughafen. Einem der Mädchen dort erzählten sie, sie seien Piloten", sagte Janet.

„Vielleicht waren sie's ja", sagte ich.

„Nur dass die so heftig geschwitzt haben, dass der Hausmeister ihren Körpergeruch später von den Polstern kratzen musste. Und sie hatten noch ein Problem. Die hatten Windeln über ihren Ständern."

„Sorry, da komm ich jetzt nicht mehr mit", sagte ich.

„Sammy ruft das FBI an. Die schicken ein paar Typen raus, und Sammy sieht sich diese ganzen Fotos an und sagt, ‚Nee, das sind nicht die Kerle, die im Club waren.' Einer der FBI-Männer antwortet darauf, ‚Na ja, das sind jedenfalls die Flugzeugentführer, die in den Maschinen gestorben sind.' Darauf Sammy, ‚Klar, aber es muss noch andere Flugzeugentführer gegeben haben, die Startverbot bekamen. Die Jungs in meinem Club waren diejenigen, die wahrscheinlich nie von der Rollbahn weggekommen sind."
Noch während er redete, konnte man schon hören, wie der Typ vom FBI die Klospülung zog. Zwei Wochen verstreichen, und Sammy ruft das FBI in Washington an. Er sagt einem der Agenten dort, dass sie an der falschen Stelle nach Terroristen suchen. Er sagt, die Typen sind keine Moslem-Revolutionäre, sondern Degenerierte und Versager, genau wie die ganzen anderen Wichser, die in den Club

kommen. Sammy sagt zu dem FBI-Agenten, ‚Benutz doch mal deinen Scheißgrips. Diese Typen sind nicht in Moscheen abgehangen oder haben in Nebraska gewohnt. Die haben sich in Miami und Vegas versteckt und in Dreckslöchern wie meinem rumgetrieben, weil sie sich flachlegen lassen wollten. Ihr wollt sie festnageln? Dann hängt doch mal ein paar Mösen in den Wind und schaut, was dann passiert.'"

Leute an anderen Tisch starrten zu uns herüber.

„Vielleicht sollten wir uns an einen ruhigeren Ort zurückziehen", sagte ich.

„Tja, *Entschuldigung*! Hier kommt die Kurzfassung, damit ich keinem auf die Füße trete", sagte sie und klimperte mit den Wimpern. „Der FBI-Agent hat Sammy abblitzen lassen, also hat er eine Internet-Site in Arizona eingerichtet, um seine Filme zu verkaufen. Er hat einen Privatdetektiv beschäftigt, der die Kreditkarten-Nummern von jedem Käufer auf der Site mit einem nahöstlich klingenden Namen überprüft hat."

„Wer waren seine Partner?", fragte ich.

„Ein paar von denen hast du schon kennengelernt", erwiderte sie.

„Die Dellacroces?", fragte ich.

Sie hob unschuldig die Augenbrauen.

„Erzähl ihm den Rest, Janet", sagte Clete.

„Sammy wurde mit Crystal bezahlt. Es wird auf der anderen Seite der Grenze gekocht und kommt über Tucson rein", sagte sie. Dann starrte sie ins Nichts, Äderchen tauchten im Weiß ihrer Augen auf, ihr Teint wirkte plötzlich wie fleischfarbener Ton, der auf einem Totenschädel modelliert worden war. „Sammy war kein übler Kerl. Einmal ist er mit uns allen nach Disney World gefahren. Im Flieger hatte er den ganzen Rückflug über eine Kappe mit Micky-Maus-Ohren auf dem Kopf."

„Wer hat ihn umgelegt, Janet?", fragte ich.

„Keine Ahnung. Sammy hat immer gesagt, vor den Normalos musst du dich in Acht nehmen, denn die wissen nie, wer sie wirklich sind."

Sie starrte aus dem Fenster hinaus auf die Palmen, die sich im Wind bogen, und den Regen, der gegen die Scheibe schlug.

23

Es war Nachmittag, als Clete mich zu Hause absetzte. Der Himmel zeigte sich in einem kalten Blau, die Rasenflächen entlang der Straße waren gesäumt von Schlangenlinien aus Blättern, wohin sich das Regenwasser zurückgezogen hatte. Ich rasierte mich, duschte, wechselte die Kleidung und ging ins Büro.

Helen hörte ruhig zu, während ich ihr erzählte, was in New Orleans passiert war, behielt den Blick durchs Fenster hinaus auf die Grabmale des alten Friedhofs gerichtet.

„Hast du das NOPD wegen Coll angerufen?"

„Ja."

„Wann?", fragte sie.

„Als ich die Stadt verlassen habe."

426

„Ich glaube nicht, dass du ihn verhaften wolltest."

„Warum sollte ich ihn dann quer durch die Stadt verfolgt haben?"

„Du hättest das NOPD in dem Moment anrufen sollen, als du ihn in der Kirche gesehen hast."

„Stell dir das doch bitte mal bildlich vor, Helen: Mit M-16ern und Schrotflinten bewaffnete Elitebullen stürmen durch den Vorraum, und Max Coll hat eine Neun-Millimeter", sagte ich.

„Coll hat dir das Leben gerettet. Du glaubst, du schuldest ihm was."

Ich setzte an, etwas zu erwidern, aber sie gab mir mit erhobener Hand zu verstehen, still zu sein.

„Die Staatsanwaltschaft hat uns heute Morgen informiert, dass gegen uns ein Ermittlungsverfahren aufgenommen wird wegen Belästigung von Castille LeJeune, Verwüstung seines Grundstücks und vorsätzlicher Rufschädigung. Was hältst du davon?", sagte sie.

„Du hast mich gewarnt", antwortete ich.

„Du verstehst *nie*, was ich sage, Dave. Du hattest recht, was den Mord an Junior Crudup betrifft. LeJeune hat dahintergesteckt. Er glaubt, wir besitzen Informationen, die wir in Wirklichkeit nicht haben. Finde heraus, welche das sind. Du bist schwierig, Bwana."

Sie verschränkte die Arme vor der Brust und schüttelte den Kopf, während ein Lächeln ihre Mundwinkel umspielte.

* * *

Nach Dienstschluss fuhr ich zum Haus von Merchie und Theodosha Flannigan. Es war jetzt fast Wintersonnenwende, und das sepiafarbene Licht in den Bäumen und auf dem Bayou schien eher von der Erde auszugehen statt vom Himmel zu kommen. Merchie begrüßte mich an der Tür, eine Brille auf der Nase, ein Buch in der Hand, sein langes Haar glänzte wie Weißgold unter der sanften Deckenbeleuchtung in der Eingangshalle.

„Sie ist nicht da", sagte er.

„Ich möchte mit dir sprechen", erwiderte ich.

„Warum findest du eigentlich immer wieder Gründe, meiner Frau in die Quere zu kommen? Machst du einfach nur deinen Job, oder steckt was anderes dahinter?"

„Das ist ziemlich daneben, Merchie."

„Kann sein. Kann aber auch sein, dass du Theo an die Wäsche willst. Falls es das ist, dann mal viel Glück, denn sie ist gerade irgendwo unterwegs, vermutlich total betrunken."

Ich räusperte mich und löste meinen Blick von ihm. Seine Vollblüter schnaubten leise in einer Pekannussplantage hinter einem weißen Zaun, ihre Leiber kaum erkennbar in den Schatten.

„Der Mord an Junior Crudup wird sich nicht in Luft auflösen. Seine sterblichen Überreste sind beseitigt worden, aber am Ende werden wir doch herausfinden, was mit ihnen passiert ist. Falls ich irgendein Wörtchen dabei mitzureden habe, wird dein Schwiegervater Gelegenheit bekommen, an einem On-the-Job-Training im Sojabohnenanbau teilzunehmen", sagte ich.

„Und wieso erzählst du mir das alles?"

„Weil ich glaube, dass du durchaus nichts dagegen hättest, wenn es so käme."

„Falls du ihn einlochen willst, nur zu. Aber lass uns mit deinen persönlichen Problemen in Ruhe."

„Ich glaube, Theodosha weiß, was mit Junior Crudups Leiche passiert ist."

„Meine Frau ist krank. Deshalb hat sie auch hunderttausend Dollar für Psychiater und Kliniken ausgegeben. Aber ich vermute, du piesackst sie gern. Ich glaube, du weidest dich an unseren Problemen."

Er wollte die Tür schließen, aber ich hielt sie mit einer Hand auf.

„Deine Frau ist gefühlskalt, stimmt's?", sagte ich.

Er ließ die Klinke los, nahm seine Brille ab und steckte sie in seine Brusttasche. „Wenn du dich nicht ohnehin schon der Lächerlichkeit preisgegeben hättest, würde ich dir jetzt die Nase plattschlagen. Geh nach Hause", sagte er.

Die Tür schloss sich mit einem leisen Klicken. Ich starrte sie dümmlich an, die Ohren klingelten mir in der Stille.

* * *

Am nächsten Tag frühmorgens holte Clete mich zum Frühstück ab, war vergnügt, fast aufgekratzt, trug seine Mütze tief in die Stirn gezogen, ein Hawaiihemd unter seiner Bomberjacke, fuhr einhändig die East Main runter Richtung *Victor's Cafeteria*.

„Wohnst du jetzt wieder im Motel?", fragte ich.

„Ja, warum auch nicht?"

„Du hast den Trailer von einem Typen abgefackelt und ihn schwer verletzt dabei. Du bist in Lafayette auf einen Mann losgegangen, der liegt auch noch im Krankenhaus."

„Die erstatten keine Anzeige. Nicht, sofern sie auf diesem Planeten bleiben wollen. Wo ist das Problem? Manchmal geraten Dinge eben außer Kontrolle. Ich bin da ganz entspannt", sagte er und fummelte an seinem Radio herum.

Clete war Clete, ein wandelndes Delikt, weder mit der gesetzestreuen noch der kriminellen Gesellschaft im Gleichklang, genauso wenig zu einer Kursänderung in der Lage, wie eine stählerne Abrissbirne ihre Richtung ändern kann, nachdem sie erst einmal Schwung aufgenommen hat. Warum stritt ich mich ständig mit ihm?, fragte ich mich.

Aber ich kannte die Antwort, und die war nicht sonderlich tröstlich: Wir waren wie die beiden Seiten derselben Münze.

Ich erzählte ihm von meinem Besuch bei Merchie Flannigan.

„*Das* hat dieser Wichser zu dir gesagt?", fragte er.

„Ich bin ein bisschen persönlich geworden, was seine Frau betrifft", antwortete ich.

„Das ist noch so eine Frage, die ich habe. Hast du ihn echt gefragt, ob seine Frau nicht zur Sache kommt?"

„Ja, ich schätze, darauf läuft's wohl hinaus."

„Schon klar, dass ihn das anpisst. Vor allem, wenn er weiß, dass du sie gefickt hast."

„Kannst du dich zur Abwechslung mal etwas dezenter ausdrücken, nur so ein kleines bisschen?"

„*Du* vögelst mit der Frau eines Kerls rum, dann sagst du ihm, sie wär ein Eiswürfel, aber *ich* bin derjenige, der ein Problem mit seiner Ausdrucksweise hat?"

„Sie war betrunken. Wir waren beide betrunken. Hör auf, darauf herumzureiten."

Er sah mich an, dann bog er auf den Parkplatz gegenüber von *Victor's Cafeteria* ein. Das alte Kloster auf der anderen Seite des Bayou lag noch im Halbdunkel, die Eichen waren mit Raureif gepudert.

„Warum reibst du Flannigan das Sexualleben seiner Frau unter die Nase?", fragte er.

„Ein Psychiater würde wahrscheinlich sagen, sie habe Schwierigkeiten mit Intimität. Also treibt sie es, wenn sie betrunken ist, für gewöhnlich mit Fremden oder irgendwelchen flüchtigen Bekanntschaften, die ihr nichts bedeuten. Das ist typisch für Frauen, die als Kind sexuell missbraucht wurden", erwiderte ich.

„Du willst LeJeunes Eier wirklich grillen, stimmt's?"

„Worauf du einen lassen kannst", sagte ich.

* * *

Später nahm ich mir einen Streifenwagen und fuhr zum Lafayette Police Department, um meinen alten Freund Joe Dupree zu besuchen, den Cop von der Mordkommission und Fallschirmjägerveteranen, der den Mord an Theo Flannigans Psychiater untersucht hatte. Während ich redete, saß er hinter seinem Schreibtisch, klaubte erst eine, dann eine zweite und schließlich eine dritte Aspirin aus einem Blechbehälter, schluckte sie mit Wasser, das er aus einem kegelförmigen Pappbecher trank. Seine Krawatte hatte sich der Kontur seines Bierbauchs angepasst, die Haare lagen wie Drahtstränge über die Glatze gekämmt.

„Dann glaubst du also, dieser Will Guillot erpresst Castille LeJeune, und das hat irgendwas mit LeJeunes Tochter zu tun?", vergewisserte er sich.

„Richtig."

„Weswegen?"

„Missbrauch."

Joe lehnte sich auf seinem Stuhl zurück und strich sich über den Mund. Durch das Fenster sah ich eine Reihe aneinandergeketteter Schwarzer in orangefarbenen Overalls, die in einen Gefangenentransporter verfrachtet wurden. „Tja, Mrs. Flannigans Akte war nicht aufzufinden in Dr. Bernstines Praxis. Allerdings fehlten auch noch einige andere Patientenakten, wie ich herausfand. Vielleicht hat Bernstine sie mit nach Hause genommen, und dann sind sie irgendwie verlorengegangen. Könnte auch sein, dass jemand mehrere Akten gestohlen hat, um uns auf eine falsche Fährte zu führen. Wie auch immer, der Fall ist in einer Sackgasse gelandet", sagte er.

„Du hast sein Personal überprüft, Berichte über Einbrüche?", fragte ich.

„Falls bei Bernstine eingebrochen wurde, hat er es nicht gemeldet. Das Sicherheitsunternehmen hatte ebenfalls keinerlei Notrufeinsatz. Seine Angestellte ist ein frommer

Familienmensch ohne Veranlassung, Patientenakten ihres Arbeitgebers zu stehlen."

„Wie lange hat sie bei ihm gearbeitet?"

Er warf einen Blick auf die Notizblockseiten, die in einer Fallakte abgeheftet waren.

„Sieben Monate", sagte er.

„Wer war ihre Vorgängerin?", fragte ich.

Er warf einen weiteren Blick in seine Akte. „Eine Frau namens Gretchen Peltier. Aber die hat gekündigt, bevor Mrs. Flannigan Bernstines Patientin wurde."

„Wie war noch mal der Name?"

* * *

Ich fuhr zu dem Sicherheitsunternehmen, das die Überwachung von Dr. Bernstines Praxis übernommen hatte. Wie die meisten dieser Firmen war es eher eine Art elektronische Hülle, die keine realen Sicherheitsdienstleistungen anbot, sondern vielmehr Alarmsignale von Überwachungssensoren an die Feuerwehr oder eine Strafverfolgungsbehörde weiterleitete. Mit anderen Worten, die wesentlichen Kosten des Gebäudeschutzes wurden auf den Steuerzahler abgewälzt, und das Unternehmen war daher in der Lage, sein gesamtes System, das gleich mehrere Kommunen überwachte, mit gerade mal einem halben Dutzend Technikern sowie Vertriebs- und Verwaltungspersonal zu betreiben.

Aber die stellvertretende Geschäftsführerin der Firma, eine Schwarze namens Dauterive, die zuvor Grundschul-

lehrerin gewesen war, gab immerhin ihr Bestes, mir zu
helfen. Ein Computerausdruck sämtlicher elektronischer
Warnsignale, die im Verlauf des letzten Jahres aus Dr.
Bernstines Praxis ausgelöst worden waren, lag auf ihrem
Schreibtisch.

„Sehen Sie, es gab mehrere Stromausfälle. Dazu kam es
entweder aufgrund eines schweren Gewitters oder wenn
eine Überlandleitung ausfiel. Bei den anderen Alarmen hat
der Kunde nicht schnell genug die Anlage entschärft. Unsere Notrufzentrale musste daraufhin anrufen und sich das
Passwort durchgeben lassen."

Sie war korpulent, trug eine Brille und ein rosafarbenes
Kostüm mit einer Ansteckblume am Revers. Sie warf einen
Blick auf ihre Uhr.

„Nehme ich zu viel von Ihrer kostbaren Zeit in Anspruch?", fragte ich.

„Oh, nein. Ich habe nur heute meinen Hochzeitstag.
Mein Mann trifft sich mit mir zum Mittagessen", antwortete sie.

„Wer leitet Ihre Notrufzentrale?"

„Wir arbeiten mit dem *Acadiana Ambulance Service* zusammen. Wenn bei denen ein Notsignal eingeht, rufen
sie in der Wohnung des Kunden oder beim betreffenden
Unternehmen an und klären die Sachlage beziehungsweise
unterrichten den zuständigen Dienst", antwortete sie.

„Wann haben Sie den letzten Alarm erhalten, der auf ein
unbefugtes Betreten hätte hinweisen können?", erkundigte
ich mich.

„Da", sagte sie und tippte mit dem Finger auf den Computerausdruck. Das Signal war einen Tag nach Dr. Bernstines Selbstmord eingegangen. „Aber die Notrufzentrale hat angerufen und das richtige Passwort erhalten."

Ich fuhr mit dem Finger eine Spalte des Ausdrucks hinunter, bis ich einen Rechnungsvermerk für Juli und eine Auflistung der Dienstleistungen erreichte, die sich auf zweitausend Dollar beliefen.

„Was ist das hier?", fragte ich.

„Sieht so aus, als hätte der Kunde das System ausgewechselt. Wenn ich mich richtig erinnere, wurde die Hauptsteuerung bei einer Leistungsspitze im Stromnetz gegrillt, und der Kunde hat dies dann zum Anlass genommen, das System upzugraden."

Ich kam nicht weiter. „Ich muss über das alles gründlich nachdenken und komme später noch einmal auf Sie zu", sagte ich.

„Ich weiß nicht, ob Ihnen das hilft, aber der Kunde hat seinen Zugangscode geändert, als er das neue System erhielt. Sehen Sie?", sagte sie und tippte wieder auf den Eintrag.

„Und?"

„Das Passwort hat er nicht geändert. Manchmal möchten Leute ihr Passwort nicht ändern, besonders nicht, wenn es der Name eines Haustiers ist oder wenn es auf irgendetwas Witziges in der Familie anspielt", sagte sie.

Sie sah mich ausdruckslos an.

„Das wäre ein Riss im Deich, oder?", sagte ich.

„Wenn Sie es so ausdrücken möchten, ja", erwiderte sie.

„Sagten Sie, heute wäre Ihr Hochzeitstag?", fragte ich.

435

„Das ist richtig. Unser siebenundzwanzigster."

„Ich wünsche Ihnen alles Gute und einen wundervollen Jahrestag, Mrs. Dauterive."

* * *

Ich fuhr ohne Umwege nach Abbeville, dreißig Kilometer südlich am Vermilion River, und zu dem Versicherungs-unternehmen, das Gretchen Peltier beschäftigt hatte, die Frau, die Will Guillot für die Tatzeit des Mordes an dem Daiquiri-Ladenbesitzer ein Alibi gegeben und die oben-drein für den ermordeten Psychiater gearbeitet hatte.

Sie war in Panik. Wie die meisten Menschen, die ein ganz normales Leben führen und eine Grenze überschrei-ten, für gewöhnlich gemeinsam mit jemandem, der erheb-lich undurchsichtiger ist als sie selbst, konnte sie sich weder verteidigen noch überzeugend lügen. Stattdessen begann sie zu schwitzen und zu schlucken wie jemand, der sich in einem Aufzug befindet und hört, wie das Tragseil ächzt und ein Kabelstrang nach dem anderen reißt.

„Ich halte Sie nicht für einen schlechten Menschen, Mrs. Peltier. Aber Sie decken möglicherweise einen Mör-der", sagte ich.

„Einen Mörder?", stammelte sie, jetzt noch verwirrter und verängstigter als zuvor, und ihr Blick zuckte immer wieder zur offen stehenden Tür ihres Chefs.

„Sie sind im Begriff, den Kopf für Will Guillot hinzuhal-ten. Das bedeutet, Sie werden ins Gefängnis gehen. Sie wer-den hinter Stacheldraht sitzen und sich die Zelle teilen mit

Mörderinnen und perversen Psychopathinnen jeglicher Art. Verpfeifen Sie eine von denen, und Sie finden Glasscherben in Ihrem Essen. Dahin hat Will Guillot Sie gebracht."

Meine Wortwahl war grausam. Sie war eine traurige Frau, die Augen unvorteilhaft mit zu dunklem Kajalstift umrandet, die Kleidung offensichtlich vom Discounter. Ich konnte nur spekulieren, womit Will Guillot sie verführt hatte, bei der systematischen Zerstörung ihres eigenen Lebens mitzumachen.

„Ich kannte den Code der Alarmanlage von Dr. Bernstines Praxis", sagte sie. „Dr. Bernstine hatte sich im Park erschossen. Ich habe Will den Code gegeben, weil er sagte, seine Frau, von der er sich gerade scheiden lässt, habe Dr. Bernstine eine Menge Lügen erzählt, die sicher vor Gericht gegen ihn verwendet werden würden. Das Passwort hab ich ihm auch gegeben."

„Wie ist er ins Gebäude gekommen?", fragte ich.

„Ein Mann, der für ihn arbeitet, ein Elektriker, hat ihm die Tür aufgemacht. Aber der Code für das Tastenfeld war geändert worden. Der Alarm ging los. Wenn Will nicht das Passwort gehabt hätte, wären die Cops gekommen."

Ihre Augen waren feucht. Sie stützte die Stirn auf ihrem Handballen ab.

„Sie haben mir gesagt, Guillot wäre an dem Abend bei Ihnen gewesen, als Leon Hebert, der Inhaber des Daiquiri-Ladens, erschossen wurde. War das eine Lüge?"

„Nein."

„Sind Sie sicher?", hakte ich nach und sah ihr ins Gesicht.

„Ich dachte, ich würde Will helfen. Warum haben Sie mir das angetan?", schluchzte sie. Sie fummelte ein Taschentuch aus ihrer Handtasche und drückte es auf ihre Augen.

„Was ist hier draußen los?", fragte ihr Chef, der jetzt in der Tür seines Büros stand. Seine Krawatte war mit Hunderten winziger blauer Sterne auf rotem Hintergrund bedruckt, eine kleine amerikanische Flagge steckte am Revers seines Anzugs.

* * *

Ich ging zu meinem Streifenwagen, den ich auf dem Marktplatz von Abbeville geparkt hatte. Die Sonne stand bereits tief im Westen, ihr letztes fahles Licht fiel auf die alte Backsteinkirche und den Friedhof dahinter, wo die Leichen von gefallenen Konföderierten aus Shiloh und Port Hudson in Grabmalen lagen, die mit Flechten und Rissen überzogen waren, als ob die Erde fest entschlossen war, sie samt ihrem Inhalt in sich aufzunehmen. Ich konnte den Verkehr auf der stählernen Brücke über den Vermilion River hören und nahm die Gerüche von Dieselöl, brackigem Wasser und Shrimpsschalen in einem offenen Container hinter einem Restaurant wahr, und als ich die kahlen Äste der Weiden entlang des Flusses betrachtete, überkam mich mit einem Mal das Gefühl, dass die Sonne nicht einfach nur ihren täglichen Weg über den Himmel vervollständigte, sondern vielmehr zum letzten Mal über den Rand der Welt abtauchte.

In der Psychoanalyse nennt man das Weltuntergangsfantasie. Hatten meine irrationalen Gefühle mit der Tatsache zu tun, dass ich mich gerade an der Demontage von Gretchen Peltiers Leben beteiligt hatte? Oder waren die modrigen Haufen aus Lumpen und Knochen in diesen Grüften Mahnungen, dass Shiloh kein großer, heroischer Augenblick in der Geschichte war, sondern ein drei Tage dauerndes Gemetzel, das die Berge mit dem Blut von Bauernjungen tränkte, von denen die meisten nichts von der Ökonomie der Textilfabriken des Nordens gewusst, geschweige denn einen Sklaven besessen hatten? Oder wurde mir lediglich die Gesamtheit meines eigenen Lebens vor Augen geführt?

Die Straßen waren nahezu leer, Staub und Zeitungsfetzen wirbelten herum, die Eichen trugen kein Laub mehr, viele der alten Geschäfte waren dauerhaft geschlossen. Die Welt, in der ich aufgewachsen war, gab es nicht mehr. Ich wollte gern so tun, als wäre es anders, Rechtfertigungen für den Verfall finden, für die Einkaufszentren, die die kleinen Läden kaputtmachten, für all den Müll entlang der Straßen, für die von Bauträgern mit fast patriotischem Stolz bis auf die Stümpfe gekappten jahrhundertealten Lebenseichen. In meiner Eitelkeit wollte ich glauben, dass ich und andere den Prozess noch umkehren könnten. Aber das würde nicht passieren, in meinem Leben nicht, und auch nicht in dem meines Kindes.

Es war kurz vor 17 Uhr, als ich zurück zum Department kam, und die ersten dicken fetten Tropfen eines Regenschauers klatschten auf den Bürgersteig, der zum Gerichtsgebäude führte. Ich nahm die Post aus meinem Fach und ging in mein Büro. Wenige Minuten später kam Helen herein.

„Und? Was gibt's Neues heute?", fragte sie.

Ich erzählte es ihr.

„Will Guillot hat sich also in die Praxis des Psychiaters geschlichen und Theo Flannigans Akte gestohlen, damit er Castille LeJeune erpressen konnte?", fragte sie.

„Es ist ernster als das. Ich glaube, er hat den Psychiater auf Castille LeJeunes Befehl hin ermordet. Wahrscheinlich sollte er die Akte LeJeune bringen, aber das hat er entweder nicht getan oder er hat sie fotokopiert und benutzt sie nun, um das Geschäft des alten Mannes zu übernehmen."

Durchs Fenster sah ich einen Leichenwagen auf dem Weg zum Beerdigungsinstitut an der St. Peter Street vorbeifahren. Ich erhob mich von meinem Schreibtisch und ließ die Jalousien herab. Mit einem Mal schien mein Büro hermetisch abgeriegelt, künstlich beleuchtet, abgekoppelt vom Rest der Welt.

„Bist du wegen irgendwas unglücklich?", fragte Helen.

„Nein. Alles bestens."

Sie sah mich traurig an. „Geh mit mir zu Abend essen, Pops", sagte sie.

„Warum nicht?", sagte ich.

24

Als ich an diesem Abend die Küche betrat, telefonierte Father Jimmie. Unbewusst kehrte er mir den Rücken zu und hob die Schultern, als ob er eine Art unsichtbare Hülle um seine Unterhaltung legen wollte.

„Ich glaube Ihnen, aber wir werden das zu meinen Bedingungen machen … nein, Sie haben mein Wort. Ich werde dort sein. Und jetzt auf Wiedersehen", sagte er. Nachdem er das Gespräch beendet hatte, drehte er sich zu mir um und lächelte verlegen. „Gelegentlich erhalte ich Anrufe von einem neurotischen Gemeindemitglied", sagte er.

„War das einer von denen?", fragte ich.

„Lassen Sie uns nicht den Abend verderben, Dave."

„Treffen Sie sich mit Max Coll?"

„Er ist bereit, sich zu ändern. Ich kann ihm weder Rekonziliation noch Kommunion verweigern."

„Coll beabsichtigt, jemanden zu töten. Aber Sie sollen seinen Seelenfrieden wiederherstellen, damit er sich durch eine Seitentür in den Himmel einschleichen kann?"

„Dieser letzte Satz beschreibt ungefähr zwei Drittel meiner Schäfchen", sagte er.

Er hob Snuggs hoch und eine Schachtel Katzenfutter, dann ging er hinaus auf die Veranda hinter dem Haus, um ihn zu füttern.

„Ich hab ihm schon zu fressen gegeben", sagte ich.

„Er ist ein Krieger. Er braucht Extra-Rationen", erwiderte Father Jimmie.

* * *

In dieser Nacht gab es keinen Mond. Käuzchen schrien in den Bäumen und die Luftfeuchtigkeit war so hoch, dass ich Tropfen von den Blättern auf den Boden fallen hören konnte. Father Jimmie hatte das Haus verlassen, ich hatte keine Ahnung wohin. Ich ging in das kleine Büro, das ich mir in meinem Haus eingerichtet hatte, setzte mich an den Schreibtisch und begann, Alafair einen Brief zu schreiben.

Liebe Alf,
wir werden an Weihnachten eine prima Zeit miteinander ha-
ben. Clete ist in der Stadt und brennt darauf, dich zu sehen.
Klar, genau wie ich. Wie läuft's mit deinem Roman? Ich ma-
che jede Wette, er wird super. Ich hoffe, du hast inzwischen
die Prüfungen hinter dir. Mach dir nicht zu viele Gedanken
wegen der Zensuren. Du warst in der Schule immer gut, und
auf dem College wird's nicht anders sein. Hättest du vielleicht
Lust, raus aufs Meer zu fahren, falls das Wetter es zulässt? Ba-
tist sagt, er habe eine neue Stelle für Rotbarsch gefunden, un-
ten am Southwest Pass bei Marsh Island.

Die Bilder aus der Vergangenheit, heraufbeschworen durch meine eigenen Worte, legten mir einen Schleier über die Augen. Ich sah Bootsie, Alafair und mich an Bord unseres Bootes, Batist am Steuer, bei Sonnenaufgang mit Vollgas über die West Cote Blanche Bay brettern, die salzige Gischt wie ein feuchter Kuss an einem Frühlingsmorgen.

Ich legte den Brief beiseite und starrte auf die Waffen im Gewehrschrank, den ich an der Wand festgeschraubt hatte: ein AR-15, ein für den zivilen Gebrauch modifiziertes 03er Springfield und meine alte .12er Remington Schrotflinte, der Lauf trotz beweglichem Vorderschaft abgesägt, der Zapfen für Sportwaffen schon lange aus dem Magazin entfernt.

Ich wusste genau, was mir die ganze Zeit durch den Kopf ging. Seit meinem Gespräch mit Gretchen Peltier in der Versicherungsagentur in Abbeville, hatte ich kaum noch Zweifel an Will Guillots Rolle beim Einbruch in Dr. Bernstines Praxis und dessen Tod im Girard Park von Lafayette. Weiterhin hatte ich keinen Zweifel, dass Guillot sowohl in Pornografie und Drogenhandel verwickelt war als auch Castille LeJeune erpresste. Das Problem war nur, dass seine Verbrechen ausnahmslos in anderen Landkreisen begangen worden waren, und ich sah keine Möglichkeit, ihm die Morde an Sammy Figorelli, Leon Hebert und Samuel Bernstine nachzuweisen.

Um an ihn heranzukommen und darauffolgend auch an Castille LeJeune, würde ich mit mindestens drei anderen Polizeibehörden zusammenarbeiten müssen. Die rechtlichen Vorgänge der Anklageerhebung und strafrechtlichen Verfolgung würden komplett an andere übergeben werden, vielleicht sogar an einen Landkreis, in dem Castille LeJeune die Strippen zog.

Ich löschte das Licht und saß mit der Schrotflinte auf dem Schoß im Dunkeln. Der Schaft aus Stahl und Holz fühlte sich kühl an unter meinen Handflächen. Ich öffnete den Verschluss und roch sofort das Waffenöl, mit dem ich Kammer und Magazin gereinigt hatte, dann platzierte ich den Schaft mit dem stumpfen Ende nach unten zwischen meinen Beinen, ließ den Daumen über den Rand des Laufes gleiten, wo ich ihn abgesägt und geschliffen

443

hatte. Ich dachte an meine tote Frau Bootsie, an die durchgängige Verderbtheit des Ortes, den ich liebte, und an die Unmenschlichkeit und Grausamkeit, die einem großartigen Blues-Künstler wie Junior Crudup auferlegt worden war.

Ich holte eine Schachtel mit grober Schrotmunition aus dem Schrank, nahm eine Handvoll Patronen heraus und füllte das Magazin meiner Remington. Ich saß sehr lange in der Dunkelheit, die Flinte auf den Knien, der Kopf frei von jeglichen Gedanken, eine eigenartige Taubheit in meinem Körper. Dann warf ich die Patronen wieder aus und legte eine nach der anderen zurück in die Schachtel, stellte die Schrotflinte zurück in den Schrank und machte einen Spaziergang runter zur Zugbrücke. Ein beleuchteter Schlepper wartete darauf, dass der Brückenwärter die Brücke öffnete. Ich winkte dem Mann im Ruderhaus zu, und er winkte zurück, dann ging ich wieder nach Hause und ins Bett. Snuggs schlief am Fußende.

* * *

Am nächsten Tag, Freitag, setzte ich mich mit Joe Dupree in Lafayette in Verbindung, und wir machten uns an die Arbeit, einen Durchsuchungsbeschluss für Will Guillots Haus und Firma zu bekommen. Aber das würde dauern. Der Antrag dafür basierte auf Aussagen von Gretchen Peltier, der ehemaligen Sekretärin des Psychiaters, über einen Einbruch in Lafayette, begangen von einem Mann wohnhaft in Franklin. Außerdem war Will Guillot vermutlich vieles, aber dumm ganz sicher nicht. Es war höchst unwahrscheinlich, dass er die gestohlene Patientenakte, mit der er Castille LeJeune erpresste, zu Hause oder im Büro aufbewahrte.

Es gab Tage bei der Polizeiarbeit, die waren wie die Momente am Craps-Tisch, wenn man glaubt, nichts außer immer nur lausige Dreien und Sechsen zu würfeln. Und dann prallen die Würfel wie von Zauberhand von der Bande ab, und zack, es kommen nur noch Elfer und Siebener.

Kurz vor Feierabend öffnete Helen meine Tür und steckte den Kopf herein. „Der Sheriff von St. Mary hat gerade angerufen. Will Guillot hat gestern Abend jemanden gemeldet, der in der Nähe seines Hauses herumstreicht. Die städtischen Cops, die dann zu ihm raus sind, haben ihm mitgeteilt, dass in seinem Viertel ein Spanner unterwegs sein soll, aber Guillot schien zu denken, es war jemand anderes."

„Wer?"

„Er ist mit einer Waffe in seinem Garten herumgelaufen und hat nichts gesagt."

„Danke, dass du mir das erzählt hast", sagte ich.

Ich machte mit meinem Papierkram weiter, an dem ich gerade arbeitete, das Gesicht ausdruckslos. Ich dachte schon, sie wäre im Begriff, die Tür hinter sich zuzuziehen und in ihr Büro zurückzukehren, doch stattdessen kam sie an meinen Schreibtisch und sah mir in die Augen.

„Wenn ich was sage, dringt das ja meistens nicht zu dir durch. Aber sei trotzdem vorsichtig, Dave. Gib einem Typen wie Castille LeJeune keine Macht", sagte sie.

„Ich höre dir aufmerksam zu", sagte ich.

„Ja", sagte sie.

* * *

Kurz nach 17 Uhr ging ich nach Hause, lud meine abgesägte Schrotflinte wieder, legte sie in die Stahlkiste, die auf die Ladefläche meines Pick-ups geschweißt war, schloss sie ab und fuhr zu Cletes Cottage in dem Motel.

Er war draußen, grillte ein Hähnchen und trank aus einer Literflasche Bier. Seine Augen tränten vom Rauch, den Kragen seiner Jacke hatte er aufgestellt, seine Mütze saß schief.

„Was geht, Alter?", sagte er.

„Meinst du, die Bobbsey Twins von der Mordkommission sollten mal einen Hausbesuch unten in Franklin machen?", sagte ich.

„Aber ja, ganz bestimmt", antwortete er, als wäre die Feststellung ein einziges Wort.

* * *

Büsche, Gartenpavillon und der breite Balkon von Will Guillots Haus waren mit weihnachtlichen Lichterketten geschmückt, strassbesetzte Rentiere, auf die bunte Scheinwerfer gerichtet waren, steckten im Rasen. Wir fuhren in seine Einfahrt und parkten nur Zentimeter von der Stelle, wo Dr. Parks auf dem Beton verblutet war. Ich schloss die Stahlkiste auf der Ladefläche auf, nahm meine abgesägte

Schrotflinte heraus und warf sie Clete zu. Er verschwand damit im Gebüsch, absichtlich als Umriss vor dem Hintergrund der Weihnachtsbeleuchtung und bunten Scheinwerfer zu erkennen, den Lauf der Waffe nach oben gerichtet. Als ich auf die Veranda trat, sah ich, wie Will Guillot hinter einem der hohen Fenster eine Gardine zurückzog und nach draußen blickte. Ich hängte das Mäppchen mit meiner Dienstmarke so in die Brusttasche meines Sakkos, dass jeder sie sehen konnte und schlug mit der Faust kräftig gegen die Tür.

Alles, was ich in den nächsten paar Minuten tat, basierte auf der Annahme, dass sich Gretchen Peltier aufgrund ihrer Erfahrungen von Will Guillot abgewendet hatte und weder zu ihm zurückgekehrt war noch gebeichtet hatte, dass sie ihn verraten hatte.

Er riss die Tür auf und starrte mich an. Er trug ein burgunderrotes Cordhemd zu einer grauen Hose und Halbschuhe, und im gedämpften Licht sah das Muttermal auf seinem Gesicht aus wie eine Narbe von einem Brenneisen. Hinter ihm sah ich eine Frau von der Couch aufstehen und im hinteren Teil des Hauses verschwinden.

„Muss ich die Cops rufen?", bellte er.

„Ich bin noch das Geringste Ihrer Probleme, Mr. Guillot. Ich glaube, Ihr Elektriker würde Ihnen gern ein Pfund Blei ins Hirn jagen", sagte ich.

„*Was?*", sagte er, wobei seine Blicke von mir zu Clete wanderten, der gerade aus dem Garten kam und mit der Schrotflinte in der Armbeuge die Verandastufen heraufging.

„Alles sauber", sagte Clete zu mir.

„Was ist sauber? Warum rennen Sie mit dieser Schrotflinte in meinem Garten herum?", fragte Guillot aufgebracht.

„Ihr Elektriker, Herbert Vidrine, hat Sie verpfiffen. Aber ich vermute, das hat ihm noch nicht genügt. Offensichtlich kann er Sie auf den Tod nicht ausstehen. Was haben Sie dem armen Kerl angetan?", sagte ich.

„Ich weiß schon von dem Brief, den Sie oder jemand anderes ihm mit meinem Namen drauf geschickt hat. Hat nicht funktioniert", sagte Guillot, wobei sein Blick wieder von mir zu Clete und der Schrotflinte zuckte.

„Versuchen wir's mal so. Sie haben sich von Herbert Vidrine helfen lassen, in Dr. Samuel Bernstines Praxis am gleichen Wochenende einzubrechen, an dem Bernstine zwei Kugeln in den Kopf bekommen hat. Sie haben den Alarm ausgelöst und herausgefunden, dass Sie den falschen Code für das Tastenfeld hatten. Zu Ihrem Glück hat Ihnen jedoch jemand das Passwort gegeben, und so konnten Sie es dem Sicherheitsdienst nennen, als dieser anrief."

Guillot versuchte, meine Worte ohne eine verräterische Regung auf seinem Gesicht abprallen zu lassen, biss ganz fest die Backenzähne aufeinander, damit ihm nicht die Kinnlade heruntersackte.

„Dann verhaften Sie mich doch, damit ich Sie verklagen kann", sagte er.

„Sie denken, es geht hier um einen lächerlichen Einbruch?", mischte sich Clete ein.

„Was will denn der Typ hier? Und wer ist das überhaupt?", fragte mich Guillot.

„Hier", sagte Clete, öffnete kurz seinen Privatdetektiv-Ausweis und klappte ihn sofort wieder zu, bevor Guillot ihn sich genauer ansehen konnte. „Der Staat verplempert keine Zeit mit billigen kleinen Furzern, die schmutzige Filmchen machen. Aber zu deinem Pech befindet sich ein Kerl, für den wir uns sehr wohl interessieren, ein Psychopath namens Max Coll, hier in deiner Gegend, und das hat irgendwas mit dir und dem Schwanzlutscher zu tun, für den du arbeitest."

Guillot sah hinter sich, als wolle er nicht, dass die Frau, die im hinteren Teil des Hauses verschwunden war, unsere Worte mitbekam. Wenn er uns die Tür vor der Nase zugeschlagen und seinen Anwalt angerufen hätte, wäre es vorbei gewesen. Aber Clete hatte den richtigen Köder ausgeworfen, Guillot hatte angebissen und bekam den Haken jetzt nicht mehr raus. Er kam zu uns heraus auf die Veranda und zog die Tür hinter sich zu, zitterte kaum merklich in der Kälte.

„Was ist mit diesem Kerl, den Sie da erwähnt haben, wie heißt er gleich noch, dieser Coll?", fragte er.

„Er pustet Schädel weg für die IRA oder die Mafia oder vielleicht auch einfach nur, weil er morgens keinen hochkriegt", sagte Clete.

„Und er ist jetzt hier?", fragte Guillot sichtlich verunsichert. „In Franklin?"

„Sagen *Sie's* uns", antwortete Clete.

Guillot sah in die Dunkelheit hinaus, als versuchte er, jenseits der Weihnachtsbeleuchtung etwas zu erkennen, die nur Teile seines Gartens erhellte.

„Nichts davon hat irgendwas mit mir zu tun", sagte er.

„Lassen Sie mich eine Frage stellen: Wenn die Haftbefehle ausgestellt werden oder falls Max Coll in der Stadt ist und die Leute sucht, die ihn umlegen wollen, wessen Arsch landet dann auf dem Grill, Ihrer oder der von Castille LeJeune?", fragte ich.

Clete pumpte eine Patrone aus der Kammer der Schrotflinte und steckte sie in Guillots Brusttasche. „Buckshot, Kaliber 12. Lad deine Vogelflinte und leg sie unters Bett. Ist besser als ein Glas warme Milch. Du wirst wie ein Baby schlafen. Garantiere ich dir", sagte er grinsend und zeigte Guillot den erhobenen Daumen.

* * *

Zehn Minuten später bogen wir nach Fox Run ab und fuhren die lange, von Eichen gesäumte Zufahrt bis zu Castille LeJeunes Vordereingang hinauf. Praktisch das ganze Haus war mit weiß gleißender Weihnachtsbeleuchtung geschmückt, mit der Folge, dass das Haus glühte wie ein Raddampfer aus dem 19. Jahrhundert in einer Nebelbank auf dem Mississippi. Ich vermutete, dass Will Guillot LeJeune angerufen hatte, sobald wir sein Haus verlassen hatten, und ich hoffte, auf unbestreitbar schadenfrohe Weise, dass Castille LeJeune jetzt zum ersten Mal in seinem Leben echte Angst hatte.

Ich parkte am Ende der Einfahrt und löschte das Scheinwerferlicht meines Pick-ups. Ein einzelner Schatten bewegte sich hinter den Vorhängen der Wohnzimmerfenster.

Ich wollte schon aussteigen, doch Clete hatte sich nicht gerührt, die Schrotflinte mit offener Kammer schräg zwischen seinen Beinen.

„Dave, Guillot ist ein Sex-Freak und ein Drecksack und schmutzig bis zu den Ellbogen. Was den Typ da in dem Haus betrifft, bin ich nicht so sicher …", sagte er.

Ich sah ihn an.

„Diese ganze Scheiße reimt sich für mich einfach nicht zusammen", sagte er. „Der Kriegsheld hat den Drive-by-Daiquiri-Typen nicht umgelegt, und Guillot war's ebenfalls nicht, zumindest nicht, wenn man ihm sein Alibi abkauft. Aber aus dem einen oder anderen Grund sehen wir uns immer wieder den Kriegshelden an. Egal, was passiert, es ist immer der Audie Murphy für Arme. Unterdessen bekommt Merchie Flannigans Alte einen Freifahrtschein, dieselbe Braut, die höchstwahrscheinlich dafür gesorgt hast, dass du entführt wurdest."

„Theodosha ist also deiner Meinung nach die Antwort von Süd-Louisiana auf Bonnie Parker?", sagte ich.

„Mach ruhig den Klugscheißer, wenn dir danach ist. Du hasst den Kerl in diesem Haus und die Gesellschaftsschicht, aus der er kommt."

„Tue ich das? Du befindest dich doch schon dein ganzes Leben lang im Krieg mit diesen Leuten."

Er nahm seine Mütze ab, betrachtete sie, als hätte er sie noch nie zuvor gesehen, dann setzte er sie wieder auf.

„Er hat Bed Check Charley wirklich zur Strecke gebracht?", fragte er.

„Das erzählt man sich."

„Ich hätte gern ein Autogramm von ihm. Hey, ich mein's ernst", sagte er.

Er stieg aus dem Pick-up, versuchte, sein Grinsen zu unterdrücken, und folgte mir auf die Veranda. Ein schwarzer Hausdiener mit weißer Jacke öffnete die Tür, einen Besen und eine Kehrschaufel in den Händen.

„Ist Mr. LeJeune zu Hause?"

„Ist mit seinen Gästen vor etwa einer halben Stunde in den Country Club aufgebrochen. Ich bin noch mit Aufräumen beschäftigt", sagte der Angestellte.

Ich zeigte auf meine Dienstmarke, die immer noch in der Brusttasche meines Jacketts steckte. „Haben Sie in den letzten zehn Minuten einen Anruf erhalten?", fragte ich.

„Ja, Sir, das habe ich", antwortete er.

„Von wem?"

„Meiner Frau. Sie hat mir gesagt, ich soll einen Laib Brot mit nach Hause bringen."

Auf dem Weg zum Country Club grinste Clete immer noch.

„Was ist so witzig?", fragte ich.

„Ich vermisse die Mafia. Einen Haufen *Rotarier* oder *Kiwanis*-Mitglieder aufzumischen, bringt's einfach nicht."

„Du bist unglaublich, Cletus."

In dieser Stimmung erreichten wir die von einer Laube überkränzte Einfahrt eines kleinen Tennis- und Golfclubs außerhalb der Stadtgrenze. Es war nicht schwer, Castille LeJeune zu finden. Er und seine Freunde nahmen Drinks in einem Pavillon und schlugen Golfbälle auf einer beleuchteten Driving Range, an deren hinterem Ende moosbewachsene Eichen im Nebel standen. Der Übungsplatz sah aus wie von Hand gemäht, makellos, es war kein einziges Blatt oder ein vom Wind hergewehter Papierschnipsel darauf.

Der Pavillon wirkte so isoliert und entkoppelt von der Außenwelt, wie es der Golfplatz von den mit Müll übersäten Straßen jenseits der Hecken war, die den Club einfassten. Aufmerksame schwarze Kellner servierten LeJeune und seinen Freunden ihre gebutterten Rum-Drinks auf silbernen Tabletts. Eine Wurlitzer-Musicbox neben der Bar spielte Originalaufnahmen von Glen Miller und Tommy Dorsey, ein rundlicher, rotwangiger Mann sprach geradezu liebevoll von einem „alten Nigger", der für seine Familie gearbeitet hatte, als würden die Kellner es nicht hören oder ihm seine Ausdrucksweise nicht übel nehmen.

Wir schlossen den Pick-up ab, die Schrotflinte blieb drin, und gingen an den Sandplätzen vorbei, alle leer und verlassen, die Windschutzplanen flatterten in der Brise, gerade als Castille LeJeune einen Ball vom Tee abschlug und ihn in einem hohen, wunderschönen Bogen über die Range schickte. Die Leute an den Tischen oder beim Aufteen aus Drahtkörben voller Golfbällen schienen von unserer Anwesenheit nichts mitzubekommen. LeJeune ging in Position, schwang seinen Driver und hob erneut einen Ball sauber vom Tee, jagte ihn hoch in die Dunkelheit, ein Zeugnis seiner Gesundheit und Kraft sowie des Geschicks, das er in seinem Spiel erlangt hatte.

Clete benutzte einen Zahnstocher, um eine geschälte Krabbe aus einer großen Schale mit zerstoßenem Eis aufzuspießen, sie in eine scharfe Soße zu tunken und in den Mund zu stecken. Sein Ausweismäppchen war an seinen Gürtel geklemmt, meines steckte nach wie vor in der Brusttasche meines Sakkos. Aber immer noch sah uns niemand an.

„Einen Jack pur mit einem Bier zum Nachspülen", sagte er zum Barkeeper.

„Sofort, Sir", erwiderte der Barkeeper.

„Das ist ein Witz", sagte Clete.

LeJeunes Freunde waren keine Leute, die sich in der Welt abkämpfen mussten. Sie mochte ihnen weder gehören noch würden sie auch nur einen Teil davon mit ins Grab nehmen, aber solange sie lebten, konnten sie Pachtansprüche auf einen ziemlich großen Teil davon erheben.

„Mr. LeJeune, wir möchten, dass Sie uns zum Iberia Parish Sheriff's Department begleiten", sagte ich.

„Warum sollte ich das tun, Mr. Robicheaux?", erwiderte er, sprach den Ball auf seinem Tee an, die Füße gespreizt, die Muskeln seiner Oberschenkel fest angespannt.

„Wir benötigen Ihre Antworten auf einige Fragen bezüglich des Mordes an Dr. Samuel Bernstine und der Tatsache, dass Will Guillot Sie wegen des Missbrauchs an Ihrer Tochter, als diese noch ein Kind war, erpresst hat", sagte ich.

In der darauffolgenden Stille konnte ich Blätter über die Oberfläche des Tennisplatzes rascheln hören. LeJeune schien einen isolierten Gedanken im Zentrum seines Verstandes anzustarren, dann blickte er über die Range und schlug den Ball in einer geraden Linie, wie einen Gewehr-

454

schuss, sodass er die Erde nicht mehr berührte, bis er fast die Eichen erreichte, die im elektrischen Licht dampften.

„Sie müssen mit meinem Anwalt reden, Mr. Robicheaux, nicht mit mir", sagte er kühl.

„Haben Sie gehört, was ich gerade gesagt habe? Wir ermitteln in einem Mordfall, dem zweiten, der mit Ihrem Namen in Verbindung steht. Wir rufen keine Anwälte an, um Termine auszumachen", sagte ich.

Er drehte sich um und ließ den Driver in einen ledernen Golfsack fallen. Um den Hals trug er einen Seidenschal, wie ein Pilot es machen würde, die Enden in einen Pullover mit kleinen braunen Knöpfen darauf gesteckt. Aus dem Augenwinkel sah ich zwei Leute eines Sicherheitsdienstes aus dem Hauptgebäude des Clubs kommen, und ein Mann an der Theke tippte eine Nummer in sein Mobiltelefon.

LeJeune begann mit einer Frau zu plaudern, die an einem Tisch saß, als wäre ich gar nicht da. Das war der Moment, an dem ich ausrastete.

„Sie haben Junior Crudup totschlagen lassen", schrie ich ihn an. „Sie haben die Kindheit Ihrer Tochter in einen sexuellen Albtraum verwandelt. Sie verkaufen Alkohol an betrunkene Teenies, und in New Orleans wahrscheinlich Drogen und Pornographie. Glauben Sie wirklich, Sie kommen mit alledem ungeschoren davon?"

„Mr. Robicheaux, ich weiß nicht, ob Sie nachtragend sind oder einfach nur ein unfähiger Gutmensch. Wahrscheinlich liegt die Wahrheit irgendwo dazwischen. Aber Sie müssen jetzt gehen, Sir, diese Sache auf sich beruhen lassen und selbst auch wieder zur Ruhe zu kommen", erwiderte er.

Seine Distanziertheit und sein Auftritt als ritterlicher und nachsichtiger Patriarch waren überwältigend. Wie Clete schon immer gesagt hatte: Manche Leute bieten einfach keine Angriffsfläche. Castille LeJeune war ganz offensichtlich einer dieser Sorte, und ich fühlte mich wie der letzte Idiot.

Dann trat Clete vor, der den ganzen Abend über Vernunft und Zurückhaltung gepredigt hatte, er rempelte mich dabei mit seinem kräftigen Oberarm an.

„Sie waren als Kampfflieger bei den Ledernacken?", fragte er.

„Wo?", sagte LeJeune.

„Ich war auch im Corps. 69er Jahrgang, im schönen, sonnigen Nam, da haben wir Shit geraucht und Ärsche aufgerissen mit Mother Green und ihrer Killing Machine. Verstehen Sie?" Er zog seine Mütze ab und zeigte auf das Erdball-und-Anker-Emblem der Marines. „Wir hatten mal so einen Bed Check Charlie, der Kerl fing immer gegen null-zweihundert an, uns mit Granaten zu beharken, sodass keiner vernünftig pennen konnte. Haben Sie zufällig Autogrammkarten da? Kein Scheiß, Mann, würde mir echt viel bedeuten."

„Sir, ich bitte nicht für mich selbst darum, aber wir sind hier in Gesellschaft von Damen. Vielleicht könnten wir uns ein bisschen zurückhalten, ja?", sagte LeJeune.

„Ja, kann ich verstehen", sagte Clete, setzte die Mütze wieder auf, die Augen nach oben gewandt, als würde er irgendeine metaphysische Überlegung anstellen. „Das Problem ist doch, dass ein paar Schmalzköpfe einen Polizeibeamten entführt und gefoltert und ihm ins Gesicht gepisst haben, als er mit verbundenen Augen dasaß. Wie wär's also, wenn Sie endlich damit aufhören? Es nervt langsam."

„Ich entschuldige mich, falls ich Sie irgendwie beleidigt habe", sagte LeJeune. „Sagen Sie, diese Marke da, die an Ihrem Gürtel hängt? Ich habe das Gefühl, Sie sind gar kein Polizeibeamter."

Ich sah, wie Clete der Kamm schwoll. „Dave, loch den Arsch ein. Die rechtlichen Details überlegst du dir später", sagte er.

Die Situation verschlechterte sich gerade rasend schnell. Zwei Männer eines Sicherheitsdienstes hatten eben den Pavillon betreten und standen etwas hilflos hinter uns, waren nicht sicher, was sie als Nächstes tun sollten. Ich drehte mich um, damit sie meine Dienstmarke sehen konnten. „Alles klar. Iberia Parish Sheriff's Department", sagte ich.

Sie versuchten, höflich zu sein, wichen meinem Blick aus. Sie taten mir leid. Sie verdienten kaum mehr als den Mindestlohn, mussten selbst für ihre Uniformen aufkommen und besaßen keinerlei rechtliche Vollmachten. Sie warteten darauf, dass Castille LeJeune ihnen sagte, was sie tun sollten.

Doch bevor der etwas sagen konnte, hob ich einen Finger. „Wir gehen", sagte ich.

„Scheiß drauf!", sagte Clete.

Zwei Streifenwagen des St. Mary Parish Sheriff's Department waren auf den Parkplatz gerollt, und drei uniformierte

Deputies, ein schwarzer und zwei weiße, kamen nun auf uns zu, die Gesichter wild entschlossen. Ich legte meine Hand um Cletes Arm und drückte zu. „Wir sind fertig hier", sagte ich.

Aber es war zu spät. Die drei Deputies marschierten schnurstracks auf Clete zu, mit dem kollektiven Instinkt einer Hundemeute, die Witterung von einem Wildschwein aufgenommen hat. Zuerst leistete er keinen Widerstand. Als sie ihn Richtung Streifenwagen abführten, hatte er sich anscheinend wieder völlig unter Kontrolle, er lächelte breit, war gut gelaunt, war wieder ganz in seiner vertrauten Rolle des respektlosen Gauners und bereit, alles seinen Gang gehen zu lassen.

Vielleicht hätte ich mich nicht einmischen sollen. Tat ich aber.

„Machen wir mal ein bisschen langsamer hier", sagte ich zu dem schwarzen Deputy, einem baumlangen Mann mit den Streifen eines Lieutenants auf dem Uniformkragen.

„Wäre das Beste, wenn Sie uns einfach unsere Arbeit machen lassen, Robicheaux", erwiderte er.

„Worum geht's denn?", fragte ich.

„Amtsanmaßung. Er hat sich als Polizist ausgegeben", antwortete er.

„Das ist doch Unsinn. Er hat nie behauptet, Polizeibeamter zu sein."

„Das könnt ihr im Gefängnis auseinanderklamüsern. Wir liefern ihn nur dort ab", sagte er.

An diesem Punkt hätte Schluss sein sollen, es war eine reine Routinenummer, um einen reichen Mann glücklich zu machen, später eine Diskussion unten im Sheriff's Department, vielleicht ein paar Stunden in einer Arrestzelle, schlimmstenfalls ein Erscheinen vor dem Haftrichter am Morgen, wobei dann sämtliche Anschuldigungen in die Tonne getreten würden.

Aber einer der weißen Deputies, ein zorniger Mann mit hervorstehenden Adern auf dem Hals, der wegen Misshandlung eines Häftlings in einem anderen Parish gefeuert worden war, hatte Clete zur Leibesvisitation auf die Kühlerhaube des Streifenwagens hinuntergedrückt und tastete jetzt mit beiden Händen Cletes linkes Bein ab.

„Chill mal, guter Mann", sagte Clete.

„Schnauze", fauchte der Deputy.

„Das da in meiner rechten Tasche ist ein Totschläger. Ich hab keine Kanone", sagte Clete und drehte sich um.

„Ich hab gesagt, du sollst die Schnauze halten", sagte der Deputy und schlug Clete die Mütze vom Kopf.

Daraufhin rammte Clete dem Deputy einen Ellbogen ins Gesicht, brach ihm die Nase, erwischte dann sein Kinn mit einem rechten Haken, der den Polizisten von den Füßen riss und eine halbe Wagenlänge durch die Luft fliegen ließ.

„Autsch", sagte Clete und versuchte, sich den Schmerz aus der Hand zu schütteln und Abstand von seiner Missetat zu nehmen.

Da waren sie auch schon über ihm.

25

Es regnete bei Sonnenaufgang, und so blieb es den ganzen Morgen. Clete saß im Gefängnis, und Father Jimmie war nicht zum Haus zurückgekehrt. Weil es Samstag war, war Helen zu Hause. Ich rief sie an und erzählte ihr, wie unser Besuch in Castille LeJeunes Golf und Tennis Club in die Grütze gegangen war.

„Was habt ihr denn eigentlich da drüben erreichen wollen?", fragte sie.

„Bin nicht sicher."

„Ich schon. Ihr wolltet eine Konfrontation provozieren und Castille LeJeune in kleinen Stückchen über das Golf-Tee blasen."

„Das ist ein bisschen heftig."

Ich dachte, sie würde mich zur Schnecke machen, aber das tat sie nicht. „Soweit du weißt, hat Guillot nicht versucht, LeJeune anzurufen, nachdem du ihn zu Hause besucht hast?", fragte sie.

„Als wir zu LeJeunes Haus gefahren sind, sagte der Mann, der dort aufräumte, außer seiner Frau hätte niemand angerufen. Sie wollte, dass er ein Brot besorgt."

„Vielleicht ist LeJeune nicht derjenige, hinter dem wir her sein sollten."

„Er ist derjenige."

„Ich glaube, ich werde heute etwas Dankbareres tun, zum Beispiel, mich mit einem Haufen Backsteine unterhalten", sagte sie.

„Hast du da gerade auch etwas in der Leitung gehört?"

„Was soll ich gehört haben?"

„Ein Freund in New Orleans sagte, mein Telefon werde wahrscheinlich von einer Bundesbehörde abgehört."

„Ich wünsche dir ein schönes Wochenende, Dave."

Clete steckte in ernsten Schwierigkeiten und würde vor dem Haftprüfungstermin am Montagmorgen nicht auf Kaution rauskommen. Die Sache mit der Amtsanmaßung war eine echte Grauzone. Man musste nicht ausdrücklich behaupten, ein Polizeibeamter zu sein, um sich des verbotenen Auftretens als Polizeibeamter schuldig zu machen. Es genügte, dass er den Eindruck vermittelte, einer zu sein. Clete hatte jedoch den Status eines zugelassenen Privatdetektivs und besaß, ironischerweise, als Mitarbeiter eines Kautionsstellers sogar rechtliche Vollmachten, die kein Polizeibeamter besaß, und zwar konnte er Staatsgrenzen überqueren und sich sogar ohne richterliche Ermächtigung Zugang zu Wohnungen verschaffen, um einen Kautionsflüchtling zu verhaften, der sich einem laufenden Gerichtsverfahren durch Flucht entzogen hatte.

Der Vorwurf der Gewaltanwendung und Körperverletzung war eine andere Sache. Mit Glück und ein bisschen Geschick schaffte es ein teurer Rechtsanwalt mit guten politischen Verbindungen, dass die Anklage auf Widerstand heruntergestuft wurde. Aber leicht würde das nicht sein. Cletes Ruf, einen Hang zu Gewalttätigkeit zu besitzen, zu Zerstörung fremden Eigentums und allgemein anarchischem Verhalten zu neigen, war quasi in ganz Süd-Louisiana bekannt. Seine Feinde warteten schon sehr lange darauf, dass er ihnen die geeignete Munition in die

Hand gab. Und jetzt hatte ich ihnen dabei auch noch geholfen.

Ich ging in *Baron's Health Club*, trainierte an den Gewichten und setzte mich anschließend eine halbe Stunde in die Schwitzkabine. Als ich wieder herauskam, regnete es immer noch, mehr noch als zuvor, und Abfälle trieben in den Straßengräben. Ich ging zu einem nachmittäglichen Meeting der A.A. über der Methodistenkirche an den Bahngleisen und hörte einem Mann zu, der von den Albträumen erzählte, die ihn seit dem Vietnam-Krieg plagten. Sein Gesicht war zerfurcht und unrasiert, seine Körperhaltung schlaff, seine Kleidung wild zusammengestückelt. Er hatte Lokalverbot in jeder Bar des Parish, und er war aus zwei Alkoholentzugsprogrammen der Veteranenbehörde V.A. geflogen. Er begann, über ein Massaker an Unschuldigen in einer sogenannten *Free-Fire-Zone* zu berichten.

Ich konnte mir das nicht anhören. Ich verließ das Treffen und fuhr nach Hause. Als ich in meine Einfahrt einbog, stand mein Garten bis zur Veranda halb unter Wasser und neben der Tür wartete Theodosha Flannigan auf mich, einen regennassen Schal um den Kopf gebunden, die Miene betroffen. Snuggs drehte Kreise um ihre Knöchel.

„Ich weiß über letzte Nacht Bescheid", sagte sie.

„Es ist kein guter Tag, Theo", sagte ich und schloss die Tür auf.

Ich ging ins Haus, ohne sie hereinzubitten, aber sie folgte mir dennoch. Snuggs raste an uns vorbei zum Fressnapf in der Küche.

„Mein Vater hat mich nicht missbraucht. Es war ein Schwarzer. Deshalb bin ich auch zu Dr. Bernstine gegangen", sagte sie.

„Mach das nicht, Theo."

„Als ich noch ein kleines Mädchen war, ist ein schwarzer Sträfling in unser Haus eingedrungen und hat mir wehgetan. Er wurde getötet, als er Richtung Bayou flüchten wollte."

„Getötet von wem?"

„Einem Aufseher. Er ist unten im Arbeitslager gewesen. Er und die anderen Wärter haben ihn hinten begraben. Ich habe die Knochen gesehen, als der Fischteich ausgebaggert wurde. Sie ragten auf einem Schaufellader aus der Erde."

„Man hat dich belogen."

„Es ist die Wahrheit. Ich bin mit meinem Vater jedes Detail davon durchgegangen."

„Bernstine hat dir gesagt, dass dein Vater dich vergewaltigt oder sexuell missbraucht hat, stimmt's?"

„Das spielt keine Rolle. Ich weiß, was passiert ist."

„Als du mir das erste Mal von Bernstines Tod erzählt hast, da hast du gesagt, du würdest denken, etwas damit zu tun zu haben."

„Ich war verwirrt. Jetzt kenne ich die Wahrheit."

Ich gab auf. Durch das Küchenfenster sah ich im Regen Dampf vom Bayou aufsteigen. Theodosha hob Snuggs hoch, setzte ihn auf der Arbeitsplatte ab und strich mit einer Hand über seinen Rücken.

„Merchie verlässt mich", sagte sie.

„Was für ein Jammer."

„Wir sind nicht gut füreinander. Waren wir nie. Ich bin zu verkorkst, und er ist zu ehrgeizig."

„Ich habe heute noch Verschiedenes zu erledigen, Theo."

Ich hörte, wie der Ast einer Eiche gegen das Haus schlug, Wasser aus einem Abflussgraben in die Einfahrt strömte.

„Wir hatten Spaß miteinander, oder nicht?", sagte sie.

„Ja, klar", antwortete ich.

„Weißt du, warum wir uns ähneln?"

„Nein."

„Wir leben beide in Totenstädten. Wir gehören nicht zu anderen Menschen."

„Das ist nicht wahr. Warum hast du diesen Ausdruck benutzt?", sagte ich und spürte mein Herz schneller schlagen.

Aber sie antwortete nicht. Sie hob Snuggs hoch und setzte ihn wieder auf den Boden, dann nahm sie mein Gesicht in ihre Hände und gab mir einen Kuss auf den Mund. „Mach's gut, Baby. Ich habe dir das nie gesagt, aber du bist der einzige Mann, mit dem ich geschlafen und von dem ich nachher geträumt habe", sagte sie.

Sie ging aus der Haustür, ließ die Fliegentür hinter sich zufallen und lief dann zu ihrem Wagen. Ich musste mich zwingen, ihr nicht hinterherzulaufen.

* * *

Ich legte mich auf die Tagesdecke meines Bettes, einen Arm über den Augen, und lauschte auf den Regen auf dem Dach. Ich glitt in den Schlaf und sah plötzlich ein Bild aus meiner Vergangenheit, für das es keinen Auslöser gab, außer vielleicht die beim Nachmittagsmeeting der A. A. erzählte Geschichte des Kriegsveteranen. Ich sah die Männer meines Zuges beim Nachtmarsch durch einen Regenwald, der durch Napalm kahl geschlagen worden war. Ihre Gesichter, Uniformen und Stahlhelme, selbst die wie Mönchskutten über ihre Köpfe gelegten grünen Schweißtücher waren von grauer Asche überzogen. Sie bewegten sich praktisch unsichtbar und lautlos, während sie marschierten, und in ihren Augen lag der merkwürdig nichtmenschliche Blick, den Soldaten *thousand yard stare* nennen, jenen starren Blick ins Nichts von traumatisierten Kämpfern.

Ich setzte mich kerzengerade im Bett auf, ein erstickendes Kratzen in meinem Hals.

Das Telefon in der Küche klingelte. Ich ging zur Theke und nahm den Hörer ab, der Traum immer noch realer als die Welt um mich herum.

„Hallo?", sagte ich.

„Ist Father Dolan da?"

„Coll?"

„Tut mir leid, dass ich lästig bin, Mr. Robicheaux. Ich wollte nur Father Dolan etwas weitergeben."

Meine Gedanken überschlugen sich. Castille LeJeune war unberührbar geblieben und im Begriff, ungeschoren davonzukommen. Will Guillot konnte höchstwahrscheinlich kein gravierenderes Verbrechen vorgeworfen werden als Einbruchdiebstahl, obendrein war die Beweismittellage gegen ihn problematisch und konnte von einem guten Verteidiger auseinandergenommen werden.

„Ich schulde Ihnen was, Max. Das heißt, ich möchte

nicht zusehen, wie Sie von ein paar hiesigen Scheißkerlen aus dem Spiel genommen werden", sagte ich.

„Könnten Sie sich vielleicht auch ein bisschen deutlicher ausdrücken, Sir?", entgegnete er.

Ich spürte den Puls in meinen Handgelenken, wie die Venen in meinem Schädel sich weiteten. „Ich glaube, der Anschlag gegen Sie kam von ein paar einheimischen Typen aus der Porno- und Crystal-Branche. Vielleicht sollten Sie sich aus Franklin fernhalten und stattdessen mehr Zeit auf dem *Biscayne Dog Track* verbringen", sagte ich.

„Ein paar einheimische Typen, sagen Sie? Das ist ja interessant, denn ich bin zu einem völlig anderen Schluss gekommen. Ich dachte, die Porno-Verbindung sei die Drehbuchautorin, diese Mrs. Flannigan. Sie ist das Köpfchen in der Familie, nicht der Vater. Die Farbigen in dieser Gegend sagen, er hat vielleicht mit ihr rumgemacht, als sie noch ein Kind war. Dieser Guillot-Typ versucht das Geschäft zu übernehmen, also erledigt Mrs. Flannigan den Daiquiri-Knaben, lenkt eine Menge Aufmerksamkeit darauf, dass ihr Vater Alkohol an Teenager und betrunkene Autofahrer verkauft, und dazu benutzt sie Guillots Kanone. Die perfekte Methode, um sowohl ihren Daddy als auch ihren Konkurrenten im Geschäft zu ficken."

„Warum sollte Theo Flannigan die Porno-Verbindung sein?"

„Ich schäme mich zu sagen, dass ich mit einer ganzen Reihe Abschaum in der Unterwelt bekannt bin. Meine Informanten sagen, Sammy Figorellis Filme waren vor allem deshalb erfolgreich, weil sie von einer berühmten Autorin geschrieben worden waren. Es ist kein großes Ding aus-zuknobeln, wer das wohl sein könnte … Hallo? Sind Sie noch da?"

„Ja", sagte ich kraftlos.

„Ich habe nie einer Frau etwas angetan, Sir, also lasse ich es dabei bewenden. Aber ich will verflucht sein, wenn Sie mich nicht noch mal über diesen LeJeune und Guillot nachdenken lassen."

„Moment, Coll."

„Nein, Sie haben mir einen Gefallen getan. Ich werde meine Flugreservierung canceln müssen und noch mal gründlich über alles nachdenken. Sagen Sie Father Dolan bitte, ich bedanke mich für seine Hilfe. Und vor Ihnen verbeuge ich mich ebenfalls."

Dann war die Leitung tot. Ich legte den Hörer auf und wischte mir das Gesicht mit einem Geschirrtuch ab. Ich versuchte, schlau aus der Unterhaltung zu werden, die ich eben mit Max Coll geführt hatte. Mein Kopf war ein Korb voller Schlangen, mein Mund völlig trocken, meine Gedanken kreisten plötzlich um ein Glas mit Beam, das in einer Samstagnachmittag-Kneipe gerade mal zwei Blocks die Straße hinauf in einen eisgekühlten Krug Bier gekippt wurde.

Father Jimmie Dolans Auto fuhr in die Einfahrt und drückte eine Wasserwelle gegen die Veranda. Als er durch die Haustür hereinkam, lächelte er. Sein brauner, breitkrempiger Hut tropfte. „Hat jemand für mich angerufen?", fragte er.

* * *

Ich fuhr in die Innenstadt zu dem Restaurant, das früher der *Provost Pool Room* gewesen war. Drinnen war es warm und entspannt und voller Leute, und ich setzte mich an die handgeschnitzte Mahagoni-Theke und sah aus dem Fenster in den nassen Tag und auf den vorbeifahrenden Verkehr hinaus. Als kleiner Junge kam ich an Samstagnachmittagen mit meinem Vater Big Aldous in den Billardraum, in einer Zeit, als die Bodendielen mit Football-Wettscheinen und grünem Sägemehl bedeckt waren, und der Inhaber servierte gratis Rotkehlchen-Gumbo aus großen Töpfen, die er auf einen mit Wachstuch abgedeckten Billardtisch gestellt hatte. Die geprägten Blechdecken und die Mahagoni-Theke und die alten Backsteinwände waren noch da, aber das Gebäude war jetzt ein eher gehobenes Restaurant, das auf Touristen ausgerichtet war, die gekommen waren, um eine Welt zu sehen, die es nicht mehr gab.

Der Barkeeper hatte seine Haare zurückgegelt, trug eine schwarze Hose, weiße Jacke und schwarze Krawatte. „Sie kriegen nur einen Kaffee, Sir?", fragte er.

„Wie wär's, wenn ich Ihnen einen ausgebe?", sagte ich.

„Sir?"

„Ist doch keine komplizierte Frage." Es klang gemein, aber ich lächelte, während ich es sagte.

Er zuckte mit den Achseln. „In einer Stunde hab ich Feierabend", sagte er.

Ich legte mehrere Ein-Dollar-Scheine auf die Theke. „Achten Sie nur drauf, dass es Beam oder Jack ist", sagte ich.

„Alles klar", sagte er und sackte die Scheine ein.

Dann fuhr ich zurück nach Hause und ging in die Küche, wo Father Jimmie in der Tageszeitung las. Er senkte die Zeitung, sah mich dann neugierig an. „So schlimm kann's doch gar nicht sein, oder?", sagte er.

Also erzählte ich ihm, wie schlimm es war oder zumindest, für wie schlimm ich es hielt; aber ich sollte erfahren, dass ich noch eine Menge über mich selbst zu lernen hatte. Nachdem ich fertig war, saß er lange Zeit wortlos da, den Blick nach innen gerichtet, konnte seine Enttäuschung entweder über mich oder über sein eigenes Versagen als Missionar oder über die Welt, wie sie wirklich ist, nicht verbergen. Ich vermute, ich wollte Absolution, wie ein Kind, das an einem Samstagnachmittag zur Beichte gegangen ist, seine eingebildeten Sünden hinter sich lassend und dann die Straße hinunterhüpfend, als ob eine angeschlagene Welt wieder ganz gemacht worden wäre. Aber das sollte nicht so sein.

In Father Jimmies Augen lag eine Traurigkeit, die ich nicht angemessen beschreiben hätte können.

„Sie wissen gar nicht, was Sie getan haben", sagte er.

„Vielleicht habe ich zumindest eine grobe Vorstellung", erwiderte ich.

„Max hat sich mit mir außerhalb von Franklin getroffen. Er hat, wie ich glaube, aufrichtige Reue für das Böse gezeigt, das er in seinem Leben begangen hat. Ich habe ihm die Absolution erteilt. Aber Sie haben ihm jetzt den Köder direkt vor die Nase gehalten und ihn unter Strom gesetzt. Mein Gott, Mann, wir sprechen hier von seiner Seele."

Ich fühlte mich benommen, als hätte ich mir eine Grippe

eingefangen. Als ich zu sprechen versuchte, bekam ich den Kloß in meinem Hals nicht weg. Father Jimmie füllte ein Glas mit Wasser, gab es mir aber nicht.

„Hören Sie, Coll hat eine andere Richtung eingeschlagen, weil er keine Frau umbringen wollte", sagte ich heiser.

„Das spielt keine Rolle."

„Doch, tut es. Ich habe nie darüber nachgedacht, wie tief Theo in alles verwickelt sein könnte. Auch wenn Clete mich immer wieder gewarnt hat, habe ich nie an Theo gedacht."

Father Jimmie erkannte, dass ich meine eigene Verantwortungslosigkeit bereits hinter mir gelassen hatte und mich nun auf eine andere Angelegenheit konzentrierte, eine, die eine Besessenheit offenbarte, die über seinen Verstand ging. Er stellte das Glas ab und wendete sich mir zu. Ich sah, wie sich seine rechte Hand zur Faust ballte. „Machen Sie sich nichts vor. Sie sind ein gewalttätiger und getriebener Mann, Dave, genau wie Max Coll", sagte er mit zusammengebissenen Zähnen.

Seine Blick war starr, seine Stimme schneidend vor Zorn und Tadel.

* * *

An diesem Abend war der Himmel so finster, wie ich es noch nie erlebt hatte. Blitze perlten wie Quecksilber über die Gewitterwolken im Süden, und das Zuckerrohr auf den Feldern entlang der Straße nach St. Martinville bog sich tief in Wind und Regen, nasse Eichenblätter klebten wie Blutegel an meiner Windschutzscheibe. Ich besuchte die Messe in der alten französischen Kirche am Marktplatz von St. Martinville, und als die Kirche leer war, steckte ich fünf Dollar in die Almosenbüchse, nahm dafür eine unangezündete Opferkerze in einem roten Glasbehälter mit und ging hinunter auf den Friedhof am Bayou.

Ich vermute, es war ziemlich dumm, aber ich war schon vor langer Zeit zu der Ansicht gelangt, dass die Welt ein unvernünftiger Ort ist, über den sich nicht streiten ließ, den man besser den Pragmatikern und Kaufmännern überließ, die Fantasie und das Unsichtbare als ihren Feind ansehen. Ich parkte unter der Straßenlaterne, öffnete einen Schirm und ging zwischen den Grabmalen zu Bootsies Gruft. Ein Kleinwagen fuhr hinter mir vorbei, bog an der Kreuzung ab und verschwand in einer Seitenstraße.

Der Bayou hatte Hochwasser, Regentropfen wellten die Oberfläche, und er schimmerte gelb im Licht der Zugbrücke. Ich stellte die Opferkerze neben die Marmortafel auf Bootsies Grab, stellte den kleinen Plastikschirm so, dass er die Kerze vor Regen und Wind schützte, dann zündete ich den Docht an.

Derselbe Kleinwagen kam jetzt vom Marktplatz und überquerte die Zugbrücke, aber ich beachtete ihn kaum. Etwas, das ich noch nie zuvor in meinem Leben gesehen hatte, passierte gerade direkt vor mir. Zwei riesige Braunpelikane tauchten unter der Brücke auf, trieben auf der Gezeitenströmung Richtung Süden, ihre Flügel angelegt, die langen gelben Schnäbel an die Brust gezogen. Ich hatte noch nie so weit landeinwärts Pelikane gesehen und konnte mir ihre Anwesenheit nicht erklären. Dann tat ich etwas, das mich an meinem Verstand zweifeln ließ.

Ich erhob mich von der Stahlbank, auf der ich saß, zeigte auf die beiden Vögel und sagte, „Sieh mal, Boots. Vor ein paar Jahren noch waren die fast ausgestorben. Sie sind wunderschön."

Dann setzte ich mich wieder und verschränkte die Arme vor der Brust. Der Regen trommelte auf meine Jacke.

Und in diesem Moment sah ich den Kleinwagen deutlich im Licht der Straßenlaterne an der Ecke. Er hielt am Bordstein, Dampf stieg von der Kühlerhaube auf, die Silhouette des Fahrers drehte sich, als hätte er Schwierigkeiten mit seinem Sicherheitsgurt.

Dave!, sagte plötzlich jemand, so vernehmbar wie eine Stimme, die man am Rande des Schlafes hört, so klar und deutlich wie ein knackender Stock hinter dem Trommelfell.

Ich erhob mich von der Bank, als das Licht der Straßenlaterne auf dem Objektiv eines Zielfernrohrs glitzerte und der Mündungsblitz eines Gewehrs von der Beifahrerscheibe des Kleinwagens aufflammte. Die Kugel prallte von der Stahlbank ab und riss Brocken aus einer Statue der Mutter Gottes.

Ich machte einen Satz zwischen die Grabmäler, zog meine .45er aus dem Gürtelhalfter und zielte mit beiden Händen auf den Kleinwagen. Doch auf der anderen Straßenseite standen Häuser, und ich konnte nicht schießen. Ich begann, auf den Kleinwagen zuzulaufen, hielt die .45er leicht nach oben geneigt hoch, rannte im Zickzack zwischen den Grabsteinen, den Blick fest auf den Fahrer gerichtet, der sich jetzt beeilte, schnellstmöglich zu wenden, damit er nicht gegen den Bordstein krachte.

Er lenkte um einen parkenden Pick-up und jagte den Kleinwagen mit Vollgas die Straße hinunter. Sekunden später würde er außer Schussweite sein. Ich verließ den Bürgersteig und rannte auf die Ecke des Friedhofs zu, sprang auf ein Grabmal und von dort aus über den Maschendrahtzaun auf die Straße. Der Kleinwagen war fünfundzwanzig, dreißig Meter entfernt, fuhr am Bayou entlang Richtung Kirche, das Nummernschild mit Matsch überzogen. Ich stand mitten auf der Straße, beide Arme ausgestreckt, und zielte niedrig auf den Kofferraum.

Ich drückte drei Mal ab, der Rückschlag riss meine Unterarme hoch, die Mündung schleuderte Funken in die Dunkelheit, die leeren Patronenhülsen tanzten auf dem Asphalt. Ich weiß nicht, was ich in dem Kleinwagen traf, aber ich hörte die harten Schläge aller drei Hohlspitzgeschosse, die sich in Metall gruben. Der Kleinwagen schleuderte um eine Ecke und verschwand in einer baumbestandenen Seitenstraße, die wie ein Foto aus einer *The Saturday Evening Post* von 1940 aussah.

Ich kehrte zu meinem Pick-up zurück und rief mit meinem Mobiltelefon die 911 wegen des Kleinwagens an, dann ging ich zu Bootsies Grab, während mir die Ohren immer noch klingelten von den Schüssen der .45er. Der Wind hatte dem Schirmchen nichts anhaben können, und die Kerze brannte in ihrem roten Glasbehälter, aber die Pelikane waren weiter nach Süden geflogen oder in der Strömung flussabwärts getrieben.

„Ich habe deine Stimme gehört", sagte ich.

Aber es kam keine Antwort.

„Und es ist mir auch egal, wer es sonst noch weiß. Das war deine Stimme, Boots", sagte ich.

Dann sprach ich ein Gebet für sie und eines für mich, und kehrte dann zum Pick-up zurück, wünschte mir, die Pelikane wären nicht verschwunden.

Keine Sorge, sie werden zurückkommen. An einem Tag, wenn du am wenigsten damit rechnest, wirst du sie auf dem Bayou Teche sehen, sagte sie.

Ich drehte mich um, mit offenem Mund, die Wolken voller lautloser Blitze.

26

Am Sonntagmorgen stand ich noch vor Sonnenaufgang auf und aß in der Küche ein Frühstück aus Grape-Nuts und Kaffee mit heißer Milch. Als ich die Haustür öffnete, um zu gehen, sah ich auf meiner Veranda einen Umschlag liegen, mit einem Schuhabdruck darauf, und mir wurde klar, dass er am Abend zuvor aus der Türlaibung gefallen sein musste, und entweder ich oder Father Jimmie draufgetreten war.

Der Brief war mit der Hand geschrieben und lautete:

Sehr geehrter Mr. Robicheaux,
ich muss mit Ihnen reden. Ich verstehe nicht, wieso all das hier passiert. Wir sind hergezogen, um in einer anständigen

Nachbarschaft zu wohnen, und schauen Sie, was man uns
angetan hat. Auch die neuerlichen Entwicklungen begreife ich
nicht. Niemand beantwortet meine Fragen. Ich finde, Sie sind
alles Versager. Rufen Sie mich zu Hause an. Und zwar sofort.
Mit freundlichen Grüßen,
Donna Parks

In meiner Erinnerung sah ich eine Frau, gedrungen wie ein
Baumstumpf, mit rot gefärbten Haaren, einem Ring Fett
unter dem Kinn und einem Parfum, das wie ein chemischer
Angriff auf die Sinnesorgane wirkte. Sie war die Mutter von
Lori Parks, die mit zwei anderen Teenagern in ihrem brennenden Auto an der Loreauville Road gestorben war. Ich
riss mich nicht gerade darum, Mrs. Parks wiederzusehen.

Ich legte ihr Schreiben beiseite und fuhr nach Franklin.
Der Parkplatz für die *Sunbelt Construction* lag hinter einem großen Wohnwagen, der als Firmenbüro diente. Auf
dem Platz standen alle möglichen Arten von Lastwagen,
Frontlader, Bulldozer und Planierraupen, doch kein Kleinwagen, der dem des Schützen ähnelte.

Ich fuhr zurück nach New Iberia und parkte in Merchie
und Theodosha Flannigans Einfahrt. Ihr pseudo-mittel-
alterliches Haus war umhüllt von Nebel, der vom Bayou
aufstieg, die Pferde grasten und schnaubten im Pekannusswäldchen. Die Morgenzeitung steckte immer noch in dem
Metallzylinder am Fuße der Einfahrt, doch aus einem der
Wohnzimmerkamine stieg Rauch auf. Nirgendwo stand
ein Kleinwagen, doch das hatte ich auch nicht erwartet.
Genau genommen wusste ich gar nicht, wieso ich zum

Haus der Flannigans gekommen war. Vielleicht, um zu beweisen, dass Theo nicht in irgendwelche kriminellen Unternehmungen verwickelt war, dass sie selbst ein Opfer war und nicht dazu in der Lage, mich in die Falle zu locken, damit ich gekidnappt und von den Dellacroce-Brüdern gefoltert würde. Vielleicht wollte ich mir selbst glauben machen, die Welt sei ein unschuldigerer Ort, als sie wirklich ist.

Ich stieg aus dem Pick-up und legte meine Hände auf die oberste Latte des weißen Zaunes, der das Pekannusswäldchen einfasste, und betrachtete, wie Flannigans Vollblüter sich im Nebel bewegten. Ich hörte, wie ihre Hufe auf den weichen Boden schlugen, roch den Duft des Bayou nach fruchtbarer Erde, wie der Geruch von Humus und Fischrogen, von Pekannussschalen und schwarz verfärbten Blättern, die zwischen den Bäumen zu Matsch zertreten worden waren, und fragte mich, wie ein so wunderschöner Ort wie dieser einem Menschen nicht genügen konnte, warum nicht jeder Morgen dem Besitzer wie ein Segen dargeboten von göttlicher Hand erschien.

Theodosha öffnete die Haustür und kam in Bademantel und Pantoffeln die Einfahrt hinunter, ihr Haar im grauen Morgenlicht schwarz und glänzend.

„Was tust du hier draußen?" fragte sie.

„Wie sehr willst du einen alten Freund bescheißen?", sagte ich.

„Es ist ein bisschen zu früh am Morgen für deinen Irrsinn, Dave."

„Deine Romane waren zwei Mal für einen Edgar nominiert, aber haben es nicht geschafft. Wenn deine Karriere als Drehbuchautorin laufen würde, wärst du jetzt in Hollywood und nicht an einem Bayou. Vielleicht waren Sammy Figorellis Sexfilmchen für dich ja so was wie eine Abkürzung zurück auf die Kinoleinwand."

„Du machst mich krank", sagte sie.

„Jemand hat gestern Abend auf mich geschossen", sagte ich.

„Ich kann mir nicht vorstellen wieso."

„Hast du mir mit den Dellacroces eine Falle gestellt?"

Sie ging an mir vorbei, zog die Zeitung aus dem Metallzylinder und machte sich dann auf den Weg zurück zum Haus. „Zu schade, dass Sonntag ist", sagte sie.

„Warum?"

„Die Nervenheilanstalt in Lafayette ist heute geschlossen. Aber wenn ich du wäre, würde ich da morgen früh als Erstes vorbeigehen", sagte sie und schlug die Zeitung auf, ohne mich noch weiter eines Blickes zu würdigen, während sie sprach.

Als ich nach Hause kam, war Father Jimmie verschwunden und sein Schrank leer. Er hatte mir eine Nachricht auf dem Anrufbeantworter hinterlassen, kurz und scharf wie eine Glasscherbe. „Bis dann, Dave. Danke für Ihre Gastfreundschaft. Ich hoffe, alles geht gut für Sie aus."

Außerdem gab es noch eine Nachricht von Donna Parks: „Warum reagieren Sie nicht auf meinen Brief, Sie blödes Arschloch?"

Es würde ein langer Tag werden.

* * *

477

Ich versuchte, etwas zu Mittag zu essen, doch mir fehlte der Appetit. Als ich das Geschirr abwusch und mein ungegessenes Essen wegstellte, schaute ich aus dem Fenster und sah, wie Helen Soileau in die Einfahrt einbog. Sie stieg aus dem Streifenwagen und kam auf die Veranda zu, in ausgebleichten Jeans, Stiefeln und einer dicken Holzfäller-Jacke. Ich öffnete die Tür, bevor sie anklopfen konnte.

„Ich war nicht in der Stadt, daher habe ich den Bericht über den Mordanschlag eben erst bekommen", sagte sie und ging an mir vorbei in die Wärme des Wohnzimmers. „Geh ihn noch mal mit mir durch."

Ich erzählte ihr jedes Detail und erzählte ihr auch, dass ich in Franklin gewesen war, um nach dem Kleinwagen zu suchen, dem ich drei Einschusslöcher verpasst hatte.

„Hat dich irgendwer aus dem St. Mary Parish kontaktiert?", fragte sie.

„Nein", sagte ich.

„Gestern hat jemand die Alarmsysteme in zwei Häusern ausgetrickst, bei Castille LeJeune und Will Guillot. Am helllichten Nachmittag. Ein echter Profi. Weißt du, wer es gewesen sein könnte?"

„Max Coll", sagte ich.

„Wonach hat er gesucht?"

„Nach Beweisen, dass sie einen Killer auf ihn angesetzt hatten."

„Ich hasse sogar, es zu fragen, aber woher weißt du das?"

„Er hat gestern hier angerufen. Ich habe ihm mehr oder weniger gesagt, dass zwei Typen aus der Gegend hinter dem Auftragsmord stecken, die in Franklin leben."

Sie stand am deckenhohen Wohnzimmerfenster und starrte auf die Straße und den Regen, der durch das Blätterdach der Eichen tropfte, die Hände in die Hüften gestemmt.

„Willst du mir auch erzählen, worin deine Motivation lag, das zu tun?", fragte sie.

„Ich war es ihm schuldig."

„Wir sind Kriminellen nichts schuldig. Wir stören ihre Kreise und sorgen dafür, dass sie ihre Tätigkeit einstellen. Wir fällen keine individuellen Urteile über die Leute, die wir hinter Gitter bringen müssen."

„Das sehe ich nicht so."

„Es gibt eine ganze Menge Dinge, die du nicht siehst", entgegnete sie und drehte sich zu mir um. „Ich nehme dir die Marke ab, Bwana."

Ich nickte mit ausdrucksloser Miene. „Der Tag passt dazu", sagte ich. Dann holte ich meine Dienstmarke aus der Tasche und reichte sie ihr. „Coll glaubt, dass Theo Flannigan möglicherweise die Porno-Verbindung zu Sammy Figorelli ist. Eventuell war sie der Schütze in der Daiquiri-Bude. Nur, falls du dem nachgehen willst."

Helen drehte meine Dienstmarke in der Hand, während sie zuhörte, dann steckte sie sie in die Tasche. „Manchmal brichst du mir das Herz", seufzte sie.

* * *

Ich war schon früher vom aktiven Dienst suspendiert und an den Schreibtisch verbannt worden, die Dienstaufsicht hatte gegen mich ermittelt, mindestens drei Mal wurde ich

eingelocht und vor einigen Jahren war ich vom NOPD gefeuert worden. Doch diesmal war es anders. Die Suspen-
dierung kam nicht von einem karrieregeilen Verwaltungs-
beamten, sondern von meiner alten Partnerin, einer Frau,
die als Lesbe fertiggemacht worden war und die niemals
zugelassen hatte, dass die Sticheleien und Anfeindungen,
denen sie ausgesetzt war, ihre Integrität oder die Würde
und den Mut schmälerten, die offensichtlich in ihrem Leben eine wesentliche Rolle spielten.

Die Tatsache, dass sie es war, die mir den Hahn zuge-
dreht hatte, gab mir zu denken, dass ich vielleicht tatsächlich weit über das Maß hinausgegangen war und einer
dieser missgünstigen, verbitterten Gesetzeshüter geworden war, deren berufliche Laufbahn nicht einfach endete,
sondern in Flammen und einer schmutzigen Rauchfahne
aufging, die ihre Sicht auf ihr Moralverständnis für immer
vernebelten. Doch diese Art zu denken ist genau das, was
wir bei den A. A. die *Paralyse der Analyse* nennen. Bezüglich
der Sinnhaftigkeit gibt es Gemeinsamkeiten mit Mastur-
bation, einen Tobsüchtigen um Rat bezüglich spiritueller
Gelassenheit zu fragen oder auf die eigenen Gedanken zu
hören, während man mit sich allein in einem feststecken-
den Fahrstuhl zwischen zwei Etagen sitzt.

Ich ging in die Küche und rief bei Donna Parks zu
Hause an. Es ging niemand ran. Ich hinterließ eine Nachricht auf ihrem Anrufbeantworter und fuhr nach Franklin,
um Clete Purcel im Gefängnis zu besuchen.

* * *

480

Ein Schließer begleitete mich einen Korridor hinunter zu einer Isolationszelle, eine mit horizontalen Streben, breiten Querbalken und einem Schlitz in der Tür, um das Essen durchzuschieben. Drinnen war nichts außer einer Edelstahltoilette und einer Metallbank, die im Boden verankert war.

Clete saß auf der Bank, immer noch in seiner Straßenkleidung, die Handgelenke an der Hüfte mit einer Kette um seinen Bauch verbunden, eine weitere Kette um seine Fußgelenke. Sein rechtes Auge war zu einem aufgedunsenen Knoten geschwollen, die Stirn und das Kinn aufgeschrammt. Der Betonboden vor der Zelle war übersät von roten Bohnen, Reis, zwei Stücken Weißbrot und Kaffee in einem Styroporbecher.

„Wer hat sein Gesicht so zugerichtet?", fragte ich.

„Ist schon so reingekommen", sagte der Schließer.

„Das ist eine Lüge", sagte ich.

„Er wollte seinen Overall nicht anziehen. Er hat einen Deputy mit dem Tablett beworfen. Wenn Sie damit ein Problem haben, reden Sie mit dem Boss. Ich mache bloß die Sauerei hier sauber", sagte der Schließer und ging.

Ich streckte meine Hände durch die Gitterstäbe. „Wie geht's dir, Cletus?", fragte ich.

Er stand von der Bank auf und schlurfte zu mir herüber, wobei die Ketten über den Beton rasselten. „Ich werde mich über ein paar Kerle näher informieren, wenn ich hier raus bin", sagte er.

„Warum musstest du sie auch provozieren?"

„Macht Spaß."

„Ich bin suspendiert. Ich habe keinen Einfluss mehr, um dich hier rauszuholen."

„Was hast du gemacht?"

„Max Coll aufgestachelt und auf LeJeune und Guillot angesetzt. Ich dachte mir, meine Leitung würde abgehört, und ich könnte so die Feds ins Spiel bringen."

„Ich sag's dir doch die ganze Zeit: Es ist die Braut."

„Ja, vielleicht."

Dann wandte er den Blick von mir ab und starrte ins Leere. „Nig und Will werden für mich keine Kaution stellen", sagte er.

„Warum nicht?"

„Sie sind angepisst wegen des Abendessens im *Galatoir's*, das ich Ihnen auf die Rechnung gesetzt habe. Außerdem sind zwei der Mädels nicht vor Gericht erschienen, und Nig gibt mir dafür die Schuld."

„Über was für eine Kaution reden wir hier?", fragte ich.

„Ein Gefängniswärter hat versucht, bei mir eine Rektaluntersuchung durchzuführen. Jetzt hat er eine längere Zahnbehandlung vor sich. Ergo laufen gegen mich zwei separate Anzeigen wegen Körperverletzung eines Polizeibeamten."

Ich lehnte meine Stirn gegen die Streben und schloss die Augen. Clete trat mit der Schuhspitze gegen die Tür und ließ sie in den Angeln erzittern. „Hör zu, Dave. Wir sind die Guten. Das Problem ist, dass es niemand weiß. Aber das ist ihr Problem, nicht unseres", sagte er.

* * *

Ich verließ das Gefängnis und parkte meinen Pick-up auf einer Muschelkies-Straße am Bayou Teche, kurz außerhalb der Stadtgrenze von Franklin. Der Regen prasselte auf die Bäume rund um meinen Pick-up und auf der anderen Seite des Bayou war eine Kuhweide, eine zusammengefallene rote Scheune und ein einsamer schwarzer Mann mit einem Strohhut, der auf einer umgedrehten Kiste unter einer Eiche saß und angelte. Ich stieg aus dem Wagen, warf einen Tannenzapfen in die Strömung und sah ihm nach, wie er Richtung Golf trieb.

Clete hatte durchaus recht mit seiner Annahme, und sie war weder sarkastisch noch eitel. Rechtliche Definitionen hatten mit Moral wenig zu tun. Es war rechtlich in Ordnung, die Erde systematisch zu vergiften und Waffen an Irre in der Dritten Welt zu verkaufen. Politiker, die sich vor dem Militärdienst gedrückt und nie die Schreie gehört hatten, die Flammenwerfer bei ihren Opfern hervorriefen, oder gesehen hatten, wie Leichensäcke über den Gesichtern der besten Freunde zugezogen wurden, setzten sich lautstark für den Krieg ein und standen stolz neben der Fahne, während sie andere in den Kampf schickten.

Die Umweltverschmutzer und Kriegsbefürworter waren immer Juristen, so wie der Prince of Darkness immer ein Gentleman ist.

Die John Gottis dieser Welt geben gute Entertainer. Die Umweltverschmutzer und Kriegsbefürworter sieht man beim Beten, vor der Kamera und in der National Cathedral. Anders als John Gotti sind sie nicht besonders unterhaltsam, doch sie richten deutlich mehr Schaden an.

Es war sehr wahrscheinlich, dass ich Castille LeJeune niemals für den Mord an Junior Crudup drankriegen würde. Und es sah auch nicht so aus, als würde ich den Mord an dem Daiquiri-Besitzer aufklären oder den an Fat Sammy Figorelli. Die Menschen, die diese Verbrechen begangen hatten, hinterließen keine Muster und arbeiteten bis zu einen gewissen Grad mit öffentlicher Zustimmung. Man könnte sie höchstens für Nebenstraftaten festnageln, doch im schlimmsten Fall bekämen sie eine Minimalstrafe, wenn nicht sogar Bewährung.

Doch unabhängig davon, was in den Leben anderer Menschen passierte, würde ich mein Gewissen von einem Problem reinwaschen, das ich in meinem Bestreben erzeugt hatte, eine Situation in den Griff zu bekommen, in der ich versagt hatte.

Ich fuhr durch die nassen Straßen von Franklin, raus nach Fox Run, und hob den Pseudo-Klopfer an der Haustür, der tief im Inneren des Hauses einen Klingelton auslöste. Einen Augenblick später kam Castille LeJeune an die Tür. Er trug Sportkleidung, ein Handtuch um den Hals, war überraschend gut gelaunt, sein Gesicht erhitzt vom Training auf dem Heimtrainer im Wintergarten, der auf die Terrasse hinausführte, dieselbe Terrasse, auf der Junior Crudup ihn und seine Frau vor fünfzig Jahren unterhalten hatte.

„Kommen Sie herein, Sir", sagte er und öffnete die Tür etwas weiter.

„Ich weiß nicht, ob Sie mich nach dem, was ich zu sagen habe, noch in Ihrem Haus haben möchten", sagte ich.

Er lachte und schloss die Tür hinter mir. „Legen Sie los. Ich erkenne einen entschlossenen Mann, wenn ich einen vor mir habe. Aber entschuldigen Sie mich für einen Augenblick, ich muss kurz ins Bad", sagte er.

Er ging in den Flur, schloss eine Tür hinter sich und ich hörte, wie er in eine Kloschüssel urinierte. Durch die bodentiefen Fenster konnte ich in den Garten blicken, der sanft zum Bayou hin abfiel, wo ein gelber Bulldozer in dem Bereich parkte, wo wir nach den Überresten von Junior Crudup gegraben hatten. Die meiste Erde war wieder aufgefüllt, glattgezogen und festgestampft worden, sodass der Rasen nun eine fleckige Mischung aus Grün und Braun war, wie das Muster auf einem Tarnanzug.

Ich hörte, wie Castille LeJeune sich die Hände wusch, dann kam er zurück ins Wohnzimmer.

„Ich konnte Ihnen den Mord an Junior Crudup nicht nachweisen, also habe ich Ihnen einen psychopathischen Albtraum namens Max Coll auf den Hals gehetzt", sagte ich.

„Ah, mea culpa, weil Sie mich einem Risiko ausgesetzt haben. Lassen Sie mich etwas klarstellen …"

„Wenn ich bitte kurz ausreden dürfte. Coll zu benutzen war feige von mir. Wenn ich Sie hätte grillen wollen, hätte ich es selbst tun sollen, anstatt einen Irren dafür einzuspannen."

„Ich bewundere Ihre Aufrichtigkeit, Robicheaux. Aber dass Mr. Coll sich in unserer Gemeinde aufhält, stört mich nicht. Ich habe ihn ertappt und er ist geflohen. Wenn dieser Kerl tatsächlich ein Soldat der IRA war, wie mir gesagt wurde, dann verstehe ich, warum die Briten Nordirland immer noch unter ihrer Kontrolle haben."

„Einen Moment. Sie haben Coll gesehen?"

„Das habe ich Ihnen doch gerade gesagt." Er starrte mich mit herausforderndem Blick an.

„War er bewaffnet?"

„Das könnte sein. Schwer zu sagen. Ich habe mir nicht die Mühe gemacht zu fragen."

„Wo ist er hin?"

„Raus durch die Gartentür. Ich habe das alles schon gemeldet."

„Sie sollten heute in der Kirche vorbeigehen und eine Kerze anzünden, und vielleicht ein Dankesgebet sprechen, dass ein Typ wie Father Jimmie Dolan Priester einer katholischen Kirche ist", sagte ich.

„Wie immer bei Ihnen, Mr. Robicheaux, habe ich keine Ahnung, worüber Sie reden. Aber wenn dieser Mann, dieser Coll, noch einmal herkommt, wird er den Tag bitter bereuen, an dem er seine kleine Hütte im irischen Torfmoor verlassen hat oder woher auch immer er kommt … Hören Sie mir überhaupt noch zu?"

„Selbstüberschätzung war schon immer mein Verderben, Mr. LeJeune. Vielleicht wird das bei Ihnen ja anders sein. Wie dem auch sei, meine Dienstmarke wurde eingezogen, und ich bin hier fertig. Die Nummer des munteren Kriegshelden können Sie bei jemand anderem abziehen", sagte ich.

* * *

Als ich nach Hause kam, zog ich mir eine Trainingshose und einen Hoodie an, band meine Laufschuhe zu und joggte die East Main hinunter, vorbei am *Shadows* und dem Haus des Plantagengärtners gegenüber, das inzwischen ein Bed & Breakfast war, und überquerte die Zugbrücke in den City Park. Ich rannte den gewundenen Asphaltweg unter den Eichen entlang, meine Kleidung nebelfeucht, kürzte dann über den kurz gestutzten Rasen ab und rannte am Ufer des Bayou entlang. In unserer Gegend laufen die Zuckerrohrmühlen während der Pressung vierundzwanzig Stunden am Tag und in der Ferne konnte ich das riesige, rote Glühen erkennen, wie Feuer, gefangen in einer Gewitterwolke, und ich konnte das schwere Stampfen der Maschinen hören, wie die Vibration gigantischer Füße, die über die Erde marschieren. Außer mir war keine Menschenseele im Park, und für einen kurzen Augenblick beschleunigte sich mein Herzschlag, und ich fühlte mich so allein wie noch nie zuvor in meinem Leben.

Ich setzte mich auf eine Bank, die Hände auf die Oberschenkel gestützt, und atmete schwer. Was hatte Theodosha noch gesagt? Wir würden uns ähneln, weil wir beide in der Stadt der Toten lebten? Ich wischte mir mit meinem Pullover den Schweiß aus dem Gesicht und versuchte, tief durchzuatmen, riss die Augen auf und konzentrierte mich auf die Einzelheiten um mich herum, als wäre meine Fähigkeit, unter den Lebenden zu bleiben, von meiner Wahrnehmung abhängig.

Kommt der Tod auf diese Weise?, dachte ich – nicht mit einem Klicken und einem hellen Lichtblitz auf einem nächtlichen Pfad in Vietnam oder mit einem Hochleistungsgeschoss abgefeuert von einem Heckenschützen aus einem Kleinwagen, sondern stattdessen mit Herzrasen und Kurzatmigkeit in einem schwarzgrünen, menschenleeren Park, im Nebel liegend und von einem Gezeitenfluss durchzogen.

Mein Herz hämmerte mit einem Geräusch wie über meinem Kopf schlagenden Rotorblättern, und für einen kurzen Moment war ich wieder in einem Bell UH-1 Huey voller verwundeter und sterbender Infanteristen, während aus den Baumkronen des Dschungels unter uns mit AK-47 auf uns geschossen wurde und das Innere der Flugzelle voller Rauch war.

Ich senkte meinen Kopf zwischen die Knie, legte meine Hände auf den Asphalt, und die Welt drehte sich um mich.

Als ich aufsah, rollte mir aus dem Nebel ein pinkfarbenes Cadillac-Cabrio entgegen, eines mit Speichenrädern, Heckflossen, versenkten Scheinwerfern und einem verchromten Kühlergrill wie ein Hailächeln, aus dessen Radio 1950er Jerry Lee Lewis Rock 'n' Roll dröhnte.

Der Cadillac fuhr an mir vorbei, und hinter dem Lenkrad sah ich einen Mann mit einem spitzbübischen Gesicht, die Züge wie aus einem Cartoon, wie mit einem Kohlestift gezeichnet, das Haar an den Seiten ausrasiert und im Nacken lang und lockig.

„Gunner?", sagte ich laut.

Doch der Fahrer hörte mich nicht, und der Cadillac folgte der gewundenen Straße aus dem Park, der einzige helle Farbfleck im schwindenden Licht.

Gunner Ardoin in New Iberia?, fragte ich mich. Nein, meine Fantasie war mit mir durchgegangen. Wir schrieben das Jahr 2002, nicht 1957, und die Rock 'n' Roll-Zeit mit pinkfarbenen Cadillacs, Autokinos, Jerry Lee Lewis und der amerikanischen Unschuld war längst vorüber.

* * *

Um 22 Uhr schaltete ich die Nachrichten ein. Die Schlagzeilen handelten von einem Mord in einem Anwesen in Franklin. Die Fernsehkamera schwenkte auf eine von Bäumen gesäumte Straße und ein viktorianisches Haus, aus dem Rettungssanitäter mit einer Bahre aus einer Seitentür kamen, auf der eine Gestalt in einem Leichensack festgezurrt war. Der Reporter vor Ort sagte, dem Opfer wäre einmal in die Schläfe geschossen worden und, ersten Erkenntnissen des Rechtsmediziners zufolge, wäre es seit etwa zwölf Stunden tot. Der Name des Opfers lautete William Raymond Guillot.

27

Montagmorgen regnete es immer noch, die Luft war kühl und der Nebel lag schwer zwischen den Grüften des *St. Peter's Cemetery*, als ich beim Gerichtsgebäude auf den Parkplatz fuhr.

Wally, unser Leviathan an der Leitstelle, zog ein Gesicht, als er mich durch die Eingangstür kommen sah. „Dave, du solltest nicht hier sein", sagte er.

„Tu so, als wär ich's nicht", sagte ich.

„Bring mich nicht in die Klemme. Ich bin dein Freund, weißt du noch?"

„Arbeitet irgendjemand am Guillot-Mord?", fragte ich.

„Ich habe nicht gehört, dass du das gesagt hast. Ich bin taub und stumm. Geh nach Hause", entgegnete er.

Helens Tür stand offen. Ohne anzuklopfen ging ich hinein. „Was passiert wegen dem Mord an Guillot in Franklin?", sagte ich.

„Geht dich nichts an", sagte sie.

„Machen sie Max Coll dafür verantwortlich?"

„Eine in die Schläfe, eine in den Hals. Die Signatur eines Profis", sagte sie.

„Das kaufe ich so nicht ab."

„Was du wirklich kaufen solltest, ist ein Hörgerät. Du bist seit gestern suspendiert. Und jetzt sieh zu, dass du hier verschwindest."

„Ich habe gestern Nachmittag mit Castille LeJeune gesprochen. Er sagte, er wäre hereingekommen und hätte Coll erwischt, während er durchs Haus schlich. Wenn Coll jemanden umlegen wollte, dann hätte er es direkt dort getan."

„Du bist zu LeJeune gefahren, nachdem ich dir deine Marke abgenommen habe?"

„Ich hab ihm gesagt, dass ich suspendiert bin. Es war ein rein privater Besuch."

Sie schüttelte verblüfft den Kopf. „Wir haben gerade einen Anwalt in U-Haft. Ich bin drauf und dran, dich zu ihm in die Zelle zu stecken", sagte sie.

„Coll war nicht der Schütze."

„Wenn ich zurückkomme, bist du besser nicht mehr hier." Sie ging den Flur hinunter zur Damentoilette und warf mir noch einen Blick zu, bevor sie die Tür aufdrückte, als wäre meine Argumentation für Colls Unschuld wie ein Haken in ihrem Mund hängengeblieben.

* * *

Louisiana ist ein kleiner Bundesstaat mit einer vergleichsweise geringen Bevölkerungszahl. Im Jahr 2002 starben mehr als 950 Menschen auf unseren Highways und 55 000 wurden verletzt. Alkohol spielte bei den meisten tödlichen Unfällen eine wesentliche Rolle. Folglich ist Trunkenheit am Steuer in Louisiana kaum eine Besonderheit. Also hatte ich keinen Grund überrascht zu sein, als ich das Telefon in meiner Küche abnahm und eine Frauenstimme sagen hörte: „Warum unternehmen Sie nichts wegen dieser gottverdammten Ampel hier draußen auf der Vierspurigen?"

„Mit wem spreche ich?", fragte ich.

„Donna Parks, wer sonst? Der Mann vor mir fährt eine Dreckskarre, die die ganze Stadt einqualmt. Er biegt nicht links ab, weil an der Ampel kein Linksabbiegepfeil ist, und ich muss die ganze Zeit seine Abgase einatmen."

Einen kurzen Augenblick hatte ich den lieblosen Gedanken, dass ihr Ehemann Dr. Parks tot besser dran war.

„Was kann ich für Sie tun, Mrs. Parks?"

„Ich will Anzeige wegen Vergewaltigung erstatten."

„Sie wurden Opfer eines sexuellen Übergriffs?"

„Wie mein verstorbener Gatte schon sagte, ihr Leute seid ausgesprochen blöd. Ich komme rüber und erklär's Ihnen. Wo sind Sie?"

„Da Sie meine Privatnummer angerufen haben, würde ich mal sagen, wir können daraus schließen, dass ich zu Hause bin."

Sie rülpste leise, dann hörte ich etwas, wahrscheinlich ihre Hupe, und direkt danach war die Leitung tot.

Mit ein bisschen Glück hat sie einen Unfall, bevor sie mein Haus erreicht, dachte ich.

Ich sah auf die Uhr. Cletes Termin vor dem Haftrichter war um 11 Uhr. Ich schrieb eine Nachricht für Donna Parks, setzte auch meine Mobilnummer darauf und steckte den Zettel hinters Fliegengitter der Haustür. Irgendwann musste ich mich mit ihr auseinandersetzen, aber es wäre einfacher am Telefon statt persönlich. Ich setzte Snuggs auf die Veranda, steckte mein Scheckbuch in die Jackentasche und wollte gerade das Haus verlassen, als Merchie Flannigan in die Einfahrt einbog und meinen Pick-up blockierte. Er umrundete die Pfützen in der Einfahrt und kam auf die Veranda, wo er seine weißgoldenen Haare mit den Fingern zurückkämmte.

„Momentchen, alter Freund. Muss die Bemerkungen klarstellen, die ich gemacht habe, als du bei mir vorbeigekommen bist."

„Ich hab's eilig, Merchie", sagte ich.

„Seien wir ehrlich. Ich war eifersüchtig. Theo und ich führen nicht gerade die beste Ehe. Du hast gesagt, ich hätte mich danebenbenommen. Du hattest recht." Er streckte seine Hand aus, das Kinn vorgereckt, wie die Imitation eines athletischen, gebildeten Country-Club-Millionärs, den er vermutlich als Kind in einem Film gesehen hatte und ein Leben lang versucht hatte nachzuahmen,

Ich nahm seinen Handschlag nicht an.

„Ich glaube, du bist hier, um deiner Frau den Arsch zu retten. Will Guillot wurde erschossen und die Cops werden seine Unternehmen sehr genau unter die Lupe nehmen. Ich glaube, Theo ist Teil einer Porno-Produktion in New Orleans", sagte ich.

Das Lächeln auf seinem Gesicht erstarb. „Meinst du das ernst? Du glaubst, Theo hat irgendetwas mit Pornographie zu tun?"

„Es heißt, sie habe Drehbücher für Fat Sammy Figorelli geschrieben. Wo war sie in der Nacht, als der Besitzer der Daiquiri-Bude erschossen wurde?"

Er steckte die Hände in die Taschen und blickte auf den Regen, der durch die Eichen auf die Straße fiel, als wäre jede Unterhaltung mit mir sinnlos und es wäre mein Problem, nicht seines. „Theo und ich machen eine Bootsfahrt raus auf die Inseln. Ich bin hergekommen, um das Richtige zu tun, doch ich erkenne jetzt, dass das ein Fehler war."

„An welcher Stelle ist es für dich schiefgelaufen, Partner?"

„Schief auf was bezogen?", fragte er.

„Du warst Jumpin' Merchie Flannigan, ein Stehaufmännchen aus Iberville, das für seine Taten gebüßt hat. Warum bist du zu einem Stiefelknecht für ein Arschloch wie Castille LeJeune geworden?"

Die Haut auf seinem Gesicht schien zu knittern, wie ein

Stück gelbes Papier, das man gegen eine heiße Glühbirne hält. Er fuhr sich wieder durchs Haar, setzte zum Sprechen an, die Augen in Gedanken versunken, die ich nur ahnen konnte, verließ dann die Veranda und ging durch eine Pfütze zurück zu seinem Mercedes.

* * *

Ich fuhr die Schnellstraße Richtung Franklin und merkte knapp zehn Kilometer hinter New Iberia, wie ein Vorderreifen meines Pick-ups schwammig wurde und zu eiern begann. Ich hielt auf dem Seitenstreifen und wechselte im Regen den Reifen. Es war fast 11:30 Uhr, als ich im Gerichtsgebäude vom St. Mary Parish ankam. Auf der gegenüberliegenden Straßenseite sah ich den restaurierten, pinkfarbenen Cadillac, den ich am Abend zuvor auch im City Park gesehen hatte. Ein schwarzer Mann mit einem Regenschirm beugte sich interessiert darüber und bewunderte durch das Fahrerfenster die Innenausstattung.

„Wissen Sie, wem der gehört?", fragte ich.

„Einem Mann mit einer Menge Geld", antwortete er.

Ich betrat das Gerichtsgebäude und schälte mich vor dem Kaffeestand eines Blinden aus dem Regenmantel. Ich hatte keine Ahnung, wie hoch Cletes Kaution sein würde, aber offensichtlich war sie hoch und die zehn Prozent Kommission des Kautionsbüros würden mein Konto plündern und einen Teil meiner Rücklagen. Ein Kautionsbüro zu zahlen, bedeutete natürlich, dass erst einmal eines bereit sein musste, Cletes Kaution zu stellen, dessen Akte auch die Flucht aus den Vereinigten Staaten erwähnte, als er vor einigen Jahren wegen Mordes gesucht wurde.

„Möchtest du eine Tasse Kaffee, Dave?", fragte der Blinde hinter der Theke.

„Ja, gern, Walter", sagte ich, abgelenkt von einem braunhaarigen kleinen Mädchen, nicht älter als sechs oder sieben, das auf einer Bank neben der Tür zum Gerichtssaal saß. Ein kleiner Teddybär mit einer roten Schleife um den Hals, an der ein silbernes Glöckchen hing, saß auf ihrem Schoß. Wo hatte ich sie vorher schon mal gesehen? Mit einem Anflug von Scham fiel es mir wieder ein. Es war in Gunner Ardoins Haus gewesen, an dem Morgen, an dem ich ihm meine .45er ins Gesicht gehalten hatte und er sich deswegen eingepisst hatte, während seine Tochter zusah.

Ich ging zu ihr hinüber, meinen Regenmantel über dem Arm. „Ist dein Daddy hier?", fragte ich.

„Er ist in dem großen Raum", antwortete sie.

„Was macht er da?"

„Er hilft Clete."

„Erinnerst du dich an mich?", wollte ich wissen.

„Du bist der Mann, der mit einer Pistole auf meinen Daddy gezeigt hat."

Ich ging genau in dem Moment in den Gerichtssaal, als die Verhandlungen beendet wurden. Clete redete gerade mit einem ortsansässigen Anwalt, während ein Deputy ihm Handschellen für den Weg zurück ins Gefängnis anlegte. Der Richter verließ den Saal Richtung seines Amtszimmers und unter den Leuten, die aus dem Saal gingen, entdeckte ich Gunner Ardoin.

„Clete geht zurück hinter Gitter?", fragte ich.

„Nur, bis die Kaution gezahlt ist", sagte Gunner.

„Wie hoch ist sie?"

„Fünfzig Riesen", sagte er.

„Wie hat er die aufgebracht?"

„Hat er nicht. Das war ich."

„*Du* hast eine Kaution von fünfzigtausend Bucks gestellt?"

„Guckst du keine Nachrichten? Ich habe letzte Woche den Powerball gewonnen. Drei Millionen Dollar. Ich hab ihm auch den Cadillac da draußen gekauft."

Fassungslos sah ich ihn an. Er ging an mir vorbei und nahm seine Tochter an die Hand. „Lust, mit essen zu gehen? Wir treffen uns in ein paar Minuten draußen mit Clete", sagte er.

„Warum nicht?", antwortete ich.

* * *

Eine halbe Stunde später aßen wir zu viert Gumbo an einem Tisch mit karierter Tischdecke in einem Café um die Ecke vom Gericht. Das pinkfarbene Cadillac-Cabriolet parkte draußen, die Regentropfen auf seinem gewachsten Dach standen so groß wie Murmeln darauf.

„Ich weiß das sehr zu schätzen, Gunner, aber das kann ich nicht annehmen", sagte Clete.

„Er läuft bereits auf deinen Namen, Mann", sagte Gunner.

„Das müssen wir dann ändern", sagte Clete.

Gunner blickte auf einen Punkt auf der hinteren Wand des Cafés. „Da ist noch etwas, das ich nicht erwähnt habe. Ein paar Jungs, mit denen ich gesessen habe, brauchten kurzfristig einen Landeplatz. Erinnerst du dich an Flip Raguzi, der in Algiers für die Giacanos geklaute Autos ausgeschlachtet hat? Er hat einen Fettbrand in deiner Küche verursacht. Seitdem sieht sie irgendwie anders aus, die Zimmerdecke übrigens auch, tja."

„Du hast Flip Raguzi bei mir wohnen lassen? Dieser Typ hat Krankheiten, für die die Wissenschaft noch nicht einmal Namen erfunden hat", sagte Clete.

„Worüber redet er, Daddy?", fragte das kleine Mädchen.

Clete schloss die Augen und öffnete sie dann wieder. „Gib mir die Schlüssel", sagte er.

Eine meiner Lieblingszeilen aus einem Song aus den 1940ern, die jeder verstehen kann, der die menschlichen und wirtschaftlichen Abgründe der Weltwirtschaftskrise und der Kriegsjahre erlebt hat, lautet: „Man bekommt kein Brot mit nur einem Fleischbällchen."

„Was ist daran witzig?", fragte Gunner.

„Nichts", sagte ich. „Geh kurz mal ein paar Schritte mit mir, ja?"

Wir gingen hinaus und standen unter einer Markise, wo uns der Nebel ins Gesicht zog.

„Das ist verdammt anständig von dir, was du da für Clete getan hast, Gunner", sagte ich.

„Nenn mich nicht mehr so", sagte er.

„Was ist mit Father Jimmie? Hast du bei ihm auch das Richtige getan?", fragte ich.

„Um genau zu sein, hab ich. Aber das ist meine Ange-legenheit."

„Das respektiere ich, Phil. Aber ich brauche auch deine Hilfe. Kennst du eine Frau namens Theo Flannigan?"

„Jumpin' Merchies bessere Hälfte? Ich weiß, wer sie ist, aber ich kenne sie nicht persönlich."

„Hat sie für Fat Sammy Figorelli Drehbücher geschrie-ben?"

Er schüttelte den Kopf. „Nein, aber es hätte sein kön-nen. Ihre Bücher lagen überall am Set rum. Der Regisseur hat die Liebesszenen aus ihren Büchern geklaut. Also hat ein Haufen Hirnamputierter, mich eingeschlossen, rumge-vögelt und dabei gesprochen wie Shakespeare."

„Warum hat der Regisseur ausgerechnet ihre Bücher ge-nommen, um daraus zu stehlen?", fragte ich.

„Ein Typ namens Ray hatte damit zu tun. Seine Freun-din war meine Filmpartnerin. Ich habe ihn nie gesehen, aber ich glaube, es war derselbe Kerl, der mich angerufen hat und mir gesagt hat, wo ich meine Meth-Lieferung für die Sozialbausiedlung abholen sollte."

Ray?

Wie konnte ich das übersehen? William Ray Guillot, bis vor Kurzem wohnhaft in Franklin, Louisiana, dessen Blut jetzt dräniert und durch Formaldehyd ersetzt wurde.

„Bist du sicher, dass Theo nichts mit Sammys Filmen zu tun hatte?"

„Hast du jemals einen von seinen Streifen gesehen?"
„Nein."

„Willst du auch nicht", sagte er. „Lass uns reingehen.

Clete muss meine Tochter und mich zum Flughafen in Lafayette fahren. Ich kaufe ein mexikanisches Restaurant in San Antonio. Wenn du mal in der Stadt bist, lade ich dich zum Abendessen ein."

„Du bist ein feiner Kerl, Phil."

„Ich bin raus aus diesem Leben. Ich bin ein Millionär. Was sind schon ein paar Dollar, um seine Dankbarkeit zu zeigen?"

Ich wollte noch etwas sagen, doch er schnitt mir das Wort ab.

„Ich versteh schon. Lass gut sein", sagte er.

* * *

Ich fuhr auf der East Main zurück nach Hause und versuchte, die Familie LeJeune und Junior Crudup aus meinen Gedanken zu verbannen, doch es ließ mir keine Ruhe. Ich glaubte nicht daran, dass Max Coll Will Guillot getötet hatte, und ich konnte das Gefühl nicht abschütteln, dass Castille LeJeune ungewöhnlich gut gelaunt war, als ich ihn zu Hause aufgesucht hatte, als hätte er mit einem großen Besenschwung ein dickes Problem aus seinem Leben gekehrt. Genau genommen glaubte ich, dass Castille LeJeune gerade drauf und dran war, mit mindestens einem, wenn nicht sogar mit zwei weiteren Morden davonzukommen.

Und ich hatte außerdem Gewissensbisse wegen Theo Flannigan. Ich hatte ihr fälschlicherweise vorgeworfen, in die Erschießung eines Daiquiri-Buden-Besitzers sowie der Produktion von Pornofilmen verwickelt zu sein.

Ich bereute den Tag, an dem ich von den LeJeunes beziehungsweise Junior Crudup gehört hatte.

Zu allem Überfluss kam Batist vorbei und brachte mir ein weiteres Problem namens Tripod, Alafairs dreibeinigen Waschbären, den Batist in seinem Holzkäfig die Treppe zur Veranda hochtrug.

„Kann ihn bei mir nich mehr haltn", sagte er.

„Warum nicht?", fragte ich und schaute hinunter auf Tripod, der unten in seinem Käfig stand, die Klauen im Drahtgitter, die bärtige Schnauze in meine Richtung gestreckt.

„Er ist alt, wie ich. Er hat sein Geschäft auf dem Küchenboden gemacht", sagte Batist.

„Danke, Batist."

„Keine Ursache", sagte er und fuhr wieder davon.

Ich öffnete die Gittertür von Tripods Käfig und er kam heraus und sah zu mir auf. „Na, wie geht's, 'Pod?", fragte ich.

Er antwortete, indem er in die Küche rannte und Snuggs' Futter aus seiner Schüssel fraß.

Doch die heile Welt der Haustiere konnte mich nicht von meinen Problemen ablenken. Ich wollte glauben, dass ich ein schlechtes Blatt erhalten hatte. In meiner egoistischen Schlussfolgerung war sogar ein Körnchen Wahrheit. Nur leider hatte ich mir das schlechte Blatt selbst gegeben, angefangen mit dem Tag, an dem ich begonnen hatte, mich mit dem unaufgeklärten Verschwinden von Junior Crudup auseinanderzusetzen, eines Mannes, der wahrscheinlich sein ganzes Leben lang mit seiner Selbstaufopferung ein Fanal hatte setzen wollen.

Ich rief Theo zu Hause an und entschuldigte mich für meine Behauptungen.

„Säufern tut es immer leid. Aber dann tun sie es wieder und wieder" sagte sie.

„Könntest du das bitte etwas näher ausführen?"

„Sich zu benehmen wie ein Arschloch."

„Ich verstehe."

„Hast du dich bei meinem Vater entschuldigt?", fragte sie.

„Ist das dein Ernst?", entgegnete ich.

Sie legte auf.

Ich rief Helen Soileau im Büro an und erklärte ihr, dass ich mich in Bezug auf Theo geirrt hatte.

„Wie hast du das herausgefunden?", wollte sie wissen.

„Ein Pornodarsteller hat mir erzählt, dass ein Kerl namens Ray, so wie in William Raymond Guillot, dafür verantwortlich war, Inhalte aus Theos Büchern für die Filme von Sammy Figorellis Filme zu stehlen. Theo hatte nichts damit zu tun."

„Danke, dass du mir das gesagt hast."

„Könntest du einen weiteren Durchsuchungsbeschluss für Castille LeJeunes Anwesen bekommen?"

„Nein."

„Ich möchte in der Dienststelle kündigen, Helen. Du hast bis morgen ein offizielles Schreiben von mir auf dem Tisch."

„Ist das wirklich das, was du willst?"

„Absolut."

„Ich liebe dich, Bwana, aber ich vertrau dir nicht. Und ich …"

„Was?"

„Würde dich manchmal am liebsten umbringen."

* * *

Ich stieg in meinen Pick-up und setzte zurück auf die East Main. Der Bambus und der Garten vor dem *Shadows* atmeten mit dem Nebel, der auf die Straße wehte, und als ich das alte, wuchtige Postamt an der Ecke ansah, wo ein Kreole aus einem überdachten Wagen *New Orleans Sno'balls* und Zuckerrohrstücke verkauft hatte, als ich Kind war, und als ich den Verkehr an der nächsten Ampel auf die Zugbrücke abbiegen sah, direkt neben dem *Evangeline Theater*, in dem mein Vater, meine Mutter und ich vor Jahrzehnten in den 1940er Jahren gemeinsam Cowboyfilme geguckt hatten, da hatte ich das sichere Gefühl, dass ich weder diese Orte noch diese Dinge jemals wiedersehen würde.

28

Als ich mich Fox Run näherte, sah ich, wie Graupelschauer über die kahlen Felder auf der anderen Seite des Teche trieben, denselben Feldern, auf denen Junior und Woodrow Reed vor einem halben Jahrhundert unter den wachsamen Augen von Boss Posey und anderen berittenen Wächtern gearbeitet hatten, jeder von ihnen auf die eine oder andere Art beherrscht von einem Mann, der auf der anderen Seite des Bayou in einem großen, weißen Haus lebte, das einem Mississippi-Raddampfer ähnelte. Ich parkte am Kutscherhaus. Die Fahrzeuge waren alle fort, und obwohl der Himmel dunkel war, brannte im Haupthaus kein Licht. Ich steckte mein Mobiltelefon in die Tasche meines Regenmantels und ging den Abhang zum Bayou hinunter, wo der gelbe Bulldozer stand, riesig und matschverschmiert, auf den Hagelkörner klackerten.

Helen hatte gesagt, wir würden nach sogenannten „normalen" Leuten suchen, deren Vorteil sei, dass sie sich nicht schuldig fühlten und sich daher vor aller Augen sichtbar versteckten. Aber Amateurverbrecher haben ein anderes Problem, das Profis nicht haben. Sie sind arrogant und anmaßend. Sie sind psychologisch nicht in der Lage, zu begreifen, dass das System nicht nur zu ihrem eigenen Vorteil entwickelt wurde, und infolgedessen können sie sich nicht vorstellen, vor einem Richter zu stehen, der sie auf Jahrzehnte wegsperren kann.

Die Schaufel des Bulldozers war ein Stück angehoben, die Kettenabdrücke tief in den Boden gegraben, fächerartig und leicht geschwungen, als wäre der Führer der Planierraupe intensiv damit beschäftigt gewesen, einen bestimmten Bereich wiederherzustellen und nicht das gesamte Areal. Der Schlüssel steckte im Zündschloss. Ich warf den Motor an, gab einmal Gas und legte den Rückwärtsgang ein. Als ich den Bulldozer zurücksetzte, kam ein anderes Muster unter der angehobenen Schaufel zum Vorschein – eine ungleichmäßig gefüllte Senke, eine, die nicht begradigt und glattgezogen war, sodass die Oberfläche mit freigelegten Baumwurzeln und ausgerissenen Grassoden gespickt war.

Ich senkte die Schaufel ab, legte den Vorwärtsgang ein und trug die oberste Schicht der Senke ab, dann setzte ich erneut zurück, um zu sehen, was die Schaufel freigelegt hatte. Die Erde war locker und sank an Stellen ein, wo Luft eingeschlossen gewesen war. Auf dem Untergrund trat an jenen Stellen Wasser aus, wo er durch das Gewicht der Planierraupe zusammengepresst worden war. Ich senkte die Schaufel erneut ab, diesmal deutlich tiefer, und hob einen riesigen Haufen Matsch, blauen Ton und feine Wurzeln aus, die wirkten wie ein zerrissenes Spinnennetz. Doch als ich mich dieses Mal rückwärts von dem Loch entfernte, sah ich etwas, von dem ich gehofft hatte, es nicht zu finden.

Ich stellte den Motor ab, zog eine Schaufel hervor, die hinter dem Fahrersitz lag, und ging um die Planierraupe herum zu der Stelle, an der ein menschlicher Arm, eine Schulter und ein Handrücken aus der Erde ragten, während Hagelkörner an den Flanken der Senke hinunterrollten und sich um sie herum sammelten.

Ich schob die Schaufel unter den Rücken der Person und hob den Oberkörper und das Gesicht aus der Erde. Die Gesichtsfarbe hatte sich zu einem Blaugrau verändert, entweder im Wasser oder wegen des Tons in den Flussablagerungen des Bayou, doch seine Augen waren offen und noch immer smaragdgrün, die kleinen Ohren lagen eng am Kopf an und die Schultern wirkten viel zu schmal für den gewalttätigen Mann, der er einst gewesen war.

In seinem Gesicht, unter einem Arm und im linken Handgelenk waren Schusswunden.

Ich warf die Schaufel wie einen Speer in den Ton und

griff nach dem Mobiltelefon in meiner Tasche, als es gerade zu klingeln begann. Ich klappte es auf und hielt es an mein Ohr. „Dave Robicheaux", sagte ich.

„Versuchen Sie, mir aus dem Weg zu gehen?", fragte eine Frauenstimme.

Der Hagel prasselte hart auf meinen Hut und den Stahl des Bulldozers, sodass ich sie kaum verstehen konnte. „Mrs. Parks, ich arbeite nicht länger im Sheriff's Department. Rufen Sie bei …"

„Ich habe unter Loris Matratze ein Tagebuch gefunden. Auf der letzten Seite waren überall Herzen und die Porträtzeichnung eines Mannes. Es war nicht das Gesicht eines Jugendlichen, außerdem stand dort noch eine Telefonnummer." Ihre Stimme begann zu versagen. „Wissen Sie, von wem die Nummer war?"

„Nein, weiß ich nicht."

„Einer Pipelinefirma in Lafayette. Sie gehört dem Mann, der in diesem Haufen mittelalterlicher Pseudoscheiße direkt gegenüber vom Schrottplatz wohnt."

„Nennen Sie mir den Namen, Mrs. Parks."

„Flannigan. Merchie Flannigan. Ich werde ihn wegen Unzucht mit einer Minderjährigen verklagen."

„Mrs. Parks, Lori könnte ja vielleicht auch einfach nur jemanden gekannt haben, der bei dieser Pipelinefirma arbeitet."

„Es ist die Nummer von Flannigans Büro. Es ist seine Durchwahl. Warum decken Sie ihn? Ich hasse euch alle."

Sie war offensichtlich angetrunken, doch ich konnte ihr ihre Wut nicht verübeln. Ihre Tochter war in einem

Wagen verbrannt, nachdem man ihr verbotenerweise Alkohol verkauft hat, und ihr Mann, der einen Einsatz als Sanitäter im Kriegsgebiet überstanden hatte, wurde von Will Guillot getötet, der straffrei davongekommen war, weil die Ermittlungen von einem korrupten Polizeibeamten eingestellt wurden. Doch Familienangehörige eines Ermordeten werden in den späteren Nachrichten selten erwähnt, obwohl die Trauer, die sie mit sich herumtragen so ist, als würde ihnen täglich das Sonnenlicht aus ihrem Leben gestohlen.

Der Bildschirm meines Mobiltelefons war wieder leer. Donna Parks hatte aufgelegt, doch entweder durch das Wetter oder meinen Standort verlor ich die Verbindung, als ich versuchte, 911 zu wählen. Dann hörte ich hinter mir Schritte, die knirschend über die Hagelkörner kamen.

„Sie müssen ein Marine gewesen sein, Mr. Robicheaux. Ich glaube, Sie sind der entschlossenste Mann, der mir je untergekommen ist."

Ich drehte mich um und blickte in das Gesicht von Castille LeJeune. Er trug eine silbergraue Jägerjacke, eine mit Munitionsschlaufen an den Ärmeln, einen perlgrauen Stetson Hut mit breiter Krempe und eine khakifarbene Hose, die in fellgefütterte, halbhohe Stiefel gesteckt war.

In der rechten Hand hielt er einen blauschwarzen Revolver mit Edelholzgriff. Doch er zielte nicht auf mich. Oben am Hang, neben dem Kutscherhaus, sah ich Merchie Flannigans Mercedes.

„Sie haben mich erschreckt, Mr. LeJeune. Sind Sie und Ihr Schwiegersohn gerade erst gekommen?", fragte ich.

„Die Frage ist, was mache ich jetzt mit Ihnen, Mr. Robicheaux?"

„Sie haben den alten Max nicht einfach nur erschossen, oder? Sie haben ihn hingerichtet."

„Könnte ich Ihren Durchsuchungsbeschluss sehen?"

„Den habe ich gerade nicht dabei."

„Ah."

„Merchie hat Sie beide aufs Kreuz gelegt, Sie und Ihre Tochter, Mr. LeJeune. Er hat bei Will Guillot einen Colt Single-Action Peacemaker gestohlen und damit den Besitzer der Daiquiri-Bude erschossen. Anschließend hat er die Waffe fallenlassen, damit wir die Sache Guillot anlasten, und damit im weiteren Sinne Ihnen und Ihren Firmen."

„Warum sollte er einen Spirituosenverkäufer umbringen?"

„Merchie hat eine Siebzehnjährige namens Lori Parks gevögelt. Sie starb bei einem Autounfall, nachdem sie zuvor bei einer Ihrer Daiquiri-Buden Alkohol gekauft hat."

Ich konnte an LeJeunes Augen sehen, wie ihm plötzlich alle Zusammenhänge klar wurden. Hinter ihm kam Merchie Flannigan den Abhang herunter, die Hände in den Jackentaschen, die Schultern zusammengezogen unter einem australischen Safarihut.

LeJeune warf einen kurzen Blick über seine Schulter und sah mich dann wieder direkt an. „Sie haben ohne richterlichen Durchsuchungsbeschluss Beweismittel in einem Mordfall gefunden, was automatisch den Beweiswert dieser Entdeckung zunichtemacht", sagte er. „Aber Sie sind ja nicht dumm. Hier ist doch noch etwas im Gange. Sie haben Ihren Dienst beim Sheriff's Department quittiert, richtig?"

Ich zuckte mit den Achseln. „Wir haben Ihren Arsch in der Bärenfalle, Mr. LeJeune. Wie fühlt sich das an?", sagte ich und musste tatsächlich lachen.

Ich sah, wie Theodosha Flannigan oben auf dem Hang ihren Lexus parkte und mit einem Gitarrenkoffer vorne im Haus verschwand.

„Öffnen Sie Ihre Jacke", befahl LeJeune und hob die Pistole auf meine Brust. „Nehmen Sie Ihre linke Hand, öffnen Sie Ihr Schulterholster und lassen Sie alles zu Boden fallen."

„Nö", sagte ich.

„Wie bitte?"

„Ein Polizist händigt seine Waffe niemals aus."

„Sie sind kein Polizist mehr."

„Alte Gewohnheiten schüttelt man schwer ab."

Ich würde gern sagen, dass mein Verhalten tapfer war, meine Prinzipien unverrückbar, doch tatsächlich fühlte ich mich von Castille LeJeune nicht sonderlich bedroht. Ich, beziehungsweise die Gesellschaftsschicht, die ich repräsentierte, waren ihm nicht wichtig genug, um mich zu hassen oder sich vor mir zu fürchten, und aller Wahrscheinlichkeit nach besaß er immer noch genug von seiner fatalistischen Weltanschauung, dank der er es geschafft hatte, den Koreakrieg als hochdekorierter Kampfflieger zu überleben. Das System hatte ihm ein Leben lang gut gedient – warum sollte es ihn jetzt im Stich lassen?

Doch auf einer anderen Ebene hatte ich ihn falsch eingeschätzt. Einen professionellen Feind wie mich konnte er ertragen, doch Verrat innerhalb seiner Burgmauern war eine ganz andere Geschichte. Er zog meinen Mantel zurück, nahm meine .45er aus dem Holster und schmiss sie in den Matsch.

Merchie Flannigan stand inzwischen am Rand der Senke, mit zerrissenem Gesichtsausdruck starrte er auf die halb ausgegrabene Leiche von Max Coll. „Wer ist dieser tote Typ? Was ist hier los?"

„Hattest du eine Affäre mit einer Siebzehnjährigen?", fragte Castille LeJeune.

„Moment mal, Castille", sagte Merchie.

„Ich habe Theo schon immer gesagt, dass du weißer Abschaum bist, mit deiner Fönfrisur und dem Thesaurus-Wortschatz. Du hast einen meiner Daiquiri-Verkäufer erschossen?"

„Ich denke, ich haue ab und lasse dich das allein mit Dave regeln. Vielleicht könnt ihr ja Kriegsgeschichten austauschen. Doch wie ich die Sache sehe, bist du echt am Arsch, Castille", sagte er, drehte sich um und ging den Hügel wieder hoch.

Die Temperatur war gefallen und die Luft schmeckte metallisch, wie Kupfermünzen, und die Blechdächer der alten Sträflingshütten waren mit Frost gesprenkelt. Ich konnte sehen, wie die Muskeln in LeJeunes Kiefer arbeiteten. Merchie war halb den Hang hoch, als LeJeune den Revolver hob und drei Mal abdrückte, *pop, pop, pop.*

Entweder zitterte seine Hand vor Kälte oder vor Wut, oder er war ganz einfach ein schlechter Schütze, denn er verfehlte Merchie mit allen drei Kugeln und ich hörte, wie sie durch die Scheiben der Glastüren schlugen, die zur Terrasse hinausführten.

Merchie rannte geduckt an dem Kutscherhaus vorbei und die Einfahrt hinunter, der australische Safari-Hut war ihm in den Nacken gerutscht. Ich stellte mich hinter LeJeune, ließ meine Hand seinen Arm hinuntergleiten und nahm ihm die Waffe aus der Hand.

„Sie haben Will Guillot umgebracht und wollten es Max Coll in die Schuhe schieben?", fragte ich.

„Ich habe nichts weiter zu sagen."

„Guillot hat beide umgebracht, Bernstine und Sammy Figorelli, und hat auch auf mich geschossen, oder?"

„Kann Ihnen nicht helfen, Sir", entgegnete er.

Oben im Haus hinter den großen Fenstern war weder Bewegung zu sehen noch irgendetwas zu hören. Ich schwenkte die Trommel von LeJeunes Revolver auf, ließ alle Kugeln auf meine Handfläche fallen und hob dann meine .45er aus dem Matsch auf.

„Ich kann nicht mehr so gut sehen. Wussten Sie, dass ich Ted Williams Abschussrekord gehalten habe? Der höchste, der je von einem Piloten der Marines oder der Navy erzielt wurde. Das ist die Wahrheit", sagte er.

„Ich glaube Ihnen. Jetzt kommen Sie besser mit mir", sagte ich und wählte mit dem Daumen auf meinem Handy die 911.

„Natürlich. Gehen wir rauf in mein Haus. Ich mache uns einen Kaffee. Ich nehme das hier nicht persönlich", sagte er.

Er ging gemeinsam mit mir den Abhang hoch, das Kinn gehoben, die Hände in den Taschen der silbergrauen Jägerjacke, mit bebenden Nasenflügeln, während er die frische Kälte des Nachmittags einatmete. Er betrachtete die Rückseite des Hauses, doch drinnen bewegte sich immer noch nichts. Plötzlich spürte ich, wie sich LeJeunes Aufmerksamkeit wieder mir zuwandte.

„Warum sind Sie so ruhig, Mr. Robicheaux? Es sollte für Sie doch ein ganz besonderer Tag sein", sagte er.

„Mein Vater hat mir das Jagen beigebracht, Mr. LeJeune. Er hat immer gesagt, *schieß auf nix, wenn du nicht siehst, was dahinter ist.* Er war ein einfacher Mann, aber seine Menschlichkeit habe ich immer bewundert und seine Worte nie vergessen."

„Wie immer entgeht mir der tiefere Sinn Ihrer Worte."

„Ist das da in der Einfahrt Theos Wagen?"

Er starrte auf das Heck des Lexus, das nur ein Stück hinter der Ecke des Kutscherhauses hervorlugte. Seine Augen begannen, sich mit Tränen zu füllen. Er stürzte über die Terrasse durch einen Haufen im Winter eingegangener Topfpflanzen und riss die Glastüren auf.

Theodosha Flannigan saß in einem antiken Sessel mit einem dunkelroten Rückenkissen, die Gitarre auf dem Schoß, die manikürten Fingernägel wie Muschelschalen, die Knie eng zusammen, damenhaft angewinkelt, den Mund in leichter Überraschung geöffnet und auf der Stirn eine Einschusswunde, aus der ein wenig Blut sickerte.

Durch das Fenster zur Einfahrt sah ich ein halbes Dutzend Einsatzfahrzeuge von der Bundesstraße abbiegen und den langen Tunnel aus Eichen heraufgedonnert kommen. Ihre Warnleuchten pulsierten hell und bunt, doch die Sirenen waren abgeschaltet, als hätten die Fahrer Sorge, die Toten zu wecken.

Epilog

Meine Tochter Alafair und ich flogen über Weihnachten nach Key West, mieteten ein Charterboot, das ich mir kaum leisten konnte und tauchten am Seven Mile Reef. Das Wasser war grün, wie Waldmeisterwackelpudding mit darin treibenden Flecken von heißem Blau. Am Riff wimmelte es vor kleinen Fischen und Barrakudas, die sich von ihnen ernährten. Bei Sonnenuntergang setzten wir die Ausleger und angelten auf dem Rückweg in den Hafen nach vereinzelten Speerfischen oder Wahoos. Die Möwen kreischten und segelten über unser Boot hinweg und die Sonne ging blutrot hinter dem Golf unter.

Alafair sah zauberhaft aus in ihrem Neoprenanzug, ihr Körper so schlank und fest wie der eines Seehundes, ihr tiefschwarzes Haar durchzogen von Seetang. Als sie am Heck stand und unsere ausgeworfenen Angelschnüre beobachtete, die hinter uns auf dem Wasser tanzten, erinnerte sie mich an Theo Flannigan und all die unschuldigen Opfer von der überall herrschenden Gewalt, hier, in diesem Land, wo Freunde sich an den Händen halten und aus brennenden Fenstern in die endlosen Schluchten von New York City springen, oder im Mittleren Osten, wo ein Sturm von Missiles und ferngesteuerten Bomben auf Menschen niederregnet, die sich kaum von dir und mir unterscheiden.

Doch es war die Jahreszeit von Christi Geburt und ich wollte nicht über all die habgierigen Unternehmer und religiösen Fanatiker brüten, die in der modernen Welt Wurzeln geschlagen hatten. Wir gingen zum Gottesdienst in einer Kirche, in der schon John Audubon gesessen hatte, schlenderten die Duval Street hinunter, umgeben von feiernden Menschen mit New Yorker Akzent, aßen in einem kubanischen Café am Wasser unter einem Feigenbaum zu Abend und besuchten das Haus von Ernest Hemingway unten an der Whitehead Street. Die Sonne war untergegangen, der Himmel voller Licht, die einsetzende Flut dunkel wie Wein gegen den Horizont und am Himmel explodierten Raketen, die vom Mallory Place abgeschossen wurden, als rosa Fontänen hoch über den Wellen. Wie hatte Hemingway es ausgedrückt? *Die Welt ist ein schöner Ort und wert, dass man um sie kämpft.*

Als Alafair und ich zurück Richtung der feiernden Menschenmenge in der Duval Street gingen, die Gärten um uns herum in voller Blüte, in der Luft ein Hauch von Salz und der Duft von Feuerwerk, dachte ich, die Welt ist mehr als nur ein schöner Ort. Vielleicht war sie ja auch eine kuppelförmige Kathedrale und wir müssten diese simple Tatsache einfach nur erkennen und akzeptieren, um uns an den Geschenken des Himmels und der Erde zu erfreuen.

Wegen der Erschießung von Max Coll wurde Castille LeJeune des Totschlags, für die Tötung von Will Guillot des Mordes ersten Grades für schuldig befunden und zu einer Haftstrafe im Staatsgefängnis Angola verurteilt. Aufgrund seines Alters wurde er aus dem Hochsicherheitsgefängnis verlegt und in eine sogenannte Honor Farm überstellt, wo er einen Bürojob bekam. Die Justizvollzugsbeamten der Farm bewunderten ihn für seine ausgesuchten Manieren, seine militärische Haltung und die Sorgfalt, mit der er sich kleidete. Tatsächlich sprachen sie ihn schon bald mit „Mr. LeJeune" an und suchten häufig seinen Rat in Geldangelegenheiten. Ein externer Gefängnispsychologe fügte seiner Akte jedoch eine Notiz bei, die darauf hinwies, dass LeJeune nicht nur an Depressionen und Selbstverachtung wegen des von ihm verschuldeten Todes seiner Tochter litt, sondern möglicherweise an einer extrem starken Ausprägung von Schuldgefühlen, wie sie für einen Vater typisch ist, der seine Tochter sexuell missbraucht hat.

Die Akte eines Häftlings ist nur so lange vertraulich, bis der erste vertrauenswürdige Büroangestellte sie liest.

Castille LeJeune wurde zu einem *short eyes*, wie Pädophile im Gefängnisjargon genannt wurden. Andere Häftlinge gingen ihm aus dem Weg, die Vollzugsbeamten verhielten sich plötzlich distanziert und förmlich im Umgang mit ihm. Nachdem ihm Glasscherben unter das Essen gemischt worden waren, wurde er nach Angola zurückverlegt.

Ironischerweise wurde er in einem isolierten Trakt in Sichtweite des Dammes untergebracht, der von der *Red Hat Gang* gebaut worden war, in der Junior Crudup das abgesessen hatte, was Leadbelly seine *great, long time* genannt hatte.

Es gelang uns nicht, Merchie Flannigan den Mord an Leon Hebert, dem Daiquiri-Buden-Betreiber, zweifelsfrei nachzuweisen, weswegen er ungeschoren davonkam. Zumindest rechtlich gesehen. Castille LeJeune machte ihn jedoch vom Gefängnis aus fertig, indem er seine Rechtsan-

515

wälte gegen ihn Klage wegen widerrechtlicher Tötung erheben und seine persönlichen und geschäftlichen Konten einfrieren ließ und anschließend Donna Parks benutzte, um ihn der Vergewaltigung einer Minderjährigen anzuklagen. Merchies Ruf war damit ruiniert und seine Pipeline-Firma machte Pleite. Eine Zeit lang führte er eine auf Schweißarbeiten spezialisierte Firma, dann frequentierte er immer häufiger ein Stammlokal von Mitgliedern der Transportarbeitergewerkschaft in Baton Rouge. Eines Tages begegnete ich ihm am State Capitol, wo 1935 Gouverneur Huey Long niedergeschossen wurde.

„Hey, Dave, Schwamm drüber, hm?", sagte er.

„Soweit es mich betrifft, von mir aus", erwiderte ich.

Er stank nach Zigaretten, war fett geworden und aufgedunsen, trug Oberlippen- und Ziegenbart und fuhr eine am Bordstein parkende Schrottkarre, auf deren Beifahrersitz ein junges Mädchen saß.

„Das ist meine Nichte", sagte er.

„Klar", sagte ich.

„Bin gerade dabei, einen Bohrungs-Deal im Iran einzutüten, ist das nicht irre?"

„Super, Merch."

„Schön, dich wiederzusehen, Dave. Das meine ich wirklich", sagte er, nahm meine Hand und gab sich die größte Mühe, meinem Blick standzuhalten. Als sie wegfuhren, warf das Mädchen eine leere Bierdose aus dem Fenster.

Father Jimmie, ich und zwei Mitarbeiter des Bestattungsinstituts waren die einzigen Trauergäste am Grab von Max Coll auf einem katholischen Friedhof außerhalb von

Franklin. Ich fühlte mich mitverantwortlich an seinem Tod, doch wäre er nicht gestorben, dann wäre Castille Le-Jeune weder selbst untergegangen noch hätte er die Gelegenheit genutzt, Will Guillot aus dem Spiel zu nehmen. Am Ende sah ich Max Coll in einem anderen Licht. Auf seine Art war er ein tapferer Mann, der seine eigenen Entscheidungen getroffen hatte, und es wäre anmaßend von mir und würde ihm auch nicht gerecht, wenn ich so täte, als wäre ich irgendwie für sein Schicksal verantwortlich.

Father Jimmie kehrte in seine Gemeinde in New Orleans zurück und arbeitete als Polizeiseelsorger im Central Lock-Up, dem städtischen Untersuchungsgefängnis. Nachdem Alafair nach Portland ans College zurückgekehrt war, lud ich ihn und Clotile Arceneaux zum Abendessen in ein mexikanisches Restaurant am oberen Ende der St. Charles ein.

„Ziemlich clever, wie du LeJeune zu Fall gebracht hast, indem du ohne Durchsuchungsbeschluss sein Grundstück überprüft hast", sagte sie.

„Ich war dumm", sagte ich.

„Du hast nicht mal mit der Wimper gezuckt, obwohl LeJeune eine Pistole auf dich gerichtet hatte und du dachtest, keine Rückendeckung zu haben", sagte sie.

„Sag das noch mal."

„Ich habe dich durch einen Feldstecher beobachtet. Ein Scharfschütze des FBI hatte LeJeune die ganze Zeit im Visier seines Gewehrs." Sie schaufelte sich eine Gabel Essen in den Mund, sah mich an und hob die Augenbrauen.

„Ihr habt mich als Köder benutzt?"

„Könnte dir einen Job besorgen, falls du wieder Lust hast, die Bösen hinter Gitter zu bringen."

„Ich bin draußen."

Sie setzte unter dem Tisch ihren Fuß auf meinen und drückte ihn. „Komm mich irgendwann mal besuchen, und wir reden darüber", sagte sie.

„Bekomme ich hier gerade irgendwas nicht mit?", fragte Father Jimmie.

„Dave tut gern so, als ob er aufhören könnte, ein Polizist zu sein. Sorgen Sie dafür, dass er zur Beichte geht, Father", erwiderte sie.

Clete Purcel verbrachte drei Monate im Gefängnis des St. Mary Parish, zahlte zwanzigtausend Dollar Schmerzensgeld an die beiden Hilfssheriffs, die er mit den Fäusten malträtiert hatte, und zog nach seiner Entlassung bei mir ein, redete davon, eine neue Detektei in New Iberia aufzumachen. Wir angelten im Henderson Swamp und dem Bayou Benoit nach Barschen, und Clete versuchte, unbeschwert und von seiner Zeit im Gefängnis unberührt zu wirken. Aber ich fiel nicht darauf herein. Clete war ein geborener Cop und hasste die neue Sorte von Kriminellen. Nach seiner Entlassung scheuerte er sich unter der Dusche buchstäblich den Dreck ab.

Doch draußen, auf dem Bayou, in der leichten Frühlingsbrise und mit den Brassen, die zum Laichen in die Buchten zurückkehrten, und dem Deich, übersät von Butterblumen, sprachen wir nicht über die schlechten Zeiten von Vergangenheit oder Gegenwart. Ich hatte nie in Erwartung großer Wunder zum Himmel aufgeschaut, und wie schon der heilige Augustinus einst bemerkte, dabei zuzusehen, wie ein Weinberg das Wasser aus einer gepflügten Furche aufsaugt und eine Traube hervorbringt, aus der Wein gemacht werden konnte, war alles, was wir als Beweis höherer Mächte brauchten. Aber als Clete und ich tief in den Sümpfen waren und die filigranen Zweige der Zypressen vor der Sonne hin und her schwangen, erlag ich einer neuen Versuchung, aber auch Hoffnung.

Ich wartete darauf, zwei Pelikane zu sehen, die sich aus der Windströmung nach unten gleiten ließen, die Flügel ausgebreitet und die Beutel unter ihren Schnäbeln prall gefüllt, ihre unwahrscheinliche Anwesenheit ein Bote besserer Zeiten. Ich wartete täglich auf sie, und manchmal meinte ich, Bootsies Stimme in den Flügelschlägen über mir zu hören, die mich an ihr Versprechen bezüglich der Pelikane erinnerte, nur um dann festzustellen, dass ein weißer Kranich oder Blaureiher von unserem Außenbordmotor aufgeschreckt worden war und über die Zypressen hinweg hinaus aufs offene Meer flog.

Aber ich bin sicher, dass eines schönen Tages, wenn ich es am wenigsten erwarte, die Pelikane in den Bayou Teche zurückkehren werden, und in der Zwischenzeit teile ich meine Gedanken über sie mit niemandem, außer vielleicht mit Snuggs und Tripod, die genau wie ich wenig schlafen und vor dem ersten Morgenlicht aufwachen.

Die amerikanische Originalausgabe erschien unter dem Titel „Last car
to elysian fields " bei Holt, New York.

Bei Fragen zur Produktsicherheit
wenden Sie sich bitte an:

Pendragon Verlag
gegründet 1981
Stapenhorststraße 15
33615 Bielefeld
kontakt@pendragon.de
www.pendragon.de

2. Auflage

Deutsche Erstausgabe
Veröffentlicht im Pendragon Verlag
Günther Butkus, Bielefeld 2017
© by James Lee Burke 2003
© für die deutsche Übersetzung
by Pendragon Verlag Bielefeld 2017
Lektorat: Eva Weigl
Umschlag und Herstellung: Uta Zeißler, Bielefeld
Umschlagfoto: mauritius images / David Patton / Alamy
Satz: Pendragon Verlag auf Macintosh
Gesetzt aus der Adobe Garamond
ISBN 978-3-86532-564-8
Gedruckt in Polen